马背英豪

——中国古代少数民族英雄传奇

陈广斌◎著

远方出版社

图书在版编目（CIP）数据

马背英豪：中国古代少数民族英雄传奇 / 陈广斌著
. -- 呼和浩特：远方出版社，2019.3
ISBN 978-7-5555-1230-1

Ⅰ. ①马… Ⅱ. ①陈… Ⅲ. ①故事—作品集—中国—当代 Ⅳ. ① I247.81

中国版本图书馆 CIP 数据核字 (2019) 第 045495 号

马背英豪——中国古代少数民族英雄传奇
MABEI YINGHAO ZHONGGUO GUDAI SHAOSHUMINZU YINGXIONG CHUANQI

作　　者	陈广斌
责任编辑	董美鲜　奥丽雅
责任校对	心　妍
插图设计	孟喜元
装帧设计	王改英
出版发行	远方出版社
社　　址	呼和浩特市乌兰察布东路666号　邮编010010
电　　话	（0471）2236473总编室　2236460发行部
经　　销	新华书店
印　　刷	三河市万龙印装有限公司
开　　本	170mm×240mm　1/16
字　　数	420千
印　　张	26.75
版　　次	2019年3月第1版
印　　次	2019年3月第1次印刷
印　　数	1—3 000册
标准书号	ISBN 978-7-5555-1230-1
定　　价	58.00元

前　言

当我登上横亘千里的阴山之巅，眺望长城脚下无边的大漠牧野；当我沿着古老的丝绸之路，走进辽阔而神奇的西部疆土；当我披着祁连风雪远瞻圣洁而奇丽的雪域高原；当我踏着漓江浪花，流连于瑶山壮乡的奇峰秀水之间，我被祖国壮丽的边疆景色所折服，一股民族自豪感油然而生。

在祖国辽阔的边疆地区，世世代代生活着许多少数民族，在漫长的历史岁月中，这些古代少数民族涌现出无数可歌可泣的爱国主义英雄和杰出的风云人物。在他们身上凝聚着不屈的爱国主义精神和刚烈的民族魂魄，激扬着独具个性的人格魅力，给人以奋进向上的精神动力。

自古以来，中国就是一个统一的多民族国家。悠久灿烂的华夏文明是由包括古代少数民族在内的各族人民共同创造的。早在公元前四五世纪，正当中原大地各路诸侯争雄称霸的时候，在祖国北方便有匈奴、东胡、鲜卑、西域和东北各族相继崛起。他们的军事活动与西南各族遥相呼应，形成了战国秦汉时期波澜壮阔的历史画卷。

魏晋南北朝以后，英勇强悍的突厥、回纥、吐蕃、契丹、女真、蒙古等众多少数民族相继出现在历史舞台上。他们以英武强悍的气魄，以聪颖机智的韬略，驰骋疆场，逐鹿牧野，守护边陲。这些马背上的民族叱咤风云，声威远播，嗒嗒的马蹄声震撼了欧亚大陆，建立了丰功伟业。其中，有许多雄才大略、高瞻远瞩的少数民族英雄人物，他们顺应历史潮流而动，吸取汉族文化，博采众长，终于入主中原，建立了由少数民族统治的封建王朝。

在中国悠久的文明史上，每个不同的历史时期，几乎都有少数民族的活动和参与，形成了民族大融合的生动局面。众多少数民族和汉族一起为华夏文明做出卓越的历史贡献。其中有些古代少数民族像鹰一样从草原大漠掠过，最后消失得无影无踪，然而他们盛极一时的辉煌业绩却永留史册，不可磨灭。

这些古代少数民族英雄人物，他们为民族统一而战，为国家昌盛和发展而呕心沥血。他们高尚的爱国主义情操将永远启迪后人。如匈奴领袖冒顿、车骑将军金日磾、马上皇帝拓跋焘、六镇起义首领破六韩拔陵、回纥首领吐迷度、藏族首领松赞干布、唐代契丹名将李光弼、金太祖阿骨打、天之骄子成吉思汗、台湾高山族爱国首领卓其笃等。他们有的是部落首领，有的是起义领袖，有的是建立政权的开国君主，有的是指挥千军万马的著名将领，有的是抗击外来侵略者的爱国名将，有的则是维护国家统一的英勇战士。

值得一提的是，在众多古代少数民族英雄人物中，不乏巾帼英雄，例如，彝族女杰奢香夫人、为蒙古统一而战的满都海夫人、壮族女英雄瓦氏夫人、苗族爱国女将领秦良玉等。她们同男子一样，横刀立马，血洒疆场，为国家统一、民族团结立下了汗马功劳。

本书以翔实的历史资料，以通俗易懂的语言，艺术地再现了这些生动感人的历史故事。经过高度提炼和概括，人物形象鲜明突出，故事情节跌宕起伏、生动有趣。读者在阅读过程中，将会受到历史的濡染及生动的爱国主义教育。悲壮的历史氛围，宏大的战争场面，运筹帷幄的智慧和决策，富有戏剧性的故事情节，都会使人从中受到感染和启迪。

目录

匈奴领袖
冒顿

公元前3世纪，在我国北方有一个强大的游牧民族，它就是匈奴。这个游牧部落善于骑马射箭，控制着大漠南北的大片土地。匈奴领袖冒顿是中国古代北方民族中的杰出人物。他征服了四周的邻族，控制了南起阴山、北抵贝加尔湖、东至辽河流域、西达葱岭山脉的辽阔领土，建立起一个奴隶制国家政权——匈奴单于国。

虎口脱险

冒顿是匈奴第一代头曼的长子。他在草原上长大，从小便学会了骑马射箭，练就一身好武艺，并且聪明勇敢，深得头曼的喜爱。于是，头曼立他为王位的继承人。后来头曼又娶了一位年轻漂亮的阏氏（匈奴称妻、妾为阏氏），深得头曼宠爱。从此头曼沉湎于酒色之中，整日与小阏氏寻欢作乐。一年后，小阏氏生了一个少子，头曼老来得子，高兴得不得了。小阏氏想立自己的儿子为王位继承人，于是冒顿便成了她的眼中钉。她常常说冒顿的坏话，要头曼废掉冒顿，立自己的儿子为王位继承人。开始，头曼不为谗言所动，他说：“冒顿是我的长子，立他为王位继承人顺乎天意，合乎人心，若平白无故地废掉他，恐怕人心不服。”

小阏氏的阴谋未能得逞，很不甘心。于是她成天派人盯着冒顿，以寻找把柄，趁机挑拨头曼与冒顿父子间的关系。一天，她对头曼说："冒顿私自成立了一支骑兵队伍，整天在草地上训练兵马，有人说他想篡夺王位，说不定哪一天他会杀了你。"头曼与小阏氏成天寻欢作乐，对外面的事情一点也不了解，听了小阏氏的话，头曼对冒顿起了疑心。小阏氏感到时机成熟，便向头曼献了一条"借刀杀人"的阴谋诡计。

当时匈奴西边的月氏国经常与匈奴争夺草场，两国间经常有战争爆发。月氏国的力量不如匈奴，因此每次战争都有很大的损失。头曼听了小阏氏的谗言后，便扬言要与月氏国和好，并派长子冒顿到月氏国当人质。其阴谋是想通过月氏人的手杀掉冒顿。冒顿到月氏国后，月氏国王把他当成座上宾，封给他一片肥美的草场，几座豪华的毡房，并送去几位美女侍候他。冒顿已觉察到后母和父亲对他不安好心，到月氏国后，处处加以提防。果然，冒顿到月氏国不久，头曼便派兵袭击月氏国，月氏国王被激怒了。

一个月黑风高的夜里，月氏士兵包围了冒顿的领地，放火烧了他的毡房。情急之下，冒顿在马群里挑了一匹良马，手挥宝剑，杀出包围圈，骑着良马连夜逃回匈奴。

冒顿活着回到匈奴后，父亲头曼和小阏氏十分恐慌。为了稳住冒顿，头曼假惺惺地说："我儿真是英勇无比，今特封你为万骑长，以示嘉奖。"此时，冒顿已看透了父亲和小阏氏的居心叵测，但他的势力还没有建立起来，因此不露声色地接受了父亲的嘉奖，以等待时机。

智取王位

冒顿当了万骑长后，精心培育自己的势力，决心建立一支忠于自己的武装力量，等待时机，夺取政权。他白天操练军队，晚上熟读兵法，用棋子在茶几上排列阵法，每天很晚才睡觉。

冒顿在弓弩的基础上研究发明了一种带响声的弓箭，这种弓箭取名叫"鸣镝"。他向部队宣布："鸣镝就是命令，鸣镝一响，各路士兵需一马当先，奋

力射击，若有怠慢者，一律格杀勿论。”一次，他带领部属到草原上去打猎。当前方出现一群鹿时，他在马上向鹿群射出一支鸣镝，所属士兵们听见鸣镝响起，立即向鹿群冲去，有几个士兵注视着别的猎物。冒顿一看大怒，立即把那几个士兵捆了起来，当场斩首。

有一次，冒顿带领部队在草原上练习作战，他站在高高的点将台上指挥训练。当士兵们专心致志地演练时，他突然回过头来向自己心爱的战马射去一支鸣镝，有几个骑兵犹豫起来，不敢向主人的战马发箭。冒顿立即从点将台上跳下来，把那几个骑兵当场杀了。

过了不久，在一次赛马会上，冒顿突然用鸣镝射向自己的一位爱妾，跟随在他左右的士兵十分恐惧，吓得不知所措，他立即下令把这几个士兵杀掉。

隔了一段时间，冒顿组织了一次大规模的狩猎活动，匈奴人常常把狩猎当成一种军事训练。事前冒顿牵来一匹父亲喜爱的良马，并让一个士兵装扮成父亲头曼的模样骑在马上。狩猎开始了，冒顿突然向父亲骑的良马射出一支鸣镝，士兵们听到鸣镝响起，个个奋勇当先，争先恐后地向头曼的良马射出箭矢，并冲上前去，把那匹良马剁成肉泥。冒顿一看大喜，立即嘉奖全体士兵，每人奖励黄羊一只，美酒一壶。

经过反复训练，冒顿终于训练出一支绝对忠诚于自己的军队。他感到时机已经成熟，决定发动军事政变，夺取政权。一天，他派人给父亲头曼送去三张虎皮，给小阏氏送去五条银狐，以表儿子对父母的孝心。他邀请父亲和小阏氏一起参加秋季狩猎活动，要将这次狩猎的全部收获奉献给父亲和小阏氏。头曼和小阏氏非常高兴，愉快地接受了邀请。

狩猎大军浩浩荡荡地向围猎场开去，头曼和小阏氏驻马站在高高的山坡上观看这壮观宏大的围猎场面。突然一支鸣镝向他们飞来，霎时间狩猎大军万箭齐发，一支支利箭飞蝗般地向山坡上射来，头曼和小阏氏还没弄清是怎么回事，便呜呼哀哉了。

公元前209年，冒顿登上了单于的宝座。单于是匈奴的最高首领，就是汉语中君主的意思。冒顿掌握政权后，对匈奴氏族部落进行了大刀阔斧的改革。为了加强中央集权制，他成立了单于庭，统治匈奴中部地区，左贤王庭统治匈奴东部地区，右贤王庭统治匈奴西部地区。下设万骑长、千骑长、百骑长、相封、都尉、当户等文武官职。这些文武官员负责统率军队，指挥作战，管理地方事务。冒顿单于还制订了一套较为详细的法律制度和税收制度。这一系列的改革顺应了历史发展的潮流，大大解放了生产力，匈奴便迅速地强盛起来。

当时，位于匈奴东边的东胡国，是个比较强盛的国家，常有吞并匈奴之心。东胡王得知冒顿杀父弑母，自立为王，于是便以此为借口，进行挑衅，企图对匈奴发动侵略战争。一天，东胡王派使者来见冒顿，使者对冒顿说："匈奴头曼活着的时候有一匹千里马，现在头曼已经死了，如果两国想和好下去，请将这匹千里马送给东胡。"冒顿单于听后，知道这是东胡明目张胆的挑衅，他们是想寻找事端挑起战争，于是召集群臣，征求意见。大臣们说："东胡王以为我们软弱可欺，所以才提出这样无理的要求，千里马是匈奴的宝马，绝不能送给他们。"冒顿单于笑着说："东胡是我们的邻国，难道我们连一匹马也舍不得吗？既然他们喜欢千里马，就送给他们吧。"于是，冒顿让部下牵出千里马，并配上一副银制马鞍，送给了东胡。在座的大臣们都很不服气，私下议论纷纷。

东胡王不费吹灰之力便得到了千里马，心里非常高兴，每天骑着千里马向国人炫耀自己的威风。他以为冒顿害怕东胡，过了不久又派使者到匈奴向冒顿索要一位漂亮的阏氏。冒顿听后，心中暗笑。他再次召集群臣征求意见。群臣听说东胡王向匈奴要一位漂亮的阏氏，心中更加愤怒，大家齐声说："东胡王得寸进尺，真是欺人太甚，请单于下令发兵征讨，给他们点颜色看看，让他们知道匈奴不是好欺侮的。"冒顿却心平气和地说："我们与人家和好，难道还舍不得一个女子吗？"冒顿不听群臣的劝阻，将自己一位心爱的阏氏送给了东胡王。

冒顿单于不愧是位具有远见卓识的军事家、政治家。在强大的敌人面前，他采取了退一步进两步的战略。他的妥协和让步是为了麻痹敌人，以便赢得更多的时间，扩充壮大自己的军事力量，准备消灭东胡。他积极扩军备战，训练铁骑。

东胡王得到两次好处，越发骄横起来，以为匈奴软弱可欺，不把冒顿放在眼里。东胡王看到匈奴有大片肥美的草场，于是派使者再次到匈奴索要土地。使者见到冒顿后说：“东胡的畜群越来越多，那里的牧场无法满足畜群的需求，请单于将两国之间欧脱（边界）外的荒地让给东胡，以便东胡在那里放牧。”冒顿听他说完，冷笑了一声，不硬不软地说：“这事我要和群臣商量一下。”于是他征求群臣的意见。大多数人反对割让土地，但也有几人鉴于前两次的教训，为了讨好冒顿说：“其实这种荒地留着也没有用处，可以送给他们。”冒顿听了拍案而起，怒斥道：“土地是国家之根本，匈奴的一寸土地也不能让给别人！”他立刻下令将主张让地的大臣推出去斩首示众。东胡使者当场吓得面如土色，以为冒顿也要杀他，吓得两条腿直哆嗦。冒顿厉声对他说：“你回去告诉东胡王，匈奴的每一寸土地都不许别人践踏！”

冒顿立即动员全国兵力，带上鸣镝，跨上战马，亲自率领十万铁骑，向东胡国发起猛烈攻击。

东胡王丝毫没有做战争准备，此刻他正在宫中与匈奴献来的漂亮阏氏寻欢作乐，过着花天酒地的生活。听说冒顿率领十万铁骑已攻入东胡，他吓得出了一身冷汗。他急急忙忙跨上千里马，仓皇应战。匈奴兵士气高昂，在鸣镝的指挥下，奋勇向前，所到之处如入无人之境。在强大的攻击面前，东胡部众土崩瓦解，溃不成军，东胡王在混战中被乱箭射死。冒顿率领的匈奴军很快占领了东胡，俘虏东胡八万部众、二十万头牲畜，其他金银财宝不计其数。冒顿单于占领东胡后，将俘虏的东胡部众编进匈奴军队中，分别由匈奴的万骑长、千骑长指挥，立刻挥师西进。冒顿单于率领十八万铁骑向月氏国发起猛烈进攻。冒顿曾在月氏国当过人质，对那里的地形熟悉，加上匈奴铁骑士气正旺，所向披靡，月氏国抵挡不住匈奴的强大攻势，月氏王率领部众向西北溃退，一直退到现在的伊犁河流域。紧接着冒顿单于率领部众南征北战，陆续征服了楼烦、白羊河南王、浑瘐、屈射、丁零、商昆、薪犁等部落。至此，冒顿单于已拥有三十万骑射部队，威望声震北方，“匈奴贵人大臣皆服，以冒顿单于为贤”[1]。

---

[1] 参阅《史记·匈奴列传》

冒顿单于政权的建立和巩固，结束了我国古代北方长期存在的各游牧氏族、部落互不统属、各自为政的分散局面，实现了北方草原地区的大统一。这种局面的出现，表明匈奴社会已由原始氏族公社进入到奴隶社会。

公主和亲

冒顿统一北方草原后，便不断向南扩张。汉高祖六年（公元前201年）秋天，冒顿率铁骑南下，直逼汉朝北方重镇马邑城（今山西朔州市）。镇守马邑城的汉将韩王信出城迎战，冒顿派一名万骑长对阵，只战了十个回合，韩王信力不能支，逃回城去。冒顿率兵将马邑城团团围住，韩王信见大势已去便献城投降，冒顿得了马邑后，稍作休整，便乘胜率兵南下，越过句注山（今山西代县西），直逼晋阳城（今山西太原市西南），刘邦新建的汉朝政权受到严重威胁。

汉高祖七年（公元前200年），高祖刘邦亲率三十二万大军前来拒敌。双方在平城（今山西大同市附近）摆下战场。大战前，冒顿已详细地察看了这一带的地形，他发现白登山一带地势险要，是用兵的好地方，于是将精兵良将埋伏在这里。随后，冒顿派大将莫格明率五万兵士去迎战刘邦。莫格明接了令箭点兵时，发现这五万士兵尽是些老弱残兵，于是不满地说："单于在上，您只给我这些老弱残兵，怎能取胜？"冒顿笑着说："这次出战，只许你败，不许你胜。你只需将汉军引入白登山，便算大功告成。"莫格明会意，领兵而去。

刘邦率兵来到平城附近与莫格明率领的匈奴军相遇，刘邦在马上看到匈奴国尽是些老弱残兵，根本不放在眼里，随即派一员部将迎战。双方战了十个回合，莫格明假装敌不过汉军，且战且走，向白登山退去。刘邦不知是计，令旗一摆，汉军乘胜追击，只见尘土飞扬，日月无光，三十多万汉军进入白登山。

冒顿见汉军中计，心中大喜，立即发出鸣镝，埋伏在白登山周围的四十万匈奴军从四面八方把刘邦率领的汉军团团包围起来。冒顿在白登山外围摆开了"白、青、黑、红四方阵"，即用四种不同颜色的马匹编队，阵容整齐，威武壮观。西方骑兵骑白马穿银甲，东方骑兵骑青马穿青甲，北方骑兵骑黑马穿黑甲，南方骑兵骑红马穿红甲。刘邦自知中计，立即组织汉军突围，左冲右突，怎奈匈奴军的四方阵如同铁桶一般，无法突围。第三天，天气突变，风雪交加，奇寒无比。汉军不善于在北方作战，无法忍受恶劣的气候，不少士兵的手指被冻掉。刘邦所率汉军被围困七天，粮草用尽，刘邦像热锅上的蚂蚁一般坐卧不安。

在这危急关头，大臣陈平进帐向刘邦献计，刘邦采纳了陈平的计策，立即派一位能言善辩的谋士，带着厚礼和一幅美女画像去游说疏通冒顿的阏氏。冒顿的这位阏氏是个具有远见卓识的女子，她权衡了当时匈汉两方的实力，认为如果双方结成仇恨，将对匈奴不利，于是劝告冒顿说："现在匈奴游牧于北方草原，刘邦雄居于汉中及整个中原，双方都有相当的势力。自古道二虎相斗，必有一伤，两国主子不应互相攻伐。现在匈奴凭一时骁勇，围汉军于白登山，即使暂时占领汉地，单于也不能久居此地。不如趁此机会给刘邦一个台阶下，化干戈为玉帛，以求得长期的安定和好。"冒顿感到阏氏说得有理。这时原先投降匈奴的汉将王黄、赵利的兵马未能按时前来与冒顿合兵，冒顿担心匈奴后方有失，于是听从阏氏的劝告，网开一面，主动将围困白登山南面的红马阵撤离，放刘邦一条生路。

匈汉平城战役之后，刘邦对北方匈奴再也不敢轻视了。他领教了匈奴铁骑的厉害，时时担心匈奴侵扰边疆。北方不能安定，刘邦在长安宫中闷闷不乐，这时大臣刘敬向刘邦建议说："目前天下初定，百业待兴。老百姓希望能过上安居乐业的日子，士兵连年征战，对战争已十分厌倦了。以武力对付匈奴是为下策，不如以和亲的方式，使汉朝与匈奴结为亲戚，这样不费一兵一卒，便可使北方边界安定，双方民众免遭战争之苦。"刘邦非常赞同刘敬的意见，于是打算把长公主嫁给冒顿单于，以求得双方和好。刘邦的老婆吕后，听说要把长公主远嫁到匈奴，去做胡人的小老婆，非常生气。她闯到堂上指着刘邦的鼻子说："怎么，想在我女儿身上打主意吗？趁早死了这条心，堂堂汉朝天子，打不过蛮夷之地的匈奴草寇，反而用我的女儿去使美人计，亏你想得出来。"刘邦一向害怕吕后，只好从后宫中选出一位年轻漂亮的妃子，号曰长公主去与匈奴和亲。

汉高祖九年（公元前198年），刘邦任刘敬为特使护送公主前往匈奴缔结和亲之约。汉朝以香车宝马送公主入塞，并赠送金、絮、米、酒十余车。冒顿单于听说汉朝送公主前来和亲，心中大喜，他认为这是雄居关中的汉人看得起他，于是他亲自带领仪仗队十里相迎，设盛筵为公主洗尘，款待送亲的汉朝使者。

冒顿单于是北方少数民族中第一个与汉民族和亲的人。尽管当时刘邦的和亲政策是被动消极的，但客观上开创了汉匈双方稳定和平的新局面。匈奴与汉朝结亲后，在双方边界地区开放关市，允许汉匈两族人民自由交易，双方互通有无，匈奴以马匹、皮毛等畜产品换取汉朝的丝绸、茶叶等农产品，同时汉朝先进的生产方式传入匈奴，促进了两地的经济发展。双方约定，北方“引弓”之地由匈奴管辖，南面“冠带之室”由汉朝统辖，双方互不侵扰。其后六十年间双方和平共处，没有发生大的军事冲突，人民得到了休养生息。

车骑将军

金日磾

在我国汉朝汉武帝时期，朝廷中有一位地位显赫的大臣，他叫金日磾。金日磾深得汉武帝的信任，为汉朝中兴立下了汗马功劳，被封为车骑将军，为后人所称颂。

金日磾生于汉武帝元光元年（公元前134年），卒于汉昭帝始元元年（公元前86年），出身于匈奴贵族。金日磾的父亲是休屠王。休屠王是匈奴诸王中比较著名的一位王，统率着一支强大的骑兵队伍。当时的匈奴单于派休屠王驻牧在甘肃河西走廊一带。河西一带历来是兵家必争之地，这里东接长安，西通西域，战略地位十分重要。

金日磾是休屠王的太子，从小生活在军旅之中，学会了骑马射箭，练就一身好功夫。在金日磾少年时期，匈奴和西汉王朝之间经常进行激烈的战争，双方边界常常不得安宁，老百姓深受战争之苦。金日磾从小就渴望和平，希望匈奴和汉朝能够和平相处，过上安定的日子。

到汉武帝时期，西汉王朝国力日渐强盛，汉武帝对北方的匈奴很不放心，于是元狩二年（公元前121年）三月发动了著名的河西之战。汉武帝派骠骑将军霍去病率领一万精锐骑兵向河西地区进发。霍去病是汉朝的一员大将，善于领兵，智勇双全，经过六天六夜的急行军，突破了匈奴防守的焉支山（今甘肃山丹县东南）。匈奴失去了天然屏障，抵挡不住汉朝军队的强大攻势，节节败退。霍去病杀了匈奴的折兰王和卢候王，浑邪王的儿子也被汉军俘虏。几个月

后，霍去病继续西进，攻破祁连山，占领了河西一带大片土地。

守卫河西一带的休屠王和浑邪王由于失职战败，受到匈奴单于伊稚斜的责难，命令他们在三个月内收复失地，不然就是死罪。面对汉朝军队的强大攻势，休屠王和浑邪王无能为力。浑邪王对休屠王说："目前汉军攻势凌厉，我们绝不是汉军的对手，如果不能收复失地，单于绝不会饶恕我们。不如投降汉军，此为上策。"对于降汉，休屠王犹豫不决，于是浑邪王便趁机杀了休屠王，带领四万匈奴军投降了汉朝。浑邪王降汉后被封为漯阴侯，负责管辖陇西、北地、上郡、朔方、云中五郡，称为"五属国"。休屠王死后，金日磾和母亲阏氏、弟弟金伦沦为汉朝的降虏，被迁移到长安。

那年，金日磾刚刚十四岁。到长安后，汉武帝对休屠王的眷属比较宽容，在生活上给予妥善安排。他对休屠王还是比较敬重的。少年金日磾，觉得自己已经长大，应该自食其力，要求找点差事干。于是他被派到专为皇室服务的官署黄门，负责养马。金日磾很喜欢这个差事，他从小在草原上长大，对马有特殊的感情。古代，马在军事上有重要的作用，因此对养马育马非常重视。小小年纪的金日磾深谙养马知识，精通马术，他养的马一匹匹膘肥体壮，滚瓜流油，深得黄门官署的赞赏。

几年之后，金日磾已经是一个仪表堂堂的青年了，他身高八尺二寸，浑身上下散发着英武之气。在一次赛马会上，金日磾骑着自己训练的马，第一个到达终点，博得了阵阵喝彩声。汉武帝在高高的观望台上，看见这位青年骑术高超，大加赞扬。他问左右，这个青年叫什么，当他得知是休屠王的儿子金日磾时，连声赞道："胡人善骑射，又是将门之子，果真名不虚传。"

有一次，汉武帝在宫中举行宴会，参加宴会的都是朝中有名的文武官员。宴会上有很多宫女歌舞助兴。酒至半酣，汉武帝要看骑射表演，借此检阅一下黄门官署的成绩。黄门官署立即派金日磾等十几名养马驯马能手参加。当十几名驯马手牵着良马从殿堂下经过时，他们被两旁浓妆艳抹、美如天仙的宫女所吸引，纷纷斜目窥视。只有金日磾非常庄重地牵马走过，专心致志，目不斜视，他的举动又一次引起汉武帝的注意。在马术表演中，金日磾以娴熟高超的技巧博得了阵阵喝彩。骑射比赛中，金日磾百发百中，获得了第一名。汉武帝大喜，对文武官员说："我朝有如此忠勇的将士，何愁不兴。"他立即召见金日磾，"赐汤沐、衣冠，拜为马监"，总管黄门官署养马之事。

金日磾在管理黄门官署的几年中，忠心耿耿，恪尽职守，为军队输送了大批精良马匹，壮大了军事力量。后来汉武帝先后提升他为侍士、驸马都尉、光禄大夫。

金日磾忠信自著，品德高尚，严于律己。任光禄大夫后，他的官职在朝中已经很大了，但他廉洁奉公，不徇私情，依然过着非常简朴的生活。汉武帝赏赐他很多金银，他把这些金银分赏给下属人员。有一次，汉武帝赏赐他十名美女。他说："高堂有老母在上，堂下有原配妻子，这些美女我决不能受用。"

金日磾的母亲对他和弟弟金伦的要求非常严格，其家教"甚有法度"。母亲从小便教育他们，做人要品行端正，做官要忠贞不贰，体察下民。"忠信"二字是做人为官的根本。金日磾高尚的品格与母亲的严格教导是分不开的。金日磾是个有名的孝子，他将汉武帝赐给他的几个美女全派到母亲身边做侍从。汉武帝得知金日磾有这样一位德高望重、教子有方的母亲，对这位匈奴阏氏非常敬重。后来，金日磾的母亲去世了，汉武帝下诏将她的画像供放在长安的甘泉宫，并在画像上题写了"休屠王阏氏"几个字，以表彰这位高风亮节的母亲，并教育后人。金日磾终生不忘母亲的教诲，他常常带领子女到甘泉宫参拜母亲的画像，用母亲的方式教导自己的子女。

金日磾以母亲为榜样，对自己的子女家教甚严，绝不姑息迁就。金日磾有两个儿子，长得非常英俊，深得汉武帝的喜爱，便在宫中做了皇帝的弄臣。弄臣就是陪伴皇帝游戏取乐的人。有一次，金日磾有急事要启奏皇帝，进宫后，看见大儿子从后边搂着汉武帝的脖子戏闹，他十分生气，用愤怒的目光盯着儿子。他平时对儿子管教甚严，儿子在家里特别怕他，看见父亲愤怒的样子，吓得哭着跑掉了。对金日磾的举动，汉武帝有些生气，责备他对儿子过于严厉，不应该这样。

金日磾的大儿子长大后，在宫中养成了骄奢淫逸的恶习。他仗着父亲是朝中的大官，自己又在皇帝身边做事，从不把别人放在眼里，随便打骂宫人，并与宫女关系暧昧。金日磾知道后，气愤至极，金家出了这样的孽种，有辱祖上的名声，“恶其淫乱”，便将大儿子处死了。汉武帝知道后大怒，心想，你一个光禄大夫，竟敢随便杀我身边的人，随即向金日磾问罪。金日磾理直气壮地陈述了杀死亲子的原因，说：“此孽种不除，后患无穷。”汉武帝听了金日磾的陈述，被他这种大义灭亲的行为所感动，当场赦他无罪。从此，汉武帝对金日磾更加信任了。

金日磾严于律己，忠心耿耿，深得汉武帝的敬重。朝中有什么大事，汉武帝都要同他商量。这样一来，便引起朝中一些皇亲国戚和心胸狭窄的大臣的嫉恨，私下常常抱怨，并传布金日磾的坏话。身正不怕影子歪，对那些恶语中伤之事，金日磾不予理睬。汉武帝知道金日磾忠心报国，从不听信那些流言蜚语。

汉武帝到了晚年非常迷信，为了长寿常常招来一些江湖术士炼丹，他以为吃了这些“金丹”就能长命百岁，甚至长生不老。这些“金丹”非但没有使他长命百岁，反而弄得身体越来越弱。他患有头痛，一旦发作，心烦意乱，难理朝事。当时，社会上有一种所谓“巫蛊”的骗术，就是把活着的人按他的形状做成木偶，埋在地下，或放在阴暗的角落里，用针扎之，并附以巫术进行诅咒，七七四十九天后，就可以置人于死地。汉武帝体弱多病，再加上性格多疑，因此，怀疑有人背后使用“巫蛊”诅咒他。他暗中派人查访，凡有可疑者，立即向他报告。丞相公孙贺，平时秉公办事，得罪了一些人，征和元年（公元前92年）被人告发，说他暗中用“巫蛊”陷害皇帝。汉武帝不分青红皂白，便将公孙贺下入大狱。金日磾深知公孙贺为人正直，绝不会干这种伤天害理的事，肯定有坏人在背后捣鬼。他在汉武帝面前极力为公孙贺开脱，但汉武帝疑虑深重，根本听不进他的劝告，公孙贺最后冤死在狱中。

第二年，有个叫江充的绣衣使者，平时对太子积怨甚深，借此机会他便制造“巫蛊”事件，以便讨好汉武帝，除掉太子，一举两得。那时太子在边关驻防，江充在汉武帝面前造谣说：“太子在边关早有叛逆之心，他想早日继承皇位，只因皇帝健在，他才不敢轻举妄动。听人说，他在边关用‘巫蛊’诅咒皇上。”汉武帝听了此言，心中大怒，立即发兵前往边关征讨太子。

太子不得已，只好发动兵变，起兵杀了江充。太子在边关激战五天，终因寡不敌众，被迫自杀身亡。在镇压“太子兵变”的事件中，江充的党羽侍中仆射莽何罗、莽通兄弟因镇压太子兵变有功而被封侯晋爵。

在镇压“太子兵变”的过程中，金日磾曾多次劝告汉武帝，不可轻信外人谗言，但汉武帝在气头上，始终听不进金日磾的忠告。

后来，江充陷害太子的事件真相大白，汉武帝才知自己上当受骗，后悔当初不该不听金日磾的忠言。

参与镇压太子的莽何罗兄弟非常害怕，一旦汉武帝追查起来，他俩将遭受株连。他俩暗中密谋，决定伺机刺杀汉武帝。金日磾早已觉察到莽何罗兄弟心怀不善，便派耳目到莽何罗营中，观察他们的动静，以防不测。

每年夏天，汉武帝都要到林光宫去避暑，莽何罗觉得这是刺杀汉武帝的好机会。后元元年（公元前88年）六月的一天夜里，汉武帝正在林光宫中，莽何罗与其弟莽通、莽安成串通一气，暗中发兵将林光宫包围起来。趁汉武帝熟睡之机，莽何罗带心腹潜进院内准备行刺。金日磾已得知莽何罗有谋反的举动，他随汉武帝住进林光宫，并派将士守护在宫外。莽何罗刚刚潜入林光宫就被金日磾发现，他一个箭步冲上来，将莽何罗袖口的藏刀打落在地，紧紧抱住他，大喊：“莽何罗谋反！”

这时，汉武帝从梦中惊醒。左右卫士将莽何罗团团围住，手执利刃向莽何罗砍去。汉武帝看见金日磾与莽何罗抱在一起，生怕卫士们误伤金日磾，连忙制止。这时只见金日磾将莽何罗高高举起，用力摔在殿下。

围在林光宫外的莽通、莽安成被金日磾派出的将士活捉。这场震惊朝野的行刺案被金日磾粉碎了。晚年的汉武帝受此惊吓后，身体日益虚弱。

第二年，汉武帝病危，诏立八岁的小儿子弗陵为皇太子。任命霍光为大司马，任命金日磾为车骑将军，共同辅佐少主汉昭帝弗陵即位。汉武帝去世后，金日磾和霍光团结一致，忠心耿耿地辅佐少帝，做了很多好事，开创了西汉历史上有名的“昭宣中兴”大业。金日磾的弟弟金伦也是朝内重臣，为汉朝做出重大贡献。

汉昭帝初年，因金日磾辅佐有功，汉昭帝封他为侯，严于律己的金日磾觉得帝少不应受封，坚决辞退了封侯。后来金日磾病重，汉昭帝又要封他为侯，他才接受了这个封号。金日磾死后，他的次子金赏继承他的事业，为汉朝建功立业，被汉昭帝封为奉车都尉，汉宣帝即位时，金赏任大仆，汉元帝时被封为光禄勋，一生辅佐了三位皇帝。金日磾的三子金建在汉昭帝时期为驸马都尉，金建的儿子金当继承侯爵位。金日磾的弟弟金伦和他一样一家三代都是汉朝的重臣，赤胆报国，忠贞不贰。金伦的长子金安上为汉宣帝时期要臣，在反对霍氏的叛乱中，起了重要作用，被汉宣帝封为都成侯，官至建章卫尉。金安上的四个儿子都是朝中的官员。金日磾家族一连好几代都是西汉时期的要员，为汉朝的中兴事业立下不可磨灭的功勋，这在历史上是极为少见的，堪称匈汉团结的典范。

建立后赵的羯族首领
石勒

在十六国时期，有一位不识字的羯族首领石勒。在贫穷艰苦的环境中，他以坚韧不拔的意志摆脱困境，组建军队，凭借自己的勇猛和机智在战争中逐渐壮大起来。在西晋末年各族人民的反晋大起义中脱颖而出，统一了中国北部，建立了历史上十六国时期的后赵政权。他是一位有非凡军事才能和政治才能的少数民族皇帝。

被卖为奴

晋武帝泰始十年（公元274年），石勒出生于上党武乡（今山西榆北县境内）一个羯族小帅家庭。虽然他出身于小贵族家庭，但当时羯人和汉人杂居，受汉族地主的奴役，家境衰落。十四岁那年，他便挑起养家糊口的重担，为了谋生他跟随本族的一位亲戚到洛阳做买卖。兵荒马乱的年月，买卖也不好做，好不容易赚了一点钱，却在一天夜里被强盗抢劫一空。

他在洛阳混不下去了，便回到家乡，给一个叫王驱的地主当长工，每天下地干活。由于他力气大，又勤恳，地主很喜欢他。

有一天，石勒正在地里干活，突然来了几个衙门里当差的，不由分说便上来用绳子捆他，他大怒，大声责问道："你们凭什么抓人？"其中一个当差的冷笑道："我们奉衙门里的命令，前来抓丁，你好好跟我们走，免得受皮肉之苦。”石勒一看他们如此蛮横，便抡起锄头和几个当差的打起来，当差的哪里是他的对手，被他打得鼻青脸肿，吓得逃回县城报告县太爷去了。

石勒回到地主家里后，对王驱说：“衙门里派人来抓我去当丁，我把他们打了一顿。”王驱得知他闯了祸，便对他说：“衙门里这伙人不是好惹的，他们一定不会善罢甘休，你在这里待不下去了，赶快到别处去躲一躲。”说着给了他一些工钱。

石勒在外地流浪了几个月，身上的那点钱也花光了。正当他走投无路的时候，他在半路上碰见郭敬。郭敬是洛阳的一个商人，石勒在洛阳做小买卖时与他相识，现在他流落到这个地步，便哭着对郭敬说：“我现在真是走投无路了，穷得连饭也吃不上，请你帮助我。”说着把他在家乡的遭遇告诉了郭敬。郭敬很同情他的处境，便把他领到家里，找了几件半新半旧的衣服给他换上，让他吃饱了饭，对他说：“你如果没地方去，先在我这里住下，帮我做些事情。”石勒非常感谢郭敬对他的帮助，便忠心耿耿地为郭敬卖力气。

石勒常常为郭敬往冀州（今河北南部）和并州（今山西太原市）一带运送货物，他不怕吃苦，又有心计，每次外出都能顺利完成任务，郭敬很信任他。石勒走南闯北，渐渐地增长了见识。一天他对郭敬说：“现在羯人很贫穷，吃不饱肚子，咱们可以把他们招来，再卖给冀州的汉人，冀州那里很缺劳动力。这样你可以得一笔身价钱，羯人也便有了一条生路，这不是两全其美的事吗？”

郭敬一听，这倒是个好主意，便在石勒的家乡上党地区召集羯人，准备做贩卖人口的生意。

不料这时并州刺史司马腾也在大规模地实行这个计谋。司马腾派官兵到处捉拿胡人，那时，石勒正在上党一带帮助郭敬召集羯人，正好遇上捉拿胡人的官兵。石勒高鼻梁、深眼窝、满脸短胡子，一看就与中原地区的人长相不同，于是石勒和其他羯人一道被官兵捉走了。

司马腾派官兵将捉到的胡人，“两胡一枷”押送到冀州、山东一带去卖。为了防止胡人逃跑，两人一枷，用绳子拴住胳膊，一路上历尽千辛万苦。

石勒被卖给茌平县（今山东茌平县）地主师欢家为耕奴。这时石勒已经二十岁了，他恨透了晋人，恨透了司马腾这些欺压胡人的统治者。

前面说过，石勒出生于羯族小帅家庭，小时候他跟族人练习武术，能骑马射箭，善拳术。二十岁的石勒已经是一个年轻的小伙子，别看他身处逆境之中，却心中怀有大志，总想着有一天出人头地，干一番事业。在师欢家当耕奴时，他常常和伙伴们在打麦子的场面上舞枪弄棒，练功耍拳。他力大无穷，伙伴们都很佩服他。他看见场面上有一个大碌碡，足有几百斤重。他对伙伴们说："谁能举起来，咱们就推他为王。"

伙伴们走到碌碡跟前用手推了推，碌碡动都不动，便说："太重，太重，哪里能举得起来。"这时，只见石勒走到碌碡跟前，两手用力一搬，"啊"的一声，便将碌碡举过头顶，在场的伙伴们都惊呆了，这时只听场外有人赞道："好力气！好力气！"

石勒回头看时，只见那人长得膀大腰圆，体魄雄健，黑脸颊上长着一圈短短的胡茬。原来这人名叫王阳，以前也曾当过耕奴，后来不甘忍受地主的欺侮，便跑出来结交了几个江湖朋友干一些劫盗畜户的勾当，也算得上茌平地面上的一条好汉。

石勒认识了王阳，闲暇时经常到麦场上练习武功。地主师欢见石勒经常和这些不三不四的人混在一起，怕时间长了惹出麻烦，便找借口把石勒解雇了。

石勒无路可走，王阳和他的朋友郭傲等人便邀他入伙，当时这伙人共八个，称为"八骑"，在山东一带干些抢劫富户、周济贫民的事情。后来石勒对王阳等人说："我们这样打家劫舍，并非长久之计，也成不了什么气候，不如成立一支军队，召集乡野里一些穷苦青年，干一番大事业。"王阳、郭傲听了很高兴，便推他为首领，招兵买马，成立了一支由农民组成的队伍。

起兵反晋

石勒起兵后，在河北一带进行打击富豪的活动，以扩大自己的实力。不久呼迂莫带领他的十个结拜弟兄来投奔石勒，石勒的力量进一步扩大，号称“十八骑”。

公元305年，石勒与河北的汲桑结识。汲桑，牧马人出身，马上功夫很是了得，两人相见恨晚，立即结为好友，合兵一处。汲桑比石勒年长，因此石勒拜汲桑为兄长。他们率领这支农民军战斗于赵魏之间（今河北地区），攻占郡县。每攻破一座城镇，便杀掉西晋官吏，并且将监狱打开，放出囚徒，很多囚徒加入他们的队伍。不久，这支农民军已有五万人马。汲桑自号“大将军”，封石勒为“扫虏将军”。

公元307年，汲桑以石勒为前驱，攻打邺城（今河北临漳县）。这里是当年曹操建都的历史名城。石勒率领部众将邺城团团围住。石勒在马上对士兵们说：“攻下邺城，那里有无数美女和金银财宝，供我们享用。”说完便一马当先冲在最前边。邺城守军挡不住凌厉的攻势，城门被攻破。

石勒冲进西晋宫室，杀死仇人司马腾，然后放火烧毁宫殿，大火烧了两天两夜，映得邺城上空一片通红。那时这支农民军尚缺乏严明的军纪，政治目光短浅，进城后杀死士族和居民数万人，抢掠妇女和金银珠宝不计其数。邺城遭到巨大的破坏。

汲桑进城后，大肆挥霍，过着皇帝一般的生活。这时，西晋东海王司马越正在调集各路兵马向邺城集结。不久，司马越调集十万人马兵临城下，汲桑和石勒一看不是对手，急忙退出邺城，向北方撤退。农民军在冀州（今河北高邑县）遭到冀州刺史丁绍设下的埋伏，农民军陷入晋军的包围之中。

汲桑战败被杀死在平原上，石勒率残部突围后向西撤退，投奔到山西离石刘渊帐下。刘渊素知石勒是一员猛将，任命他为督都，负责征讨山东事宜。

石勒借刘渊的名义，打着“复汉”的旗号，战斗于黄河中下游一带。为了扩大自己的军事力量，他派部将到并州（今山西太原市）征召羯族人士前来加盟。石勒出身于羯族小帅家庭，他在少数民族中有很强的号召力，不久，在并州一带的少数民族人士纷纷前来归附。他的势力再次扩大。

公元308年，石勒占领魏郡（今河北临漳县）、汲郡（今河南汲县）等地，拥有六万兵马。第二年，又占领钜鹿（今河北巨鹿县）、常山（今河北正定县）和冀州等郡县的坞堡壁垒一百余座，兵马扩大到十万余众。

石勒不识字，但他在长期的战争中吸取了经验，尤其是邺城失败，给了他沉痛的教训。他感到，光凭猛冲猛打是不行的，必须找些有文化的人来辅佐他，为他出谋划策。

占领赵郡（今河北赵县）后，他对手下人说："这里有没有有才学的人，你们帮我去查访，我要召见这样的人。"部下中有人对他说："这里有个叫张宾的学士，很有学问，他不愿做西晋的官员，现在赋闲在家。"

石勒立即派人去请。张宾来到石勒的营帐时，石勒正在洗脚，没看见张宾进来。张宾很生气，扭头便要走。石勒抬头见张宾要走忙说："我请你来，有要事相商，你为什么扭头要走呢？"张宾说："你这样不懂礼貌，我能和你说什么呢？"

石勒连忙穿上鞋子，走上前来，笑着说："我是个粗人，请先生不要见怪。"说着命人摆上凳子，请张宾入座。石勒向他求教军事，张宾说得头头是道，石勒听得入神，随即拜张宾为谋士。

公元311年，东海王司马越率领二十万军队前来攻打石勒。石勒为报郧城一箭之仇，决定出兵反击。不想司马越在行军途中病死，军情紧急，征战之师岂能无帅，西晋推举太尉王衍为临时统帅，继续率兵东进。

临战前，石勒召集谋士们商量拒敌之策。石勒说："我军只有十万，晋军有二十万之众，如何才能取胜？"张宾说："晋军虽有二十万，但他们新丧统帅，王衍临时接替，军心不稳。我军可分兵出击，将晋军分割，使其首尾不能相顾，然后歼灭之。"

石勒听从了张宾的计策，将骑兵分为三路，埋伏于晋军必经途中。

王衍率二十万晋军向石勒的驻地进发，半路突然遭到袭击，石勒的骑兵将晋军分割成三段，致使晋军大乱。这一仗晋军死伤十万，大伤元气。

这时汉国刘渊已死，其子刘聪称帝。刘聪命令石勒与汉国大将王弥分两路攻打洛阳。石勒从河北出兵，王弥从山西出兵，两路夹击很快便占领洛阳。王弥为了独得首功，想乘机吞并石勒。

张宾向石勒献计说："王弥是汉国的嫡系军队，现在你和他同进洛阳，他对你是不放心的。后天可设宴招待王弥，趁机将他杀掉，以除后患。"

石勒派人去请王弥赴宴。王弥心想，石勒设宴一定是想讨好我，于是只领了几个随从去参加石勒的宴会。

席间，石勒对王弥说："这次攻打洛阳，将军应是首功，小弟特意备此薄酒，招待将军，请将军开怀畅饮。"王弥听了这番恭维话，早已飘飘然了。酒过三巡，石勒突然将酒杯一摔，埋伏在帐后的刀斧手冲到王弥跟前，将他一刀刺死。昏昏然的王弥还没弄清是怎么回事，便做了刀下之鬼。

王弥死后，石勒兼并了他的部队。

石勒的势力壮大了，他不想再听从汉国刘聪的指挥，想自立为王。公元312年，石勒屯兵于葛陂（今河南新蔡县），准备攻打建业（今江苏南京市），消灭东晋，活捉司马睿。但是，天公不作美，一连下了三个月雨，军中缺粮，再加上疫病流行，石勒陷于困境。他召集部下商量对策。右长史刁膺说："现在我军面临缺粮的困境，不如暂时归附东晋，等待时机再图进取。"石勒不高兴地说："我与司马氏不共戴天，怎么能去归附他们，如此怯弱之计怎能采纳？"

这时，孔苌、支雄、王阳、呼延莫等三十多名将领跪在地上说："大敌当前，只可进，不可退。我们愿各自率领三百士兵，连夜攻城，夺取丹阳，取城中米谷，然后攻打建业，杀掉司马睿。"石勒高兴地说："这才是勇将之计，但这样做太鲁莽了。现在不可轻举妄动，但你们的勇气可嘉。"他奖赏每位将领好马一匹。

石勒回过头来问张宾有何见解，张宾说："此地不可久留，应回师北上，夺取河朔，占领襄国（今河北邢台市），再图王业。"石勒采纳了张宾的意见，放弃葛陂，率兵北上。

襄国称王

石勒听从张宾的建议，占领了襄国。他以此为根据地，发展自己的势力，准备统一北方。

在长期的战争中，他深知人才的重要性。他对张宾非常重视，认为张宾是他身边的张良，“机无虚发，算无遗策”。张宾也认为石勒是一位谦虚好学的明主，因此忠心耿耿地为他效力。有一次，石勒让张宾给他读《汉书》，当读到郦食其劝刘邦立六国同姓王，并将封印授给他们时，石勒说：“这不是个好办法，可刘邦为什么还能得天下呢？”后来又读到张良进谏时，石勒恍然大悟，说：“原来刘邦有这样一个好谋士，怪不得他能得天下。”张宾对石勒说：“刘邦没有读过多少书，他之所以能打败项羽，是因为他重用人才，在这方面项羽就不如他了。刘邦将张良、韩信、萧何等人召集自己身边，听从他们的计策，所以能统一天下。”

石勒后悔自己小时候没有读书，后来又失去读书的机会。他认识到没有文化，成不了大气候，于是他在襄国设置了宣文、宣教、崇儒、崇训等十余所学堂，让张宾挑选有学问的人当教师，选择贵族子弟三百多人进学堂读书。他常常亲自到学堂考察学生的学习成绩，对学习成绩优秀者，当场给予奖励。他用经学考试秀才、至孝，以此代为评定九品官职的标准。每年他都下令让各州、各郡、各县向他推荐秀才、至孝、廉清、臂良、直言、武勇各一人，由张宾给他们安排官位，发挥他们的作用。

石勒信奉佛教，因此提倡佛学。当时有个天竺国的和尚到中原来传教，这个和尚叫佛图澄。他能背诵数百万字的经卷，并精通文义，会法术，是个杰出的佛学者。他先来到洛阳，称他已经四百多岁了，能从寺塔上铎铃声中分辨出吉凶之事，能念神咒役使神鬼。那时洛阳城里兵荒马乱，他说：“司马越气数已尽，快要完蛋了。”后来刘曜攻破洛阳，他便藏在荒野中观看动静。他认为刘曜也不会长久，于是他便去投奔郭黑略将军。

郭黑略是石勒十八骑中的一员大将，佛图澄见到郭黑略后说："我看见你头上有一个光环，你身后必有明主，将来一定能成王业。"郭黑略见他出言不凡，便领着他去见石勒。他对石勒说："大王头上有光环笼罩，有王者之气，必得天下。"他在石勒眼前玩了一套魔术，石勒虽然看出来是假的，但认为可以用来欺骗将士，鼓舞斗志，所以没有揭穿他。佛图澄的一些预见后来都应验了，这并不是因为他能预卜未来，而是因为他能正确分析判断当时的局势。

佛图澄虽然不像他自称的那般神奇，但他毕竟是个有学问的人。他掌握了天竺国的一套治病方法，在军中常常为将士们治疗疾病，而且非常有效，因此深得石勒的信任，对他加以重用。

石勒性格粗犷、豪爽，宽宏大量，不计旧仇。他小的时候，有个邻居叫李阳，常常和他因为争夺麻田而互相殴打。李阳比石勒大几岁，有一次因为沤麻争水，石勒被打得头破血流。石勒在襄国称王后，有一次设宴招待乡亲们，他见李阳没有来，便对乡亲们说："李阳是个硬汉子，他今天怎么没来呢？"乡亲们说："他以前和你打过架，怕你嫉恨他，怎么敢来呢。"石勒说："那都是以前的事了，那点小小恩怨岂能记一辈子。我现在虽然当了一国之王，但当初不也是个普通老百姓吗？既然称王就要取信于天下，岂能为小小私仇怀恨在心？"

石勒说完便派人去请李阳，李阳战战兢兢地来见石勒，石勒笑着对他说："我过去吃过你的拳头，你不也尝过我的棍棒吗？我知道你的拳头挺厉害，现在我把你请来，帮我打天下如何？"说着便把他拉入席间，赐美酒款待。石勒封李阳为参军都尉，让他效马军前。李阳感激不尽，逢人便说："石勒是个宽宏大量的人，将来必得天下。"

石勒是个羯人，当时汉人称少数民族为胡人，石勒最讨厌这个"胡"字，下令不准称少数民族为胡人，谁要犯了忌讳，就要受惩罚。樊坦是个有学问的人，石勒任命樊坦为县令。樊坦上任前来拜见石勒，石勒见樊坦穿着一身破衣服，戴着一顶旧帽子，一副穷困潦倒的样子，惊奇道："你怎么穷到了这种地步？"樊坦叹了口气说："唉，大王有所不知，我在半路上遇到胡人强盗，这些胡人生性残暴凶恶，把我的财物全给抢光了。”石勒听后笑着说：“这帮胡人真是可恶，我替他们赔偿你的损失。”樊坦突然想起石勒不准说“胡人”的忌讳，知道自己说走了嘴，连忙叩头求饶说：“在下该死，该死。”石勒当时也忘了他曾下过的禁令，说：“我禁的是普通人，你们这些老书生除外。”石勒不但没有怪罪樊坦的一时失言，还替胡人赔偿他三百万钱，并赏赐他车马衣服，让他体面地去上任。

从这些事上可以看出石勒重视读书人，爱惜人才，并懂得用人的策略。

有一天，石勒正在宫中理事，突然有个喝醉酒的胡人骑马闯入宫门，石勒大怒，把管门官叫来，斥责道：“刚才骑马闯入宫门的是什么人？为什么把他放跑了？”管门官心中害怕，一时忘了忌讳，回答说：“刚才是个醉胡跑马进来，我紧赶慢赶也没阻止得了。俗话说‘和胡人难说话’，他又借酒撒野，我一个小小管门官，他哪里怕我。”石勒听罢哈哈大笑说：“胡人真是难缠，你和一个醉胡有什么理可讲。”说完免了管门官的罪责。石勒对偶尔犯了忌讳的人，还是能够宽容的，对一些小节上的问题也不予追究。

建国称帝

公元318年，汉国刘聪病死，经过一番激烈的权力争夺，刘曜当上了汉国的皇帝。石勒历来不服刘氏，现在刘曜夺得帝位，石勒对他更不满意，随即与汉国断绝了君臣关系。从此，石勒的主要敌人便是刘曜。

这一年，石勒从襄国发兵，攻打刘曜的汉国都城平阳（今山西临汾市）。平阳是有名的石头城，是古代尧王建都的地方，这里以汾水为屏障，易守难攻。石勒命王阳、支雄（八骑中人）为先锋，亲自督军，来到平阳城下。

汉国守将靳准凭借坚固的城墙，坚守不出，石勒一连攻打了七天七夜，未能攻破。石勒每天派士兵到城下骂阵，以引诱靳准出战，而靳准采取的是消耗战术，他知道石勒远道而来，军中粮草不多，时间长了，石勒会不战而退。

石勒一连围城半月，未能攻破平阳，心中很是焦虑。这时张宾献计说：

“靳准不出战，是为了消耗我们，我们不能跟他拖延时间。平阳城中用水全靠汾水供应，我们可在城外断绝水源。城中无水可用，不战自乱，那时我军奋力攻城，一鼓可破。”

石勒大喜，命令士兵连夜将平阳城外的小渠堵截。不几日，城中果然用水奇缺，守城将士无心作战。这时，石勒命令支雄攻打北门，王阳攻打东门。这天夜里，平阳城东门失守，石勒率大军长驱直入，杀死靳准，获城中巴氐、羌人七万余户。靳明一看靳准已死，大势已去，急忙率领一万五千人从西门突围，投奔刘曜去了。

石勒烧毁城中宫室，刘渊、刘聪积贮在平阳城内的财物被付之一炬。

公元319年，刘曜建都长安，改国号为赵，史称前赵。石勒自称赵王，建都襄国，史称后赵。这时，石勒所占据的地盘比刘曜大，兵力也比刘曜强盛。

刘曜是个昏庸无能的皇帝，他贪图享乐，在长安城里大兴土木，修建豪华的宫殿。他派人在民间选美女，供他玩乐。他成天和妃子们饮酒作乐，不理朝政。后来他在洛阳城里修建了富丽堂皇的行宫，每年三月便带领妃子宫女到洛阳去赏牡丹花，每次出行前呼后拥，耗资巨大。这样荒淫无耻的朝廷，怎么能长久呢。

公元325年，石勒率兵攻打洛阳，当时刘曜正在洛阳城中，他派兵驻守金谷。在此之前刘曜多次与石勒交战，屡战屡败，他的前赵军被石勒打得如同惊弓之鸟。这天夜里，刘曜的前赵军，听到远处有鼓声，便大惊起来，四散逃命，还没有开战，便吓成这个样子，怎么能不打败仗呢。刘曜急忙率兵撤退到渑池，夜里士兵们又无故惊溃，刘曜只好退回长安。

在这次战争中，石勒击败刘曜的部将刘岳，俘虏敌军三千余人，坑死士卒九千余人，大获全胜，缴获辎重、金银不计其数。石勒的实力大大增强。

公元328年，石勒率兵再次攻打刘曜，双方在洛阳展开决战。刘曜兵力衰微，哪里是石勒的对手，开战不久，刘曜军便被击溃，刘曜骑白马落荒而逃被大将王阳活捉，石勒下令斩首。石勒乘胜西进，攻破前赵都城长安，刘曜的儿子刘熙、刘胤被杀，王公将校以下三千余人也难以幸免。至此，石勒灭了前赵国。

公元330年，石勒正式登基称皇帝。此时石勒建立的后赵国达到全盛时期，后赵占领的地盘“南逾淮海，东滨于海，西至河西，北尽燕代”（见《读史方舆纪要》），中原一带都为石勒所统一。后赵与淮河以南的东晋形成南北对峙的局面。

为了加强和巩固后赵国的统治，石勒在政治上采取“胡汉分治”的政策。设二十四郡，每郡设内史官员，以统治汉人。另外设立大单于，管理少数民族。定羯人为国人，其待遇当然高于其他民族。

石勒很重视法律，他说，大乱以后，法律条文越来越烦琐，要选择重点，制定一套简明扼要的法律条文。在他的敕令下，制定了《辛亥制定》，共五千字，作为现行法律依据。石勒任命张宾为大执法，总管朝政；任命续咸为律学祭酒（祭酒为官号），管理狱讼之事；任命支雄、王阳为门臣祭酒，专管胡人狱讼；任命裴宪为经学祭酒，管理文化事业；任命任播为史学祭酒，负责整理史籍的工作。

石勒青少年时期当过耕奴，知道农民的痛苦，因此他积极鼓励农业生产，关心农桑收成。他专门设立了农业官吏，派这些官吏定期到各州郡巡视农业生产情况。规定哪里出现荒田，要处罚当地的官员；哪里农业生产搞得好，赐给五品大夫，进行奖励。石勒提倡清明廉政，对廉洁奉公的官员进行奖掖，并严刑惩处贪官污吏。他采用这些措施，是为了缓和汉族农民的反抗，比起西晋和东晋的腐朽统治，石勒显然要高明得多。

有一次石勒问大臣徐光：“历史上有很多有作为的皇帝，你看我可以和哪个皇帝相比呢？”徐光为了讨好石勒，恭维说：“陛下统一天下，治国安邦的韬略不在汉高祖刘邦之下，胜过曹操、司马懿，自尧舜以来，没有一个人能与陛下相比。”石勒听了摇摇头，笑着说：“你这是有意夸奖我，我心中有数，我要是遇到汉高祖，应当做他的属臣，岂敢和他相提并论；要是遇见光武帝刘秀，我敢和他逐鹿中原，争个高低。我是介于汉高祖、光武帝之间的人物。至于曹操、司马懿，我并不佩服他们，他们从孤儿寡妇手里夺取天下，挟天子以令诸侯，这不是大丈夫所为，我不会那样做。”看起来，石勒是个比较有自知之明的皇帝。他有意学习刘邦，在治国方面效法西汉。

石勒晚年非常迷信，他大兴佛寺，建立寺庙，并把自己的孩子们送到佛寺里去抚养。石勒完全信服了佛图澄的法术，亲自拜佛许愿，求佛保佑自己的儿孙们。

作为一个封建皇帝，石勒有他的局限性。他出身羯族家庭，长期形成民族偏见，对汉人曾有过疯狂的抢掠和杀戮。攻破邺城、洛阳和平阳等地时，抢杀数万民众，烧毁宫殿，使这些历史名城遭到空前的破坏和浩劫。

公元333年七月，石勒病重。弥留之际，他对张宾、徐光等大臣说："我自从襄国称王到现在已经十五年了，但吴蜀还没有平定，东晋还残留在丹阳，书轨还没有统一，以后的统一大业要靠你们完成了。"说完便闭上眼睛与世长辞，时年六十岁。

石勒死后，谥明皇帝，庙号高祖。传位于他的儿子石弘，随后他的侄子石虎发动政变，夺取了后赵国政权。石虎残暴成性，穷奢极侈。公元350年，后赵国灭亡，立国仅三十一年。

前秦氐族皇帝

苻坚

中国有两句成语叫“风声鹤唳”“草木皆兵”，这两句成语说的是北方的秦王苻坚率兵攻打东晋王朝，在淝水一战遭到惨败，听到风声鹤鸣以为是晋军来追赶他们，看见八公山上的草木，以为是晋军设下的埋伏。

古人说：“胜败乃兵家常事。”苻坚虽然在淝水战役中遭到失败，然而他却是十六国时期皇帝群中的一位优秀的君主，是一位杰出的少数民族政治家。他十九岁登上皇帝宝座后，在政治、经济、文化各个方面实行了许多富有成效的改革措施。他镇压豪强，休息民力，使秦国出现了汉魏以来少见的清明政治。

年轻的前秦皇帝

苻坚于公元338年生于前秦皇帝家族，字永固，氐族人。他从小生活在皇室中，受过良好的教育。氐族的文化程度较高于当时的一些少数民族，一般都通晓本民族语言和汉语。氐族贵族接受了汉族的封建文化，从小便熟读儒家经典，苻坚便在这样一个文化环境中长大。

苻坚的祖先居住在武都（今甘肃西部），后来迁居于略阳临渭（今甘肃秦安县东南）。公元350年，氐族首领苻洪自称大都督、大单于。当时氐族内部矛盾重重，苻洪称王不久便被人用毒酒害死。苻洪死后，他的儿子苻健承继王位，率十万部众攻入关中。公元352年，苻健称帝，国号秦，建都长安。

过了两年，东晋桓温率领四万军队前来攻打秦国，但到了长安附近，他犹豫不前，于是在长安附近安营扎寨。他想等小麦成熟后，在这里筹措军粮。但善于用兵的苻健，不会让桓温的阴谋得逞。当小麦即将成熟时，苻健连夜派车队抢收小麦，把长安周围的小麦全部割掉，同时实行坚壁清野，把粮食藏了起来。桓温军中缺粮，士兵饥饿难忍，无法作战，他只好带领军队退回荆州。

在苻健的治理下，长安和关中一带的老百姓过上丰衣足食的日子。但好景不长，公元355年，苻健病故，由他的儿子苻生继承帝位。苻生一只眼睛有毛病，人称独眼龙。他性情残暴、刚愎自用，从来不听别人的劝告。他在宫中过惯了花天酒地的生活，又从民间选来很多美女供他玩乐。后妃、宫女被他玩腻了，就命人杀死。公卿大臣们实在看不下去便劝诫他，他不但不听，还把这些公卿大臣们杀死。在他的宫殿里摆满了各种刑具，他看见谁不顺眼，就拉下去用刑。

在苻生残暴的统治下，公卿、大臣、嫔妃、宦官人人自危，度日如年。老百姓的日子更是苦不堪言。

对于堂兄苻生的暴虐行为，苻坚早就心怀不满，他要除掉这位杀人如麻的暴君，为民除害，重振国威。公元357年，十九岁的苻坚在大臣们的支持下，毅然发动宫廷政变，杀死苻生，自立为帝。

苻坚当上皇帝后，决心整顿秦国，治理混乱，增强国力，以便统一北方。要实现这些宏伟的目标，必须物色一位有才能的将相，于是他看中了博学多才、富有远见卓识的汉族人士王猛。

王猛出身贫寒，小时候家里很穷，他便到大街上去卖簸箕来维持生活。他省吃俭用，用卖簸箕得来的钱，买书阅读。王猛读书非常刻苦，常常读到深夜都不肯休息。他最喜欢读兵书，把一部《孙子兵法》读得滚瓜烂熟。

东晋的桓温入关攻打长安时，听人说王猛是位人才，便召见他。那天，王猛披着一件又破又旧的短衣衫，赤着一双脚去见桓温。王猛见了桓温也不施礼，坐在地上便捉起虱子来。桓温知道凡有大学问的人，都有些怪脾气，因此并不计较他的无礼，还向他询问天下大局。王猛一边捉虱子，一边高谈阔论，说到高兴处，便将捉到的虱子往地上一捻，仿佛灭掉一个国家就像捻死一只虱子那么容易。

桓温听了王猛的一席有独到见解的议论，非常佩服，说："江东虽大，却没有一个人能比得上你的才干。我想请你出山，帮我干一番事业，不知道你意下如何？"

王猛摇了摇头。

桓温从关中退兵时，再次要求王猛随他到江东去，但王猛不肯去。因为王猛知道，回到高级士族专权的东晋王朝，对他这样一个出身寒门的人来说是不可能有前途的。东晋朝内等级森严，门第观念很强，与其到那里去坐冷板凳，还不如留在关中，等待机会。

现在机会终于来了，苻坚亲自登门来拜访他，请他出山辅佐，以成大业。王猛说："我出身卑微，儿时卖过簸箕，如此一介草民，能帮你干些什么呢？"苻坚说："自古圣贤多出于寒门，当年韩信家里清贫，小时候受过胯下之辱，后来他帮助刘邦得了天下，为西汉建立了丰功伟绩。先生是当今世上少有的博学之士，为国家出力，为百姓解忧，是功德无量的千秋大业，请先生不要推辞。"

王猛见苻坚态度极为诚恳，便答应了他的要求。

振兴秦国

苻坚对王猛非常信任，委以重任。为了整顿秦国，治理混乱，王猛出了很多好主意。

当时秦国始平（今陕西兴平市）一带，社会治安很乱，盗贼四起。那里的氐族豪强大多数是随苻坚入关的贵族，这些人仰仗权势，横行霸道。贵族子弟霸占良家妇女，强占民田，夺取财富，弄得百姓鸡犬不宁。

有一个氐族贵族的纨绔子弟，到乡间去踏青，看见村里有一个漂亮的少女，便让随从闯进府里，强纳为妾。少女不从，这个纨绔子弟便当着侍女们的面，将她强暴了。少女痛不欲生，夜里便悬梁自尽。少女的老父亲得知后，几乎晕了过去。在乡亲们的帮助下，老人跑到始平县衙告状，和强豪沆瀣一气、同流合污的县官，硬说老人诬陷好人，将他打了五十大板，轰出衙门。

那时的老百姓，有冤无处诉，有理没处讲。苻坚派王猛到始平去任县令，整治那里的混乱局面。王猛出身于下层，深知民间疾苦。他到始平后，毫不手软，先拿为非作歹的强豪贵族开刀。他“明法峻刑，澄察善恶，禁勒强豪，鞭杀一吏”。

那个受害的老人，听说新任县令是个为民申冤的清官，便拦轿喊冤。王猛查清了事实后，将那个残害民女的纨绔子弟斩首示众，将原先贪赃枉法的官吏治罪判刑。老百姓们拍手称快。王猛用铁手腕，打击了氐族豪强的嚣张气焰，铲除了不法分子，盗贼纷纷自首，始平的治安随之好转。

苻坚对王猛在始平的做法给予大力支持，对他说：“越是亲宠的人越要严格对待他们，绝不能姑息迁就。对于胡作非为的人，不论出身贵贱，都得按法律行事，你就大胆地干吧。”在苻坚的支持下，王猛放手推行法制，整治了一大批氐族违法乱纪的权贵豪强。

苻坚重用王猛，引起了贵族阶层人士的嫉妒和不满。他们背地里说：“皇上将这样一个穷汉人当成香饽饽，我们岂能让他任意宰割。”他们经常在苻坚眼前说王猛的坏话，但苻坚不为谗言所动。

这些贵族权贵们见扳不倒王猛，便联合起来，围攻、谩骂甚至采用恐怖手段恫吓他。在恶势力面前，王猛身正不怕影子歪，仍然一身正气，铁面无私。

氐族大将樊世，曾跟随苻坚多次征战，立过不少功劳。他居功自傲，看不起王猛。现在王猛厉行法治，拿氐族贵族开刀，损害了他的既得利益，因此非常嫉恨。有一次，他当着一些大臣的面，挖苦王猛说：“天下是我们打下来的，田地是我们开垦出来的，你一个臭卖簸箕的人，有什么功劳，现在却高高在上，享受现成的荣华富贵，真不知天下有‘羞耻’二字？”

王猛听了毫不相让，回敬他说：“天下是你们打下来的，我却要治理它。我不但要你们耕种田地，还要你们做美味佳肴，供老百姓享用。”

过了几天，樊世和王猛在上朝时又发生争执，樊世说不过王猛，便恼羞成怒，揪住王猛的衣襟破口大骂。苻坚见樊世如此无礼，大怒喝道：“不杀此老氐，百僚难以整治！”为了杀一儆百，苻坚下令将樊世斩首。

从此，仗势欺人的氐族权贵们再也不敢随便诋毁王猛了。王猛治国有方，苻坚便任命他为中书令，负责治理京兆地区的社会治安。京兆是氐族贵族集中的地方，他们各自为政，无视王法。原前秦皇帝苻生的母亲强太后，依仗自己是皇太后，怂恿她的弟弟强德胡作非为，欺压百姓。强德在京城花天酒地，整日饮酒作乐，喝醉了便抢劫民间妇女，残害百姓。

王猛上任后，经过调查，把强德的恶行一一记录在案，然后把他逮捕起来。为了排除强太后的干扰，王猛先斩后奏，将强德就地正法。强太后知道弟弟被杀，哭得呼天抢地。她告到苻坚那里，苻坚冷冷地说：“他罪有应得，死有余辜！”

王猛疾恶纠案，无所顾忌，短短的一个半月就镇压了贵族中的不法分子二十多人，京兆地区的秩序很快得到改善，中央集权得到加强。当时“百僚整肃，豪强屏气，路不拾遗，风化大行”，长安城里一派祥和气氛。苻坚感慨地说：“王中书澄察善恶，禁勒豪强，功莫大焉。今天我才知道天下有了严厉的法律，天子才显得更加尊贵。”

公元369年，苻坚派王猛率兵攻打前燕。因为苻坚知道王猛不但有治国的才能，而且懂兵法，会用兵，因此很信任他。王猛率领秦军浩浩荡荡开往潞川（今浊漳河），在河边安营扎寨。前燕统帅慕容评急忙集结三十万大军前来抗敌。

王猛在阵地上召开誓师大会，他激动地说：“我王猛受国家厚恩，出将入相。今天奉皇上之命与诸位深入敌境，攻打前燕，大家都不要怕死，只许前进，不许后退，让我们共同在战场上建立功勋，以报答国家。如果战争打胜了，我们可以上朝廷领明主的厚恩，回家可以讨父母妻子的欢喜，这不是很好的事情嘛！”

士兵们在他的鼓动下，军心大振，士气高昂，决心奋勇杀敌。

王猛坐镇军营并不急于求成，他每天派小股部队与燕军周旋，为的是以逸待劳，等敌军疲倦了，再发起攻势。

经过几天的疲劳战术，敌军果然被拖得疲惫了。一天夜里，王猛派五千精锐部队轻装前进，趁漆黑的深夜从小路绕到慕容评的大营后边，乘其不备，出其不意地烧毁燕军的粮草库。大营顿时火光冲天，敌军乱作一团，慕容评仓皇应战。这时王猛率大军从前面攻入敌营，燕军腹背受敌，乱了寸方。秦军在王猛的指挥下以一当十，奋勇向前，燕军大败，死伤五万余人。

慕容评一看大势已去，便率残兵败将向邺城方向撤退。王猛乘胜追击，半路上又杀伤燕军十万余众，得辎重、兵甲、粮草无数。慕容评单枪匹马逃回邺城。

王猛率秦军兵围邺城，活捉了前燕君主慕容暐。胜利的捷报传到长安，苻坚大喜，亲自到邺城慰问全军将士。秦军消灭了前燕国，得郡州一百五十七座，县城一千五百七十九座，民户二百四十五万八千六百六十九，人口九百九十八万七千九百三十五，“诸州郡特守及六夷渠帅尽降于坚”。

苻坚之所以能获得如此重大的胜利，当然是重用王猛的结果。苻坚让王猛镇守邺城，整理关东六州。王猛废除了慕容暐当政时的恶政，选拔清廉和有才干的人当各郡县的官员。把前燕的王公百官及鲜卑族四万余户迁到长安，以防止他们在那里挑起事端。与此同时，又将关东豪强及匈奴、羯等少数民族贵族十五万户迁到关中。燕国贵族大臣强占民户作为他们的奴隶至少在二十万户以上。当时这些鲜卑族人居统治地位，自然要压迫其他少数民族。豪强及匈奴人、羯族人也是压迫者和扰乱者，苻坚把这些人迁到长安和关中，削弱了他们的力量，这对中原居民大有益处。

公元375年，功勋卓著的王猛病重，苻坚亲自到病榻前看望他，王猛自知生命已到尽头，便语重心长地对苻坚说：“我跟随陛下多年，深受陛下器重。现在我要离开人世，有很多事情放心不下。鲜卑（慕容氏）和羌（姚氏）是秦国的仇敌，他们的存在必将威胁秦国的安全，必须逐渐消灭他们，统一北方。至于东晋，虽然远在江南，但却是正统之所在，民心归附，我死之后，千万不要有攻打东晋的打算，请陛下切记，切记。”

说完便闭上眼睛与世长辞。

但苻坚并没有听从王猛的最后忠告，以至于后来兵败淝水，功亏一篑。

讨伐东晋

公元376年，苻坚派大将苟苌、毛盛等率领十三万骑兵部队进军姑藏（今甘肃武威市），攻打前凉国。苟苌派使者去见凉主张天锡，勒令他立即投降。张天锡拒绝投降，并把秦国派来的使者杀了。苟苌大怒，立即向前凉发起猛攻，连得前凉好几座城池，张天锡被迫投降，前凉国土尽属秦国所有。

灭掉前凉后，苻坚又发兵三十万先后灭掉了燕国和代国。随后挥师西进，向疆域辽阔的西域发展，讨平西域三十六国。这样苻坚便统一了北方，占领了黄河流域和长江上游的广大土地。前秦的版图“东及沧海，西并龟兹，南达襄阳，北尽沙漠”，成为北方最强盛的国家。这时，只有淮河以南的东晋与它对峙，东晋的存在成了苻坚的一块心病，于是他决心消灭东晋，以实现统一天下“混六合于一家”的政治抱负。

公元382年十月的一天，苻坚召开御前会议，讨论进攻东晋的大事。这时他早已忘记了王猛临死前的忠告。他对众大臣说：“我继承王位已将近三十年了，四方大体上已经统一，只有东南一角还存在着东晋。现在我手中拥有九十七万大军，我想亲自率兵去消灭东晋，你们看行不行？”

文武百官中除了平时喜欢谄媚的朱彤首先附和外，其余的都说不行。大臣权翼说：“现在东晋虽然兵力不如我们多，但它内部还比较团结。朝内有谢安、桓冲这样杰出的人才，他们很会用兵，伐晋的事还是等以后再说吧。”

大臣石越接着说：“东晋不仅人心不散，上下一致，而且有长江天险作为屏障，现在伐晋还不到时候。”

苻坚见大家都不同意自己的意见，非常生气，他挥了挥手让众大臣退去，留下二弟苻融商议。他说：“自古以来，凡国家大事都是由一两个人决定，刚才殿上七嘴八舌，得不出结果，现在我想听听你的意见。”别看苻融年轻，心里却很有主意，他说："现在伐晋是极其危险的事，因为秦国军民有畏敌之心，不愿意和东晋作战。再说，东晋内部上下同心协力，没有任何可乘之机。今天在朝会上反对伐晋的人都是出于一片忠心，他们的意见是正确的，不可不听。"

苻坚更加生气，对苻融说："原来你也和他们一个鼻孔出气，叫我还指望谁呢。"说完便甩了甩袖子，生气地走了。

回到后宫，爱妾张夫人见他一脸怒容，便问他是怎么回事。当张夫人听说要伐晋时，力劝他说："圣上难道忘了中书令王猛临死前的忠告吗？晋不可伐，伐晋必乱，请圣上三思而后行。"太子苻宏、幼子苻诜也都站在张夫人一边，反对伐晋。

第二天，苻融进宫来见苻坚，他再次劝告苻坚不可轻易出兵伐晋，他说："我们的秦国本来是戎狄国，是由少数民族建立起来的，虽然强大但不算正统；东晋虽弱，但它毕竟是中华正统，我本来不想说这样的话，但陛下执意要伐晋，我不得不提醒您。自古天意不可违。"苻坚不听这话则已，一听这话怒气不打一处来，他大声说："什么正统不正统，自古是胜者王，败者贼。谁天生的就是正统？我秦国入主中原，统一江南，那时天下归秦，谁还敢说我不是正统。"

苻融再三劝告，苻坚就是不听，他说："你们这些人胆小如鼠，畏敌如虎。现在我有强兵百万，这么多的兵将只要把马鞭投到长江里去，就可以把江水堵住，就凭这一点还怕灭不了东晋。我主意已定，你们休要动摇我的决心。"

苻坚听不进忠良之士的一片好意，反而听信慕容垂和姚苌的话。这天慕容垂和姚苌私下来见苻坚，他们说："圣上英明决断，伐晋之事不可拖延。现在东晋势单力薄，圣上亲率大军前往必然会旗开得胜，马到成功。"

听了慕容垂和姚苌的这番恭维话，苻坚心里非常高兴。他心想，毕竟还是有人支持我。

这时苻坚早已将王猛临死时的忠告抛到九霄云外。王猛曾说："鲜卑慕容氏和羌族姚氏是前秦的仇敌，必须逐渐消灭他们，国家才能安全。"慕容垂和姚苌原先是鲜卑和羌族中的贵族，被苻坚征服后，他们内心里充满失落感。他们早就希望苻坚在伐晋中失败，这样秦国便会崩溃，他们便可乘机恢复鲜卑和羌族的贵族统治地位。

在伐晋问题上，苻坚完全是孤立的，他被收复三十六国的胜利冲昏了头脑，只见胜，不见败，只见外，不见内。不听群臣的忠言，却听外人的谗言。

公元383年，苻坚下令大举出兵。军令如山，当时规定老百姓每十个男子中必须抽一人去当兵；富家子弟二十岁以下去从军的都给羽林郎的官号，编进禁卫部队；各州的公私马匹，一律征调充当军马。富家子弟来从军的有三万余骑。

苻坚命令苻融率慕容垂带领步骑二十五万为先锋，令姚苌督率蜀兵顺江而下。苻坚亲自率领步兵六十万、骑兵二十七万居中路。秦军从长安出发，浩浩荡荡向南推进，军队首尾长一千里。

九月，苻坚率主力部队攻下东晋的项城（今河南项城市），在此安营扎寨。这时苻融率领的先锋部队经过一个多月的急行军，已经到达淮河北岸的颍口（今安徽省颍上县正阳镇），秦军在此稍作休息后，便奉苻坚的命令，向淝水西岸的重镇寿阳推进。淝水是淮河的支流，在今安徽省奉阳县境内。一场大战即将爆发。

初战失利

苻坚举兵进攻的消息传到东晋首都建康（今江苏南京市），东晋朝野一片惊慌。晋孝武帝急忙召集文武大臣商议对敌之策。宰相谢安说："自古道兵来将挡，水来土掩。西晋之所以亡国，是因为当时采取了不抵抗政策。前秦虽然气势汹汹，但并不可怕，只要国内兵民齐心协力，共同抗敌，就能赢得胜利。国家生死存亡，在此一举。"

谢安的这番话，给在座的文武官员吃了一颗定心丸。因为他们都知道，谢安是一位有谋略的人，为朝廷出过不少好主意，大家都很信任他。

孝武帝立即任命谢安为征讨大都督，为战时最高统帅。谢安是个很有学问的人，他出身于书香门第的地主家庭，小时候读过很多书。年轻的时候，他喜欢周游四方，结交天下名士。朝廷看中了他的才华，派人召他做官，谢安自由惯了，不愿同朝中那些平庸无能却高官厚禄的人混在一起，便到会稽山上隐居起来。他在那里躬耕田亩，优哉游哉，常常和一些文人雅士聚在一起饮酒下棋，高谈阔论，议论天下大事。

公元373年，东晋朝廷再三邀请他出山。朋友们也劝告他说："你满腹经纶，应该为国家出力。"这样他才应召出山，被朝廷任命为宰相。他执掌朝政后，果然不负众望，为朝廷出了很多好主意，把东晋治理得井井有条。在军事上，他和大将军桓冲密切配合，加强了东晋的防御力量。东晋依靠这一文一武，朝政比较稳固。

现在前秦苻坚率军前来进攻东晋，谢安自然不敢怠慢。他认真分析了当前的形势，认为苻坚虽有百万之众，但毕竟远道而来，长途行军必然造成士兵体力上的损耗，秦军异地作战，水土不服，再加上北方军队有厌战情绪。东晋军队虽少，但占有天时、地利和人和的优势，只要扬长避短，用计得当，以少胜多不是不可能的。历史上有过不少以少胜多的战例。因此，谢安对战胜秦军充满信心。

谢安首先下令将淮河以北的民众迁到淮河以南，将淮北的粮食草料全部转移，坚壁清野，不给秦军留下可以使用的东西。

淮河一线是秦军的主要攻击目标，谢安派重兵布下防线。一切战前工作准备就绪后，谢安立即调兵遣将。他任命大将谢石为征讨大元帅，指挥全军作战；派谢玄为前锋都督，青年将领谢琰和恒伊为副都督，率八万王牌军"北府兵"去迎击秦军的先头部队。"北府兵"是一支训练有素的军队，参军刘牢之是一员骁将，武艺高强，勇力过人。谢安派这支部队去打前阵，他是放心的。接着谢安又派大将胡影率领五千水兵去增援寿阳。

一切布置妥当后，谢安便回府中休息。

谢玄奉命之后，心里仍有些不放心。临出发前，他到宰相府中去见谢安，问他说："这次出兵怎样才能打败秦军？"这时谢安正在廊前逗鸟玩，他头也不回地说："我已经做好了安排，你只管去好了，不必多问。"说完便提着鸟笼，到后园溜达去了。谢玄心中很纳闷，不知他葫芦里装的什么药，但又不敢多问，便退出去了。

第二天，谢玄又托张玄去向谢安请教。他知道张玄是谢安的好朋友，一定不会遭到拒绝。张玄见了谢安，还没等他开口，谢安便说：“老朋友多日不见了，今天你来得正好，我们好好玩玩。”张玄说：“大敌当前，我哪有心思玩啊，今天我是来向你请教的。”谢安说：“今天不谈别的事。”说着便拉着他到山中去玩。谢安让人摆下围棋，两人便对弈起来。张玄棋艺很高明，平时下棋总是赢谢安，可是他哪有心思下棋，结果被谢安赢了。两人在深山里玩了一天，直到半夜才回家。

大敌当前，谢玄和诸位将领见宰相从容不迫，沉着冷静，便镇定下来。谢安这样做，为的是让将士们放下包袱，增强信心。

苻坚屯兵项城，他求胜心切，不等各路人马到齐，便命令苻融攻打寿阳。十月，苻融攻破寿阳，这时晋将胡彬的增援部队正走在半路上，听到寿阳失守的消息后，便不敢前进，率五千人马退守硖石（今安徽凤台县西南）。这里一面靠山，一面傍水，地势险要。胡彬在此安营，等待谢石的主力军队到来。

苻融在寿阳城里探知胡彬退守硖石，便派兵将硖石包围起来，另外派副将梁成率领五万秦军到洛涧（今安徽定远县西南）布设防线，以阻挡谢石的主力部队。

胡彬在硖石被围了好几天，眼看粮食就要吃光了，这时，他急中生智，命令士兵每天拿着簸箕在河岸上簸沙土，让对岸的秦军误以为是在簸米，造成一种军粮充足的假象。同时，他写了封密信，向谢石告急，信中说：“硖石被围，军粮已尽，速派兵援救。”信写好后，派一个亲信士兵，装扮成农民乘黑夜突围，送给谢石。

送信的士兵突围时被秦军抓获，从他身上搜出了密信。苻融得到这一情报后，立即派人连夜到项城报告苻坚，说：“晋军粮食用尽，应火速歼灭之。”

苻坚得到这一消息，心中大喜。当天夜里他便带领八千轻骑，悄悄离开项城，连夜赶往寿阳。他想趁此机会一举活捉谢石，消灭东晋。

苻坚来到寿阳，和苻融一起召集将领们商议对敌之策。这时大臣朱序站出来说："陛下率大军亲征东晋，东晋一定很恐慌，我愿前往晋营，劝其投降，这样不费一兵一卒，岂不更好。若劝降不成，再发兵不迟。"

苻坚听他说得有道理，便派他去劝降谢石。

其实朱序是别有用心的。他曾是东晋旧臣，在晋国梁州当过刺史，后来在襄阳战败被俘，他时时刻刻想回到东晋。苻坚轻信了他的话，这是个极大的失误。

朱序来到晋营，不但没有劝谢石投降，反而把秦军的秘密报告给谢石。他说："苻坚虽有百万之众，但大部分军队尚在行军途中，苻坚只带了八千秦军来到寿阳。晋军应当乘此机会，赶快发起进攻，只要派一支精锐部队，打败它的前锋，挫伤其锐气，秦军便会全线崩溃。"

谢石听了朱序的密告，立即转守为攻。他决定首先消灭梁成的部队，解硖石之围。命令刘牢之率五千北府兵，奔赴洛涧，突袭梁成。

刘牢之率北府兵涉过洛涧，已经是半夜时分，这时秦军还在睡梦中。刘牢之一马当先冲进秦营，梁成从睡梦中惊醒，急忙披挂上阵，左冲右突，无法突围。这时刘牢之赶来，两马交战在一起，两人战了二十回合。梁成见部下纷纷逃散，无心恋战，被刘牢之一枪刺中，死于马下。

这一仗，秦军死伤一万五千人，洛涧封锁线被晋军突破。谢石初战告捷，立即率主力部队水陆并进，直逼淝水。

兵败淝水

苻坚得知洛涧失守，梁成被杀，吃了一惊。他站在寿阳城头，向东望去，只见晋军阵营整齐，旗号鲜明。这时他才意识到，秦军面临的不是弱兵，而是强敌。

晋军驻扎的八公山下，站在寿阳城头几乎能听到晋军操练的声音。苻坚看到八公山上草木随风摇曳，还以为是晋军的士兵呢。他忧心忡忡地走下城头，下令严密防守淝水一线，以防晋军渡河。

秦军与晋军对峙于淝水两岸。

秦军虽然初战失利，但军队数量毕竟比晋军多出好几倍，如果硬拼，显然不是对手，于是谢玄向谢石建议说：“我军与秦军力量对比悬殊，我军应速战速决，如果等秦军后方部队集结在一起，要想取胜就十分困难了。”谢石点头称是。

谢玄派一名能说会道的使者到寿阳去见苻融。他对苻融说：“将军在淝水列阵不动，难道是想打一场持久战吗？如果将军想同我们决战，那么就请将阵地向后推移，腾出一块地方来作为战场，双方决一胜负，不知将军有没有这个胆量？”

苻融被他这一激，心中十分恼火。他立即将晋使的要求报告给苻坚。

苻坚听了苻融的报告，心想，谢玄用此笨拙的计策来欺骗我，我岂能上当。但转念一想，我何不将计就计，答应他的要求，将部队后撤三十里，等晋军渡河渡到一半的时候，我出动奇兵，突然袭击，打它个措手不及，将晋军消灭在淝水河中。

苻坚主意已定，便让苻融通知晋使，同意将秦军后移，并约定好时间，让谢玄领晋军渡河决战。

众将领听说要将部队后移，腾出地方来同晋军作战，都感到这样做不妥当，急忙向苻坚进言：“陛下，我军人多，晋军人少，他们想速战速决，我们切不可中他们的诱敌之计。现在我们只能扼守淝水防线，不让晋军上岸来。等我们的各路人马到齐，再发动进攻，这才是万全之策。”

苻坚说：“我自有歼敌之策，请诸将不必多言。”

诸位将领见苻坚主意已定，劝告无效，只好遵命。

谢玄得到苻坚答应移兵后撤的消息后，十分高兴。他立即率领八万晋军，在淝水东岸列好阵势，骑兵在前，步兵在后，还有五千弓箭手排列在岸边，军容十分威严。

这天，苻坚骑着战马来到阵前，他望了望东岸晋军的情况，对身边的大将军张蚝说：“等晋军渡河一半时，你便率兵向晋军发起突然袭击，打它个措手不及，将晋军消灭于淝水河中。”张蚝点头称是。

一切安排好后，苻坚便让苻融下令移兵后退。出乎苻坚意料的是，由于秦军内部不稳、军心厌战，秦军士兵一听到苻融移兵后退的命令，便乘机向后奔逃，你争我抢，挤成一团，唯恐落后，秦军顿时乱了阵脚。这时朱序趁混乱之机，在阵后大叫："秦兵败啦，秦兵败啦！"士兵们听了，信以为真，两条腿跑得更快了，干脆丢掉手中的武器，抱着脑袋向后逃命。

谢玄趁此机会率领八千晋军，抢渡淝水，上岸后立即向秦军发起攻势。

苻融见势不妙，拔出宝剑，命令秦军停止后退，但是秦军犹如决堤的洪水，根本无法阻挡。这时晋军已全部上岸，把苻融团团围起来，苻融拼命厮杀，不想坐骑负伤摔倒，翻身落马，被晋兵杀死。

秦军失去主将，更加混乱，人马互相践踏，死伤不计其数。晋军乘胜追击，秦军全线崩溃，在奔逃途中秦兵听到风声鹤唳，都以为是追兵到了。

苻坚在寿阳城头，看见大势已去，他没有想到百万雄师会败得这样快，这样惨。他急忙带领数千名随从禁卫军突围逃走，没跑多远，就被晋军的冷箭射中肩膀。他忍着伤痛，渡过淮河，看着部下只剩一千多骑兵。

驻守在淮北的鲜卑族贵族慕容垂因为没有参战，所以他率领的三万秦军没有受到损失。苻坚和慕容垂合兵一处，向洛阳撤退，沿途收集溃散的秦兵。回到洛阳时，秦军只剩下十几万人了。

苻坚见到爱妾张夫人，伤心地说："我悔不该不听王猛和诸臣的忠告，遭此惨败，有何面目见关中臣民。"爱妾安慰了他一番，忙令太医为他治疗箭伤。

淝水之战，苻坚犯了一个极大的错误。但应当指出的是，他发动的不是侵略战争，而是统一战争，其目的是为了统一中国，结束长期分裂的局面。

苻坚的错误在于，当时前秦还不具备统一全国的条件。淝水大战虽然失败了，但他仍不失为一位英雄，在十六国时期，"苻坚在皇帝群中是个优秀的皇帝"[1]。

公元385年，苻坚被羌族贵族姚苌杀死于五将山（今陕西岐山县境内），年四十八岁。

---

[1] 见范文澜《中国通史简编》

北魏王朝的建立者
拓跋珪

在我国鲜卑族历史上，有一位杰出的领袖人物，他便是建立北魏王朝的道武帝拓跋珪。他不但勇武好胜，而且具有治国安邦的政治才能。二十六岁时便征服了黄河一带，建立了中国历史上第一个由少数民族掌握的政权。建国后，他采纳汉族士大夫的意见，加强中央集权，发展农业生产，使北魏逐步走向强盛。

坎坷的童年时代

拓跋珪生于公元371年。他的祖父叫什翼犍，于公元338年继承了代国的王位，是一位有威望、有作为的部族领袖。什翼犍仿照中原王朝的政治体制，在代国设立百官，分管政务，制定了法律，使鲜卑族拓跋部初步形成国家政权的规模。当时，代国有部众数十万，控制着现在的内蒙古中部和山西北部的广大疆土。

拓跋珪出生不久，便发生了战乱。地处关中一带的前秦王朝向北方扩展，公元376年，前秦君王苻坚发兵三十多万攻打代国。什翼犍率兵奋力抵抗，但苻坚兵多势众，代国军队节节败退，什翼犍只好率残兵逃往阴山之北。在那里又遭到高车部落的侵扰，只好返回漠南。

这时代国内部大乱，互相争权夺利，什翼犍返回漠南后，被有野心的长子实君杀死。苻坚乘代国内部大乱之际，占领了云中，杀了实君，代国便灭亡了。

拓跋珪的舅舅刘库仁是独孤部的一位首领，当时镇守于云中和雁门关一带。母亲带着六岁的拓跋珪投奔到舅舅那里。

刘库仁是一位军事将领，武艺高强。拓跋珪从小便跟着舅舅舞枪弄棒，骑马射箭，练就了一身好武艺。有一次他跟随舅舅到山中去打猎，那里山高林密，常有猛兽出没，舅舅让他骑马与跟随的兵士同行，不准擅自行动。

到围猎点后，拓跋珪嫌跟着众多的士兵打猎不过瘾，便纵马扬鞭，向密林深处冲去。这时一只大黑熊出现在眼前，拓跋珪初生牛犊不怕虎，拿着弓箭便迎了上去。这时舅舅领着士兵赶到了，一见眼前的场面，吃了一惊，让士兵们射箭吧，又怕伤了外甥。

拓跋珪与黑熊的距离越来越近，这时只见他引弓搭箭，"嗖"的一声，黑熊便栽倒在地，打了几个滚便不动了。舅舅这时才松了一口气。到跟前一看，那只大黑熊足有五六百斤重。那年拓跋珪才十四岁。

回到府里后，刘库仁对人说："我这个外甥年少有勇智，将来必成大器。"

在舅舅府中，拓跋珪结识了一些汉族学者，学到了不少文化知识，眼界开阔了。他常常在灯下读书，一直读到深夜。他不忘亡国之恨，立志有朝一日，恢复代国，创立大业。

牛川即位　建立北魏

公元383年，前秦皇帝苻坚企图消灭东晋，发动了历史上著名的"淝水之战"，结果八公山上"草木皆兵"，苻坚的军队全线崩溃，前秦政权土崩瓦解。

在北方，以前被苻坚灭亡的许多国家乘前秦失败之机纷纷复国。心怀大志的拓跋珪，决心恢复代国。公元386年，他在牛川（今内蒙古呼和浩特市东南）召开部落大会，被拥戴为拓跋部落联盟首领。这年他才十六岁。

过了不久，拓跋珪将都城迁到盛乐（今内蒙古呼和浩特市和林格尔县西

北），改称魏王，建立了北魏王朝。

拓跋珪建国之初，周围有许多敌对势力。南边有独孤部，北方有贺兰部，东有库莫奚部，西有铁弗部。北魏处于敌对势力的包围之中。为了稳定局势，拓跋珪采取忍让的态度，利用邻国之间的矛盾，发展壮大自己的国力。

就在这时，拓跋珪的叔叔窟咄在独孤部的支持下，率兵攻打盛乐，企图夺取王位。窟咄来势凶猛，在北魏朝内引起震动。大臣于桓认为北魏不是窟咄的对手，准备叛变投敌，拓跋珪得知后，立即将于桓斩首。

在敌强我弱的情况下，拓跋珪率部众向北方撤退，翻过阴山，到达贺兰部地区后，派使者安同到后燕向他的舅舅慕容垂求救。慕容垂立即发六千骑兵，由他的儿子慕容宝率领，前去增援拓跋珪。

这年十月，拓跋珪与慕容宝南北夹击，将窟咄包围于高柳（今山西阳高县西北）。窟咄腹背受敌，大败而逃。拓跋珪大获全胜，缴获马匹、兵器无数。

高柳一战，使拓跋珪转危为安，国内出现了稳定的局面。这时，北魏大力加强军事力量，准备消灭周围的敌对势力。

拓跋珪是一位有政治头脑的军事指挥家，他采取先弱后强各个击破的战略。公元387年，他在后燕的帮助下，率兵击败南边的独孤部，将俘获的军士编入北魏军队，壮大了自己的实力。公元390年，他率兵北进，征服了阴山北麓的贺兰部。

拓跋珪乘胜进击，第二年打败了河套以西地区的铁弗部，统一了北方草原，成了塞北的军事强国。

参合陂之战

拓跋珪统一北方草原后，势力渐渐壮大起来，北魏的强大对地处中原的后燕构成威胁。过去，后燕对北魏有过支持和帮助，那是因为关系到两国的共同利益。当时，北魏每年都向后燕进贡很多优良马匹和畜产品，后燕的胃口越来越大。

公元391年，拓跋珪派他的弟弟拓跋觚为使者到后燕去协商双方有关军事、贸易等方面的事宜。后燕君主慕容垂借口拓跋珪进贡的马匹数量不够，便将拓跋觚扣留。拓跋珪向慕容垂要人，遭到拒绝。后燕声称，北魏每年必须向后燕进贡五千匹良马，不然就不放拓跋觚回去。

对于慕容垂的这种无理要求，拓跋珪当然不能同意。从此，两国关系开始恶化。

公元395年，慕容垂任命他的儿子慕容宝为领兵大元帅，率领八万精锐骑兵，直趋河套，攻打北魏。

大军压境，拓跋珪立即召集文武官员，商量对敌之策。拓跋珪说："我们一向与后燕交好，但自从高柳战役后，后燕仗着曾帮助过我们征剿铁弗、贺兰、独孤诸部，向我们索要良马，并得寸进尺，贪得无厌。今又派大军进犯我境，不知诸位有何高见？"

此时，汉人谋士张兖献计说："燕军刚刚在长子打了胜仗，是一支骄兵，现在气势汹汹地来进犯我境，我们应当避其锋芒，诱敌深入，拖住其主力，待敌军筋疲力尽之时，则一战可胜。"

拓跋珪听后大喜，说："卿之所言，正合吾意。"

于是拓跋珪率北魏主力从河套地区南渡黄河，将主力骑兵转移到鄂尔多斯一带，与燕军玩起了捉迷藏的游戏，留下小股军队在河套一带骚扰敌军。

慕容宝率八万燕军到河套后，三个多月的时间里竟找不到北魏的主力部队。其间不断遭到小股魏军的骚扰，士气低落，慕容宝心里非常着急。

这时，探马报告说，魏军主力在黄河以南，于是慕容宝下令在黄河北岸修造船只。用了一个多月的时间，造了几百条战船，准备渡河与魏军作战。

在燕军修造船只的时候，拓跋珪派士兵化装成工匠的模样混入燕军内部，并散布慕容垂病死的消息。流言不胫而走，燕军军心大乱。慕容宝出兵时，父亲慕容垂便卧病在床，听到这个消息后，他信以为真。这时，已到十月下旬，塞北气候已经非常寒冷，燕军出兵时正值夏天，士兵们穿的都是单衣服，抵挡不住寒冷的气候。慕容宝已无心作战，命令士兵烧掉船只，率兵撤退。

拓跋珪得到燕军撤退的消息后，立即率两万轻骑，渡过黄河，日夜兼程追赶燕军。燕军退到参合陂（今内蒙古凉城县西北五十里石匣子沟）后，军队疲惫不堪，只得安营扎寨进行休息。

十一月初九，拓跋珪率魏军赶到参合陂，将慕容宝团团包围起来。初十凌晨，燕军还在睡梦中，拓跋珪一声令下，魏军从四面山野中直冲燕军营内。燕军遭此突然袭击，顿时大乱。

拓跋珪挺枪跃马，率士兵左砍右杀，如入无人之境。燕军人马相互践踏，压死溺死者数以万计。慕容宝单枪匹马冲出重围，沿着山间小道逃命去了。

拓跋珪在参合陂以少胜多，打了一个漂亮的大胜仗，俘虏燕军四五万人，文武将吏数千人，兵甲一万余件，马匹、粮草不计其数。这一战彻底改变了北魏和后燕的力量对比，扭转了战局。

气死慕容垂

参合陂战役后，慕容宝乘单骑逃回后燕。慕容垂见他一败涂地，又气又急。这位七十多岁的老皇帝，一生打过无数次胜仗，想不到这一次竟败在他的外甥拓跋珪手下，哪里能咽下这口气。他指着北方大骂道：“拓跋珪，你这个忘恩负义的黄口孺子，竟敢在老子面前逞威风，不给你点厉害看看，你不知道天有多高，地有多厚！今天，我不扫平阴山，誓不回还！”

公元396年三月，慕容垂为报参合陂一箭之仇，带病出征，亲率大军攻打北魏。

开始，慕容垂集中兵力攻打平城（今山西大同市）。拓跋珪采取敌进我退的战略方针，率魏军主力退守于善元（今山西左云县境内）。慕容垂兵临平城城下，北魏守将元虔奋力抵抗，终因寡不敌众而战死。

慕容垂得平城之后，心中大喜，病也好了许多。他对部下骄傲地说：“我一生戎马倥偬，从来没有打过败仗，小小拓跋珪绝不是我的对手，不生擒拓跋珪，难消心中之气。”

慕容垂挥师北上，攻打云中。拓跋珪为避燕军锋芒，率部众退入阴山，将主力藏匿起来。慕容垂深入土默川平原后，在这里转战一月有余，始终找不到拓跋珪的主力部队，心中十分焦虑。燕军被拖得筋疲力尽，军心涣散。

这时，部下劝他回军，以等待时机。慕容垂自感身体不适，无可奈何，只得下令撤退。

燕军到参合陂后，只见这里白骨累累，风声萧索，乌鸦在树上发出瘆人的鸣叫声。慕容垂躺在篷车上问部下这里是什么地方，部下告诉他，这里便是去年太子慕容宝打了败仗的参合陂。慕容垂挣扎着下了篷车，他要亲自看一看，为死去的燕军将士吊唁。

慕容垂举目四望，荒野白骨，断戈满地，不觉老泪纵横。这时他看见前边立有一块木牌，走近一看上边写着几个大字："慕容垂死地在此。"看完之后顿时气得七窍生烟，大吼一声，口吐鲜血，晕厥在地。

手下将领和随从都被惊呆了，急忙将慕容垂扶上篷车。

离开参合陂，走到半路上，慕容垂自知死期临近，忙让人将太子慕容宝叫到身边。弥留之际，他手指北方对慕容宝断断续续地说："我与拓跋珪，不共戴天……"没等说完，便口吐鲜血而亡。

慕容垂死后，太子慕容宝继位。

逐鹿中原

拓跋珪得知慕容垂死去的消息后，立即从阴山出兵，率四十万大军浩浩荡荡追击而来。

魏军在阴山以逸待劳，养精蓄锐，大军南下，势如破竹，燕军哪里能阻挡得了，魏军长驱两千余里。这年九月，拓跋珪顺利地攻占后燕重镇并州城（今山西太原市）。接着，拓跋珪挥师东进，突破太行山，占领河北重镇井陉（今河北井陉县附近）。

十月，拓跋珪率魏军直抵后燕首都常山城（今河北正定县）。这里是后燕的老巢，兵力部署强大，拓跋珪围城五个月，未能攻破。魏军在攻城过程中，伤亡惨重。再加上魏军南下作战，士兵们水土不服，疫病流行，病死者不计其数。

拓跋珪攻常山城受挫，忙召集军前官员和将领商讨对敌之策。此时汉族将领左司马许谦献计说："常山城垣高大坚固，若继续强攻，会造成更大的伤亡。汉地有一种巢车，这种车子进退自如，且可登高远望，车上有升降机关，可窥探城内动静。用此种巢车列成方营，敌城可破。"

拓跋珪一听大喜，忙命人在民间征集能工巧匠，按照许谦所描述的样子，制造巢车。这种巢车前后有八个轮子，车身上有长长的木杆，木杆上装有辘轳，可摇动，使木板上升或下降。车上装有方形的木板屋，方四尺，高五尺，四周凿有孔洞，便于观察。

巢车造好后，拓跋珪派士兵登上巢车，推到城下，向城内不断喊话，劝燕军投降。一开始，燕军在城上放箭射击，魏军士兵便躲在巢车的木板屋中，无一伤亡。等燕军不射箭时，他们再出来继续喊话。

一连半月，魏军在巢车上喊话不止，弄得城内燕军人心惶惶，无心守城。就这样，拓跋珪与常山城中的燕军僵持了半年左右。公元397年九月，拓跋珪截断了燕军的运粮之道，常山城内粮草奇缺。

拓跋珪见时机已到，决定向常山城发起总攻势。拓跋珪选择的日子恰巧是农历的甲子日，手下懂历法的谋士劝告说："甲子乃用兵之忌日，古时商纣王在甲子用兵，结果败亡，还是挑吉日为好。"

拓跋珪笑道："商纣败亡，不在天时，而在人和，纣王肆虐无度，失去民心，所以败亡。商纣灭亡之时，正是周武王兴起之日。我已下令甲子日攻城，决不更改。"

攻城的这天，拓跋珪亲临城下，冒着生命危险指挥作战。

魏军奋勇向前，燕军纷纷倒戈投降，拓跋珪占领了常山城。

拓跋珪进入常山城后，安抚百姓，秋毫无犯，并颁布军令，不准侵犯后燕王室，对投降的王室家眷给予优厚的礼遇。

从此，拓跋珪入主中原，占领了山西、河北一带，为统一北方奠定了基础。

迁都平城

公元396年，拓跋珪由魏王改称皇帝。当时北魏的都城在盛乐，盛乐离中原路途遥远，不便于统治。为了有效地控制内地，在征服中原一些地区后，拓跋珪于公元398年，将都城由盛乐迁往平城。平城就是现在的大同市，这里是塞北通往中原的交通要道，北通塞外草原，南达三晋大地，东接幽燕沃土，西连秦陇沃野，其地理位置十分重要。

拓跋珪征服后燕时，将四十六万后燕民众从河北迁往山西北部。按人口分配给他们土地、耕牛，让他们在这里从事农业生产。同时，拓跋珪还将原来居住于盛乐附近的拓跋族贵族和平民大批迁移到平城和平城附近的地区，享受较高的待遇，使其“分土定居”。

迁都平城后，北魏王朝大兴土木，营造宫室，修建寺院庙堂，修筑皇城。拓跋珪参照长安、洛阳都城的规模和样式，征集汉族地区的能工巧匠，派懂得建筑的大臣负责建城事宜。从各地采伐上好的木料修建宫殿，据历史记载，仅上好的木料就动用了数百万根，皇城规模宏大，四周筑有十二座城门。南宫门高十余丈，引水穿池，设立苑囿。当时有名的殿堂有：紫极殿、云母堂、金华室、鹿苑台等。外城方二十里，里面有商业区和居民区，平城的修建使这个偏僻的地区成为北方的政治、经济、文化中心。

拓跋珪吸收汉族丰富的文化知识，以维护和巩固自己的统治。他向汉族学者李先求教说：“天下什么东西最好？”李先回答说：“天下最好的东西不是金银，也不是美女良马，而是书籍。”他又问：“天下什么书最好，可以使人增长见识和智慧？”李先回答说：“最好的书籍莫过于经书，它是古代圣明的帝王治化的经典，它可以使王者耳聪目明，英明贤良。”他又问：“天下书籍有多少种？朕想搜集起来，不知如何？”李先回答说：“天下书籍多得不可计数，既然圣上喜欢，我想搜集起来并不是一件困难的事。”

拓跋珪听了大喜，下令各地广泛搜集书籍，将儒家的经典著作集中起来。在平城设立太学，培养人才，当时在太学学习的有三千人。拓跋珪让儒士梁越向诸位皇子教授经书，并让博士儒生们编辑了四万多字的《众文经》。

拓跋珪非常爱惜人才，开国初年他便任命许谦为右司马，张衮为左长史，参与朝政。他听说后燕有一位有才有学的人叫崔宏，便一心想得到他。拓跋珪攻破后燕都城常山时，崔宏逃跑了。他听说后立即派人骑快马去追赶崔宏，把崔宏请进宫内，拜为尚书，让他和张衮共执朝政。

崔宏感谢拓跋珪的知遇之恩，心甘情愿地为北魏效力。他向拓跋珪讲解《汉书》，讲古代明君贤臣的故事，分析历代王朝兴衰的原因，拓跋珪听得入迷，学到了很多治世的道理和方法。

宫廷政变

作为一代开国君主的拓跋珪，年轻时建立了辉煌的业绩，事业的成功使他变得目中无人、唯我独尊起来。

后期的拓跋珪非常迷信道教，他和以往的一些封建皇帝一样，想长生不老，成仙升天。他派人到各地求仙，让术士冶炼金丹，这些所谓的金丹都是些有毒的东西，吃上以后使他变得狂躁不安，喜怒无常。

那时他常常怀疑身边的人图谋不轨，企图造反，对手下的人常常无端猜忌。他身边的一些奸臣，利用他多变的性格，常常搬弄是非，以至于一些忠良将帅被害，弄得人心惶惶。

后来，拓跋珪实际已患了精神分裂症，整夜整夜地睡不着觉，呆呆地坐在那里，有时还自言自语。每逢高兴的时候他便坐上由人拉的车辇到处游玩。他坐在车上，手提宝剑，看见拉车的人不顺眼，便用宝剑刺拉车人的脑袋，杀死一个再换一个，有一次竟杀了十几个人，他却坐在车上哈哈大笑。

拓跋珪有个最宠爱的妃子，叫万人。万人比他小好多岁，长得十分漂亮。

拓跋珪在宫中有很多寝室，他怕别人谋害他，每天换一个地方，每天晚上只让万人陪他睡觉。万人生性轻浮，淫荡无比。没有多久，她便看上了拓跋珪的二儿子拓跋绍。拓跋绍是个浪荡公子，两人一拍即合，于是便私通了。

拓跋绍与父亲的爱妃私通，这可不是一件小事情，若此事暴露，那可不得了，于是拓跋绍萌生了杀死拓跋珪，独占万人的念头。

公元409年十月，拓跋绍发动宫廷政变。一天深夜，拓跋绍以万人为内应，冲进拓跋珪的寝室，一剑将正在睡觉的拓跋珪刺死。这位勇武的开国君主便这样稀里糊涂地结束了生命，死时三十九岁。

拓跋珪死后，他的长子拓跋嗣率兵平息了拓跋绍的宫廷政变，即位当了皇帝。拓跋嗣即位后追谥拓跋珪为道武皇帝。

拓跋珪后期因精神分裂症，断送了自己的一生，同时给北魏带来短期的不稳定局面。拓跋珪一生的功劳是不容忽视的，对北方的经济文化和民族融合起了积极作用，是历史上一位值得歌颂的人物。

马上皇帝

拓跋焘

北魏第三代皇帝拓跋焘，是一位能征善战、勇武好胜、很有作为的君主。在统治北魏的近三十年间，他开疆拓土，统一北方，使北魏走向了全盛时期。

少年天子

拓跋焘，字佛狸，生于公元407年。他的父亲拓跋嗣是北魏开国君主拓跋珪的长子。他少年时期便胸怀大志，聪明能干，表现出非凡的军事才干。十五岁被封为泰平王，授予相国加大将军。拓跋嗣晚年多病，把国家大事交给他管理。他统摄朝纲，总理万机，表现出统治国家的智慧和气魄，同时积累了丰富的治国经验。

公元423年，拓跋嗣病死，十六岁的拓跋焘继承皇位，成了一位少年天子。北魏建国后，经过两代人的努力，虽然已成为北方强国，但北方尚未完全统一，在北魏的周围还存在着许多割据政权。在它的北方有正在兴起的柔然国（又称蠕蠕），西南是匈奴铁弗族建立的夏国，东北有北燕，西方有北凉。摆在少年天子拓跋焘面前的局势仍然十分严峻。

拓跋焘即位的第二年，柔然可汗大檀乘北魏刚刚换了新皇帝的机会，率领六万骑兵前来进攻北魏。

柔然可汗大檀任命他的侄子於陟斤为先锋，突破北魏修筑的兆北城，长

驱直入云中（今内蒙古呼和浩特市托克托县），不久便占领北魏早期的都城盛乐。

十七岁的北魏皇帝拓跋焘在平城听到消息后，立即亲率大军急驰北方迎战敌军。经过三天两夜的急行军，赶到云中后，他还没来得及休息，大檀便率柔然骑兵队猛扑过来。柔然凭借众多的兵力将拓跋焘所率领的魏军团团包围起来，里里外外围了五十多重。

大檀在马上冷笑道："拓跋焘已经被我们包围啦，活捉拓跋焘者有重赏！"柔然军队层层缩小包围圈，眼看柔然骑兵就要逼近魏军骑兵的马头了，拓跋焘临危不惧，在马上镇定自若，沉着应战。他身先士卒，带领魏军向敌人的前阵部队发起猛烈冲击。他命令射手向敌军发箭，顿时箭如飞蝗，柔然先锋於陟斤被乱箭射死。大檀见大事不妙，慌忙撤军。拓跋焘派平阳王长孙翰乘胜追击，大败柔然主帅阿伏干，杀死敌人一千多人，俘获战马一万余匹。

第二年，柔然又南下进行掠夺骚扰。拓跋焘命令十户出一头牛，往塞上运送军粮，他亲自率领五路兵马北上抗敌。长孙翰一路出击黑漠，长孙道生一路出击白漠，娥清一路出击粟园，奚斤一路出击西道，拓跋焘率兵居中路。各路兵马只携带半个月的粮食，轻装前进。魏军浩浩荡荡地向漠北挺进，柔然可汗大檀一看不对劲，急忙下令撤兵，退回北方老巢去了。

拓跋焘即位不久，便两次亲征，在战斗中英勇善战，表现了大无畏的军事胆略，将士们对这位少年天子十分敬佩。

征服柔然

在拓跋焘当皇帝的最初那几年，柔然常常南下犯边，扰得边境不得安宁。当时这个游牧政权控制着东起朝鲜，西到焉耆，北至贝加尔湖的广阔领地，它的存在，对北魏已构成巨大的威胁。拓跋焘决心除掉这个边患。

公元429年，拓跋焘决定讨伐柔然。可是他的主张遭到一些王公大臣的反对，母后窦太后也出面劝阻，于是主张派和反对派展开了激烈的争论。当时支持拓跋焘的有三朝元老崔浩等人，反对派有张渊、徐辩等人。

为了阻止拓跋焘讨伐柔然，张渊、徐辩请来两个会占卜的术士，演说天象，声称他们夜观天象，发现北星明亮，柔然气数正旺，不宜讨伐，若强行出兵，必遭失败。

拓跋焘不相信术士的话，他说："柔然是个松散的游牧部落，貌似强大，实际内部很空虚。现在地处南方的刘宋王朝还没有力量进攻我们，这正是讨伐柔然的好机会，若等刘宋强大起来，我们将腹背受敌，那时再进攻柔然就困难了。"

崔浩坚决支持拓跋焘的主张。他知道张渊、徐辩曾在夏王赫连昌手下当过太史，于是批驳他们请来的两位术士说："我听说你们二位精通方术，能预卜未来。但当初夏国灭亡时，你们怎么没有算出来呢？如果算出来了，为什么不告诉夏王呢？知而不说，便犯有欺君之罪，那可是要杀头的。如果没有算出来，倒可以原谅，但说明你们并不懂什么方术。"

崔浩的一番话说得两位术士无言以对。当时夏王赫连昌也在座，张渊、徐辩二人羞愧满面，低头不语。

拓跋焘以理服人，说服了公卿大臣们，率领十万大军向北挺进。这年四月，北方草原已是春风习习，牧草转绿。拓跋焘率军东出黑山，长孙翰率军西出大娥山。五月，魏军顺利到达栗水（今蒙古国翁金河），逼近柔然汗廷。大檀可汗见魏军浩浩荡荡，旌旗猎猎，阵容威严，急忙烧掉帐舍，带领部族向西逃窜。

大檀的弟弟匹黎率兵前来援救，在途中被长孙翰击溃，部下四处逃散。拓跋焘率兵一直追到兔园水（今蒙古国吐沁河），在东西五千里、南北三千里的广阔牧原上，降服柔然诸部三十多万家，俘获牛羊马驼一百多万头。

拓跋焘继续率兵北进，到达已尼陂（今贝加尔湖）一带时，高车部几十万人归顺北魏。

在这次征讨中，柔然元气大伤，损失惨重。大檀在西逃的路上病死，他的儿子吴提继承了王位，号敕连可汗。公元431年，柔然向北魏求和，表示臣服。

公元434年，吴提派他的兄长鹿傀带领几百人到北魏来献礼，进贡漠北良马两千匹，畜产品若干。为了表示对柔然的抚慰和友好，拓跋焘将西海公主嫁给吴提为妻，吴提将妹妹献给拓跋焘为夫人，后来拓跋焘封吴提妹妹为左昭仪，这是仅次于皇后的封号。从此柔然臣服于北魏，边境得到安宁，畜牧业生产得到大力发展，北方民众获得安定的生活。

智破大夏

在征伐柔然的同时，拓跋焘并没有放过处于北魏西部的大夏王国。大夏是匈奴族铁弗部在西部建立的奴隶制政权。以前铁弗部和拓跋部之间经常有战争发生，因此结怨很深。

公元425年，夏国皇帝赫连勃勃病死，他儿子赫连昌继位。第二年，拓跋焘乘夏国内部混乱之际，分兵两路进攻夏国，一路攻打长安，一路攻打统万，统万城在今天的陕西横山县西北的白城子。当时，西夏的都城设在统万城。进攻长安时，非常顺利，但攻打统万城时，却遇到阻力。

统万城是大夏的都城，十分坚固。城墙高达六丈多，城墙很厚，城基宽三十步，城上宽十步。据说此城是采用“蒸土筑城”的方法制成的，其砖缝之间连锥子都扎不进去。当初筑城时，夏王派大将叱干阿利监工，叱干阿利是个极其凶狠的家伙，工匠和民工筑城时，他派人用锥子往砖缝里扎，若能扎进去一寸长，便认为不合格，马上把工匠处死。当时被杀死的工匠和民工不计其数，其尸体均被筑入城墙里面。当时征调民工达十万之众。

拓跋焘进攻统万城时，天气突然起了变化，风雨交加，飞沙走石，士兵们都睁不开眼睛。这时有人劝他退兵，等到天气好转时再攻打统万城不迟。

拓跋焘说：“古人云，天时不如地利，地利不如人和，只要全军将士齐心协力，没有攻不破的城墙。”

拓跋焘冒着风雨前进，将统万城团团包围起来。城中的敌军，凭借坚固的城垣，坚守不出，魏军发起强攻，城上箭矢如雨点般射来，魏军无法近前，士兵伤亡很大。

魏军一连攻了好几天，未能奏效。拓跋焘心中十分焦急，他想如果不能尽快攻破统万城，长期拖延下去，军中粮草将要用尽，那样对魏军将是十分不利的。他立即在营帐内召集阵前文武官员，商议攻城之策。

这时，只见大臣崔浩站起来说："统万城高大坚固，易守难攻。我军只能智取，不可强战。"他将攻城之计如此这般地说了一番。

拓跋焘听后大喜，便依计而行。

这天夜里，拓跋焘命大将长孙翰率五千人马，乘着夜色悄悄绕到统万城后边的山林里，在那里潜伏起来。

第二天，拓跋焘率领魏军撤退，撤退时故意装作军容不整的样子，把装粮草的空袋子扔得满地都是，并故意留下一些做饭用的大锅，锅内残留着一点很稀的粥。

统万城城头的大夏守军，见魏军撤退了，急忙报告夏王。夏王登上城头一看，果然见魏军狼狈不堪地撤退了，便派人到城外查看，只见到处都是空粮食袋子。查看的人回城报告说，魏军粮草用尽，已经没有吃的了。

魏军退了五十里后，安下营寨。

这天夜里夏王率领城中三万主力人马，悄悄出城，向魏军撤退的方向追击，不到三更天，便到了魏军扎营的地方。夏王见魏军营内旌旗不整，便下令偷袭魏营。夏军如潮水般涌入魏军营内，没有遭到任何抵抗。夏王在马上一看原来是一座空营，知道中计，急令撤军。这时，只听一声炮响，魏军从四面八方包抄而上，把夏军团团包围起来。

拓跋焘命令魏军将营寨点燃，顿时火光冲天。借着火光，拓跋焘挥刀驰马，左砍右杀，夏军伤亡者不计其数。再说埋伏在统万城后山里的长孙翰，见东方火光燃起，知道夏军已经中计被围，立即率领伏兵向统万城西门发起猛攻。这时统万城只有少数守城兵马，长孙翰不费吹灰之力便攻进城内，在城上插上了魏军的旗帜。

夏王被拓跋焘包围后，左冲右突，在几十名随从的护卫下，好不容易杀开一条血路，急忙向统万城逃去。到城下一看，城上插的都是魏军的旗帜，长孙翰在城头大喝道："统万城已属魏军，还不快快下马投降！"

夏王在马上大惊失色，准备率残兵败将夺路而逃。这时拓跋焘率魏军追到城下，夏王见大势已去，只得下马投降。

长孙翰打开城门，迎拓跋焘入城。拓跋焘入城后，见统万城富丽堂皇，王宫里雕梁画栋，气派非凡。他感慨地说："一国之王，滥用民力民财，奢侈淫逸到如此地步，不亡国才怪呢！"

统一北方

公元432年，拓跋焘消灭大夏在西北地区的残余势力后，又挥师东征，亲率魏军讨伐辽东、辽西的北燕。魏军一鼓作气，攻下北燕都城和龙（今辽宁朝阳市），至此北燕所控制的六郡全部投降。公元436年，拓跋焘再次东征北燕，小燕王冯文通逃往高丽，北燕便灭亡了。

拓跋焘这位马上皇帝，不但能征善战，还十分爱好音乐。攻下统万城时，在那里得古雅乐谱一部，其中有正声歌五十曲，他将这部乐曲带回平城，让乐工演奏。消灭北凉后，又得到《西凉乐》。这些乐曲是古代各民族音乐融合的结晶，有很高的艺术价值。消灭北燕后，他又将《高丽乐》和《百济乐》传到北魏。北魏的宫廷音乐从这些乐曲中吸取了精华，使宫廷音乐得到发展。

北凉藩国，是河西地区的一个割据势力，控制着西域诸国。北燕灭亡后，它成了拓跋焘在北方的最后一个对手。公元439年，拓跋焘派人到凉州探听虚实，发现北凉并没有东犯的意思。为了寻找借口，拓跋焘罗列了北凉王牧犍十二条罪状，亲自率领大军前去征讨。牧犍在北凉毫无防备，见魏军浩浩荡荡而来，自知不是对手，就让手下的人将自己捆绑起来，自己带领群臣到拓跋焘马前请罪。

拓跋焘见牧犍如此诚恳，便下马为牧犍松绑，封给他爵位。这样拓跋焘没有费多少劲，便尽收河西之地。

拓跋焘统一北方后，积极整顿吏治，制定法律，大兴儒学，使北魏迅速繁荣起来。

为了进一步发展生产，拓跋焘实行移民政策。他将外地的少数民族和汉族农民、牧民、手工业者迁往京师平城和平城附近，让他们从事农业生产和手工业劳动。在拓跋焘统治期间，大大小小的移民就有七次，共移民十二万多户。这些人都有较先进的生产技术和丰富的生产经验，他们的到来，为京师平城注入新的活力，平城的发展带动了全国的发展。

当时的平城成为世人瞩目的地方。外国使者纷纷到这里来朝贺，同北魏建立友好关系，并向北魏王朝纳贡献礼。高句丽（今朝鲜）每年向北魏赠送黄金二百斤、白银四百斤。为了表示友好，北魏也向他们赠送丝绸、瓷器等物品。大宛国（今塔吉克斯坦共和国境内）与北魏互派使节，并多次向北魏进献著名的汗血马。者舌（都城在今乌兹别克斯坦共和国塔什干）、粟特（今里海一带）等西方国家都与北魏建立了友好关系，互相派出使节。那时的北丝绸之路，经常有驼队往来，显得十分热闹。它沟通了北魏和西域诸国的联系，成为一条友好的纽带。

诛杀崔浩

拓跋焘为了加强和巩固北魏的统治，曾任用一大批汉族地主阶级知识分子，这些人在建国立业中起了重要作用。但拓跋焘毕竟是一位鲜卑族出身的皇帝，鲜卑族和汉族士大夫之间有共同的利益，也有不同的利害关系存在。

拓跋焘在他的地位得到巩固之后，这种利害关系便明显地表现出来。在拓跋焘后期进行政治体制改革中，崔浩这位三朝元老极力主张恢复五等封爵制，而拓跋焘不主张实行五等封爵制，主张维持原有的郡县制。他认为郡县制的存在，表示魏国是统一的，是鲜卑人统治的国家，而不是汉族人割据的国家。

崔浩和拓跋焘争论这一问题时，论证了五等封爵制与郡县制的是非，指责过去秦始皇和汉武帝的错误。崔浩认为当时北方社会实际通行的是强有力的割据制，地方官权力受割据者的限制，官威不是很高，所以他主张废郡县，要朝廷承认割据者的合法性，给予五等封爵。

崔浩的主张受到当时同僚们的赞赏，认为他好古识治，有远见。虽然崔浩的意见是正确的，但拓跋焘不能接受，他认为这样触动了鲜卑族人的利益。因此，拓跋焘便恨上了崔浩，君臣之间便发生了矛盾。

当时，北魏朝内有一员大将叫王慧龙，他智勇双全，为北魏立过不少战功。王慧龙原先是南朝的世家子弟，到北魏后忠心耿耿地为拓跋焘效力，崔浩的弟弟将女儿嫁给了他，因此他和崔浩便成了亲戚关系。王慧龙身材魁梧，双目炯炯有神，一副高鼻梁，显得十分英俊。崔浩第一次见到他时，对这位侄女婿不禁称赞道："后生年轻有为，不愧出生于贵族之家，将来前途无量。"

崔浩称赞自己的侄女婿，这本来是人之常情，并没有什么别的意思。可是他这些话被鲜卑贵族司徒公孙嵩听到了，于是在拓跋焘跟前搬弄是非说："崔浩称他的侄女婿王慧龙是个贵种，这不是有意欺侮我们鲜卑人吗？难道我们鲜卑人就不是贵种吗？"拓跋焘很生气，认为崔浩在大庭广众之下有意抬高汉人，贬低鲜卑人。他将崔浩召来，狠狠地申斥了一番。崔浩一看拓跋焘真的发怒了，慌忙摘下帽子，连声谢罪，称："臣该死，该死。"才算了事。

后来，崔浩奉命撰修国史，负责撰写北魏的历史。崔浩是个很有学问的人，治学非常严谨，不肯有任何疏漏，并能启迪后人。他修史时"尽述国事，备而不典"，把鲜卑贵族中的一些丑闻、秘事都直言不讳地写出来了。

国史写成后，他采纳了助手们的建议，将国史刻在石碑上，竖立在平城郊外天坛东面的大路上，这样过往行人都能看得见。

鲜卑族大为恼火，纷纷到拓跋焘面前告状，说崔浩这样做是故意张扬魏国的丑事，让鲜卑贵族在国人面前丢脸。拓跋焘听了，脸都气黄了，下令立即诛杀崔浩，并且满门抄斩，一个不留。与崔浩有亲族关系的范阳卢氏、太原郭氏、河东柳氏也都被牵连进去，遭到噩运。

参加编纂国史的宗钦、段成根等汉族学者也被处死。记允是编纂国史的主要成员，本应治罪，但他与拓跋焘的儿子太子晃的关系密切，太子晃为他百般求情，才免于一死。这便是历史上有名的“国史案”。

兴道灭佛

拓跋焘晚年崇尚道教，几乎到了走火入魔的程度。

道教自称能羽化升天，长生不死，并能画符诵咒，消灾灭祸。当时有一位从中岳嵩山来的道士叫寇谦之，说他是天上太上老君亲自封的天师，授权继承张天师张陵的地位。为了让更多的人相信道教，他宣扬“清整道教，除去三张伪法”。“三张”指张天师张陵、张鲜衡和五斗米道教的提倡者张鲁。除去信道者要收五斗米和钱税的旧规矩。他主张清寡欲，反对男女交媾的妖术，说大道清虚，岂有房中之术。他创立了一套修炼方法，以礼拜求度为主，以服气食药闭精练气为辅，这一套理论，在当时颇能迷惑人。

拓跋焘见到寇谦之时，见他银髯飘飘，目光炯炯，鹤发童颜，仙风道骨，颇有神仙气质，因此十分崇拜。

寇谦之对拓跋焘说：“陛下乃太平真君下凡，今日得以相见，实在是万幸。我奉太上老君之命，特意来辅佐陛下。”

他编造说，太上老君传给他《云中音辅新科之诫》二十卷，亲传服气导引口诀。太上老君的玄孙李谦文真人传给他《录图真经》六十卷，叫他下凡辅佐北方太平真君（指拓跋焘）。

拓跋焘听后大喜，把年号也改为太平真君。他在平城为寇谦之建造了五层高的天师道场，并亲自到道场受符禄，表示接受了天命，有权做中国的皇帝，天意不可违。从那时起，北魏皇帝即位，都要到天师道场去符禄。

拓跋焘在崇尚道教的同时，对佛教大加诛灭。在拓跋焘统治时期，道教和佛教互相攻击，儒攻佛不攻道。拓跋焘为什么要攻击佛教呢？因为他认为，道教是中国人创立的宗教，是正宗，而佛教是外国人创立的宗教，属于胡神的范畴。拓跋焘极力想证明自己是正宗，“亲汉不亲胡”，他排斥胡神，反对佛教，含有一定的政治意义，他以此向世人说明，我是黄帝的子孙（拓跋部自称是黄帝的儿子昌意的后裔），有权继承羲农的正统。

由于拓跋焘有崇道抑佛的思想，所以他于公元438年，下令五十岁以下的和尚还俗，出来为北魏朝廷服徭役，献租赋。

拓跋焘攻打北凉时，有很多和尚拿着武器为北凉守城，北凉灭亡后，魏军俘获了三千和尚。他说，和尚不好好在庙里修行，却出来做“贼”，真是可恶，要下令全部斩首，有大臣出来劝阻，这些和尚才幸免于难，被罚做苦力。

公元446年，拓跋焘在镇压吴盖起义时，在长安佛寺中发现藏有弓箭、矛盾等大批武器，还发现酿酒使用的器具及当地官员、富豪寄藏在寺内的大量金银财宝，另外还有与贵家妇女淫乱的密室。拓跋焘认为这些佛教徒与吴盖谋反有关，并且品德不好，私养妇人，便下令将寺庙里的和尚全部杀掉。

其实，佛寺就是坞壁，贮藏武器和代人保管财物是极平常的事，不必大惊小怪。至于与贵家妇女搞淫乱关系，那只是少数有权有势的上层僧侣才能做到的事，与大部分处于下层地位的和尚没有关系。

不久，拓跋焘宣布要杀光所有和尚，捣毁佛寺，焚烧佛经、佛像，禁绝佛教传播。拓跋焘这种极端的做法，引起了政治上的不安定。

公元452年，拓跋焘在宫廷内部的激烈斗争中，被宦官宗亲所杀，享年四十五岁。拓跋焘一生有得有失，但他的功绩仍然是主要的，他驰骋北方，统一黄河流域，在我国古代少数民族中不失为一位杰出的领袖人物。

年轻有为的政治家
拓跋宏

在强大的北魏由兴盛走向衰落的过程中，拓跋宏称得上是一位有才干的少数民族政治家。北魏是用武力征服北方而开国立业的王朝，到魏文成帝时，这个由鲜卑族统治的国家已呈现出衰败的局面。拓跋宏即位后，称为魏孝文帝。他主张文治，在国内大刀阔斧地进行政治等方面的改革，大胆吸取汉族地主阶级的统治经验，缓和了民族矛盾和阶级矛盾，暂时扭转了危机，促进了北方各民族的相互融合，因此，他是历史上一位有突出贡献的杰出人物。

冯太后专权

拓跋宏生于北魏皇兴元年（公元467年）八月，他是北魏献文帝的长子，三岁时被立为皇太子。

拓跋宏的父亲是献文帝拓跋弘。拓跋宏的祖母冯太后是个很有才干的女强人。当年拓跋弘刚即位时，年龄还小，朝政由族内大臣乙浑一手把持，根本不把拓跋弘和冯太后放在眼里。但冯太后可不是一般的女人，她见自己的儿子虽然继承了皇位，却不能掌握实权，心里很不是滋味，她暗自下决心要除掉乙浑这个心腹大患。

有一天，冯太后让当上皇帝的儿子拓跋弘装病，躺在龙床上。然后，下诏宣乙浑进宫，说小皇帝有病，请他进宫有要事相商。乙浑不知是计，所以没有任何戒备，放心大胆地进宫来见皇帝。刚刚进了宫门，便被事先埋伏在宫内的刀斧手捉了起来。冯太后列了十二条罪状，立即将乙浑斩首示众。

除掉乙浑后，朝内大权重新回到拓跋氏手中。当时，拓跋弘只有十二岁，一切朝内大事都由冯太后亲自处理。冯太后从小生长在长安，很有统治经验，在她的治理下，北魏朝政还算安然，没有出什么乱子。

这样过了几年，拓跋弘已经长大成人，冯太后觉得应当由儿子主持朝政了，于是她便退居深宫，由拓跋弘亲自处理朝中大事。

冯太后让位后，虽然已经当上了祖母，可她年龄并不大，只有二十九岁。她退居深宫后，成天无事可做，非常寂寞。三十来岁的女人，怎么能忍受后宫中的寂寞，于是便和宫中的宿卫监李弈发生了暧昧关系。后来，两人的关系竟然发展到明铺夜盖的程度，在后宫中引起轩然大波。

这件事传到拓跋弘的耳朵后，他感到十分尴尬，丢人现眼，但对冯太后又无法指责，因为她毕竟是自己的母亲。拓跋弘非常苦恼，成天闷闷不乐。这时有大臣向他献计说："对冯太后无法处理，难道对一个小小的宿卫监李弈还无法对付吗？杀掉李弈，断了冯太后的相思根，这事不就了结了吗？"

于是拓跋弘借故杀了李弈，以使冯太后保持母节。

然而，这一举动却大大触怒了冯太后。冯太后心想：我虽然不是你的亲生母亲，但比你的亲生母亲还重要。你幼年即位，乙浑专权，是我为你除掉隐患，你才掌握了实权。现在你杀了李弈，这不是明摆着和我过不去吗？

从此，拓跋弘和冯太后的矛盾日益加深，冯太后经常寻衅闹事，弄得拓跋弘坐立不安。拓跋弘本来性情懦弱，这么一闹，他觉得这个皇帝当得没有什么意思了，变得心灰意懒。

这年，拓跋宏刚刚五岁，厌恶政事的拓跋弘便将皇位让给年幼的拓跋宏，自己当了太上皇，一心去信奉佛教，修身养性，寻求安静去了。

拓跋宏继位后，称孝文帝。他当时只有五岁，因此祖母冯太后再次出山临朝听政，干预政事。

拓跋宏在祖母冯太后的培养教导下，认真读书，学习先朝的统治经验。拓跋

宏聪明好学，很有心计。他知道冯太后是个非常严厉的人，所以处处多加小心，从不惹冯太后生气。有一次，有个太监在冯太后耳旁说拓跋宏的坏话，说他不好好读书，却领着随从人员到深山里打猎去了。冯太后听了大怒，把拓跋宏叫到跟前，亲自动手用木杖把拓跋宏狠狠打了一顿。拓跋宏忍着疼痛没敢申辩。

拓跋宏深知自己当时不是冯太后的对手，他必须暂时忍气吞声，以便日后成其大业。

公元486年，拓跋宏已经十九岁了，冯太后才把大权交给他，让他批阅奏章，处理朝政大事。

冯太后再次退居深宫后，拓跋宏对这位有政治手段的祖母表现得非常孝敬，经常送好吃的、好穿的、好玩的给祖母享用。同时，对她在后宫的私生活从不干预。冯太后在后宫安安然然地享受人间清福，其乐无穷，从此不再过问政事。

没有冯太后的干扰，拓跋宏便可施展自己的政治才能，专心致志地为北魏做一番事业。

迁都洛阳

迁都洛阳是拓跋宏亲政后的第一件大事。

北魏自建国以来就定都于平城（今山西大同市）。经过几代皇帝的努力，到拓跋宏继位时，北魏的版图已扩大到黄河流域。过去，鲜卑族一直过着逐水草而居的游牧生活，国家收入、人民生活均以畜牧业为主要来源。现在北魏的范围扩大，靠畜牧业生产已经不能满足国家和人民的需要，其重点已转向农业经济。而平城地处边塞，远离南方，气候寒冷，交通不便，土地贫瘠，农业生产条件很差。遇到干旱的年份，庄稼歉收，很难养活平城越来越多的人口。灾情严重时，人们四处逃荒，这对北魏的统治构成严重威胁。

洛阳地处中原，农业生产非常发达。这里气候温暖，土地肥沃，交通便利，曾是东汉、魏晋的都城，一直是汉族政权的统治中心。

拓跋宏早就看中了洛阳这块风水宝地，所以他亲政不久就下决心要迁都洛阳。他认为，平城是鲜卑族发家的地方，这里保守势力非常强大，他的一系列改革，首先遭到保守派的反对。把都城迁往洛阳，一可以摆脱保守派的束缚，二可以加强同内地汉族地主阶级的联系，以巩固北魏的统治地位。另外，在北魏时期，居于江南一带的南朝和北魏互争正统。而洛阳曾是汉魏时期的故都，谁立足洛阳，谁便是当然的正统，无可争议。

迁都洛阳本来是有百利而无一弊的好事，但过惯了游牧生活的鲜卑族贵族，却不愿离开老祖宗开辟的这个老窝。

为了能够顺利迁都洛阳，拓跋宏想出了一条计策。这一天，他将文武大臣召集到平城的宫殿里，他坐在宝座上，假装调兵遣将，说是要发兵攻打南朝。

文武大臣们听后都信以为真，纷纷表示反对，拓跋宏的亲属任城王拓跋澄大声说："进攻南朝，非同小可，如此重大的事情，不经过充分准备，岂能轻举妄动！"拓跋宏听了，假装勃然大怒的样子，厉声斥责道："朕为一国之主，其社稷乃朕之社稷，你想出来挡驾不成？"

拓跋澄劝谏道："江山社稷虽归陛下所有，但作为社稷之臣，心系社稷之安危，对这种轻率的举动，我不能知而不言。"

退朝后，拓跋宏亲自到拓跋澄的住所，私下对他说："今天在朝上所谈攻打南朝的事，是想试探一下群臣的意见，我朝先祖发家于北方，建都于平城，但平城只能是用武之处，并非文治之所，要想长治久安，必须南迁都城于洛阳，看来此事很难办。朕名义上是发兵进攻南朝，实则是想借此机会迁都中原，不知你意下如何？"

拓跋澄听后，方才恍然大悟，坚决支持迁都。他说："昔日东周、东汉均兴起于洛阳，北魏要想进一步拓展，迁都洛阳实为上策，我只能助陛下成功，岂有挡驾之理。"

拓跋宏又说："鲜卑人在北方住惯了，他们不想南迁，你看怎么办呢？"

拓跋澄说："只有非常之人才能做非常之事，陛下高瞻远瞩，就下决心干吧，我坚决支持。那些反对的人，谅他们也不能怎么样。"有了拓跋澄的支持，拓跋宏便放心了。拓跋宏高兴地说："任城，吾之子房也。有你助，不愁迁都不成。"

就这样，在拓跋澄的支持下，由拓跋宏一手策划的大迁都便戏剧性地实施起来。公元493年，拓跋宏率领三十万大军，打着南下进攻南朝的旗号向南方开去。虽然有很多大臣不愿意出征，但皇帝亲自率军打仗，只得随军前往。

快到洛阳时，正赶上连绵的阴雨天，道路泥泞难行，行军十分困难。士兵们疲惫不堪，随行的大臣们也只好下马步行。他们这时都希望能早一天到达洛阳，好在那里休息几天。

可是到洛阳后，拓跋宏毫无休息的意思，要大军继续南行。这时大臣们都累得实在支持不住了，跪在地上，齐声请求，要求皇帝不要再南征了，就地休息几天。

拓跋宏感到时机已经成熟，便在马背上说："兴师动众，举兵南下，并非儿戏，如果半途而废，无功而返，怎么能对得起国人。既然你们都不愿意南下打仗，那么我们就地驻军，将国都迁到洛阳。如果你们同意，就这么办；如果不同意，那就随我一起南下攻打南朝。"

大臣们听了拓跋宏这番话，只好同意暂时迁都洛阳，因为他们认为打仗总不是一件好事，说不定要掉脑袋。

拓跋宏率军在洛阳住下后，立即命令大臣李冲等人修葺原有的宫殿，给大臣们分配了住房。命令穆亮带领士兵加固城墙，以作长久之计。

在洛阳落脚后，拓跋宏派拓跋澄回平城，向留守在平城的贵族宣布迁都洛阳的决定，他们一看生米已经做成熟饭，不同意也得同意。拓跋澄把平城的大臣家眷迁到洛阳。

公元494年，拓跋宏颁诏，向国人宣布正式迁都洛阳。

移风易俗　推行汉制

洛阳是个文化发达的地方，汉族先进的生活方式对落后的鲜卑族有极强的吸引力。为了加强北魏的统治，拓跋宏采取一系列改革措施，向汉族学习。

他首先提倡穿汉服。过去鲜卑族是个马背民族，那些胡服适宜于游牧生活，而现在环境改变了，生活方式和过去不同了，服装也应该改变。拓跋宏身体力行，带头穿上汉服。他下了一道命令，今后鲜卑族贵族不论男女老少，一律改穿汉族服装。

有一次，拓跋宏在街上看到有的妇女仍然戴着鲜卑族的帽子穿着窄领小袖的鲜卑服，他回到宫中后，立即将地方官员召来斥责说："为什么还有这样的事情发生？"地方官员说："现在大街上还是穿汉服的人多，穿鲜卑服的人已经很少了。"拓跋宏听后很生气地说："既然下了命令，就要努力办好，难道满街都是鲜卑服才算督察不严吗？这种旧习惯不改变，国家还能兴旺起来吗？"

迁都洛阳后，鲜卑族官方语言仍然是鲜卑语，很多贵族不懂汉语，交流起来非常困难。为了消除语言障碍，拓跋宏下令，凡鲜卑贵族必须学习汉语。朝廷里的官员上朝奏本必须讲汉语，不讲汉语的就要受到处罚。他规定三十岁以下的人，三年之内必须学会汉语，并且能很流利地使用。

没用多长时间，迁到洛阳的鲜卑贵族便都熟练地掌握了汉语，有些人甚至把原先的鲜卑语都忘记了。

鲜卑族有很多复姓，如拓跋、达奚、贺赖、丘穆陵、步六孤等。拓跋宏认为，北魏的祖先是黄帝的子孙，鲜卑族中的复姓理应改为汉姓。在北方的语音中，拓即为土，跋即为后，土乃"黄中之色，万物之元也"，他率先将拓跋氏改为元氏。在他的倡导下，鲜卑族中的一百一十八个姓氏改为汉姓，如将拔拔氏改为长孙氏，乙旃氏改为叔孙氏，达奚氏改为奚氏，丘陵氏改为穆氏，步六孤氏改为陆氏，贺赖氏改为贺氏，独孤氏改为刘氏，贺楼氏改为楼氏，勿丑于氏改为于氏，尉迟氏改为尉氏等等。

这些改革促进了民族间的融合，有一定的积极意义。

拓跋宏的改革并不是一帆风顺的，一开始便遭到保守势力的抵制和反对。

反对改革的首先是他的儿子拓跋恂，当时拓跋恂已被册立为太子，这位太子自幼过惯了马背生活，只喜欢骑马射箭，不喜欢读书习文。他常常背着父皇拓跋宏，偷偷穿上胡服，蹬上马靴，领着人马到山中去打猎，以显示其武功。他只相信武功能夺取天下，不相信文治能统治天下。他常常在下面发表议论，说什么洛阳天气炎热不如平城凉快，洛阳人口稠密不如平城清静等等，以此宣泄心中的不满情绪。

有一年，拓跋宏离开洛阳到嵩山去巡视，太子恂认为机会来了，便私下与他的心腹大臣密谋，准备带领一批人马，趁机返回平城。拓跋宏得知这一消息后，感到事态严重，立即连夜返回洛阳。拓跋宏将太子恂召进宫来，痛斥了他的叛逆行为，并收回他的兵权，囚禁起来。

拓跋宏要废掉太子恂，遭到李冲、穆亮等大臣的反对，这表明在北魏朝廷内部保守思想有根深蒂固的基础。拓跋宏对李冲、穆亮说："太子恂密谋北逃，这是一种叛乱行为，如果不废掉他，必为后患。朕大义灭亲，完全是为了国家。"他不顾大臣们的反对，毅然废掉了太子恂。

过了不久，驻守在平城的鲜卑贵族穆泰联络平城的贵族，起兵反对拓跋宏，并计划拥立阳平王拓跋颐为皇帝，以取而代之。拓跋宏得知后大怒，派拓跋澄率兵北上讨伐逆贼。

穆泰是北魏的有功之臣，拓跋宏幼年时期，冯太后专权，曾一度想废掉这位小皇帝，穆泰极力劝谏，才保住了拓跋宏的皇位。对于这样一位功臣，拓跋宏本应让他三分，但改革是关系到北魏政权生死存亡的大事，绝不能心慈手软，拓跋宏及时镇压了这次叛乱，铲除了保守势力的代表人物。这是一次改革派与保守派之间的重大较量，显示了拓跋宏的魄力和勇气。

礼贤下士　倡导文化

拓跋宏作为北魏的皇帝至尊以极，但他从不摆皇帝架子。他尊重人才，礼贤下士，对有真才实学的人，不论出身贵贱，都加以重用。

李冲、李世安是汉族知识分子，很有才学，拓跋宏非常重视他们的建议。他们提出俸禄制、三长制、均田制三大改革意见，拓跋宏觉得有理，便采纳了他们的意见。俸禄制实行后，官员们的贪污行为受到控制，得到百姓们的拥护。三长制规定，五家为一邻，五邻为一里，五里为一党，由邻长、里长、党长各负其责，合称三长。他们负责检查户籍，征收赋税，征发兵役和徭役。这样那些隐匿农户的贵族、大臣受到监督，他们无法再逃避赋税，使国家的税收增加。均田制是在登记户口的基础上，按照人口的多少和奴婢、牛具的多寡，分配给田地，这样调动了农民的积极性，生产出更多的粮食。

当时，江南有一位才子，名叫王肃，他的父亲不满南齐王朝的统治，经常散布不满情绪，结果被南齐皇帝杀害了。王肃逃到北魏，拓跋宏听说王肃到来，立即到邺城去接见他，两人谈得非常投机，拓跋宏委以重任。后来王肃为北魏制订了各种礼仪制度，这些制度为巩固北魏统治，起到了积极的作用。

拓跋宏谦逊好学，迁都洛阳后，他常对部下说，这里是个好地方，能学到很多好东西。如果鲜卑族一直住在平城，什么也学不到。拓跋宏熟读《诗经》《离骚》，尤其喜欢曹操的诗，认为曹诗大气磅礴，气吞山河。在一次行军途中，他看到壮丽的山河，不禁在马背上吟诵道："白日天光无不曜，江左一隅独未照。"抒发了他企图统一江南的豪情壮志。

拓跋宏对汉文诗歌情有独钟，他常常在马上作诗，能出口成章。遇到诗兴大发时，他便信马由缰，边走边唱，等一首诗作成后，便吟诵给将士们听，请李冲、王肃等人给他提意见，并让人记录下来。拓跋宏不但自己勤奋好学，还鼓励他的亲属和下属努力学习。

有一次，他外出巡视，见路旁大树参天，即兴作诗一首。接着他让随行的弟弟拓跋勰为他和诗，让他在十几步之内将诗和成。他笑着对拓跋勰说："当年曹丕让曹植在七步之内作诗一首，那是别有用心。当时曹植的诗是被逼出来的，今天我不逼你，我是想考考你的才能。"

拓跋勰听了不慌不忙，一边走一边想，走了十五步，便作出和诗来。拓跋宏一听非常高兴，连声称赞："果然有进步，好诗，好诗！"并赐给丰盛的奖赏。事后，拓跋宏对下属官员们说："人们说鲜卑人没文化，性情粗暴，我看不见得，只要勤奋好学，都会成为有才学的人。过去拓跋勰只会骑马打仗，现在不是也学会作诗了吗？你们要好好读书写字，将来会有用处。”

由于拓跋宏注重文化，北魏时期的书法、雕塑、文学等都达到了很高的艺术境界。

拓跋宏喜欢读书写字，北魏时期的石碑很多，其书法别具风格，被称为魏碑体。魏碑体书法运笔刚劲有力，结构合理，气势雄浑，潇洒飘逸，一直流传至今。后来的宋体字就是在此基础上发展起来的。

迁都洛阳不久，拓跋宏就下令建造著名的龙门石窟。洛阳南有伊阙，两岸为龙头山，东岸为香山，两岸石质都是坚硬的大理石悬崖，在此地建造石窟是一项具有远见的选择。太和十九年（公元495年），拓跋宏派比丘慧成和尚在龙门山开凿古阳洞大石窟。龙门石窟比平城的云冈石窟更富有汉族艺术特色，其佛像面目和蔼可亲，面含微笑，富有人情味。佛面由过去的雄健可畏变为温柔亲切。这种变化，反映出北魏统治由武治到文治的变化，体现了孝文帝拓跋宏的治世思想。龙门石窟中保存的石刻文字，至少有一千四百余种，这些都是祖国历史遗产中的艺术瑰宝。

在文学方面，孝文帝拓跋宏时期出现的长篇叙事诗《木兰辞》堪称中国文学史上的伟大杰作。据考证，《木兰辞》是拓跋宏迁都洛阳以后、六镇起事以前的作品，诗中称君主为可汗或天子。北魏有《木兰辞》一篇，它足以压倒南北两朝的全部士族文人的作品。

太和二十三年（公元499年）四月，拓跋宏在南伐途中病逝，年仅三十三岁。他不失为中国历史上一位年轻有为的少数民族君主。

六镇起义首领

破六韩拔陵

北魏末年，六镇起义军领袖破六韩拔陵，是中国历史上少数民族中的杰出人物。他所领导的起义规模宏大，持续时间长，动摇了北魏的封建统治，推动了中国历史的进步，促进了北方各族人民团结友好的发展历程。破六韩拔陵的名字永远闪耀着灿烂的光辉。

沃野起兵

破六韩拔陵，匈奴人，破六韩是匈奴三字姓，拔陵是他的名字。他从小生活在北方的沃野镇（今内蒙古五原县北）。北魏末年，统治者对于各族人民的经济压迫和政治奴役十分残酷。

拔陵出身于平民家庭，生活十分艰苦，小小年纪便为鲜卑贵族牧马放羊，艰苦的环境磨炼了他坚毅的性格。他善于骑马，有一次他的同伴为官府放马时，将马群丢失了。如果让官府知道，他的同伴将受到严厉的惩罚。拔陵得知后，骑着一匹快马跑了三百多里路将丢失的马群赶回来。他热心助人，在同伴中有很高的威望。

破六韩拔陵当马奴时，练就了一身好武功，他能用石块击中天上的飞鹰，用标枪击中飞奔的野鹿。那时，草原上狼群经常出没，凶恶的豺狼常常袭击羊群。一年冬天，他和伙伴们出猎打狼，他挥舞马刀，冲在最前边，他一人打了十二只豺狼，伙伴们称赞他是“草原上真正的勇士”。

北魏时期，统治者为了防止柔然族的侵袭，在北方修筑了一条长城，又在北方地区建立了六个军事重镇。这六镇从西至东分别为：沃野镇（内蒙古五原县北），怀朔镇（今内蒙古固阳县西南），武川镇（今内蒙古武川县西土城），抚冥镇（今内蒙古四子王旗），柔玄镇（今内蒙古兴和县台基庙东北），怀荒镇（今河北张北县西北）。

六个军事重镇的守将多由鲜卑贵族担任。鲜卑贵族属于皇族，他们享有朝廷赋予的特权和优厚待遇。这些镇将吃着朝廷的俸禄，却不把守卫边境当作第一职责。他们搜刮民财，中饱私囊。《魏书》中说他们“转相模习，专事聚敛”。他们任意霸占土地，垄断商业，克扣军饷，贪污钱财。老百姓称他们为“饿虎将军”。六镇的镇民们在苛重的租、调、兵役、徭役的逼迫下，有的逃往山泽，有的削发出家，造成男不能耕，女不能织，大片田园荒芜。

六镇的镇兵，在镇将的苦役折磨下更是苦不堪言。镇将占领大片肥沃土地，强迫士兵为他耕种，所有收获都装进了镇将的私人腰包。这些镇将“初来单马执鞭，返去从车百辆”。镇将与镇兵、镇民之间的矛盾日益尖锐。“由是百姓穷困，人人思乱。”地下的烈火在运行，农民暴动大有一触即发之势。

魏正光四年（公元523年）二月，柔然族首领阿那瓌率兵南侵，掠击边镇人口两千多，马、牛、羊数十万头。怀荒镇损失惨重，镇民无法生活，要求镇将于景开仓借粮，遭到拒绝。积愤已久的镇民再也无法忍受了，他们杀死于景，然后起义。

远在沃野镇的破六韩拔陵，听到怀荒镇起义的消息后，激动异常。他对自己的伙伴们说：“怀荒镇的镇民们已经举起了义旗，我们岂能坐着等死，只有起兵反抗，才有出路。”伙伴们同意他的意见，并推举他为首领。这年三月，破六韩拔陵在沃野镇聚众起兵。

起兵这天，破六韩拔陵站在高高的土台上，他的好友卫可狐等八位义士分列两旁，台前插着一杆杏黄大旗，台下两千起义士兵排列着整齐的队形，他们中有的是不甘忍受镇府压榨的镇兵、官奴，有的是农民，有的是牧马人。

破六韩拔陵与八位义士歃血为盟，他端起满满一碗酒，祭过天地后说：“今天我们聚众起兵，是为了推翻官府，救镇民于水火之中。我等不求同生，但求同死。义旗既举，只可进，不可退，即使血洒疆场也在所不惜。”

只见台下群情激愤，斗志昂扬，欢呼声震天动地，破六韩拔陵跳下土台子，跨上一匹卷毛雪青马，率领起义军向沃野镇冲去。

沃野镇镇将平时只顾聚敛钱财，哪里顾得上训练兵马，士兵平时连肚子都填不饱，更不愿为官府卖命。起义军一到，犹如洪水溃堤，一击即破。守镇的士兵们纷纷倒戈，破六韩拔陵一马当先冲进镇府。

这时镇将正簇拥着几个美女饮酒作乐，听说起义军已冲进了镇府前院，急忙披挂上阵，仓皇应战。刚出了二门，迎面碰上手提大刀的破六韩拔陵，他还没回过神来，便成了破六韩拔陵的刀下之鬼。

破六韩拔陵占领沃野镇后，开仓济民。镇民们纷纷走上街头，欢迎起义军。破六韩拔陵将投诚的镇兵编入起义军，起义军的声势进一步壮大。破六韩拔陵在沃野镇成立了临时政权，建号“真王”。

占领怀朔

破六韩拔陵领导的起义军占领沃野后，其他各镇纷纷响应。魏正光五年（公元524年），高平镇（今宁夏固原市）敕勒首领胡琛首先起兵响应。他杀死镇将，自己做了高平王。胡琛派手下将领宿勤明达、万俟丑奴攻打薄骨律镇（今宁夏灵武县），向陕西北部和甘肃东部进军。与此同时，西部地区的氐族、羌族部落的民众也起兵配合破六韩拔陵，羌族首领莫折大提率领部众杀死秦州刺史，做了秦王。

破六韩拔陵起义点燃了各族人民的反抗烈焰，各地人民的反魏斗争又鼓舞了破六韩拔陵起义军的士气。当时四方愤怒，纷纷兴兵，各路起义军互相配合，遥相呼应，北魏王朝一片惊慌。破六韩拔陵在沃野站稳脚跟后，立即派大将卫可狐率精锐骑兵向东进军，攻打怀朔镇和武川镇。

卫可狐是一员勇将，而且很有谋略。他兵分两路，将武川镇和怀朔镇包围起来，准备各个击破。

怀朔镇守将杨钧是个顽固分子，他凭借高大坚固的镇城，据城死守。卫可狐兵临城下，向怀朔城发起攻势。这时城上檑木滚石一泻而下，起义军无法前进。为了减少不必要的伤亡，卫可狐命令士兵在城外挖掘战壕，准备打一场持久战。

这时被起义军包围在武川镇内的镇将贺度拔，见怀朔镇被围，两镇不能互相增援，急得像热锅上的蚂蚁一般。起义军围城好几个月，眼看城内粮草即将断绝，贺度拔无奈，只好派儿子贺拔胜冒着生命危险带几名心腹骑兵突围到朔州，向临淮王元彧请求派救兵增援。贺拔胜见到元彧后哭着说："怀朔已被围困数月，危在旦夕，若怀朔被攻破，武川更不堪一击，请求大王速速发兵，以解怀、武二镇之围。"元彧虽然答应了贺拔胜的请求，但他考虑到自身的利益，迟迟不肯发兵。

贺拔胜回到武川后，将情况报告了贺度拔，父子二人天天站在城头企望救兵到来，可连救兵的影子都没见到。这时卫可狐加紧攻城，将城外水源断绝，城内粮草已尽，饮水奇缺，贺度拔父子无奈，只好献城投降。

卫可狐得了武川镇，声势大振。他集中优势兵力，攻打怀朔镇。怀朔镇守将杨钧与北魏派来的军官窦乐听说武川镇失守，心惊胆战。他们站在城头上督军死守。卫可狐命令士兵在城北门堆满柴草，这天夜里刮起西北大风，风声呼呼，卫可狐乘机点起火来，高高的火苗蹿上城头，城上的魏军被烧得哇哇乱叫，衣甲被火烧着了，一个个成了火人。起义军攻破北门，卫可狐一马当先，冲进城去。

杨钧、窦乐企图组织魏军突围，可起义军围得像铁桶一般，哪里冲得出去。这时卫可狐率兵已经进城，杨钧、窦乐走投无路，被杀死在乱军之中。

卫可狐连得二镇，破六韩拔陵得到胜利的消息后连声称赞道："卫可狐真乃神勇之将也！"卫可狐占领怀朔后，安抚百姓，开官仓救济贫民，老百姓欢天喜地。

经过短暂的休整之后，卫可狐奉破六韩拔陵之命率部队越过阴山，攻打盛乐（今内蒙古和林格尔县土城子）。盛乐是昔日北魏的都城，附近有北魏的皇族陵园。眼看祖坟就要被起义军占领，北魏朝野怎能不惊恐万状。

卫可狐距盛乐城三十里处安营扎寨，北魏守将闫善出兵迎战，双方在城外一连交战五天，均未能分出胜负。

这时闫善联络皇陵附近的乡霸土豪，勾结地方匪首贺拔度拔、宇文肱准备袭杀这位英勇的起义将领。他们乘卫可狐连日作战疲倦之时，夜里偷偷袭击起义军营寨将卫可狐杀害。

破六韩拔陵听到卫可狐遇害的消息，悲恸万分，他发誓要为卫可狐报仇。

白道战役

正光五年（公元524年）六月，破六韩拔陵率起义军渡过乌加河，向五原（今内蒙古包头市西）进军。北魏朝廷接到边防告急信，任命临淮王元彧为征北将军，讨伐破六韩拔陵。两军在五原摆下战场。元彧派两员魏将为先锋，率精锐骑兵到阵前挑战。破六韩拔陵派大将王也不卢迎战，临行时对他耳语一番，王也不卢会意。两军对垒，杀声震天。王也不卢力敌两员魏将，战到二十回合时，王也不卢假装支持不住，回马便走。两员魏将不知是计，紧随其后，王也不卢且战且退，将敌人引到了西山嘴。这里两山对峙，中间是一条峡谷，两个魏军先锋都想争头功，率兵冲进峡谷，想活捉王也不卢。哪里想到等魏军全部引入峡谷后，只听得一声炮响，破六韩拔陵率起义军从两面山坡上冲了下来，堵住了魏军的退路。

魏军遭到破六韩拔陵设下的埋伏，顿时军中大乱。这时王也不卢调转马头，杀了过来。魏军被堵在峡谷之中，前后受敌。山坡上的起义军居高临下，放起箭来，魏军被射死射伤者不计其数，两个魏军先锋也死在乱军之中。

这一仗，消灭了元彧的精锐骑兵，北魏军“前锋失利，二将殒命，兵士挫衄”[1]。元彧只得带领残兵败将退回平城。北魏朝廷撤销了他的官爵。

破六韩拔陵在五原获得重大胜利后，继续挥师东进，锋芒直指塞北要地——白道（今内蒙古呼和浩特市北）。白道是阴山的门户，地理位置十分重要，向来为兵家必争之地。

北魏朝廷被起义军的胜利吓得惊恐不安，急忙任命李叔仁为安北将军，急驰白道，抵抗起义军。李叔仁率兵渡过大黑河后，在离白道十里处安营扎寨。

破六韩拔陵乘敌人远道而来、立足未稳之机，连夜向魏军发动攻击。魏军连日行军疲倦，再加上士气不振，一击即溃。李叔仁兵败如山倒，在数百名北魏残军的保护下向南退却，渡大黑河时又被淹死无数。这一仗破六韩拔陵将李叔仁的部队全部歼灭，获马匹、辎重无数，起义军威声震撼四方。

北魏的两次惨败，使身在洛阳的北魏皇帝元诩再也坐不住了，他在显阳殿召集文武百官，商量镇压起义军的大事。这次决定派重兵围剿破六韩拔陵。元诩任尚书令李崇为北讨大都督，调派大将崔暹、广阳王元深率三路兵马前往北方镇压起义军。

破六韩拔陵占领军事重镇白道后，经常派骑兵袭击敌人，取得大小胜利数十次。当他得知李崇率大军前来征讨起义军时，立即在白道一带做了重要军事部署。他率领士兵在白道外围挖掘战壕，布置陷阱，利用白道险要地势，与敌军决一死战。

李崇以崔暹为前导，浩浩荡荡地向白道挺进。崔暹在马上趾高气扬地说：“这次我有战车千乘，兵甲数万，不破白道，誓不罢休！”到白道后，崔暹以战车为前导，骑兵居中，步兵紧随其后，向破六韩拔陵发起猛烈攻势。

可崔暹哪里知道，破六韩拔陵早有准备，敌人的战车推进到白道外围便被战壕、陷阱阻拦，千乘战车全部瘫痪，破六韩拔陵命令士兵擂响战鼓，起义军从山坡上冲了下来。魏军大乱，中间的骑兵部队无法前进，只得后退。然而后方的基路又被破六韩拔陵堵截。魏军互相践踏，死伤大半。破六韩拔陵手舞大刀，骑着卷毛雪青马冲进敌阵，如入无人之境，杀得敌人片甲不留。据历史记

[1] 见《魏书·李崇传》

载，白道战役，崔暹全军覆没，“只轮不返”[1]。

破六韩拔陵乘胜追击，与李崇率领的魏军激战于五原。这时元深率领的魏军也赶到五原增援，但起义军锐气百倍，官军无法取胜。双方相持了好几个月，魏军粮草缺乏，李崇、元深只好引军退回平城。

破六韩拔陵在白道大捷后，声威大振。东西敕勒族起义军也加入了他的队伍，六镇全部被起义军占领，起义军人数发展到数十万，达到了鼎盛时期。“河西敕勒”围攻统万城（今陕西横山县白城子）。围城数月后，城中的魏军粮草吃光了，只好杀死马匹充饥，连马皮都煮着吃了。

血洒黄河

北魏朝廷无法镇压破六韩拔陵的起义军，惶惶不可终日。这时他们意识到单纯用武力是征服不了起义军的，于是就采用安抚投降的手段，企图瓦解起义军。

为了削弱起义军的力量，拉拢边镇士兵，孝明帝元诩下诏说：“凡边镇有军籍的人，只要不是因罪发配充役的，一律免为庶民。”同时，把军事管制的边镇改为州，妄图解除边镇的武装力量。但这些办法依然无法阻挠起义军的蓬勃发展。

孝明帝元诩无奈，只得派黄门侍郎郦道元为大使，到边镇去“慰问”起义军。郦道元是北魏时期的大学者，曾著有著名的《水经注》，但这次却扮演了一个不光彩的角色。郦道元到边镇后，破六韩拔陵不为安抚投降所动摇，郦道元是个很知趣的人，他见破六韩拔陵态度强硬，怒火难遏，便回洛阳向元诩交差去了。

北魏朝廷的安抚政策失败后，又生出另一条计策。他们串通少数民族柔然族的上层人物，企图用外族的力量消灭破六韩拔陵，与此同时，在起义军内部收买叛徒，寻找代理人。

---

[1] 见《魏书·广阳王建闾传》附《元深传》

公元525年三月，北魏朝廷派人游说柔然族首领阿那瓌，并给阿那瓌带去很多礼品，要他出兵共同对付起义军。阿那瓌受了北魏的拉拢，这年春天，带领十万柔然族士兵向破六韩拔陵的根据地沃野镇发起突然袭击。

这时，破六韩拔陵正在五原一带全力以赴包围广阳王元深的部队，对于柔然族阿那瓌背后袭击毫无准备，结果回军不及，陷入被动局面。

广阳王元深上次被破六韩拔陵打败，深知起义军的厉害，这次他派于谨到起义军内部去搞分裂活动。于谨是个老奸巨猾的家伙，会说好几个民族的语言。他找到西部敕勒首领乜列河，向其封官许愿，乜列河本来就是个动摇分子，禁不住高官厚禄的诱惑，决定率三万民户归附北魏。

破六韩拔陵得到乜列河叛变的消息后，十分生气，起义军中出现这样的叛徒是他始料不及的事。他决定在乜列河去平城向北魏投降的路上，截击并消灭乜列河。破六韩拔陵率兵离开五原向南进军。诡计多端的于谨以乜列河为诱饵，在沿途设下埋伏。破六韩拔陵歼敌心切，连夜行军，在进军途中遭到敌人的伏击，被于谨率领的魏军和乜列河带领的叛军包围起来。拔陵指挥起义军奋力抗敌，他挥舞大刀在敌人包围圈内左冲右突，连杀五员魏将，匪首贺拔度拔、宇文肱也被他斩于马下。于谨想活捉破六韩拔陵，他在阵前用几种语言向士兵喊话："谁要能抓住破六韩拔陵，赏银三万。"可是，破六韩拔陵骁勇无比，谁也无法近前。经过一番浴血奋战，破六韩拔陵终于冲出重围，但起义军经过这次战斗，遭到严重损失。

破六韩拔陵率领起义军向北方撤退，这时阿那瓌率柔然部众，配合北魏军队向破六韩拔陵发起攻击。在大敌面前大将破六韩孔雀动摇了，他对破六韩拔陵说："现在北魏联合几路人马向我军包抄，我军连连受挫，不如暂时归附北魏，等待时机，东山再起。"破六韩拔陵听后大怒，命令士兵将破六韩孔雀拿下斩首。众将领跪地求情说："请真王息怒，当前正是用人之机，破六韩孔雀出言有误，且饶了他，让他戴罪立功。"经众将领的再三请求，破六韩拔陵免破六韩孔雀一死，杖三十军棍。破六韩拔陵怒气未消，用宝剑割下战袍一角，说："今后有动摇军心者，就像这战袍一样，定斩不赦！"

阿那瓌率领的十万柔然军队向起义军袭来，破六韩拔陵见部下伤亡惨重，只好率兵转移。刚刚渡过黄河，广阳王元深率领魏军赶来，起义军处于阿那瓌和元深的夹击之下，形势极为严峻。

破六韩拔陵望着滚滚东流的黄河水，心潮起伏，他在马上感慨地说道："自从沃野起兵以来，义军攻州克镇，连连取胜，想不到在此遭到惨败。剑可折而不可弯，士可杀而不可降。"说着他摘下腰间的剑鞘，投入黄河之中，表示誓与敌人决一死战的决心。

这时，破六韩孔雀率部下投降了北魏军，起义军的力量削弱了。破六韩孔雀企图讨一条活命，可是他的如意算盘打错了，不久他便被阿那瓌杀掉。

破六韩拔陵在黄河边与北魏军展开最后的拼杀。他几进几出，杀得北魏军丢盔卸甲，死伤无数。元深指挥魏军将破六韩拔陵重重包围起来，破六韩拔陵终因寡不敌众，坐骑负伤，他本人壮烈地战死在黄河岸边。这一年是公元525年。

巍巍阴山战马鸣，滔滔黄河连天涌。持续两年零四个月的破六韩拔陵起义，虽然被镇压下去了，但波澜壮阔的六镇起义却敲响了北魏末年反动统治的丧钟。这是一场北方各少数民族联合起来反对封建统治者的压迫和剥削的伟大斗争。破六韩拔陵的名字，因此载入史册，永放光彩。

敕勒族名将
斛律金

在古代，贝加尔湖一带有一个叫敕勒川的游牧民族。他们在广阔的草原上乘着高车，赶着畜群，唱着古朴的民谣寻找水草肥美的地方，所以他们又被称作“高车族”。后来他们不断向南迁徙，一直到黄河流域，阴山山麓。据史书记载，敕勒族有六种、十二姓。民族英雄斛律金即出身于敕勒族斛律部。他一生身经百战，屡建功勋，成为南北朝时期的一代名将。

驰马弯弓射大雕

斛律金生于公元488年，出身于一个显赫的家族，祖父幡地斤曾任北魏殿中尚书，父亲阿那瓌是北魏的著名将领，被任命为第一领民酋长，负责镇守漠南一带。他们在草原驻军，每到秋天草肥马壮之时，便带上丰收的礼品进京朝见，春天时又返回北方草原。由于他们像大雁一样秋去春返，因此北魏朝称他们为“雁臣”。

斛律金身材魁梧，擅长骑射。有一次，他在草原上打猎，天空中有一只大鸟盘旋，他策马向前，引弓而射，正中大鸟的颈部。大鸟像车轮似的旋转着跌落地面。随从人员近前一看，原来是一只硕大无比的雕，众人皆惊叹不已。

斛律金从小在草原上长大，艰苦的自然环境培养了他不怕困难、英勇顽强的性格。当时，北方草原经常受到外族的侵扰。斛律金在每次战斗中，英勇善战，身先士卒，立下不少战功。三十几岁时，他便被朝廷任命为第二领民酋长。在长期的战斗中，他积累了丰富的作战经验。

有一次，敌人抢走了他们部落的马匹和牛羊，斛律金闻讯后，立即率领部众追击敌人，但敌人已逃得无影无踪。士兵们抱怨说："敌人跑得像兔子一样快，连影子都看不见了，到哪里去追赶呢？"斛律金跳下马背，伏在草地上，将耳朵贴近地面，听了一会儿，又在草地上闻了闻。他对士兵们说："敌人向西北方向逃去了，离这里只有四十里，我们赶快去追。"

士兵们半信半疑，心想，凭你这么听一听、嗅一嗅，就能知道敌人离这里有四十里远？斛律金率领他们飞马向前，向西北方向追去，不到一刻时辰果然看见前面尘土飞扬，士兵们这才信服了斛律金的判断。

前边尘土翻卷，遮天蔽日，敌人到底有多少人马呢？士兵们心中无数，有些犹豫不决。这时斛律金在马背上手搭凉篷，仔细观望了一阵，说："敌人只有三百人马，我们有五百铁骑，有什么害怕的呢？跟我追！"斛律金一马当先，众士兵紧随其后，冲进敌阵。敌人被杀得七零八落，丢下抢夺的马匹和牛羊便逃跑了。众士兵趁势抓住了几个俘虏，问他们到底有多少人马，俘虏回答说："三百。"

斛律金听地而知远近，望尘而知多寡，士兵们佩服得五体投地，称赞斛律金说："我们的酋长，真是赛过神仙。他的耳朵、鼻子、眼睛都是天神赐予的，与众不同。"

斛律金不但作战勇敢，而且有智谋，善于用兵。公元535年，北魏分裂为东魏和西魏。斛律金跟随了东魏。当时东魏的实权掌握在高欢手中，高欢是鲜卑化的汉人，斛律金多次随高欢出征打仗，为东魏立了不少战功。

有一次，敌人来攻打斛律金，敌人兵多势众，来势凶猛。斛律金将自己的人马分为三队，一队骑黄牛，称黄牛阵；一队骑白骆驼，称白驼阵；一队骑红马，称红马阵。

交战那天，斛律金乘坐高车，居高临下，在车上指挥，他在山坡下的一处开阔地摆下阵势。斛律金先以黄牛阵对敌。敌军从来没有见过这种作战法，以

为黄牛跑不快，所以不放在眼里。双方战了十几个回合，斛律金在高车上将黄旗摆动，黄牛阵开始退却，敌人以为黄牛阵败了，紧追不放。他们追到一片沙漠地带，只见斛律金在高车上摆动绿旗，这时白驼阵出击。敌人的骑兵追到沙漠里便失去了优势，而斛律金的骆驼队在沙漠里奔走自如，士兵们骑在骆驼背上左砍右杀。敌人的骑兵在沙漠里跑不动，比黄牛还慢，被拖得筋疲力尽，死伤无数。

敌人好不容易冲出沙漠，只见斛律金在高车上将红旗一摆，红马阵从山坡上的丛林里冲了出来，敌军顿时乱了阵脚。这时，黄牛阵、白驼阵、红马阵已形成三层包围圈，将敌军团团包围起来。只听得金鼓齐鸣，杀声震天，敌军被夹在三层包围圈内，相互间失去了联系，被杀了个尸横遍野，血流成河。

这一仗，斛律金大获全胜，缴获兵甲、器械无数。将士们称赞斛律金“出奇制胜，用兵如神”。

高歌一曲《敕勒川》

北魏分裂后，东魏和西魏经常打仗，双方互有胜负。公元537年，西魏的宇文泰率大军进攻东魏。高欢出兵二十万进行还击，斛律金作为大将，随军前往。高欢自恃兵多将广，麻痹轻敌，斛律金劝他说：“自古骄兵必败。宇文泰率轻骑至渭水北岸的沙苑，那里地势险要，我军不可贸然进兵。”高欢说：“我有二十万雄兵，难道还怕他宇文泰不成。”高欢不听斛律金的劝告，进兵渭曲，结果中了敌人的埋伏，东魏军死伤无数。

高欢初战失利，士气受到挫伤，但高欢并不甘心失败，还想整合残兵败将继续与宇文泰对抗。斛律金分析了当时的形势，认为敌人占有天时、地利的优势，不可硬拼。他对高欢说：“敌军初战得胜，士气正高，我军应暂时退还河东，以等待有利时机。”高欢求胜心切，哪里能听得进斛律金的劝告，他派人拿着将士的名册到各营去点兵。将士们不想打仗，听到点名都默不作声。高欢在马上气得大骂士兵。这时，敌人已开始包围东魏军，情况万分危急。斛律金骑马赶来，对高欢说："将士们情绪低落，无心再战，敌军在向四面迂回，我军应立即撤退，不然将有全军覆灭的危险。"高欢向远处望了望，仍然犹豫不决。斛律金急了，举起马鞭子，向高欢的坐骑狠狠抽去。高欢无奈，只好带领东魏军撤出沙苑。等西魏军赶到这里时，高欢已退到安全地带，敌人扑了个空。

事后，高欢才知斛律金的做法是完全正确的。他对斛律金说："幸亏你那一鞭子，要不然我命休矣。"从此以后，他对斛律金的意见非常重视，出兵打仗常常找斛律金来商量对策。

公元543年二月，东魏内部发生叛乱，北豫州刺史高慎投降了西魏。高慎派人到长安，请求宇文泰火速发兵攻打洛阳。高欢得知消息后，率十万大军进军黄河北岸。高欢扎营后与斛律金商量，问道："敌军东进，我军应如何布阵才能取胜？"斛律金回答："我军应从河桥南渡黄河，占领邙山。邙山地势险峻，易守难攻，扼此要道，便可解除洛阳之危。"

高欢听后大喜，任命斛律金为先锋，率军南渡黄河，占领了邙山。宇文泰率兵向邙山推进，斛律金不等敌人站稳脚跟便发起猛烈攻击，结果西魏军被截为两段，首尾不能相顾。斛律金一马当先，左砍右杀。这一仗，共斩杀、俘虏西魏三万余人，大获全胜。

宇文泰为了挽回败局，第二天将西魏军分为左右两路，企图夹攻邙山。斛律金探听到敌人的意图后，向高欢献计说："敌人分两路而来，我军应分兵拒敌，同时在邙山左侧的山林里埋伏兵马，袭击西魏左军的后路，这样可一举获胜。"高欢采纳了斛律金的建议，并让斛律金率五千人马在邙山左侧埋伏。

第二天，两军在邙山脚下会战。正酣战之时，斛律金突然率兵从山林里冲出，直抄西魏左军后路。敌军腹背受敌，顿时大乱。斛律金越战越勇，斩杀左军将领于马下。西魏右军见左军失利，主将被杀，顿时大惊失色，急忙引兵撤退。宇文泰两战皆败，只好放弃洛阳，引兵入关。

邙山战役，高欢采纳了斛律金的计策，大获全胜。为表彰斛律金的战功，高欢任命斛律金为大司马，封石城郡公，食邑一千户。不久斛律金又升任为第一领民酋长。

过了三年，高欢率领十万东魏大军，南下攻打西魏重镇玉壁（今山西稷山）。此时的斛律金已经是一位五十八岁的老将军了，他老当益壮，随军前行。高欢率兵到达玉壁后，西魏名将韦孝宽凭借坚固的城池坚守不出。高欢多次在城下攻打，未能取胜。一天，高欢亲自到城下督战，韦孝宽站在城头上，接过身旁士兵的定功弩向高欢射出一支暗箭。在这千钧一发之际，骑着马站在高欢身旁的斛律金，用大刀一挡，将飞来的暗箭挡开。高欢在马上惊出一身冷汗，他气得大骂韦孝宽："如此鼠辈，龟缩在城里不敢出来交战，却用暗箭伤人，真无耻小人也！"

高欢一连围城五十多天，未能破城。这时，东魏军给养不足，士兵战死、病死者很多。斛律金见将士伤亡惨重，便劝高欢撤兵解围，退回北方。高欢无奈，只好下令撤退。

在撤退的路上，韦孝宽散布谣言，说高欢已被定功弩射死，所以才退兵北返。东魏士兵听到这个消息后，信以为真，军心动摇。在严峻的形势面前，斛律金来到高欢帐前，对他说："现在西魏到处散布谣言，说你被定功弩射死，弄得人心惶惶，军心不稳。你应该出来与将士见面，以粉碎敌人的谣传。"

高欢立即出来与众将士见面，将士们见主帅仍然活着，军心才稳定下来。东魏军继续向北撤退，然而高欢一路上总是闷闷不乐，他想："我亲率十万大军南伐，如今损兵折将，无功而还，实在令人沮丧。"越想越生气，于是便生起病来。

在行军路上，斛律金对高欢说："胜败乃兵家常事，主公不必为此多虑。我们退回北方，那里水草肥美，天地广阔，在那里重整兵马，再伐中原，何愁不能东山再起。"高欢为这位老将军矢志不移的乐观精神所感动，他对斛律金说："你给大家唱一首歌吧，鼓舞士气，不要像我这样成天愁眉苦脸的。"

斛律金虽然读书不多，但他从小生活在草原上，对那里的民歌非常熟悉。于是他放开苍劲的喉咙用鲜卑语唱道：

"敕勒川，

阴山下。

天似穹庐，

笼盖四野。

天苍苍，

野茫茫，

风吹草低见牛羊。”

高亢、激昂的曲调在原野上回荡，将士们听到这熟悉的曲调和动人的歌词后，想起广阔无垠的草原，想起可爱的家乡，士气大振。他们应和着老将军的歌声，也放开歌喉唱了起来。高欢更是百感交集，他感谢老将军为军队注入了活力，病情顿时好了许多。

斛律金用鲜卑语唱出的这首《敕勒川》民歌朴实、自然。到北齐时，这首鲜卑民歌被翻译成汉语，广为流传。

居安思危常忧国

公元547年，高欢病死。他前后掌权十六年，为以后建立北齐创造了条件。这期间斛律金一直跟随他东征西讨。他深知斛律金是一位忠勇之将。临死时，他对儿子高澄说：“斛律金性格耿直，有人说他的坏话，你千万不要轻信。”高澄重用斛律金，派他率兵守卫边境。

公元549年，高澄派斛律金会同高岳、慕容绍攻打西魏占领的颍州（今河南长葛市东北）。年逾花甲的斛律金，宝刀不老，旗开得胜。攻下颍州后，他又挥师西进，打败西魏守将马绍隆，为东魏建立了功勋。这一年，高澄看到时机已经成熟，准备接受魏禅，登基做皇帝。梁人兰京是被东魏俘虏过来的厨奴，他对高澄心怀不满，便乘送饭之机刺杀了高澄。高澄死后，弟弟高洋继承了他的职位。第二年，高洋黜退了东魏傀儡皇帝，自立为帝，建立了北齐。

高洋称帝后，封斛律金为咸阳郡主，后又加封为太师。斛律金位居高官，地位显赫，但他从不居功自傲，仍严格地要求家人，为国家分忧。他有两个儿子，长子叫斛律光，次子叫斛律羡。他常常教导他们说："国家正值用人之际，你们要刻苦学习，练习武艺，这样才能为国家建功立业。"闲暇时，他常常带领儿孙们出外行猎，以此来提高他们的骑射技艺。每次行猎归来，他都要检查儿子们所捕获的猎物，根据收获多寡进行奖励。

有一次，他看到长子斛律光捕获了六只野鹿，每只野鹿都是背部中箭，而次子虽然捕获了八只野鹿，但中箭的位置有的在腿部，有的在屁股上，于是他奖励了长子斛律光。次子斛律羡很不服气，对父亲说："我射的野鹿比他多，为什么不奖励我，反而奖励他呢？"斛律金说："明月（斛律光的小名）虽然捕获的比你少，但他的射技有章法，你虽然捕获的比他多，但射技杂乱无章，这说明你的箭法比你哥哥差多了，所以不能奖励你。"

有一次，他带领儿子和孙子到校场去比赛射箭，为的是检验一下他们的成绩。斛律金以身作则，首先射击，结果百发百中，十箭得了一百环。而两个儿子各得九十五环，两个孙子分别得了九十环和八十九环。比赛完毕后，斛律金竟然哭了，他说："两个儿子射箭不如我，两个孙子又不如儿子，这样下去，我们家族岂不要衰败下去？"

斛律金就是如此严格地要求家人和亲属的，他从不迁就他们的缺点和错误。在他的教育下，长子斛律光成为北齐的大将军，他多次率军征战，立下不少战功。次子斛律羡镇守边塞，他很有谋略，突厥、柔然人听到他的名字都害怕得不行，不敢前来犯边。斛律金的孙子娶北齐皇帝的女儿为妻，成了当朝驸马。几个孙女有的当了皇后，有的成为贵妃。在荣华富贵的生活环境中，斛律金严于律己，常有忧国忧民之心，他经常教导家人，我们官居高位，更要忠心报国，绝不能仗势欺人。有一次，他对斛律光说："我虽然不读书，但也知道古代有不少外戚得势后以势压人、最终覆灭的事。现在你的女儿当了皇后、贵妃，如果得宠，别人会忌妒；如果不得宠，则皇上嫌弃。我们几代人是靠战功取得富贵的，不是靠女孩子取悦于皇上。"

北齐建国后，高洋为使内部稳定，他下令修筑长城，加强边防的军事力量。这时，斛律金已是六十多岁的老将军了，但他不服老，毅然率领两万骑兵驻守白道（今内蒙古呼和浩特市西北）。有一次，柔然大将豆婆吐率大军前来犯边，斛律金披甲出战，杀得豆婆吐大败而逃，斛律金乘胜追击，俘获敌人两万余户。高洋大喜，升任斛律金为右丞相，之后又升为左丞相。

高洋晚年残暴淫乱，性情反复无常，不高兴时，便随意杀人。不知为什么他对姓元的人特别反感，前后杀死七百余人。对于高洋的残暴行为，斛律金深为不满，他常常劝告高洋，但昏暴的高洋听不进逆耳忠言。有一次，高洋喝醉了酒，骑着马，挥舞长矛要刺斛律金。斛律金凛然正气，站在那里不动。高洋一连冲了三次都被斛律金威武雄壮的气势所震慑，只好掉转马头回宫去了。

公元559年，高洋病死。他死后高氏政权内部互相倾轧，国力衰退，民众怨苦。斛律金眼看着江山破碎，心中十分忧虑。公元567年，一代名将斛律金在悲愤中离开人世，享年八十岁。斛律金死后，北齐皇帝高纬更加昏暴，他听信奸臣谗言，致使斛律光、斛律羡及其子孙惨遭杀害。

鲜卑族军事家

宇文泰

北魏时期，有一位著名的军事家、政治家宇文泰。在那个动乱的年代里，他率兵东征西战，为建立北周奠定了基础，为完成北方统一，结束混战割据的分裂局面做出了贡献。

北镇起兵

宇文泰，字黑獭，鲜卑族宇文氏人。北魏正始四年（公元507年）出生于北镇（今内蒙古武川县西）一个军户家庭。宇文泰习兵书，懂武略，文武兼备，有远大的政治抱负。宇文泰的父亲叫宇文肱，参加过北魏末年的大起义。当时宇文泰随父亲转战于五原、定州、晋阳一带。在起义军中，他作战勇敢，军纪严明，在青年时期就表现出非凡的军事才能。后来，他的父亲在定州阵亡，起义军失败了。

起义军失败后，宇文泰投靠到尔朱荣部下。尔朱荣是北魏朝廷重臣，北魏末年朝政腐败，尔朱荣凭借手中的武力和实权，凌驾于朝廷之上，把持朝政。宇文泰对尔朱荣的擅权虽有不满，但为了实现其远大的政治抱负，只能暂且忍耐着。

北魏武泰元年（公元528年），关中爆发了万俟丑奴起义，万俟丑奴自立为王，黄袍加身，自称天子。北魏武泰二年（公元530年），尔朱荣派遣贺拔岳率

兵入关镇压起义军，宇文泰作为部将随贺拔岳入关作战。在作战中，宇文泰出谋划策，作战英勇，万俟丑奴起义很快便被镇压下去。因为作战有功，宇文泰被提升为征西将军，成为贺拔岳手下一员得力战将。

北魏太昌元年（公元532年），孝武帝不满尔朱氏，派大将高欢出兵讨伐尔朱氏。高欢是北镇出身的军人，很有势力。高欢出兵消灭尔朱氏后，以大丞相的身份镇守晋阳，依然控制朝政。这时驻军于关中的贺拔岳也想控制孝武帝，把持朝政。这样一来，高欢与贺拔岳便形成两股对立的军事势力。

北魏永熙三年（公元534年），高欢秘密联络了关中的秦州刺史侯莫陈悦诱杀了贺拔岳。贺拔岳死后，其军队群龙无首，因宇文泰在军中颇有威信，深得人心，大家便推举他为首领。宇文泰收集贺拔岳的旧部，接管了关中的军事势力。宇文泰统领关中后的第一件事，就是消灭侯莫陈悦，为贺拔岳报仇。

这年四月，宇文泰集中关中兵力，率军西进征讨侯莫陈悦。在略阳（今甘肃天水市东北）一带，宇文泰大获全胜，杀死了侯莫陈悦，缴获辎重、粮草无数，占领了上邽城（今甘肃天水市），大大地扩充了自己的实力，巩固了在关中的地位。

这时，北魏孝武帝不满高欢专权，欲借宇文泰在关中的势力消灭高欢。孝武帝擢升宇文泰为关西大行台，命令他讨伐高欢，以铲除这股敌对势力。

高欢得知孝武帝对他有隙，十分恼怒，急忙率兵从晋阳南下，准备攻打孝武帝的都城洛阳。为了自身的政治目的，宇文泰以保护孝武帝为名，将孝武帝接入长安。这样宇文泰手中便有了一张政治王牌。他紧紧地控制了孝武帝，挟天子以令诸侯，利用北魏皇帝的名义，扩展自己的政治影响。软弱无能的孝武帝刚刚摆脱高欢的控制，又成了宇文泰的傀儡，心情忧郁，常常露出不满情绪，不久便病倒了。为了除掉孝武帝，另立新王，以便更加牢固地控制朝政，宇文泰命侍从在药汤中放了毒药，这位北魏的末代皇帝，便不明不白地死了。

孝武帝死后，宇文泰在长安拥立北魏宗室南阳王元宝炬为魏帝，改年号为大统。不用说，魏文帝当然只是个傀儡皇帝，其实权仍掌握在宇文泰手中。

这时，高欢从晋阳发兵，直达洛阳。他得知宇文泰在长安拥立南阳王元宝炬为魏帝，心中大怒。他认为宇文泰篡夺朝政，非属正宗。于是在沼阳拥立魏宗室中的元善见为傀儡皇帝，称孝静帝，改年号为天平。这样北魏政权便彻底分裂了，由宇文泰控制的称为西魏，由高欢控制的称为东魏。

潼关之战

潼关是通往关中的必经之地，这里地势险要，历来是兵家必争之地。地处关东的东魏，在高欢的把持下，与西魏争夺正宗，时时刻刻都想吞并西魏。

当时高欢拥有中原的大片土地，物产丰富，粮草充足，其实力比西魏雄厚。高欢想利用这个有利时机，一举消灭西魏。

西魏大统二年（公元536年），高欢兵分三路向西魏发起进攻。高欢企图使用“明修栈道，暗度陈仓”的计策，以转移西魏的视线。他亲率大军自晋阳出发，进兵河东蒲坂（今山西永济市），命令士兵在黄河架设浮桥，做出准备西渡黄河的样子，暗中却派大都督窦泰率骑兵一万余人，日夜兼程夺取潼关。另外，派大将高昂率一万人马围困上洛（今陕西商洛市商州区）。

宇文泰在长安得知高欢兵分三路来进攻西魏，他详细分析了当时的局势，认为高欢西渡黄河不过是虚张声势，那里有黄河天险，渡河不易。高昂进兵上洛，那里是西魏的腹地，与东魏距离较远。因此，高欢进攻的重点应该是潼关，若打下潼关便占领了通往西魏的咽喉之地。

这天，宇文泰召集文武官员商量对敌之策。在场的一些将领说，敌军分三路进攻关中，我们当分兵三路迎敌，各个击破，以灭高欢的嚣张气焰。

谋臣苏绰说：“不可，目前局势是敌强我弱，切不可分兵拒敌，应当集中兵力抗击潼关之敌。若潼关得胜，其他两路兵马则不战自退。”秦州刺史达奚武也赞同这个意见。宇文泰听后点头称是。

宇文泰将计就计，派大将李弼率兵东进，一路浩浩荡荡，做出抗击高欢西渡黄河的样子。他派大将梁御、于谨率兵进军上洛，自己亲率六千人马以独孤信为先锋，暗中向潼关附近的要塞小关进兵。

高欢得知宇文泰兵分三路拒敌，心中大喜。窦泰在潼关附近安营扎寨，他见这里静悄悄的，这时探子报告说："宇文泰主力部队已向黄河两岸进兵。"窦泰高兴地说："天助我也，潼关已在我掌心矣。"

窦泰因连日行军，令各营早早休息，以便养精蓄锐，一举夺取潼关。

这天夜里，宇文泰突然从小关出击，直捣窦泰的营寨。窦泰毫无防范，在睡梦中听到西魏兵马已冲进大营，急忙披挂上阵，迎面碰上西魏先锋独孤信。独孤信骁勇无比，窦泰仓皇应战，哪里是他的对手，只几个回合，独孤信手起刀落便将窦泰斩于马下。东魏士兵失了主帅，早已乱作一团，宇文泰率兵奋力砍杀，东魏一万骑兵死伤无数，剩余的尽成俘虏。

高欢得知窦泰兵败小关、全军覆没的消息后，大吃一惊，他再无心西渡黄河，急忙撤军回兵晋阳。这时高昂所率兵马已到上洛，得知窦泰亡命小关，高欢率军退回，自知孤军深入，难以保全，只得连夜弃城，撤回关东。

小关一役，宇文泰获得重大胜利。第二年，宇文泰率独孤信、李弼、达奚武等十二员大将西出潼关攻打东魏军所占领的弘农（今河南三门峡市），西魏军队势如破竹，连连得胜。宇文泰所率士兵，军纪严明，秋毫无犯，深得关东百姓欢迎。

沙苑大捷

潼关之战失利后，高欢在山西一带又征集了十万兵马，准备东渡黄河，再伐西魏，以报潼关丧师一箭之仇。

东魏天平四年（公元537年）秋，高欢率高昂、侯景并十万大军出壶口从蒲坂东渡黄河，直逼华州（今陕西黄陵县）。

宇文泰在弘农得知高欢已引兵入关，情况万分危急。他急忙率军一万，回军入关，以阻击敌军。

宇文泰驻军于沙苑，这里前有洛水，后有渭河，河中有芦苇丛，便于埋伏。为了掌握敌情，宇文泰派遣达奚武带领十几名士兵乔装成东魏将士潜入东魏营寨内，察看敌情。

白天，达奚武和士兵们穿上东魏将士的衣甲潜入芦苇丛内，等到夜晚划船沿芦苇丛中的水道悄悄来到对岸。他们抓到一个东魏军执勤的哨兵，从哨兵口中得知高欢营内的口令，然后他们扮成巡更的东魏士兵，察看各营的驻防情况。原来高欢将十万人马分为东、西、中三营驻扎。东营驻扎在洛水岸边，西营驻扎在渭水岸边，高欢率主力驻扎在山坡下的中营。达奚武将敌军的营盘布防情况一一记在心中。

拂晓之前，达奚武率士兵按原路回到沙苑，将侦察到的情况绘成图纸呈献给宇文泰。宇文泰看后大喜，立即召来李弼、独孤信、赵贵等将领，说："敌军有十万之众，我军只有一万。我军必须避其锋芒，集中兵力击其一翼，并设埋伏，切断敌军之间的联系，方能制胜。"众将点头称妙。

宇文泰命赵贵率一千人马埋伏于洛水河滩的芦苇丛中，观察敌人东营的动静；命李弼率三千人马埋伏于敌军中营山后的丛林中；自己则率独孤信带领六千人马袭击敌军西营，当下布置停当。

第二天拂晓，宇文泰率六千兵马突然向敌人的西营发起猛烈攻击，独孤信一马当先冲入营内。这里本来就是敌军的薄弱环节，遭到突然袭击后营内顿时大乱，宇文泰命令士兵击鼓助阵，杀声震天。敌人抱头鼠窜，死伤无数。

高欢在中营内听到西边杀声震天，知道大事不妙，急忙率兵援救。大军刚刚出营，就见从山坡上冲下一彪人马，为首的是西魏大将李弼。高欢虽然人多势众，但前进的道路被堵截了，大队人马被李弼的伏兵切割成两段，首尾不能相顾。

驻扎在东营的敌军，见中营和西营失利急忙前来援救，埋伏于芦苇丛中的赵贵率兵杀上阵来，东营敌军哪里抵抗得住，急忙沿洛水河岸向东逃去。

高欢在马上一看大势已去，急忙率残部向黄河西岸撤退。宇文泰将三处兵马合在一处，乘胜追击。这一战歼灭敌军两万五千名，一路上又俘获敌军七万。高欢逃到黄河边上时，身边人马不足五千，幸亏这里留有东魏的船只，高欢率残兵败将仓皇登船渡河东去。

沙苑之战，东魏损失惨重，而西魏的力量大大加强，宇文泰彻底改变了敌强我弱的局面。

兵败洛阳

宇文泰在关中的实力壮大后，便雄心勃勃地向关外扩展。沙苑大捷后，宇文泰趁热打铁，挥师东征，先后占领了洛阳、河东、绛州、汾州等地。

高欢在并州调集十万兵力，以侯景为先锋南下洛阳，收复失地，双方在河桥展开激战。此时，东、西魏兵力旗鼓相当，战斗进行得异常激烈。宇文泰求胜心切，纵马冲入阵内拼命厮杀。高欢见宇文泰亲自出马，急令弓弩手放暗箭，宇文泰的坐骑被冷箭射中，翻身落于马下。在这危急关头，独孤信纵马赶到，救起宇文泰。西魏军队见主帅马失前蹄，军心动摇，阵地一片混乱。高欢趁机跃马向前，奋力砍杀，西魏部众死伤无数。宇文泰见状，急忙换马再战，他身先士卒，不顾个人安危，力敌高欢。在主帅的鼓舞下，西魏兵士重新振作起来，河桥上空尘土飞扬。宇文泰在激战中一枪刺死东魏大将高昂，高欢损兵折将，急忙回师撤退。

宇文泰在河桥虽然获得了小小的胜利，但也付出了沉重的代价。这时，宇文泰接到关中报告，说驻守在陇东一带的反动势力趁西魏军东征、关中空虚之机，发动叛乱，咸阳告急。随同宇文泰东征的将士的家眷都在关中，听到这一消息后，军心浮动。

高欢并不甘心河桥的失败，做了短暂的休整后，又来进犯洛阳。他总结了前几次失败的教训，认为主要是麻痹轻敌。这次他以侯景为先锋，厍狄干为后援，自己亲率大军居中，谨慎进兵。

高欢逼近沼阳，宇文泰急忙布阵迎敌。宇文泰虽然占领了关东的大片领土，但由于阵线过长，兵力分散，再加上关中叛乱，军心不齐，导致双方开战后，西魏的赵贵、李远便纷纷败下阵来，战局顿时发生了逆转。在高欢的猛烈攻击下，西魏军队难以抵挡，宇文泰自知难以扭转败局，遂放弃洛阳，率兵退回关中，洛阳一战宇文泰损失了三万军队。

东、西魏连年征战，双方都有很大的消耗，老百姓备受战争之苦。宇文泰在关中平息叛乱之后，为了稳定局势，巩固后方，暂时停止了对东魏的征伐。

西魏大统九年（公元543年），驻守于中原虎牢关城（今河南荥阳汜水镇）的东魏豫州刺史高仲密不满高欢的统治，早有投降西魏之心，宇文泰派谋臣苏绰与高仲密联系，高仲密遂献城投降西魏。宇文泰率兵出关东进，占领洛阳、虎牢关等要塞。

东魏高欢得知高仲密投降西魏，深恐中原不保，忙亲率大军十万南渡黄河抗击宇文泰。双方在邙山展开激战，因高欢军力强大，一时难以取胜，宇文泰只得放弃豫州和洛阳，退回关中。

宇文泰两次东征中原，均未能取得最后胜利，其原因是西魏当时不具备消灭东魏的实力。宇文泰清醒地认识到这一点，随即将战略进攻转为战略防御，加强关中建设，以等待时机。

奠定北周

宇文泰退守关中后，停止了马上征战，致力于新政建设，以提高国力。他重用博学多才的苏绰。苏绰出谋划策，成为宇文泰革新的得力助手。苏绰提出了治国的“六条诏书”，宇文泰大为称赞，将六条诏书置于案头，奉为座右铭。后来他又拟定了十二条新制，颁行天下。

宇文泰号召农民种桑种麻，将土地合理地分配给农民。桑田乡每个男夫分配二十亩桑田，麻田乡每个男夫分配十亩麻田，这样便大大调动了农民的生产积极性。与此同时，改革赋税制度，减轻农民负担，开垦荒地，兴修水利，关中土地得到充分利用。

在军事方面，宇文泰创建府兵制，一改早期鲜卑族的部落兵役制，加强中央集权对军队的统率作用。在军队中设置八个柱国大将军，下设二十四个开府。收编关中汉族地主武装力量，招募当地兵员，使鲜卑军人与汉族乡兵融为一体。从汉族中选拔有才能的军事将领，大大加强了西魏的军事实力。

西魏大统十三年（公元547年），高欢因病去世，临死前将军政大权交于长子高澄。不久，高澄被刺客杀死，其弟高洋掌握了东魏的军政实权。高洋执政后，废除了东魏傀儡皇帝元善见，建立了北齐政权。

高欢手下的大将侯景素与高澄兄弟不和，便率领十万大军准备投降西魏，趁此机会宇文泰进兵中原，占领了东魏的大片土地，其实力大大加强。侯景是个疑心很重的人，投降西魏后，宇文泰要他率兵入朝长安，他怕宇文泰计较前仇，走到半路便改变主意，转而率兵南下，投靠南方的梁朝去了。

侯景投南梁后，野心勃勃，想取而代之。西魏大统十四年（公元548年），趁南梁内部发生叛乱之机，侯景起兵反梁，攻占南梁京城建康（今江苏南京市），杀死梁武帝，不久他便在南京自立为王。梁武帝之子萧绎为报杀父夺权之仇，兵发荆州，讨伐侯景，侯景兵败被杀。这时，皇族中的萧纪与萧绎互争帝位，各自为政，南梁一片混乱。

宇文泰抓住这个难得的契机，挥师南下，杀了梁元帝，立萧登为南梁傀儡皇帝，使其成为西魏的附庸。从此，西魏的势力扩充到江陵、湖北一带。

西魏恭帝三年（公元556年）十月，宇文泰病死，享年五十岁。宇文泰死后不久，他的第三个儿子宇文觉废除恭帝，自称皇帝，建立了北周政权，追谥宇文泰为周文帝。宇文觉死后，宇文毓继位，称周明帝。之后，宇文泰的第四子宇文邕继位，称周武帝。不久周武帝消灭了北齐，完成了北方的统一。宇文泰为建立北周、统一北方做出了重要贡献。

隋朝鲜卑族名将
贺若弼

自西晋以来，由于朝政腐败、风俗淫邪、是非颠倒，酿成天下大乱，导致五胡十六国，形成南北朝对峙的大分裂局面。百年间的大动乱，给人民造成极大的灾难和痛苦。随开皇九年（公元589年），隋朝灭掉南朝陈国，统一了全国。在统一全国的战争中，隋朝名将贺若弼以他的大智大勇，建立了不朽功勋。范文澜所著《中国通史简编》中说：“五八九年，贺若弼、韩擒虎率兵渡江，分南北两路进攻陈都城建康，陈兵溃败，陈后主投降，将近三百年的南方政权，到这时候一战便归消灭。”贺若弼的名字因此而彪炳史册。

锥舌之戒

西魏大统十年（公元544年），贺若弼出生于一个鲜卑族贵族家庭。贺若是复姓，在鲜卑语中是忠贞的意思。这个家族的祖先因对北魏有功，孝文帝赐以“贺若”为姓。鲜卑族本来是北方的一个少数民族，在拓跋珪建立北魏后，其势力不断向南扩张，到孝文帝时迁都洛阳。这样，洛阳一带便留下很多鲜卑族的后代。贺若弼的父亲叫贺若敦，是北周的一位名将，为北周立下过许多战功。

贺若弼小时候受家庭环境的影响，胸有大志，一心要报效国家，建功立业。他的少年时代，正是北周、北齐、陈朝鼎立的时期。北周据洛阳以西至巴蜀地区，北齐据洛阳以东的中原地带，陈朝据长江以南，当时北周的气势较为强大。

北周武成二年（公元560年），贺若敦奉命率兵南渡长江，攻打陈朝。贺若敦用兵有方，一举攻占了湘州（今湖南长沙市）。在此地坚守了一年，本来计划继续向东进兵，因为后方的粮饷迟迟未到，军队难以坚守，贺若敦只好放弃湘州兵撤回江北。当时，北周的大权掌握在宇文护手中。宇文护飞扬跋扈，独断专权，是个利欲熏心的人。他凌驾于皇帝之上，残害忠良，弄得朝内乌烟瘴气，怨声载道。曾经跟随宇文泰南征北战的大将赵贵、独孤信就是被他害死的。

贺若敦退回江北后，宇文护说他无功而还，把撤兵的罪过全加到他的头上，罢免了他的职位，降为庶民。但贺若敦毕竟是位有功于北周的将领，宇文护感到做得有些过分，便又重新起用了他，给了一个刺史的官职。当时北周在宇文护的把持下，朝政腐败，民不聊生。贺若敦是个忧国忧民之士，他对宇文护的做法极为不满，私下常常发些议论，批评宇文护独揽朝政的野心。消息传到宇文护的耳朵里，这个杀人魔王怎么能忍下这口气，于是一心要除掉贺若敦。

北周保定五年（公元565年），宇文护假借皇帝的名义，逼令贺若敦自杀。贺若敦面对南方，感叹地说："国家正值用人之际，怎奈奸贼当道，忠臣良将难有用武之地，江南未平，实乃一生之憾事也。"他一生念念不忘的是，领兵渡江，平定江南，实现统一。可是这个任务他是难以完成了。临死时，他从容不迫，将儿子贺若弼叫到跟前叮嘱他说："为将者，以国家兴亡为己任。我一生的夙愿是扫除陈朝，平定江南。现在这一夙愿是难以实现了，伐陈之大任将落在你们这一代人身上。如今奸贼横行，我只因背后说了他几句坏话，便遭此下场，你要吸取教训，切记，切记！"说完，用锥子将儿子的舌头刺出血来，要他记住父亲被害的教训，引以为戒。今后一定要出言谨慎，免遭杀身之祸。

立志伐陈

贺若敦死后，贺若弼在北周齐王宇文宪部下当兵。因为他作战勇敢，深谙文韬武略，很快被齐王看中，提拔他当了齐王府中的记室（即文书）。后来，又被提升为当亭县公，官至小内吏，参与皇室内部的一些机要大事。

北周建德元年（公元572年），周武帝宇文邕设计除掉了奸党宇文护，掌握了政权。周武帝是一位贤明的皇帝，他励精图治，一心改革朝内的混乱局面。北周建德六年（公元577年），周武帝亲自率兵伐北齐，消灭了北齐，统一了北方。

陈朝趁周武帝征伐北齐之机，从南方出兵占领了淮河流域的大片土地，妄图扩大自己的地盘。周武帝灭北齐后，挥师南下，向陈朝发起猛攻，陈朝在淮北扎根未稳，便被周武帝赶到淮河以南。雄心勃勃的周武帝本想乘胜追击一举消灭陈国，但第二年这位有作为的年轻皇帝不幸因病逝世了。

周宣帝即位后，于北周大象元年（公元579年），派大将韦孝宽率军攻打陈国，贺若弼随军前往。韦孝宽深知贺若弼的才干，出征前征求他的意见，贺若弼说："淮南是人口密集的地方，那里城镇很多。我军宜集中兵力，先打寿阳（今安徽寿县），与此同时，布疑兵取广陵（今江苏扬州市），使陈兵不敢前来增援寿阳。"

韦孝宽听后大喜，按照此计划进军，寿阳的陈军守将大惊，急忙派人去搬救兵。广陵方面得知周军到来，自顾不暇，哪里敢去增援寿阳。韦孝宽兵临寿阳城下，将其团团包围。经过几天的激战，寿阳被周军占领。淮南寿阳失守，陈军失去了门户，淮南各城镇闻风丧胆，韦孝宽挥师东进，连忙攻占了包括广陵在内的数十个城镇，陈国失去了长江以北的所有土地。在这次战争中，贺若弼有勇有谋，立了大功。韦孝宽奏请周宣帝，遂升任贺若弼为寿州刺史，封襄邑郡主，驻守淮南一带。

贺若弼镇守淮南的第二年，周宣帝病死，由宣帝八岁的儿子周静帝即位。由于周静帝年幼无知，周朝大权落入丞相杨坚手中。杨坚认为贺若弼不是自己的亲信，怕贺若弼反对他，于是削去他的兵权，把他调回京城长安。

隋开皇元年（公元581年），杨坚废掉周静帝，自己当了皇帝，将北周改为隋，于是隋朝建立。杨坚成了隋朝的第一个皇帝——隋文帝，年号开皇，定都长安。

杨坚早年是个有作为的人。他登基后，网罗贤人，准备伐陈，统一全国。这时正是用人之际，宰相高颎是隋朝的开国元勋，深得隋文帝杨坚的信任。他向隋文帝推荐贺若弼："贺若弼文武双全，是个帅才。现在朝臣之内，没有人能比得上他的。千军易得，一将难求，应该让他重新出山，为伐陈出力。"隋文帝觉得有理，于是任命贺若弼为吴州总管，镇守广陵，准备伐陈，平定江南。

贺若弼被解职调回长安后，赋闲在家。听到重新任命的消息后，自然激动万分，他立即走马上任。到寿州时，他的好友寿州总管源雄设宴招待他。席间，两人畅谈天下局势。源雄说："这次将军镇守广陵，真乃国之大幸也。凭将军之勇武，渡江伐陈，必胜无疑。"贺若弼说："寿州、广陵都是江淮重镇，你我受国之重托，统领水陆大军，互为里表，共担重任，彼此彼此。"两人谈得高兴，贺若弼在席间赋诗道："交河骠骑幕，合浦伏波营，勿使麒麟上，无我二人名。"源雄大喜，连称："好诗，好诗，我一定与将军同心协力，建功立业，为国家效犬马之劳。"麒麟，指长安的麒麟阁，西汉时阁中有霍光等功臣画像。诗中表达了贺若弼平定江南的豪迈气概。

源雄要贺若弼在寿州多住几日，但贺若弼赴任心切，第二天便告别源雄，启程赶赴广陵，临别时对源雄说："等我们攻克建康，在辽南见面吧。"

麻痹陈军

贺若弼到广陵后，立即整顿军营，训练兵马，加紧备战。

广陵与陈朝只有一江之隔，将来渡江作战必须有大量船只。贺若弼一面派人暗中制造大型木船，一面用战马换取陈朝的船只。陈朝久居江南水域，船多马少，他们很喜欢北方的马匹。贺若弼让士兵们扮成马贩子的模样，赶着成群的马匹到长江边上和陈朝进行以马换船的交易。那时，长江南北两岸的人民经常有这种交易，所以陈军并不感到奇怪。

很快，贺若弼便得到很多船只。他将大量船只藏在扬子津湾头的芦苇荡里，以免引起陈军的疑心。大型船只造好后，贺若弼命人将这些大型船只刷成黄色，在船上插满干芦苇，远看就好像枯萎的芦草一般，并在岸边湾头堆积芦苇，以混淆陈军的视觉。

平时只有几十只破船停泊在长江北岸，给敌人造成一种假象。

陈国皇帝陈后主是个腐败无能的花花公子，整日迷恋酒色，不问朝政。当他听前方报告说，广陵一带江边只有一些破烂船只时，更是高枕无忧，只顾和宠爱的妃子张丽华寻欢作乐。

为了进一步麻痹陈军，贺若弼组织士兵沿长江北岸假装打猎，弄得那里尘土飞扬，人喧马叫。敌人以为隋军要渡江南下，急忙调兵遣将，加强防卫。过后又见隋军毫无动静，才知是隋军打猎玩耍，虚惊一场。过些日子，贺若弼又在别的地段组织演习或打猎，陈朝又是白忙活一场。这样反复多次，陈军习以为常，不再大惊小怪，对隋军也就放松了警戒。然而，陈军的部署与驻防情况全部暴露出来了。每次演习或打猎时，贺若弼都派兵士暗中注意陈军的设防地点、兵力部署，并绘成图纸记录下来。根据掌握到的情况，贺若弼召集谋士进行研究，提出渡江作战的方案。他将这些方案归结为“伐陈十策”，呈奏给隋文帝，深得隋文帝赞赏。这些策略，在以后的伐陈战争中起了很大的作用。

在麻痹陈军的同时，贺若弼积极组织士兵在扬子津的宽阔水面上操练水战。他亲自指挥，演练水战阵法。他把船队分编成五队，号称金、木、水、火、土，五路船队虽各自为阵，但互相联络，能散能聚，灵活机动。各船配以大小风帆，可根据不同风向变换角度，不论顺风逆风均能行驶如飞。

攻克建康

隋开皇八年（公元588年）岁末，隋文帝任命皇子晋王杨广、秦王杨俊及大臣杨素为行军元帅，分八路大军，共计五十一万八千人马，统受杨广节度，大举伐陈。杨广命贺若弼从广陵出发，韩擒虎从庐江出发，于第二年正月初一，分东西两路攻打陈朝都城建康（今江苏南京市）。

接到命令后，贺若弼求战心切，于正月初一白天率船队及八千人渡江。陈军江南守将毫无防备，一击即溃。正月初六，贺若弼活捉陈将黄恪，占领京口（今江苏镇江市）。京口是建康的北大门，又是陈朝的储粮之地，京口失守，建康危在旦夕。

贺若弼占领京口后，派兵切断太湖一带陈军增援建康的通道。自己亲率主力向建康进发。此时，建康有十万兵力，陈军名将萧摩诃、任蛮奴在此镇守。与贺若弼不足万人的兵力相比，陈军占有一定的优势，但腐败无能的陈后主被贺若弼凌厉的攻势吓破了胆。得知隋军已兵临城下，他急令萧摩诃、任蛮奴进行抵抗。

贺若弼率兵抢先占领了建康北郊的钟山，这里居高临下，地形极为有利。萧摩诃、任蛮奴率主力在山下布阵，企图夺回钟山。贺若弼分成两队轻骑，从山上冲了下来，立时将陈军切割成几段，陈军首尾不能相顾，顿时乱了阵脚。贺若弼一马当先，与萧摩诃战在一起，两马相交，一来一往，战了三十个回合。萧摩诃渐渐支持不住，贺若弼一枪刺中萧摩诃的坐骑，萧摩诃翻身落马，被隋军生擒。任蛮奴见势不妙，急忙率领残兵败将向建康城退去。贺若弼乘胜追击，陈军死伤无数。这一战，消灭陈军主力五千余人，生擒陈军主将萧摩诃。贺若弼为占领建康立了首功。

与此同时，韩擒虎已率兵攻到建康南门外。任蛮奴在城北被贺若弼击败后，逃入城内。见到陈后主后，他假装要护送陈后主突围逃跑，叫陈后主赶快收拾行装。他出宫后却甩掉陈后主，从南门出走投降了韩擒虎，打开城门引韩擒虎入城。陈后主找不到任蛮奴，却听到隋军杀声震天地冲进皇宫来，吓得魂飞魄散，急忙让侍从用绳子将他和宠妃张丽华、孔贵嫔吊入后花园的水井内，藏了起来。

这时，贺若弼已率军攻到建康北门，隋军在贺若弼的指挥下，奋力攻城。

韩擒虎进入皇宫后，从井里搜出陈后主和他的两个爱妃。这天夜里，贺若弼攻破北门，进入建康。进城后，他立即颁布军纪，不准抢劫民财、奸淫妇女，有违令者斩。

第三天，晋王杨广和宰相高颎率兵进入建康。杨广是个嫉贤妒能、心胸狭窄的人，以前对贺若弼就心存不满，再加上当时韩擒虎要与贺若弼争功，说他不听杨广指挥于正月初一白天渡江，违反了军令。杨广生怕贺若弼功高震主，便以此为借口，将贺若弼看管起来，并欲治罪。贺若弼有口难辩，气得暴跳如雷。

就在这时，隋文帝的诏书到了。诏书中说，贺、韩二将，力克建康，功高盖世，予以表彰；并要杨广立即释放贺若弼。杨广无奈，只得从命。从此，杨广对贺若弼有了嫌隙，对他怀恨在心。

四箭服蕃使

贺若弼是个心直口快的人，并且疾恶如仇，胸怀坦荡。遇到不平的事，不管是谁他都敢直言。宰相杨素和隋文帝是亲戚，他在灭陈的过程中有功劳，但他当了宰相以后作威作福，以权谋私，陷害忠良，干了许多坏事。贺若弼很看不起他。杨素为人狡诈，心术不正，经常在隋文帝跟前搬弄是非。贺若弼曾在大庭广众面前批评过他，因此他对贺若弼非常仇视，总想找机会除掉他。

杨素对隋文帝说："贺若弼居功自傲，目中无人。他虽然伐陈有功，但圣上已赐给他很丰厚的奖赏，甚至把陈后主的妹妹陈公主赐给他为妾。可他还不知足，经常在大臣面前发牢骚，对圣上很不恭敬。"

隋文帝听了非常生气，立即下令将贺若弼抓起来，要治他死罪。太子杨勇跪地求情说："父王请息怒，贺若弼性情耿直，酒后爱吐狂言，但他灭陈有功，功高盖世，若处死他，恐众将不服。再说杀了这样忠勇的名将，今后谁还愿意为国家舍命效力呢？"听了这些话，隋文帝的怒气消了一些，下令免去贺若弼死罪，革职降为庶民。一年以后，在太子杨勇的周旋下，又恢复了贺若弼宋国公的爵位，但隋文帝对他已是心存猜忌，不再重用。

贺若弼没有重任在肩，赋闲在家，倒也清静自在。但他是个闲不住的人，总想着有一天，再跨战马，为国效力。为了不使武功荒疏，他每天起得很早，在花园里练拳击剑，风雨不误。每年春、秋两季，他都要带领家丁、侍卫到郊外的密林中去打猎，每次都会有丰盛的收获。

有一年，突厥派使者到隋朝来。隋文帝摆下盛宴，招待突厥来使。席间，突厥使者为了显示突厥人的勇猛强大，提出进行射箭表演，以助酒兴。隋文帝允诺，令人在校场上设立靶子，突厥使者酒兴正浓，只见他走出席间张弓搭箭，连发三矢，箭箭中的，惹得在场的人连声喝彩。突厥使者放下弓箭，脸上露出傲慢的神态。隋文帝心想，这是给我看的，欺我朝中无人。我必须选一名将领与他比试比试，也好挫挫他的嚣张气焰。但派谁去呢？隋文帝心中也没底，万一射不中，岂不丢丑吗？他环视一下左右，只见众将领面面相觑，没有一个自告奋勇，敢上去比试的。隋文帝心中暗暗着急。这时，太子杨勇悄悄地对他说："非贺若弼莫属。"这一下提醒了隋文帝，心想只有他能担此重任。这天贺若弼偏偏不在场，于是随文帝悄悄派人赶快把他请来。

这时，贺若弼正在府中花园里舞剑，听说皇上请他去比箭法，心想："万岁爷关键时还得请我。"他立即拎弓驰马，赶到校场。

隋文帝正和突厥使者饮酒说话，以便拖延些时间。这时只见贺若弼驰马赶来，心里才松了一口气。贺若弼纵马拉弓，只听"嗖，嗖，嗖"三支羽箭不偏不斜地射在靶心的红圈上。这时，恰巧有一队大雁从天空飞过，贺若弼一箭飞入云霄，只听"咚"的一声飞雁落地，他俯身拾起大雁，纵马来到席前，将大雁献给隋文帝。隋文帝和突厥使者仔细一看，一支箭上穿着两只大雁，这真是一箭双雕啊。突厥使者被这精彩的一幕惊呆了，连声称赞："好箭法，好箭法，不知这位老将军是谁？"

隋文帝大笑着说道："此公乃天赐我也，他便是灭陈首功的贺若弼。"突厥使者急忙离席，纳头便拜："将军神勇，在下不如。"贺若弼四箭服突厥，给隋文帝赢回了面子，争得了光彩，一时传为佳话。

忠良遇害

隋文帝晚年喜怒无常，猜忌功臣。他身边几个善于逢迎拍马的奸臣不断向他进谗言，陷害忠良，弄得朝内惶恐不安，人人自危。开国元勋高颎因拥护太子杨勇、反对杨广而得罪了隋文帝和独孤皇后。隋文帝要治高颎的罪。磊落无私的贺若弼理直气壮地为高颎辩解，劝谏隋文帝不能这样做。晚年昏庸专断的隋文帝在独孤皇后的挑唆下，正积极密谋废除太子杨勇，立次子杨广为太子，以便让杨广名正言顺地继承皇位。而太子杨勇与贺若弼关系极为密切，他怀疑杨勇与贺若弼之间有什么不可告人的勾当，因此对贺若弼更加猜忌。隋开皇十九年（公元599年），隋文帝再次罢了贺若弼的官职，将其投入大狱。后来因没有找到贺若弼反叛的证据和事实，才又将他释放出来。

隋开皇二十年（公元600年）十月，隋文帝与独孤皇后密谋，废除太子杨勇，立次子杨广为皇太子。这一决定引起群臣不满，朝野上下怨声四起。杨广当上皇太子后，加紧了篡夺皇位的活动。他想早一天当上皇帝，恨不得隋文帝早一天死去。

隋仁寿四年（公元604年），隋文帝病重，杨广乘隋文帝卧病仁寿宫之机，派亲信张衡偷偷进宫杀死了隋文帝。随后，杨广又密谋杀死兄长杨勇，夺取了皇位，这便是穷奢极欲、荒淫残暴、臭名远扬的隋炀帝。

隋炀帝对贺若弼早就心存不满，这些功臣名将是他推行苛敛暴政的障碍。他一即位便寻找机会除掉贺若弼等功臣。

隋炀帝劳民伤财，挖掘大运河供他游玩。他在江南水乡玩腻了，于隋大业三年（公元607年）又要到北境去游玩。当时调动了河北十郡男丁开凿太行山，修筑通往并州（今山西太原市）、雁门关一直到塞北的大路。为了显示朝廷的富贵和威风，他带着皇后、妃嫔，还有庞大的仪仗队和众多的兵马护送前往。这次巡视北境，贺若弼随行。到榆林郡（今内蒙古托克托县境内）后，隋炀帝命令能工巧匠宇文恺修了一座规模宏大、豪华无比的行宫，供他和皇后及嫔妃们休息玩乐。《中国通史简编》中说：隋炀帝“出边塞宣扬武威，暂停榆林郡发丁男百余万人筑长城，西起榆林，东至紫河（今内蒙古呼和浩特市西），限令二十天筑成，丁役死去十之五六。他率大军五十万，马十万匹，结成方阵，四面准备迎敌。他和后妃宫眷及百官家属都在方阵中间，大军出榆林塞，游行突厥牧地，受启民可汗朝见”。

在榆林，隋炀帝设盛宴召见启民可汗和北部各族酋长，赐给启民可汗帛两千万匹。这次北游前后共四五个月，消耗资财不计其数。对隋炀帝如此奢侈的强取豪夺，贺若弼极为不满。回朝后，贺若弼将此事告诉了宰相高颎，引起大臣们的非议。贺若弼准备直谏隋炀帝。他们的议论被人听到后，密告了隋炀帝。残暴成性的隋炀帝立即下令逮捕贺若弼、高颎等人，以诽谤朝政的罪名，处以死刑。六十四岁的隋朝名将便这样含冤而死。

贺若弼这位身经百战、出生入死的隋朝鲜卑族英雄永垂青史，激励后人。

回纥首领

吐迷度

公元7世纪中叶，回纥族兴起于漠北草原，是我国北方的一个古老民族。现在的维吾尔族和裕固族，与回纥有很深的渊源关系。唐朝时期，回纥改称回鹘，鹘是一种凶猛的大鸟，意为“回旋轻捷如鹘”[1]。元朝以后，回纥又译作畏吾、畏兀、畏兀儿。这个古老的民族涌现过许多杰出的人物，早期首领吐迷度，便是回纥最优秀的代表人物之一。

称雄漠北

吐迷度，全名为“胡禄·俟利发·吐迷度”，生年不详，出身于回纥药罗葛氏。

在隋朝时期，回纥人受突厥人统治。突厥统治者不顾回纥人的死活，奴役并剥削他们，回纥人稍有反抗，突厥统治者便进行残酷镇压。有一次，突厥奴隶主将回纥和其他部落的数百酋长诱集在一起，用秦始皇的办法将他们坑杀。因此，回纥和其他部众恨透了突厥奴隶主，一有机会就进行反抗。

隋朝末年，回纥部众推选时健俟斤为君长。他出身于回纥部的核心氏族药罗葛部，是吐迷度的祖上。时健俟斤在回纥部落中组成新的联盟，游牧于娑陵

[1] 见林干、高自原《回纥史》

水（今蒙古国境内的色楞格河）畔。当时回纥有人口十万，精兵五万，势力颇为强大。

唐贞观初，时健俟斤去世，他的儿子菩萨继承酋长之位。从此出现了回纥酋长世袭制，这是回纥史上划时代的大事，回纥开始强盛起来。据《旧唐书·回纥传》记载，菩萨“劲勇，有胆气，善筹策，每对敌临阵，身先士卒，以少制众”。

菩萨是一位有雄心壮志的首领，他不甘心受突厥奴隶主的压迫，准备起兵反抗突厥。唐贞观元年（公元627年），漠北草原发生了严重的自然灾害，夏天大旱，冬天大雪，牧民的大批牛羊都死了。民众处于饥寒交迫之中。菩萨趁此机会，举起了反抗突厥统治的旗帜。他一呼百应，受到各部民众的积极支持，薛延陀、拔野古、仆骨等部落的人民都参加到武装斗争的行列中来。

突厥首领颉利可汗得到消息后，急忙派他的侄子欲谷设率十万骑兵前去镇压。菩萨率五万骑兵在马鬃山（今内蒙古额济纳旗境内）迎战敌军。

从兵力上看，双方力量悬殊。但菩萨是位有勇有谋的军事指挥者，他占据马鬃山的有利地势，诱敌深入，用伏兵将敌人的十万骑兵分割成两段，欲谷设大败而逃。菩萨乘胜追击，将敌人追到天山，俘获了大批突厥士兵。从此，回纥声威大振。

唐贞观四年（公元630年），菩萨去世，吐迷度继位。吐迷度和菩萨一样，是一位智勇双全的首领。他继承菩萨的遗志，一心要振兴回纥部落。这一年，唐朝出兵消灭了东突厥汗国，这样便形成了薛延陀、回纥共同称雄于漠北的局面。

在唐朝消灭东突厥前夕，唐太宗册封薛延陀首领夷男为真珠毗伽可汗。东突厥汗国灭亡后，夷男收降了颉利可汗的部众，势力开始强大起来。他一方面利用唐朝的势力压制漠北的部落，一方面伺机进攻唐朝。

吐迷度领导的回纥部落，不愿受薛延陀汗国的控制，他把薛延陀当成自己的头号敌人。从贞观初年开始，吐迷度便联合铁勒及其他诸部与薛延陀交战，并占领了薛延陀控制的一些地区。

真珠毗伽可汗夷男死后，其少子拔灼为争夺汗位，杀死其兄突利失，自立为王，号称多弥可汗。多弥可汗是个有野心的人，他继位不久便于唐贞观十九年（公元645年）十二月率军侵犯唐朝统治的河套地区。对于薛延陀这种恩将仇报的做法，唐太宗大为恼怒。他立即任命执失思力为右领军大将军，率领突厥兵讨伐薛延陀汗国首领多弥。执失思力率兵在夏州（今陕西横山县境内）安营扎寨。

多弥率兵来到夏州，执失思力率兵迎战。他指着多弥骂道："你这个忘恩负义的贼子，现在大唐官兵到来，还不快快下马受降！"多弥在马上不答话，拍马挺枪来战执失思力。两人战了十几个回合，执失思力佯装败阵，率领唐军向后撤退。多弥不知是计，紧追不放，执失思力将敌人引进一条峡谷之中，听一声炮响，埋伏在峡谷两边的唐军突然冲了出来，多弥率领的薛延陀军死伤无数，大败而逃。

在唐军讨伐多弥的同时，吐迷度率领回纥军乘薛延陀国内混乱之际，联合仆骨、同罗等部落军队向多弥的后方发起进攻，占领了薛延陀控制的大片领土。

第二年春天，唐朝大将执失思力出师进攻薛延陀，吐迷度配合唐军从北方夹击。多弥阻挡不住执失思力的猛烈进攻，率残兵败将向北方逃去。正逃间，突然前方杀来一彪人马，为首的正是吐迷度。多弥哭丧着脸来到阵前说："你我都是草原上的部落，彼此不应结仇。现在我已到了山穷水尽的地步，你如果能放我一条生路，我愿将上万头牛羊献给你。"

吐迷度听了大怒，骂道："过去你依仗唐朝之势威胁各部，现在又背信弃义，与唐朝为敌，良心何在？对于你这样反复无常的小人，天地难容！"说着举刀拍马，来取多弥。多弥急忙举枪相迎，两人战了十几个回合，多弥哪是吐迷度的对手，被一刀斩于马下。

多弥被杀，其宗族散亡殆尽。唐太宗乘机发大军进讨薛延陀，全歼薛延陀余部，至此薛延陀汗国灭亡。吐迷度在唐朝的帮助下，统一了漠北草原，成为大漠南北最强大的一支力量。

归附唐朝

吐迷度感谢唐朝对他的支持，唐贞观二十年（公元646年），他越过贺兰山，来到黄河边上，派使者带着礼品去谒见唐太宗，表示愿意归附唐朝。

唐太宗听后大喜，他亲自率领官员离开长安到灵武（今宁夏灵武县）接见回纥使者。

这天，灵武城里张灯结彩，热闹非凡。老百姓听说皇帝来灵武亲自接见回纥使者，纷纷走上街头，一睹皇帝和回纥使者的风采。

唐太宗在行宫里，设盛宴款待回纥使者，使者献上奏章，上云："延陀不事大国，以自取亡，其下麇骇鸟散，不知所之。今各有分地，愿归命天子，请置唐官。"[1]

唐太宗看到奏章后，非常高兴。他认为吐迷度是一位具有远见卓识的少数民族首领，当即赐予丰厚的礼品。根据回纥等部的请求，唐太宗于唐贞观二十一年（公元647年）正月，在回纥、薛延陀及铁勒地区设置六府七州。各府设有都督，各州设有刺史，各州府官员由回纥和铁勒诸部酋长担任。吐迷度诛灭多弥有功，被封为怀化大将军、瀚海都督。其他回纥酋长被任命为都督、刺史及其属官长史、司马等官职者，达数千人。

在漠北建立州府，这是历史上的一件大事。为了表示庆贺，唐太宗在长安的皇宫里举行盛大的庆典活动，并亲自出席盛会。

根据回纥人的习俗，唐太宗命宫中侍从在宫殿的丹墀上安放了一个巨大的朱提金瓶，瓶内装满芳香四溢的美酒，数千名回纥官员轮流围绕金瓶开怀畅饮。同时，朝内五品以上的汉族官员也加入到他们的行列中，一同饮酒助兴。

各部酋长联名上疏，称唐太宗为"天可汗"，意思是至高无上的君主。唐太宗愉快地接受了这一尊号。

---

[1] 见《新唐书·回纥传》

与此同时，吐迷度在北方草原也举行了盛大的庆典活动。方圆几百里的回纥及各部游牧民，赶着牛群、羊群、马群，带着毡帐来到吐迷度居住的地方。成千上万座毡帐扎设在草原上，如一座美丽繁荣的城市。

吐迷度可汗座在高轮大车上，车上置有华丽的顶盖，虎皮宝座上铺着唐朝赐的丝绸坐垫。高轮大车由几十匹骏马牵引，如一座活动的宫殿。

在会场中心，竖立着一根高四十庹（两臂伸开为一庹，约合五尺）的木竿子，竿顶上挂着一只金鸡，竿下拴着一只白羊。这是回纥人举行盛大庆典活动的礼俗。

吐迷度可汗坐在高车上接受部众的朝贺。这时胡乐齐奏，将士和游牧民们引吭高歌，跳起粗犷的舞蹈。他们腰间系着铃铛，手里敲着牛皮鼓，真是热闹非凡。

唐朝在漠北建立州府后，为了加强与回纥各部的联系，唐太宗下令在回纥以南修筑一条大驿道，这条宽阔的驿道上设有六十八个驿站。各驿站派士兵驻守，驻守驿站的士兵中有汉人也有回纥人。各驿站配置有驿马，按时供给酒肉、奶食、米面等生活用品，给往来使臣、旅客、商人提供了方便。驿道建成后，大大加强了中原与边疆地区的联络，促进了漠北政治、经济、文化的发展。为了纪念唐太宗的功绩，回纥各部落称这条驿道为“参天可汗道”。

回纥各部每年向唐朝进贡貂皮、良马，当作租赋。漠北的畜产品通过这条驿道运往内地，内地的丝绸、茶叶、瓷器、稻米等物品通过这条驿道运往漠北。

乌纥叛乱

吐迷度自称可汗后，为了加强部落联盟，巩固自己的地位，他对回纥联盟内部进行了许多改革。他建立了自己的官署，在可汗之下，设立内宰相三人，外宰相六人，负责分管联盟内部的政治、军事、经济等事务。按照唐朝的制度，宰相以下设有都督、将军、司马、刺史等官职。虽然吐迷度建立的政权，其各种制度还不够完善，但他为以后的骨力裴罗建立回纥汗国奠定了基础。

吐迷度非常重视发展与唐朝的友好睦邻关系。他认为唐朝是个文明大国，先进的中原文化和发达的经济技术值得回纥人学习和效仿，只有和唐朝搞好关系，回纥才有生存和发展的可能。他既是唐朝的官员，又是回纥各部的首领，每年都派使者到长安去汇报漠北的情况，领取旨意。

具有政治远见的唐太宗认识到，漠北的安定对唐朝的繁荣富强至关重要，因此他对吐迷度自称可汗并不介意，积极发展同回纥的友好关系。有一次，他在翠微殿会见诸位大臣，他说："自古以来，有不少帝王虽然能平定汉族地区，却不能制服边疆的少数民族，我的才能不及古人，却做到了他们未曾做到的事，这是为什么呢？"群臣为了讨好唐太宗，你一言我一语，都是奉承之词，但没有一个人能说到点子上。最后唐太宗说："以往的帝王都只看重汉族，而鄙视少数民族，看不起他们，称他们为茹毛饮血的蛮夷。而我对待少数民族，就如同对待汉族一样，一视同仁，所以各少数民族对待我犹如对待父母。"为了尊重少数民族，他向少数民族下达旨意时，都以"天可汗"的印玺颁布诏书。

在吐迷度时期，回纥与唐朝的关系极为融洽，各族民众安居乐业，一片祥和。

唐贞观二十一年（公元647年）五月，西部龟兹发生叛乱，薛延陀留在那里的两万残余势力，东侵瀚海、金徽、幽陵三部的都督府。他们所到之处烧杀抢掠，无恶不作。唐朝命令吐迷度所辖回纥等十三部铁勒军前去征讨。吐迷度立即派他的儿子婆闰率领三万骑兵越过金山（今阿尔泰山）前去剿灭薛延陀残余势力。婆闰率回纥骑兵与都督府的唐军配合作战，大败薛延陀，占领龟兹。

吐迷度的侄子乌纥是个野心家，他对可汗的宝座早已垂涎三尺，时时想篡夺汗位。但他深知吐迷度父子骁勇无比，所以迟迟未敢下手。唐贞观二十二年（公元648年），婆闰出征在外，吐迷度府中空虚，他认为这正是发动政变的好机会，于是联络亲信俱罗勃，秘密策划。乌纥说："吐迷度自称可汗，掌管六府七州，一手遮天。你我在他手下，虽为一部之酋长，但处处受制，实不甘心。"

俱罗勃说："现在婆闰率三万人马西征未还，汗府内不足三千人马，何不趁此空虚之机，先下手为强，杀死吐迷度，夺取汗位。"乌纥听后仍有些顾虑，说："吐迷度在军中很有威信，若杀死他，部众不服，怎么办？"狡猾的俱罗勃说："若部众不服，我们可西出金山，投奔东鼻可汗，到那里后再宣布登位。"原来东鼻可汗是乌纥的妻父，在金山一带驻牧。听了俱罗勃的话，乌纥大喜说："事成之后，我一定封你为大宰相。"

一天夜里，按照预订的阴谋，俱罗勃带领几个随从盗走了吐迷度的坐骑。这时，乌纥带领骑兵冲进可汗府。吐迷度听到动静后，立即拔出身边的短剑冲了出来。他到马厩里一看，战马已被盗走，便步行迎击叛贼。这时乌纥已带领骑兵冲进府内，吐迷度奋力砍杀，终因寡不敌众，被叛贼绑了起来。

吐迷度一看领头的是乌纥，大骂道："药罗葛氏出了你这个逆贼，实在是部落的耻辱，你大逆不道，绝不会有好下场！"乌纥冷笑一声，抽出宝剑向吐迷度刺去。英勇一生的吐迷度就这样倒在侄子乌纥的屠刀之下。

乌纥兵变的消息震动了六府七州。为了稳定局势，燕然都护府副都护元礼臣，一面派人星夜赶往长安，奏请唐太宗，一面派人去见乌纥，告诉他说："漠北不可一日无主，乌纥酋长出身于药罗葛氏，理应继承汗位。唐使已去长安奏知圣上，不日便可接到圣旨。"乌纥听后十分高兴，他急忙备了一份厚礼，亲自到元礼臣处表示谢意。

元礼臣在都护府设盛宴招待乌纥，席间元礼臣举起酒杯说："未来的可汗必将功盖四野，我向您道喜了，请饮下这杯庆贺酒。"听了元礼臣奉承的话，乌纥早已飘飘然了，便接过酒杯一饮而尽。酒过三巡，乌纥已有八分醉意。这时，元礼臣突然将酒杯一摔，厉声说道："无耻叛贼，竟敢冒天下之大不韪谋杀君主，给我拿下！"话音刚落，手执刀剑的卫士一起上前将乌纥捆了起来。这时乌纥如梦初醒，跪在地上，连连求饶。元礼臣一挥手，下令推出去斩首示众。

乌纥被诛，俱罗勃想趁机逃跑，但元礼臣早已派兵将他的府宅包围起来，俱罗勃走投无路，被活捉。

唐太宗得知元礼臣已处决了乌纥，大加赞赏，立即派兵部尚书崔敦礼到漠北安抚回纥各部。唐太宗降旨，令吐迷度之子婆闰袭父亲之职，并封其为左骁卫大将军，大俟利发，兼瀚海都督，掌管回纥各部事务。

为了表彰吐迷度生前的功绩，特追封其为左卫大将军，赐予丰厚的金银、布帛，以厚礼葬之。

吐迷度这位回纥史上的民族英雄，协助唐军消灭了漠北的薛延陀政权。为发展与唐朝的友好关系，加强民族团结、维护国家统一建立了不可磨灭的功绩。

藏族首领
松赞干布

松赞干布是古代藏族（吐蕃）杰出的政治家。他为吐蕃王朝的兴起，藏汉民族间的团结，以及促进吐蕃社会政治、经济、文化的全面发展，做出了卓越的贡献。他不仅是古代藏族的民族英雄，也是中华民族历史上值得歌颂的优秀人物。

胸怀大志

隋义宁元年（公元617年），松赞干布出生于一个吐蕃世袭首领的家庭。他的祖父达布聂赛是西藏高原上很有威望的部落首领，统治着西藏山南的广大领土，东到今天的四川西部，南达尼泊尔、不丹边界。因为这个部落兴起于雅鲁藏布江的支流雅隆河流域，所以称为“雅隆部”。部落王位传到他的父亲朗日论赞时，雅隆部的势力迅速扩大。朗日论赞联合附近的部落，在雅隆河流域起兵，用武力打败了拉萨河流域的反对势力。后来又吞并了北边的强敌苏毗，被尊称“赞普”，意思是有权势、有威望的君主。松赞干布出生于这样一个地位显赫的赞普家庭，从小便受到良好的教育。他的父亲雇用名师教他骑马射箭和各种竞技武术，十岁时便武艺超群，成为一名少年勇士。他喜欢古老的高原民歌，对这些口头流传下来的吐蕃民歌进行加工创作。现存的吐蕃古老文学作品，有不少是他亲自创作的。在他十几岁时，父亲经常带领他参加各种宴会，在宴会上他能即兴赋诗，深得宾客的赞赏。他能背诵吐蕃古代的英雄史诗，对史诗中的古代英雄非常崇拜，从小便立志要成为一位驰骋高原的英雄。有一次，他率领部众到拉萨河岸的草地上去打猎。他对士兵们说，谁要能打到猎物，就奖励谁。这时，草地上有一群鹿，士兵们看到后，就各自去追赶，结果鹿群四散逃跑，谁也没有打着鹿。他说："你们这样四分五裂地去追赶，怎么能打到猎物呢？我们必须齐心协力，从三面包围鹿群，把它们赶到河边，鹿群无处可逃，才容易打到。"在他的指挥下，士兵们从三面形成一个半圆形的包围圈，大家团结一致，向前追赶，鹿群被赶到一个河湾上，无路可走，士兵们大获丰收。

松赞干布从小便显示出超群的勇敢精神和组织指挥才能。

统一高原各部落

松赞干布的父亲朗日论赞统一拉萨河流域后，将土地和草场封赐给有功的臣下。被他打败的一些部落酋长虽然表面上归附了他，但心中却颇为不满，对朗日论赞常常心怀异议，这些旧贵族们想分裂出去。唐贞观三年（公元629年），几个部落酋长串通一气，趁宴请朗日论赞的机会，在他的酒杯里偷偷放进了烈性毒药，将他毒死。他们勾结王室大臣起兵叛乱，外部的苏毗、羊同也趁机向吐蕃进攻，内忧外患同时爆发，吐蕃出现了分裂局面。

这时松赞干布才十三岁。在这动乱的危急时刻，他继承父业做了吐蕃王。登上王位后，在叔父论科尔和亲信大臣尚囊等的拥戴和支持下，诛杀了毒害父亲的叛贼，清除了宫廷内部的反对势力。在叔父的帮助下，吐蕃的政治中心穷结和泽当很快得到稳定。

为了对付各地的叛乱分子，松赞干布北渡雅鲁藏布江，到拉萨一带联合那里的中小贵族集团，与他们结成联盟，共同对付反叛势力。这期间，他招募兵员，训练军队，争取民众的支持。唐贞观六年（公元632年），松赞干布率兵讨伐山南的贵族势力，获得很大成功。

松赞干布在北巡时，联合了雅鲁藏布江流域尤其是拉萨（唐时称为逻些）一带的中小贵族，得到他们的拥护。他见这里地势开阔，水草肥美，于唐贞观七年（公元633年）毅然做出明智的决策，将王室从山南迁徙至拉萨，在那里建立了吐蕃王朝。

拉萨城位于雅鲁藏布江北岸、拉萨河下游，其地理位置和自然条件比山南穷结要优越得多。这里物产丰富、交通方便，是青藏高原的中心地带。迁都拉萨，一方面摆脱了山南旧贵族势力对王室的威胁，另一方面联合了藏北地区中小贵族，为以后征服苏毗、羊同创造了有利条件。同时，加强了与内地的联系，对引进中原先进的生产技术和文化起到了积极的作用。

历史证明，迁都拉萨对巩固吐蕃王朝起了重要作用，实为圣明之举，从那时起拉萨一直都是西藏高原的政治、文化中心。

松赞干布迁都拉萨后，进行了一系列的改革，他统一度量衡，号召农牧民发展农业和畜牧业，加强各部落之间的经济贸易，加强军事建设，繁育优良马匹。吐蕃王朝很快便强盛起来。接着，松赞干布用武力相继征服了羊同、苏毗、白兰、吐谷浑、党项等部落，其势力一直延伸到青海玉树，完成了青藏高原的统一。

史书《册庄元龟》中称赞松赞干布说："赞府，年始弱冠，骁武绝人，性慷慨，有霸西域之志。"这是对松赞干布的客观评价。

文成公主进藏

松赞干布是位具有远见卓识的政治家。吐蕃王朝虽然强盛起来，但毕竟是个地处西北高原封闭落后的奴隶制王朝。他极力寻找远方的文明，以充实自己。西藏高原与泥波罗国（即尼泊尔王国）毗邻，那里的手工业比较发达。他从泥波罗国请来许多能工巧匠，在拉萨城外的布达拉山兴建王宫。王宫雄伟壮丽，仿佛是人间天堂，松赞干布十分满意。为了和泥波罗国永世通好，他向泥波罗国国王求婚。唐贞观十三年（公元639年），泥波罗尺尊公主到西藏与松赞干布成婚。泥波罗国是佛教的发祥地，尺尊公主带来一尊释迦牟尼佛像。

不久，松赞干布谋求同大唐帝国的联系。这个时期正是唐朝飞速发展的阶段，发达的经济、灿烂的文化受到各个少数民族部落的仰慕。唐太宗致力于重新统一华夏的大业，各地少数民族首领顺应历史潮流，纷纷归顺唐朝，尊称唐太宗为“天可汗”。为了与唐朝建立密切关系，从唐贞观八年（公元634年）起，松赞干布多次向唐朝遣使入贡，并请婚。

唐贞观十四年（公元640年），松赞干布第四次派大相禄东赞携带黄金器千斤和许多贵重礼品入朝拜见唐太宗。禄东赞是吐蕃杰出的外交家，他沉稳刚毅，多谋略，善辞令。在他的努力下，唐太宗答应了松赞干布提出的求婚请求，同意将宗室女文成公主嫁给松赞干布。当时唐朝著名的画师闫立本用画笔将唐太宗接见禄东赞的盛况记录下来，便是流传至今的著名国画《步辇图》。它真实生动地反映了历史，成为美术史上弥足珍贵的国宝。

文成公主从小在宫内熟读经史诗文，精通乐律，懂医药，通占卜，会历法，笃信佛教。佛教自汉代传入中国以来，到南北朝时期已非常发达，到唐朝已达到鼎盛时期。文成公主是位有远见卓识的才女，她决心为汉藏长期友好团结、为吐蕃的兴旺发达，贡献青春才智。入藏时她带了很多佛经古籍、天文历法、医药农技等方面的书籍，还带来一尊珍贵的释迦牟尼金佛像。

唐贞观十五年（公元641年），文成公主从长安启程。启程那天，唐太宗亲自设宴为公主送行，派李道宗率送亲队伍护送公主入藏。长安街上一片欢腾，老百姓走上街头载歌载舞，盛况空前。吐蕃使臣被这盛大的场面深深感动了。

文成公主告别长安，在送亲队伍的护送下，经青海鄯城（今青海西宁市），越过日月山沿青海湖岸边向西进发，到达吐谷浑。因为路途遥远，松赞干布早已派人在这里修建了行宫，文成公主在此休息一个月。吐谷浑部落的两位公主盛情款待文成公主一行。这样一来，吐蕃和吐谷浑之间的关系进一步得到改善。

松赞干布从拉萨率领禁卫军远涉千里，到柏海（今扎陵湖）亲自迎接公主。文成公主到达这里时，他已在此等候多时了。为了尊重汉族的习俗，表示藏汉亲密无间，松赞干布特意穿上唐朝的服饰，以唐朝驸马的打扮迎接文成公主。松赞干布拜见了李道宗，施子婿之礼，态度十分恭敬。迎亲礼完毕之后，李道宗告别了松赞干布和文成公主，率护卫军返回长安。

松赞干布派部分禁卫军带领工匠们先行，沿途修筑道路，建造汉式房屋，设立驿站，以便文成公主沿途休息。在途经的旺约都，修建了一座汉式雕楼，作为纪念。这条迎亲之路，成为汉藏友好往来的通道。

到达拉萨后，松赞干布为文成公主举行盛大宴会。拉萨民众欣喜若狂，穿上节日盛装，载歌载舞，迎接公主的到来。公主将带来的释迦牟尼金佛像献给松赞干布。后来，这尊佛像与尺尊公主带来的佛像分别供奉在拉萨的大昭寺和小昭寺内。从此，佛教正式传入西藏，在松赞干布的大力倡导下，佛教在吐蕃迅速传播开来。

文成公主将唐朝先进的文化和农业技术带到西藏。她教导那里的农民种植粮食和蔬菜，让唐朝工匠们帮助吐蕃人安装碾磨，将粮食磨成面粉，将稻谷碾成米。她还向他们传授纺织、刺绣技术。后来文成公主又让人从唐朝带来蚕种，帮助他们种桑养蚕，缫丝制作绸缎。

创造藏文字

文字对于一个民族的政治、经济、文化的发展至关重要。

在松赞干布之前的漫长历史中，吐蕃一直没有本民族的文字。那时为了记事、交流思想，只能以刻木结绳为约，用一些简单的符号或图画刻在木头、石片和兽骨上。计算数字或记录事件时就在绳子上挽一个疙瘩，大的数字、大的事件就挽一个大疙瘩，小的数字、小的事件就挽个小疙瘩。

为了结束这种落后状况，适应吐蕃社会经济、文化发展的迫切需要，在唐朝文化的影响下，松赞干布决心创制本民族的文字。公元7世纪初，松赞干布派大臣吞米·桑布扎带领十六名吐蕃贵族子弟到印度去求学。吞米·桑布扎是个勤奋好学的人，对吐蕃的民间文学很有研究，能背诵祖先口头流传下来的长篇英雄史诗。他到印度后，在克什米尔地区拜当地著名佛寺里的高僧为师，潜心学习研究梵文。他又将学到的梵文与西域各国的文字进行比较，摸索其中的规律。他带去的十六个弟子上进心很强，几年时间里都学到了不少知识。

吞米·桑布扎回吐蕃后，在松赞干布的大力支持下，根据吐蕃的语言特点，创造了一种有三十个字母的拼音文字，松赞干布组织朝内有学识的大臣和谋士进行研究修订，终于创造出藏文。松赞干布将创造的藏文颁行天下，在朝内和民间推广。他自己首先带头学习藏文，使用藏文。为了学习掌握这种新文字，他几乎到了废寝忘食的程度。他号召大臣们学习，书写条文或奏章必须用这种新文字，否则他便不过目。对贵族子弟更为严厉，要求三年之内必须熟练掌握。对学习成绩好的进行奖励，学得差的还要进行处罚。

在松赞干布的积极倡导下，藏文得到广泛的传播和发展。很快，当地便出现了用藏文创作的著作和译述，许多吐蕃贵族用藏文记录流传于民间的口头文学，用藏文创作诗歌。吞米·桑布扎成了这个时期用藏文写作的带头人，他的作品具有很高的艺术成就。他用藏文创作歌颂松赞干布的史诗，翻译佛经教义和印度文学，有些作品流传至今，成为藏文化的宝贵遗产。

松赞干布对汉藏之间的文化交流极为重视。为了学习先进的中原文化，他选派了很多贵族子弟到长安国子监攻读诗书，学习礼法、音乐。他们学成归来后，成为传播汉族传统文化的精英和先驱，其中有的成了汉藏兼通的著名学者和诗人。吐蕃诗人悉措，就是其中的一位佼佼者。作为使臣，他曾到长安迎娶过金城公主，长安城里浓郁的文化氛围深深地吸引了他。他对唐诗极为崇拜，吸取唐诗的精华，丰富自己的创作。

他用汉文创作了诗歌《玉醴由来献寿觞》，其艺术造诣很高，受到初唐诗人的称赞。吐蕃诗歌中“嗜”的形式就是从唐诗中的五言绝句、七言绝句演变而来的，它是西藏古诗中一种颇为流行的文体。

在文成公主的影响和帮助下，松赞干布认真学习汉文，并培养了很多汉文翻译。他和唐朝通信时，便由这些翻译起草书信，他亲自审阅，斟酌推敲。

唐朝初期的建筑艺术和绘画艺术已达到很高的程度，那雄伟高大的宫殿、富丽堂皇的寺庙、精美逼真的壁画对地处高原的吐蕃颇具吸引力。松赞干布从长安请来不少建筑工匠，在拉萨修建寺院，不少寺院吸取了唐式建筑风格。工匠们把烧制琉璃瓦的技术传授给吐蕃，使这些寺院金碧辉煌，流光溢彩。飞檐斗拱、长脊鸱吻，就是仿照唐式建筑建造的。与此同时，汉族的一些建筑也吸取了西域的精华部分，如精美秀丽的白塔、佛教艺术壁画等。

松赞干布让人将文成公主进藏时带去的医学、历法等书籍翻译成藏文，以便阅读。这些书籍在吐蕃发挥了很大的作用，尤其是悠久的中医理论、疗法和草药知识对藏医的发展有很大影响，丰富了藏医的理论与实践，成为中华医学宝库中的瑰宝。

致力于改革

为了加强吐蕃王朝的集权统治，巩固民族之间的团结，松赞干布仿照唐朝的体制，在军事、政治上进行了一系列改革。

按照唐朝的府兵制，松赞干布将吐蕃的军事力量重新组织划分，将军队分为四个，即藏如、卫如、左如、右如，“如”就是“翼”的意思。每个如又分为两个支如，即上支如、下支如。支如以下设立千户府，千户府是军政合一的组织，掌握士兵的名册，对本府的士兵造册登记，名册上记录着每个士兵的名字、年龄、籍贯等。各如受中央统一指挥，每个如有自己的旗帜，子如骑兵所使的马匹分为不同的颜色，其鞍鞯都有各自的特点，以示区别。当时吐蕃兵力已达四十二万之众。藏文史籍《五部遗教》中对吐蕃的军事建制有详细的记载，其兵力情况和《新唐书》的记载是一致的。

为了分散、限制原有贵族酋长的权力，加强中央集权统治，松赞干布将他们从其领地调往外地去任职，以防止独霸一方搞分裂活动。

按照唐朝官制，松赞干布设立严格的官职等级制度。王朝的最高权力集中在赞普手中，赞普之下设大相、副相。大相、副相相当于唐朝的宰相和副宰相，总管王朝的行政事务。为了不使大相的权力过于集中，在大相之下设立了都护、内大相、内副相、内小相。都护分管王朝对外事务，其他的分管王朝内部事务。另外，还设立整事大相、副整事、小整事，分管司法事务。都护、内大相、整事大相相当于唐朝的各部尚书之职。

松赞干布将各级官员分为六个等级，佩戴质地不同的臂章，以表示官职大小。第一等官职臂章由珍贵的翡翠制成，第二等为金制，第三等为金镀银制，第四等为银制，第五等为铜制，第六等为铁制。

松赞干布在学习唐朝政治体制的同时，也从域外诸如天竺、泥波罗、阿拉伯、突厥等地吸取营养，以巩固和加强自己的政权。他根据佛教的“十善法”颁布了二十条法律条文。对杀人犯、强奸犯、偷盗犯、扰乱治安犯、纵火犯根据罪行大小，进行处罚。

松赞干布一生努力加强与唐朝的关系，致力于民族间的团结。唐贞观十八年（公元644年），唐太宗御驾东征，在其从辽东返回长安后，松赞干布立即派使臣噶·东赞到长安庆贺，送去一件高七尺、盛酒三斛的金鹅，以庆贺唐军胜利归来。唐贞观二十二年（公元648年），唐太宗派大臣王玄策出使天竺，途中遭到阿罗那顺的袭击，王玄策和随从退入吐蕃境内，向松赞干布求援。松赞干布立即发精兵前去讨伐，生擒阿罗那顺，将其押赴长安。

唐贞观二十三年（公元649年），唐太宗去世。唐高宗继位后，继续维护和吐蕃的亲密关系。为了表彰松赞干布对唐朝的忠诚，封他为驸马都尉，授予西海郡王的爵位。松赞干布感谢唐高宗对他的信任，特写信给朝内贞观老臣长孙无忌，表示如果有人胆敢趁新皇帝即位之机制造叛乱，他将率领吐蕃军队去讨伐叛贼。松赞干布对大唐帝国忠贞不贰，肝胆相照，唐高宗深受感动。后来唐高宗又加封他为“宾王”，将松赞干布的画像列于昭陵，当时只有少数功德卓著的人才能享此殊荣。

唐永徽元年（公元650年），年仅三十四岁的松赞干布因病在拉萨逝世。唐高宗获悉这不幸的消息后，在长安举哀祭祀，随后派遣右武卫将军鲜于匡济前往拉萨吊唁。从此，吐蕃历代赞普逝世后，都派人到长安告丧，对赞普的逝世唐朝都要举行吊唁活动。

松赞干布逝世后，文成公主继续在吐蕃生活了三十年。她继承松赞干布的遗志，致力于汉藏两族人民的团结事业。唐永隆元年（公元680年），文成公主在拉萨逝世。吐蕃王朝举国哀悼，为她举行了最隆重的葬礼。

松赞干布是中华民族历史上值得歌颂的杰出人物，他和文成公主为汉藏民族团结做出了重大贡献，他们的业绩永载史册，为各族人民所称颂。

大唐驸马
阿史那杜尔

在我国历史上，唐朝是个强盛的封建王朝。唐朝初期，唐太宗李世民实行开放政策，兼容并蓄，积极加强与各少数民族之间的联系。北方少数民族中的有识之士不断前来归附，当时在唐朝的军队中有不少是出身于少数民族的将领，他们为中华民族的统一和繁荣做出了突出的贡献。出身于突厥贵族的名将阿史那杜尔在唐朝初期，建功立业，威震边关，立下了汗马功劳。

突厥族是一个以狼为图腾的古老部落，兴起于公元6世纪中叶，在今叶尼塞河上游过着游牧生活。在突厥人的部落中，阿史那氏是组成突厥部落的核心姓氏。阿史那杜尔便是这个氏族的后代。他姓阿史那，名杜尔。

隋开皇三年（公元583年），当时正值隋朝初年，突厥分裂为东西二部。西突厥活动于金山以西的地区，即现在的新疆一带；东突厥控制着蒙古草原。突厥汗国分裂后，东西二部间的矛盾非常突出。东突厥为了与强大的西突厥抗衡，便与隋朝结成联盟。阿史那杜尔的祖父是东突厥的首领启民可汗。启民可汗在位时，与隋朝关系密切，东突厥与隋朝边境地区安定团结，老百姓可以自由贸易。汉地民众用粮食、布帛、茶叶、瓷器换取东突厥的马匹、牛羊、皮毛等畜产品。

由于启民可汗与隋朝关系密切，当时两地的人民生活安定。启民可汗在白道川（今内蒙古呼和浩特市）一带修筑大利城，建立牙帐。东突厥“或南入长城，或住白道，牛羊马匹，遍满山谷”。启民可汗经常将精良马匹送给隋朝，隋大业三年（公元607年），启民可汗一次就向隋朝进献好马三千匹。这种友好关系对当时社会经济发展、对两旗人民十分有利，符合各族人民走向统一的历史发展趋势。

到了隋朝末年，启民可汗去世，其子始毕可汗即位。始毕可汗是阿史那杜尔的伯父。隋朝末年天下大乱，始毕可汗乘机向南扩充势力，与隋朝关系恶化。

隋末唐初，统治东突厥的是阿史那杜尔的伯父始毕可汗、父亲处罗可汗、叔父颉利可汗。阿史那杜尔就出生在这个贵族家庭中，他在青年时代就统领一支军队，镇守一方。

唐朝初年，阿史那杜尔的叔父颉利可汗率兵南下，致使漠北空虚。薛延陀、回纥等部落乘机背叛了东突厥，占领了漠北的广大地区。为了讨伐薛延陀，收回失地，阿史那杜尔率兵进攻漠北，阿史那杜尔与薛延陀争战了三个月，无法取胜，只得率兵退居西域。到西域后，他所统辖的民户只剩下一万余人，处境十分困难。此时，唐朝已开始振兴，他审时度势，认为只有归附唐朝，才有出路，于是率东突厥部众东进到达长安。阿史那杜尔归附唐朝是明智的选择，他率部归顺受到唐太宗的热烈欢迎，以最高的礼仪接待他。唐太宗深知，阿史那杜尔是东突厥有影响的人物，把他安顿好了便可消除北方边界之忧。唐太宗封阿史那杜尔为左骁卫大将军，委以重任，并把自己的妹妹衡阳公主许配给他，从此阿史那杜尔成了大唐的驸马。唐太宗对他如此信任，这位东突厥的青年将领被深深感动了，从此对唐朝忠贞不贰。

唐贞观十二年（公元638年），地处西域的高昌王和西突厥联兵攻占了唐朝西部的焉耆王城，烧杀抢掠，掳走男女一千五百余人。第二年，高昌王麴文泰又率兵攻打伊吾（即新疆哈密市）。高昌王屡次侵犯唐朝边界，唐太宗十分恼怒，便派吏部尚书侯君集和阿史那杜尔率兵前往西域讨伐高昌。

侯君集与阿史那杜尔率唐军浩浩荡荡向西域进发。阿史那杜尔曾在西域与西突厥争战六年，他对这里的山川地形非常熟悉，对这一带的民情也极为了解。在他的指挥下，唐军进兵顺利，沿途各地西突厥的守将听到他的威名都望

风而逃。唐贞观十四年（公元640年），唐军一路攻州夺镇直逼西域腹地。由于唐军一路节节胜利，主帅侯君集滋生了骄傲的情绪，到西域后就迫不及待地要攻打高昌城。阿史那杜尔向侯君集建议说："高昌城乃西域重镇，必有重兵把守，且城池高大坚固。我军远道而来，一路征战，将士们已十分疲惫，若直接攻打高昌，于我军不利。交河城乃可汗浮图城和高昌城的门户，若攻取这两座城池，高昌城便处于孤立无援的境地，那时集中兵力便可取高昌城。"在他的建议下，唐军在西域休整后，阿史那杜尔率兵将交河城团团包围起来，截断了城外的水源，交河城内一片混乱。几天之后，阿史那杜尔下令向交河城发起猛烈的攻势，交河城守军早已无心守城，便献城投降。阿史那杜尔率兵进城后，颁布军纪，不许侵扰百姓，士兵们军纪严明，秋毫无犯，深得百姓的欢迎。

唐军攻克交河城后，守卫可汗浮图城的西突厥王心惊胆战，自知不是唐军的对手，便留下部分将士镇守这座危城，自己则率领一部分兵马连夜逃走了。

阿史那杜尔得知西突厥王已经逃走，便派士兵向可汗浮图城的守将喊话，劝他们归顺唐朝，弃暗投明。可汗浮图城的守将自知孤城难保，便献城投降了唐军。

侯君集和阿史那杜尔在短短的时间内便连得交河、可汗浮图城两座城池，顽固的高昌王处于孤立无援的境地，他见大势已去，不得不向唐军投降。

侯君集率兵进入高昌城，他命令阿史那杜尔镇守交河城和可汗浮图城。侯君集进城后，见高昌王宫内有许多稀世珍宝、丝绸古玩，身为主帅的侯君集得意忘形，将许多价值连城的珠宝古玩据为己有，变为自己的私有财产。进城后，他大摆筵席，肆意狂欢。他的部下纷纷效仿他的做法，抢掠民财，各肥私囊。侯君集在高昌城内为自己建造豪华的公馆，强迫老百姓来做苦役，弄得百姓苦不堪言，怨声载道。

阿史那杜尔在交河城和可汗浮图城安抚百姓，减轻苛捐杂税，深得民众的欢迎。休整一段时间后，阿史那杜尔向侯君集建议继续西进，收复高昌王和西突厥王占领的其他地方。几个月后唐军得高昌所属二十二城，得户八千余，得土地东西八百里、南北五百里。唐太宗在长安得到胜利的消息后，心中大喜，下令在高昌设立西州。在可汗浮图城设立庭州，州下设县。在交河城设置安西都护府，负责管理西域的一切事务，从此高昌、交河一带便归入了大唐的版图。此后，唐朝直接控制了西部广大地区，一直到西部的焉耆。

这年年底唐太宗命令侯君集、阿史那杜尔班师回朝。回朝之前，唐太宗已得知侯君集在高昌城的所作所为，他刚到长安便被弹劾革职，如果不是阿史那杜尔为他说情，他差点被唐太宗下人大狱。阿史那杜尔在征西过程中身为行军总管，廉洁奉公，秋毫无犯，深得唐太宗的信任。唐太宗加封他为毕国公，特将高昌王的一口宝刀赏赐给他。

当时东方的高丽常常侵扰边界，早在北朝时，高丽便进入辽东地区。唐贞观十九年（公元645年），唐太宗御驾亲征高丽，阿史那杜尔作为一员大将随军前往。一路上他率军奋勇当先，骁勇无敌，高丽军听闻阿史那杜尔的威名纷纷退却。在驻跸山战役中，阿史那杜尔一马当先冲进敌军阵营，左砍右杀，敌军阵营大乱。在追击敌军时，他不幸身中箭矢，但他忍痛拔掉箭镞继续追击敌人，士兵们在大将的鼓舞下，奋勇向前，以一当十。阿史那杜尔为唐太宗亲征高丽立下大功，唐太宗任命他兼鸿胪寺卿。

唐贞观二十一年（公元647年），地处西部的新即位的龟兹王诃黎布失毕对唐朝心怀不满，不行臣礼，反叛大唐，一度侵扰邻国，抢劫财宝。唐太宗任命阿史那杜尔为昆丘道行军大总管，率领十万骑兵讨伐龟兹。在以往的战争中，阿史那杜尔都是和其他将领一道出征，这次他作为统帅西征，是对他军事才能的一次重大考验。

唐贞观二十二年（公元648年），阿史那杜尔率十万骑兵到达西域，首先击败并迫降处月、处密两个部落，扫除了西进路上的两大障碍。唐军翻过天山后，阿史那杜尔深知这里的焉耆与龟兹一向都是同盟国，若要征服龟兹，必先降伏焉耆。于是他采用声东击西的战术，从焉耆西边进兵龟兹北部，造成北进的假象，以麻痹焉耆国王的注意力。唐军进入龟兹北部后，阿史那杜尔突然回师西进，出其不意地攻入焉耆。焉耆王薛婆阿那支被唐军的假象所迷惑，毫无防备，唐军突然兵临城下，惊恐万状，急忙弃城率兵向龟兹逃去。阿史那杜尔进城后，得知焉耆王已逃走，急忙率领轻骑星夜追击，终于在半路上擒获焉耆王并当场处死。阿史那杜尔立其堂弟先那准为焉耆王，对他实行安抚政策，从此焉耆国臣服于大唐帝国。

龟兹王诃黎布失毕得知焉耆被唐军击败，焉耆新王已归顺唐朝，大为震惊。他急忙与宰相那利羯猎颠商量对策。那利羯猎颠说："唐军虽一路胜利，但大军远征数千里，军士已十分疲惫，我军以逸待劳，唐军到时，我军应立即出击，必能取胜。"龟兹王大喜，命令士兵加紧戒备，准备应战。

阿史那杜尔率兵离开焉耆西进，在距龟兹城三百里的地方扎营，以休整军旅。此时，他命令伊州刺史韩威率领三千铁骑为先锋，命骁卫将军曹继叔率三千铁骑为后卫，并密授作战之法，二将依计而行。韩威率三千铁骑来到龟兹城下，龟兹王在城上见唐军阵容不整，最多也不过三千人马，大笑道："我以为唐军有什么了不起，看来不过如此！"他立即与那利羯猎颠率五万人马出城应战。

两军对垒，只战了几个回合韩威便假装抵挡不住，引兵败退。龟兹王不知是计，下令追击。追到一条峡谷时，只听背后一声炮响，曹继叔率铁骑断了龟兹军的后路。这时韩威回军夹击，将龟兹王和宰相那利羯猎颠围在峡谷之内。龟兹王自知中计，急忙率兵突围，左冲右突，死伤无数。那利羯猎颠率领所剩士兵杀开一条血路保护着龟兹王向西逃去。

正当韩威、曹继叔与龟兹王在峡谷中奋战之机，阿史那杜尔已率兵占领了龟兹城。龟兹王诃黎布失毕和那利羯猎颠突围后望见龟兹城已失守，便带领残兵逃往拨换城（今新疆阿克苏市），企图凭借这里的有利地形，据城固守。

阿史那杜尔得了龟兹城后，安抚龟兹百姓，不许士兵侵占民财，有违令者斩。他命令安西都护郭孝恪驻守龟兹城，自己亲率韩威、曹继叔向拨换城进军。

龟兹王和那利羯猎颠躲在拨换城内不敢出战。唐军将拨换城包围了四十天，城内粮草断绝，军心大乱，阿史那杜尔趁势攻破拨换城，擒获了龟兹王和那利羯猎颠。

当阿史那杜尔攻取拨换城时，龟兹王的残部纳力在龟兹城附近收集龟兹溃散的士卒和西突厥骑兵万余人，决定与唐军顽抗到底。纳力率领残余部队，趁着夜色偷袭了郭孝恪驻守在龟兹城外的营寨，并在城外放起火来。龟兹城内的唐军，见城外火光冲天，以为龟兹军包围了城池，城内顿时大乱。纳力趁机向城内发起猛攻。这时，跟随阿史那杜尔征战多年的仓部郎中崔义超奋力抗敌，他带领三百军士，一边保卫城中物资，一边与敌人展开巷战。这时，韩威、曹继叔领援军到来，才将纳力击溃。纳力骑马逃跑，在半路上被当地的百姓活捉，献给了阿史那杜尔。唐军重新占领龟兹城后，阿史那杜尔处分了郭孝恪，奖赏了崔义超等有功将士。

阿史那杜尔先后攻占龟兹的七百余城，得户数万，使大唐的势力纵深到西域各地，受到西域各地百姓的拥戴和欢迎。于阗王伏阇信把阿史那杜尔当成自己的好朋友，热情款待。他表示要与唐朝永修好合，并请阿史那杜尔将他这番心意转告唐太宗。第二年，于阗王伏阇信跟随阿史那杜尔入朝拜见唐太宗，从此于阗与唐朝建立了友好关系。

唐贞观二十三年（公元649年），唐太宗在长安病逝，葬于昭陵。一生忠于唐太宗的阿史那杜尔请求杀身殉葬，表示死后也要护卫唐太宗的陵寝。新即位的唐高宗派人苦劝，他才作罢。

唐永徽六年（公元655年），阿史那杜尔病逝。为了表彰他平定龟兹之功，唐高宗下诏将他葬于昭陵，并把他的墓冢修成葱山形状以示纪念。葱山即现在的帕米尔高原，那里是他建立赫赫战功的地方。

唐代契丹族名将

李光弼

在我国唐代中期，有一位和郭子义齐名的契丹族名将李光弼。他一生戎马倥偬，南征北战，尤其是在平息“安史之乱”的战争中，出生入死，功勋卓著。史书中称他是“战功推为中兴第一”，他为平息叛乱，挽救唐朝，贡献了毕生的精力。

东进平叛

李光弼，契丹族人，原籍营州柳城（今辽宁朝阳市）。唐景龙二年（公元708年），出生于一个高级军官家庭。父亲李楷洛是朝中的一位高级将领，唐玄宗初年被封为蓟国公，任朔方节度副使。李光弼虽出身于这样一个极其优越的家庭，但丝毫没有纨绔子弟的习气。他从小勤奋好学，严于律已。每天五更起来习读兵书，练习剑法，闻鸡起舞，风雨无阻。五岁时便熟读班固的《汉书》，八岁时便精通《孙子兵法》。

青年时期他随军队驻守于北部边防，转战于河西一带，在艰苦的军旅生活中，他作战勇敢，身先士卒。四十来岁时升任为河西节度使，被封为蓟郡公。唐天宝十一年（公元752年），升任为单于大都护府大都护，驻防于今内蒙古和林格尔县一带。

唐天宝十四年（公元755年），安禄山、史思明在范阳（今北京市）发动

叛乱。沉湎于歌舞酒色中的唐玄宗，如热锅上的蚂蚁，在京城长安坐立不安。安禄山率二十万叛军南下，所到之处，唐军望风而逃，几个月后安禄山攻占洛阳，自称大燕皇帝。

惊慌失措的唐玄宗急忙召见郭子仪，命他速回朔方组织兵力，抗击叛军，收复失地，并要他选一位大将，东征河北，抗击史思明在范阳的叛军。郭子仪与李光弼共事多年，深知李光弼是一位足智多谋、善于用兵的军事奇才。他向唐玄宗推荐李光弼，说："东征重任，非李将军莫属。"唐玄宗立即任命李光弼为河东节度使，拨一万朔方军骑，急驰范阳，抗击史思明的叛乱军队。

李光弼从太原带三千弓箭手，一万朔方铁骑军，越太行山，过娘子关，直插井陉，逼近河北重镇常山（今河北正定县）。常山叛军守将看见唐军兵临城下，急忙出城迎战，李光弼部下早有一员骁将冲到阵前，只几个回合便将叛军守将斩于马下。叛军士兵见主将被杀，纷纷投降，李光弼率大军占领了常山城。

此时，叛军首领史思明正在饶阳作战，得知常山失守，大吃一惊。常山是范阳的门户，地理位置极为重要，史思明从饶阳急忙回师，率三万人马急驰常山，企图一举歼灭李光弼。

李光弼在常山早有准备，他派三千弓箭手驻守于城头。史思明率骑兵赶到常山城下，还没顾上喘口气，就见城上箭矢、滚木一齐飞落下来。敌军士卒、马匹死伤无数，史思明见城头防守严，无法近前，急忙撤兵，离常山城十里安营扎寨。

第二天，李光弼留三千人马守卫常山，自己率一万人马在呼沱水（今称滹沱河）岸边摆下阵势。李光弼派部将周勇与史思明交战，战了十几个回合，周勇佯装抵挡不住，回马便走。史思明不知是计，率骑兵紧追不放，等叛军冲进阵内，只见李光弼在将台上将令旗一摆，唐军四面涌动，八方合围，史思明和叛军被团团包围在中心。

史思明自知中计，急忙组织突围。这时唐军弓箭手张弓搭箭，顿时箭如飞蝗，叛军死伤惨重。傍晚时分，史思明才杀开一条血路，率残兵突围而去。

史思明在常山失利，急忙派人到饶阳搬兵，前来援救。饶阳叛军守将率五千人马，连夜向常山进发。李光弼早已注意到饶阳方面的动静。他派两千人马在敌方援军的必经之地蓬壁附近设下埋伏。饶阳援军刚到蓬壁便遭到唐军的突然袭击，丢盔卸甲，狼狈逃窜，五千叛军几乎全被歼灭。史思明得知援军被歼，只得退守九门镇。

李光弼一连攻克了常山附近的七座县城，这时常山城内粮草不足，史思明在九门又切断了通往常山的粮道口，李光弼派人向郭子仪求援。这时郭子仪已从朔方率兵东进，越过雁门关到达山西代县。四月，郭子仪率兵到达常山，与李光弼会师一处，共有人马十万，唐军声势大振，一连收复了赵郡（今河北赵县）、沙河、博陵（今河北定县）等郡县。在河北嘉山一带，李光弼歼灭史思明四万军队，叛军军心动摇，安禄山、史思明的老窝范阳危在旦夕。

保卫太原

正当李光弼、郭子仪在河北地区连连得胜、准备收复范阳的时候，晚年昏庸无能的唐玄宗，听信奸臣杨国忠的谗言，逼迫驻守潼关的老将军哥舒翰带病出关抗敌。

哥舒翰多次向唐玄宗进奏，潼关是长安的门户，只能据险扼守，不可出关硬拼。但唐玄宗被奸党所惑，为保长安，求胜心切，看不到当时的总体形势，也根本听不进哥舒翰的忠言。唐玄宗敕令哥舒翰立即出兵，哥舒翰无奈，只好带兵出关与叛军硬拼。哥舒翰虽拥兵二十万，但大多数士兵都是临时招来的，未经训练，更没有作战经验。果不出所料，哥舒翰率兵在灵宝被叛军打败，老将哥舒翰虽亲临前线，奋力抗击，但仍抵挡不住叛军的凌厉攻势，结果全军覆没。

潼关失守，京城长安一片惊慌。九重城阙烟尘生，千乘万骑西南行。唐玄宗带领杨贵妃、杨国忠逃离长安。

京城陷落，情况万分危急，李光弼只好放弃河北，与郭子仪率兵退回井陉。

唐至德元年（公元756年），太子李亨在朔方灵武即位，改年号为至德，他便是唐肃宗。唐肃宗任命李光弼为户部尚书，镇守太原。当时唐军主力部队随郭子仪调往朔方，保卫灵武去了，驻守太原的只有一万人马。李光弼带领士兵在城外挖掘堑壕，布置陷阱。堑壕内埋设竹矛，设置铁蒺藜，堑壕外围修筑土垒，埋立木栅。

唐至德二年（公元757年），史思明从河北征集十万人马，浩浩荡荡地向太原袭来，他计划夺取太原，进兵朔方，消灭唐肃宗。叛军入晋后，分三路人马直逼太原城。怎奈太原城外围戒备森严，叛军多次进攻，都被李光弼修筑的土垒、堑壕所阻，叛军攻城一月有余，无法取胜。

史思明在城外焦躁不安，每日派兵在城外骂阵，李光弼坚守不出。与此同时，李光弼暗中派兵从城里向城外挖掘暗道。士兵中晋人很多，这些士兵入伍前大都是挖煤出身，挖掘地道堪称行家里手，许多条地道一直从城内挖到城外的叛军脚下。一天，叛军士兵正在城外辱骂，突然双脚被唐军抓住，拖入城内。有些地道直挖到叛军营内，有时叛军正在吃饭，双脚一抖便被唐军拖进地道里去了，弄得叛军惶惶不可终日，晚上睡觉也不得安生。

史思明忍不住了，命令叛军架设云梯强行攻城。叛军还未到城下，便被陷阱陷进大部，剩下的到了城下，刚要架设云梯，城头上的檑木滚石劈头盖脸地砸了下来，死伤无数。

史思明围困太原，久攻不下，叛军情绪低落，军心涣散。就在这个时候，从洛阳传来叛军内部发生政变的消息。安禄山的儿子安庆绪杀父夺权，自立为皇帝。史思明深感局势严重，急忙率兵撤回范阳，留叛将蔡希德率七万人马继续围困太原。

抓住叛军内部发生矛盾的有利时机，李光弼率兵出城迎战。他一马当先，身先士卒，置个人安危于不顾。蔡希德只顾保命，无心恋战，一开战便被冲得七零八落，溃不成军。李光弼在太原城下歼敌六万，消灭了叛军的有生力量，打破了史思明进攻朔方的计划，保存了唐朝的实力，为以后郭子仪收复洛阳、长安创造了有利条件。

饮马黄河

李光弼在太原的胜利，有力地牵制了叛军的力量，鼓舞了唐军的士气。此时，郭子仪从朔方出兵南下，一举收复了长安和洛阳。安庆绪率残军退居邺城，准备与唐军对抗。

唐乾元元年（公元758年），唐肃宗派郭子仪、李光弼等十路节度使，总计十万人马进兵邺城。委派心腹宦官鱼朝恩为监军，负责协调十路节度使之间的关系。这样一来，鱼朝恩实际上成了凌驾于十路节度使之上的总领。

退缩在邺城的安庆绪得知十路节度使来攻邺城，吓得心惊胆战，急忙向驻守河北的史思明求援。史思明对安庆绪心怀不满，不肯发兵。安庆绪无奈，只得许诺说，如果史思明前来增援，解邺城燃眉之急，他愿将大燕皇帝的宝座让给史思明。做梦都想当皇帝的史思明，得到这个承诺后才从河北出兵。史思明率叛军到魏州安营扎寨，与唐军对峙。

在唐军与叛军对峙期间，李光弼主张围点打援，兵分两路，向史思明和安庆绪发起进攻，但根本不懂战术的鱼朝恩没有采纳李光弼的正确主张，而是与叛军消极对抗，失去了收复邺城的良机。

双方对峙了三个月，此时十路节度使所率兵马、粮草紧缺，并且节度使们都不服鱼朝恩的指挥。趁此机会史思明向唐军发起反击，唐军被击败，各节度使放弃邺城，将兵马撤回本镇。

鱼朝恩入朝后，采取恶人先告状的手法，把邺城失利的责任全推到郭子仪身上。唐肃宗听信了鱼朝恩的谗言，革去郭子仪的兵权，任命李光弼为朔方节度使，天下兵马副元帅，替代郭子仪赴洛阳就任。

一向视郭子仪为恩师的李光弼，对朝廷罢免郭子仪的官职很不满意。他深知郭子仪是位善于用兵、能征善战的帅才，老将军被革职必然是宦官鱼朝恩从中作梗。但君命不可抗，李光弼率兵星夜赶到洛阳就任。

史思明得邺城后，发动军事政变，杀死安庆绪，自立为大燕皇帝，留下他的儿子史朝义镇守邺城，自己率兵回范阳去了。

这年九月，史思明从范阳起兵，南渡黄河，攻入汴州，接着又攻打郑州。面对叛军强大的攻势，李光弼从全局出发，毅然做出放弃洛阳、北渡黄河、固守河阳的决定。当时很多将领不理解，认为洛阳乃是帝宅所在之地，岂有不战自退之理。李光弼笑着说："我今天放弃洛阳，是为了以后长期地占领洛阳，把叛军装进洛阳这个大口袋里才好收拾。"李光弼令洛阳民众安全撤离。他亲率部众渡过黄河，移军河阳。

史思明不费一兵一卒占领了洛阳。到洛阳后，他见城内空荡荡的，心中不免起疑。他知道李光弼向来用兵如神，不知葫芦里卖的什么药。因此，他不敢擅自进入宫城，而是率兵退到白马寺，观察唐军的动向。李光弼到河阳后，每天在黄河北岸操练兵马，弄得尘土飞扬，史思明在洛阳西不敢进攻潼关，北不敢渡河拒敌，就这样与唐军对峙于黄河两岸。

双方对峙了两个月，史思明眼看着军内粮草快要用尽，洛阳空城无粮可取，心中非常焦急。这天，他突然想出一条妙计，命令各营选出两千匹良马，派士兵将这些马匹赶到黄河边上去洗澡，一拨洗完，再派一拨，两千匹战马每天轮换着到黄河边洗澡，向李光弼显示自己的马匹众多，想借此吓退唐军。

李光弼得知后，从河阳挑选了一千匹牝马（即母马），这些牝马都是生过小马驹的，他将小马驹留在营内，命士兵将一千匹牝马赶到黄河岸边，牝马和小马驹分开了，在岸边不停地嘶叫。对岸史思明的战马听见牝马鸣叫，纷纷跑向对岸，管理战马的士兵拦也拦不住。李光弼不费吹灰之力，白白得了两千匹战马。史思明气得吹胡子瞪眼睛。

火烧贼船

史思明固守洛阳几个月，实在不耐烦了，便督造了三百艘战船，准备北渡黄河攻打河阳。

李光弼在河阳以逸待劳，养得兵强马壮。他在黄河上架设浮桥，在河中安装木桩，系上铁链索，以迎击敌人。这天，史思明以火船为先导，数百艘战船紧随其后，企图顺河而下烧毁浮桥，渡河登岸。哪知火船到浮桥后被铁链索阻挡，无法前进，后边的数百艘战船顺水而来，不能后退，堵在河道里。李光弼命令岸上的士兵向敌人战船发射火箭，叛军船队两头起火，三百艘战船全部烧毁沉没。史思明损失惨重，大败而退。

李光弼在黄河岸边的野水渡设立营寨，营内遍插李光弼的帅旗。李光弼布置好营寨后，返回河阳，只留部将雍希颢率一千人马在此留守。临走时他授计于雍希颢说："你在此留守，只可虚张声势，不可出营抗敌。几日之内史思明必然派高庭晖和李日越前来偷袭营寨，你不必和他们交战，他们若提出投降，你就领他们到河阳来见我。"雍希颢听了感到莫名其妙，但他素知主帅一向用兵如神，只好遵命。史思明连吃败仗，心中闷闷不乐。他见李光弼在野水渡安营扎寨，便派李日越前去偷袭，派高庭晖在河边接应，命令二将说："李光弼只会凭险守城，不善野外征战，他驻防野水渡，此为失策之举。你们连夜赶去，乘其不备生擒李光弼，若抓不到他，按军法处置！"

天将拂晓时，李日越赶到野水渡，只见营内静悄悄的，不见有人出来迎战。李日越好生奇怪，在马上大声问道："李将军在吗？为何不出来迎战？"雍希颢答道："李将军昨日回河阳去了。"李日越又问："何人在此留守？"答曰："雍希颢。"

"共有多少人马？""只有一千。"

对方回答得如此爽快，李日越倒有些迟疑起来。他沉思良久，对部下说："李光弼不在，即使攻下营寨，只抓到雍希颢回去也难免一死。李光弼一向爱惜人才，不如弃暗投明。"遂率领手下叛军投降。雍希颢领李日越去见李光弼，李光弼大喜，设宴款待。李日越为表知遇之恩，提出愿意说服高庭晖前来投降。李光弼笑着说："不劳将军了，高庭晖不几日就会前来投降。"

不出所料，第二天高庭晖果然率部众前来投降。李光弼不计前仇，设宴款待，并委以重任。高、李二将很受感动，从此忠心耿耿地为唐朝出力。李光弼之所以能料事如神，是因为他正确分析了当时的形势，利用了史思明内部的矛盾，分化瓦解了敌军的内部力量。他神机妙算、出奇制胜的军事才能，在军中传为佳话。

消灭叛军

史思明与李光弼对峙于黄河两岸，自占领洛阳空城以来，没捞到任何好处，反而连吃败仗，损兵折将。高庭晖、李日越等将领归附唐朝，更使他处境艰难。气急败坏之下，史思明亲自率兵攻打河阳。

李光弼调兵遣将，分四门坚守，河阳城如铜墙铁壁。叛军屡攻不下，军心厌战，乘敌军疲惫之机，李光弼出城反击，在河阳城下，歼敌数千名，获兵器、辎重无数。叛军将领徐璜玉、李秦授被李光弼活捉，大将周挚兵败逃跑，史思明无可奈何只得退兵。

唐乾元三年（公元760年），李光弼升任大都尉，兼中书令。二月，他率领唐军进攻怀州（今河南沁阳市），歼敌八千。十月，李光弼攻破怀州城，活捉了安太清。

在大好形势面前，唐肃宗被胜利冲昏了头脑，他重蹈当年唐玄宗轻信奸党李林甫的覆辙，重用宦党鱼朝恩。唐肃宗在鱼朝恩的建议下，逼迫李光弼速取洛阳。李光弼根据当时的形势，认为史思明虽然连连失败，但其实力尚强，唐军与叛军的对峙局面尚未打破，唐军只可在黄河以北牵制叛军主力，不可轻进。他几次上奏唐肃宗，但昏庸的唐肃宗不听李光弼的忠言，在鱼朝恩的把持下，接二连三地派宦党催促李光弼收复洛阳。无奈之下，李光弼留下李抱玉留守河阳，自己率兵与朔方副节度使仆固怀恩合兵一处，进攻洛阳。仆固怀恩骄傲轻狂，不听李光弼的指挥。唐军到达洛阳附近后，李光弼让他布阵于邙山，这里地势险要，进可攻，退可守。然而仆固怀恩自作聪明，将营寨扎于平原之上，结果营寨还没扎起来，便遭到史思明的突然袭击，唐军大败。李光弼只得率兵退回黄河以北的闻喜（今山西闻喜县），固守两年的河阳及怀州又落入叛军之手。

就在这时，史思明内部发生兵变，史思明的儿子史朝义将他杀死，夺了王位。叛军内部众叛亲离，大大削弱了实力。唐宝应元年（公元762年），唐代宗即位，他任雍王李适为天下兵马大元帅，统领各路节度使讨伐史朝义。这时李光弼已是河南、淮南、江南、浙江等八道行营节度。他亲率各节度使从陈留出兵进攻洛阳。

各路唐军云集洛阳城下，史朝义内部混乱，九十万大军被击溃歼灭。史朝义率残兵渡河北逃，李光弼等各路节度使乘胜追击，固守叛军老巢范阳的李怀仙献城投降。史朝义走投无路，于唐宝应二年（公元763年）自杀身亡，历时八年之久的“安史之乱”得以彻底平定。

唐广德二年（公元764年），李光弼这位身经百战的杰出将领因病逝世，享年五十七岁。

辽代开国君主

阿保机

在我国古代北方，有一个崇拜白马和青牛的氏族，叫契丹族。公元4世纪，契丹人居住在潢河（今西拉木伦河）和土河（今老哈河）一带。开始时他们以捕鱼打猎为主，后来又从事畜牧业。

契丹族流传着这样一个故事：有个英俊高大的小伙子骑一匹白马顺着土河而来，有个美丽多情的姑娘骑一头青牛沿着潢河而来，他们在木叶山相逢，一见钟情，结为夫妻。这便是契丹族的始祖。他们生了八个儿子，八个儿子长大后，各居一方，分为八大部落。从此，契丹族进入父系社会，白马和青牛成为这个氏族的象征和图腾。

后来，这个氏族中出现了一位杰出的人物，他统一了北方诸部落，建立了辽代，这便是辽王朝的开国君主耶律阿保机。

年轻有为的可汗

公元872年，当时正是唐朝咸通十三年，契丹迭剌部首领撒拉的妻子萧氏生下一个男孩，这便是阿保机。据《辽史·太祖记》记载：阿保机之母萧氏夜里梦见一轮太阳落入怀中，便怀了孕。十月怀胎，生阿保机时，室内神光照耀，异香阵阵。他的父亲撒拉感到此儿不凡，将来必成大业，全家人都非常喜欢他。

阿保机出生的这年，迭剌内部发生了争夺军权的斗争。他的祖父匀实德是

位掌握兵马大权的将领，反对派耶律狼德集团串通一气谋害了匀实德。祖母抱着阿保机藏在别的营帐里，才幸免于难。

阿保机从小便把这一深仇大恨铭记心间。小小年纪便跟随父亲习文练武，精通文韬武略。长大后他勇武刚健，心怀大志，骑马射箭很是了得。据说他能拉动三百石的硬弓，百发百中，厚厚的铁板都能被他射穿。在保护本部落的战斗中，他作战勇敢而且有谋略。他率领挞马精兵，击败了蒲古只等三族的兵力。由于他作战有功，不到三十岁便当上本部落的“夷离堇”（统率兵马的首领）。阿保机当上夷离堇后，率领骑兵向邻近的室韦、奚部落发起攻击，连连得胜，俘获了大量奴隶和牲畜。公元902年，他统率四十万大军南下进攻河北、代北（今山西境内），一连攻下九座城镇，占领关内大片领土，缴获了大批辎重和粮草。公元903年，阿保机挥师东征，攻打女真，女真人抵挡不住契丹部的猛烈攻击，向东败退，阿保机得三百户。接着，阿保机趁士气高涨之机，大破黑车子室韦，获得重大胜利。几年的时间，阿保机东征西战，南征北伐，取得一连串的胜利。在胜利面前，他保持着冷静的头脑。他采取能征则征、能联则联的战略方针以壮大自己的势力。当时，正值唐朝末年，唐朝即将分崩离析，但那时驻守于山西一带的河东节度使李克用尚有一定的实力。阿保机审时度势，率兵七万与李克用会盟于云州（今山西大同市），与唐将李克用结拜为兄弟，这样便解除了契丹族的南顾之忧。

公元907年正月，阿保机联合契丹八部首领，推翻了痕德堇可汗对契丹的统治，通过部落选举方式，他被选为契丹的新可汗。

阿保机当了新可汗后，并没有建立起国家的新制度，只是作为联盟长而得到各部落贵族的认可。他必须继续巩固自己的地位，为建立新王朝做准备。

阿保机任可汗的第二年，他便对联盟内部进行改革。首先，在联盟内部设立“惕隐”一职，负责管理迭剌部贵族的“政教”，即调解贵族集团的内部事务，以保证各部落对阿保机的绝对服从，听从可汗的指挥。阿保机将这一重任委托给他的族弟剌葛担任。

第二项改革措施是，设置忠于可汗的侍卫亲军——宿卫军，实际上是阿保机的心腹部队。阿保机让他的亲信昌鲁和自己的妻兄敌鲁担任宿卫军的头领。宿卫军的士兵都是从各部落选拔出来的忠于可汗的精兵。这样阿保机身边便拥有一支绝对忠诚于自己的强大军事武装。以上两项改革措施，促进了王权的产生，保证了可汗的领导地位，为契丹族建立国家奠定了坚实的基础。

消灭叛乱势力

按照契丹部落联盟的制度，可汗三年改选一次，三年届满后由各部落选举产生新的可汗。阿保机任满后，反对派为了推翻阿保机的统治，要求依照先祖体例进行改选。阿保机识破了反对派的企图，表示决不让出可汗的位置。他对反对派说："中国之主无代立者。"列举中原历代王朝都没有选举君主的先例。他以可汗的名义，废除了选举制度，引起了反对势力的不满。

公元911年，任"惕隐"之职的剌葛联络阿保机的弟弟迭剌、寅底石、安端等人密谋发动叛乱。叛乱暴发前，安端的妻子粘睦姑向阿保机告密，阿保机得知消息后，及时采取措施平息了叛乱。使阿保机感到吃惊的是，密谋叛乱的人竟是自己身边的亲信和亲属，他深感事态的严重性。为了缓和内部矛盾，他采取了妥协的办法，以便收买人心，换取贵族内部旧势力的支持。五月，阿保机登山盟誓，祭祀天地，宣布赦免诸弟的叛乱之罪，将剌葛任命为夷离堇，封粘睦姑为晋国夫人，并任反对派滑哥为新一任"惕隐"。阿保机这种表面上宽大为怀的态度，实际上是为了稳定当时的局势。

公元912年七月，任夷离堇的剌葛联合迭剌、安端、寅底石、滑哥趁阿保机率兵外出攻打西南诸部时，再次发动叛乱。十月，阿保机率兵返回，剌葛从平州出兵阻道，企图在半路上消灭阿保机。

阿保机得知消息后，不但没有反击，反而领兵南下，躲开了。他按照祖上的遗训烧柴祭天，举行传统的选举仪式——柴册仪。阿保机的这一举动，深得民心，出乎叛乱者的意料。叛乱者失去了反抗的理由，不敢轻举妄动，当即向阿保机"谢罪"，表示臣服。阿保机以大局为重，再次赦免了叛乱者的罪行。

公元913年，剌葛等人第三次发动叛乱。这次叛乱的规模比前两次更大，计划更为周密。迭剌将他的兄弟部落乙室部的贵族兵力拉出来参加叛乱。剌葛派安端去刺杀阿保机，派迪里古偷袭阿保机的营帐，派寅底石去焚烧阿保机的仓库和庐帐，抢夺供奉祖先的“神帐”。

叛乱暴发后，阿保机依靠宿卫军和邻族的兵力向叛军展开反击。他分兵拒敌，派妻子述律氏保卫大营，派一名心腹部将率兵攻打寅底石，追回被抢去的祖先“神帐”。“神帐”是可汗权力的象征，决不可落入他人之手。他自己率兵追剿剌葛和迭剌。

经过两个月的反攻，叛军终于被镇压下去。在这次战乱中，契丹军伤亡惨重，损失了大量牲畜。阿保机的士兵只能采集野菜，煮死马肉充饥，战马被杀死许多，很多骑兵部队只能靠步行作战。

叛乱平息后，阿保机将滑哥、迪里古等人处以死刑。其他首领因为都是族内兄弟和亲戚，阿保机考虑到如果都从严处理，将会引起整个联盟的不稳定。再说，是他废除了选举制度，这是反对派叛乱的借口和理由，如果全部诛杀，旧有的反对势力将会口服心不服，有朝一日会引起更大的骚乱。从大局出发，阿保机对其他叛乱首犯又一次从宽处理，仅将叛乱首领剌葛和迭剌“杖而释之”，寅底石、安端不予治罪。

事实证明，阿保机这一宽厚的处理方式是正确的，它避免了契丹内部发生分裂。在旧势力与新势力、旧制度与新制度之间的生死斗争中，阿保机采取了软硬兼施、有打有拉的灵活方式，保护了自己的可汗地位，在复杂的环境中赢得了胜利。契丹内部稳定之后，阿保机向南发展自己的势力。在那里，他利用汉人的技术发展盐铁事业，从事农业生产，耕种五谷。当时煮盐和冶铁是先进的工业技术，北方各部落都不会做这些事情。因此，盐和铁是北方的紧缺物资，各部落都千方百计地想获得这些东西。

公元915年，迭剌部以外的七部首领向阿保机发难，要求阿保机放弃可汗的位置。阿保机的妻子是位极其聪明的人，她向阿保机献了一条妙计：以盐、铁为诱饵，召七部首领到盐池来开会，研究分发盐、铁的大事。等他们来了，一举歼灭。阿保机认为这条计策甚妙。于是，他派人分别通知七部落的首领说："我有盐池和铁厂，生产了许多盐和铁，我想将这些东西分配给你们。但是我生产这些东西并不是一件很容易的事，需要费很多人力，非常辛苦，你们得到这些东西的同时，应该感谢我，这样才不辜负我的一片好心。"

各部首领听到分发盐、铁的消息后，非常高兴，带着礼品和酒肉来盐池会聚。他们见到阿保机后，纷纷献上礼品，表示亲近。阿保机设盛宴招待他们。酒过三巡，各部首领都喝得醉醺醺的，阿保机突然将酒杯一摔，埋伏在帐外的士兵听到信号冲进帐内，一举杀死了七部首领。

外七部首领被歼，对内部的反对派起了很大的震慑作用。从此，敌对力量不敢再轻举妄动，阿保机建国的条件已经成熟。

建国称帝

辽神册元年（公元916年），阿保机在龙州（今内蒙古赤峰市八仙筒一带）即位，其尊号为大圣大明天皇帝，即辽太祖，封其妻述律氏为应天大明地皇后，立长子耶律倍为皇太子，国号为契丹，年号神册。阿保机建国称帝，宣告了契丹奴隶制国家的诞生和世袭皇权的确立。从此，辽朝历代皇帝即由耶律阿保机一家世代传袭。部落流传下来的选举可汗制度的"柴册仪"只是作为一种形式而保留下来。

建国之初，阿保机积极向汉人学习，他仿照汉王朝的体制建立政权。他重用康默记、韩延徽等有才能的汉族知识分子，许多重大决策都有他们的参与，他们是辽初的建国功臣。

阿保机将各分散的部落重新组合，组成两个部落集团，称为"北府"和"南府"。任命萧审密为"北府宰相"，统治北府五部；任命皇弟耶律苏为"南府宰相"，统治乙室三部。阿保机将北方游牧、渔猎部落的居民分编为隶属于契丹八部的部落，由皇帝任命节度使对他们进行统治。

建国之初，百业待兴。阿保机这位以武力统一北方的辽代第一个皇帝，深知军队的重要性。他亲自建立“宫卫骑兵”，使其成为皇帝的御林军。这支部队“入则居守，出则扈从，葬则因以守陵”，以保卫皇帝居住和出行的安全。另外，选派贵族将领到各地区统领兵马，若有战事，一声令下便能汇集而来。

辽神册三年（公元918年），阿保机在潢河沿岸契丹故地修筑“城西楼皇都”（今内蒙古巴林左旗）。派康默记主持建造皇都和宫殿，调集来很多能工巧匠，附近的驻军和百姓也来参加皇都的建设。当时皇都的规模不大，宫殿样式是参照中原城邑设计的，一百天便建成了。后来，辽太宗在此基础上进行了扩建，使城墙高达二丈，阔二十七里，称为辽上京。其遗址至今尚存。

契丹族原先没有自己的文字，只会刻木记事。为了改变这种落后状况，辽神册五年（公元920年），阿保机委托从侄鲁不古和突吕不创制文字。鲁不古和突吕不参照汉字偏旁，创制了契丹大字。九月，阿保机将这种契丹大字颁行于世。后来，迭剌又根据回鹘语文，创制了契丹小字。契丹文的创制促进了辽代文明的进程，加强了辽代思想文化的交流。它是中国文字学中的瑰宝。

辽初统一各部落时，还没有成文的法律可以遵循。遇到民间诉讼案件，便由大臣康默记去处理，康默记办案公正，不冤枉好人，也绝不放过坏人。老百姓很称赞他。但对于一个国家来说，总不是长久之计。阿保机对康默记和突吕不说：“国家事务，大小不一，法度不明，何从治理。”康默记、突吕不很赞成他的意见。辽神册五年，阿保机命突吕不负责拟订《决狱法》，这是契丹最早的一部基本法典。与此同时任命了法官，契丹称法官为“夷离毕”，负责诉讼之事。

阿保机通过一系列改革措施，加强了中央集权制，建立了奴隶主国家的统治秩序。辽朝的建立是契丹历史上划时代的大事，也是中国历史上具有深远影响的大事。

征伐邻族　开拓疆土

辽朝建立时，唐朝已经灭亡，历史进入大分裂时期。朱全忠推翻唐朝后建立后梁，晋王李存勖与后梁之间展开战斗。趁此混战之机，阿保机于公元916年八月亲率大军南下攻打朔州，朔州晋振武节度使李嗣本出城迎战，被阿保机活捉。契丹占领朔州后，乘胜东进占领了蔚、新、武、妫、儒五州。第二年，阿保机又率军进入长城要塞居庸关。此处乃关内锁钥，是塞外通向内地的咽喉之地。阿保机分兵入侵内地，势如破竹，一连攻下檀、顺、安远、三河、良乡、望都、潞、满城、遂城等十余座城市，俘虏了大批汉人。他们将这些汉人迁往辽国，给他们分以土地和牲畜，让他们耕种土地，自产自用。这些人逐渐安定下来，在那里建立了自己的村落。

辽天赞二年（公元923年），晋王李存勖灭掉后梁，建立了后唐。阿保机率兵回朝，封次子耶律德光为兵马大元帅，率兵继续南侵。耶律德光是位有勇有谋的将帅，他打败后唐名将赵思温，继而占领蓟北、平州、幽州、曲阳等地，占领了后唐大片领土。

契丹军南下进攻汉地的同时，阿保机分兵向西部地区扩充自己的势力。他先后侵掠突厥、吐浑、党项、沙陀等部落，俘获各部酋长和民户一万五千六百户，缴获铠甲、兵器九十余万件，牛羊马驼不计其数。接着，阿保机派皇太子进攻乌古部，俘获一万四千二百人，牲畜、车辆、军帐二十余万。辽天赞三年（公元924年），阿保机与兵马大元帅耶律德光西征吐浑、鞑靼等部，大胜而归。为纪念胜利，阿保机命人刻碑记功，以炫耀勇武之功。第二年，甘州回鹘乌主可汗表示臣服，派遣使者向辽朝进贡。从此，辽朝的政治势力西达甘州，西北至鄂尔浑河一带。

当时，契丹东边有一个文化较为发达的国家叫渤海。渤海在唐朝的影响下，曾达到全盛时期，后来逐渐衰落。那里拥有五千里的广阔土地，有五京、十五府、六十二州。阿保机早已觊觎那里肥美的土地和丰富的物产。辽天赞四年（公元925年），阿保机率领皇后述律氏、太子倍和次子德光东征渤海，汉族大臣韩知古、康默记和韩延徽随军前往。这次东征渤海，阿保机调动了全部军事力量，显示了势在必得的决心和气魄。

此时的渤海，在国王湮巽的统治下，国力衰弱，军队缺乏战斗力。在强大的契丹军的猛烈攻击下，很快便土崩瓦解。号称五京、十五府、六十二州的渤海王国尽落阿保机之手，湮巽率三百僚属出忽汗城投降。阿保机改渤海为东丹国，封太子倍为东丹王，镇守东丹国。

辽天赞五年（公元926年）七月，这位圣明的辽代开国君主在扶余（今吉林农安县）逝世，终年五十四岁。

阿保机是契丹族历史上杰出的军事家和政治家。他顺应历史发展潮流，统一北方各部，建立辽朝，在中华民族的历史上写下了光辉的一页。

辽代明君
耶律德光

耶律德光是辽代的第二代皇帝。在执政的二十年间，他开拓疆域，励精图治，富国强民，锐意革新，使契丹族逐步走向强大。它开辟了南北五千里、东西四千里的辽阔疆域，其声威震撼万里。这个历时二百多年的北方封建王朝与耶律德光的名字紧紧联系在一起。

年轻的兵马大元帅

耶律德光生于唐天复二年（公元902年）。他的父亲是赫赫有名的辽代开国君主阿保机，母亲是述律氏。他是阿保机的第二个儿子，从小受到良好的教育，善于骑马射猎，精通文韬武略。

阿保机统一北方、建立辽朝时，耶律德光才十四岁。稍大后，他便随父亲东征西战，作战十分勇敢。二十岁时，他便成为天下兵马大元帅。年轻的耶律德光有勇有谋，有一次他率兵进伐中原，后唐名将赵思温认为他小小年纪便没把他放在眼里。耶律德光采用麻痹敌军的策略，在河边扎下营寨。他故意让士兵们赶着卸下鞍子的战马到河里去洗澡，士兵们则三五成群地躺在河边的沙滩上休息。营寨内部也显得很不整洁，旌旗东倒西歪，士兵们进进出出，装出自由散漫的样子。

这一切都被后唐军队看见了。晚上，赵思温便率兵去偷袭辽军营寨。此时，耶律德光早已在树林里设下伏兵。后唐军进入辽军营寨后，发现是一座空营，知道中计，急忙撤兵。这时，只听一声炮响，辽军伏兵从树林里杀出来，将后唐军团团包围。耶律德光一马当先，杀得后唐军丢盔卸甲，死伤无数。赵思温带着残兵败将杀开一条血路才突围出去。

耶律德光在中原一带一连夺取了好几座城池，锐气大增，吓得后唐军队固守在城里不敢再战。后来，他随父亲阿保机西征。作为先锋的耶律德光率骑兵直取西部地区的党项、吐浑、阻卜、回鹘等部落，俘获一万多人，收缴铠甲、兵器、驼马牛羊不计其数。这些部落皆臣服于辽朝。

辽天显元年（公元926年），辽太祖阿保机平定渤海，耶律德光是主将之一。他率领铁骑军，兵临渤海都城忽汗城，渤海国王湮巽献城投降。耶律德光在年轻的时候就显现出非凡的军事才能。

继承皇位

辽太祖阿保机建立辽朝、登上皇帝宝座时，曾立长子耶律倍为皇太子。公元926年七月，辽太祖阿保机消灭渤海国后，死在扶余府。辽太祖死后，由皇后述律氏月理朵称制，摄军政大权。这样便围绕由谁来继承皇位展开了一场激烈的斗争。本来由皇太子耶律倍继承皇位是顺理成章的事，但耶律倍是个文弱书生，并且是汉族封建文明的向往者。阿保机消灭辽东渤海国后，改渤海为“东丹”，即东契丹的意思，并封耶律倍为东丹王，负责统治具有较高封建文明的渤海故地。耶律倍在东丹采用“汉法”建立了各项制度，儒家思想对他影响很大。

耶律倍从小不善骑射，但他喜欢读书，写得一手好文章，精通契丹文和汉文，能作诗，知音律，善绘画。

耶律倍的这种思想和述律太后的思想格格不入。述律太后崇尚武力，“有雄略”，她随辽太祖阿保机征战多年，统一了北方各部落，深知武力的重要性。她能文能武，个性刚强，办事果断，是位女强人。但她思想保守，对发达的

中原文化和汉族的封建文明难以接受。所以，她一直对耶律倍心怀不满。在三个儿子中，她最喜欢耶律德光。她认为耶律德光有勇有谋，文韬武略，将来必能治国安邦。

辽太祖死后，大权落在她的手里，她立即罢去耶律倍东丹王的职位，派他扶太祖的灵柩，回上京临潢府（今内蒙古巴林左旗）为太祖办理丧事。与此同时，任命小儿子耶律李胡代理东丹王职务，管理东丹国政。这样就为耶律德光继承皇位扫平了道路，做好了登基的准备工作。

辽天显二年（公元927年）十一月，在述律太后的支持下，耶律德光登上皇帝宝座，是为辽太宗。新皇登基，仍用天显年号，尊封述律太后为应天皇太后。

耶律倍失去了继承皇位的权力，不仅被迁到南京东平府（今辽宁辽阳市），还被暗中监视起来。耶律倍在忧郁中写了一首诗："小山压大山，大山全无力，羞见故乡人，从此过海去。"后来，他终于找机会从南京渡海东去投奔后唐，并改名为"李赞华"。

耶律德光初登皇位，但大权实际上还掌握在述律太后的手中。耶律德光深知母后是位"勇决多权变"的独裁者，所以行事非常谨慎，以免引起不必要的权势之争。摄于述律太后的威势，耶律德光表现出一片孝心和恭敬，凡"国事必告而后行"。平时上朝总是站在太后身边敬听太后的意见才敢下旨。有时办理事务不合太后的心意，太后便大发雷霆，耶律德光则显出毕恭毕敬的样子，在太后面前请罪。

平时有好吃的、好玩的、好用的，他都要先孝敬给太后，以博得太后的一片欢心。太后若患病不吃饭，他也跟着不吃饭，以尽儿子的一片孝心。耶律德光继位之初，采取这些做法是为了巩固自己的地位，这并不能说他是一个软弱无能的皇帝，而是他羽翼未丰之前所采取的一种策略和政治权术。等他的地位稳固之后，便雄心勃勃地展开了一番事业。

石敬瑭投靠契丹

耶律德光掌握实权后，便开始实施进伐中原的宏伟计划。但是，他的扩张主义路线遭到保守派述律太后的坚决反对。

述律太后为了维护其奴隶制统治，主张在契丹本土和北方诸游牧民族中实行奴隶主贵族的统治，不愿改变逐水草而居的生产生活方式。“渔猎以食，车马为家”，以此为满足。她说：“吾有西楼羊马之富，足以娱乐，得汉地不能久居，万一有失，追悔莫及。”那时，上京一带水草肥美，牛马成群。皇室拥有大批奴隶，分为家内奴隶和生产奴隶，统称“官分户”，所属各部每年向朝廷进贡很多马匹和牛羊。契丹贵族和将领也都拥有自己的奴隶，称“头下户”。述律太后生怕失去既得利益，所以反对耶律德光进伐中原。

与述律太后相反，耶律德光具有远大的政治眼光。他羡慕中原的封建文明，认为固守旧地，如同作茧自缚，毫无前途。辽朝要想长期发展，必须南侵，引进汉人先进的生产技术，“耕稼以食，城郭以居”，实现其封建统治。

于是，耶律德光与述律太后分庭抗礼，毅然举兵南下。辽天显二年（公元928年），辽朝进军后唐的定州。定州守将王都献城投降。辽军占领定州后准备继续南伐。这时后唐派大军来收复定州，辽军将领铁剌战死，涅里衮被俘。辽军遭到惨败。

耶律德光并不甘心失败，班师回朝后，他检阅诸军，为南征的将士们封功奖赏，以鼓舞士气，准备再战。

耶律德光吸取失败的教训，分析了当时中原的形势。他认为后唐势力比较强大，若强行南伐，必然不利。所以他采用了一套新的战略战术。一方面在辽与后唐边界地带集结兵力，不断对后唐进行骚扰，以显示辽国的实力；另一方面派能说会道的使者到后唐议和，向后唐表示友好，愿意和平相处。使者每次去后唐都带去大量礼品，并向后唐进献马匹，以麻痹后唐对边界的注意力。

此时，后唐内部矛盾重重，河东节度使李从珂杀死后唐愍帝，自己当了后唐皇帝（史称唐废帝）。后唐国力空虚，民不聊生，百姓在战乱中流离失所，苦不堪言。人民的生活正如诗人聂夷中所描写的：“二月卖新丝，五月粜新谷，医却眼下疮，剜却心头肉。”当时，后唐的皇帝像走马灯一样不停地变换，国内一片混乱。

唐废帝即位之前就与河东节度使石敬瑭有矛盾，彼此互相猜忌。废帝上台后，就想除掉石敬瑭，便调忠于他的张敬达屯兵代州，以牵制石敬瑭的兵力。

当时石敬瑭驻守晋阳城（今山西太原市），在后唐中算是一支比较有实力的军队。为了削弱石敬瑭，唐废帝调他为天平节度使，他当然拒绝调动，准备叛变。

辽天显十年（公元936年），石敬瑭与唐废帝公开破裂，举起了反叛的旗帜。唐废帝立即指派张敬达率数万兵马围攻晋阳城。

石敬瑭在晋阳被围，情况吃紧，急忙向辽朝求救。这对耶律德光来说，真是千载难逢的好机会。他立即亲率五万骑兵号称三十万大军向中原挺进。九月，辽军入雁门关来到晋阳城下击败张敬达，耶律德光进驻晋阳城。

此时，唐废帝在洛阳尚有较强的兵力，但他被辽军的入侵吓破了胆，不敢亲自率兵出战。他抱着活一天享受一天的想法，昼夜饮酒悲歌，坐以待毙。

十月，耶律德光在晋阳行帐召见石敬瑭，对他说：“我三千里举兵而来，一战而胜，这是天意。我看你相貌堂堂，雄伟宏大，够做一个皇帝，我要立你为天子，领受南边的土地，世世代代做我的藩臣。”石敬瑭虽然表面上再三推让，但内心却求之不得，十分感谢。十一月，辽太宗耶律德光认石敬瑭为儿子，石敬瑭拜耶律德光为父亲，耶律德光册封石敬瑭为“大晋皇帝”。这便是历史上臭名远扬的儿皇帝石敬瑭。

败将张敬达领残兵退居晋安后被部将杀死，残部将士投降了辽军。耶律德光立即派大将迪离毕率五千骑兵，和石敬瑭一起从晋阳出发，进攻后唐都城洛阳。一路上辽军与石敬瑭部所向披靡，后唐将领纷纷投降。十二月，石敬瑭引辽军进入洛阳，唐废帝李从珂登楼自焚而死。后唐这个短命王朝，在中国历史上仅存在十四年便灭亡了。

辽天显十一年（公元937年），后晋儿皇帝石敬瑭将中原的幽（今北京市）、蓟（今河北蓟县）、瀛（今河北河间市）、莫（今河北任丘市）、涿（今河北涿州市）、檀（今北京密云县）、顺（今北京顺义区）、妫（今河北怀来县）、儒（今北京延庆县）、新（今河北涿鹿县）、武（今河北宣化县）、云（今山西大同市）、应（今山西应县）、寰（今山西朔州市东北）、朔（今山西朔州市）、蔚（今河北蔚县）等十六州土地“奉献”给契丹辽朝，并且许诺每年向契丹捐帛三十万匹。从此，燕云十六州归入契丹的统治领域，辽太宗耶律德光的势力达到鼎盛时期，契丹因而变成一个强大的国家。

消灭后晋　占领汴京

耶律德光得中原十六州后，在皇都临潢府（今内蒙古赤峰市巴林左旗）建都上京，将幽州称为南京（今北京市），原东平府改称东京（今辽宁辽阳市），改年号为会同。辽会同三年（公元940年）三月，辽太宗来到南京，设宴召见后唐降臣，又在宫殿内接见后晋及回鹘的使者，显示了辽朝一代帝王的威风，六月返回上京临潢府。

辽会同五年（公元942年），石敬瑭病逝。他的儿子石重贵继承后晋皇位。石重贵不像他的父亲石敬瑭那样软弱，他拒不称臣，对耶律德光的态度也变得强硬起来，不甘心受契丹的任意摆布。

辽太宗耶律德光得十六州后，势力很强大，早已蓄谋灭掉后晋。石重贵的反叛，使耶律德光有了讨伐后晋的借口。辽会同六年（公元943年）冬，辽太宗亲率大军到幽州，任后晋降将赵延寿为先锋，统领五万大军南下伐晋。

耶律德光采纳赵延寿的建议，首先攻打澶州。石重贵率晋军赶到澶州，双方在城北展开激战，战争进行了多日，不分胜负。耶律德光见一时难以取胜，便下令撤兵，沿路掳掠了大批财物和民户，返回北方。

辽会同八年（公元945年），耶律德光再次率兵南侵，他在邯郸扎下营寨，指挥作战。晋将安审琦在相州安阳水南布下阵势准备迎战，他派皇甫遇、慕容彦超二将率领三千骑兵去侦察辽军的兵力。在半路上遇到好几万辽军，晋军一看不是对手，且战且退，退到榆林时被辽军包围。安审琦急忙从安阳发大军前来救援，耶律德光见晋军来势凶猛，便从邯郸撤退了。

这年三月，耶律德光命令赵延寿率领前锋军队攻打泰州。晋将杜重威见辽军势众，弃城南逃。逃到白团卫村后，在辽军进军的路上埋设鹿角，设立尖桩，以阻拦辽军的追击。耶律德光率兵追来，命令身穿铁甲的铁鹞军下马拔鹿角、尖桩，乘大风放火烧掉晋军的障碍物。

这时，杜重威躲在军营里不敢出战，愤怒的晋军士兵要求出战，他们大声嚷道："杜招讨为什么不出战，难道让我们在这里等死吗？"副将李守贞和皇甫遇率晋军出营寨拒敌。他们逆风而战，死里求生，奋勇向前。

耶律德光的铁鹞军正在路上清除障碍，遭到突然袭击，来不及上马，仓皇败退。李守贞率晋军追击，耶律德光急忙骑一峰白骆驼逃走。

泰州一战，契丹军受挫。耶律德光北返后，重整旗鼓，准备再战。晋军获得暂时胜利后，以为从此天下太平，便放松了警惕，陶醉在胜利的欢乐中。

公元943至945年，耶律德光多次率兵南侵，与晋军进行拉锯战，互有胜负，各有损失。但耶律德光胜不骄，败不馁，能进则进，不进则退，采取了比较灵活的战略战术，在总体形势上辽军占了主动地位。

辽会同九年（公元946年），耶律德光再次领兵南征，杜重威领后晋兵马北上迎敌。双方在滹沱河一带对阵。耶律德光率契丹兵与杜重威正面交锋，暗中派他的妻兄萧瀚率三千人马绕到晋军后方，切断晋军的粮道和退路。萧翰率契丹兵包围栾城，晋军守将献城投降。萧翰在俘获的晋军士兵脸上刺上"奉敕不杀"的字样，放回去，晋军运粮草的兵丁在半路上碰到他们，吓得不敢再前进，丢弃粮车辎重回去了。萧翰获得大批粮食草料和军用物资。

杜重威所率的晋军被耶律德光包围在滹沱河一带，后晋朝廷在京城开封得不到一点消息，前方与后方失去联络。杜重威怯懦不敢出战。部将张清极力要求出战，他率晋兵五千渡过滹沱河与北岸的辽军决一死战。耶律德光将张清包围起来，张清请杜重威派援军来救，杜重威却不发一兵。张清在马上叹道：

“杜重威掌握兵权，坐视不救，已有异心。晋朝江山全败在这些人手里，我当以死报国。”说完便带领手下士兵冲进契丹军阵内，最后全部战死。

杜重威被耶律德光围困了半月之久，军中粮绝，便率部下投降。接着恒州、代州相继投降。

耶律德光率契丹兵马从相州南下，杜重威领降兵从行。所经之处，晋军望风而逃，很快便到达后晋京城开封。耶律德光命令后晋降将张彦泽领先锋军攻打开封，皇甫遇拒不从命，拔剑自刎。后晋降将张彦泽率领先锋军攻打开封，耶律德光督阵。开封守将石重贵见大势已去，献城投降。

辽会同十年（公元947年）正月，耶律德光消灭了后晋，进入开封，俘虏了后晋皇帝晋出帝。后晋灭亡后，后晋河东节度使刘后远在晋阳称帝，建立了后汉。

耶律德光进入开封后，非常高兴，他穿上汉族皇帝的龙袍，登上崇元殿，接受后晋百官的朝贺，众降臣山呼万岁，好不威风。二月，耶律德光建国号为大辽，改年号大同。

推行汉制　加强改革

辽代在辽太宗耶律德光统治期间，其疆土进一步扩大，生产力得到很大发展，显示了耶律德光作为一代君王的军事才能和政治才干。

得到中原十六州以后，辽太宗积极推广汉族先进的生产技术和悠久的封建文化，促使契丹游牧部落迅速抛弃氏族与奴隶制的残余，趋向封建化。具有政治远见的耶律德光，在十六州的土地上大力发展农业，发展经济，尤其重视幽州（今北京市）的建设，改幽州为南京，将这里作为统治十六州的政治中心和经济中心。在经济上，“陆海百货，聚于其中”；在文化建设上，“秀者学读书，次者习骑射”，他将文化建设摆在武力建设之上，这不能不说是极其明智的举措。

耶律德光得十六州后，辽朝南部是以农业为主的封建制，北部则是原有的以游牧为主的奴隶制，情况很复杂。在这种复杂的政治环境下，他首先创立了一国两制的统治模式，制定了南北两院。“以国制治契丹，以汉制待汉人”，“国制”即契丹官制，统称北方官；汉制官职统称南面官。也就是说在北部的游牧地区，仍沿用契丹传统制度，实行奴隶主贵族统治，让奴隶们逐水草牧马放羊，大力发展畜牧业；在十六州和新占领的南部地区，沿用唐朝的制度，以汉人治汉人，或者说以汉制待汉人。重用汉族官员和文人，朝官有三公三师，设置中书省、门下省、尚书省、翰林院、国史院等。朝官称左右（如左、右丞相，左、右仆射）。燕云十六州仍采用唐制，设置州刺史，县郡设置县令。

耶律德光任命冯道守为三师府太傅；任赵思温为三公府太尉；任李崧为枢密院枢密使；任赵延寿为中书省大丞相；任和凝为翰林院翰林学士。耶律德光“任贤使能”，启用汉族中有才能的大臣和将领为他效力。

耶律德光崇尚中原的封建文明，敢于革除契丹族的陈规陋习。他下诏，契丹族官民可以与汉人通婚，废除“姊亡妹续之法”，大胆扫除氏族、奴隶社会的群婚制残余。

耶律德光进开封后，视宫中的乐器、乐谱为珍宝，将其运回契丹。参照汉的历法，创制了辽朝历法，把刻漏、浑象等先进的天文气象技术引进契丹。耶律德光非常看重汉族先进的教育方法，他在自己的宫室内为皇族子弟建立了三师府，聘请汉族有学问的知识分子当老师，教子弟们读书学习。

辽会同十年（公元947年）四月，辽太宗耶律德光从开封返回上京，半路上得重病，死在栾城，终年四十六岁。

耶律德光的遗体运到上京时，述律太后并不感到悲哀。一场争夺皇位的斗争旋即展开。述律太后欲立三子耶律李胡为帝。耶律李胡暴戾残忍，不能治民。朝臣们按照耶律德光的遗愿，在镇阳拥立辽太宗的侄子、耶律倍的长子耶律阮登上皇位，这便是辽世宗。

随后，耶律阮到南京依靠契丹老臣和汉族朝臣的势力打败了述律太后派耶律李胡征讨耶律阮的兵马。耶律阮回上京后将述律太后软禁起来，述律太后从此退出政治舞台。

耶律阮的即位，并不完全是契丹贵族个人之间的权力之争，而是反映了倾向于主张改革的辽太宗耶律德光一派势力同主张维护契丹奴隶制的述律太后一派保守势力之间的斗争。耶律阮继位，无疑是对保守贵族势力的一个沉重打击。这进一步反映了耶律德光推行汉制、实施政治改革深得人心。从此，辽朝走向富强，耶律德光的功不可没。

承天皇太后

萧绰

人们都知道，在我国北宋时期有一支英勇善战、抗击辽军的“杨家将”部队。“杨家将”的故事在民间流传甚广，当时与北宋对抗的辽朝，正是由契丹族杰出的女政治家萧太后辅政，萧太后即承天皇太后萧绰。她是契丹族历史上一位有作为的政治家和军事家。在摄政期间，她稳定了辽朝的统治，多次抗击北宋军的进攻。她亲自率领二十万大军南下，迫使北宋与辽朝议和，签订了“澶渊之盟”，形成了辽宋北南对峙的政治局面，结束了双方长期的战争状态。在萧太后、圣宗的统治下，辽朝达到极盛时期。

显赫的家族

萧绰，小名燕燕，出生于辽应历三年（公元953年）。她的父亲萧思温是辽太祖耶律阿保机时期的开国宰相萧敌鲁的侄儿，母亲是辽太宗的女儿燕国公主吕不古。这样，萧绰便是辽朝第二代皇帝辽太宗的外孙女。

生长在这样一个显赫的家族，萧绰从小便接受了良好的教育。小时候，她的父亲在南京（今北京市）留守，任侍中，负责南京的军政事务。父亲为她请了名师，教她读书写字。她天生丽质，聪明过人，四书五经读两遍之后便能背诵。她尤其喜欢《孙子兵法》之类的兵书，在宫中常常将侍女们召集在一起，演练阵法。她把侍女们分成两队，由她指挥，玩作战的游戏。有一次，父亲下

朝回来，见她正领着侍女们在院子里摆阵作战，便对她说："一个女孩子家要多读书、抚琴，不要做这些无用的事情。"萧绰回答说："兵者国之大事也，怎么能说是无用的事情呢？"

父亲见她理直气壮的样子，又好气又好笑地说："领兵打仗，那是男孩子的事情，与女孩子没有关系。"萧绰不服气地说："北朝木兰女，万里赴戎机，那位寒光照铁衣的木兰将军不就是女郎吗？我将来说不定还要领兵打仗呢。"父亲说不过她，只好由着她的性子去玩。

后来父亲把她送回上京（今内蒙古巴林左旗），这里是辽朝发迹的地方。辽阔的草原成了萧绰任意驰骋的疆场，她在草原上骑马射箭，练就了一身好武艺。萧绰非常喜欢围猎，常常领着侍女们到草甸上去追逐鹿群，每次出猎她都一马当先冲在最前边，不射杀一只雄鹿决不罢休。

萧绰少年时代，辽朝的统治并不稳固，皇族内部互相倾轧，谋反事件频频发生，契丹贵族之间争夺皇权的斗争十分激烈。当时穆宗耶律璟在位。他当皇帝不久，他的弟弟敌烈便联合耶律海思、萧达干等人发动政变。穆宗在萧思温等人的支持下，平息了这次叛乱，将敌烈、耶律海思送进大狱。

过了不久，辽朝大臣政事令耶律寿远联络太保楚阿谋反。叛乱平息后，穆宗将耶律寿远、楚阿等人处以死刑。黑暗的朝政，在萧绰幼小的心灵里留下层层阴影，同时也激励她奋发读书，刻苦练功，以期将来有机会为国家出一份力。

当时，辽朝与周边国家经常发生武装冲突。辽应历九年（公元959年），后周世宗柴荣联合晋阳的赵匡胤，向辽朝发起进攻。穆宗任命萧思温为兵马都总管，出兵抵抗。周世宗很快占领了辽朝的益津关、瓦桥关、淤口关。萧思温是个胆小的人，在强大的敌人面前他不敢出战，躲在南京城里，只等待皇帝派大军前来援救。由于萧思温畏敌，致使周军接连攻下瀛洲、莫州等地。幸亏周世宗在进攻途中病死，周兵退走，南京才得以幸存。辽应历十年（公元960年），赵匡胤乘周世宗病死之机，推翻后周，在开封建立了宋朝，史称北宋。

年幼的萧绰，虽然生活在舒适的皇族家庭中，过着豪华富裕的生活，但连年战乱使她认识到，国家兵力不强便会遭到邻国的欺侮。将来如果有领兵掌权的机会，她绝不会像父亲那样胆小如鼠，畏敌如虎。她要像叱咤风云的勇士一样与敌人拼个你死我活。

穆宗是辽代历史上的一个暴君，晚年过着极其奢侈的生活，晚上和宠妃们饮酒作乐，白天在宫中睡大觉，不理朝政。当时国人称他是“睡王”。他喜欢游猎，每次外出游猎，让侍从们带上很多酒，在山野里一住就是数天。有一次，他到怀州的黑山去游猎，在野外吃鹿肉，喝美酒，结果喝得酩酊大醉，不省人事。回到宫帐时，稍微清醒，他又要御厨为他斟上美酒，御厨见他喝成这个样子，劝他不要再喝了，他大怒，拔出宝剑就要杀御厨，吓得御厨只好将美酒端上来。

就在这天夜里，穆宗身边的近侍小哥、舆人花哥、疱人（厨师）辛古等人，趁他昏睡之机，拿着切菜刀将他杀死。

穆宗的弟弟耶律贤早就想推翻穆宗自称皇帝，现在穆宗被人杀死，正是个好机会。但他深知，要想顺利地登上皇帝宝座，必须拉拢萧思温，因为萧思温是穆宗的亲信大臣，手中握有实权。

萧思温虽然领兵打仗不行，但玩弄政治权术还是有一套的。穆宗在位时，他深受重用，现在穆宗死了，他必须再找一个靠山。此时耶律贤拉拢他，他立即见风使舵，和耶律贤站在一起。

于是，萧思温率领一千甲骑伙同女里、高勋等人护送耶律贤连夜从南京出发，赶赴怀州。到达怀州后，在萧思温的主持下，于穆宗灵柩前拥立耶律贤即位，改元为保宁，这便是辽景宗。

这一年萧绰十六岁，已经出落成一个美貌动人的少女了。

登皇后之位

萧思温因拥立新皇有功，被景宗任命为北枢密院使，兼任北府宰相，成为北面官的最高首领，并加封萧思温为魏王。景宗任命汉人高勋为南枢密院使，负责南面的军政事务，并加封女里为飞龙使。

景宗即位后，为了进一步拉拢萧思温，对萧思温说："朕听说爱卿有一位千金，朕想选她为皇妃，不知你意下如何？"萧思温大喜过望，忙回答说："承蒙陛下厚爱，臣愿将小女送进宫来，以承皇恩。"

景宗见萧绰果然是花容月貌，楚楚动人，立即封为皇妃。萧绰不但容貌美丽而且知书达理，天资聪慧，深得景宗宠爱，不久便册封为皇后。从此，萧绰走上了辽朝的政治舞台。

景宗从小患有风疾，长大后身体仍然很虚弱。即位后，因朝政繁忙，常常犯病，犯病时手脚麻木，头昏目涨，难理朝政。景宗见萧绰很有才学，便让她参与政务，帮他处理朝中大事。萧绰从小心存大志，决心为国家干一番事业，现在有了这样一个施展才能的机会，哪里肯放过。

萧绰当上皇后的第二年，朝中便发生了一件大事。

统领汉军的南枢密院使高勋，对萧思温一向不服，认为他才能平庸，却位高权重，一心想把他除掉。辽保宁二年（公元970年）。高勋对女里说："萧思温凭着拥立皇帝即位这点功劳被提上高位，权力在你我之上。现在他的女儿又是皇后，他更加趾高气扬，目中无人。如果我们不除掉他，他将来必会除掉我们。"女里一向心存野心，他想当北枢密院使，萧思温的存在无疑是他升官路上的障碍，所以两人一拍即合。女里说："萧思温是个无能之辈，我们应先下手为强，免得日后遭他的暗算。"

高勋说："萧思温是北府宰相，府中戒备森严，要杀他，必须想个万全之策。此事必须谨慎从事，免得露了马脚，连累我们。"女里向高勋推荐萧海只、海里，说："这两个人是我的心腹，并且武艺高强，可在萧思温外出行猎时在半路上刺杀他。"

高勋听后大喜，依计而行。

这年秋天，萧思温出外行猎，刚刚走到半路，忽见树林里窜出几个蒙面人，萧思温措手不及，被凶手刺于马下。随从人员一看宰相被刺，大吃一惊，急忙封锁山林，缉拿凶手。萧海只、海里当场被捉，其余几人乘乱逃走。萧思温被救回府中，因伤势过重而亡。

高勋、女里听说萧海只、海里被捉，心急如焚，心想，如果凶手供出后台可就糟了，急忙奏请景宗说："萧海只、海里竟敢在光天化日之下，刺杀北府宰相，实属罪大恶极，应立即处死。"

景宗准奏，下令将萧海只、海里当场斩首示众。

萧绰在后宫听说父亲遇刺，悲痛欲绝。当她听说刺客已被活捉时，急忙赶到大殿，但她来迟了一步，两个凶手已被处决，她顿足道："太仓促了，太仓促了。"景宗说："朕已下令将凶手斩首示众，难道还不解你心头之恨吗？"萧绰说："萧海只、海里两个小贼岂有如此大的胆量，他们身后必有人指使。"景宗听了方才醒悟。

处理完父亲的丧事，萧绰在一段时间内不露声色。她派人暗中查访，终于找到高勋、女里谋害父亲的把柄，将其处死。在辽朝的历史上，曾多次出现契丹贵族内部互相残杀的事件，但汉人领兵统帅参与谋杀契丹统帅的事件这还是第一次。

萧绰从这个事件中吸取教训，她觉得要想稳定朝政，必须清除异己分子，加强皇权统治。景帝接受了她的建议，任命忠心耿耿的耶律贤适为北枢密院使，把即位前的侍卫队组成挞马部，负责朝廷的安全保卫工作。此外，还对吏治方面的事务进行整顿。萧绰协助景宗改革了过去朝廷中的一些弊端，显示了她的统治才能。景宗养病期间，她全面管理朝政，遇到大事她便召集大臣们共同商议，不管是契丹大臣还是汉族大臣，只要有好的建议她都能采纳。虽然当时辽朝处于内外交困之际，但在她的治理下，朝政井井有条，显示出新的活力。《契丹国志·景宗纪》记载：萧皇后"以女主临朝，国事一决于其手。大诛罚，大征讨，蕃汉诸臣共议，皇后裁决，报之于帝而已"。

辽乾亨元年（公元979年），北宋太宗赵匡义率兵向辽朝南京发起进攻，辽朝内部一片惊慌，萧绰却十分镇定。她分析了当时的局势，认为宋军虽然刚刚灭了北汉，气焰正盛，但它是骄兵，自古骄兵必败，只要用兵得当，便可打败宋军。她在上京命令南京留守韩德让坚守城池，等待援军。随后命令从太原退兵的耶律沙火速率兵支援南京，命令耶律休哥和耶律科轸从后方夹击宋军。

结果宋军在高梁河一带受到辽军的两路夹击，宋太宗赵匡义腹背受敌，遭到惨败。韩德让在南京乘胜出兵追击，宋太宗急忙乘一辆毛驴车逃走。

辽乾亨二年（公元980年），萧绰和景宗到南京，亲自领兵攻打北宋，将宋军包围在瓦桥关。萧绰派大将耶律休哥为先锋出击宋军，宋军守将张师与耶律休哥大战二十回合，被斩于马下。萧绰率兵乘胜追击，一直把宋军赶到莫州。辽军的胜利打消了宋朝企图收复燕云诸州的梦想，辽朝巩固了对燕云地区的统治。

承天皇太后

辽乾亨四年（公元982年），辽景宗耶律贤在云州出猎时病死于焦山。奉景宗遗诏立皇子耶律隆绪为帝，改次年为统和元年，这便是辽圣宗。耶律隆绪是萧绰的亲生儿子，即位时年仅十二岁。萧绰奉景宗遗诏总摄辽朝军政大事，圣宗尊母亲为“承天皇太后”，这就是抗宋有名的萧太后。

萧太后受命于危难之际，当时“母寡子弱，族属雄强，边防未靖”（见《辽史·睿智皇后传》）。在朝廷内部，那些握有兵权的诸王和皇亲贵戚都在注视着皇位，想乘机谋反。南边的宋朝也虎视眈眈地望着北方，想消灭辽朝。在严峻的形势面前，二十九岁的萧太后，镇定自若，挑起了治国安邦的重任。

由谁来掌握兵权，对朝廷的稳固至关重要。萧太后任命心腹大臣韩德让为南枢密院使，统领御林军，进封大丞相，赐给韩德让皇姓耶律，赐名德昌，列于皇族横帐。韩德让出将入相，是位很有才能、有魄力的汉人。他祖上是蓟州玉田（今河北玉田县）籍。从他的祖父开始就是辽朝的重臣。祖父韩知古任辽太祖阿保机的中书令，是辽朝的开国功臣。父亲韩匡嗣，在景宗时期拜为上京留守、南京留守兼枢密使。韩氏祖孙三代都是忠臣。韩德让智略过人，敢于直言，深得萧太后信任。

萧太后辅佐圣宗期间，采纳韩德让等人的建议，对辽朝的一些旧制度进行大胆革新。圣宗以前，皇帝宫帐和皇族横帐及大族都拥有大批奴隶。这些奴隶中的一部分在辽水以东的地区捕捉飞鸟鹰鹘。打猎是契丹族人的一种生活方式，占有重要的地位。鹰鹘是捕猎的工具，鹰鹘越多就越显得富贵。奴隶们为了猎获更多的鹰鹘，常常要冒着生命危险，攀爬于山野峻岭之间，其地位低贱。还有一部分奴隶在海滨一带的柳湿河、三黜古斯、手山等地从事冶铁劳动，他们开山采矿、烧炭挖煤都是在奴隶主的严厉监督下进行。这些冶铁奴隶的生活待遇比捕捉鹰鹘的奴隶还要低，形同囚犯。

这种落后的生产关系不但制约了生产力的发展，而且容易引起奴隶的反抗。在残酷的压迫面前，奴隶暴动事件屡屡发生。萧太后从政后，将从事捕猎的奴隶改编为稍瓦部，“稍瓦”是契丹语，意为鹰鹘；将从事冶铁的奴隶改编为冒术部，“冒术”是铁的意思。规定稍瓦部、冒术部与其他诸部并列，不再低人一等。这样捕猎、冶铁的奴隶们便获得解放，他们享有普通老百姓的权力，所以非常高兴，自由的生活给他们带来欢乐，生产力也得到了提高。

辽朝历年来从周边其他少数民族，如女真、乌古、敌烈、室韦、达鲁虢、党项等各部落中俘虏了大批奴隶，这些奴隶被当作牛马使用，隶属于宫帐斡鲁朵，斡鲁朵可以随意买卖。萧太后将这些奴隶分别设置为三十四部。这些原处于宫帐奴隶地位的人成为三十四部的部民，分别由北府和南府统领，他们的政治地位得到了提高。

这些措施加速了奴隶制向封建制的过渡进程，无疑是一大进步。

萧太后辅佐圣宗时，按照汉族的办法普遍实行赋税制，用征税的方式来增加国家和地方的财政收入。赋税分为两等，工商税中的市井之赋税归地方财政，酒税缴纳给朝廷。

为了鼓励农业生产，萧太后时期将部分民户迁移到土地肥沃的地区从事农耕，使他们成为向朝廷纳税的编民。比如，将吉避寨的三百户居民迁徙到内地檀州、顺州、蓟州，给他们分配土地，让他们从事农业，每年向朝廷缴纳赋税。

对于开垦荒地的农民，十年之内不征收地租和赋税。耕私田和闲田的农户按照亩数交纳粟米。对于西北沿边地区的农户，朝廷在那里设置屯田垦耕组织，收缴的粟米不必上缴朝廷，供当地军队作军饷使用。

萧太后十分注重保护农民的利益，曾多次下令，军队不得无故在田野上驰马，军队不得随意践踏农田，不得任意砍伐树木，不准在有禾苗的农田里放牧，打猎时不得妨碍农耕生产等，有违犯上述规定者，要进行处罚。这些措施调动了耕民的生产积极性，农业生产得到较快的发展。各地出现了丰收的兴旺景象，仅辽海地区就有编户数十万，耕垦千余里，农业的发展使朝廷拥有很多军粮。

穆宗时期，刑法极其严酷，令人触目惊心。这些酷刑并没有阻止奴隶们的反抗，起义的浪潮此起彼伏。萧太后和年轻的圣宗吸取了前朝的教训，下令放宽法令，对原先的法令修改了十多条。比如，奴婢若犯罪，主人不得擅自杀害，应送司法部门处理；主人犯罪，不得连罪奴婢；皇族、外戚若有犯罪者，不得行贿苟免。辽代旧律规定契丹人打死汉人者，赔偿以牛马；汉人打死契丹人者，斩首。这是不平等的法律。萧太后废除了这项法令，规定汉人与契丹人斗殴至死者应同等治罪，契丹人不得有特权等。这些法令“多合人心，其用刑又能详慎”。

按照旧俗，辽朝皇帝每年四个季节都要到各地去游猎，游猎时没有固定地点。每次游猎，都要在游猎点修建豪华的行帐，这种行帐叫“捺钵”。各地建捺钵，劳民伤财，耗资巨大。但游猎是契丹皇族不废鞍马射猎、保持勇健武师的一种手段，因此不能完全废除。萧太后时期，将四时游猎捺钵建在固定的几个地方，省得皇帝到处乱跑，造成不必要的浪费。春天游猎的捺钵建在长春州的鱼儿泊和混同江，在那里捕鹅、钓鱼；夏天游猎的捺钵建在永安山，在那里避暑、猎鹰；秋捺钵建在庆州的伏虎林，皇帝可以在那里射鹿；冬捺钵建在永州的广平淀，在那里猎虎。这便是四时捺钵制。

夏冬游猎时，皇帝在捺钵与北南大臣商议国事，因此夏冬捺钵便成了辽朝讨论决定国家军政大事的中心。同时，在游猎期间，契丹贵族可更多地与汉族民众接触，是学习汉族文明的好机会。因此，四时捺钵制在当时有一定的积极作用。

修建中京大定府

辽朝圣宗时期，商业贸易已经相当发达。当时有上京（今内蒙古巴林左旗）、东京（今辽宁辽阳市）、西京（今山西大同市）、南京（今北京市）。这些地方是商业和交通中心，牛、羊、马、罗、纨、茶、药在这些地方进行交换。城市里街道纵横，有楼对峙，下列市肆，经营商业，有的城市还有早市和晚市。

萧太后辅政时期，由于农业的发展，进一步刺激了手工业和商业。随着经济发展的需要，萧太后决定修建中京大定府。

中京大定府附近山清水秀，物产丰富，周围有温泉涌出，是个得天独厚的好地方。辽统和二十一年（公元1003年），萧太后下令从燕蓟地区征集能工巧匠，按照汴京开封城的样式，修建中京城。中京大定府吸取了汉族先进的建筑艺术，同时又融进了契丹族的民族风格。该城自朱夏门入内，街道东西有廊舍三百间，居民在廊下布列店肆。

中京的规模比上京更加宏伟壮丽，城中北部为皇城所在地，皇城中央建有宫城，宫城内有两座富丽堂皇的大殿，称文化殿和武功殿。萧太后居文化殿，圣宗居武功殿。城中建有皇室祖庙，每年皇帝都要到这里来祭祀祖先。

中京南部是汉城，商业店铺、商贾小贩云集于此。在集市进行买卖的货物主要有茶叶、药材、糯米、丝织品、麻布、漆、香料、犀角、象牙等。这里还有不少手工业作坊，制造马具、饮食用具、各种金银首饰等。当时北宋的铜钱大量流入中京。中京城内建有佛寺和佛塔，塔呈八角形，高十三层，蔚为壮观。佛寺中僧侣多达上千人，每天诵经之声不绝于耳。

中京位于上京和南京之间，交通十分便利，圣宗和萧太后经常在这里接见外国使者。大同驿接待宋朝使臣，朝天馆接待新罗使臣，来宾馆接待西夏使臣。当时辽朝的外事活动十分频繁，促进了与邻国之间的友好关系。

中京的建立对发展经济贸易、促进文化事业和加强邻国之间的友好往来起了重要作用。中京和其他四京并称五京，成为辽朝后期的政治经济中心。

与宋朝的三次战争

萧太后不但是一位治国安邦的政治家，而且是一位驰骋疆场、富有指挥才能的军事家。萧太后辅政期间，与宋朝有过三次大规模的武装冲突。

第一次武装冲突发生在辽乾亨元年（公元979年），萧太后当时是个入宫不久的皇后，她协助景宗大败北宋守军，宋太宗乘驴车逃走。

第二次武装冲突发生在辽统和四年（公元986年），这时萧太后已经三十三岁，正值年富力强之时。她的对手是宋太宗率领的三路宋军。东路宋军由曹彬指挥，从雄州（今河北雄县）出击辽朝；中路宋军由田重率领出击飞狐（今河北涞源县北）；西路宋军由潘美和杨业率领，出击雁门关，准备收复辽朝占领的关北地区。

面对三路宋军的进攻，辽朝的一些文武大臣有些沉不住气。杨业率领的西路军，在当时威望很高。杨业是宋朝名将，勇武过人，他的几个儿子都是勇猛的将领。在强大的敌人面前，萧太后临危不惧，稳如泰山。她召集韩德让、耶律休哥、耶律科轸等文武官员商量对敌之策。

萧太后和诸臣认真分析了当时的战争形势，决定采取扬长避短、避强攻弱的战略方针，先打击曹彬的东路军，以灭宋军的嚣张气焰。萧太后命耶律休哥率辽军精良骑兵部队抗击曹彬的东路军，命耶律科轸扼守雁门关。萧太后披甲上阵，和圣宗率十万大军到南京督战，以便伺机出援。

萧太后采取诱敌深入的策略，按兵不动，以逸待劳。果然不出萧太后所料，东路军大将曹彬是个有勇无谋之辈，他自恃拥有宋军主力，人多势众，便贪功冒进，向涿州进军。曹彬向涿州进兵时，萧太后派辽军截断了宋军的运粮之道，宋军面临绝粮的困难，只得中途向雄州退兵。曹彬率宋军退到离涿州四十里的岐沟关，突然遭到耶律休哥的袭击。耶律休哥一马当先杀进宋军阵营，宋军顿时乱了阵脚，死伤无数。

曹彬率残余部队向拒马河撤退，这时萧太后率辽军赶来，曹彬腹背受敌，宋军士兵争先恐后地渡河逃跑，淹死者不计其数。曹彬逃到易州（今河北易县）沙河时，宋军已死伤过半。他们看到后面尘土飞扬，便四处逃命，互相践踏，掉进沙河的尸体都快将沙河的流水堵住了。

宋太宗赵匡义得知东路部队惨败的消息后，十分恐惧，急忙下令全线撤兵。这时，杨业、潘美率领的西路军，虽然已经攻入辽朝占领的云州、应州、寰州、朔州，但由于东路军的失败，他们不得不放弃四州土地，退守雁门关以南。和杨业一起率领西路军的潘美是个贪生怕死之徒，在退兵途中率部下逃走。杨业和他的儿子杨廷玉孤军奋战，七月，在朔州西南的狼牙村被辽军包围。杨廷玉战死，杨业因战马受惊被边军俘获。萧太后知道杨业是位忠勇之将，派人劝他投降，但杨业拒降，绝食三日而亡。

在这次战争中宋军元气大伤，由战略进攻转入战略防御。辽统和二十二年（公元1004年），萧太后和圣宗率领二十万辽军南下，开始了辽、宋第三次大规模战争。辽军绕道保州（今河北保定市）、定州（今河北定州市），经过两个多月的征战，长驱直入黄河沿岸的宋朝重镇澶州城（今河南濮阳市），北宋京城汴梁受到严重威胁。

辽军重兵压境，北宋朝廷一片惊慌。宰相王钦若是江南人，主张迁都金陵（今江苏南京市）。另一位宰相陈尧瘦是蜀人，主张迁都成都。他们是从自身的利益出发，并非考虑宋朝的危机。只有宰相寇准等少数大臣主张积极抗辽，他向北宋皇帝宋真宗直谏说：“敌骑近迫，四方危心，只有圣上率兵亲征，方可稳定军心。”

寇准是北宋的忠臣，他的主张得到广大军民的拥护和支持，宋真宗并非真心赞成抵抗，但在紧急关头，不得不考虑民心所向。再加上辽军迫在眼前，逃跑已经不可能了，于是硬着头皮率宋军渡过黄河，亲临澶州前线。

萧太后见宋军前来迎战，便派辽军先锋萧挞览到漕州城下察看地形，这时澶州城上射下一支冷箭，萧挞览中箭身亡。辽军先锋被射死，士兵受挫，辽、宋双方在黄河沿岸对峙。

十一月，宋真宗派使者曹利用向辽军求和。临行前，宋真宗对曹利用说：

“百万以下，皆可许也。”意思是不惜用重金换取暂时的安宁。曹利用从宋真宗那里出来，被宰相寇准叫去，寇准对他说：“虽然皇帝已答应‘百万以下’的数目，但如果超过三十万，我就斩你的头。”

曹利用来到辽军大营，只见帐幕整洁，旌旗飞扬，战马膘肥，军列威严，果然是威武之师。萧太后和大丞相韩德让坐在高大华贵的骆驼车上，身穿契丹的战袍，威风凛凛，摄人心魄。萧太后命人在车下给曹利用设座，曹利用感受到了屈辱，心里很不是滋味，但面对强大的辽军，也未敢说什么。萧太后向宋使提出议和的条件，其中有要求宋朝割地给辽朝的条款，曹利用未敢答应，谈判宣告破裂。

在此期间，萧太后一面与宋朝和谈，一面做出准备进攻汴京的样子。宋真宗为了乞求和平，经过几次谈判，最后达成协议。和议规定：“宋朝皇帝称辽朝承天皇太后（即萧太后）为叔母，宋真宗为侄。宋朝每年向辽朝进献白银十万两、绢二十万匹；两朝罢兵，各守旧界，两地人口不得互相侵扰；两朝被战争破坏了的城池按过去的样子修缮，不得增筑城堡，改移河道。”这次辽宋议和，在历史上称为“澶渊之盟”。

澶渊之盟后，辽宋双方结束了长期对抗的局面，这对两朝的老百姓和双方的经济发展都有好处。在此后的一百二十余年间，双方一直维持着和平友好关系。辽朝在涿州、朔州设置贸易场所，宋朝在雄州、霸州、安信（今河北保定市徐水区）等地建立贸易场所——榷场。北方的羊、马、牛、皮毛、马具、北珠、弓箭、镔铁刀等产品大量输入宋朝，南方的瓷器、名茶、香料、乐器、图书、铜、锡、金属大量输入辽朝，促进了两朝的经济和文化交流。

辽统和二十六年（公元1008年），北宋派遣路振出使辽朝，路振受到萧太后的盛情款待。他记叙当时的情景说：“国母五十余，冠翠花玉充耳，衣黄锦小绸袍，束以白锦带，方床累茵而坐，以锦裙环覆其足。”

辽统和二十七年（公元1009年），戎马一生、执政二十七年的萧太后，身患重病，她将朝政大事移交给圣宗耶律隆绪。十二月，这位契丹族历史上杰出的政治家、军事家与世长辞，享年五十六岁。

金太祖
完颜阿骨打

公元11世纪，居住在东北白山黑水间的女真族部落迅速崛起。在这个部落联盟内出现了一位杰出的女真族首领，他率领部众东征西战，推翻了辽王朝的统治，建立了强盛的金王朝。这便是女真族历史上的民族英雄，杰出的军事家、政治家完颜阿骨打。

起家于白山黑水间

完颜阿骨打，又名旻。完颜是姓，阿骨打是名。辽咸雍四年（公元1068年），完颜阿骨打出生在一个部落首领的家庭。

女真族有着悠久的历史，战国时称为“肃慎”，北朝时称为“勿吉”，隋唐时称为“黑水靺鞨”，是有文字记载以来东北最古老的民族之一。他们居住在长白山与黑龙江一带。从五代时起称“靺鞨”为女真，到了辽代，因避辽兴宗宗真之讳，改称“女直”，在古代凡是皇帝叫的名字，别人便不能使用。辽朝为了加强对女真族的统治，把其中一部分女真人迁到辽阳以南，编入辽朝户籍，这部分女真人称为“熟女真”。留在原地居住、未编入辽朝户籍的称为“生女真”，完颜氏属于“生女真”一支。

阿骨打的祖父叫乌古乃，是一位英勇的部落酋长。乌古乃带领部众征服了黑龙江以北、图们江以南的广阔土地。辽朝为了控制生女真，封乌古乃为生女真节度使。生女真在东北过惯了自由自在的生活，不愿受别人的统治。因此，乌古乃虽然接受了辽朝的官位，但不肯加入辽朝的户籍，想自成一体。

乌古乃为了发展自己的势力，用贵重的皮毛、人参、名马和畜产品换取邻国铁器，制造弓箭、长矛等兵器和生产生活用具。铁器的使用，使生女真族的生产力发展到一个新的水平。同时，兵力也逐渐强大起来，形成了很强的军事部落联盟。

到了阿骨打的父亲劾里钵、叔父頓拉淑和盈歌相继为酋长时，女真部落内部的分裂局面已不复存在，部族达到了空前的联合，拥有一千铁甲兵。

阿骨打从小在这样一个军事家庭中长大，儿时就善于骑马，弓箭娴熟，并且喜欢读书，举止端庄，懂得礼仪。有一次，辽朝派使臣到这里来视察，阿骨打正在草地上练习武艺。使臣见这个少年舞剑舞得很娴熟，便下马走过来，摸着他的脑袋说："小家伙，你的剑法很好呀！"阿骨打彬彬有礼地说："请多指教。"使臣见他英俊不凡，又很懂礼貌，非常喜欢他，便接着问："你会骑马射箭吗？"

阿骨打回答说："草原上长大的孩子都会射箭。"于是牵过一匹马来，飞身跃上马背。这时天上飞来一群大雁，只见他弯弓搭箭，"嗖"的一声，一只大雁被射落在地。使臣和他的随从们连声称奇。

有一次，部落里进行射箭比赛，赛场设在一片开阔地上，南边有一座小山岗。别人最远只能射到小山岗附近。到他时，只见他拉满弓弦，离弦的箭像长了翅膀一般，直飞过山岗，落在山岗后面的树林里。众人大为吃惊，有人用步子一量，竟有三百二十步之远，当时最好的射手也只能射出二百多步。

在他小时候，他的父亲经常领兵外出打仗，每次出征阿骨打都缠着父亲，要跟随部队一块打仗。父亲疼爱自己的儿子，怕他万一有闪失，总不让他去。十五岁那年，父亲又要去打仗，他知道父亲不会带他去，便偷偷地骑上马，夹杂在出征的队伍中。战斗打响后，他一马当先地冲进敌人阵内，左砍右杀，一连砍杀十几个敌人。正杀得起劲，突然前面遇到一条堑壕，这时敌人纷纷围了上来，想活捉他。只见他纵马一跃，跳过堑壕，敌人被他的举动吓呆了，纷纷

后退。

战斗结束了，他提着敌人的首级回到营内。父亲得知他私自随军出战，大怒，命令随从将他捆起来，治他违犯军纪罪，打四十军棍。幸亏众将领求情，才免了皮肉之苦。

十八岁时，阿骨打已经成为一个真正的军人了，父亲领他四处征战。在战争中，他能提出很多作战计划，是父亲身边的好参谋。二十三岁时，他跟随父亲出征相继战胜了完颜部的反对派温都部和纥石烈部的反抗，并活捉了纥石烈部的首领腊醅。腊醅的弟弟麻产率残兵败将逃走。

阿骨打有勇有谋，深得父兄们的喜爱。父亲病重的时候，派他到上京辽朝统军司办一件重要事情。从黑龙江到上京，路程很远，临行时父亲嘱咐他说："你要速去速回，路上多加小心。如果五月十五日以前能够回来，你可能还来得及见我一面。"

他知道父亲在世的日子不会很长了，领命之后，他日夜兼程，风雨无阻，顺利地完成了任务，终于在父亲临死的前一天赶回家乡。当父亲得知他已圆满地完成任务，非常高兴。他对守护在病榻前的阿骨打的叔叔盈歌说："唯此子可了结契丹的事情。"

辽大安八年（公元1092年），任联盟长仅一年的阿骨打的父亲劾里钵病逝。阿骨打的叔叔颇拉淑继任联盟长，继续推进劾里钵未竟的事业。

腊醅被擒后，麻产逃到直屋铠水，强迫奴隶为他修筑营堡，准备负隅顽抗。颇拉淑派乌雅束、阿骨打攻破营堡，斩了麻产，并将其首级献给辽朝。阿骨打平叛有功，被辽朝封以"惕隐"称号。

辽大安十年（公元1094年），颇拉淑病逝，由阿骨打的二叔盈歌继任联盟长，辽朝封其为节度使。

盈歌当政时，女真各部落之间互相残杀，争权夺利。当时乌古论部联合其他反对派与完颜部为敌，联盟体面临着动摇、解体的危险。为了巩固联盟体的统一，盈歌命令阿骨打等起兵讨伐乌古论部。

阿骨打率兵击败了乌古论等部落的反抗，并活捉反对派首领库德、钝恩等，阿骨打见他们有悔过的意思，便将他们释放了。库德、钝恩感谢阿骨打的不杀之恩，回到各部落后，愿意听从联盟长的统一指挥，不再反抗了。

为了防止分裂活动，盈歌命令阿骨打通告各部，此后各部不准自称“都部长”，即不得另行组成部落联盟。联盟只有一个，那就是以完颜部为首的女真各部统一的联盟，若有私自称“都部长”的格杀勿论。

女真各部落原来各有各的信牌（一种军事应用的木牌）。阿骨打向盈歌建议，取消各部自置牌号，统一制作信牌，以便统一指挥，免得各行其是。同时，统一法令，《金史·世纪》称“一切治以本部法令”，即以完颜部的“法令”作为联盟体的统一法令。这一措施，使女真各部团结在一起，联盟体的统一得到巩固，为以后阿骨打建立金朝奠定了基础。

辽乾统二年（公元1102年），萧海里背叛辽朝，发动军事政变。辽朝政府命令盈歌平息萧海里的叛军，盈歌在各部征募了一千多甲兵，派阿骨打率领甲兵去追剿萧海里。临行时，盈歌问他有没有困难。阿骨打信心百倍地说：“有这一千甲兵，什么事情做不到啊！”

辽朝政府曾派五千辽兵追击萧海里，都未能取胜。这次阿骨打只率领一千甲兵就把萧海里打了个落花流水。阿骨打一马当先，身先士卒，叛军被歼灭无数，萧海里乘马落荒而逃，阿骨打紧追不放。前面出现了一片树林，萧海里心中暗喜，不想这时阿骨打一箭射来，正中他的坐骑，萧海里马失前蹄，跌了下来。阿骨打纵马赶到，一刀结果了他的性命，割下首级，得胜回营。盈歌和阿骨打带着萧海里的首级来到混同江畔。这时辽朝天子天祚帝正在这里钓鱼，二人将萧海里的首级献上。天祚帝大喜，对阿骨打的英勇大加赞赏。

这次战斗不仅显示了阿骨打的军事才能，同时，阿骨打也看到了辽兵虚弱的一面。

辽乾统三年（公元1103年），盈歌死。阿骨打的哥哥乌雅束继任联盟长。这时，部落发生了灾荒，土地减产，有些地方颗粒不收，不少人被饿死了。在饥饿面前，有的人就开始偷盗粮食和财物。当时，有些官员主张将盗贼抓起来，判处死刑。阿骨打坚决反对，他说：“天灾降临，民不聊生，那些盗贼是被逼出来的，若为此而杀人，天理不公。”于是对盗贼从轻处罚。

因为天灾，老百姓无法生活，卖儿卖女的人很多。阿骨打从官府里调拨粮食救济灾民，并发布命令说：“老百姓和我们骨肉相连，从今以后三年不许收债，有违令者严惩不贷。”老百姓听到这个命令后，感动得流下眼泪。从此，阿骨打的威望传遍民间。

反抗辽朝的统治

辽天庆三年（公元1113年），乌雅束死，阿骨打继任联盟长，称都勃极烈。这时，以完颜部为中心的女真部落联盟已经巩固，并且兵强马壮，势力强大，老百姓的日子也一天天地好起来。但是腐朽的辽朝政府对女真族的压迫和掠夺越来越重。他们把女真人当作奴隶。辽朝皇帝每年秋天都要到山林中打猎取乐。他们让女真人当向导，跟随左右，为他们呼鹿、射虎、搏熊。女真人都是打猎的能手，他们模仿鹿的鸣叫声，将鹿群引诱出来，供皇帝和他的随从射杀。遇到老虎和野熊，女真人必须奋力当先，与猛虎和熊瞎子拼搏，而所获猎物全归皇族所有，女真人不能享用。

女真人所在的白山黑水一带盛产人参、貂皮、北珠等贵重特产。每年都要向辽朝皇宫定时定量进贡，女真人每年都要冒着生命危险到深山老林中去挖上好的人参供皇帝享用。

北珠更是称著于世的珍宝，这种珍珠产于松花江下游的入海口，那里气候寒冷，成珠不易，所以珍珠的质地非常细腻、润滑、坚硬，除做华贵的装饰外，还是上等的药材。每当采珠季节，天寒地冻，海水冰凉，得珠极为不易，采到的北珠全部供皇族玩赏、服用。若完不成进贡任务，便要受到严厉的惩罚。

在黑龙江以东至乌苏里江口的松花江两岸，当时那里有一座五国城，是女真的领地。这一带出产“海东青”，也叫“猫鹰”。这是一种名贵而又凶猛的飞禽，经过训练，可以捕捉天鹅和各种鸟类。女真人把它当作神圣的动物。辽朝皇帝很喜欢这种动物，为了供他玩乐，辽朝政府每年派遣兵甲去五国城，捕捉

“海东青”。兵甲所到之处，鸡飞狗跳，弄得女真老百姓不得安宁。

最使女真人不能容忍的是辽朝官员的“荐枕”行为。辽朝派出的官员身上佩带银牌，人们称为“银牌天使”。他们到了女真部落，就迫使女真人献出未出嫁的漂亮姑娘陪他们睡觉，所谓“荐枕”。这对女真人来说是极大的侮辱。

以上种种引起女真人的强烈不满。他们对辽朝残酷的压迫和剥削充满了仇恨和反抗情绪。

当时，辽朝的最高统治者天祚帝有个特殊的嗜好，就是每年春天要到混同江（今松花江）举行钓鱼活动。他在皇宫里住腻了，便要到野外走一走，以游山玩水取乐。他将钓到的鲜活鱼在江边做好，举行酒宴，称之为“行头鱼宴”，并召集各部落首领前来聚会。

有一年，天祚帝在江边举行盛大的“行头鱼宴”。宴会期间，酒过三巡，天祚帝命各部首领依次跳舞助兴。阿骨打本来对天祚帝的这种做法很不满意，轮到他跳舞时，他说不会跳。天祚帝催促再三，阿骨打就是不跳。天祚帝很不高兴。

宴会结束后，天祚帝对手下的大臣说：“阿骨打目无君主，傲慢无理，你们找借口把他给我杀了，不然必留后患。”大臣说：“阿骨打为辽朝立过功劳，他祖上都是辽朝的大功臣，没有什么大错便把他杀掉，恐怕众人不服，弄不好还会引起乱子。”

阿骨打对辽朝天祚帝的所作所为深恶痛绝，决心反辽。辽天庆四年（公元1114年），阿骨打派习古乃去辽朝，索要逃奔在辽朝的女真族纥石烈部的酋长阿疏，并借此机会探听辽朝内部的虚实。习古乃回来报告说，天祚帝不放阿疏回来。并说，辽朝武装废弛，朝政腐败。

阿骨打认为时机已经成熟，便以辽朝不放阿疏为借口，决定起兵反辽。他积极修筑城堡，打造兵器，进行战前的准备工作。

辽朝风闻阿骨打积极备战，很不放心，便派人前来质问。阿骨打说：“我们修筑城堡，是为了自己的安全，这有什么可责备的呢？”并指责辽朝，“阿疏是女真族的叛徒，他如今逃到上京，朝廷非但不治他的罪，反而将他保护起来，让他继续与女真人为敌，这难道能令人容忍吗？”

辽朝知道阿骨打心怀不轨，慌慌忙忙调集军队在宁江州（今吉林扶余县东石头城子）设防。

为了探听辽兵的虚实，阿骨打派人去侦察敌情，得知辽兵在宁江州一带只有八百人，领兵的统军叫萧挞不野。阿骨打对将领们说：“辽兵正在集结军队，乘大军未到宁江之前，我们必须以迅雷不及掩耳之势，捣毁敌军。”

阿骨打率两千五百兵士，急驰流水河（今黑龙江五常市拉林河），召开战前动员大会。他祭告天地，执梃誓师：“起兵伐辽必同心尽力，在战斗中有功者奴婢可以成为平民，平民可以升官，当官者按功劳大小晋升，倘若违反誓言，身死梃下。”

第二天，阿骨打率兵到达辽界，与辽兵接战。阿骨打一马当先，一箭射死辽将耶律谢十，辽军大乱，四散奔逃，死者十有七八。阿骨打乘胜追击，直逼宁江城下。

辽将萧挞不野逃进宁江城，高悬吊桥不敢出城。阿骨打兵临城下，命士兵填平城壕，架设人梯攻城。辽军挡不住猛烈的攻势，城被攻破，萧挞不野和部下从西门弃城逃走。阿骨打占领了宁江城，俘获大量马匹和财物。

宁江失守后，辽朝派都统萧里和副都统萧挞不野率十万大军进攻女真，以报宁江一箭之仇。十一月，辽军集结于鸭子河（今鸭绿江）一带。

此时，阿骨打只有三千七百兵力，但他毫不畏惧，他分析后认为，敌军虽然众多，但集结于鸭子河北岸，渡河困难。他率兵赶到鸭子河南岸，乘辽军准备渡河之机，封锁河岸，箭矢如飞蝗般射向辽军。这天，风沙弥漫，尘埃遮天蔽日，辽军不知阿骨打有多少人马，一时惊慌失措。阿骨打乘势强渡鸭子河，两军相遇后，阿骨打借着风势，金鼓齐鸣，向辽军主力发起攻势。辽军立足未稳，遭此突然袭击，顿时乱了阵脚。他身先士卒，士兵们以一当十，辽军大败。阿骨打俘获大批车马、兵甲及武器。阿骨打将俘虏编入女真军，女真军兵力扩大到一万余人。

这一役，消灭了辽军主力，迅速扭转了敌强我弱的局面。阿骨打乘胜分路进兵，斩杀辽副都统萧挞不野，占领了宾州。接着阿骨打击败辽将赤狗儿，攻克祥州和成州。

建立大金王朝

辽天庆五年（公元1115年），阿骨打占领宁江、宾州、祥州、成州后，势力已非常强大。这时阿骨打之弟吴乞卖、撒改等人劝进说："今大功已建，若不称帝，无以系天下心。"阿骨打遂于农历一月二十八日即皇帝位。即位那天，他对众臣说："辽朝以镔铁代表朝号，取其坚固之意。镔铁虽坚，终究会生锈腐烂，唯有金子永不锈蚀，光泽不褪。"于是国号大金，改元建国。

建大金王朝后，阿骨打并未沉湎于胜利的喜悦中。即帝位不久，他便雄心勃勃地向辽朝黄龙府发起进攻。他亲自率兵进逼达鲁古城，大败辽军。九月，占领黄龙府城。黄龙府是辽朝北边重镇。辽朝天祚帝得知黄龙府失守，大为震惊，统领契丹、汉军十多万人，大举伐金。

阿骨打引两万金兵迎敌。在阿骨打的指挥下，金兵集中优势兵力，攻击辽军中阵，辽军大败，尸横遍野，天祚帝乘快马出走，一昼夜竟跑了五百多里，可知当时天祚帝的狼狈相。

金朝建国后，阿骨打积极加强皇权统治，在金国中央，废除部落联盟时期的"国相"制，设立勃极烈，组成皇帝以下的最高统治机构。勃极烈的设置，保留有古老议事制度的一些痕迹，但它实际上已是辅佐皇帝办理朝政的统治机构，是全国最高行政管理的中枢。

阿骨打加强军事建设，打破军队由部落、氏族统领的格局，改成由女真大小奴隶主为统帅的军事编制。皇帝是军队的最高统帅，遇有战争，皇帝直接任命国论忽鲁勃极烈，统率军队作战。

阿骨打建国后积极发展农业生产，在他所占领的地区，废除辽法，减少赋税。诏令各地将领，不准扰乱人民，以免荒废农业，鼓励农民开垦荒地，种植农作物。东北地区的荒地很多，阿骨打把山西诸州的居民迁移到女真内地，引进汉族先进的农业生产技术。

随着国家的建立，文字成为必不可少的重大国事。阿骨打命完颜希尹创造女真文字。完颜希尹依据汉字改造契丹字，拼写女真语言，制成女真文字，于金天辅三年（公元1119年）正式颁行，使其成为金朝官方通用文字。女真文字的创立，是汉族、契丹族和女真族文化交流的证明，也是民族间互相融合的证明。

国内安定之后，阿骨打于金天辅四年（公元1120年）率大军进攻辽上京。大军包围上京后，阿骨打亲自上阵督战。腐败透顶的辽朝政府，军力涣散，无心守城。金军只用半天工夫，便攻下上京。军事都统耶律余睹向金军投降，天祚帝仓皇出逃。

金天辅六年（公元1122年），阿骨打以降将耶律余睹为向导，进攻辽朝中京（今内蒙古宁城县大明城）。天祚帝闻讯，吓得逃往鸳鸯泊（今河北张北县境内）。阿骨打攻破中京后，派兵向鸳鸯泊进发。天祚帝惊魂未定又急忙逃往西京（今山西大同市）。金军追到西京，天祚帝又逃入阴山（今内蒙古境内）。金军一路攻城占地，所向披靡，攻下西京大同后，活捉叛逃的纥石烈部首领阿疏，占领了西京一带的各州县。

这年十二月，阿骨打回兵向东，直取辽朝朝廷所在地燕京（今北京市）。发兵之前，阿骨打已派人到燕京发出了安民告示："金军乃正义之师，大军一到，凡投降者不论官职大小一律免罪，官照原职。金军军纪严明，将对城中百姓秋毫无犯。"老百姓受辽朝残酷压迫，苦不堪言，都盼望金军早日到来。

阿骨打率兵攻破居庸关，辽兵不战自溃。金军长驱直入燕京城，辽朝萧德妃在宫人的簇拥下仓皇出逃。阿骨打在德胜殿接受朝贺。至此，阿骨打灭了辽朝，统一了北方。

金天辅七年（公元1123年），阿骨打患了重病，在返回上京的路上病逝，终年五十六岁。

阿骨打戎马一生，为金朝的建立和振兴做出了巨大贡献。

有“小尧舜”之称的完颜雍

金世宗完颜雍是一位主张仁政、讲求实际、致力改革、崇尚节俭的开明君主。他在位二十八年，促进了北方经济、文化的发展，使金王朝处于极盛时期。封建史学家曾赞美他为“小尧舜”，称得上是我国少数民族中杰出的政治家。

东京政变

完颜雍出生于金天会元年（公元1123年），女真族。他的父亲完颜尧是金太祖阿骨打的第五子。完颜雍十二岁那年父亲去世，少年时期受母亲影响很大。母亲李氏出身于东北渤海名门望族，受过良好的教育。在母亲的教导下，完颜雍为人宽厚大度，能文能武，在女真贵族中有较高的威望。他二十出头便被授任光禄大夫，封为葛王，担任兵部尚书的职务。

完颜雍当兵部尚书的时候，完颜亮发动宫廷政变，杀死金熙宗，自己登上皇位称为“海陵王”。

海陵王是个好战分子，他当上皇帝后不断向南宋发动侵略战争。南下伐宋需要动用大量的人力、物力，不但遭到南宋人民的抵抗，就连金朝内部也反对他的这种举动。

金正隆六年（公元1161年），海陵王在国内政局不稳的情况下，仍动用大量兵力、物力发动了对南宋的战争。金兵分四路南下：一路从海上直取临安，一路从宿州（今安徽宿县）、亳州（今安徽亳县）攻打淮安（今江苏淮阴区）、泗州（今江苏盱眙县），一路出唐州（今河南唐河县）、邓州（今河南邓州市）取荆州（今湖北江陵县）、襄阳（今湖北襄樊市），一路出秦州（今甘肃天水市）、凤州（今陕西凤县）入四川。

海陵王四路出击，号称六十万大军，虚张声势，结果遭到惨败。战争形势的发展对金朝极其不利，海陵王飞扬跋扈的独裁统治，遭到人民的强烈反对，加剧了女真贵族内部的矛盾，政局更加不稳。

就在海陵王南下伐宋的时候，留守在东京辽阳的完颜雍，在舅父李石的支持下，积极修造兵甲，扩充兵力，准备夺取金朝的最高统治权。

完颜雍在东京的举动，被海陵王的心腹高存福发觉了，他急忙派人去报告海陵王。与此同时，高存福伙同李彦隆准备一起谋害完颜雍，以便向海陵王献功。

完颜雍在宫中威信很高，上上下下都很拥护他。高存福府内的用人得知要谋害完颜雍，便冒着生命危险，将此事密报了完颜雍。

此时，海陵王已得到东京的情况，急派大将谋良虎率兵回东京，诛杀完颜雍，宫廷矛盾进一步激化。面对错综复杂的形势，完颜雍心中也有些胆怯。这时舅父李石劝他说："诛杀不义之王天经地义，没有什么可犹豫的，你要尽快即位，以稳定天下人心。"在舅父的劝告和支持下，完颜雍下定了决心。他立即将留守在东京的文武官员召集到清安寺，说有要事相商。

清安寺是他母亲出家的地方。父亲去世后，按照女真族的风俗，母亲应当嫁给宗族的人，然而母亲李氏不愿接受这种落后的习俗，便在清安寺出家为尼。

对完颜雍来说，清安寺是最为安全的地方，在这里不会走漏风声。那天，文武官员到齐后，唯独不见高存福与李彦隆。完颜雍知道他俩心中有鬼，便派人去"请"他俩。此时，完颜雍已在寺内布置了刀斧手。

高存福、李彦隆硬着头皮来到清安寺，刚进门二人便被抓了起来。

奉命南下伐宋的女真猛安完颜福寿，不满海陵王的统治，中途叛变，率领一万多人马返回东京辽阳。这时完颜谋衍率领五千人马也从常安（今辽宁沈阳市东北）返回辽阳投奔完颜雍。

在众将领的支持下，完颜雍登上皇帝宝座，改元大定。

过了不久，海陵王在瓜州（今江苏镇江市）被耶律元宜用乱箭射死。海陵王企图吞并江南的计划彻底失败。

定都中都

完颜雍即位后称为金世宗，此时金朝内部极不稳定。金世宗积极争取各族贵族、臣僚的支持，以稳定他的统治。

金朝从建国开始，到金世宗时已经历了四代皇帝，即金太祖、金太宗、金熙宗和海陵王。这期间，皇室内部为了争权夺位互相残杀，改革派和保守派之间的斗争非常激烈。每一任皇帝即位后都要杀死很多反对派，包括皇族内部的亲属。金太宗即位后，极力打击金太祖一派的势力，削弱太祖的侄子宗翰和宰相完颜希尹的权力。金熙宗即位后，杀死完颜希尹和其他兄弟、叔侄多人，最后连皇后、嫔妃也遭到诛杀。海陵王即位后，杀死金太宗的子孙七十余人，连他的生身母亲也杀了。

由于内部互相杀戮，朝内人心惶惶，危机四伏。再加上金朝境内人民起义不断，海陵王伐宋失利，金朝面临着内外交困的局面。

金世宗即位后，为了稳定局势他采取的第一项措施就是定都中都。

早在海陵王时期就有迁都的动议，制定了以汉人居住地作为统治中心的国策。但海陵王在女真贵族眼中是个反叛之王，他靠杀死金熙宗才得以登上皇位，名不正言不顺，因此迁都中都的事遭到保守势力的强烈反对。

东京辽阳的地理位置偏僻，不利于统治。金世宗即位后，世宗的母舅、参知政事李石劝告金世宗说：“现在海陵王远在江淮，寇盗蜂起。百姓引颈东向，宜在此时迁都中都，据腹心以号令天下，是万世之业。愿陛下早下决心，不要被众人的议论所动摇。”

这时，金朝利涉军节度使独吉义来投奔金世宗，他也极力劝告金世宗，说：“东京、上京均属于偏远之地，如今将士在南，而家属还留在北方，这样不利于统治，还是早去中都为好。”金世宗分析了当时的形势，认为东京、上京都偏于一隅。现在金朝的势力已进入中原，版图扩大，定都中都势在必行，因此他采纳了李石、独吉义的建议，于金大定元年（公元1161年）十一月启程，十二月抵达中都。

定都中都后，金世宗立即修官制。他命汉人吏部侍郎石琚制定新的官制，增加宰相人数，增设平章政事二人。尚书令、左右丞相和平章政事均为宰相官，让更多的官员参与政事，以巩固皇权统治。

金世宗为了稳定局势，采取了宽宏的政策，反对海陵王统治时期的高压政策。他下诏令，为被海陵王迫害贬官的人员平反昭雪，恢复他们的名誉和官职。任用非皇族的女真各部贵族，包括反对过他的人。纥石烈志宁曾与白彦敬等起兵反对金世宗，金世宗不记前仇，封其为左副元帅，委以重任。

汉人石琚是中原定州人，很有才能，在金熙宗时考中头名状元。金世宗非常重视人才，对石琚说：“女真贵族往往直接做大官，他们不知民间疾苦，不了解民情。你曾做过县官，知道很多民间的事情，朕很信任你，凡喜忧利害之事，都应该直接陈奏。”

汉族官员张玄素曾在海陵王手下效力，此人很有才干。他当年曾在海陵王面前说过金世宗的坏话。金世宗即位后，张玄素来见他，金世宗对过去的事一概不问，并升张玄素为户部尚书，张玄素很受感动，从此一心为金世宗效力。

还有一位汉族官员叫张浩，曾任海陵王时期的宰相，是金朝的三朝元老。金世宗不计前嫌，拜这位老臣为太师，任尚书令，封为南阳郡王。金世宗非常尊敬他，特许他入朝时可以不用跪拜，赐有专座。

金世宗善于用人，不管是什么民族，只要是人才，他都加以重用，因此深得人心。在他统治的三十年间，自参知政事以上的宰相、执政官中，宗室完颜部贵族前后共七人，非完颜部的女真贵族十五人，汉人十四人，契丹人、渤海人各两人。在金世宗周围形成一个多民族的统治核心，从而巩固了金朝的统治，稳定了局势。史称金世宗为“小尧舜”，这说明金世宗是一位较为开明的君主，得到了很多人的拥护。

与南宋议和

金世宗即位后，面临南宋的挑战。南宋宋孝宗即位后，想收复被金朝占领的土地，于是派兵进攻被金朝占领的宿州。初战虽然告捷，但由于南宋朝内已经很腐败，士兵厌战，将领互相推诿，因此收复宿州不久，很快又被金朝占领。

金朝与南宋在淮河一带拉锯式的战争给人民造成极大的灾难。根据双方的力量对比，当时任何一方都没有足够的力量征服对方，都难以完成统一中国的大业。金世宗清楚地认识到，如果双方继续进行战争，将是劳民伤财的事情，对双方都没有好处。为了尽早结束旷日持久的战事，金世宗主张与南宋议和。

金大定二年（公元1162年），金世宗任命仆散忠义为元帅，率十万大军驻兵南京（今河南开封市）；任纥石烈志宁为副元帅，驻军淮阳。金兵在这里举行军事演习，摆下阵势，做出准备进攻南宋的样子，实际是向南宋施加压力。另一方面致书宋军元帅张浚说：“宋朝若归还近年来金朝占领的地方，遵守原来划定的边境界线，金朝就可以撤兵，否则，将出兵攻打南宋。”

张浚接到金朝的书信后，急忙报告宋孝宗，并请朝廷派大军驻防海、泗、濠、庐四州，以防不测。与此同时，张浚复信给金朝表示同意金宋议和之事，但对金书上所说关于边疆界线划定的论点不能同意。

这年四月，南宋向淮河一带发兵，与金朝发生战争。南宋兵挡不住金兵的攻势，以失败告终。南宋在内外压力面前，只好同意与金朝议和。

双方谈判期间，南宋同意归还海、泗、唐、邓四州，宋不再向金称臣，改称侄皇帝。参加谈判的金朝代表仆散忠义向金世宗奏请此事，金世宗为了议和成功，同意将条件降低一些。他指示仆散忠义说：“若宋人归还疆土，仍像过去一样每年向金朝进贡，可免奉表称臣，许世为侄国。”

在多次谈判的过程中，宋朝使者胡昉出尔反尔，原来已经同意的，后来又推翻了。仆散忠义见南宋如此反复无常，大怒，便率兵进攻江淮一带，占领了濠、滁、楚等州，企图用武力使南宋接受议和条件。金世宗得知后，为了早日结束战争，实现和平，下诏给仆散忠义，让他适可而止，不可继续南犯。这说明金世宗在议和问题上是有诚意的。

在双方商定议和条件时，仆散忠义认为南宋使者胡昉多次失言，态度极不老实，便将胡昉扣押起来。金世宗对仆散忠义的做法很不满意，他下诏给仆散忠义说：“双方谈判，使者有何罪过？要尽快将胡昉放回去，不要伤了双方的和气。议和的事，可让南宋仔细考虑，不可急于求成。”在议和问题上，金世宗给南宋以充分的时间认真考虑。

经过七次谈判，双方终于在金大定四年（公元1164年）达成和议。其和议内容是：“南宋每年向金朝进贡‘岁币’银二十万两，绢二十万匹，宋朝放弃收复海、泗、唐、邓、商、秦六州，南宋对金朝称侄皇帝，不再称臣。”第二年，南宋派使臣魏杞在和议书上签字，这便是历史上的“隆兴和议”。对南宋来说，这个和议虽然比“绍兴和议”好一些，但仍是一个带有耻辱性的和议。

“隆兴和议”之后，金、宋约三十年间没有发生过大的战争。在和平期间，金朝和南宋在经济、文化方面都有较大的发展，“隆兴和议”在客观上起到了积极的作用。

支持宗教

金世宗在位期间，在汉族地区，民间创立了不少宗教。只要这些宗教不进行反抗活动，金世宗都给予支持，以求得其集团的支持。

咸阳人王喆是当地大地主出身的封建文人。他精通儒经，又会武艺，在地方上颇有名望。但其人清高超脱，不愿在金朝做官，便在终南山出家立教。他云游四方，宣传他的教义。金大定七年（公元1167年），他到了山东宁海，与当地有名望的儒者、人称“丹阳真人”的马钰相识。经马钰介绍，他又结识了登州栖霞人丘处机。丘处机是个很有学识的人，在民众中很有威信，号称“长春真人”。三人谈得非常投机，于是他们联络谭处端、刘处玄、王处一、清静散人孙氏等，合称“七真人”，王喆自号“重阳真人”。七真人在山东创立全真教，入教者很多。

王喆和丘处机等七真人向教徒们讲儒经和道德经，他在他们周围形成一个庞大的集团。全真教主张节制饮食色欲，淡泊名利，不参与政事。平时作诗唱赋，过着清闲的生活。后来王喆在汴京逝世，丘处机成为全真教的领袖人物。之后自东莱西入潼关，在蟠溪和龙门山一带传教。

金世宗得知这个集团后，为了笼络汉族地主阶级文人，他从终南山召丘处机到中都传教，并为其设立教坛，丘处机受到很高的礼遇。

金世宗承认了全真教的合法地位，并支持全真教的活动。全真教也表示拥戴金朝的统治，遵奉金世宗的征召。金世宗的这一举动，获得了不少汉族地主阶级的拥护，大大地稳定了人心。

全真教创立的同时，还有大道教。大道教的领袖人物是河北沧州的名士刘德仁。这些宗教领袖都有很大的号召力。

金世宗为了利用宗教人物的影响力来为金朝服务，便召刘德仁入居京城，在天宝宫传教。赐刘德仁“东岳真人”的称号。金世宗的宗教政策取得了社会集团的支持，对稳定金朝的统治起到了良好的作用，不失为明智之举。

发展生产力

金世宗即位前，由于连年战争，生产力受到很大的破坏。在侵宋的战争中曾征调战马五十六万多匹，牲畜大量散失。金世宗初年，原有的九个群牧所仅剩四个，当时只有马一千多匹，牛二百八十多头，羊八百六十只，骆驼九十头。恢复生产力、发展生产力迫在眉睫。

金世宗即位不久，就下令保护马、牛，禁止宰杀，禁止商贾和舟车使用马匹。规定群牧官、群牧人等，按照牲畜繁殖或损耗给予赏罚。登记牲畜数目，发现短缺要处分官吏，由放牧人赔偿。对民户饲养的牲畜造册登记，若有战事，按照拥有牲畜的多寡进行合理征调，避免贫富不均的现象。采取了这些措施后，畜牧业很快便得到恢复。金大定二十八年（公元1188年），马增加到四十七万匹，牛十三万头，羊八十七万只，骆驼四千头。

为了发展农业生产，金世宗非常重视农具的改革。他大力推广北宋时期的洛阳铁犁铧。这种犁铧分大小两种，犁上附设有分土器，即“铁蹚头”，耕地时能疏松两侧的土壤，清除两侧的杂草，同时能向苗根培土。

当时农具的种类已很齐全，有锄、锹、鱼形草刀、双股垛叉、手镰、铁镰等多种多样的农具，农业生产由粗放式经营转变为精耕细作。

由于新农具的推广和使用，农业生产有了较快的发展，全国每年积粟约一千二百多万石，米二百多万石。

在金世宗统治期间，纺织业有了很大的发展。官府在真定、平阳、太原、河间、怀州等五处设置绫锦院，这是五个规模较大的手工业作坊，其他地方分布着为数众多的私营纺织作坊。

当时相州产的“相缬”，河间产的“无缝绵”，大名府产的“皱縠”和绢，平阳府产的“卷子布”，山东东平府产的“丝绵”“绫锦”，辽阳产的“师姑布”都堪称上等丝织品，“锦绣组绮，精绝天下”。

金世宗大力发展冶炼业，他主张“金银山泽之利，当以与民”，并规定金银坑准许民间开采，官府征收产品的二十分之一。

金世宗时，对铜的需求量很大。金世宗派使者到各地“规措铜货”，访察铜矿苗脉，对能指引发现矿藏者给予重奖。他亲自与大臣们研究铸铜的技术。金朝禁止民间铸造铜器，旧有的铜器，除腰束带、鱼袋、神佛像以外，必须全部卖给官府。当时炼铁技术有了很大的发展。煤的开采也相当普遍，比如河南府渑池的煤矿已有一定的规模，称煤为石炭，那里炭穴显露，兵士和百姓“随取而足用”。城里的小民家庭都储有石炭，作为取暖做饭的燃料。炼铁、烧瓷也大量用煤作为燃料，促进了冶铁和烧瓷事业的发展。

金世宗很重视火器和火药的制造。朝廷组织工匠生产铁火炮。这些火炮用生铁铸成，厚二寸，口径小，发射后声如霹雳，震动四野，威力很大。有一种叫“震天雷”的炮弹，用铁罐装上火药，用火引燃，“炮起火发，其声如雷，闻百里外”，有很大的杀伤力。还有一种叫“飞火枪”的武器，用十六层纸卷成筒状，纸筒里装上木炭、铁屑、磁末、硫黄、砒硝，用绳子缚在枪头上，作战时用火点燃，火焰便喷射出去，远达十多步。

火器的运用，为狩猎提供了方便。有的猎人将火药装入陶罐，打猎时挂在腰间，遇见狐群就将药线点燃，以此捕杀狐群，收获很大。

金世宗在位时，商业有了很大的发展。由于畜牧业、农业、手工业的发展，促进了商品交换，当时，燕京三市“陆海百货，萃于其中”。中都大兴府已成为拥有一百万人口的大城市，皇城方圆九里三十步，外城三十多里，城内有纵横交错的繁华街道，还有很多寺庙。规模宏大的相国寺每月逢三、八日开寺，每逢开寺或庙会时，商贾云集于此，买卖十分兴隆。

咸平府、东京辽阳府、河北相州、河东上谷、河南汤阴都是“商旅所集”之地，人烟尤盛，酒楼众多，当时有诗描绘道：“桑麻数百里，烟火几万家。长桥龙偃蹇，飞阁凤腾翥。”“源源百货积，井井三壤赋。”

由于商业发达，国家税收相当可观。金世宗时期颁布商税法，凡金银百分征一，其他货物百分取三，仅中都的商税额就达十六万四千贯。

商品交换的发展，促进了铜钱、交钞的发行，其发行量逐年增加，银链的使用也日趋增多。金朝在山西代州设立专门监督制造货币的机构，铸造“大定通宝”铜钱，年产一万六千多贯。后来又在中山府曲阳县设立利通监，负责铸造货币，这两处每年铸铜钱十四万多贯。

金世宗时期国库积存大批金银，折合铜钱一亿贯。官府将白银铸成银链，每链重五十两，值铜钱一百贯。为了便于流通，民间将银链切割成小块，随时可以购货、使用。

提倡节俭

金世宗在位期间，国家已十分富裕。但金世宗十分崇尚俭朴的生活作风，他认为国家腐败，朝廷垮台，都是从铺张浪费、奢侈豪华的生活开始的。他号召官府和民间开源节流，避免浪费。

有一次，朝内的亲信大臣商量要为皇帝扩建豪华的宫殿。金世宗得知后，将秘书监移刺子敬召来，对他说：“昔日唐虞之时，从未有过豪华富丽的宫宅，与民众同甘共苦，过着俭朴的生活，受到民众的拥戴。汉文帝也十分注意节俭，出行时，车马随从非常简单，所以才赢得老百姓的赞誉。朕所住的宫室已经很不错了，为什么还要扩建呢？这些劳民伤财的事不要去做。”

金世宗即位以后，宫中所有的摆设家具，所用的器物大部分都是旧的。他曾对太子和亲王们说：“朕穿的这件衣服已经三年了，这不是还好好的吗？你们身上穿的衣服，穿过几年了？你们要珍视服饰器物，切莫浪费。以前的一些君主，不知物品来之不易，在宫中享尽富贵，沉湎于酒色之中，所以才失去天下。尔等应引以为戒。”

有一次，金世宗正在吃饭，女儿突然来看望他。他问女儿吃过了没有，女儿说还没有吃饭。这时他碗里的饭已经吃光了，竟没有多余的饭给女儿吃。女儿非常生气，斥责厨房里的仆人。金世宗笑着说：“这不能怪他们，我不知道你今天来，所以只做了够我一个人吃的饭，若做多了，剩下便是浪费。”

他让厨房重新做了饭菜，简单地招待了女儿。

还有一次，太子嫌他所住的东宫陈设简陋，詹事刘仲诲便向金世宗请示，要求增加东宫的收入，添置家具设施。金世宗斥责刘仲诲说：“东宫收入已有规定，那里的陈设依我看已经很不错了，为什么还要增添新家具呢？太子生于皇家，不能让他养成富贵奢侈的坏毛病。太子年龄还小，他不懂勤俭节约，你难道不懂吗？”

金世宗经常到外地去巡视，了解民间的疾苦。后来他听说他在各地住过的行宫殿堂都被封闭起来，不准其他人使用，并派人管理起来，列为皇家禁地。他很生气，对大臣们说：“我住过的那些房子，为什么要白白地空闲着？现在各地房舍紧缺，那些房子仍然可以住人，或者充作官府使用。”他下诏对那些行宫殿堂一律开禁。

金世宗六十大寿时，大臣们准备举办盛大的庆典活动，各地进贡了很多稀有美味，他下诏停止进贡，寿典从简。他对移剌子敬说：“朕去过各地，现在虽然天下太平，但各地饥民还不少。我们吃饭的时候，要想到耕作的艰辛，民间的疾苦。亡辽的日子杀了三百只羊来庆贺，这不是白白地杀生吗？”

金世宗号召各地猛安贵族要勤俭持家，耕种土地。他听说有的猛安、谋克骄纵闲逸，穿着纨绮，酒食游宴，给地方造成不良影响。有一猛安家有百口人丁，不耕一垄，他立即派人前去查办。

为了不使土地荒废，有效地利用土地，金世宗下令查阅各户人力，凡可耕种的田亩，必使自耕，力量确实不足的才允许出租，并且规定不耕种者杖六十大板，谋克杖四十大板。

金世宗常常教导太子、亲王和属下，对他们讲：“辽朝为什么会灭亡呢？因为辽朝后来的君主，生在深宫，长在深宫，根本不知道民间百姓们的生活。辽朝君主对民间缺粮食感到很奇怪，问没有粮食吃，为什么不吃腊肉呢？这位君主昏庸无知到了极点，不灭亡才怪。”

金世宗提倡勤俭节约，且身体力行，这在古代君主中是难能可贵的，所以人们颂扬他有汉文景之风。

金大定二十九年（公元1189年）一月二十四日，金世宗完颜雍在中都病逝，享年六十七岁。他是古代少数民族中一位有作为、有政绩的皇帝。在他统治时期，金朝达到极盛。

天之骄子 铁木真

12世纪末13世纪初，在辽阔的北方草原上出现了一位叱咤风云、智勇无比的盖世英雄——铁木真。他统一了蒙古各部，建立了蒙古汗国，成为汗国至高无上的君主——成吉思汗。接着，他统率蒙古铁骑南下中原，西征中亚，他一生的政治军事活动给世界历史以深远的影响。

英雄出世

铁木真生于公元1162年，父亲是乞颜部的一位首领名叫也速该，母亲诃额仑夫人是一位美丽贤惠、勤劳善良的妇女。铁木真的少年时代颇具传奇色彩。

有一年，也速该和他的两个兄弟正在草原上放鹰打猎。这时远处走来一队迎亲的人马，原来是蔑儿乞人赤列都迎娶诃额仑姑娘。也速该走近一看，发现诃额仑是一位很漂亮的姑娘。于是，他纵马向前，打败了赤列都，将诃额仑抢了过来。

抢夺外族女子为妻，是古代蒙古人留下的风俗习惯，在当时并不是一件可耻的事。诃额仑见也速该英勇雄健，便做了他的妻子。

公元1162年，也速该随忽图刺汗出征攻打塔塔儿部，他在战斗中作战勇敢，大获全胜，俘虏了塔塔儿首领铁木真。这时诃额仑夫人生下一个男孩，也速该回到家后非常高兴。为了纪念这次战争的胜利，也速该便以塔塔儿首领的名字为儿子取名为铁木真。也速该见儿子面如满月，眼若双星，高兴地对诃额仑说："感谢你为我生了个好儿子，他将来一定会成为草原上的勇士。"

铁木真九岁那年，已到了订婚的年龄，按照族外婚姻的习俗，也速该领着铁木真前往塔塔儿部附近的弘吉剌部去求婚。弘吉剌部首领特薛禅见铁木真长得英武俊美，便把自己的女儿孛儿帖许给了铁木真。

按照当时的惯例，铁木真要住在丈人家，也速该喝完定亲酒后，便独自骑马回家。

半路上，也速该路过塔塔儿部的营盘，有几个人认出了他就是杀害塔塔儿首领的仇人，便假装热情地邀请他到营盘去喝酒吃饭。也速该走得又饥又渴，见这些人很好客，便随着他们进了营盘。塔塔儿人端上羊肉和奶食品，在他的酒杯里偷偷放了慢性毒药。也速该吃饱喝足后，便告别了主人。也速该回到家后毒性发作，他这才知道中了塔塔儿人的奸计。他急忙派人将儿子叫回来。他对铁木真说："我是被塔塔儿人害死的，将来一定要为父报仇。"说完便毒发身亡。

也速该去世后，他所属的部众纷纷离去。年轻的诃额仑夫人带着铁木真和三个小儿子、一个小女儿艰难地生活着。当时他们的全部财产只有九匹马。诃额仑夫人靠采摘山果、挖掘野菜抚养子女。

铁木真渐渐长大，十几岁时便帮助母亲挑起了生活的重担，他夏天在草原上打猎，冬天在冰河上捕鱼。艰苦的生活环境，磨炼了他不怕困难的意志。他善于骑马射箭，勇于争斗。他的几个弟弟也像他一样，长得剽悍威武。

铁木真兄弟眼看就要长大成人，这引起泰赤乌人的不安。他们要除掉铁木真，以免将来与他们为敌。一天夜里，泰赤乌人派兵前来捉拿铁木真。铁木真领着母亲和弟弟妹妹们跑到森林里藏了起来。敌人将森林包围后，将铁木真抓起来。

泰赤乌人给铁木真套上木枷，到处示众。一天傍晚，泰赤乌人在河边上燃起篝火，饮酒作乐。铁木真趁他们不防备，用石头砸开木枷，逃到锁尔罕家。锁尔罕是一位善良的人，曾和也速该有过交往，他的两个儿子沉白、赤老温对

铁木真非常好。他们给铁木真吃饱了饭，并给他换了一身衣服。

天亮后，泰赤乌人发现铁木真逃跑了，就派人四处搜查。他们来到锁尔罕家，里里外外搜了个遍。正要离开时，领头的人突然停留在羊圈旁边的装满羊毛的大车前。他用怀疑的目光望了一会儿，对士兵说："给我把车上的羊毛扯下来。"

锁尔罕心想，糟了，如果把羊毛全扯下来，藏在羊毛堆里的铁木真不就暴露了吗？他急忙从毡帐里出来，脸上装得很平静的样子说："大热天，羊毛堆里能藏住人吗？来来来，先到包里喝杯马奶酒凉快凉快，再搜不迟。"泰赤乌人心想也是。他们每人喝了碗马奶酒，便到别处搜查去了。

铁木真从羊毛车上钻出来，满头大汗，脸上沾满了羊毛。锁尔罕焦急地说："这里不是久留之地，天黑后你赶快跑吧。"他给了他一匹骡马、一张弓、几支箭和一些食品。铁木真含着眼泪与锁尔罕、沉白、赤老温告别。在斡难河上游，铁木真找到失散多日的母亲和弟弟妹妹们。为了躲避泰赤乌人的谋害，他们迁往远处的不儿罕山湖边。在这里他们靠打猎捕鱼维持生活。

有一天，一伙盗马贼偷走了铁木真的八匹白色骏马。这八匹骏马是铁木真亲手喂养大的，平时非常爱护它们。铁木真得知后心急如焚，可是没有马匹怎么能追上盗贼呢？锁尔罕送给他的那匹骡马被弟弟别里古台骑去打猎了。等到黄昏，别里古台打猎归来，铁木真二话没说，跳上马背便去追赶盗马贼。

他在草原上追寻了四天，仍不见盗马贼的踪影。这天，他在一座毡包前遇到一个英俊的少年，便很有礼貌地问少年看没看见他丢失的骏马。少年告诉他早上看见有人赶着八匹白色的骏马向西去了。当少年得知他叫铁木真时，纳头便拜，说："早就听说过你的名字，你是咱们草原上的英雄。我叫博尔术，愿意和你一块去追赶盗马贼。"

博尔术给铁木真换了一匹快马，两人骑马向西方追去。第三天，他们发现八匹骏马正在盗马贼的毡帐前吃草。铁木真一吹口哨，八匹骏马便向主人这边跑了过来。盗马贼发现后，立即向他们冲击，铁木真在马上张弓搭箭，怒目而视，盗马贼不敢近前。铁木真和博尔术赶着八匹骏马往回飞奔。

到博尔术家后，铁木真为了感谢他的帮助，要把其中的一匹马赠给他。博尔术说：“朋友有了困难，理应帮助，我不能要你的财物。”从此，博尔术成了铁木真的好朋友，在以后的战争中，博尔术为铁木真效力，建立了不少战功。

铁木真成年后，到弘吉剌部迎娶了妻子孛儿帖。特薛禅非常高兴，他让妻子亲自把女儿孛儿帖送到桑沽儿河畔铁木真的家里。按照惯例，孛儿帖将带来的黑貂鼠皮袄作为新娘拜见新郎的礼品送给铁木真。

完婚后，铁木真要做的第一件大事就是为父报仇，恢复本部落的势力，实现自己远大的政治抱负。但此时，他以前散失的部众还没有归附，泰赤乌人还时时刻刻想加害于他。在势单力薄的情况下，他必须取得强大的支持，才能实现自己的愿望。

铁木真与孛儿帖成婚，加强了他和弘吉剌部的联系。为了取得克烈部首领脱里汗的支持，铁木真便带着妻子孛儿帖的礼品黑貂鼠皮袄去土抱河黑林的克烈部，去见脱里汗。他对脱里汗说：“当年，你和我父亲结为安答（即结拜弟兄），就如同是我的父亲，我将妻子的拜见礼献给您，这是作为义子的一片心意，请您收下。”

在氏族社会里，铁木真要做的的这一举动具有重大意义。铁木真认脱里汗为义父，就意味着乞颜氏族部落将依附于克烈部。脱里汗受到如此尊重，当然十分高兴，立即表示说：“你将黑貂鼠皮袄赠予我，我的报答是帮你把以前离散的部众召集在一起。”这样，铁木真得到了克烈部和弘吉剌部的支持，地位有了明显的改变，逐渐强大起来。

当年，铁木真的父亲也速该从蔑儿乞人手中抢走了诃额仑夫人，蔑儿乞人并没有忘记这个仇恨。现在铁木真结婚，他们要抢铁木真的妻子孛儿帖，以报前仇。

一天夜里，蔑儿乞人联络了三个部落的部众袭击铁木真的驻地。铁木真让孛儿帖乘牛车逃跑，自己奋力抵抗，终因寡不敌众，只好向不儿罕山退却。蔑儿乞人追上牛车，将孛儿帖俘获。

铁木真的妻子被抢掠，他便向脱里汗求援，脱里汗答应出兵援助，并要铁木真去邀请他们年轻时的安答——扎木合协同作战。按照约定的日期，脱里汗、扎木合和铁木真在鄂嫩河畔出击。蔑儿乞三部毫无准备，铁木真一马当先，冲进敌人的阵营，在敌军中找到孛儿帖，孛儿帖一下子扑进铁木真的怀里，泣不成声。

这一仗，铁木真消灭敌人三百余众，蔑儿乞首领脱脱丢盔卸甲，仓皇逃去。铁木真俘获了大批奴隶和牲畜，壮大了自己的力量。在这次战斗中，扎木合帮了忙，两人重温过去的友谊，结为安答。

铁木真住在扎木合的驻地。这时，一些离散的乞颜氏族和部民纷纷来投奔铁木真。一年多之后，铁木真和扎木合产生分歧。铁木真不甘心寄人篱下，一天夜里，他便率领原属于他父亲也速该的一些氏族和部民离开了扎木合。依附于扎木合的一些贵族和部众也跟随了铁木真，这些人在部落中都有相当的威望，他们的归附，壮大了铁木真的力量。

铁木真率领各氏族部落贵族回到了不儿罕山前的桑沽儿河畔。为了对付外族部落的侵袭，铁木真决定建立联盟。根据大家的提议，铁木真被推举为各部落的首领——汗。

公元1189年，铁木真宣布登基汗位。称汗的那天，各部贵族进行了宣誓活动。他们表示，打仗时愿做先锋，为汗王效忠。俘获的骏马要献出来，捕获的猎物要献出来，抢来的美女要献出来，如果有谁违犯了号令和军纪，汗王可以夺取他的妻子和财产，将他发配到荒凉的地方去。

铁木真称汗后，派使者向克烈部首领脱里汗做了报告，脱里汗高兴地说："我的儿子铁木真做了蒙古的汗，真是好极了。蒙古没有汗，你们怎么过呢？"铁木真的举动，得到了克烈部的首肯和支持，使蒙古迅速发展起来。

驰骋草原

铁木真率部众脱离扎木合自立称汗，引起扎木合的敌视。有一天，扎木合的弟弟绍察儿抢掠了铁木真部下拙赤答儿的马群，拙赤答儿为了追回马群一箭将绍察儿射死。这一下更惹怒了扎木合，他认为这是铁木真与他作对，于是率领三万人马前来讨伐铁木真。铁木真立即率部众迎敌。他将部众分为十三翼，第一翼是他母亲诃额仑属的部众；第二翼是铁木真直属的部众，即主力部队；其余各翼大部是与乞颜部有血缘关系的氏族或部落。两军在鄂河附近展开激战。由于铁木真的主力部队并不多，因此在战斗中失利，被迫退守到一个狭长地带，以便保存实力。

扎木合得胜后将俘虏捆绑起来，投入七十口大锅里活活煮死。他残酷地对待俘虏，引起部众的不满，纷纷离他而去。铁木真虽然在十三翼之战中失利，但他善于团结部众，因此很多人都投奔到他的帐下。他仍然拥有较强大的力量。

公元1195年，塔塔儿部众在金朝边地侵扰，金朝派左丞相夹谷请臣率师北伐。第二年金朝右丞相完颜襄又从临潢（今内蒙古赤峰市巴林左旗）出兵，分两路进剿。塔塔儿大败，蔑古真率领残兵败将沿斡里扎河逃窜。

铁木真得到塔塔儿败逃的消息后，立刻感到这是借金朝力量消灭塔塔儿的好机会。于是他派人去报告克烈部首领脱里汗，要求他联合出兵截击塔塔儿。脱里汗认为铁木真的这一举动很有远见，当即答应联合出兵帮助金朝阻截败退的塔塔儿。

三天后，脱里汗率领部众与铁木真会合。他们沿着乌勒吉河迎击塔塔儿的败军，铁木真冲进敌人的营寨，活捉了塔塔儿首领蔑古真，并将他处死。铁木真的这次胜利，可以说是一举两得，既报了与塔塔儿的世仇，又得到金朝的好感。金朝为了表彰脱里汗和铁木真的助战之功，加封脱里汗以“王”的称号，脱里汗此后即以“王汗”而驰名漠北。铁木真被授予“突兀忽鲁”的称号，为诸部落首领。这些称号虽然只是对他们实际地位的承认，但铁木真由于得到金朝的封官而进一步巩固了自己的地位。

公元1198年，金朝完颜襄再次出兵北伐。他们首先征服了塔塔儿的南邻弘吉剌部，接着向伊敏河北进，攻打呼伦、贝尔两湖以东的蒙古诸部。在战争中金朝斩杀了一千多人，俘获了大批奴隶、车帐和牲畜。被金朝打败的部落只好向西转移，为了争夺地盘，争夺牧场，他们又和乞颜部、克烈部发生了冲突。

这时候，以扎木合为首，集结了铁木真的敌人泰赤乌、蔑儿乞等部，他们推举扎木合为首领，联合出兵，共同对付铁木真和王汗。

大敌当前，铁木真再次联合王汗共同抗击敌人。铁木真和王汗的联军经过严格的训练，有严密的组织性。他们在阵地前设置了三个哨所，昼夜不停地观察敌人的动静。

布置停当后，铁木真、王汗与扎木合的联军在阔亦田地带（今辉河南奎腾河附近）展开激战。这次战斗由铁木真亲自指挥，扎木合大败，很多人马堕入山涧被摔死。扎木合的联军被击溃，各部落纷纷逃散。

铁木真和王汗乘胜追击逃跑的敌人。王汗沿额尔古纳河去收拾扎木合，铁木真带领自己的人马去追击泰赤乌人，一直追到鄂嫩河边。泰赤乌人收集残兵败将，准备与铁木真决一死战。战斗中，铁木真的额角被箭射中，血流不止，他拔下箭头，继续指挥战斗。泰赤乌人被彻底打垮了，其首领乘夜间逃跑了，其余的部众投降了铁木真。

战斗结束后，铁木真问投降的士兵们："射伤我的是谁？"这时一个叫豁阿歹的士兵回答说："是我。你可以杀了我。"铁木真对这个青年士兵的勇敢行为大加奖赏，说："你敢于说真话，可见是个忠诚的人。你的箭法很准，差点要了我的命。"铁木真把豁阿歹的名字改为"者别"（意思是箭镞），留在自己身边担任保卫工作。

公元1202年，铁木真经过周密的准备后，向塔塔儿四部大举进攻。为了保证战争的胜利，战前颁布了军纪：不准在作战中私自掠取财物；掳掠来的俘获物、牲畜要归公；战败时要返回杀敌，临阵逃跑者斩。

由于军纪严明，铁木真的大军自彻儿山出发，顺利地战胜了塔塔儿四部，将残军一直追到乌尔浑河。为了报世仇，铁木真把俘获来的塔塔儿壮年男子全部杀死，将塔塔儿妇女也遂和也速干姐妹做了他的第二个和第三个妻子。

在这次战争中，蒙古贵族阿勒坛、忽察儿、答里台依仗贵族身份，认为自己拥立铁木真称汗有功而无视军纪。他们把掳来的财物据为己有。铁木真为严肃军令，毫不客气地没收了他们抢来的财物。阿勒坛、忽察儿和答里台心怀不满，不久便脱离铁木真，投奔王汗去了。

这年秋天，乃蛮部与扎木合重新联合起来。他们向东进军，决心与铁木真和王汗一决胜负。铁木真为避其锋芒，和王汗率军退入金朝边墙阿兰塞，占据有利地形。初冬时节，铁木真与乃蛮联军大战于阙奕坛之野。这里地处边塞，天气严寒。此时天气突变，大雪纷飞，白雪填平了沟壕山涧。乃蛮联军从西方而来，士兵衣服单薄，冻伤者不计其数，失去了战斗力。铁木真和王汗乘天气变化之机，大破乃蛮联军，缴获了大批军用物资。

这次战争后，在蒙古草原上，铁木真与王汗形成两支巨大的军事力量。但是，草原西部与克烈部邻接的乃蛮仍然是他们共同的敌人。乃蛮是一个强大的部落联盟，占有阿尔泰山及其西部的广大领土。它北起额尔齐斯河，南接畏兀儿。当时在北方广大的领土上，铁木真与王汗、乃蛮形成了三足鼎立的局面。

扫平克烈

铁木真在草原的崛起，引起克烈部的警惕。尤其是克烈部首领王汗的儿子桑昆，更把铁木真看作眼中钉，因为铁木真羽翼丰满之后，必然对他构成严重的威胁。

有一次，铁木真派亲信带着厚礼到桑昆那里，为自己的长子术赤向桑昆的妹妹求婚。为了亲上加亲，铁木真愿将自己的女儿嫁给桑昆的儿子为妻。桑昆非常傲慢地拒绝了这门亲事。铁木真心中非常不快，从此两人之间产生了裂痕。

扎木合趁此机会前来挑拨桑昆与铁木真之间的关系。他对桑昆说："铁木真认你父亲为义父，不过是想利用你父亲的威信来扩大自己。现在他羽翼丰满了，便想凌空高飞，根本不把你放在眼里。我听说他正暗地里勾结乃蛮人，想消灭克烈部，独霸草原。你应该先下手，铲除铁木真，以绝后患。如果攻打铁木真，我愿效犬马之劳。"

扎木合的这番话正合桑昆的心意，他立即派人去黑林金帐请示父亲王汗，要求攻打铁木真。王汗不同意，他说：“我与铁木真的父亲是世交，铁木真又是我的义子，两代人恩情深厚，不要听信外人的挑拨。”

桑昆几次派亲信去说服王汗，都碰了钉子。这天，桑昆亲自带领随从到黑林金帐去拜见父王，他跪在地上说：“老虎长大了是会伤害主人的，如果不铲除铁木真，将来后患无穷。”王汗听了仍不肯答应。桑昆气愤地说：“铁木真认您为义父，不过是想借您的威望扩充他自己的势力。现在您活着，他便不把我放在眼里，如果您百年之后，他说不定怎么收拾我呢。难道您的亲生儿子还不如义子重要吗？”说着他便站起来，摔门而去。王汗一看这架势，忙把儿子叫回来说：“我哪能舍弃骨肉至亲，你想怎么办就怎么办吧。”桑昆得到父王的默许，便同扎木合商议消灭铁木真的计划。一天，他派一个能说会道的亲信去见铁木真，对他说：“以前桑昆王爷拒绝了两家的婚事，他感到很内疚。现在他想通了，两家成婚是百年好事，他特意派我来请您到王府去喝定亲酒，请您不要推辞。”

铁木真听了十分高兴，对桑昆的亲信说：“你回去禀告桑昆王爷，我铁木真是不计前嫌的，不日我便带着聘礼去拜谢他。”

过了两天，铁木真准备了一份厚礼，带领随从骑马去赴定亲宴。路过晃豁坛部的营盘时，天色已晚，他便住宿在父亲的好友蒙力克家中。当蒙力克听说铁木真是去桑昆那里赴定亲宴时，感到事情不妙。他说：“桑昆心术不正，出尔反尔。现在突然邀请你去赴宴，其中必然有诈，不可轻信。”蒙力克的话提醒了铁木真。天亮后，他派两名随从去见桑昆，自己返回领地。

桑昆知道铁木真识破了他的阴谋，便决定和扎木合一起对铁木真发动突然袭击。他们密谋进攻铁木真的消息，被两个送奶的奴隶听到了。他俩知道铁木真是位宽厚的汗王，尤其对奴隶们非常仁慈，他们不忍心让铁木真遭难，于是偷了两匹快马，连夜飞驰到铁木真的营地，报告了情况。

铁木真召集人马迎击桑昆，双方在合半真沙陀（今内蒙古东乌珠穆沁旗北）展开激战。桑昆率领的克烈部人马众多，再加上扎木合的协助，在兵力上远远超过了铁木真，他们分成四个梯队向铁木真发起攻势。铁木真在马上说：“敌人已经向我们发起进攻了，谁敢打头阵？”这时他的结义兄弟忽麻勒达尔挺身而出，高喊道：“我来打头阵，我要把大旗插到敌人后方的山岗上去，大军随我而去。如果我战死了，请把我的几个儿子抚养成人。”说完便手举大旗向前冲去。

忽麻勒达尔一马当先，终于将大旗插上了山岗。铁木真的军队士气大振，一拥而上。桑昆见山岗上大旗飘扬，焦急万分，他不等后军主帅王汗下令便向山岗冲去，想拔掉大旗，结果被箭射中肩膀，跌下马来。王汗急忙率兵前来营救。

这一仗打得极其残酷，从早晨一直打到傍晚，双方都有很大的伤亡。铁木真看到敌众我寡，难以取胜，为了减少伤亡，保存实力，他急忙鸣金收兵，向远处退却。

在宿营地，铁木真清点人马，发现三子窝阔台和大将博尔忽、博尔术不见了，铁木真心情非常沉重，他叹着气说：“这是我用兵以来最艰苦的战斗，损兵折将，实在惭愧！”这时，在茫茫的原野上有两个黑点缓缓地向这里移动。走近一看，原来是博尔忽和博尔术，博尔忽的马上驮着受伤的儿子窝阔台。原来他们在战斗中都受了伤，为了找到铁木真，他们历尽千辛万苦才找到这里。

铁木真望着两员受伤的大将和儿子，非常感伤。

为了摆脱敌人的追击，铁木真决定向远处转移，这时他手下只剩十九名将领和四千多人马。他率领部众来到班朱尼河（有些记载中称为“黑河”），这里只有一点快要干涸的浑水，根本不够部众饮用。他们只好从污泥中挖掘深坑，汇集一些浑浊的河水饮用。携带的食品吃完了，就在荒原上射杀野马，用马皮当锅，架起篝火，将马肉煮熟了分着吃。在艰苦的环境中，军士们忍饥挨饿，毫无怨言，铁木真很受感动，他对天发誓说，将来成了大业，一定与大家同甘共苦；如果违背了誓言，就变成这浑浊的泥水。

在铁木真的激励下，军士们度过了艰难的岁月。离开班朱尼河后，他将离散的部众陆续收集起来。与铁木真联姻的弘吉剌部也归附了他，铁木真的力量重新得到加强。

铁木真意识到，要想打败克烈部，光靠硬拼是不行的，必须分化瓦解敌人，使他们内部产生分裂。他首先争取王汗，于是派使者去游说，使者对王汗说："您和铁木真是世交，铁木真像儿子对父亲般地尊重您，您却听信别人的挑拨而责怪于他，派兵讨伐，于心何忍？铁木真和您就像一辆大车的两个轮子，如果其中的一个轮子折断了，犍牛想拉也拉不动。"

王汗原先本不打算征讨铁木真，听了使者的这番话，确实感到自己做得有些过分，愧疚地说："是我一时糊涂，铁木真是我的义子，我曾经帮助过他，他也帮助过我，父子之间确实不应该大动干戈。"王汗答应与铁木真和好，然而桑昆却与父亲的态度完全相左，他把铁木真当成自己的头号敌人，誓不两立。他大骂铁木真说："这小子诡计多端，一会儿骂我父亲是杀人魔王，一会儿又称我父亲是救命菩萨，不知他葫芦里装的什么药。告诉他，在这片草原上，有他没我，有我没他，我誓与他决一死战，胜者为汗。"

王汗态度的转变，引起了扎木合、忽察儿、阿勒坛等人的不满。他们在一起计议说："王汗也是老糊涂了，一会儿和铁木真反目成仇，一会儿又称父称子和好起来。我们不能由他牵着鼻子走。我们几个联合起来，攻打王汗，另立旗帜，自己当君主岂不更好？"

扎木合等人的阴谋，被王汗的密探得知，王汗不等扎木合等人动手，便率兵包围了他们的营寨，扎木合等人的部众全部被消灭。扎木合、忽察儿、阿勒坛冲出重围，投奔乃蛮部太阳汗去了。

公元1023年秋，王汗派桑昆侵扰金朝边境，金朝派大将宗浩率兵前来征讨。王汗部众不是金兵的对手，被打得大败，其有生力量被歼灭。铁木真感到这正是消灭克烈部的好机会，于是集结人马，决定向王汗、桑昆发动突然袭击。

就在此时，铁木真的弟弟合撒儿从远方来到他的身边。原来在合兰真沙陀战役中，合撒儿被王汗的部众冲散，他的妻子和三个儿子都被王汗俘获，他一个人冲出重围，逃向遥远的沙漠。他四处寻找，终于在班朱尼河畔找到了铁木真。

铁木真见合撒儿归来，心中大喜，他对合撒儿说："你来得正好，可利用你的身份使用诈降计，诱骗敌人，以便一举歼灭克烈部。"合撒儿不明白怎么回事，铁木真如此这般给他说了一番。合撒儿点头称妙。

第二天，合撒儿派两名使者去见王汗和桑昆，并带去合撒儿的亲笔信。信中说："合兰真沙陀战役后，我与妻儿失散，现在听说他们在您的帐下，我非常想念他们。我与铁木真虽然是亲兄弟，可在我患难之时，连他的影子都看不见。他根本不把我这个亲弟弟放在眼里。现在我很想与妻儿团聚，如果汗王能派人来接我，我愿意率部众投降，以报汗王的恩情。"

王汗、桑昆接到合撒儿的求降信后，深信不疑。桑昆高兴地说："铁木真众叛亲离，连他的亲弟弟都要来投降我们，我看他的命活不长了。"他立即派自己的亲信随同两位使者接合撒儿。王汗和桑昆在金帐里，大摆宴席，准备迎接合撒儿前来归降。

亲信和两位使者在半路上便遇上铁木真率领的军队，这位亲信还没见到合撒儿的面，便被铁木真捆了起来。

两位使者向铁木真报告说："王汗、桑昆正在金帐里大摆宴席，准备迎接合撒儿，现正是突袭的时候。"铁木真让两个使者在前边带路，直奔王汗、桑昆的驻地而来。

王汗、桑昆在金帐里开怀畅饮，桑昆醉醺醺地说："今天，合撒儿前来投降，他做梦也没有想到，他那年轻美貌的妻子早被我享用过了，哈哈哈……"桑昆的笑声未落，只听得外边杀声震天，铁木真已经率兵冲进营中。

铁木真的弟弟合撒儿一马当先冲向金帐，桑昆端着酒杯跑出帐外，合撒儿见到他厉声喝道："桑昆，你的死期到了，还不快快投降！"桑昆语无伦次地说："你……你不是来投降的吗？怎……怎么……翻脸不认人……"合撒儿大骂道："你夺我妻子，抢我儿子，我岂能与你善罢甘休！"

桑昆这才如梦方醒，摔掉酒杯，朝后帐逃去。这时王汗急忙组织军士奋力抵抗。铁木真组织兵力将克烈部众全部包围起来。王汗虽然遭到突然袭击，但毕竟有一定的实力，战斗进行得异常激烈。铁木真念往日的父子之情，他嘱咐将士说："若遇到王汗，绝不可杀害。"

经过三天三夜的奋战，铁木真终于取得胜利，克烈部众尸横遍野，血流成河，活着的全部被俘。

战斗结束后，铁木真在俘虏营中寻找王汗，但寻遍各处不见王汗的踪影。他向一个军官样的俘虏询问道："你们的王汗去哪儿了？"这个俘虏回答说："为了保护我们圣明的可汗，我们奋战了三天三夜，现在可汗父子已经脱险而去，我们也就放心了。我们已经被俘，你要杀便杀，死而无怨。"

铁木真见这位军士如此忠诚无畏，爱将之心油然而生，他问军士的姓名，军士回答说："已经是快要死的人了，还问姓名干什么？"铁木真从马背上跳下来，亲自为他松绑，说："将士打仗，各为其主，能为主人拼死而战的人，是忠勇的战士，无可指责，这样的将士可以做我的同伴。"

这位被俘军士叫合答黑吉，他见铁木真如此宽宏大度，深受感动，拜倒在地说："铁木真可汗如此圣明，我将终生为可汗尽忠尽勇，不惜生命。"合答黑吉的部下也都被赦免，做了铁木真的部属。

铁木真骑马来到王汗的金帐，他宣布，凡是王汗的亲属，一律不准伤害，并赐予饮食衣物，妥善安置。王汗之弟扎木哈的两个女儿并未随王汗逃走，铁木真将其长女纳为贵妃，将二女儿唆鲁禾帖尼赠给小儿子拖雷为妻。若干年后唆鲁禾帖尼为拖雷生下一子，这便是大名鼎鼎的忽必烈。

王汗逃入乃蛮地界，被哨兵杀死。桑昆经西夏亦集乃城，逃到波黎吐蕃部，被当地人驱走，后来又逃到若叉（今新疆库车县），被当地酋长杀死。至此，铁木真完全扫平了克烈部。

建国立业

铁木真消灭克烈部后，实际上已成为全蒙古的首领。这大大地震动了西部的乃蛮人。乃蛮部的经济、文化水平较高，他们向来看不起"歹气息，破衣服"

的蒙古人。乃蛮部首领太阳汗，自认为天下无敌，早有独霸草原的野心。他和贵族们议论说："东边的蒙古人把老王汗逼出来，王汗死了，难道铁木真也要做可汗吗？天上有日月两个，地上还能有两个大汗吗？"

太阳汗的王后古儿别速娇滴滴地说："那些脏兮兮的蒙古人，浑身散发着牛粪的臭味，谁想理他们。我只要他们那些漂亮的姑娘，把她们给我抓来，洗净手脚给我挤牛奶。"太阳汗说："我不但要为你抓来漂亮的姑娘，我还要夺他们的弓箭，让他们永远做我的奴隶。"

铁木真的宿敌扎木合、阿勒坛、忽察儿这时都投靠了太阳汗。他们为了报昔日之仇，都支持太阳汗攻打铁木真。

太阳汗派使者与驻守在阴山以北、金朝边缘的汪古部联络，邀约夹攻铁木真。汪古部首领阿剌兀思拒绝了太阳汗的要求，并把这一消息报告了铁木真。

铁木真调集兵马，准备与乃蛮决战。战前，他对军队重新进行了整顿。他按十进制的方法组成了百户、千户，分别由百户长、千户长统领。选拔八十名亲信那可儿充当宿卫，七十名那可儿充当散班。宿卫负责夜间巡逻，白天由散班站岗放哨。又从那颜子弟中选拔一千名勇士组成强劲的护卫军，平时充护卫，战时做先锋。

经过这番整顿，军队的组织更加严密，大大提高了战斗力。

公元1204年四月，铁木真率领蒙古大军自克鲁伦河向乃蛮部进发。乃蛮部太阳汗在杭爱山聚集部众，渡过鄂深河，在纳忽山崖列阵迎敌。

夜里，铁木真带领先锋者别、忽必来到阵前观察敌人的阵营，发现乃蛮部兵多势众，比自己的军队多出一倍。铁木真说："对于这样的敌人，必须智取，不可强战。"第二天，铁木真让者别赶出几匹瘦马到牧原上去吃草，乃蛮部的哨兵发现后，将几匹瘦马抓获。为了请功，他们将瘦马牵到太阳汗的儿子曲出律那里。曲出律看到这几匹瘦马后，高兴地说："蒙古人骑这样的瘦马打仗，真不堪一击，我一定要杀它个片甲不留。"说着让人将这几匹瘦马杀掉，命人摆下宴席，开怀畅饮起来。席间，他对部下说："我让你们先尝尝蒙古瘦马的滋味。"说完便傲慢地哈哈大笑起来。

决战前，铁木真在大帐里召集各部首领，研究对敌之策。军师扯儿必上前献计说："我军远道而来，人困马乏；敌人人多势众，士气正高。我军可在萨里川点起篝火，布下疑阵，迷惑敌人。"铁木真听后大喜，便命令军队散开，每个战士点五堆篝火。入夜，只见萨里川火光遍地，远远望去就像天上的星星。

白天，铁木真命令马队在原野上往来驰骋，扬起满天尘土。

乃蛮部的哨兵见到这种景象后，急忙报告了太阳汗。太阳汗听说满山遍野都是蒙古军队，心中害怕了。他急忙派人告诉打前阵的儿子曲出律说："蒙古人虽然马瘦，但兵多将广，不可轻敌。我们且暂时退兵，等他们骑着瘦马追赶我们时，再打它个措手不及。"

曲出律听说父亲要退兵，心中大怒，他嘲笑说："我的父亲胆小如鼠，连妇人都不如，还没有和蒙古人对阵，便吓破了胆。"他亲自来见父王，要求出战。太阳汗手下的老将豁儿速也说："当初老汗王在时，从来没有害怕过敌人，打仗时从来没有让敌人看见过他的后背。现在大敌当前，你却畏敌如虎，未战先退，早知如此，还不如让王妃当统帅，妇人也比你强！"

太阳汗被说得满脸通红，恼羞成怒地说："你们别在家里逞能，把威风用在战场上才算好汉。"于是他命曲出律为先锋，向铁木真发起攻击。

双方在纳忽山崖前摆下战场，铁木真按事先订下的计策让者别出阵。曲出律在马上傲慢地叫道："骑瘦马的蒙古人，你们死到临头了，还不快快下马投降！"者别也不答话，挺枪跃马，直取曲世律。两人一来一往战了二十几个回合，者别卖了个破绽，回马便走。曲出律见者别不是自己的对手，心中高兴，把手中的大刀一挥，率领大军便追了过来。者别且战且走，退到一条峡谷之中，等敌人全部追进山谷时，只听金鼓齐鸣，杀声震天，曲出律拨马返回，但谷口已被铁木真的军队堵死，哪能冲得出来。

太阳汗见儿子被困在峡谷中，急忙率军前来营救。这时斜刺里冲出一伙人马，为首的是铁木真的大将忽必来，太阳汗的军队顿时被分割成两段，首尾不能相顾。乃蛮军大败，纷纷落荒而逃，有的被马蹄踩死，有的掉下山崖摔死。

太阳汗在亲信的保护下，问后撤退。他逃到山坡下，看见蒙古军一批一批地冲过来，吓得心惊胆战，他问身边的扎木合："那几个像狼一样冲入军群的人是谁？"扎木合说："那是铁木真的四条狗，他们是者别、忽必来、者勒篾、速不台。他们打仗不要命，长着铜头、铁牙，喜欢吃人肉。"太阳汗听了吓得差点从马上掉下来，连声说："这样的人惹不起，还是离他们远一点吧。"

太阳汗逃到山坡上，看见一群蒙古人又蹦又跳地向他们冲来。他又问扎木合："那群像鹿一般跳跃的人是谁？"扎木合说："那是兀鲁兀和忙忽人，他们打起仗来像鹿一般矫健，谁也追不上他们。"太阳汗一听，吓出了一身冷汗，连连说："这样的人也惹不起，还是离他们远一点吧。"

太阳汗逃到山顶上，看见蒙古人鹰一般冲过来，他第三次问扎木合："那个身披铁甲，像雄鹰一般勇猛的人是谁？"扎木合仔细看了看说："哎呀，他就是铁木真，他穿的铠甲密不透风，连锥子都扎不进去。谁要遇上他，就像兔子遇上了老鹰。"

太阳汗听了，吓得面如土色，惊呼道："快跑，快跑，这样的人更惹不起了。"

扎木合见太阳汗大势已去，便带领自己的人马溜走了。

太阳汗连滚带爬，逃到一个山坳里。他浑身是伤，又疲惫又害怕，趴在地上，再也起不来了。这时铁木真率兵包围了纳忽山。太阳汗的随从们对着他的耳朵喊道："太阳汗，快起来吧，铁木真就要杀上来啦！"太阳汗听了"啊"的一声，便被吓得昏死过去。

铁木真包围了纳忽山，除太阳汗的儿子曲出律突围逃跑外，其余部众全部被歼，太阳汗被活捉，因伤势严重、惊吓过度死在军中。铁木真对被俘的王妃古儿别速说："你不是嫌蒙古人身上有牛粪的臭味吗？现在我就要让你闻一闻这牛粪的味道。"古儿别速羞愧满面，低头不语。铁木真见她年轻貌美，就让她做了自己的妃子。

乃蛮部战败，蔑儿乞部长脱脱率兵向北方逃去，铁木真乘胜追击。公元1205年，铁木真先后征服了蔑儿乞的四个部落。铁木真说："让他们在一起还是会造反的。"他按照处置克烈部众的办法，把蔑儿乞氏族部落拆散，分配给蒙古贵族。

扎木合离开太阳汗后，向西北逃去，这时他的部众都纷纷离开了他，他身边只剩下五个亲信。这五个亲信见他已到山穷水尽的地步，便将他捆起来，送到铁木真那里。

这五个亲信以为能得到铁木真的赏赐，没想到铁木真却说："背叛主人的人不可留用。"下令处死他们。扎木合落在铁木真的手里，知道草原上只能有一个英雄，自己的存在是多余的，要求铁木真处死他。铁木真念及幼年时的友情，赐他以"不出血而死"，这样可以保住灵魂。

经过七年的艰苦征战，铁木真完成了蒙古高原的统一事业。公元1206年，铁木真回到鄂嫩河源，全蒙古的贵族聚集在这里举行大会，推举铁木真为全蒙古的汗——成吉思汗。他所建立的大蒙古国东起兴安岭，西至阿尔泰山，南到阴山界壕，控制着极其广阔的地区。在这个地区的各个游牧部落，原来都有自己的名称，在大蒙古国建立后，这些部落便以"蒙古"为总名称，逐渐融合为一个民族。

成吉思汗建国后，顺应历史发展的要求，建立了一套较完整的制度。首先建立千户制，将新占领地区的人口编入九十五个千户之内，分封给开国功臣和贵戚统治。

成吉思汗将第一千户分封给蒙力克，因为他在关键时刻挽救了自己的性命；将第二千户分封给博尔术，并任命他为西部统帅——右手千户，因为在成吉思汗最困难的时候博尔术帮助他追回了八匹骏马，成为他最忠诚的将领；将第三千户分封给木华黎，并任命他为东部统帅——左手千户。

者别、忽必来、者勒篾、速不台、换吉忽都忽、博尔忽、曲出、阔阔台、赤老温、艮答儿等建国功臣都得到相应的分封。成吉思汗和他的诸子、诸弟、各支宗王组成大蒙古国最高统治集团，称为"黄金家族"。成吉思汗分给母亲和幼弟斡赤斤各一万人；分给长子术赤九千人，次子察合台八千人，三子窝阔台五千人，幼子拖雷五千人；分给长弟合撒儿四千人，二弟合赤温两千人，异母弟别里古台一千五百人。

为了加强军事建设，成吉思汗把护卫军扩充到一万名。原来的八十名宿卫扩充为七千名，散班扩充为八千名，作战时充当先锋的勇士共计万人。

怯薛分为四班，四怯薛分别由博尔忽、博尔术、木华黎和赤老温担任，号称“四杰”。怯薛的职务包括冠服、弓矢、饮食、文史、车马、庐帐、府库、医药、卜祝等事务。怯薛长协助成吉思汗处理国家日常事务，是国家的中枢行政机构。

为了维护社会治安，惩治盗贼，成吉思汗设立了“断事官”，任命他的义弟失吉忽秃忽为大断事官，并授权说：“你要做我的耳目，对于那些盗贼和骗子，该杀的杀，该罚的罚，决不姑息。”失吉忽秃忽遵照成吉思汗的旨意，断案公正，深受百姓们的欢迎。

为了便于发布命令、登记户口和进行文化交流，成吉思汗命人创制蒙古文字。他借用畏兀儿文（回鹘文）的字母拼写蒙古语，让贵族子弟学习掌握这种文字。成吉思汗从塔塔统阿那里学会了使用印章的办法，凡是他下发的命令和旨意，都盖上了印章，以作为凭据。蒙古文字的创制是蒙古历史上的一个重大创举，这些文字经过长期的不断改进，逐步完善，一直沿用到现在。

为了巩固大汗的地位，成吉思汗极力打击巫师。当时阔阔出是萨满教的首领，他认为自己代天发言，和成吉思汗的地位不相上下。他与六个凶恶的兄弟结成一伙，不把黄金家族放在眼里。有一次，阔阔出将成吉思汗的弟弟合撒儿吊起来毒打了一顿。当时，很多人都信奉萨满教，因此阔阔出在部众里有很大的权威。巫师的存在对成吉思汗已构成很大的威胁，他决心除掉阔阔出。

一天，成吉思汗以摔跤比武为名，在校场举行比赛。他暗中吩咐他的幼弟帖木哥找来三个力大无比的勇士，想在比赛中置阔阔出于死地。这时，阔阔出领着他的六个兄弟来比赛，帖木哥一把抓住他说：“走，我们到校场上摔跤去。”阔阔出刚走进比赛场地，三个勇士一拥而上，将他狠狠地摔倒在地，折断了脊骨，阔阔出当即气绝身亡。

成吉思汗宣布：阔阔出比赛失败，被摔死了，将他的尸体放在帐房里。

第二天，打开帐房一看，阔阔出的尸体竟不翼而飞，众人都感到十分蹊跷，惊疑不定。这时，成吉思汗出来宣布说：“阔阔出为非作歹，违背了天意，上天已把他的肉体和灵魂收走了。”从此，他的六个兄弟再不敢横行霸道，成吉思汗除掉了阔阔出，再没人敢和他一争高下。

成吉思汗建国后，虽然已征服了蒙古草原上的游牧部落，即所谓的“毡帐里的百姓”，但在草原北面森林里的狩猎部落，即所谓“林木中的百姓”，还不肯俯首称臣。公元1207年，成吉思汗派他的长子术赤率兵北进，去收服那里的猎民。

术赤率兵来到斡亦剌部，其首领忽都合率部众投降。术赤让忽都合做向导继续北进，在强大的蒙古军的震慑下，贝加尔湖周围的部落纷纷归降了成吉思汗。

成吉思汗派使者到叶尼塞河去招降乞尔吉思部。这个部落远在唐朝时就是一个强悍的民族，称为“黠戛斯”。蒙古使者来到这里，乞尔吉思部首领也迪表示愿意归顺大蒙古国。也迪亲自带着白海青、白骟马、黑貂鼠等贵重礼品来拜见术赤。他还派遣那颜去朝见成吉思汗，进贡礼品。

为了表示对“林木中的百姓”永世和好之意，成吉思汗将自己的女儿赐予忽都合的儿子为妻；为了感谢成吉思汗的恩德，忽都合将女儿嫁给成吉思汗的孙子为妻。这样成吉思汗便以婚姻关系和斡亦剌部结为好友。这对边疆的稳定起了重大作用。

成吉思汗派豁儿赤去统治贝加尔湖以西的秃马部，这是一个遥远的部族。一天，豁儿赤到这个部族中去挑选美女，引起秃马部的不满。秃马部首领是一位女将，叫孛脱灰。她擅长骑射，英勇无比。豁儿赤正带着三十名美女往回走，被孛脱灰截住，豁儿赤哪是她的对手，只战了十几个回合便被活捉，成吉思汗立即派忽都合去援救，结果也被孛脱灰抓获。

大将博尔忽得知此事后，便带亲信随从前往营援，孛脱灰素知博尔忽是成吉思汗手下的“四杰”之一。她命人在密林里设下绊马的绳索，并让弓弩手埋伏在山石后边。博尔忽救人心切，在密林里急驰，突然坐骑被绊马索绊倒，此时埋伏在山石后边的秃马人万箭齐发，英勇的博尔忽不幸中箭身亡。

成吉思汗连损三员大将，心中大怒，立即派朵儿伯率兵前往征讨。临行前成吉思汗授计说：“秃马人久居森林，对那里地形熟悉。你可以虚张声势、声东击西，派一部分人从大路进发，另一部分人沿山路前进，两路夹击，出其不意，合围而歼之。”

朵儿伯依计而行，他亲率一路人马，沿着野兽出没的险路摸索前进，他们每人携带一把斧头伐木为道，爬上山顶。从这里鸟瞰秃马人的驻地，他们正在那里庆贺胜利。朵儿伯趁其不备，从山顶率兵猛冲下来。此时，从大路进击的另一路蒙古军已赶到正面，两路夹击，秃马人大败，死伤无数，剩余的全部投降。女首领孛脱灰被抓获。

成吉思汗将孛脱灰赏给忽都合为妻，将一百名秃马人赐给博尔忽的家属为奴。

公元1211年，成吉思汗派大将忽必来率兵继续西进，收降了居住在巴尔喀什湖南边的哈剌鲁部，其首领阿尔思兰汗杀死西辽监国，随忽必来前往克鲁伦河畔谒见成吉思汗。成吉思汗将公主阿勒合别姬赐给阿尔思兰汗为妻。

成吉思汗顺利地征服了西域这些属国，大蒙古国的版图得到很大的扩展。

挺进中原

成吉思汗建立大蒙古国不久，便将目光瞄向了金国和西夏。

公元1209年，金朝皇帝完颜景病死，完颜永济即位。第二年，金朝派使臣来到蒙古，带来新皇帝的诏旨，传谕成吉思汗应跪拜接旨。成吉思汗听说新即位的皇帝就是曾经同他见过面的永济，他知道永济是个懦弱无能的平庸之辈，他当着使臣的面唾骂道：“我以为中原皇帝是天上人做，这个庸弱无能的家伙也配做皇帝吗？拜他做什么？”金朝使臣碰了个钉子，灰溜溜地回去了。从此，蒙古与金朝的关系宣告破裂，成吉思汗不再向金朝纳贡称臣。

公元1211年二月，成吉思汗决定攻打金朝。他在克鲁伦河畔召开誓师大会，威武雄壮的蒙古军聚集在草地上，白色的大纛高高耸立，旌旗飘扬，车帐如云。成吉思汗坐在高高的点将台上，诸位虎将分列两旁。按照蒙古的古老传统，成吉思汗解下腰间的苏缎宝带挂在脖颈上，然后举起一碗酒拜祭天地。他向天祈祷说：“长生天啊！金朝皇帝曾杀害了我的祖先，我们不能世代受此欺凌。倘若你允许我复仇，就请援助我吧。”

此时，台下将士们齐声高喊：“有上天帮助，誓为先祖复仇！”口号声像天上的雷鸣，响彻辽阔的草原。成吉思汗利用复仇，作为出兵南侵金朝的借口。将士们摩拳擦掌，群情激昂，他们相信长生天会为他们增添力气，蒙古军定会无往不胜。

成吉思汗将全部军马调来出征，只留下两千名骑兵驻守草原。成吉思汗亲自率领蒙古大军从克鲁伦河出发，浩浩荡荡地向南挺进。

蒙古大军到达阴山北麓金净州，这里有一条界壕，是金朝为防御草原游牧民族的进攻而修筑的边墙。金净州由汪古部驻守。汪古部阿剌兀思早已投降了蒙古，蒙古大军到达后，他亲自出帐迎接成吉思汗。阿剌兀思率兵在前边引路，蒙古大军顺利地越过了阴山。

成吉思汗任者别为先锋，进攻金朝边境重镇乌沙堡，占领乌月营。驻守在这里的金朝平章政事独吉思忠仓皇撤军，被金朝撤职，改由参知政事完颜承裕主持兵事。

为了实施有效进攻，成吉思汗将蒙古大军分为两路，一路由他的三个儿子术赤、察合台、窝阔台率领，向西南进军；他和四子拖雷则率领另一路大军，向东南追击。

蒙古西路军一路奋进，先后攻下云内、东胜、武州、朔州，包围了金朝的西京（今山西大同市）。成吉思汗率领的东路军所向披靡，势如破竹。完颜承裕抵挡不住蒙古军的猛烈攻势，一路撤退，退避宣平（今河北张家口市西南）。他在这里聚集了三十万大军，驻守野狐岭，企图凭借险要地势与成吉思汗决一死战。

成吉思汗取昌州（今内蒙古太仆寺旗宝昌镇），夺桓州（今内蒙古正蓝旗境内），直逼抚州（今河北张北县）。进入抚州后，成吉思汗挥师南进，在距野狐岭五十里处安营扎寨。

完颜承裕以为蒙古军远道而来，人困马乏，随即向成吉思汗发起突然袭击。此时，蒙古军正在营盘里生火做饭，成吉思汗急令士兵倒掉锅里的食物，迎战金兵。

成吉思汗命木华黎为先锋。木华黎跟随铁木真征战多年，是一位精通韬略、智勇双全的将领。他不负成吉思汗所望，一马当先，冲入敌阵，士兵们杀声震天，金兵顿时大乱。成吉思汗乘机向金兵发起总攻击，三十万金兵被冲散，死伤者不计其数，野狐岭下血流成河。金朝的精锐部队被消灭，完颜承裕只身逃往宣德城（今河北宣化县）。

野狐岭大捷后，成吉思汗派大将者别继续向东进军，直抵居庸关。居庸关是金朝首都中都（今北京市）的门户，这里峻岭纵横，地形极为险要。金兵据险扼守，者别派兵士在城下叫骂，金兵守将不肯出战。这天，者别假装退兵，暗地里却将伏兵设于居庸关左侧的山沟里。金兵守将见蒙古军退去，便率兵出城追击，此时埋伏于山沟中的蒙古军乘机夺取了居庸关。居庸关失守，中都城内一片惊慌。金朝急忙调重兵把守。者别率兵来到中都城下，怎奈中都城防坚固，连攻数日未能攻破。者别只好带着抢掠来的财物、马匹北还。

公元1212年秋天，乘草肥马壮之时，成吉思汗再次兴兵南下。蒙古大军一路攻关掠州，直指西京城下。金朝派元帅奥屯前来增援西京。成吉思汗将金朝援军诱至密谷口，一举歼灭。接着，他亲自指挥蒙古军攻打西京城。正在酣战之时，一支流矢射来，正中肩部，血流不止。众将士急忙围拢过来，成吉思汗说：“在战场上流血受伤是常有的事，何必大惊小怪。”

在诸将的力劝下，成吉思汗只好退还草原，在阴山附近驻营。与此同时，者别率领的蒙古军进攻金朝东京辽阳获得大胜。蒙古军攻入辽阳后，为备受金朝压迫的契丹遗民出了一口气。契丹首领耶律哥率领十万民众归附蒙古。

公元1213年秋天，成吉思汗第三次出兵，进攻金朝。他率兵经宣德、德兴，在怀来大败金朝左丞相完颜国和术虎高琪，乘胜追至居庸关北口。成吉思汗见这里山势险要，易守难攻，便令怯台、薄察二将在此留守以牵制金兵，自己则率蒙古大军避开居庸关向西，通过山间小路绕过长城，南出紫荆关（今河北易县易州镇西）。入关后，成吉思汗命者别从后面攻打居庸关南口，者别出其不意，大败金兵，到北口后与驻守关外的怯台、薄察会合，随即占领了居庸关。

成吉思汗率兵攻破涿州、易州后兵分几路，右路由术赤、察合台、窝阔台率领，沿太行山东麓南下，连破河南、河东、河北二十多个州县。再绕太行山西麓北行，到代州而回。左路由成吉思汗之弟合撒儿统领，东取蓟州，沿着渤海东进，破平、滦、辽西等地，然后北返。

成吉思汗和拖雷率领中军，自易州南下，攻入河北省南部，再经河南省东北部，攻入山东登州一带，共攻占十余州府，一直到达海滨。在短短的几个月里，成吉思汗的三路军马几乎侵掠了整个华北平原，只有中都、真定等十一座城池没有攻破。据史书记载，蒙古军所到之处，“人民杀戮几尽，金帛、子女、牛羊马畜皆席卷而去，屋庐焚毁，城郭丘墟”。当时，蒙古大军仍沿用游牧部族奴隶主的掳掠战法，攻下一地后便掳掠而去，并不长期驻守。公元1214年春天，成吉思汗的三路大军在中都附近会师，围困金朝首都中都。

在成吉思汗攻打金朝的时候，中都城内发生了夺取皇位的军事政变，纥石烈执中等谋杀了金朝皇帝完颜永济，立完颜珣为帝，这便是金宣宗。成吉思汗集三路大军，兵临中都城下。他派使者入城，警告金宣宗说：“如今山东、河北尽归蒙古国所有，中都已是一座孤城，只要号令一下，指日可破。不过我并不想再逼迫你，只要金朝向我纳贡，我便撤军。”

金宣宗听后，急忙召集文武大臣前来议事。会上有人主战，有人主和，都元帅完颜承晖说：“成吉思汗三路大军围困中部，危在旦夕。莫如暂时议和，等蒙古军退去，再做打算。”金宣宗采纳了他的意见，向成吉思汗纳贡求和，并把永济的女儿歧国公主献给成吉思汗。歧国公主出身高贵，成吉思汗将她列为第四位妻子，封为公主哈敦。金朝向成吉思汗进贡五百名童男童女，另外还有三千匹马和大量金银财帛。成吉思汗这才撤兵北返。撤兵时，金宣宗派丞相恭送蒙古军出关。

成吉思汗撤兵后，心有余悸的金宣宗以“国蹙兵弱，财用匮乏，不能守中都”为由，提出迁都开封。他的意见遭到部分贵族官僚的强烈反对，他们认为若迁都开封，将与南宋毗邻，如此南北受敌，金朝的处境将更加危险。不如退回辽东，那里是女真人的老家，可以重整旗鼓，再图发展。金宣宗不顾群臣反对，执意南迁。金宣宗行至河北涿州时，良乡一带的乣军发动叛乱。乣军推举所答为首领，派使臣向成吉思汗投降。此时，成吉思汗正在鱼儿泊（达莱诺尔）驻夏。当他得知金朝迁都、乣军叛降时，立即派大将三木合和石抹明安与投降的乣军配合攻打金朝中都。

金宣宗得知蒙古军向中都进发，心中大惊，他担心自己的儿子在中都性命难保，便下诏让他到开封。完颜承晖说：“太子留守中都，可以稳定军心，若太子离去，军心必乱，中都难保。”宣宗不听其劝告。太子南逃后，中都城内人心惶惶，军心动摇。公元1215年春，三木合夺取中都东郊的通州，金朝守将右副元帅蒲察七斤投降，让他仍任原职。蒙古大军随即包围了中都。

兵临城下，完颜承晖急忙向宣宗告急，请求发兵支援，宣宗命令河北、大名府的金军援救中都。成吉思汗探知敌情后，命石抹明安在半路截击。护送军粮增援中都的金将李英是个嗜酒如命的庸才，他在霸州喝得醉醺醺的，被石抹明安截获，李英也成了刀下之鬼。

中都城里粮草殆尽，完颜承晖见大势已去便服毒自杀，左副元帅抹然尽忠弃城逃走，石抹明安不战而进入中都。

中都陷落，成吉思汗派失吉忽秃忽、汪古儿、阿儿孩赶往中都收缴财物。金朝在此经营多年，宫中珍宝不计其数。金朝降将为了讨好他们，向汪古儿、阿儿孩送去厚礼，他俩便将这些礼物据为已有。失吉忽秃忽秉公办事，拒不接受贿赂，将宫中财宝一一造册登记，如数献给了成吉思汗。成吉思汗得知此事后，对失吉忽秃忽大加赞赏，严厉地处罚了汪古儿和阿儿孩。

公元1216年，成吉思汗返回克鲁伦河草原。自挺进中原以来，他离开这里已经整整六年了。望着牛马遍野的牧场，他感慨万端，但仍然念念不忘伐金的大事，金朝不灭，他是不会甘心的。他要选一位有才干的将领代替他去征讨金朝，然而谁能担此重任呢？他思来想去，认为非木华黎莫属。

公元1217年，成吉思汗将木华黎从东北召回，对他说：“太行以北，我自去经营，太行以南的事，你尽力去料理吧。”按照汉人的习称，成吉思汗封木华黎为“太师国王”，赐予金印一枚，上刻“子孙传国，世世不绝”八个字。木华黎说：“臣担此重任，自当竭力尽忠，只是远征万里，恐诸将不服。”成吉思汗随即给他一面象征大汗的九尾白纛，告谕诸将说：“木华黎用此旗发号令，如同我亲自发令一样。若有抗军令者，斩！”木华黎由此成为蒙古对金朝作战的全权统帅，成吉思汗得以集中精力进行遥远的西征。在以后的几年里，木华黎不负厚望，率兵挺进中原，争城夺地，干出了一番伟业。

远征中亚

公元1217年，成吉思汗将伐金大任委托给木华黎后，便集中精兵强将发动了震惊世界的西征中亚的战争。

公元1217年秋，成吉思汗命令大将速不台攻打驻于吐鲁番一带的火都。成吉思汗对速不台说：“火都要是生了翅膀飞上天，你就变成一只雄鹰把他捉住。你翻山越岭，横渡瀚海，去勇敢地消灭仇敌蔑儿乞人吧，我等待你胜利的消息。”成吉思汗还授权速不台，只要捉到火都，不需押回，就地处死。

速不台给战马钉上新马掌，将战车的车轮钉满铁钉，越过崇山峻岭，跨过戈壁大漠，出奇制胜，杀死火都，得胜而回。

当年乃蛮部太阳汗的儿子屈出律被右志思汗打败后，突围逃到西方，他与花剌子模首领相结合，夺取了西辽政权。公元1218年，成吉思汗命令大将者别率兵两万去攻打屈出律。者别进入西辽境内后，宣布宗教自由，从而得到伊斯兰教徒的广泛支持。他们纷纷起来造反，杀死监视他们的西辽士兵。屈出律丧失了当地民众的支持，不敢与者别交战，逃往巴达哈伤地区（今阿赛汗巴达克山），被当地山民捉获，送交者别。者别割下他的首级，在喀什噶尔、鸭儿看（今新疆莎车县）、和田等地示众，从此西辽被消灭。

蒙古征服了西辽，便和花剌子模接壤。此时，花剌子模正处于鼎盛时期，其首领名叫摩诃末，是一个极有野心的暴君。他和成吉思汗一样企图为天下主。当成吉思汗在草原崛起的消息传到中亚时，立刻引起摩诃末的注意，他说："东方出了一位与我争夺天下的人，我不能坐视不理。"为了探听成吉思汗的虚实，他派使者来到中都。

成吉思汗接见了使者，对他说："我是东方的统治者，摩诃末是西方的君主，两国应当彼此和好，让商人互相往来，互通有无，交换商品。"为了表示诚意，成吉思汗用高价买下了花剌子模商队的货物。同时，派遣使臣和四百多人组成的庞大商队进行回访。

蒙古使臣到花剌子模后，见到了摩诃末，但商队却被讹答剌（今哈萨克斯坦境内）城的守将扣留。摩诃末见到如此贵重的商品，顿时眉开眼笑。他背信弃义，下令将蒙古商人杀死，没收全部货物。在花剌子模人大开杀戒的时候，一个蒙古商人悄悄地藏在地窖里，等花剌子模人走后，他逃了出来，回到东方向成吉思汗报告了蒙古商人被杀的消息。

成吉思汗闻讯后大怒，感到遭受了前所未有的耻辱。他奔上山顶，摘下头盔，将腰带搭在脖子上，向天祈祷说："我不是这场战祸的挑起者，赐我力量去复仇吧！"下山后，他派遣三名使者到花剌子模向摩诃末提出抗议，要他立即归还被扣留的蒙古货物，并制裁杀死蒙古商队的人，否则将发兵征讨。摩诃末拒绝了成吉思汗的要求，并当场下令将为首的使臣杀死，其余两名使臣被剃去胡须，驱逐出境。

公元1219年，成吉思汗亲率二十万大军西征到达也儿的石河。他的四个儿子术赤、察合台、窝阔台、拖雷和大将阿拉黑、速不台、者别及应召而来的耶律楚材随军前往。秋天，蒙古大军到达花剌子模。成吉思汗将部队分为四路进击：察合台、窝阔台进攻花剌子模国的讹答剌城；术赤进攻毡的城（今哈萨克斯坦境内）；阿拉黑率兵进攻纳客忒（今乌兹别克斯坦境内）和忽毡城（今塔吉克斯坦境内）；成吉思汗和小儿子拖雷进攻不花剌城（今乌兹别克斯坦布哈拉）。

察合台、窝阔台怀着复仇的决心向曾经杀害蒙古商队的讹答剌城发起猛烈进攻，守将亦纳勒出黑拼命抵抗，但无法阻挡蒙古军的铁骑。城破之后，亦纳勒出黑率领残部躲进内堡里，最后只剩下三个人，亦纳勒出黑被生擒。察合台将亦纳勒出黑押送到成吉思汗的大帐里。成吉思汗说："当初你杀掉我蒙古商人四百多人，今天我要用你的人头祭祀亡灵！"他命士兵将熔化的银汁灌进亦纳勒出黑的耳朵、鼻子和眼睛里，然后枭首示众。

此时，术赤率领的第二路大军，一连攻克了昔格纳黑城、巴耳赤邗城、额失纳思城，直逼花剌子模国重镇毡的。毡的守将忽都鲁汗早被蒙古铁骑吓破了胆，晚上便领着一伙亲信弃城逃跑了。主将逃跑，城内军民乱成了一锅粥，术赤派人进城去劝降，城内民众见大势已去，不想再重复昔格纳黑城尽遭屠杀的悲剧，便献城投降了。

由阿剌黑率领的第三路蒙古军在攻克了纳客忒城后，在进攻忽毡城时，遭到花剌子模民族英雄帖木儿灭里的奋力阻击。帖木儿灭里是花剌子模的一员勇将，武力超群，尤其擅长射箭，能百步穿杨，人称"神箭手"。

帖木儿灭里在忽毡城外的锡尔河中的一片沙洲上修筑了一座城堡，城堡四周留有射箭的窗口和垛口。帖木儿灭里带一千名兵士居高临下，观察蒙古军的动静。阿剌黑几次进攻城堡都被帖木儿灭里用箭挡了回去。

为了阻挡蒙古军的进攻，帖木儿灭里命工匠造了十二艘大战船，船体用浸过水的湿毡覆盖，上面再涂以浸过醋的黏土。船四周留有窗口，便于观察和射箭。他每天率领船队来往于锡尔河上，与蒙古军交战。由于河水的阻挡，蒙古军无法登岸。阿剌黑命令士兵将箭头裹上棉絮，蘸上石油点燃后向敌船发射。然而敌船并不怕火，火箭纷纷落入河中。

阿剌黑久攻不下，心中十分焦急。这天，他调来几万名俘虏兵，让他们从山上背来石头填入河中，又准备了大量木板、树干作为渡河之用。这天黑夜，阿剌黑向忽毡城发起突然袭击，帖木儿灭里抵挡不住蒙古军的猛烈进攻，便和士兵们乘船沿锡尔河退却。

此时，术赤得知帖木儿灭里从河上逃走，便在下游架起浮桥，阻击敌人。

帖木儿灭里的船队遭到重创，人马都战死了，他只身一人逃上岸来，看到箭袋里只有三支箭，其中一支还是没有箭镞的断箭。这时三个蒙古士兵紧追上来，帖木儿灭里弯弓搭箭，用无镞断箭射伤了一个士兵的眼睛，他对另外两个士兵说："我还有两支箭，正好你们一人一支，但我舍不得浪费它，你们逃命去吧。"蒙古士兵见他箭法神奇，不敢追赶，帖木儿灭里乘单骑向西方逃走。

阿剌黑经过一番奋战，终于占领了忽毡城。

成吉思汗和拖雷率领的第四路蒙古军渡过锡尔河，抵达咱儿纳黑城。成吉思汗派一名伊斯兰教士到城中去劝降，教士对城中百姓说："我是虔诚的伊斯兰教徒，特奉成吉思汗之命前来拯救你们。你们若要反抗，蒙古铁骑将踏平城池；你们要听我的劝告，向成吉思汗投降，这样便可保全性命。"这里的百姓都信奉伊斯兰教，教士的话很有影响力，于是市民们便打开城门，迎接成吉思汗。

公元1220年二月，成吉思汗攻占了不花剌城，这是中亚地区的一座文化名城，城中有著名的大清真寺。这天，成吉思汗骑马来到大清真寺，他见这里富丽堂皇，殿堂巍峨，他问寺中的教徒："这里是算端居住的宫殿吗？"教徒回答说："这是真主的庙宇。"

成吉思汗登上讲坛，向城中的居民说："摩诃末算端背信弃义，杀死蒙古商人，犯下滔天大罪。我是上帝之鞭，奉长生天之命来惩罚你们。"他勒令富翁交出金银财宝，将反抗的人全部杀掉。

接着，成吉思汗发兵攻打花剌子模的新都撒麻耳干（今乌兹别克斯坦马尔罕）。撒麻耳干是河中首府，土地肥沃，物产丰富。花剌子模占领河中后，摩诃末算端将首都从玉龙杰赤迁到这里。他在这里大兴土木，修建了华丽的宫殿和美丽的花园，和后妃们寻欢作乐，过着极其奢侈的生活。

此时，察合台、窝阔台在占领讹答剌后，率兵前来与成吉思汗会师，两路大军会合一处，驻扎在撒麻耳干城外。入夜，蒙古军的营寨里灯火如同星罗棋布的天空。敌人形容说蒙古军多得像沙漠里的沙子。摩诃末在城头望见这强大的阵容，早已吓得魂飞魄散，第二天夜里便带领皇妃和金银细软从西角门逃跑了，只留下大将阿勒巴儿汗在此死守。

战前，成吉思汗带领耶律楚材和几个随从环绕城池，察看地形。只见撒麻耳干城墙高大坚固，城外的护城河深不可测，从城内不时传来大象的吼叫声。他让耶律楚材占卜预测战争的胜负。耶律楚材对他说：“我昨天晚上夜观天象，看到西北角上有流星陨落，花剌子模的国王气数已尽，寿命不会太长了。”耶律楚材的这番话，无非是想鼓舞士气，增强成吉思汗攻城的信心。

成吉思汗听后大喜，说：“我这位长髯朋友，上通天文，下晓地理，他的话一定不差。”耶律楚材留着一口美髯，成吉思汗平时不叫他的名字，而是亲切地称呼他为“长髯朋友”。耶律楚材见成吉思汗一时高兴，便乘机劝道：“孟子说不以仁政，不能平治天下。这次破城，切不可妄杀无辜平民。”成吉思汗听了哈哈大笑说：“你是个书生，若论读书写字，我不如你，若论骑马打仗，你就不如我了。打仗方面的事，我自有主张。”

耶律楚材是一位崇尚儒学和佛教的学者。他在从征过程中，希望用儒家治国的思想来影响成吉思汗，但在那艰苦卓绝的战争年代里，他的这一套主张还不能被成吉思汗完全接受。

成吉思汗将兵力部署妥当后，便向撒麻耳干发起猛烈攻击。敌人凭借高大坚固的城墙死守，战争一直进行到黄昏，双方互有伤亡，成吉思汗见一时无法攻破，便鸣金收兵。

第二天，成吉思汗引军再战。这时敌人将城门打开，从城里突然冲出一群大象，这些大象身披铁甲，摆动着长长的鼻子向蒙古军冲来。蒙古骑兵的战马从未见过这种怪物，顿时吃了一惊，扭头便跑。成吉思汗见状，急令射石机和弩手射石雷和箭矢，以阻挡大象的冲击，掩护骑兵退却。敌人的战象受到石雷的轰击，无法前进，只好退回城中。

这一仗，蒙古军有较大的伤亡。晚上，成吉思汗坐在大帐里，无法入眠。他点上蜡烛，铺开耶律楚材给他绘制的作战地图，研究破城之法。这时，三子窝阔台进来，对父亲说：“我们在草原上打猎，挖掘陷阱，便可以捕获鹿群，我们何不用陷阱俘获敌人的大象？”一句话提醒了成吉思汗。

第三天，成吉思汗按兵不动，让士兵们好好休息。城中的敌人以为蒙古军害怕战象，便骄傲起来。阿勒巴儿汗在城中大摆宴席，庆贺小小的胜利，他醉醺醺地说："我的大象阵所向无敌，蒙古人害怕了，他们只会骑马，哪里见过这种庞然大物呢？哈哈哈……"

到了晚上，夜幕降临，成吉思汗派士兵们在城外挖掘陷阱，上面覆盖树枝毡布，树枝毡布上又铺上一层薄土，一切安排就绪。第四天，天刚蒙蒙亮，成吉思汗在城外列阵，将战鼓敲得咚咚响。阿勒巴儿汗听到蒙古军又来攻城，哈哈笑道："今天我要让蒙古军尝尝我大象蹄子的滋味，不把他们踩成肉泥决不收兵。"说着便让士兵们打开城门，将象群放了出来。

身披铠甲的大象横冲直撞直扑阵前，它们摆动着鼻子，仿佛要把蒙古军一个个从马背上卷下来生吞活剥了似的。蒙古骑兵遵照成吉思汗的计策，佯装害怕，掉转马头便往回走，那群大象更凶了，肆无忌惮地追了上去，不想脚下一踩落入陷阱。大象身体庞大，落入陷阱后，无法转动身体，象背把陷阱都填平了。后边的大象一看这种景象，吓得扭转身子便向城中逃跑。

成吉思汗在马背上一声令下，射石机、弓箭手一同射击，顿时炮声轰轰，火光冲天。石雷击中大象的屁股，大象疼痛难忍，将自己的士兵踩死无数。

这时蒙古骑兵掉转马头，向敌人的象阵发起反击，他们踏着象背越过陷阱，冲杀过来，在石雷、箭矢的射击下，战象死伤许多，躺在地上四条粗腿不住地乱蹬。没有死的大象急忙向城门洞里逃去，然而，象多门小，怎么能挤得进去？阿勒巴儿汗怕蒙古军冲进城去，急忙下令将城门关闭，可怜那些大象全成了成吉思汗的战利品。撒麻耳干的大象队被消灭，就等于失去了王牌军。

第五天，城中的教长和法官乞求投降，他们打开城门，迎成吉思汗入城。阿勒巴儿汗率残兵趁夜逃离。蒙古军入城后，烧毁了清真寺和摩诃末的宫殿，这座中亚地区的历史名城化为一片废墟。

成吉思汗在城中休整兵马，犒劳三军，经短暂的休整之后，便命令术赤、察合台和窝阔台共同进攻花剌子模的旧都玉龙杰赤，命大将者别和速不台率三万轻骑追杀逃往阿姆河南岸的摩诃末。

阿姆河是中亚地区的一条大河，河面宽阔，水深浪急。者别和速不台让士兵们用牛皮缝制皮筏，士兵坐在皮筏上，手牵马尾，渡过了阿姆河。

在阿姆河南岸，者别、速不台先后攻克了巴里黑、你沙不儿等城池。摩诃末东躲西藏，走投无路，最后逃到里海的一个小岛上，不久便病死在岛上。

者别与速不台挥师西进，越过高加索山，打败斡罗思（今俄罗斯）和钦察突厥人的阻击，在那里大行掳掠后，绕道里海北岸回军。

摩诃末死后，由他的儿子札兰丁即位。札兰丁从呼罗珊返回多疾宁，组织兵力准备反击。

此时，玉龙杰赤城中一片混乱，守城统帅忽马儿奋力抵抗。术赤、察合台、窝阔台一连攻打了七个月未能破城。原来术赤和察合台之间产生了矛盾，各行其是，号令不一。成吉思汗听到此事后十分生气，他任命窝阔台为统帅，统一发号施令。

窝阔台组织人马将玉龙杰赤包围起来。晚上他以重兵攻打防守薄弱的南门，当天夜里便攻入城内，窝阔台下令挖开阿姆河，占巴里黑城，并派遣拖雷进攻呼罗珊。拖雷自巴里黑西进，沿着木尔加布河北上，攻克了马鲁城。然后折向西南攻打你沙不儿城。这里曾是成吉思汗的女婿脱忽察儿战斗牺牲的地方，攻打你沙不儿城时，成吉思汗的女儿要求参战，为丈夫报仇。

拖雷怀着复仇的决心，用射石机向城中猛烈轰击。城破后，脱忽察儿的妻子冲进城里，愤怒地杀死城中敌人，烧毁了房舍楼阁。从此，你沙不儿城成为一片废墟。

拖雷夺取巴里黑城后，回兵寒城与成吉思汗会师。这时察合台、窝阔台也从玉龙杰赤回师来到这里。三路蒙古军会合一处，成吉思汗率兵向札兰丁的驻地多疾宁进军。札兰丁闻讯后退往申河（今印度河），企图从这里渡河逃往印度。成吉思汗率兵追到河边，与札兰丁展开激战。札兰丁全军覆没，只身退到河边，从悬崖上跳入滚滚的申河中，泅水而逃。

经过三年多的远征，成吉思汗基本上征服了波斯全境。公元1222年，成吉思汗回军到阿姆河驻营。

北志未酬

成吉思汗到了晚年非常迷信，他和秦始皇、汉高祖一样，企图寻找长生不老之术。在远征中亚时，他听说山东莱城（今山东蓬莱市）全真道道士长春真人丘处机很有法术，能使人延年益寿，长生不老。于是他便派遣工匠出身的汉族官员刘仲禄去莱州，邀请丘处机前来讲授长生之术。刘仲禄找到丘处机时，丘处机已经是将近七十岁的老人了。开始时，丘处机不愿意去，刘仲禄再三恳请，希望他能出山辅佐，丘处机便跟着刘仲禄上路了。他原以为成吉思汗就在北方草原，到中都后，才知成吉思汗远在西方，离这里还有十万八千里呢。丘处机后悔了，他怕把这把老骨头丢在遥远的西方。成吉思汗听说他不想来了，便第二次下诏书，要他务必前来。

丘处机历尽千辛万苦到达撒麻耳干城。

公元1222年三月，成吉思汗在阿姆河的营帐里第一次会见丘处机，向他请教长生不老之术。丘处机是一位有学识的封建文人，他坦诚地对成吉思汗说："我没有什么长生不老之药，只有延年益寿的方法。"丘处机滔滔不绝地向成吉思汗讲述了这方面的知识。成吉思汗虽然大失所望，但他感到丘处机是位有学识且十分坦诚的人，因此对他十分敬重。

十月，成吉思汗再次召见丘处机，让他论道三日，由契丹人耶律阿海做翻译。在和成吉思汗的谈话中，丘处机针对蒙古军的屠杀和掠夺，一再宣传道家思想和封建政治观点。他对成吉思汗说，治国之方"应以敬天爱民为本"，长生之道"以清心寡欲为要"。丘处机的这一套理论，成吉思汗一时难以做到，但他感到这套理论有一定的道理，便命耶律阿海把丘处机的谈话记录下来，要传给他的子孙。

和丘处机会见不久，成吉思汗便结束了西征，循原道回师。经过两年多的长途跋涉，公元1215年春天，成吉思汗率西征大军到土剌河黑林旧营。

成吉思汗的一生是征战的一生，当他在土剌河草原度过一个安静的夏天后，六十三岁的他又雄心勃勃地披甲出征，讨伐西夏。

西夏是一个强盛的国家，由党项族建立，占据着现在的宁夏、甘肃、陕西北部、青海和内蒙古的部分地区，建都兴庆府（今宁夏银川市）。成吉思汗征金国前，曾三次征伐西夏，西夏王李安全表示臣服，并将女儿察合公主献给成吉思汗。献宗李德旺即位后，与金国结为联盟，共同对付蒙古。成吉思汗的雄心是要灭金灭宋征服全国，岂能容忍西夏与金国结盟。

公元1225年，成吉思汗率兵西进，途中坠马受伤，将士们劝他回师养伤。成吉思汗不同意，继续率兵西进。

公元1226年二月，成吉思汗率主力军攻占西夏重镇黑水城（今内蒙古巴彦淖尔市境内），直逼贺兰山。西夏派大将阿沙率军抵抗，战败被俘。接着，成吉思汗又攻占了西凉府（今甘肃武威市）、应里（今宁夏中卫市）等州府。

这年冬天，两军会战于灵城（今宁夏灵武县西南），这里濒临黄河。黄河已经结冰，成吉思汗在冰面上指挥作战，胡须上挂满了白霜。他下令放箭，敌人死伤无数。成吉思汗乘胜追击，西夏大将嵬名令公率领的十万援军被歼灭。蒙古军占领了西夏重镇灵城。

灵城失陷，西夏首都中兴府危在旦夕。公元1227年一月，成吉思汗派大将阿术鲁领兵围困中兴府。他自己率领大军侵入金国境内，接连攻占积石州等地。闰五月，成吉思汗在隆县六盘山驻夏。六月，成吉思汗在清水县（今甘肃清水县）派使臣察罕去中兴府劝降。就在这时，中兴府地区发生罕见的大地震，人们纷纷议论，西夏气数已尽，西夏末代皇帝李晛向蒙古投降，要求宽限一个月再献城，成吉思汗答应了这一请求。七月，成吉思汗病重，他自知生命快要结束。在生命垂危之际，令他放心不下的是汗位继承问题和灭金大业。早在西征时，成吉思汗就对汗位继承问题有过明确指示，当时他的四个儿子随同前往。出征时，他宠爱的妃子也遂夫人说：可汗远去征战，不知何日才能回来。若有不测，四子内命谁为主，可令众人先知。成吉思汗感到这确实是一件大事，便把四个儿子叫到跟前。因为术赤是长子，所以先征求术赤的意见。术赤还未说话，二子察合台便坐不住了，抢先说道：“父王先问术赤，是不是要把江山托付给他？他是蔑儿乞人带来的，我们怎么能让他管。”原来，成吉思汗的结发妻子孛儿帖曾被蔑儿乞人抢去，夺回以后才生下术赤，这样术赤的血统问题便成为一个疑案。

术赤听了察合台的这番话，当然十分恼怒，跳起来揪住察合台的衣领就要动手，被旁人劝住。面对两个儿子的冲突，成吉思汗很是忧虑，便指定三子窝阔台为汗位继承人，并要其余三子当着他的面立誓拥戴。

在清水县的行帐里，成吉思汗将儿子们召到榻前，给他们讲了一个《多头蛇和一头蛇》的寓言。寓言说，一个寒冷的夜晚，一条多头蛇想爬进洞去，可是每个头都争着往洞里爬，洞小头多，结果谁也没爬进去便被冻死在洞外，而那条一头蛇却顺利地爬进洞内，保全了性命。

成吉思汗讲完后，对诸子们说：“我已选定窝阔台为继承人你们要听从他的指挥，团结一致，互相帮助，这样任何强大的敌人都无法战胜你们。”

接着成吉思汗向诸子们传授了消灭金国的方略。

公元1227年七月二十日，一代天骄成吉思汗结束了戎马一生，病逝于清水县的行营中，终年六十六岁。

根据成吉思汗的遗嘱，死后秘不发丧，待西夏国王前来谒见时，将西夏国王杀掉。

成吉思汗死后三天，西夏末代皇帝李晛献城出降，被蒙古军杀死。

成吉思汗的遗体被护送到斡难河源头的营帐所在地。根据他生前的遗愿，埋葬在鄂嫩、鄂鲁伦、土剌发源地不儿罕山的起辇谷。

成吉思汗是中国和世界历史上的一位伟大人物。他一生“灭国四十”，在世界历史上写下了惊心动魄的篇章。对他晚年进行的西征，长期存在争论。在这次征战中，中亚、西亚和欧洲很多国家及地区遭到严重破坏，给各族人民带来了巨大的痛苦。但是，也应该看到，它冲破了东西方的隔绝，促进了东西方的经济、文化交流，有一定的积极意义。

元朝名相

耶律楚材

耶律楚材是元朝著名的政治家，他出身于契丹贵族家庭。在成吉思汗时期，他随军西征，为统一北方出谋划策。他辅佐元太宗窝阔台继位和执政，提出一系列改革措施，建立各种规章制度，对巩固元朝统治、恢复社会经济做出了积极的贡献，是我国少数民族中一位杰出的政治家。

精通六经百家书

耶律楚材，字晋卿，生于公元1190年六月二十日。他是契丹皇族的后裔，是辽代开国皇帝耶律阿保机的长子耶律倍的八世孙。

耶律楚材的父亲耶律履，是金朝的右丞相，官位显赫。他出生时父亲已年届六十，年迈的父亲老来又喜得贵子，对他寄予厚望，因此取“楚虽有材，晋实用之”之意，给他起名“楚材”。当时金王朝已到了日暮穷途的境地，他的父亲已预料到金朝不会维持多久，这个孩子将来只有到别的地方去施展才能，才会有发展前途。

耶律楚材两岁时，父亲去世。他在母亲杨氏的教诲下长大成人。耶律氏家族是一个有文化修养的家族，祖上出过很多知名的学者，家中有六经百家之书。在这样优越的环境中，耶律楚材勤奋好学，博览群书，从小便学到了很多知识，文章和诗写得非常出色，并且精通天文、地理、历史、历法、术数、医

卜。他曾在诗中写道："继夜诵诗书，废时毋博弈"，每天读书学习到深夜，从来不玩赌棋之类的游戏。

耶律楚材十七岁时，已经到了参加科举考试的年龄，根据朝廷规定，高级官员的儿子可以免试享有"赐补入化"的特权。耶律楚材认为，国家用人应以真才实学为标准，他不愿享受这种特权，参加了正式的进士科考，以优异的成绩考中进士，在朝中当了一名掌管文书的官。

当时，金朝已经十分腐败，真正有才学的人很难受到重用。耶律楚材空有满腹经纶，却没有用武之地。干了六七年，虽然升为开州的副州长，但除了协助知州处理衙门里一些烦琐的日常事务外，并没有施展才能的机会，因此十分苦恼。

公元1214年，蒙古军队南下攻打金国的中都（今北京市），金朝政权受到严重威胁。兵荒马乱之际，金章宗急急忙忙把都城迁往南京（今河南开封市），耶律楚材的家眷也随军南迁。留守在中都的完颜承晖感到耶律楚材是个有才能的人，便将他留在自己身边，任命为左司员外郎。

不久，蒙古军队围困中都，城中一片恐慌，中都绝粮六十日后，于公元1215年五月被蒙古军队占领，耶律楚材与南迁的家属失去联系。

连年战乱，民不聊生。耶律楚材感到前途渺茫，心情十分沉重。这时，他开始学习佛法，以求得心灵的安宁，他拜中都著名的高僧万松老人为师，学习佛法，研究佛理。佛中的禅理深深地吸引了他，他感到佛教博大精深，是一门很深的学问。从此，他深居简出，闭门谢客，专心致志地参起禅来。

耶律楚材是个很刻苦的人，只要他认定的学问，便认真地钻研下去，不钻研出名堂来决不罢休。他一年四季不避寒暑，焚膏继晷苦苦修炼。有一次，正值二九寒天，外边下了三寸厚的积雪，他踏着深深地积雪，到寺庙里去请教万松大师。万松大师被他这种刻苦好学的精神所感动，授予他禅宗要诀。

经过三年夜以继日的钻研，耶律楚材终于领悟了佛教禅宗的要旨，成为中都城里著名的佛教信徒。他将儒学和佛教融会贯通，认为"穷理尽性，莫尚佛法；济世安民，无如儒教"，树立了"以佛治心，以儒治国"的人生观。

在战乱的岁月里，耶律楚材一门心思地钻研佛法，这虽然有逃避现实的意思在内，但也是封建知识分子一种无可奈何的表现。耶律楚材并非一般的佛教信徒，他善于从佛教禅理中吸取其精华，丰富自己的学识，这为他以后治理国家打下了坚实的基础。

天涯沦落从西征

公元1218年，远在克鲁伦河上游（今蒙古国肯特省）的蒙古君主成吉思汗正秣马厉兵，准备西征。英明的成吉思汗深知人才的重要性，当他得知耶律楚材是位有学识的人才时，便派人到中都请耶律楚材出山，为蒙古军西征出谋划策。

耶律楚材得到征召的消息后，心里非常激动。他在燕京隐居三年，苦于没有施展政治理想的机会，现在机会来了，怎能轻易放过。他曾在诗中写道："圣主得中原，明诏求王佐，胡然北海游，不得南阳卧。"抒发了他应召参加西征的决心。

这年三月十六日，耶律楚材从燕京出发，过居庸关，经武川（今河北张家口市宣化区），出云中（今山西大同市），越天山（今阴山），过大漠，跋山涉水，路上走了三个多月，于六月二十日到达克鲁伦河畔的成吉思汗的行宫。

成吉思汗立即召见，并设宴为他洗尘。二十八岁的耶律楚材正值年富力强之时，身材魁伟，美髯垂胸，成吉思汗见其果然名不虚传，亲切地称他为"吾图撒合里"，意思是留"长髯的人"。

在酒宴上，成吉思汗对耶律楚材说："大军西征，正是用人之时，你留在我这里好好干，辽金世仇，我为你报了。"耶律楚材回答说："辽金世仇是先祖之事，从我祖父起已入侍金朝，既做臣下，怎敢与君为仇？历代王朝有兴则有衰，这是天理。"耶律楚材讲得很有分寸，也很诚恳。成吉思汗听了很满意，觉得他不阿谀逢迎，很直率，值得信任，于是让他担任必阇赤（一种掌管文书和翻译的职务），留在自己身边。

耶律楚材从小学习过天文、历法，懂得星相医卜之术，成吉思汗每次出兵打仗都要让他预卜吉凶，借以鼓舞将士们的斗志。有一次，成吉思汗出兵攻打回回国，祭旗宣誓的那天，忽然下起了大雪，足足下了三尺厚。将士们看见这样恶劣的天气，出征的信心动摇了，成吉思汗也有些犹豫不决，这时耶律楚材说："隆冬之气，见于盛夏，这正是克敌取胜的好兆头，不可失去战机。"

经他这一说，成吉思汗下定决心，将士们也增添了信心，果然出兵顺利，一战获胜。

有一年冬天，突然天上雷声大作，冬天响雷是很少见的自然现象，士兵们都疑惑不解。成吉思汗问耶律楚材这是什么兆头，耶律楚材看着西方的天空说："冬雷西震，回回国的君主不久将要离开人世。"过了不久，回回国的国王果然死了。成吉思汗很佩服这位"吾图撒合里"的预测，将士们赞扬耶律楚材真如神人一般。

公元1222年，天空中出现了一颗扫帚星，古人都说扫帚星是灾星。现在出现了扫帚星，不知天灾要降临何处，将士们去问耶律楚材。耶律楚材说："彗星自南而西，金世宗快不行了。"后来果然应验。

耶律楚材关于星相的解释和说法，一半属于他对当时形势的分析和判断，一半属于猜测。虽然缺乏科学道理，但证明他有比较准确的判断能力。

耶律楚材对天文和历法有很深的研究。在成吉思汗西征时，有一年西域掌管历法的官员说今年五月十五日将有月食发生。耶律楚材经过推算，认为那天不会有月食，两人争论不休。到了五月十五日，明亮的圆月挂在天空，根本没有发生月食现象。

第二年十月，耶律楚材实事求是地说，本月十五将要发生月食，西域历官不相信。到那天夜里，月食果然发生了。西域历官对耶律楚材佩服得五体投地。

耶律楚材经过认真研究，对西域历官说："你们两次失误，是因为西域历法不准确，距离上有误差，所以不能准确地推算月食发生的时间。"他对旧历认真研究，发现地理上的距离与历法的推算有密切关系，因此，他提出"里差”的概念。“里差”就是现在所说的“经度”，根据里差概念他对旧历法进行修订。经过几年的努力写成了《西征庚午元历》一书。这部历法颁行后，为农业生产和生活以及军事活动带来方便，在当时具有相当高的科学水平。

在西征过程中，耶律楚材向成吉思汗建议在塔剌思城实行屯田制。蒙古军队占领塔剌思城后，以此为据点，继续向西扩展，得到了大片领土。这里土地肥沃，适宜耕种，耶律楚材将俘获的士卒迁往腹地，又从内地迁来四百多民众在这里屯田。这样不仅解决了军队的给养，而且稳定了边疆的局势，削弱了新征服地区的反抗力量。

耶律楚材的政治才干，受到了成吉思汗的高度评价，得到了他的充分信任。他对自己的儿子窝阔台说：“长髯人是上天赐给我们的，你以后可以把治国大事委托给他。”

今日龙种返帝京

公元1227年七月，成吉思汗在西征途中病逝。成吉思汗去世后，大蒙古国政权暂由其四子拖雷掌管。大汗去世，新主未立，拖雷担心燕京政局不稳，便派耶律楚材回燕京处理政务，以防后方出乱子。同时还交给他一项任务，就是在燕京收集图书经籍。

经过长达十年的西征之后，耶律楚材于公元1227年冬天回到燕京。这时他已经三十七岁了，双鬓斑白，“十年沦落困边城，赢得飘潇双鬓雪”。回到故地后，他感慨万端，决心施展他的政治抱负，为国家干一番事业。

耶律楚材回到燕京后，发现城中社会治安果然很差。

城中盗贼活动十分猖狂，每到天黑，盗贼驾着牛车闯入民宅，抢劫财物。这些盗贼都带有武器，如果不给他们财物，便杀人抢夺，谁也不敢反抗和阻拦。老百姓被吓得一到天黑就把大门紧闭，不敢出来。

耶律楚材派人暗中察访，把盗贼的姓名一一记录下来。经过调查发现，这些盗贼背后有留守在燕京的达官贵人支持，有些世家子弟还亲自参加盗窃活动。

为了整治社会治安，为民除害，耶律楚材动用官兵将盗贼一网打尽。对那些亲自参加盗窃活动的世家子弟也毫不手软，一一投入监狱。那些达官贵人得知自己的孩子和亲属被抓，急忙出来说情，并出资贿赂协助耶律楚材办案的中使塔察尔。塔察尔吃了人家的贿赂，便对耶律楚材说："这些盗贼都是有后台的，若把他们惹恼了，恐怕事情不好办，不如从轻发落，省得惹麻烦。"

耶律楚材听了大怒，说："身为朝廷命官岂能徇私枉法！他们抢劫民财，祸害百姓，如不严惩，怎么能对得起老百姓，今后谁再敢为这些盗贼说情，定斩不赦！"

耶律楚材秉公办事，将十六个罪大恶极的首犯处以死刑，斩首示众，老百姓无不拍手称快。从此，燕京城里盗贼绝迹，百姓过上了安宁的生活。

留守在燕京的长官石抹成得卜，依仗自己的势力胡作非为，他强行霸占民田，据为己有，还派亲信在民间强抢漂亮的女子，供自己玩乐，如果有人胆敢反对他，便杀头示众。在石抹成得卜府宅外边的市场上挂满了示众的人头。老百姓怨声载道，但又惹不起他，敢怒而不敢言。

耶律楚材得知这一情况后，对石抹成得卜的暴行进行调查，当他掌握了确凿的犯罪事实后，立即写成奏章，派人向拖雷反映了情况。在拖雷的支持下，耶律楚材惩治了石抹成得卜，并发布禁令，各州郡如果没有接到皇帝的玉玺文书，不得擅自向百姓征收土地和财产；囚犯若犯有死罪，需要判死刑者，必须上报朝廷，经批准后方可执刑。

禁令颁布后，各州郡贪暴之风受到遏制，贪官污吏再不敢横行乡里。

耶律楚材早年研究佛教，可是这次回到燕京后，发现很多佛寺被改为道观，有的孔子庙被拆毁，也改为道观。经过调查，原来有一个名叫丘处机的道士从中作梗。

丘处机披着道教的外衣，进行欺骗活动，他到处宣扬自己有长生不老的仙术，并且会冶炼金丹，吃上他的金丹便可成仙。他说他已经三百多岁了，他用这套骗术欺骗了不少人。他借此机会广收门徒，自出师号，教人作法，滥发符印，弄得燕京城里一时乌烟瘴气。尤其不能令人容忍的是，丘处机以成道教大师的名义骗取军用牌符，打着皇家的招牌，横行各州，招摇撞骗，欺压百姓。

耶律楚材认为，丘处机之流歪曲了道教的宗旨，是小人之举，行鼠窃狗盗之事。于是他写文章揭露丘处机的不法行为，恢复道教的名誉。同时，他下令将丘处机拆毁的夫子庙和佛寺重新修葺。那些上当的信徒们都纷纷离去，使丘处机的处境十分尴尬。

耶律楚材在燕京收集到很多珍藏于民间的图书典籍，他对这些珍贵的遗产进行整理研究，保存于国库，这些书籍在后来都发挥了重要作用。在耶律楚材的倡导下，蒙古宫廷兴起了讲学之风，建立了国子学，在燕京建立了太极书院，并在燕京和平阳（今山西临汾市）设立经史机构——编修所，刻印了许多流传于后世的重要著作。

偶然千载遇明主

公元1229年，成吉思汗逝世两年后，拖雷决定召集汗国宗亲推举大汗，拥立新主。接到命令后，成吉思汗诸子从各自的驻地来到克鲁伦河畔，举行盛大的推举大会。

在会上，拖雷宣布了成吉思汗的遗嘱，推举窝阔台继承大汗。根据当时的形势，窝阔台推辞说自己的威信和才能不及拖雷，大位应由拖雷继承。这样两人相互推让，会议开了四十天，未能做出决定。

耶律楚材深知国家不可一日无主，这样推来推去不是办法。他跟随成吉思汗多年，知道成吉思汗有意将汗位传于窝阔台，于是对拖雷说："推举大汗乃宗社之大事，不可拖延，应根据太祖遗命，早立新主，以免夜长梦多，发生争端。"

拖雷说："眼下意见未能统一，再等几天如何？"

耶律楚材说："明天乃黄道吉日，过了明天就没有吉利的日子了。"

当时，耶律楚材在诸王的心目中威信很高，知道他能掐会算，预卜未来，因此都听信他的话。于是拖雷决定按照太祖遗命，在第四十一天由窝阔台继承大位，举行大典。

为了使大典举行得隆重庄严，提高窝阔台在诸王心目中的威望，耶律楚材按照中原王朝的传统亲自拟订了大典仪式和礼节。他事先对颇有威信的亲王察合台说："你虽然是大汗的兄长，但都是臣下，按礼制应该向窝阔台行跪拜之礼，只要你带头跪拜，其他人便不敢不拜了。"

察合台认为耶律楚材说得有道理，完全是为江山社稷着想，因此满口答应。登基大典那天，察合台率领皇族及臣僚向窝阔台行跪拜之礼，使登基大典举行得顺利而隆重，诸王都很满意。对于耶律楚材的安排，大家心服口服。事后，察合台对耶律楚材说："你是社稷的第一功臣，望你能辅佐新汗，成其大业。"

窝阔台继位后，开始重用耶律楚材。

蒙古军队向中原地区发起进攻，占领了中原不少地方。那时，蒙古部族的社会组织就是军事组织，军事长官就是行政长官，这种落后的社会组织一直沿袭下来。现在领地扩大了，如果凡事都由军事长官做主，就容易造成军事长官独霸一方、削弱中央集权、破坏统一的局面。根据这些弊端，耶律楚材制定了十八条新法令，向窝阔台建议颁行天下，窝阔台汗采纳了他的意见。

十八条法令内容很广泛，涉及官吏设置、赋税征收、财政管理、刑法执行等。法令中规定，各郡分设行政长官和军事长官，军政分治，各司其职。这样互相牵制，遏止了地方上骄横残暴的行为。

法令中还规定，蒙古人和回纥人也要同汉人一样交纳赋税，抗令不交者处以死刑。这样就限制了蒙古贵族的特权，对国家有很大好处。

对于这些改革，窝阔台汗都批准实行，但其中有一条窝阔台汗认为难以做到，那就是禁止各地贵族、官吏向宫廷进献礼物。耶律楚材直率地说："这件事就像蛀虫一样，如果不禁绝，将会危害国家。"

蒙古部族是个游牧民族，一些贵族只懂得游牧，不懂得农业生产。进入中原以后，占领了大片土地，他们便将这里的土地圈为牧场，放牛放马，严重地破坏了农业生产。这时有些蒙古贵族向窝阔台汗建议说："汉人对我们大蒙古国没有什么好处，可以把这些汉人清除掉，把中原地方变成牧场。"这实际上是一种落后愚昧的做法。

耶律楚材坚决反对。他对窝阔台汗说："现在我们就要南征，大军攻打金国需要大量军用物资。如果我们把汉人清除掉，那么谁给我们生产粮食呢？我们吃的用的全靠中原人民提供，怎么能说汉人没有用处呢？实际上我们每年可以从中原得到白银五十万两，布帛八万匹，粮食四十多万石，这些物资可以供军队使用。"

窝阔台汗采纳了耶律楚材的意见，并派他实行征收。一年后，他在中原地区征收了大量的赋税、粮食、布帛，不仅满足了军队的需要，同时使中原一带的农业生产得到保护，免遭破坏。

公元1232年，蒙古军南征，当地的老百姓纷纷逃跑，躲进山林洞穴之内。窝阔台汗下令："凡是来投降的，可以免除死罪。"当时有的将士说："这里的百姓非常可恶，处境紧急的时候便来投降，等情况缓和了便逃走。不把他们全部杀掉，必留后患。"

耶律楚材听到这些议论后，深为当地老百姓的命运担忧，他令部下制作了几百面赦免的令旗，发给投降的百姓，使他们安全转移，到别的地方从事农业生产。出于耶律楚材的保护，为数众多的汉族百姓免遭杀害。

这一年，蒙古大将速不台率军将要攻下汴梁（今河南开封市），他奏请窝阔台汗说："金人在汴梁和我们对抗了很长时间，我军死伤很多，城破之日，应该把全城的人都杀掉，以报仇雪恨。"

耶律楚材得知这条残酷的屠城计划后，急忙骑快马赶到窝阔台汗那里，奏请说："我军将士在外征战数十年，想要得到的不过是土地和人民。如果得到了土地，却没有人民，那么要这些土地又有什么用处呢？两军打仗，老百姓是无辜的，请不要杀害民众。"

窝阔台汗有些犹豫不决，速不台坚持要杀，而耶律楚材坚持不杀，到底该听谁的呢？耶律楚材深知窝阔台汗平时最喜欢宝剑和金玉制品，于是他对窝阔台汗说："汴梁城的百姓里有很多能工巧匠，他们都有祖传的绝妙手艺，会制造精美锋利的刀枪剑戟和金玉器物，把他们全杀了多么可惜啊！谁给大汗造宝剑和玉器啊？那我们不是白来一趟吗？"

窝阔台汗听了点头称是，于是下了一道命令："城破之日，除罪大恶极者外，其余一律免罪。"住在汴梁城里的一百四十七万民众免遭大屠杀。从那时起，蒙古军队对南宋用兵，凡攻取南宋城池者，皆以此为例，只诛杀首恶分子，不再实行屠城计划。

耶律楚材在担任中书令期间，以他的"以佛治心，以儒治国"的思想，以仁政治理国家，处处为人民请命，受到人民的爱戴和拥护。蒙古军在中原一带俘虏了很多人，过了不久这些俘虏十有七八都逃跑了，窝阔台汗很生气，便下了一道命令：今后凡是帮助逃亡俘虏、窝藏不报告者，杀其全家，株连九族，连邻居同乡也要治罪。这样一来，逃亡的人找不到安身之处，冻死饿死者不计其数。耶律楚材很为这些人担忧，于是他向窝阔台汗说："中原一带已经平定，这里的天下便是您的天下，这里的百姓都是您的臣民，天下之大，莫非王土，他们跑又能跑到哪里去呢？为什么要为一个俘虏逃跑而连累许多人呢？这样下去，大汗的威信何在？"

他说服了窝阔台汗，解除了这道命令。这样一来，那些俘虏反而很少逃跑了，忠心耿耿地为朝廷效力。

耶律楚材对窝阔台汗一片忠心，敢于直言，即使皇帝本人有了错误，他也敢于劝谏。有一次，窝阔台汗听信了一个侍臣的话，下令在天下挑选美女，准备入宫侍奉。耶律楚材接到这个命令后，不予办理。当窝阔台汗得知他违抗君命后，很是生气，便宣他进宫，责问道："朕的命令你为何不去执行？"耶律楚材说："过去已经为大汗选了二十八位美女，我想这么多人已经足够侍奉您了。如果再行选拔，我怕骚扰百姓，让百姓埋怨大汗，所以没有去办。"

窝阔台汗寻思了很长时间，说："算了吧，听你的，不选就不选吧。"最终取消了选美的命令。

窝阔台汗很爱喝酒，几乎每天都要和一些大臣在一起开怀畅饮，有时喝得酩酊大醉，导致第二天无法上朝。耶律楚材多次劝谏，都没有起到作用。有一次，窝阔台汗又和一群大臣在一起喝酒，耶律楚材便拿起一个盛酒的酒槽子，走到窝阔台汗跟前说：“您看，这个酒槽子是铁铸的，酒能把它腐蚀到这个程度，何况人的五脏六腑呢？”

窝阔台汗从酒槽子被酒腐蚀的道理中，警悟了人生，他深深感到耶律楚材的一片忠心，于是下令今后不准在宫内酗酒，每天喝酒不能超过三杯。

雄篇秀句落人间

耶律楚材不仅是元朝一位杰出的政治家，而且是一位颇有造诣的诗人和学者。

随成吉思汗西征时，在繁忙艰辛的军旅生活中，他刻苦写作，著成《西游录》一书。书中记述了漠北、中亚等地的自然风光、地理概貌和风土人情，对中亚的许多名城和西域的丰富物产都有详细的记述。

成吉思汗西征时，漠北的行营规模浩大，气势空前。耶律楚材在《西游录》这样描绘：“山种相缪，郁乎苍苍。车帐如云，将士如雨。马牛被野，兵甲赫天。烟火相望，连营万里。千古之盛，未尝有也。”

从这些描绘中我们可以想见，一代天骄成吉思汗率领千军万马向西方挺进，在辽阔的牧野上，旌旗猎猎映红天日，战马嘶鸣震动四野，毡包组成的兵营驻扎在千里草原上，威风凛凛的将士们跃马扬鞭，闪着银色光辉的甲胄与天上的流云交相辉映。千古未有的战争场面呈现在我们面前。耶律楚材真实地记录了西征的盛况。

他对阿尔泰山自然景色的描绘，更是令人神往，“金山之泉，无虑千百，松桧参天，花草弥谷。从山巅望之，群峰竞秀，乱壑争流，真雄观也。”

《西游录》是研究13世纪蒙古史和中亚史的一部重要著作，受到中外学者的极大关注。中国、俄罗斯、日本、澳大利亚等地有很多学者对它进行研究或译注，认为是一部具有很高学术价值的著作。

耶律楚材受汉族文化和中原文明的熏陶，是我国少数民族中颇有成就的诗人。他从小熟读《诗经》及唐诗宋词，尤其热爱杜甫、白居易和陆游的诗。他的很多作品是在军旅生涯中写成的，充满现实主义精神，如《过阴山和人韵》：

阴山千里横东西，秋声浩浩鸣秋溪。
猿猱鸿鹄不能过，天兵百万驰霜蹄。

诗意大气磅礴，抒发了他随军西征时的豪迈气概。他的诗朴实、通俗，有些诗信手拈来，自然天成，如“西征军旅未还家，六月攻城汗滴沙。自愧不才还有幸，午风凉处剖新瓜。”（《西域尝新瓜》）这首诗从一个侧面反映艰苦卓绝的战争生活和士兵们的乐观主义精神。

耶律楚材的很多诗反映了西域的风俗人情和当地的特产，这些诗生动真实，风趣幽默，脍炙人口。如《赠高善长一百韵》：

烂醉蒲萄酒，渴饮不榴浆。随分有弦管，巷陌杂优倡。
佳人多碧髯，皎皎白衣裳。市井安丘坟，畎亩连城隍。
钱货无孔郭，卖餽称斤量。甘瓜如马首，大者狐可藏。
采杏兼食核，餐瓜悉去瓤。西瓜大如鼎，半枚已满筐。

诗中详尽地描绘了西域市井的繁荣景象，商贩们公平交易，美丽的女子在街上游玩，甘瓜、西瓜硕大无比，甜蜜的杏子连核都可以吃。西域的风土人情跃然纸上。这些诗不事雕琢，自然平实。

耶律楚材和金末大文豪大诗人元好问有很深的友谊。公元1233年，当蒙古军队南伐占领中原地区时，元好问为了保护金朝一批知识分子，曾给耶律楚材写了一封信，信中开列了五十四名金朝知识分子和大夫的名单。信中说这些人都是“民之秀而有用于世者”。耶律楚材很重视元好问的信，名单中的很多人都受到保护，有些人还被重新启用。当时，孔子的五十一代孙元措和名儒深涉等人都居住在汴京，蒙古军队攻破汴京后，耶律楚材立即派人将元措和深涉保护起来，以防不测。

耶律楚材和元好问两位诗人间的友谊一时被传为佳话。

耶律楚材一生写过很多诗，他的传世之作《湛然居士文集》收录七百多首。清代学者顾嗣立评价耶律楚材的诗说："雄篇秀句散落人间，为一代词臣倡。"给湛然居士以很高的评价。

公元1244年五月十四日，耶律楚材逝世，享年五十五岁。他一生跟随成吉思汗西征，辅佐元太宗窝阔台治国，在政治、经济、文化等方面进行了广泛的改革，使"天下之人固已均受其赐"，功德塞天地，是个"大有造于中国"的人。他逝世时，蒙古国国内诸王大臣、儒士和民众都非常悲恸，京城里一连几天都听不到奏乐歌唱的声音，人们挥泪凭吊这位有功于国家的契丹族政治家。

忽必烈即位后，根据耶律楚材的遗愿，将他的遗骸葬于玉泉山东边的瓮山，即现在北京颐和园万寿山上。墓前建有祠堂和耶律楚材与夫人的石像。清乾隆皇帝为了"褒贤劝忠"，亲自题写了《耶律楚材墓诗及序》。耶律楚材墓、祠堂和石碑保存至今，供人纪念和瞻仰。

元世祖

忽必烈

忽必烈是中国历史上有影响的封建帝王。他一生锐意进取，建立元朝，南下灭宋，统一全国。他结束了诸国并立的局面，形成了多民族统一的国家。元朝的版图，在中国历代王朝中面积最大，它北逾漠北，西极流沙，东尽辽左，南越海表。《元史·地理志》：“自封建变为郡县，有天下者，汉、隋、唐、宋为盛，然幅员之广，咸不逮元。”就是说元朝的领土比汉、隋、唐、宋都要大得多。忽必烈所建立的元朝，基本上奠定了中国的版图，他的功绩不言而喻。

贵族之家

忽必烈生于公元1215年，是成吉思汗的嫡系孙子，拖雷的第二子。他的母亲唆鲁禾帖尼是克烈部王汗的兄弟扎木哈之女，出身于名门望族。拖雷是成吉思汗的幼子，深得宠爱，按蒙古幼子守灶的习惯，拖雷继承了成吉思汗在斡难河和怯绿连的领地和军队。这里水草肥美，物产丰富，因此和其他几位兄长相比，他最为富裕，势力也最强大。

成吉思汗在清水县逝世后，由拖雷监国。公元1229年，在推举大汗的大会上，推窝阔台即大汗之位。第二年，拖雷与窝阔台分道征金，拖雷率领部众出凤翔、宝鸡，进入大散关。他一路过关斩将，取得一连串的胜利。这年十一月，拖雷率领蒙古军沿汉水而下，进入金朝境内，在三峰山（今河南禹县）与金军

相遇，拖雷出奇制胜，乘风雪天大败金朝大将完颜合达，全歼金朝的精锐部队。三峰山战役是蒙古灭金的决定性一役，拖雷为蒙古汗国立下汗马功劳。这位英勇的将领，在征战中积劳成疾，病死于征战途中，年仅四十多岁。

拖雷的正妻唆鲁禾帖尼生有四个儿子，长子蒙哥，二子忽必烈，三子旭烈兀，四子阿里不哥。拖雷死后，教养儿子们的任务便落在妻子唆鲁禾帖尼身上。

唆鲁禾帖尼出身于王公贵族家庭，从小受过良好的教育，汉化程度较高，是一位有才干的女子。她继承了拖雷的事业，统领部众。她对几个儿子要求非常严格，教他们习文练武，以期将来为国家出力。当时，在成吉思汗诸子系之间存在着很大的矛盾，唆鲁禾帖尼精明强干，治军有方，并能顾全大局，审时度势，巧妙地斡旋于诸王之间。有一次，窝阔台为了削弱她的势力，下令从她的部队中抽调两千人马交给自己的儿子阔端管理。

部下听到这个消息后，很不满意，对她说："这不是欺负人吗？我们不能答应他的要求。"唆鲁禾帖尼劝告将士们说："汗国好比一盘棋，军队都属于大汗统领，他这样做肯定有他的道理，我们要服从大汗的命令。"唆鲁禾帖尼从大局出发，忍辱负重，为的是不使汗国分裂。

忽必烈从小便目睹和经历了宫廷内部的种种矛盾和各种微妙关系。他意识到汗国要兴旺，必须团结各种力量，学习中原的统治经验，起用人才。忽必烈在青少年时，和耶律楚材父子很要好，从他们那里学到了很多儒学方面的知识。他效仿李世民的做法，广招四方有识之士到他身边来讲学论道。1239年，忽必烈召内地的海云禅师到他的驻地和林（今蒙古国乌兰巴托西南）来讲学。

海云禅师是一位学识渊博的人，忽必烈对他十分敬重。海云禅师北上时，从云中南堂寺请来一名青年和尚刘秉忠，别看他年纪轻轻却有满腹经纶。忽必烈和他第一次见面时，议论天下大事，他都能对答如流，深得忽必烈的喜爱和信赖。海云禅师返回内地时，忽必烈便将刘秉忠留在自己身边。

公元1241年，窝阔台汗逝世，皇后乃马真称制。过了三年耶律楚材也逝世了。这个时期，宫廷内部混乱，忽必烈密切关注政治形势的变化，积极创造条件，准备参与政治活动，以便实现自己远大的政治抱负。

公元1244年，忽必烈派人到保州去聘请金朝状元王鹗。王鹗到来后，忽必烈以厚礼相待，将其奉为座上宾。王鹗将“修身、齐家、平天下之道”讲给忽必烈听。由于忽必烈礼贤下士，一批有学问的知识分子纷纷投奔到他的帐下，著名的人物有王鹗、刘秉忠、赵璧、郝经、李冶、窦默、张德辉、张文谦、姚枢、白文举、郑显之、魏番、董文用、董文忠等人。忽必烈与汉族知识分子的接触，拓展了他的视野，使他在政治上走向成熟。

总领漠南

乃马真皇后逝世后，她的儿子贵由为帝，不料想贵由在位不到两年便去世了。贵由汗发丧事毕，由皇后海迷失监国。她有意让自己幼小的侄儿失烈门继承汗位，但遭到拔都的反对。

拔都是成吉思汗的长子术赤的儿子，他以王室之长的资格，在阿剌塔黑山邀集诸王推举大汗。术赤和拖雷一系的人都到会了，但窝阔台、察合台一系的人以大会应在蒙古本地召开为由，拒绝参加。在成吉思汗的四个儿子中，术赤、拖雷与窝阔台、察合台的后裔宗王，逐渐形成两个对立的派系。

拔都提议让拖雷的儿子蒙哥继立汗位，但海迷失皇后反对，她说：“窝阔台汗曾有意立阔出的长子失烈门为汗，我们应该尊重他的遗愿。”这时忽必烈站出来说：“既然窝阔台汗想立失烈门为汗，就应该早立，为什么驾崩后又立贵由汗？你们早已背弃了窝阔台汗的遗命，还有什么可说的。”忽必烈的这番话说到了要害处，海迷失皇后一时哑口无言。

大将兀良合台说：“蒙哥聪明睿智，拔都的提议很对，我们赞成。”大将忙哥撒儿也极力主张推举蒙哥。经过一番激烈的斗争，拖雷系获得胜利。公元1251年，蒙哥登上汗位。继位那天，蒙哥坐在大汗的宝座上，各亲王列右，妃主列左，末哥、忽必烈等列前，武臣以忙哥撒儿为首，文臣以孛鲁合为首。典礼完毕，追尊拖雷为皇帝，庙号“睿宗”，然后大举筵宴，庆贺七天。

蒙哥临朝后，因忽必烈辅佐建立帝业有功，深受重用，任命他总管漠南军事。忽必烈在金莲川（今内蒙古正蓝旗闪电河地区）设衙门府，从此走上了政治舞台。

忽必烈在金莲川受命治理汉地，他任用一批汉人学者组成幕僚集团，制定治国安民的基本方略，建立统治秩序。他首先整治的地方是邢州（今河北邢台市）。那里原有民众一万五千户，由达鲁花赤统治，达鲁花赤肆意盘剥、欺压民众，导致民不聊生，只得四处逃亡。十余年后，这里只剩下四五百户。忽必烈派真定儒者张耕、东平严实幕济肃前去治理。他们到邢州后“洗涤蠹敝，革去贪暴，流亡复归”。在严厉惩处了一批贪官污吏后，不到几个月，邢州便出现了繁荣景象，户口增加了几十倍。忽必烈这种以汉法治汉地的做法，收到良好效果，从此他更加相信儒吏。

公元1252年，宋军攻打河南边地。忽必烈请准蒙哥在河南设立经略司。他任命忙哥撒儿、史天泽等人为经略使，授权他们处理河南事务。史天泽到河南后，毫不手软，严厉打击贪淫暴戾的地方军阀刘福，将两个横征暴敛的州县官处死，深得百姓欢迎。在总领漠南汉地的一年多时间里，忽必烈取得了辉煌的政绩。

公元1252年六月，忽必烈到蒙哥的驻夏地曲脑儿述职，蒙哥对他大力赞扬。在这次会见中，蒙哥同忽必烈商量征讨南宋的大事。当时，南宋的防御力量比较强大，若从正面进攻，很难取胜。忽必烈向蒙哥献计说：“南宋占有江南半壁江山，并有长江天险阻隔。不若先取产上川，征讨大理（云南），以形成包抄之势，南北夹击，便可稳操胜券。”蒙哥同意忽必烈的这一战略思想，任忽必烈和大将兀良合台率兵征讨大理。

公元1253年，忽必烈率军远征，随军前往的还有姚枢、刘秉忠等谋士。忽必烈本打算从四川入云南，但当时四川还属南宋统治。于是他便绕道吐蕃，向西南进军。蒙古军进入吐蕃后，打垮了那里的反动势力，使吐蕃正式成为大蒙古国的属地。

九月，忽必烈率军到达芯剌（今四川松潘县），然后兵分三路：忽必烈率中路军取南道，兀良合台率兵取西道，诸王抄合、也只烈率军取东道。忽必烈率领的中路军翻过大雪山，跨过大渡河，又穿行山谷两千多里，来到金沙江畔。

面对波涛汹涌的江水，忽必烈命士兵扎草囊，乘竹筏强行渡江。这时由旦当岭而来的西路军也已到达这里。两军会师打败了么些蛮（纳西族）各部。

忽必烈包围了大理城，派使者进城招降。此时，大理国王段兴智已经是一个傀儡政权，大权被高祥、高和兄弟操纵。高祥不愿臣服于蒙古人，遂将蒙古使臣杀掉。忽必烈大怒，下令攻城，蒙古军架设云梯，登上城头，高祥一看大事不妙，便带着段兴智弃城逃走。

忽必烈进入大理城后，下令屠城为使臣报仇，刘秉忠等谋臣劝告道："杀使臣者乃高祥所为，与百姓无关。若妄杀无辜，必将失去民心。"忽必烈猛然醒悟，下止杀令，大理百姓这才免遭杀戮之灾。

忽必烈派大将也古和霸突鲁追击高祥，将他斩于姚州。接着，兀良合台继续向东挺进，占领了大理国的附都善阐（今云南昆明市）并将段兴智擒获。蒙哥采取怀柔政策，让段兴智继续管理大理各部。段兴智感谢蒙哥的不杀之恩，献出大理国地图，并亲自领兵做前锋引兀良合台扫平了云南的残余部众，从此蒙古对云南的统治得到巩固。

忽必烈返回漠南后，为了加强与中原和漠北的联系，决定在枢州东、滦水北的龙岗修建开平府城，营造宫室，作为王府常驻之所。

忽必烈派真定人贾居贞负责监工。贾居贞是一位工程专家，他精心设计，监督施工，不到三年便完成了修筑开平府城的任务。忽必烈以开平府城为基地，统治汉地，控制关中，大大加强了与中原地区的联系。他在这里继续招揽儒士，推行汉法，形成了蒙汉贵族与地方势力相结合的强大势力。

忽必烈在开平府城的这些活动，引起蒙哥的猜疑。这时，有奸臣在蒙哥面前挑拨说："忽必烈修建开平府城，营造宫室，图谋不轨，大汗不可掉以轻心。"蒙哥担心忽必烈强大后会对自己构成威胁，于是下令撤销忽必烈设置的经略司、宣抚司等军事机构，以削弱忽必烈的兵权。

忽必烈受到蒙哥的怀疑，心中很不愉快。这时谋士姚枢献计说："大汗是君，也是兄；大王是弟，也是臣。君臣之间、兄弟之间难于计较，否则就要受祸，不如带着王府亲眷回归朝廷，准备久居，这样他对你的怀疑就会消除。”忽必烈随即将妻室家眷送到汗廷和林（今蒙古国后杭爱省境内）。公元1257年十二月，忽必烈亲自去朝见蒙哥，蒙哥见忽必烈还朝，心中的疑忌消释了，兄弟相对而泣，他不必再作表白。

在吐蕃和大理国相继归附之后，蒙哥以为灭宋的时机已经成熟。他在和林召开诸王会议，决定举兵伐宋。他对诸王说：“我的父、祖都成大业而享誉盛名，作为他们的继承人，我也要这样干。”公元1258年春，蒙哥亲率大军到达六盘山，与诸将集议，分三路伐宋。蒙哥统领四万主力军，号称十万铁骑攻打四川；宗王塔察尔领东路军出襄汉；兀良合台这时已征服云南全境，他在那里直接北上攻漂州（今湖南湘潭市），然后在长沙与东路军会师。三军会师后，再合兵围攻南宋首都临安（今江苏南京市）。

蒙哥亲自统率主力大军从六盘山出发，分三路并进。大军入大散关后，蒙哥派异母兄弟末哥率兵入米仓关，派大将孛里叉入沔州。蒙哥率领的西路军所向披靡，节节胜利，很快便攻占了成都。但是，东路军塔察尔却出师不利，出襄汉后军队受挫。伐宋之初，蒙哥没有派忽必烈出征，因为他知道忽必烈当时患有脚病，因此让他在家养伤。东路军受挫后，忽必烈在家哪里能坐得住，他派人到前线去找蒙哥，要求出征。蒙哥大喜，便命令忽必烈代替塔察尔统领东路军攻打鄂州（今湖北武昌市）。

忽必烈率兵从开平出发，一路顺利进军，很快便抵达邢州，渡过淮河，兵临鄂州城下。

这时，蒙哥进入阆州，南宋将领晋国宝投降。接着，蒙哥围攻合州（今重庆市合川区），他派晋国宝进城劝说王坚投降。王坚大怒，把晋国宝押到阅武场，骂他卖国求荣，当即斩首。蒙哥得知王坚不肯投降，便下令攻城。王坚在城上命将士向城下射箭，一时箭矢如蝗。蒙哥率兵奋战到天黑，不能取胜，便鸣金收兵，退十里安营扎寨。

过了几天，蒙哥再次率兵攻城，王坚凭借钓鱼山天险拼命抵抗，再次击退蒙古军的进攻。如此一攻一守，相持了数月。蒙哥进兵受阻，心中十分焦急。七月，他亲自到城下指挥作战，宋军发射炮石轰击，蒙哥不幸中弹受伤。当时正是盛夏，天气酷热。蒙哥回营养伤，因伤势过重，不久便去世了。征战途中，条件非常艰苦，连口像样的棺材也找不到，左右侍从只好用粗陋的小棺材装上他，用三头毛驴载着尸体退兵北还。

忽必烈率领的东路军正在积极攻打鄂州，就在此时，末哥派遣使者向他报告了蒙哥的死讯，请他撤军北还。听到噩耗后，忽必烈悲痛万分，他含着眼泪说："现在正是进攻的好时机，如果因为奔丧而退兵，便会坐失良机，这样既对不起列祖列宗，也对不起死去的汗王。"他心怀悲愤，执意不肯撤军。然而，此时的总体形势对忽必烈是极其不利的。蒙哥死后，四川的宋军返回鄂州增援，忽必烈已处于孤军作战的境地，甚至有被宋军截断归路的危险。而后方得知蒙哥已死，忽必烈又远征在外，他的幼弟正在紧锣密鼓地准备夺取汗位。这时忽必烈的妻子察必派人送来密信，要他赶快回去。

忽必烈进退两难，急忙召集谋士商量应急之策。郝经详细分析了总体局势，向忽必烈上书《班师议》，劝他"断然班师，亟定大计，销祸于未然"。其他人也都一致主张退兵北还。忽必烈感到大家说的话在理，决定班师回朝。

为了迷惑南宋，忽必烈在悄悄准备撤兵的同时，扬言要攻打南宋首都临安（今浙江杭州市）。他命令拔都在长江岸边虚张声势，做出要进攻的样子。

这时南宋朝内部早已乱作一团，总兵贾似道更是个贪生怕死之人。听说蒙古军要攻打临安，便吓破了胆，急忙秘密派遣心腹，前往蒙古营拜见忽必烈，请求议和。双方议定，宋割让长江以北的地方，每年向蒙古进献银、绢各二十万两（匹）。忽必烈的这一举措极为高超，既答应了南宋的求和，又掩盖了撤军的实情，真是一举两得。

即位建元

忽必烈回到开平后，诸王贵族等表示愿意拥戴忽必烈为大汗。这时，又接到西域旭烈兀来书支持他称汗。众人力劝忽必烈尽快登位，否则夜长梦多，恐生变故。

忽必烈略表推辞之意后，于公元1260年三月二十四日宣告登位。登位那天，左手诸王也先哥、忽剌忽儿、爪都，右手诸王合丹、阿只吉列前，文武官员拔都、兀良合台、郝经、姚枢、廉希宪、刘秉忠、赵良璧、张文谦、孛鲁海牙、赛典赤、董文炳、刘肃等分列两旁。

忽必烈发布《中统建元诏》，仿照中原王朝的体制，制定官制，统一政令，官职的设立大都以蒙古人为正，汉人为副，创始完备。

忽必烈即位后，便派遣郝经为使臣去南宋，促使贾似道履行割地、纳贡的议和条件。郝经奉命启程，刚到真州地方，就被宋军拘留起来。郝经据理争辩道："我是蒙古汗国的使臣，来见你们丞相的，休得无礼！"

原来，贾似道在忽必烈兵临城下的危难之时，答应割地纳贡不过是权宜之计，他未敢将实情禀报南宋皇帝。现在蒙古使臣前来，他唯恐泄露实情，所以传令在半路将郝经扣留，不准到临安。

郝经多次上书南宋皇帝，极力陈述和战的利害关系，并请求召见或令其归国。郝经的这些书信都被贾似道一一扣押，并没有让南宋皇帝知道。忽必烈见郝经一去不返，心中犯疑，再次派人到宋廷质问，但是都如石沉大海，杳无音信。忽必烈预感到，肯定是贾似道从中作梗，于是传令各路将帅，要他们"整尔士卒，砺尔戈矛，矫尔弓矢，约会诸将。待秋高马肥之时，水陆分道而进"，再次攻打南宋。

不料，大军未发，从和林传来消息：忽必烈的少弟阿里不哥在异母兄弟阿速台等人的支持下，在和林即位称帝。

阿里不哥为了争夺汗位，早已做了各种准备。蒙哥汗死后，他命脱里赤为断事官，占据燕京，号令四方。又命阿兰答尔调度漠北军队，脱里赤调兵于漠南诸州，企图形成对忽必烈的包围态势。根据这种形势，忽必烈采取应急措施，派廉希宪为京兆等路的宣抚使，抚定关中，以防不测。

阿里不哥在和林即位后，六盘山守将浑塔噶举兵响应，与忽必烈为敌。一场内战是难以避免了。

忽必烈派兵急袭浑塔噶。浑塔噶来不及与阿里不哥合兵，势单力孤。两军交锋，浑塔噶大败，在乱军中被杀死。与此同时，忽必烈亲率大军北征，两军刚刚交锋，阿里不哥便战败。他自知不是忽必烈的对手，急忙撤离和林，率部众逃往谦谦州（今叶尼赛河上游南）。在那里休整军队，招兵买马，准备再战。

公元1261年秋，阿里不哥率斡亦剌部佯装愿意归顺忽必烈，驻守和林的也先哥信以为真，准备在和林迎接他的到来。岂知阿里不哥到和林附近突然向也先哥发起攻击，占领了和林，接着率兵南下，攻打忽必烈。

忽必烈听说和林失守，心中大怒，立即征调张柔、严忠嗣、张宏等七处汉军，命董文炳率弩手一千人，塔察尔率一万轻骑，随从出征。十一月，忽必烈率军与阿里不哥会战于昔木脑儿。

忽必烈将部众分为三路：诸王合丹、驸马腊真、相线真为右军，诸王塔察儿、太丑台和史天泽为左军，诸王哈必赤居中军。忽必烈指挥有方，三军联合出击，大破阿里不哥率领的斡亦剌军，阿里不哥手下的大将合丹火儿赤被当场斩杀，阿里不哥向西北逃去。

察合台汗领地原由兀鲁忽乃妃子摄政。忽必烈即位后，即派遣察合台的曾孙阿必失哈去那里主持政事。阿必失哈行至途中被阿里不哥捕获，阿里不哥便派他认为忠于自己的阿鲁忽去那里主持政务，并交给阿鲁忽一项任务，即防御在波斯的亲忽必烈派的旭烈兀。

阿里不哥撤到漠北后，忽必烈切断了南北交通，从汉地北运的粮食断绝，阿里不哥军中给养缺乏，便派使者到阿鲁忽那里去征调粮食。这时，阿鲁忽看到忽必烈已远远超过阿里不哥，便杀死征粮的使者，背叛了阿里不哥，投靠了忽必烈。

阿里不哥不但没有征到粮食，连使者也被杀掉了，心中大怒。公元1262年秋，他便亲率大军征讨阿鲁忽。阿鲁忽在普剌城迎战，斩杀阿里不哥的大将哈剌不花。阿鲁忽得胜回营，放松了警戒。这时，阿里不哥的后军阿速台赶到，与阿里不哥合兵一处，对阿鲁忽发起突然袭击，阿鲁忽毫无防备，在阿力麻里地区遭到惨败，逃往和田，后来又西走撒麻耳干。

阿里不哥进驻阿力麻里后，大肆屠杀抢掠，遭到当地民众的反抗，部下也纷纷离他而去。阿里不哥众叛亲离，又怕阿鲁忽前来报复，在走投无路的情况下，不得不投附忽必烈。

阿里不哥来向忽必烈请罪。忽必烈问他：“我们打了四年内战，我和你谁对？”阿里不哥仍有些不服气地说：“在以前，是我对，现在算是你对吧。”阿里不哥毕竟是自己的亲弟弟，忽必烈不愿再和他计较，以高姿态赦免了阿里不哥和阿速台的罪过，只处死了拥立阿里不哥的孛鱼欢等人。不久，阿里不哥在郁闷中病死。

忽必烈战胜阿里不哥，确立了他在蒙古贵族中的统治地位。但是，自从成吉思汗建国以来，一直以族名为国名，称大蒙古国，而没有像北魏和辽、夏、金那样建国立号。忽必烈称汗后，虽建年号中统但没有另立国名。现在，他的地位已经巩固，原先的年号已不能适应新形势的需要。忽必烈以汉地为根基，又依靠汉人地主阶级的支持取得汗位。因此，他认为今后必须以汉地为中心，建立蒙古在中原的封建王朝，名正言顺地做中国的皇帝。

公元1271年十一月，忽必烈正式下令，建国号为大元。他在诏书中说：“可建国号曰大元，盖取《易经》乾元。”忽必烈依据汉族古代文献《易经》，改建国号为大元，这就表明他所统治的国家，已经不只是属于蒙古一个民族，而是中原封建王朝的延续。

忽必烈是一位具有政治远见的封建君主。窝阔台称汗时建都和林，忽必烈称汗时在开平府，这些地方都处于偏远之地，如果要进一步统治中原，那里显然不适于作为国家的都城。早在公元1264年，忽必烈就下诏将燕京仍改名为中都，为今后建立都城做准备。公元1266年，他又派刘秉忠在中都营筑都城宫殿。刘秉忠选择金中都城东北，太液池琼华岛的周围作为新都的城址，筹划修筑周长六十里的新城。

忽必烈建立大元国号后，采用刘秉忠的建议，改中都为大都，宣布在此建都。公元1273年，大都宫殿建成，这座新皇城气势宏伟，富丽堂皇，城中大圣寺的万安寺白塔高高耸立，工艺精美。这年正月初一，忽必烈在正殿接受百官朝贺，热烈非凡。

元朝从此将都城定在大都（今北京市）。大都代替了和林、开平，成为元朝多民族国家的政治、经济、文化中心。自此以后，明、清两朝也将北京作为王朝的都城。

忽必烈建立元朝后，进行了一系列的改革，如废除诸侯世袭制、实行军民分治法、禁止民间私造私藏兵器、改革新文字等。这些措施，加强了封建王朝的统治，使中央集权得到进一步巩固。

消灭南宋

局势稳定之后，忽必烈便秣马厉兵，雄心勃勃地准备消灭宋朝，统一中国。不久，忽必烈派大军南下，直指宋军坚守的襄阳城。

宋军守将吕文焕也早有准备，他凭借城坚粮足，拥兵固守。元军接连猛攻都被击退，一连几个月未能攻下，忽必烈派大将史天泽督师。史天泽来到城下，见城高壕深，料非旦夕可破，就在城外筑起长围，把襄阳城包围起来，准备打一场持久战。

就这样，两军在襄阳苦战了三个月，襄阳城在元军的包围下，日渐危机。吕文焕多次向朝廷求援，请贾似道发兵援助。那时宋理宗已死，太子禥继位，是为度宗。度宗昏庸胜过其父，他封贾似道为太师。在严峻的形势面前，宋朝君臣仍然过着荒淫无度的生活，宋度宗更是沉湎于酒色，不理朝政。吕文焕所有的告急文书都被贾似道扣留不报。此时，元军已深入境内，举国尽知，贾似道实在无法敷衍，不得不派亲信带兵十万去援助襄阳。这十万宋军刚到鹿门，便被元军阻截，主将落荒而逃，宋军大溃。这时，幸亏有归宋的义军将领张顺、张贵自愿率领一支精兵押送粮草军械，去救援襄阳。两将乘汉水上涨之时，率船队驶到高头港口，见满江皆是元军的战舰，几乎无缝可钻。

张贵冒险杀入，张顺后继，杀开一条血路，直抵襄阳城下，宋军守城兵士急忙打开城门，把张贵和粮草军械接入城中，这时独不见张顺。几天以后，江面上浮出张顺的尸体，身中四枪六箭。张贵将物资交清，辞别吕文焕，突围而返，半路上与元军狭路相逢，张贵受伤被俘，不屈而死。

襄阳久攻不下，忽必烈又增派大将张弘范率军协助史天泽攻打襄阳。张弘范是位智勇双全的将领。他向史天泽献计说："宋军从水路增援襄阳，川陕商贩也来往不绝，这样怎么能把他们困住呢？我军应截断这东西两路，襄阳则不战自乱。"史天泽听后大喜，依计而行。他命张弘范率一千人马屯驻万山阻断东西两路，张弘范奉命而去。

这天，张弘范率二百骑兵巡山，发现援救襄阳的大队宋军从这里通过，张弘范出其不意，向宋军发起突然袭击，宋军顿时大乱。张弘范率军从山上冲了下来，挡住宋军的去路，经过一番恶战，宋军大溃。元军控制了东西两路，切断了襄阳的外援。

后来，张弘范又向史天泽建议："襄阳与樊城近在咫尺，两城互相支援，左右呼应，若集中兵力先破樊城，襄阳就孤掌难鸣了。"史天泽说："此计甚妙。"当即派张弘范督师攻打樊城。

这时，忽必烈正在大都派人督造回回炮，这是一种从西域传来的新式武器，每颗炮石重五十斤，发射时声震天地，威力无比。攻打樊城时，忽必烈派大将阿术、刘整带着数十门回回炮，去增援襄阳前线。

阿术、刘整到襄阳前线与史天泽、张弘范合兵一处。公元1273年一月，元军向樊城发起总攻，顷刻间樊城土崩瓦解，元军冲进城内，杀死宋军守将范天顺、牛畜，其余宋军全部投降。樊城被破，襄阳已成一座孤城，阿术派人进城去招降吕文焕，对他说："如今元军已马踏江南，襄阳已在包围之中，指日可下，你若能归降，不但可保全军民性命，你还可做元朝的官员。"吕文焕同意投降，迎元军入城。阿术任吕文焕为襄汉大都督。元军得襄阳，南宋的防御体系被突破了。

阿术得胜回朝，向忽必烈建议，乘胜灭宋。忽必烈召姚枢、许衡、徒单公履等重臣商议，都说："乘破竹之势，席卷三吴，正是时机。"这时，在前线督军的史天泽病重，他向忽必烈推荐说："伯颜可担当灭宋之重任。"忽必烈大喜，任命伯颜为统帅，大举出兵伐宋。

伯颜是蒙古八邻部人，曾祖和祖父都是成吉思汗时代的功臣。父亲晓古台跟随旭烈兀，生伯颜于西域。年轻的伯颜在西域作战时便建立了许多功勋。后来旭烈兀派他回朝向忽必烈奏事，深得赏识，便被忽必烈留在身边。

临行时忽必烈对伯颜说："当初宋太祖的大将曹彬，很少杀人却能平定江南，你应当体会朕意，效法曹彬。"伯颜率二十万大军领命而去。

大军至郢州，史天泽因病北还，至真定病逝。忽必烈将灭宋大业全权委托伯颜，军政大事由他一人专任，所属各部都由他节制。

伯颜率军至襄阳，分兵三路进攻。宋军沿江固守，兵不能进，两军隔江对峙。这天伯颜登上岸边的一座黄土山察看地形，他发现沦河口可直通长江，于是下令兵围汉阳，采取声东击西的战术，扬言要由汉口渡江，以迷惑敌人。守军急忙调遣军队增援汉口。伯颜却暗中集结战船一万多艘，从沦河口进入长江，向阳罗堡进军。

伯颜包围了阳罗堡，派人去招降阳罗堡的宋军。宋军守将说："国难当头，我等应死战报国，岂能贪生投降！"伯颜大怒，挥师猛进，恶战三天三夜，未能破城。伯颜想出一条计策，他命张弘范率步骑兵尽力围攻阳罗堡，以吸引宋军前来增援。与此同时，他密令四路兵马，沿江向西进四十里，乘船渡江。时值隆冬季节，风雪大作，元军不畏严寒，冒风雪驱兵急进。

天黑时元军登船，夜渡长江。宋军没有防备，仓促迎战，被元军大败，宋军主将被擒，副将重伤败走，元军乘机登上长江南岸。伯颜以降将吕文焕为先锋，乘胜追击。沿江诸郡宋将多是吕文焕的旧部，纷纷不战而降。捷报传来，伯颜大喜，随即下令各军急攻阳罗堡。张弘范全力攻城，斩宋军主将于城下，宋军失去主将，纷纷逃窜，溃不成军，经此一战宋军损失十万人马。

伯颜兴冲冲地登上武矶山，举目望去，大江南北都是元军的旗号。众将向伯颜称贺说："元帅用兵，真如神人。"伯颜说："都是将士用生命换来的功劳，我有何能？"

公元1275年初，伯颜率大军顺江东下，至黄州、蕲州，宋军守将相继出降。此时阿术率军至江州，宋朝兵部尚书吕师夔向元军投降。吕师夔是个贪生怕死之人，他为了讨好伯颜，特地大摆盛宴款待伯颜，并将两位美貌的宗室少女盛装献上。伯颜一见，拍案而起，怒斥道："我奉大元天子之命，兴师伐宋，一统中国，岂能为美色所惑！"吕师夔吓得唯唯诺诺，挥手令美女退下。

元军迅速推进，宋廷大为震惊，丞相贾似道还想故技重演，在芜州派遣使者向伯颜求和。伯颜怒斥道："贾似道老儿出尔反尔，我岂能饶他！"使者碰了一鼻子灰，夹着尾巴回到芜州报告了贾似道。

贾似道无奈，只得亲自督师迎战，他命孙虎臣率兵七万进至丁家洲，命夏贵率战船两千五百艘横亘江中，自己率军驻守鲁港。伯颜率领元军分为左右两翼夹江而进，发炮猛轰，宋水军全部溃散，贾似道匆匆忙忙逃往扬州。

这时宋度宗早已逝世，其子赵显即位，是为恭宗。赵显年方四岁，太皇太后谢氏临朝，下诏各路兵马救援朝廷。然而，各路宋军只顾自已逃命，哪里有心思保护朝廷。只有江西提邢文天祥、鄂州都统张世杰等人率部勤王。文天祥、张世杰奋力抗敌，因势单力孤，无法阻挡元军的进攻。不久元军便占领了江南重镇建康（今江苏南京市），然后水陆并进包围了南宋首都临安。

谢太后见大势已去，于公元1276年二月派人捧着传国玉玺和降表向元朝投降。伯颜亲自受降，下令元军入城，派吕文焕持黄榜进城安抚军士百姓。三月，伯颜进入临安，将皇宫内的礼乐祭器、册定、仪仗、图书全部北运。宋朝皇室人员一道被押解到上都，在押解途中文天祥乘机逃跑了。

伯颜将宋朝的玉玺、降书献给忽必烈。忽必烈大喜，封赵显为瀛国公，同时对伯颜大加奖赏，伯颜说："全凭陛下圣明，众将效力，臣何功之有？"

南宋灭亡后，张世杰带着宋朝皇子广王赵昰（九岁）和益王赵昺（六岁）逃往福州。公元1276年五月，张世杰拥立赵昰做了小皇帝，图谋抗元复宋。此时，宋军仍有十七万人马。

文天祥逃走后，在梅州集结人马，号召各地起兵。公元1227年四月，文天祥进入江西，接着攻下兴国。

忽必烈命张弘范为蒙古汉军都元帅，率兵征讨南宋的残余部众。张弘范说："从来没有汉人领蒙古军的先例，还是请以蒙古将军为帅。"忽必烈说："此行非你莫属，若有不服从你的军令者，立斩！"随即赐予他尚方宝剑一把。

张弘范率兵南下，以弟张弘正为先锋，领舟师由海道袭击文天祥的驻地潮州，文天祥退兵走海丰，被张弘正追至五坡岭，文天祥寡不敌众，被俘。张弘范要文天祥投降，文天祥严词拒绝，写下了著名的《过零丁洋》。后来被押送大都，不屈而死。

公元1278年四月，赵昰在硐州病逝，张世杰、陆秀夫又拥立赵昺为帝。六月间逃到海上的崖山。第二年，张弘范攻打崖山，大败宋军，宋臣陆秀夫不肯束手就擒，背着小皇帝赵昺跳海自杀。

张世杰带领十六艘船逃到海陵山，这时海上刮起飓风，船被巨浪吞没，张世杰死于海中。至此，南宋抗元的最后一支兵力也完全被消灭了。当年十月，张弘范凯旋，受到忽必烈热烈欢迎，元朝终于实现了一统江山。

忽必烈晚年，在平定西北和东北诸王的叛乱中发挥了作用，巩固了元朝的统一。

公元1294年正月二十二日，忽必烈病逝于大都，享年八十岁。他的遗体归葬于漠北谊陵起辇谷，那里是成吉思汗长眠的地方。

维护民族团结的彝族女杰

奢香

奢香是明朝初期的一位彝族女英雄。她一生反抗贪官污吏，维护民族团结，加强少数民族同中原地区的友好往来，为国家统一做出卓越的贡献。为了表彰奢香的功绩，明朝皇帝朱元璋封她为“大明顺德夫人”，几百年来受到人们的敬仰。

反抗贪官

奢香，生于元至正二十一年（公元1361年），四川永宁（今四川叙永县、古蔺县一带）人。她出身于彝族家庭，父亲是永宁宣抚司的土司，为官清廉，待人宽厚，在永宁一带有很高的威望。奢香在父亲的影响下，从小便知书达理。十四岁时，嫁给霭翠为妻。

霭翠在元朝末年被元廷封为顺元宣抚使、八番顺元沿边宣慰使，是贵州彝族各部中势力较大的一个土司。元朝灭亡后，贵州彝族各部归附明朝。明洪武四年（公元1371年），霭翠为了维护国家统一、民族团结，他率领部下归附明朝，使贵州边境地区得到和平过渡，出现了安定的局面。明廷下令，凡是少数民族地区的首领，一律世袭原有的官职，“赋税听其输纳”。霭翠是彝族中较有威望的土司，他号召彝族人民，加强生产，与汉族和其他少数民族搞好团结，共同建设边疆。在霭翠的领导下，贵州一带连年丰收，秩序稳定，百姓安

居乐业。

明洪武六年（公元1373年），明朝下令“升贵州宣抚司为宣慰司，以霭翠为宣慰司使，宋钦为宣慰同知。令霭翠位各宣慰之上，设治所于贵州城内（今贵州贵阳市）”。霭翠虽然官职升了，但他依然过着简朴的生活，人们劝其在贵州城里修一座新的官邸，他说：“现在正值建国初期，百业待兴，我怎么能不顾百姓的困苦而大兴土木呢？”

奢香嫁给霭翠后，见丈夫日夜为公务奔忙，身体一天天地消瘦了，她便协助丈夫处理公务。她从小熟读四书五经，深明大义，帮助丈夫出了很多好主意。有一次，霭翠外出执行公务，便将官府中的事交给奢香处理。这时，有一位老者前来告状，说贵州城里有一个富豪子弟将他的女儿抢去霸占为妻，女儿不从，被逼得悬梁自尽。老者要奢香为他做主，为女儿申冤报仇。奢香得知后，立即派兵丁将那个为非作歹的富豪子弟抓了起来。

富豪听说儿子被抓起来了，便备了一份厚礼，去见贵州都督马煜，要马煜为他说情，将儿子放出来。马煜是个贪得无厌的昏官，得了富豪的贿赂，私下对他说：“过几天，我让宣慰司放人就是了。”那位富豪感激涕零，又偷偷给马煜送来三百两纹银，说：“请都督大人尽快办理，不然儿子性命难保。”

马煜得了富豪的厚礼和银子后，立即派人到宣慰司去见奢香，要她立即放人。奢香听后义正词严地说：“人命关天，哪能说放就放！”她连夜升堂，审理案件，弄清犯罪事实后，写道：“光天化日之下，强占民女，逼死人命，罪不能赦。”下令将那个富豪子弟就地正法。

马煜听说奢香处死了富豪子弟，心中大怒，心想一个地方土司竟敢违抗都督的命令，这还了得。于是他向奢香大兴问罪之师，奢香严厉地驳斥了马煜的不法行为。她说：“王孙犯法与庶民同罪，你作为朝廷命官，本应为民做主，严惩凶犯，你却贪赃枉法，为罪犯开脱，是何道理！”一席话说得马煜哑口无言。他恼羞成怒骂奢香是“罗夷”（对少数民族的侮辱性称呼）。从此马煜恨透了奢香，暗地里寻找机会，想除掉奢香。

明洪武十四年（公元1381年），霭翠因病去世，奢香因其子年幼而代袭贵州宣慰使职务。这时奢香年仅二十岁，风华正茂。奢香在世袭宣慰使期间，大刀阔斧地整治社会治安，严厉打击地方上的贪官污吏。

霭翠死后，马煜的气焰更加嚣张，他不把奢香放在眼里，处处找茬。他在贵州城里大兴土木，动用官银和军饷，为他修建豪华的都督府。他要奢香派五百彝族民工充当徭役，奢香知道他修建的是私宅，因此不发一兵一丁。马煜一计不成，又生一计。他以修筑普定“驿传”为名，驱使彝族土官兵民为他卖命。马煜利用这个机会，残酷地剥削压迫当地少数民族，他贪污大量的公款白银，用来修建都督府和私人住宅。彝族百姓不堪重负，骂马煜是“活阎王”。

马煜的胡作非为，引起彝族广大民众的强烈不满，各部土司纷纷来找奢香，要求举兵造反，杀死马煜。奢香从大局出发，认为明朝刚刚统一了全国，若起兵造反，势必引起混乱。她对各部土司说：“马煜贪赃枉法，欺压彝族百姓，理应处决，但用造反的办法不可取。我们应设法奏明圣上，再做决定。”

金陵告状

马煜多次想找借口除掉奢香，但奢香行得端、做得正，很难找到出兵镇压的借口。现在他听说，彝族诸部的土司们聚集在奢香府中想造反。他认为这下可算找到了把柄。他定下阴谋跪计：激怒彝族各部，待奢香起兵造反时，他便出兵镇压，趁机消灭奢香。

一天，马煜派人去通知奢香，要奢香到都督府来，商量军政大事。彝族诸部的土司对奢香说：“马煜一向心怀鬼胎，此去凶多吉少，你不能去。”奢香说：“我们的行为光明磊落，没有做对不起皇上、对不起百姓的事，他马煜敢把我怎么样呢？”

奢香不顾个人安危，决定亲赴都督府，以便戳穿马煜的阴谋诡计。年轻的彝族土司戛额便率领十几名兵丁护送奢香去见马煜。

奢香来到都督府，门口的守兵传令说：只准奢香一人入内，其余人在门外等候。奢香大义凛然地走进都督府。只见马煜坐在大堂上，满脸怒气。不等奢香说话，他便先发制人，说："近日听说诸土司聚集于宣慰司，图谋造反，可有其事？"奢香冷笑："大都督消息可真灵通啊！你身为朝廷命官，却欺压百姓，逼民造反。你的目的是激怒诸罗，俟其反，而后加兵镇压，尽灭诸罗酋长，杀灭彝族百姓，这难道是皇上的意愿吗？我且问你，你违背皇上旨意，该当何罪？"

马煜的阴谋被揭穿了，他心中大怒，命令武士上前脱掉奢香的衣服，欲鞭笞其背。奢香见状，毫无惧色，怒斥道："光天化日之下，你竟敢当众侮辱朝廷钦定的宣慰使，真是流氓至极！"说着从怀里掏出匕首，喝道："谁敢近前一步，我便死于此地，以表清白！"奢香的英勇行为，震慑了在场的武士们，马煜惊恐万状。这时，戛颡率领兵丁冲进都督府，马煜见事情不妙，趁机溜走了。

这一事件发生后，彝族四十八部的首领们从各地赶到贵州宣慰司，要求奢香下令起兵反抗，彝族民众更是义愤填膺，纷纷举起刀枪，一场武装起义的战争即将爆发。

在众怒难遏的关键时刻，奢香保持了冷静的头脑。她同代袭贵州宣慰同知职务的刘淑贞商量。刘淑贞是宋钦的妻子。宋钦是霭翠的好朋友，两人在世时同在宣慰司任职，情同手足。明洪武十四年（公元1381年），马煜设计谋杀了宋钦。刘淑贞因儿子年幼，便代袭了贵州宣慰司同知的职务。刘淑贞足智多谋，深明大义。她对马煜的所作所为早已深恶痛绝，但在严峻的形势面前，她认为目前的首要任务是保持贵州的稳定，避免大动干戈，否则将会中马煜奸党的诡计，破坏彝族与汉族间的关系。刘淑贞对奢香说："马煜的目的是挑拨彝族与汉族间的矛盾，制造内乱，以便趁机消灭彝族在贵州的势力。我愿亲赴京城，向皇上奏明事情的真相。"奢香同意刘淑贞的意见，她亲自出面说服彝族诸部首领，不可动用兵力。同时，她派刘淑贞立即上京师奏明洪武皇帝，揭穿马煜的罪恶阴谋，由皇上下诏，进行发落。

刘淑贞带着奢香的儿子，在几名卫兵的保护下，日夜兼程赶往金陵（今江苏南京市）谒见洪武皇帝朱元璋。

朱元璋是位开国明君，深知"官逼民反"的道理，他从元朝的灭亡中得出一条教训，他说："元朝因为宽容放纵贪官污吏，把江山丢掉了。如今我得了天下，若不用严刑峻法便不足以矫正积弊！"明朝建国之初，他多次颁布惩治贪官之令，法令十分森严。他曾下令，如果当地官吏有害民之事，可以到衙门去当面规劝，三劝不听者，就到京城来告御状，以便朝廷捉拿审讯。

明朝建国不久，各地官员贪赃枉法的事情时常发生，当时有一句俗话说："三年清知府，十万雪花银。"朱元璋惩治贪官污吏毫不手软，他一次就杀了一百六十名贪官。为了防止贪官作弊，他命令刑部尚书开济把记载账目的一二三四五六七八九十百千，改作壹贰叁肆伍陆柒捌玖拾陌阡，以防止不法分子涂改账目，从中贪污钱粮。这些举措，在当时起到一定的作用。后来人们把"陌阡"改为"佰仟"，这便是沿用至今的大写数字的由来。可见朱元璋对贪官污吏深恶痛绝。

刘淑贞见到洪武皇帝朱元璋后，揭发了马煜在贵州的罪行，并请求皇上召见奢香，以便弄清事情的真相。朱元璋对此事极为重视，他立即降旨，让奢香进京，决定亲自处理此案。

明洪武十六年（公元1383年），奢香奉旨率土酋十五人随刘淑贞到金陵，面见洪武皇帝。奢香揭发了马煜"激怒诸罗欲反""贪污军饷""私建都督府""迫害彝族民众"等罪行。洪武皇帝对奢香顾全大局、大义凛然、忍辱负重的行为大加赞赏。他立即召回马煜，很快便查明了其犯罪事实，下令将马煜处以死刑。

洪武皇帝亲自设宴款待奢香及土酋随从人员。为了表彰奢香维护国家统一、顾全大局、不计个人安危的功绩，赐奢香以锦衣、珠翠、如意冠、金环、袭衣等物品。

奢香返回贵州时，洪武皇帝亲自为她送行。洪武皇帝说："霭翠君长是忠臣，朕曾赐他红印和手本，他竭尽心力，励精图治，使西南边地安宁祥和，朕甚为欣慰。现在你代袭宣慰司之职，后继有人，朕便放心了。"奢香感谢皇帝对贵州彝族民众的关怀，说："圣上英明果断，明察秋毫，斩杀奸臣马煜，为贵州除了大害。我代表彝族民众感谢圣上浩荡皇恩。奢香回贵州后，一定广布圣上恩德，安抚彝族民众，加强边地防卫，修筑驿道，使彝、汉和各族民众永世和好。”

修筑驿道

奢香回到贵州后，贵州城里万人空巷，各族民众走上街头，热烈欢迎这位东行归来的女英雄。奢香英姿飒爽地骑在一匹高头白马上，向前来欢迎的各族人民招手致意。她说：“洪武皇帝是一位英明的君主，他时时刻刻关怀着彝族民众的苦难。活阎王马煜，贪赃枉法，挑拨彝族与汉族之间的团结，已遭到圣上严厉惩处。圣上有谕，今后若再有坑害民众的贪官污吏，杀无赦。我们要感谢皇上的圣恩，团结一心，为大明王朝效力。”

奢香的话很有号召力，四十八部彝族首领聚集于宣慰司，表示一定听从奢香的统一指挥，共保大明王朝，不辜负朝廷的恩德。奢香派人到各处检查账目，惩处了一批贪官污吏，打击了地方上的恶势力，社会治安很快便得到稳定。

贵州境内多山，与外界阻隔，交通不便。为了加强与外省的联络，发展经济，奢香下令以偏桥为中心，修筑两条驿道：一条向西，经东水（今贵州贵阳市北部）过乌撒，到乌蒙（今云南昭通市）；一条向北，经草塘到容山（今贵州湄潭县），全程四百多里。

这是一项十分浩大的工程，奢香动员人力、财力全部投入到施工中去。她将自己多年来的积蓄捐献出来充作施工的费用，在她的带动下，各地土司、官员也纷纷将私有财产贡献出来。

为了使施工顺利进行，奢香带领随从人员亲自到山间测地形，规划驿道路线。有一次她来到一条深山峡谷之间，只见这里山高林密，云雾缭绕。当地老百姓说，这里是魔鬼谷，谷中多有毒蛇和瘴气，谷中溶洞纵横、暗穴遍地，人不敢入内，有些打猎砍柴的人只见进不见出。有一次，一队商旅赶着毛驴进谷，不知何故便失踪了，那些毛驴和商人踪影全无，连尸体都找不到。

随从的将士心中害怕，劝奢香避开此处，另选路线。奢香心想，如果绕道筑路，就必须绕一百多里的路程，这样将耗费巨大的人力和财力。她对将士们说："我们修筑驿道，是为了造福于民众，岂能为毒蛇和瘴气所吓倒？"

这时，有一位采药的老者从此地经过，这位老者白发苍苍，银髯如雪，看上去有七八十岁，但却精神抖擞，目光炯炯。奢香便向老人请教。老者听说官兵到此地修筑驿道，十分感动，他说："我们祖祖辈辈都盼望着能有一条官道通外，今天官兵前来修筑驿道，老夫岂能坐视不理，我愿为官兵带路，勘察路径。"

老者从背篓里拿出一条绳索，让奢香和随从将士们系在手腕上，他在前头引路。奢香手提宝剑，紧随其后。正行间，突然一条茶杯般粗细的毒蛇吐着信子向奢香袭来，奢香眼疾手快，刹那间手起剑落，将毒蛇砍作两段。老者见奢香如此英勇，大为敬佩，说："天下有如此英勇的女官，何愁驿道不通！"

在奢香的鼓舞下，老者和随行将士冒着生命危险，向前踏勘，终于在魔鬼谷内，探寻出一条线路。

工程开工后，奢香令刘淑贞率领筑路大军修筑北线，她率领人马修筑西线，两路大军齐头并进。他们逢山开路，遇水搭桥，克服了种种难以想象的困难，经过两年多的辛勤劳动，两道官驿大道终于修通。为了加强驿道的管理，奢香下令在驿道沿途建立九处驿站。从龙场驿至陆广驿约六十里，再至西溪驿的五十里，再至金鸡驿的约五十里。驿道继续向前延伸至各鸦驿约五十里，再至归化驿约三十里，最后到毕节驿约三十里。各处驿站像一串珍珠似的，将长长的驿道联结在一起。这条官驿大道，纵横贵州全境，连接湖南、四川、云南三省，加强了贵州同周边地区的联系，改变了云贵高原少数民族地区的封闭状态，对当时政治、经济、文化的发展起了不可估量的作用。

人们为了纪念奢香的功绩，将驿道中段的西溪驿改名为"奢香驿"。

这时，奢香的儿子安的已渐渐长大，为了让他将来秉承父业，治理好贵州，奢香将他送到京城金陵去深造。明洪武二十五年（公元1392年），安的学毕归来，袭职为宣慰使。奢香为感谢洪武皇帝的恩典，派遣儿媳到京城金陵谒见洪武皇帝，贡献良马六十匹。洪武皇帝为表彰其筑路之功，赐银四百两，锦绮、钞、币若干。

奢香代袭宣慰使期间，为贵州事务竭尽心力。明洪武二十九年（公元1396年）。奢香积劳成疾，不幸去世，年仅三十五岁。

奢香死后，明廷降旨封她为“大明顺德夫人”。几百年来，奢香受到人们的敬慕。清道光十三年（公元1833年），大定知府王绪昆为奢香修墓立碑，碑上铭刻“明顺德夫人、摄贵州宣慰使奢香墓”。墓碑前后两面镌刻禀文和批文。禀文赞奢香“勋垂竹帛，在国为功臣”，批文为“义笃忠，志坚金石，名垂竹帛，实千古伟人”。

壮族抗倭女将
瓦氏夫人

瓦氏夫人是明朝的一位女将领。她一家三代人都死于战场。晚年时，她领兵挂帅，抗击倭寇的侵略，在战场上她出奇制胜、奋勇杀敌，建立了可歌可泣的战绩，被明廷诏封为“二品夫人”。

英雄家庭

瓦氏夫人，生于明弘治九年（公元1496年），她本姓岑，壮族。父亲岑璋是归右直隶州（今广西靖西县、那坡县地区）的土官（即地方官）。岑璋是一位开明的土官，很有文化。女儿小时候，他便教她攻读诗书，稍大便请人教她练习武艺。她天生聪明伶俐，只要是老师教的东西一学便会，十几岁时便熟读各类书籍，尤其精通兵法。十六岁那年，父亲将她许配给田州土官岑猛为妻，从此改称瓦氏夫人。她和岑猛是一对恩爱夫妻，她经常与丈夫一起研究兵法，帮助丈夫处理官府的事务。一年后，他们的儿子岑邦彦出世了。

那时她的丈夫经常奉命出征打仗，家中的事情全靠瓦氏夫人一人承担。她在府宅后面的草地上修了一片校场，用来训练团丁兵勇，以保卫地方安全。那时，田州一带常有土匪出没，抢劫百姓财物。瓦氏夫人带领团丁兵勇，剿灭土匪，并将土匪头子斩首示众。土匪听到她的名字都非常害怕。

儿子岑邦彦七八岁时，瓦氏夫人便让他每天到校场上练习骑马射箭，她要把儿子培养成一位勇士，将来好为国家出力。转眼之间，儿子十八岁了，娶妻赵氏。新婚不久，瓦氏夫人便将儿子送往前线，让他跟随父亲巡查边疆，在实际战斗中经受锻炼。

岑猛是一位正直的土官，他在西南边疆惩治了一些地方强豪恶霸，为老百姓办了不少好事。这些强豪恶霸对岑猛非常嫉恨，便散布谣言说岑猛独霸一方，想反朝廷。明嘉靖六年（公元1527年），朝廷降旨指控岑猛培养个人势力，图谋不轨，派明军进行“讨伐”。岑猛遭到突然袭击，被包围在田州一带，他为了表达自己的忠诚，不与明军对抗，率领地方军向归顺州撤退。在突围中，儿子岑邦彦死于战场，岑猛悲痛万分，到归顺州后，他便拔剑自杀了。临死前他给朝廷写了一封遗书，表明自己是清白的。

后来，朝廷发现岑猛是位忠良之将，于是为岑猛平反，让岑猛的孙子岑芝袭职田州土官。当时岑芝年龄还小，便由瓦氏夫人代理知州事务。三十多岁的瓦氏夫人承担了治理州政的重任。

瓦氏夫人代理土官时期，克己励志，善理州政。她将流亡外地的少数民族召回田州，分配给他们土地，让他们安居乐业。边疆地区教育比较落后，瓦氏夫人便出资修建义学，将贫苦百姓的孩子收入义学，接受教育。她对自己的幼孙岑芝要求很严，“格朝夕训以朝廷恩德，宜抚循遗民，修职图报”[1]。她对岑芝说：“你的祖父、父亲都是明朝的官员，你要继承他们的遗志，长大后要忠于明朝，管理好田州，为国为民办好事。”

明嘉靖二十九年（公元1550年），海南岛发生暴动。此时岑芝已经长大，奉命到海南岛去平息暴动，当年死于战场。瓦氏夫人一家几代人都牺牲了，她忍着失去亲人的悲痛，再次担当起管理州政的重任。这时瓦氏夫人已经五十多岁了，两个重孙岑大寿、岑大禄年龄尚小，瓦氏夫人日夜操劳，将田州治理得井井有条。据《广西田州土官岑氏谱》记载，“凡州之利弊，躬为规划，内外凛然”。

瓦氏夫人在田州组织了一支训练有素的军队，明朝称这些壮族土官兵为

[1] 见《奉议县·瓦氏传》

“俍兵”。瓦氏夫人从小就精通兵法，她研究出一种“以七人为伍，每伍自相为命”的阵法，被称为“岑家兵法”。她常常骑一匹红马，带领士兵在校场列阵训练，威严肃整，令人胆寒。当时，田州地方秩序井然，与她拥有这样一支强大的军队不无关系。

奉命抗倭

明朝嘉靖年间，我国东南沿海经常遭受日本海盗的侵扰。倭寇在海上抢劫商船，登陆后，焚烧房屋，屠杀居民，抢掠财物，奸淫妇女，害得沿海一带的老百姓痛苦不堪。明廷曾派山东、浙江的官军前去抵抗，但这些官军腐败无能，在强大的倭寇面前，节节败退。倭寇长驱直入，占领了沿海不少地方。当时，有人写诗描绘了江南沿海的惨景：“江南千里暗妖氛，野哭家家不可闻，落日野狐亲白骨，荒郊万马卧黄云。”

沿海告急，嘉靖皇帝坐不住了，他急忙命张经为总督，到东南沿海抗击倭寇。张经在西南地区打过仗，他素知俍兵和土兵（湘西土家族土司兵）作战勇敢，于是便奏请朝廷，请求征调俍兵、土兵前往东南沿海共同抗击倭寇。嘉靖皇帝准奏，降旨广西、湘西一带州府，立即出兵急驰东南。

明嘉靖三十三年（公元1554年），两广督抚把征调俍兵的命令送到广西田州。五十多岁的瓦氏夫人接到命令后心想，国家处于危难之时，田州岂能坐视不理，然而她一家三代人都为国捐躯，身边的两个重孙年龄尚小“不能任兵事”。这天晚上，她辗转反侧，夜不能寐。第二天，她毅然决定亲自领兵挂帅，奉命抗倭。她“请于督府，愿以身往”。督抚看了她的请求，非常高兴，立即奏请朝廷。“督抚壮之，题奏授瓦氏女官参将，统兵南畿”[1]，朝廷将“女官参将”的大旗授予她。当时，田州出兵四千一百人，战马四千五百匹，是俍兵的主力；归顺州出兵八百六十人；南丹州出兵五百五十人；那地州出兵五百五十九十人；东兰州出兵七百五十人，共计六千八百五十人统一由瓦氏夫

[1] 嘉庆《广西通志·瓦氏传》

人率领，前往浙江抗倭前线。

各州兵马在田州集中。这天，瓦氏夫人骑着大红马，手执令旗，她号召将士们说："国家兴亡，匹夫有责。现在倭寇进犯大明王朝，国家处于危难关头，朝廷养兵千日，用兵一时，我们当奋勇向前，为朝廷建功立业！"她随后颁布了军纪。

瓦氏夫人率领这支部队，从田州出发经过广东、江西、江苏，行军五个月到达浙江嘉兴。在她率兵进军的同时，各地俍兵、土兵也先后由水路或陆路赶赴前线。

当瓦氏夫人率领的俍兵于明嘉靖三十四年（公元1555年）三月来到嘉兴时，明朝总督张经非常高兴。他见瓦氏夫人的兵马威严整齐，立即派她驻扎于金山卫（今上海市金山区），隶属于总兵官俞大猷部。

瓦氏夫人在金山外围安营扎寨，这里是倭寇进犯的咽喉地带。她不顾长途行军的疲劳，带领几名随从察看地形，分析敌情。俍兵在扎营待命期间，瓦氏夫人颁布军纪，不许士兵骚扰百姓。当时有一名俍兵私自出营，到酒肆里去喝酒，喝得酩酊大醉，店主向他要钱，他大骂道："老子远行几千里，到这里来为你们打倭寇，命都豁出去了，喝你一碗水酒，讨什么钱！"说着便把桌子掀翻在地。店主吓得不敢作声，便去报告瓦氏夫人。瓦氏夫人听到后，立即派人去捉拿，那个俍兵正在那里大吃大喝，瓦氏夫人下令斩首，他吃到嘴里的食物正在食道里下咽，便被砍了脑袋。

瓦氏夫人对部下说："我们远行数千里到这里是来抗击倭寇的，如果我们到这里抢劫百姓，那和倭寇有什么两样？军队没有严明的纪律，怎么能打败倭贼？今后有胆敢欺侮百姓者，以此为例！"

瓦氏夫人下令："不听令者斩，退缩者斩，逃跑者斩，妖言惑众者斩，不追蹑者斩。"俍兵在瓦氏夫人的带领下，纪律严明，秋毫无犯，受到老百姓的欢迎。据历史记载，瓦氏兵"谁胥关月余，驭众法度，约所部不犯民间一粒"。

明朝主将张经在嘉兴一带集结兵力，选将练兵，准备以重兵捣毁倭寇巢穴。瓦氏夫人求战心切，几次到总督府面见张经，要求出战。张经笑着对她说："剿灭倭寇，必有你用武之地。现在各路兵马正在向沿海集结，你守住金山卫，便为大部队集结赢得了时间。到那时我一定派你打头阵。"听了张经的这番话，她才放心而去。

瓦氏夫人回到营里，立即部署兵马，加紧操练。在她的阵地上，旌旗飘动，杀声震天，显示出高昂的士气。瓦氏夫人将俍兵每七人编成一伍，每伍由伍长带头，自相为命，伍与伍之间，相互救应，连成一体。每伍中四名士兵专门负责击刺敌人，三名士兵负责切割敌人的首级。一人赴敌，左右士兵大声呼喊进行夹击，全伍争救之；一伍赴敌，左右相邻的队伍大声呼喊，一队争救之。她的这套训练方法，大大提高了部队的战斗力。

有一天，总督张经到阵地上视察，他见俍兵营中列队训练，甚是威武，高兴地说："俍兵以妇人将兵，竟比男将还要英武，有如此威武之师，何愁打不败倭寇。"他当即嘉奖瓦氏夫人，赏银五千两。瓦氏夫人将这些赏银全部充作军饷。

由于瓦氏夫人严阵以待，倭寇不敢轻易冒进，为大部队集结争取了时间。各路俍兵和湘西土兵在梧城集中后，沿西江而下到广东佛山镇，然后溯北而上，跨越大庾岭进入赣江，乘船到江西南昌，转江苏的京口到丹阳，步行赶赴奔牛镇，然后乘坐从常州派来的官船，到达浙江嘉兴。

大战迫在眉睫，瓦氏夫人在阵前召开誓师大会，她说："我军将士临阵，誓不与贼寇俱生。我自备军粮，不效尽寸，何以归见乡党。"她的话刚落，部队中响起雷鸣般的响应声，将士们高声喊道："不歼灭倭贼，誓不回师！"她见士兵们斗志高昂，非常高兴，立即派人给总督府送去请战书。

双刀女将

明嘉靖三十四年（公元1555年）三月十二日，瓦氏夫人接到命令，要她率领俍兵向金山卫城进军。她身披铠甲，骑上大红马，手执两把红缨大刀，率俍兵向金山卫城进军。她作战时经常使用两把红缨大刀，因此人称"双刀女将”。

瓦氏夫人一马当先，挥舞双刀冲到城下，立即向金山卫城发起猛烈攻势，倭寇在城内凭借坚固的城垣死死扼守。瓦氏夫人见从正面一时难以攻破，便派她的侄子岑勇率部分俍兵从西门进击。这样两面夹击，倭寇顾此失彼，只好从北门逃走。瓦氏夫人率兵进入城内，安抚百姓，秋毫无犯，城内秩序井然。为了防止倭寇反扑，她派岑勇出城察看敌人的动静。四月九日夜，岑勇单枪匹马来到倭寇扎营的地方，他趁着夜色察看敌人的布置情况。这时倭寇巡逻哨兵发现了他，看他只有一个人，便将他包围起来。岑勇毫无惧色，左冲右突，连杀六名倭寇，终因寡不敌众，身负重伤，壮烈牺牲。

瓦氏夫人得知侄儿战死沙场，悲愤地说：“我岑家男儿三代都死于战场，现在岑勇又死于倭寇刀下，此仇不报，难消心头之恨！”她在城内休整兵马，决心与倭寇决一死战。

四月二十二日，倭寇纠集三千兵力进犯金山卫城，总督张经得知岑勇刚刚战死，怕瓦氏夫人伤心过度，心情不好，便派明军都司白泫率兵迎击敌人。白泫在城外与倭寇相遇，两军对垒，倭寇以三千兵力将白泫包围起来，情况十分危急。瓦氏夫人在城上看到明军被围，便率领一彪人马冲出城外。她舞动双刀，纵马冲进敌阵。倭寇见一位女将冲进阵内，不把她放在眼里，叽里呱啦地围上来，想活捉她。瓦氏夫人面对凶残的敌人，毫无惧色。她在马上左劈右砍，一双红缨大刀上下飞舞，倭寇的脑袋像西瓜似的，纷纷落地开瓢。她一连杀死二十几名倭寇，终于杀开一条血路，救白泫冲出重围。

金山卫城得而复失，瓦氏夫人移兵漕泾，与倭寇对峙。这时倭寇从别处调一千人前来增援，瓦氏夫人因明朝援军未能及时赶到，只得孤军奋战。战斗进行得异常残酷，一直打了两天两夜，手下的将领钟富、王维等十四人死于战场。瓦氏夫人见一时难以取胜，为了减少伤亡，便率兵退出漕泾。倭寇起先很害怕俍兵，现在见俍兵退去，认为俍兵也不过如此便骄傲起来，他们在漕泾一带大肆烧杀抢掠。

五月初一，倭寇头目黑山一郎纠集四千兵力，向嘉兴城大举进犯。瓦氏夫人奉命与明军参将卢镗联合抗击敌寇。瓦氏夫人分析敌情后，对卢镗说：“倭寇在漕泾取得胜利，气焰很嚣张，我们只能智取，不可强战。石塘湾是倭寇进击嘉兴的必经之地。明日作战，你可率军诱敌深入，我率俍兵埋伏于石塘湾，则倭寇一举可破。”卢镗同意瓦氏夫人的意见。

第二天，卢镗将明军布阵于嘉兴城外，他故意将阵容布置得稀稀拉拉，军旗东倒西歪，一副散散漫漫的样子。

黑山一郎得到此消息后，心中大悦，他对部下说：“明军在漕泾被打得一败涂地，已丧失了战斗力，我军乘胜进军，一举将明军歼灭于嘉兴城外。”他趾高气扬地骑在一匹高头大马上，手挥战刀，带领四千人马向嘉兴进军。倭寇刚刚进入石塘湾，只听一声炮响，烟尘中冲出一员双刀女将，只见她威风凛凛，双刀寒光逼人。瓦氏夫人催动坐骑，冲入敌军，敌人猝不及防，四千兵马被切割成两段。黑山一郎急忙组织抵抗，倭寇像无头苍蝇一般乱作一团。黑山一郎在马上声嘶力竭地喊道：“别乱，别乱，给我顶住！”

瓦氏夫人的“七人为伍”阵法发挥了有效的作用，四人在前边击刺敌人，敌人被击倒后，后边三人便手挥大片砍刀将敌人的首级割下。倭寇被杀得心惊胆战，四散奔逃。瓦氏夫人在马上见黑山一郎骑一匹高头大马，手挥战刀督军突围，料定他是倭寇头目，双腿在马肚子上使劲一夹，直奔黑山一郎而来。黑山一郎见来者是一位女将，心里稍稍定了定神。他抡起战刀向瓦氏夫人劈了过来，瓦氏夫人举起双刀轻轻一架，只听得当啷一声，火星飞溅，黑山一郎双手被震得一阵发麻，虎口都被震裂了，鲜血直流。黑山一郎心想：“我日本堂堂武夫，岂能败在一个女人面前。”他忍着剧痛，催动战马向瓦氏夫人猛扑过来，双方战了二十几个回合，黑山一郎渐渐支持不住。

这时，卢镗率领明军从嘉兴方向冲了过来，倭寇被全面包围在石塘湾。黑山一郎自知不是瓦氏夫人的对手，急忙掉转马头，率领残兵败将向王江泾方向逃去。

黑山一郎并不甘心失败，他逃到王江泾后向其上奉求援，要求增加兵力，重整旗鼓，伺机夺取嘉兴。日本官方派两千人马补充黑山一郎的部队，此时倭寇部队增至四千人。

瓦氏夫人再次向总督张经请战，她说："倭寇虽败于石塘湾，但贼心不死，现在又在王江泾一带纠结贼众，企图进犯嘉兴。我军宜乘胜追击，全歼倭寇。"张经同意她的主张，派总兵官俞大猷率明军两千，派湘西土官彭荩臣、彭翼南率土军两千，配合瓦氏夫人共同合围倭寇。

三路兵马，连夜奔袭，将倭寇包围于王江泾。经过猛烈的攻击，倭寇溃不成军，大败。这一仗共歼倭寇三千多人，倭寇头目黑山一郎也被乱箭射死。这次战役，扭转了抗倭战局，取得了抗倭以来第一次重大胜利，大长了中国民众的志气。

这年六月，瓦氏夫人奉命在陆泾坝抗击倭寇。倭寇派出精锐的乌铳兵手执拂狼机（当时一种较为先进的火器），乘五十艘战船溯江而上。瓦氏夫人分水陆两路抗击敌人，她亲率四十艘战船，沿江而下。两军在水面遭遇后，倭寇发射铳弹，扣动拂狼机，顿时弹如雨下，俍兵受阻。

瓦氏夫人是个善于动脑筋的人，她命令士兵登岸，在竹林里砍伐毛竹，编成竹笆，这些竹笆宽一丈，高六尺。每艘船上配置十张竹笆，以阻挡倭寇的铳弹火器。这些竹笆都是用青竹子编成，火器无法点燃。她又派十艘战船，船上装满硫黄、棉絮等可燃之物，潜伏于江边的芦苇荡中。岸上的俍兵则准备弓弩和大量箭矢。

战斗打响后，瓦氏夫人率三十艘战船冲向倭寇，倭寇急忙发射铳弹，可是俍兵们躲在竹笆后边，铳弹根本打不着。这时潜伏在芦苇荡中的俍兵船只，满载着硫黄、棉絮向倭寇驶来。倭寇腹背受敌，想靠岸登陆逃跑，哪里想到刚靠近岸边，突然从岸上飞来无数利箭，顿时箭如雨下，不少倭寇士兵被射死射伤。这时，那些装有硫黄、棉絮的战船迎风放起火来，火船箭一般地驶入倭寇船队，顿时火光冲天，烟尘飞腾。倭寇们被烧得哇哇乱叫，不少贼兵跳水逃命，结果葬身鱼腹。这一仗，瓦氏夫人焚毁倭船三十八艘，斩获倭首三十余级，缴获乌铳、拂狼机不计其数，再次获得重大胜利。

瓦氏夫人在抗倭战争中，战功卓著。胜利的消息传到北京，嘉靖皇帝为了表彰她的战功，立即加封她为“二品夫人”，并赏赐岑大寿、岑大禄银各两千两，俍兵部将士卒各有赏赐。瓦氏夫人在抗倭战争中身先士卒，英勇善战，威震沿海。但她毕竟是年届花甲的老人了，在激烈的战斗岁月中，她积劳成疾，身患重病，不得不告病还乡。离开前线时，她对总督张经说：“倭寇还未完全剿灭，前方还在打仗。如果朝廷用兵我会派岑大寿、岑大禄率领俍兵重返前线。”

张经望着重病在身的女将军感动地说：“夫人放心地回去吧，前方战事自有安排，我辈绝不让倭寇占领一寸土地。”

瓦氏夫人回到广西田州府署后，于当年（公元1555年）七月初三不幸逝世，时年五十九岁。人们为了纪念她，将她葬于田州东婆地，当地民众每年都到墓地祭奠。

清嘉庆十八年（公元1813年），清廷为她树立墓碑，上刻：“前明嘉靖特封淑人岑门十六世祖妣瓦氏太君之墓”。瓦氏夫人受到历代人民的敬仰。

苗族爱国女将领
秦良玉

秦良玉是明朝末年抗击清军的一位爱国女将领。她出身于少数民族，在战乱的年代里，她率兵勤王，英勇杀敌，身经百战，临危不惧，表现出热爱祖国的高尚情操，为明末抗清斗争写下光辉的一页，为后人所传颂。

随夫征战四川

秦良玉于明万历二年（公元1574年）生于四川忠州一个苗族家庭。她的父亲是苗族地方上的一位首领，性格豪爽，仗义疏财，经常帮助穷困的老百姓，所以在地方上很有威望，人称秦太公。秦太公有两个儿子，长子秦邦屏，次子秦民屏，秦良玉是他唯一的女儿，视若掌上明珠，从小便让她读书写字，赋诗弹琴。

秦良玉从小聪明伶俐，读书非常用功。她尤其喜欢读兵书，读了之后便和哥哥弟弟讨论古代用兵之法。秦太公就这么一个女儿，不喜欢让她舞枪弄棒，像男孩子一样野。可是她偏偏不听父亲的话，一有空就让哥哥带她到后花园去练习武艺。父亲珍藏着一部古代剑谱，她趁父亲不在家时，便偷偷地拿出来，在月光下练习剑术。

有一次，哥哥和弟弟要到深山里去打猎。秦良玉听说后，缠住哥哥一定要带她去。哥哥说："深山里是狼虫虎豹出没的地方，你一个女孩子去不得。"

她执拗地说："弟弟能去得，难道我就去不得吗？"哥哥无奈只好说："那么你敢和弟弟比武吗？如果你能比过他，我就带你去。"

秦良玉听了很高兴，从闺房里拿出一把宝剑，便在庭院和弟弟比起武来。哥哥本想以此为借口，打消她去打猎的念头，没想到秦良玉的剑法如此娴熟，只听见风声呼呼，寒光闪闪，一支银剑舞得像梨花一般，二十几个回合后，弟弟便支持不住，败下阵来。秦良玉停住手后，面不改色心不跳，朗声笑道："怎么样？我的剑法不比弟弟差吧？"

兄妹三人带着家丁离开寨子向深山进发。越往前走，山越高林越密。秦良玉一向争强好胜，她骑着马，带着几个家丁走在最前边，不一会儿便不见了踪影。她正兴奋地往前赶路，突然坐骑受惊，将前蹄高高扬起，紧接着一声嘶鸣，差一点把她掀下马背。她在马上定睛一看，只见前边十几步远处，一条碗口粗细的大蟒，口里吐着长长的信子，向她的坐骑袭来。说时迟，那时快，她急掉马头，手提宝剑，俯身向大蟒蛇的要害部位砍去，大蟒蛇还没等转过身来，便被锋利的宝剑砍成两段。几个被吓呆了的家丁连忙大声呼喊，等哥哥他们赶到时，那条大蟒蛇已经躺在地上一动不动了。

哥哥看了这惊心动魄的一幕，既心急又后怕，谴责妹妹不该离开大伙冒险前行。不过，从此以后，秦良玉勇斩蟒蛇的故事便传遍了苗寨，都说秦良玉真是个勇敢的奇女子。

秦良玉十八岁那年，秦太公把她许配给青年将领马千乘为妻。马千乘是石柱的土司，为官正直，很有威望。马千乘的父亲和秦太公是世交，两家结为秦晋之好，既是父辈的愿望，也是孩子们的心愿。秦良玉早就仰慕马千乘的威名，马千乘也早知秦良玉是位有学识有武功的奇女子。

新婚宴尔，秦良玉沉浸在爱情的幸福中。不久，马千乘被朝廷任命为石柱宣抚使，负责地方上的防务和治安。丈夫前途辉煌，秦良玉自然十分高兴，她决心辅佐丈夫干一番事业。

有一天，丈夫从衙门回到家中，闷闷不乐，仿佛有什么心事似的。秦良玉便问："你往日回到家中总是高高兴兴的，今日为何心情沉郁，难道衙门里有什

么不顺心的事吗？”马千乘说：“上午接到朝廷的命令，我马上就要出征去打仗了，我想我们刚刚结婚不到一个月，把你留在家中，我实在过意不去。”秦良玉听后对丈夫说：“大丈夫生来理应为国家效力，朝廷养兵千日，用兵一时，我怎么能扯你的后腿呢？为妻愿与夫君一同出征，共同建功立业。”马千乘听了妻子这番话，非常高兴。他感到妻子通情达理，比自己的心怀还要宽阔，实为可贵。

就这样，一对新人在结婚不到一个月便一同走向战场。秦良玉从小练就一身好武艺，弓马娴熟，作战勇敢，同时她精通兵法，很有谋略，她帮助丈夫出谋划策，打了几次胜仗。

有一次，马千乘率兵与叛军对峙于石柱山区，叛军凭借有利地形，企图与马千乘一决胜负。

秦良玉察看了地形，向丈夫建议说：“明天你可与敌人对阵，不过只可败不可胜，听到我的擂鼓声后，便收兵回营。”马千乘依计而行。

第二天，马千乘与敌兵在山下对阵，双方打了二十个回合，这时秦良玉在营中擂起鼓来，马千乘假装失败，率兵回营寨。一连三天，均如此。敌军认为官兵不过如此，于是便骄傲起来，放松了警惕，并在营寨内杀猪宰羊，庆贺胜利。

这天夜里，敌军睡得正香，秦良玉率一彪人马偷袭敌营，敌军猝不及防，顿时乱作一团。这时马千乘率兵将敌营包围，内外夹攻，敌军伤亡惨重。敌军头目被乱箭射死，叛军全部投降。朝廷嘉奖马千乘和秦良玉，赏银两万，布帛五千匹。马千乘在四川威名大震。

以后，秦良玉多次随夫出兵打仗，建立过不少功劳，深得将士们的尊重和拥护。后来，马千乘积劳成疾，不幸死于军中。秦良玉悲痛万分，但她并未因此而消沉，她毅然挑起重担，继承丈夫的事业。朝廷任命秦良玉为石柱宣抚司掌印女官，接替马千乘的职务。从此，秦良玉成为威震一方的统兵女将领。

保卫浑河桥

秦良玉担任石柱宣抚司掌印官时，正是明朝即将灭亡的时候，当时农民起义风起云涌，东北的满族蓬勃兴起。明朝政权处于内忧外患的危机之中。

秦良玉作为地方官员，她为国家的生死存亡而忧虑。在石柱地区秦良玉治军严格，纪律严明。她关心民间疾苦，行军作战，秋毫无犯，深得百姓的拥护。她手下的部队，除手中的武器外，再没有别的财富，因此老百姓称秦良玉的部队为“白杆兵”。

明天启元年（公元1621年），四川南部的樊龙、张彤起兵反明，他们派人联络秦良玉，被她拒绝。她率领石柱部众赶到重庆郊外，与樊龙、张彤相对抗。

第二年，明廷派四川巡抚朱燮元率领明军与秦良玉会合，共同对付樊龙、张彤。秦良玉打败张彤，占领了通往重庆的要道二郎关，接着又攻破佛图关，直逼重庆城下。樊龙突围败走，半路上被明军截杀。五月，朱燮元和秦良玉二部收复重庆，张彤被杀。

就在这时，东北的努尔哈赤率领清兵向明朝发动了大规模进攻。清军所向披靡，势如破竹，很快便渡过浑河，直逼沈阳。在严峻的形势面前，明朝任命袁应泰为统帅，出兵山海关，抵御清军的进攻。为了加强袁应泰的军事力量，明廷下令各地军队勤王，增援辽东。秦良玉接到出兵辽东的命令后，深知边关危在旦夕，民众已陷于水火之中，自己肩头责任重大。她立即任命哥哥秦邦屏和弟弟秦民屏为先锋，自己亲率三千主力军从四川出发，向东北进兵。

秦良玉率领的四川军，士气高昂，纪律严明，在漫长的行军途中，约法三章：一、不准骚扰百姓；二、不准践踏田苗；三、不准抢劫民财。这支抗清军队受到沿途民众的爱戴，两个月便顺利到达抗清前线。

明朝统帅袁应泰在清河、抚顺一线布阵，他选派十员大将，每人统兵一万，分三路出击。总兵官贺世贤、尤世功二将带领一路人马保卫沈阳。贺世贤是明朝的一位忠良之将，到沈阳后，他立即调集兵民加固城防设施，在城外挖掘战壕，准备抗击清军的进攻。这天夜里，清军派遣十几个骑兵侦探到沈阳城外刺探军情，被明军的巡逻兵发现，杀死四个清军侦探，其余的逃回清营。

第二天，贺世贤亲自率领一千人马出城抗敌，双方战了几个回合，清军佯装败退，贺世贤驱兵追赶。这时，清军突然从四面包围上来，把贺世贤围在中间。贺世贤奋力拼杀，因寡不敌众，只得且战且退，身中十四箭。部下将士见他身负重伤，劝他放弃沈阳，退守辽阳，他悲愤地说："我身为总兵官，不能保住城池，怎么能对得起老百姓呢？"说完，他带伤冲入敌阵，奋力杀敌，英勇牺牲。

清军杀死贺世贤后，向沈阳发起猛攻，尤世功战死，清军占领沈阳。

袁应泰的第二路与第三路军，经过长途行军，到前线后没来得及休息便投入战斗，所以无法抵挡清军的攻势，只得退守浑河西岸。就在这时秦良玉的先头部队到达，先锋秦邦屏、秦民屏为了阻止清军的进攻，率兵抢渡浑河，在桥北扎营，与参将张名世合兵一处准备与清军周旋。

清军占领沈阳后，迅速向浑河一带推进。秦邦屏与清军在浑河北岸展开激烈战斗。当时秦邦屏率领的四川军和张名世率领的浙江兵加起来一共才有三千人马，而清军有三万，双方力量悬殊。秦邦屏身先士卒，以一当十，冲入敌军左杀右砍，清军死伤无数。正当秦邦屏杀得起劲，突然一支冷箭向他射来，他猝不及防，翻身落马。临死前，他对弟弟秦民屏说："国难当头，我死而无怨，我放心不下的是敌人正步步向关内逼近。你要率兵奋力搏杀，决不能让清军渡过浑河。"说完便英勇牺牲了。这位征战多年的苗族将领，就这样血洒疆场，为国捐躯。

秦民屏见哥哥已死，他来不及放声痛哭，怀着一腔悲愤，跨上战马，大喝一声便率领部众冲进敌阵。他与清军在浑河北岸坚持了两天两夜，最后身负重伤。

在此危急关头，秦良玉率三千人马赶到浑河大桥。秦民屏哭着向秦良玉诉说了哥哥战死疆场的经过。听到这个消息后，秦良玉眼前一黑，几乎晕了过去。

她从小跟随哥哥练功习武，长大后他们兄妹共同战斗，出生入死，立了不少功劳。在她担任石柱宣抚司掌印官时，哥哥总是不离左右，效马军前。每次出兵打仗，哥哥总是自告奋勇打头阵。正当国家用人之际，哥哥却战死疆场，她怎能不悲痛万分。但性格坚毅的秦良玉，此时此刻绝不会沉浸在泪水之中，她要将此仇此恨刻入心间，她将悲痛化为力量，为哥哥报仇，为死难的将士报仇，为了国家的安危，她能牺牲一切，誓死捍卫明朝江山。

在浑河扎营后，秦良玉忍受着巨大的悲痛，顾不上休息，连夜察看地形。她对弟弟秦民屏说："现在清军兵胜气盛，明军已呈败势，我们一定要死守浑河大桥，在此阻击敌军东进。浑河大桥只要在我们手中，便可掩护明军撤退，保存实力，等待机会反击。"

秦良玉在浑河大桥一侧布下疑阵。她命弟弟秦民屏带一千人马驻守大桥，在树林中遍插明军旗号，燃起缕缕炊烟，并派士兵每天骑马往来奔驰于岸边，扬起滚滚尘土，造成兵多势众的假象。一切布置停当后，她亲率两千人马，突然西渡浑河向清军发起进攻。

清军一连打了几次胜仗，军心已骄，根本不把明军放在眼里。

当秦良玉率兵出现在阵前时，清军一看是一位女将，更不把她放在眼里。哪知秦良玉骁勇无比，一支银枪舞得像梨花一般，她一马当先，冲入敌阵，士兵杀敌心切，个个奋勇向前、势不可当。清军被打得乱了阵脚，秦良玉左冲右突，将清军分割成两段，彼此不能相顾。这时浑河对岸，秦民屏命令士兵擂起战鼓，喊声大作。清军军心涣散，十分低落，又恐对岸伏兵冲出，只好向沈阳方向溃逃。

这一仗，秦良玉以少胜多，打了一个漂亮的胜仗，扼制了清军的嚣张气焰，挽救了明军全线崩溃的局面。

秦良玉与清军在浑河一带坚持战斗了几个月，这时北方的冬天已经来临，天气严寒。秦良玉率领的四川兵衣服单薄，难以忍受严寒的侵袭。她几次向朝廷报告，但由于明朝国库空虚，军饷不齐，迟迟未能发来冬装，士兵处于饥寒交迫之中。看到这种情况，秦良玉将自己几十年的积蓄捐赠给军队，并将家乡的房产变卖，为士兵赶制冬装两千余套，使士兵们安全度过了严冬。

秦良玉在关外英勇抗击清军的消息传到京城，老百姓无不交口称赞，这位苗族女英雄在京城声威大震。崇祯皇帝即位后为了表彰她的功绩，下诏赐秦良玉二品官服，封为“诰命夫人”，授予她都督佥事总兵的官职；追赠秦邦屏为都督佥事；晋升秦民屏为都司佥事；任命秦良玉的儿子马祥麟为宣慰使。秦良玉全家为国家安危血洒疆场，建立了卓越的功勋。

京师勤王

明朝经过万历、天启两朝的腐败政权后，传到崇祯皇帝时已经是千疮百孔，气息奄奄。当时连年灾荒，战乱频仍，民不聊生。秦良玉参加了东北保卫战后，又率兵回到四川。她沿途看见饿殍遍野，民怨沸腾，心中十分焦虑。回到四川后，她开仓救济饥饿的百姓，减免农民的赋税，她自己也节衣缩食过着极其俭朴的生活。石柱是汉、苗杂居的地方，她很注意两族人民的团结，因此，她的部队受到了汉、苗人民的拥护和支持。石柱一带社会治安稳定。

明崇祯三年（公元1630年），清军再次向明朝发起大规模进攻，明朝各地守军不敢抵抗，纷纷逃跑。清军长驱直入，很快便攻破山海关，占领了蓟州、永平，离明朝首都北京已经不远了。崇祯皇帝即位后，虽然有拨乱反正之志，做中兴之主，然而他回天乏术，难以挽回颓败的局面。他生性多疑，听信宦官的谗言，处决了一些忠良之士，如袁崇焕等。

现在清军大兵压境，京师一片混乱，崇祯皇帝急忙调兵遣将保卫北京，同时下令全国各地的明朝军队火速赴京勤王，以解除京师的燃眉之急。

当时秦良玉已经五十多岁了，她接到勤王的命令后，心急如焚。部下都劝她说：“夫人已经上年纪了，这次就不要亲自出征了。”她对部下说：“国家面临危亡，我岂能坐视不理。即使战死疆场也在所不惜。”她披挂上阵，率领她的侄儿翼明和三千人马连夜出发北进。这次出兵，她将大量家资捐献给部队，为士兵制作冬装，发放军饷，准备长期在外坚持抗战。

崇祯皇帝任命总兵满桂为武经略，统一指挥各路勤王兵马。满桂是一位忠勇之将，并且很有谋略，但崇祯皇帝对他还是不放心，派心腹宦官监视他的行动。满桂担任武经略后，认为清军势众，来势凶猛，只能坚守城池，不可贸然出战。但崇祯皇帝派来的宦官是个平庸之辈，他根本不懂打仗的事。他见满桂按兵不动，以为满桂怕死，催促满桂出兵拒敌。在宦官的再三催促下，满桂无奈，只好含着眼泪率兵出城。他将明军列阵于永定门外，清军见满桂领兵出城，便凭借人多势众的优势，排山倒海般地向明军袭来，满桂奋力拼杀，终因寡不敌众，牺牲在战场上。明军失去主帅，更无心再战，先期到达的几路勤王军队处于观望状态，退守于北京郊外，不敢向清军反击。

就在这危急时刻，秦良玉率领的四川兵马风尘仆仆地赶到北京郊外。秦良玉事先侦知清军已包围北京，她命令部队偃旗息鼓，悄悄地在京城外围扎下营寨。清军攻城心切，根本没有发现这股军队的到来。秦良玉稍事休息后，将部众分为两翼，右翼由翼明率领，左翼由秦良玉亲自率领。这天黎明，天刚蒙蒙亮，秦良玉突然从左右两翼向清军发起攻击。士兵连日攻城已十分疲倦，秦良玉率领的勤王部队像两把尖刀插入敌军心脏。

秦良玉骑一匹白马冲入敌阵，士兵紧跟其后，清军大乱。城上的守城明军见援军到来，士气复振，从城墙上抛下滚石檑木，清军腹背受敌，死伤惨重。

这时驻守于城郊的其他几路勤王部队，见秦良玉获胜，受到鼓舞，纷纷出兵助阵。几路勤王军将清兵分割成几段，使清军失去了整体作战的能力。这时从西北、东南赶来的其他几路勤王军队陆续到达京郊。清军见大势已去，再拖延下去，北京不但不能攻破，退路也将被勤王明军堵截，将会付出更惨重的代价，于是放弃北京，向关外撤退。

在秦良玉的带动下，京师的危机解除了。清军撤退后，她和其他几路勤王军进入北京。崇祯皇帝对秦良玉英勇抗敌的行动大加赞扬，他亲自在太和殿接见这位抗清女英雄，赐美酒表示祝贺，并即席题诗相赠。

作为少数民族中的一位爱国女将领，秦良玉出生入死，身经百战，屡建奇功，这在中国历史上是不多见的。她为国为民建立了不朽的功勋，她的家人和亲属有的战死沙场，有的身负重伤，她的家庭是一个爱国爱民的家庭。但日趋腐朽的明王朝，不是几位忠臣勇将所能挽救的。明崇祯十六年（公元1644年），农民领袖李自成率领起义军攻破北京，明王朝灭亡了。

清顺治五年（公元1648年），秦良玉这位苗族爱国女将领在她的家乡病逝，终年七十四岁。她的英雄事迹为后人所称颂。

为统一蒙古而战的
满都海夫人

15世纪下半叶，在北方草原上出现了一位蒙古族女英雄——满都海彻辰夫人。当时正处于明朝统治时期，地处北方的蒙古陷入封建割据状态，蒙古东西两部为争夺地盘经常大动干戈，给这个地区的各族人民带来极大的痛苦。这时，满都海夫人将成吉思汗的后裔——年仅七岁的巴图蒙克（即达延汗）扶上汗位，并亲自执掌大权，率军征服了西部的瓦剌蒙古，使东西部蒙古得到统一。人们赞誉她为“充满智慧和聪明的好夫人”。

危难之中继大业

满都海生于明正统十三年（公元1448年），父亲绰罗斯拜是蒙古汪古部的丞相。她生长在一个富足的家庭里，从小习文练武，胸怀大志，再加上她天资聪慧，深得父亲的喜爱。

父亲对成吉思汗非常崇拜，他一心要把美丽聪明的女儿嫁给成吉思汗的子孙。因为在很早以前，当汪古部归附成吉思汗时，成吉思汗见汪古部多出美女，便约定两家世代通婚，以繁衍后代。从此，汪古部与成吉思汗的孛儿只斤部便成为世亲。满都海逐渐长大，成了草原上美丽无比的少女，绰罗斯拜便择定良辰吉日，将爱女嫁给成吉思汗的后裔满都鲁汗。

满都鲁汗虽然很有作为，但此时的蒙古高原经过百余年的政治风云，已分裂为许多独立的封建领地。各领主之间互相争雄，各自为政，连年战争。原先那种统一的局面早已被打破。满都海夫人为满都鲁汗生了两个女儿，长女博克沁公主，次女伊锡克公主。明成化十五年（公元1479年），满都鲁汗去世，三十一岁的满都海夫人继承了他的事业，拥有了自己的部众。

满都鲁汗死后，作为成吉思汗直系后裔的只剩下一个人，即巴延蒙克的儿子——巴图蒙克。巴图蒙克从小失去双亲，父亲被扎亦思马因杀害，母亲被掳去，因无亲人照料，身体很弱。他三四岁时便被特穆尔哈达克收养，生活非常艰难。

具有政治远见的满都海，认为要想振兴蒙古，统一各部，必须打出成吉思汗黄金家族的旗号，这样才有号召力。于是，她派人到特穆尔哈达克家，对他说："巴图蒙克是成吉思汗的后裔，满都海夫人是成吉思汗后裔的媳妇，这个孩子应交给她抚养，以便将来共成大业。"这样，六岁的巴图蒙克便回到满都海夫人身边。

满都海夫人像慈母一样精心照料巴图蒙克。冬天用柔软的羊羔皮为他缝制冬装，夏天用细软的绸缎为他制成长袍。在她的照料下，巴图蒙克羸弱的身体渐渐强壮起来。她常常带着巴图蒙克到草原打猎，教他骑术和箭法，并且聘请有学问的长者做巴图蒙克的老师，教导他攻读诗书和兵法。巴图蒙克是个极聪明的孩子，读过的书过目不忘，倒背如流。满都海夫人心中高兴，她将振兴蒙古的全部希望寄托在巴图蒙克身上。

族内人人对满都海的贤良和才智大加赞扬，称"贤明的好夫人"用智慧点燃了蒙古高原的孛尔只斤之火，这圣明的火焰将会照亮整个草原。

美丽聪明的满都海夫人，此时正值风华正茂的年龄，她寡居在家，引起外人的注意。一天，一个叫乌纳博罗特的勇士千里迢迢从科尔沁营地来到满都海的营帐。他是慕名来向满都海求婚的。

当他见到满都海时，被满都海的美貌所倾倒，他立即上前施礼，诚恳地说："尊敬的夫人，你的名字远播千里。你像天上明媚的月亮，照亮了我的心田。请嫁给我吧，我愿为你点燃灶火。我拥有科尔沁肥沃的草原，那里牛羊成

群、车帐如云，到那里后，你将会享不尽荣华富贵。要知道，我是哈撒儿的后裔，哈撒儿是圣主成吉思汗的长弟，原本是一家人。”

满都海婉言拒绝了乌纳博罗特的求婚，她说：“我的心在圣主后裔巴图蒙克身上，他是草原上永远不会熄灭的火炬。黄金家族的门扉不能随便推开，圣主后裔的门槛不能任意跨越。哈撒儿的后裔不能继承成吉思汗的遗产。科尔沁草原虽然有数不清的牛羊，但我不愿到那里去，请你打消这个念头吧！”

乌纳博罗特遭到拒绝后，心里非常难受。他去找满都海手下的将领萨岱，并向萨岱献上一份厚礼，要萨岱去为他说情。萨岱来到满都海的营帐，对她说：“乌纳博罗特是科尔沁草原上的勇士，他为满都鲁汗建立过赫赫战功。你年纪轻轻，为什么要守着一个小孩子呢？嫁给势力强大的乌纳博罗特，会有很多好处。”

听了萨岱的这番话，满都海非常生气，怒斥说：“你不要在我跟前胡言乱语，巴图蒙克虽然年幼，但他会变得强大起来，我决不允许你贬低圣主的后裔！”说着端起桌上的茶水泼在地上，拂袖而去。萨岱讨了个没趣，便灰溜溜地回营去了。

为了摆脱烦恼的纠缠，尽快实现重振黄金家族的理想，明成化十六年（公元1480年）。三十三岁的满都海正式宣布与巴图蒙克结婚，并把他扶上汗位。婚礼这天，很多人前来庆贺，满都海挽着巴图蒙克的手，双双跪在地上，参拜天地，接着她跪在元世祖忽必烈之母额锡太后的灵位前宣誓说：“在不分黑白的地方，我愿嫁来做儿媳；在花马的颜色不易区别的时候，我愿和巴图蒙克结为良缘。我要真诚地守护圣主的后裔巴图蒙克，做他忠诚的妻子。”

满都海夫人向上天祈祷说：“请圣明的神灵保佑巴图蒙克，赐给我七个男孩和一个女孩，保佑我的男孩像钢铁一样坚强，女孩像花朵一样美丽，让他们延续圣主的香火。”

接着是巴图蒙克的即位大典。台下的广场上竖立起九尾白纛旗，四周插满各色旌旗。满都海夫人将七岁的巴图蒙克扶上宝座，王公官员们分列两旁。祭过天地祖宗之后，满都海夫人和众王公贵族尊称巴图蒙克为“达延汗”，施行跪拜礼。满都海在达延汗即位大典上号召大家说："新汗继承大元伟业，我们要忠于汗王，扫平草原上的强敌，让成吉思汗的八白室灯火常明，让辽阔的草原永远安宁。"

满都海夫人将巴图蒙克扶上汗位，巴图蒙克在她的辅佐下便开始了轰轰烈烈的事业。

披甲挂帅征瓦剌

元朝灭亡后，经过近百年的内乱，蒙古草原满目疮痍，四分五裂。达延汗名义上是全蒙古的大汗，但各地割据势力并不完全听从大汗的指挥，尤其是地处西北和北部的瓦剌部势力强大，时时与东部的蒙古为敌。

为了征服这股敌对势力，在达延汗即位的第二年，即明成化十七年（公元1481年），满都海夫人决定征讨瓦剌，扫平北部强敌。

满都海夫人征集兵力，调运粮草，乘秋高马肥之机向西北进军。为了保证战争的胜利，她组成一支庞大的牛车队，由步兵护卫，载着粮食饲草、军械箭支先期出发。不久，满都海夫人和八岁的达延汗率领骑兵向西北挺进。因为满都海深知，尽管达延汗尚处于幼年，但他毕竟是蒙古的大汗，大汗亲征具有强大的号召力。长途行军是十分艰辛的事，为了照顾达延汗羸弱的身体，满都海夫人特意命工匠用牛皮做了一个行军军帐。行军时将军帐固定在马背上，达延汗坐在里面，既暖和又安全。

满都海夫人命大将阿来通为先锋，引部众前行。阿来通曾与瓦剌人打过交道，对那里的地形很熟悉。在他的引导下，经过一个多月的长途跋涉，满都海夫人率部众来到塔斯博尔图（今蒙古国乌布萨湖一带），前面便是瓦剌的领地。满都海夫人命部众在湖边安营扎寨，休整兵马，准备战斗。

这天，满都海夫人骑一匹高头枣骝马，身披金色铠甲，英姿飒爽地布兵列阵向瓦剌发起攻势。瓦剌首领得知蒙古人前来征伐，立即率部众前来迎战。满都海夫人在马上对瓦剌首领说："圣明的达延汗是圣主成吉思汗的继承人，今天他亲自率军收复你们，还不快快下马投降，这样可免你们一死。若不投降，将杀你们个片甲不留！”

瓦剌首领见挂帅指挥的是一位美貌的夫人，便哈哈大笑说：“看来在蒙古已经没有能挂帅的大将了，今天竟派一位手无缚鸡之力的美夫人前来打仗，岂不是笑话。今天，我要将你擒来，做我的皇妃。”

满都海听后大怒，只见她杏眼圆瞪，柳眉倒竖，喝道：“瓦剌老贼，休得无礼！”说着将手中的银枪一举，三军将士奋勇向前，向瓦剌军冲去。双方在湖边展开了激烈的厮杀。

瓦剌毕竟拥有强大的兵力，双方杀得难分难解，从早晨一直战斗到傍晚，难分胜负。这时天色已晚，满都海夫人下令鸣金收兵。

瓦剌首领回营后，一心想着美貌的满都海夫人，他喃喃地说：“想不到这样一位美丽的夫人竟如此英勇，明天我一定要亲自把她擒到手，若能与她结成婚配，是我一生之幸。”他躺在金帐里辗转反侧，一夜也没睡好觉。

第二天，满都海夫人将部众分为左、中、右三路，向瓦剌发起扇面攻势。同时，她暗中派大将阿来通率领五百轻骑，绕过湖边的丛林，偷袭瓦剌的后方营寨。

满都海夫人一马当先，率中路军向瓦剌冲去。瓦剌首领一心想得到满都海夫人，下令只准擒活的，不准伤其一根毫毛。他集中部众向满都海夫人袭来。满都海夫人在枣骝马上，一根银枪舞得一团梨花一般，令人眼花缭乱。她越战越勇，挑死无数敌人。在激战中她头上的金丝帽带被风吹落，一绺长发飘到眼前，越发显得娇柔迷人，瓦剌首领在马背上看呆了。满都海夫人一心想斩杀瓦剌老贼，哪里顾得上这些，她将长发一捋，在乱军中寻找头号敌人。将士们见满都海夫人长发飘散，急忙呼喊说：“夫人没有帽怎么行？”一位部将赶上前来，将自己的头盔摘下，递给满都海夫人。夫人拢起散发，戴上头盔，直取瓦剌首领。

就在双方激战之时，阿来通已率五百轻骑绕到敌人的后方营寨。他乘虚而入，在营寨内放起火来，顿时浓烟滚滚，火光冲天。

瓦剌首领见后方营寨起火，大吃一惊，急忙下令撤兵返营。满都海夫人下令三路兵马一起猛追，将瓦剌兵切割成三段，敌人顿时乱了阵脚。瓦剌首领率部众且战且退，死伤无数。这时，阿来通率五百轻骑从背后杀来，堵住了瓦剌军的退路。满都海夫人四面合围，将瓦剌军重重包围，瓦剌首领走投无路，被满都海夫人一枪刺于马下，结果了性命。

瓦剌兵士见主帅被杀，纷纷跪在地上乞求投降。

满都海夫人收降了瓦剌部属，占领了瓦剌的领地，她让达延汗坐在殿堂上接受瓦剌王公贵族和官员的朝拜。朝拜完毕后，她对瓦剌人说："瓦剌人本是成吉思汗的部属。百年来，瓦剌首领割地为王，挑起内乱，给草原造成灾难。达延汗是圣主的后裔，你们要听从他的号令，结束蒙古内部互相残杀的局面，共同振兴草原。"

满都海夫人对瓦剌民众实行安抚政策，得到民众的拥护，很快便稳定了东西部的混乱局面。

巾帼英雄灭太师

在满都海夫人征服瓦剌后，摆在达延汗面前的还有一股敌对势力，这便是永谢部的首领亦思马因太师。这个狡诈阴险的太师是靠政变上台的，他和达延汗的父亲巴延蒙克有仇。达延汗登上汗位后，他心里很不服气，一心要与幼汗为敌，妄图在幼汗未成年之际取而代之。

亦思马因太师原是吐鲁番北部的回教徒，他看到东部草原富庶，便和他的族兄乩加思兰太师率领部众到东部蒙古。乩加思兰到这里后，与满都鲁汗互相争雄，但满都鲁汗势力较为强大，乩加思兰一时无法战胜他。这时亦思马因便从中挑拨满都鲁汗和孛罗忽之间的关系。他对满都鲁汗说："孛罗忽虽然是您的义子，但他并不忠诚于您。他在暗中发展军队，要夺取汗位，并要霸占您美貌的妻子。"

满都鲁汗听信了他的谗言，便派亦思马因去捉拿孛罗忽。亦思马因原本就想借满都鲁汗之手除掉孛罗忽，现在不正是个好机会吗？他趁此机会，杀了孛罗忽，并将孛罗忽的妻子锡吉尔，也就是达延汗的母亲抢来，做了他的妻子。

满部鲁汗中了亦思马因的奸计，孛罗忽死后，他的势力大大减弱，乩加思兰便与他分庭抗礼。

亦思马因杀了孛罗忽后，又将矛头对准了他的族兄乩加思兰太师。有一次，他假装宴请乩加思兰，乩加思兰没有任何防范，喝得酩酊大醉。亦思马因乘机将其谋杀，夺了太师之位。

亦思马因当了太师后，过着花天酒地的生活，得知哪里有美女，便派人去抢掠。为了有足够的财富供他吃喝玩乐，他常常率领人马到辽西草原去抢夺朵颜、福余、泰宁三卫的牲畜和财富。弄得那里的民众日夜不得安宁，草原上的人民恨透了他。

对于亦思马因的暴行，满都海夫人早有所闻。现在征服了瓦剌，她便决定消灭亦思马因，替达延汗报杀父夺母之仇，为草原人民除害。

明成化十九年（公元1483年），满都海夫人派人与朵颜、福余、泰宁三卫的首领联络，约定四方联合起来对付亦思马因，并定下围歼亦思马因的计策。

这年秋天，亦思马因倾巢出动，带着自己的妻子锡吉尔和几个儿子一同前来进犯三卫。他趾高气扬地在马上说："这次我的骑兵铁蹄要踏平辽西草原，那里的金银财宝、牛羊马群全部归我所有。

满都海夫人已和三卫首领约好，等亦思马因率兵到来时，先不要惊动他，只看东方山上燃起烟火时，便一齐出动，打他个措手不及。三卫首领被亦思马因欺负惯了，平时都很害怕他，但这次有满都海夫人支持他们，因此充满了必胜的信心。

亦思马因率兵来到三卫，只见这里静悄悄的，他以为三卫人害怕他，已经逃走了。亦思马因随即下令安营扎寨，营寨还没有扎好，只见东方山头上冒起一股白烟，这时，三卫人马从三个方向铺天盖地而来。亦思马因大吃一惊，急忙率军抵抗。三卫将士平时恨透了这个草原上的恶狼，都想将他生吞活剥了，以消心头之恨，所以个个奋勇向前。亦思马因遭此突然袭击，顿时乱了阵脚，部众死伤无数，妻子和几个儿子也被乱军冲散。亦思马因声嘶力竭地吼道："顶住，给我顶住，谁要后退，格杀勿论！"他冲进乱军之中，好不容易才找到自己的妻子锡吉尔，几个儿子却不知去向。

突然，身后传来一阵马蹄声。亦思马因回头看，为首的一员女将正是满都海夫人。只见她金盔金甲，骑一匹高头枣骝马。亦思马因急忙掉转马头来战满都海夫人。

两人在马上一来一往战了二十多个回合，亦思马因渐渐力不能支。这时，他发现自己的兵马已陷入四面合围之中，三停人马已少了两停。他想若再战下去非得搭上这条老命不可，便急转马头，寻路而逃。

满都海夫人哪里肯放过他，拍马而追。这时，一员部将护卫着亦思马因和他的妻子杀开一条血路，向西北方向逃走。

亦思马因逃到永谢部后，发现身边只剩下十几个人。永谢部的人都反对他，把牛羊肉藏起来，不给他吃。这条丧家之犬，走投无路，只好带着妻子锡吉尔和几个心腹逃回吐鲁番北部的老家乜克力。

亦思马因并不甘心自己的失败，他在乜克力纠集人马，准备反扑。为彻底消灭亦思马因的反动势力，明成化二十二年（公元1486年），满都海夫人派大将托郭齐率领军队去征剿亦思马因。托郭齐是一员骁将，尤其善于射箭，有草原神箭手之称。

托郭齐率领轻骑军，日夜兼程，到乜克力后顾不上休息，便向亦思马因的营帐发起突然袭击。这时，亦思马因正在帐内饮酒作乐，在帐外的一位女管家突然跑进来说："大事不好了，外边好像有军队包围了营寨。"这时远处的马蹄声已越来越近，亦思马因醉醺醺地跳上马背，刚出营寨便碰上了托郭齐。仇人相见分外眼红，还没等亦思马因回过神来，托郭齐便一箭射穿了他的咽喉。

托郭齐收降了亦思马因的部众，带着锡吉尔太后胜利归来。满都海夫人表彰了托郭齐的功绩，让他带着锡吉尔太后去见达延汗。

达延汗与母亲已经分别十三年了。虽然母亲做了仇人的妻子，但对前辈人的事，他能说什么呢？他与满都海商量后将母亲安顿在西拉木伦河畔，让她在那里度过寂寞的晚年。

满都海夫人在辅佐幼年达延汗期间，征服瓦剌，消灭亦思马因，为巩固达延汗的地位做出了巨大贡献。蒙古草原呈现出的安定局面为达延汗亲政后征服两部左翼三万户、统一整个蒙古奠定了基础。她的功绩永垂史册，为后人所称道。

清朝的奠基者
努尔哈赤

努尔哈赤是中国历史上杰出的军事家和政治家。他在明朝后期反抗民族压迫，统一女真各部，建立后金政权，推动女真社会由奴隶制向封建制的转变。他兴兵伐明，为满族建立清王朝奠定了基础。

出身于黄金氏族

努尔哈赤生于明嘉靖三十八年（公元1559年）。他的祖父觉昌安是女真建州左卫首领猛哥帖木儿的后裔，父亲塔古克被封为明建州左卫的官员。

满洲贵族在追溯他们的历史时，流传着这样一个传说：在森林密密的长白山东北有一座布库里山，山下有一片清澈透明的湖泊叫“布尔瑚里泊”。有一天，三个仙女到这里来洗澡，她们玉体丰满，楚楚动人，那个最小的仙女佛古伦更是美丽无比。她们正在湖水中沐浴嬉戏，突然听到一阵悠扬的鸟鸣声，只见一只五彩神鸟从森林里飞来，口里衔着一颗鲜红的果子。

神鸟在湖边盘旋了一阵，便将口中的红果子放在岸边佛古伦的衣裙上，它朝着佛古伦叫了两声便飞走了。佛古伦上岸后将那颗红果子吃进肚里，过了一段时间，佛古伦的肚子渐渐大了，后来生下一个男孩。这个男孩面如满月，眼若双星。在天女佛古伦的哺育培养下，孩子渐渐长大，成了一位英俊威武的小伙子。

一天，小伙子去告别母亲，他向母亲磕了三个头，便到远方去闯天下。他乘一叶小舟，来到宁古塔西南的斡朵里城。在城里，他遇见三个人正在争做酋长，三个人争得面红耳赤，几乎要动起武来。小伙子走上前去对他们说："你们别争了，我是天仙佛古伦吞红果所生，姓爱新觉罗，名布库里雍顺。我受天命来解决天下争端。"三个人见他相貌堂堂，气宇不凡，非常惊异，便推他为贝勒（部落长）。这个传说反映了女真部落从母权制向父权制的过渡。"爱新"在满语中是金子的意思，"觉罗"是氏族的称谓，"爱新觉罗"是黄金氏族之意。

爱新觉罗家族下传数世，明初至猛哥帖木儿，为斡朵里的首领。

爱新觉罗·努尔哈赤出生时，正是明朝后期的动乱年代。由于明朝的压迫，社会生活很不安定。明朝为了加强对女真人的统治，一方面采取高压政策，一方面在女真人内部挑起事端，实行民族分裂政策。"分其枝，离其势，互令争长仇杀。"女真各首领之间互相争夺王位。据《清太祖武皇帝实录》中记载："各部蜂起，皆称王争长，互相战杀，甚至骨肉相残，强凌弱，众暴寡。"

努尔哈赤从小便经历民族压迫和战争的苦难。他家虽然是个中产阶级，家里有奴仆，但他从小就和奴仆们一道耕田种谷，捕鱼打猎。九岁时，他和奴仆们一起到山林里去围猎，他一人射杀了六只野鹿、八只紫貂，比奴仆们射杀的还多。众人夸赞道："小小年纪，箭法这样好，将来必成大器！"

十岁那年，母亲喜塔拉氏不幸病逝。继母纳喇氏对他和他的弟弟妹妹并不好，父亲虽然是建州左卫的官员，但成天忙于公务，难以管家。生活的担子便落在努尔哈赤的肩上。十九岁时，努尔哈赤娶妻，另立门户。他不但要养活妻儿，还要照顾弟弟妹妹的生活。他和伙伴们到深山老林里去挖人参、猎紫貂，然后到抚顺马市去贩卖，用赚来的钱补贴家用。

努尔哈赤为人豪爽，仗义疏财，同伴们有了困难，他便慷慨解囊。挖参猎貂是比较危险的生计，但伙伴们都愿意与他同行，并接受他的指挥。每次大家跟着他进山，总有丰厚的收获，伙伴们都说他是一员福将。

努尔哈赤经常往来于抚顺马市，在那里他结识了很多汉人和蒙古人朋友，并学会了汉语，粗通汉字，还学会了蒙古语。他在广泛的交往中开阔了眼界，增长了见识。

后来，他到明辽东总兵李成梁帐下当兵。由于他武艺高强，作战勇敢，深受李成梁的赏识，提拔他当了一名小头目。努尔哈赤在行军作战时，除随身携带的武器外，还有一套《三国演义》。他把这套书当成宝贝，一有空就翻开看一看。小时候他听说书人说三国，听得入迷。现在他看《三国演义》并不是为了看热闹，而是将其当成一部兵书来读。他最佩服的人物是曹操和诸葛亮。曹操在官渡之战，以少胜多，大败袁绍，扩大了自己的力量。诸葛亮协助刘备，从无立足之地到占领蜀中，三分天下，显示了超群的军事才能。努尔哈赤从中领悟到，领兵打仗不能光靠勇敢，还要有谋略，要善于利用各种矛盾，还要团结各方面的力量，这样才能立于不败之地。努尔哈赤从那时起，就立志要统一女真各部，建功立业。

十三副铠甲起兵

明万历十一年（公元1583年），李成梁奉命去攻打阿台。阿台是古勒寨的守将，明朝对他不满意，怕他的势力壮大之后对明朝构成威胁。因此，明朝要李成梁“缚阿台，绝祸根”。李成梁率领明朝兵马，在建州左卫尼堪外兰的引导下，直捣阿台的驻地古勒寨。

阿台的妻子是觉昌安的孙女，努尔哈赤称其族姐。觉昌安得知古勒寨被围，生怕自己的孙女遭到不幸，便和儿子塔克世连夜赶到古勒寨，劝阿台向明军投降，以保全其身家性命。阿台并不听觉昌安的劝告，决心和明军决一死战。他凭借险要的地势在城中死守，明军几次进攻都被他打退。

李成梁久攻不下，心中十分焦急。这时尼堪外兰献计说：“这一带地形我很熟悉，可给我三百人马，绕到山后，袭击古勒寨的后门，这样两面夹攻，古勒寨可破。”李成梁听后大喜，依计而行。

阿台只顾在前边防守明军的进攻，没想到后门被尼堪外兰攻破，寨中顿时大乱。李成梁乘机率军攻入寨内，纵兵屠杀寨内兵民，先后斩首两千二百二十二人。努尔哈赤的祖父觉昌安、父亲塔克世和族姐在乱军中被杀害。

二十五岁的努尔哈赤得到祖父、父亲蒙难的噩耗后，悲痛万分。他离开李成梁的部队，回到建州，找到辽东的明朝官员质问道："我祖父、父亲到古勒寨劝降阿台，他们何罪之有，为什么惨遭杀害？"明朝官员被问得张口结舌，只好搪塞说："纯属误杀。"这样的回答当然不会使努尔哈赤满意，他立即上书明廷，明廷念其父亲、祖父实属冤死，便命令古勒寨明军归还觉昌安、塔克世的遗体，厚葬之，给努尔哈赤三十匹马作为抚恤，并给都督敕书，封他为建州左卫指挥使。

努尔哈赤对明朝军队恣意屠杀女真人早就心怀不满，现在祖父、父亲被无辜杀害，他怎能咽下这口气？但他当时的力量根本无法与明廷抗争。因此，他虽然衔恨在心，表面上却不动声色，表示接受明廷的抚恤，愿意恭顺明廷。他将仇恨迁怒于尼堪外兰，决计要抓到此人，以报杀父亲、祖父之仇。

这年五月，努尔哈赤回到家乡，他将祖上留下的十三副铠甲拿出来，在祖父、父亲灵前盟誓说："杀我祖我父者实为尼堪外兰，不执杀此人，我誓不为人！"他组织起一支一百多人的队伍，起兵复仇，追袭尼堪外兰。

尼堪外兰得知努尔哈赤前来报仇，吓得从图伦逃往嘉班。他在嘉班构筑城寨，准备抵抗。努尔哈赤来势猛烈，很快便冲破城寨，尼堪外兰弃城逃跑。

明万历十二年（公元1584年），努尔哈赤连续攻占同宗人占领的兆佳镇和舅父占据的玛儿墩城寨，接着又攻下了鄂洛城的王甲部。努尔哈赤收编了这些地方的部众，军事力量迅速扩大。

明万历十三年（公元1585年），努尔哈赤乘胜进军，战胜界凡、萨尔浒、东佳及把尔达四城寨的联军四百人，收降了哲阵部兵八百人。不久，他得知尼堪外兰逃到了鄂勒浑城，便率轻骑急进，尼堪外兰走投无路，只好率残兵迎敌。努尔哈赤面对仇敌，分外眼红，只战了几个回合，便手起刀落将尼堪外兰斩于马下。他将尼堪外兰的首级割下，挂在高高的木杆子上，祭祀祖父、父亲的在天之灵。

努尔哈赤起兵复仇，连年获胜，声威大振。明万历十五年（公元1587年），他在苏子河畔修筑了里外三层的城寨，在城中建造宫室、殿堂。同时为了维护当地的社会治安，制定了严禁盗窃、欺诈、作乱的条令，并颁布军纪，不许士兵骚扰百姓，违令者斩。努尔哈赤军纪严明，受到当地民众的拥护和支持。栋鄂部首领何和里率一万部众前来投服，建州卫首领李以难也率领部众投奔到努尔哈赤麾下，努尔哈赤的势力进一步扩大。

为了不引起明朝的警惕，他派人向明朝进贡大量的马匹、人参和貂皮，表示臣服。明万历十七年（公元1589年），明廷封他为建州都督佥事。在以后的两年时间里，努尔哈赤又兼并了鸭绿江部，从而控制了抚顺以东、长白山以南至鸭绿江的广大地区。明廷晋升他为左都督。

统一女真各部

努尔哈赤在建州称雄，但这远远不是他的目的，他的目的是要统一整个女真，进而消灭明朝，独占天下。

他从《三国演义》中获得灵感。当年，诸葛亮联合东吴攻打曹操，使刘备这样一个最弱的势力有了立足之地，为三分天下奠定了基础。现在摆在努尔哈赤面前的局势可以说比三国时期还要复杂。第一，女真内部呈四分五裂的状态，海西四部互相争夺，各不相让；第二，明朝随时都有可能向他发难；第三，蒙古三大部驻牧于大漠南北，这对女真人而言不能不说是一个严重的威胁；第四，在鸭绿江以南有朝鲜，构成后顾之忧。面对错综复杂的形势，努尔哈赤采取了“佯顺明朝，结好朝鲜，笼络蒙古，用兵海西”的战略方针。

明万历十九年（公元1591年），叶赫部纳林布禄派人向努尔哈赤索要土地，遭到严词拒绝。纳林布禄将此事告诉了他的哥哥布斋，布斋大怒说：“这个靠十三副破甲起兵的家伙，一时得势，竟如此嚣张，我不给他点颜色看看，他就不知道叶赫部的厉害！”明万历二十一年（公元1593年），布斋联合九部兵力，共三万兵马来攻打建州。

努尔哈赤的部下听说九部联军前来进攻，心中都有些害怕。努尔哈赤说：“你们不必忧虑，我们占有险要的地理位置，这里易守难攻。敌人虽有九部之众，但他们各部部长甚多，号令不一，杂乱无章。我已准备设伏兵，诱敌深入，先斩杀他一两个头目，敌军必乱。我部兵力虽少，但人心齐，只要大家听从我的号令，并力向前，定能取胜。”部众听他这番分析后方才安心，个个摩拳擦掌，决心痛歼顽敌。

战前，努尔哈赤亲自察看地形，做了详细的部署，之后便回到家里蒙头大睡，不一会儿竟鼾声大起。他的妻子富察氏连忙将他推醒，说：“你是害怕了吗？明天九部联军就要开战，你还能睡得着？”努尔哈赤说：“人要是心中害怕，想睡也睡不着。我因为不怕他们，所以才睡得香甜。早听说他们要来攻打我们，因无日期，时时挂怀，现在有了开战的日期，我的心也就安定下来了。”说完后，又进入了梦乡。

第二天，叶赫部首领布斋、纳林布禄兄弟率领九部联军前来进攻，他们先攻打扎喀城，只见城上箭矢齐发，檑木滚石倾城而下，联军死伤无数，未能近前。布斋、纳林布禄又去攻打黑济格城。黑济格城外遍布鹿砦，沟壕纵横，无法近前。

这时，努尔哈赤已在古勒山设下伏兵。古勒山三面是陡峭的山崖，只有一面通向山外。努尔哈赤派大将额亦都率一百轻骑去向布斋挑战。他对额亦都说：“此战只许败，不许胜，你只要将敌人引进古勒山便是头功。”额亦都领命而去。

布斋、纳林布禄连攻两城未克，心中十分恼怒。这时见额亦都率一百骑兵前来挑战，心中大喜，布斋在马上喝道：“我率九部联军前来捉拿努尔哈赤，你这个无名鼠辈，还不快快下马投降，可免你一死！”额亦都并不答话，举刀拍马来战布斋。布斋正要举狼牙棒相迎，只听纳林布禄说道：“取此无名鼠辈，何须哥哥动手，让小弟斩他于阵前。”说着举起铜锤直奔额亦都。

两人在马上一来一往战了二十个回合，这时，额亦都佯装力不能敌，卖个破绽，拨马便逃。布斋不知是计，率兵紧追不舍。额亦都且战且退，一直退进古勒山谷。布斋、纳林布禄率兵冲进山谷，只听一声巨响，努尔哈赤率伏兵从山间的丛林里冲出来。布斋自知中计，连忙回军，但谷口已被努尔哈赤堵住，哪里冲得出去，情急之下坐骑被套马索绊倒，布斋翻身落马。这时额亦都猛扑过来，他从马背上跳下来，骑在布斋身上，连刺几刀，结果了布斋的性命。

纳林布禄正在组织突围，回头看见哥哥被杀，惊叫一声便昏了过去。

九部联军失去了首领，早已乱作一团，互相践踏，死伤不计其数，活着的全部投降。努尔哈赤大获全胜。古勒山战役，斩杀敌人四千人，获马三千匹，甲一千副，俘虏了乌拉部贝勒满泰之弟布占泰，进而兼并了长白山北的朱舍里、纳殷两部。努尔哈赤出奇制胜，以少胜多，从而改变了建州女真与海西女真的力量对比。从此，努尔哈赤“军威大振，远迩慑服”。

海西四部失败后，各部之间还在互相争夺。对于扈伦四部，努尔哈赤采取分化瓦解、先弱后强、各个击破的策略。扈伦四部中叶赫部、乌拉部势力较强，哈达部、辉发部较弱。他用联姻的办法，先稳定叶赫、乌拉二部。明万历二十七年（公元1599年），努尔哈赤大举进攻哈达部，一举将其消灭。明万历三十五年（公元1607年），消灭了辉发部。

乌拉部在九部之战大败后，布占泰被俘。当时乌拉部还有相当大的势力，努尔哈赤为了让乌拉部臣服于自己，便将布占泰放回去，并将自己的女儿许配给他做妻子。但布占泰回去后便翻脸不认人，与努尔哈赤为敌。明万历三十六年（公元1608年），努尔哈赤派兵五千，攻打乌拉部。布占泰畏惧，执送叶赫部五十人，请求议和。努尔哈赤不许，说：“此忘恩负义之辈，不可轻信。”明万历四十年（公元1612年）九月，努尔哈赤亲自领兵三万人攻打乌拉部，连克六座城寨，烧毁城中的谷仓和房舍，乌拉部被消灭，布占泰只身逃往叶赫部。

努尔哈赤灭掉海西三部后，仅剩下叶赫一部了。叶赫部的两位贝勒分居东、西两城。纳林布禄从古勒山逃走后据东城，不久便连病带吓，一命呜呼，其弟金台石继为贝勒。据西城的贝勒布寨在九部作战中战死，其子布扬古继为贝勒。明万历四十一年（公元1613年），努尔哈赤率兵四万，进攻叶赫部，追捕布占泰。沿途攻掠了十九座城寨。叶赫部大惊，金台石与布扬古向明廷求援，说："努尔哈赤已经灭掉了哈达、辉发和乌拉部，现在又来进攻我们叶赫部，以后还要夺取你们尼堪（指明朝）国。"明神宗得报，深感忧虑，派游击将军率领一千枪炮手，援助叶赫部。努尔哈赤好汉不吃眼前亏，暂时退兵。

明万历四十七年（公元1619年），努尔哈赤进一步扩充势力后，再次统兵一举消灭了叶赫部。至此，海西女真全部统一于努尔哈赤麾下。

建立金国

明万历四十四年（公元1616年）一月，努尔哈赤在赫图阿拉正式宣告建立金国。登基那天，高高的殿台上摆着三个鎏金铜鼎，中间摆着黄绫铺设的香案。香案上摆着四只金瓷大碗，碗里盛着酒、肉、血、土。乌牛、白马列于香案两旁。广场上立着一根数丈高的索罗杆子，一面黄色的大旗迎风飘动。

努尔哈赤表情严肃地在香案前祭告天地后，宣誓登基称汗。顿时，鼓乐大作，长号齐鸣。诸王子和文武官员跪倒在地，向汗王祝贺。努尔哈赤随后宣布，大金国年号天命，国号后金。

努尔哈赤建国以前，已逐步建立起一套统治制度。为了便于对各部军队、部众的管理，他不再以山河地理命名，而是以不同颜色的旗帜作为标志，组成黄、白、蓝、红四旗。随着军队的扩大，他在四旗的基础上，增编为八旗。为了和前边的四旗加以区别，将四种颜色的旗帜镶上边，黄、白、蓝旗镶红边，红旗镶白边，这样便成为八种不同颜色的旗帜。不镶边的黄色旗帜，称为整黄旗，习称正黄旗。镶边的黄色旗帜，称为镶边黄旗，习称镶黄旗。其他各旗均如此。

当时，每旗拥有兵力七千五百人，八旗共有六万人。兵丁的家属不在编制之内，但也由八旗各级官员统辖，因此八旗制度是一种军政合一的制度。以旗统军，以旗统民，战时为兵，平时为民。之后，努尔哈赤又在蒙古地区设立了蒙古八旗，在汉族地区设立了汉军八旗，共二十四旗，但统称八旗。

努尔哈赤建国后，将他的四个儿子封为贝勒，顺序为大贝勒代善，二贝勒阿敏，三贝勒莽古尔泰，四贝勒皇太极。贝勒是仅次于大汗的军政官员。

在贝勒之下设置议政五大臣，分别是建州的钮祜禄、费英东、何和里、扈尔汉、安费杨古，他们是后金国的一等大臣，负责处理日常政务。努尔哈赤每五天临朝一次，日常政务由五大臣堪议后，报告给四大贝勒，最后由努尔哈赤决断。有关军国大事，先由四大贝勒和五大臣共同商讨后，再由努尔哈赤做最后裁决。

国家建立了，不能没有自己的文字。努尔哈赤派有学问的大学士额尔德尼和噶盖研究创制新的满族文字。他说，以前的女真文字是参照汉字和契丹字制成的方块字，既不好认也不好写，大多数女真人都不会。他提出可以用蒙古字写满语，他举例说："在蒙古文'阿'字下加一个'妈'字，不就是'阿妈'吗？这便是满语父亲的意思。在'厄'字下加一'脉'字，不就是'厄脉'吗？这便是满语母亲的意思。你俩试一试，按这种方法创制文字，是不是可行？"

在努尔哈赤的关注下，额尔德尼和噶盖终于制成了以蒙古字拼写的女真语，即满族文字，这种文字通称为老满文。老满文的创制是努尔哈赤的一大功绩。

努尔哈赤这位以武力起家的汗王，在建立金国后，很重视生产力的发展。他对诸王子和议政大臣说："建州女真不同于吃肉衣皮的蒙古，而是以种田吃粮为生，要多种粮食和棉花，解决吃穿问题。"他下令废除过去的奴隶制田庄——农幕，实行牛录屯田制，"计丁授田、按丁编庄"。每个男丁给田三十六亩，其中三十亩播种粮食作物，六亩播种棉花。每庄男丁十三人，牛七头，田六百亩，其中四百八十亩的收获留作口粮，一百二十亩的收获交纳公粮。努尔哈赤经常戴着草帽到乡下去察看庄稼的生长情况，了解农民的疾苦。

有一次，他到林区了解情况，一位老人对他说："咱长白山一带盛产人参，去年挖了很多，可是卖不出去，全烂了。"原来那年明朝停止了互市关系，建州一带有十万多斤人参腐烂，造成巨大的经济损失。努尔哈尔对此事非常重视，他回宫后，反复琢磨，发明了一种人参晒法，即把新鲜人参用开水烫过后晾干，这样便可以保存而不腐烂。他将此法在参区推广，获得了良好的经济效益。

努尔哈赤很重视手工业的发展，他召集汉族地区的能工巧匠，到女真地区开办手工业作坊，从事纺织、制瓷、煮盐，打造兵器，制造船舶。对这些工匠，他总是热情相待，给予丰厚的待遇。他对部下说："有人以东珠、金银为宝，那算什么宝呢？是天寒时能穿，还是饥饿时能吃？能工巧匠才是真正的宝贝，有了他们什么宝物都能制造出来。"

努尔哈赤的这些举措，使全国的生产力得到发展，当时"满洲民殷国富"，出现了一派繁荣景象。

萨尔浒大捷

明万历四十六年（公元1618年），努尔哈赤以"七大恨"为借口，向明朝发起大规模的武装进攻。

四月十三日，他在金国都城赫图阿拉召开声势浩大的誓师大会。祭告天地后，他慷慨激昂地说："自我祖宗以来，历代为大明王朝护边疆，忠顺有年。然而明朝皇帝深居后宫之中，文武百官，欺诳壅蔽。这些奸佞之臣，无怀柔之方略，有势力之机权，势不使尽不休，利不括尽不已，苦寒侵凌，千态万状。其中，七大恨是建州女真永远不能忘怀的。其一，无端挑衅，杀我祖我父；其二，背弃誓言，卫助叶赫；其三，肆意抢掠，杀我边民；其四，已聘叶赫之女，改造蒙古；其五，柴禾稼穑，不容收获；其六，偏袒哈达，欺人太甚；其七，兵助叶赫，胁我还国。有此七恨，含忍不过，故誓师讨明，以报仇雪恨！"

随后，努尔哈赤带领代善、阿敏、莽古尔泰、皇太极四位贝勒率两万八旗军，向东州进军。这时，汉人佟养性前来投奔努尔哈赤，表示愿为八旗军带路。

佟养性是抚顺的一位文人，自幼熟读兵书，颇有韬略。他因说了几句不满明朝的话，便被明廷治罪下狱。他从狱中逃出后，得知努尔哈赤率兵讨明，认为这正是自己施展才能的好机会，便前来投奔金军。努尔哈赤刚刚出兵，便得人才，心中大喜，说道：“这真是天助我成功也！”

在佟养性的带领下，八旗军很快占领了东州、马根单。努尔哈赤冒雨行军，挥师急进，将辽东重镇抚顺包围。明军守将李永芳只有三千人马，面对强大的八旗军，心中十分恐慌。这时努尔哈赤派佟养性进城劝其投降。佟养性见到李永芳，对他说：“识时务者为俊杰，现在金国汗王如日中天，明朝正江河日下，投降汗王是明智之举，请将军三思。”李永芳随即献城出降。努尔哈赤不费吹灰之力占领了抚顺，封李永芳为副总兵。这时，明廷派总兵张承胤率兵前去援救抚顺，还未到城下便被八旗军打败，张承胤死于乱军之中。

接着努尔哈赤连破抚安、花豹冲、三岔等十一座城堡。八旗军节节胜利，所向披靡，明军闻风丧胆。七月，努尔哈赤攻入鸦鹘关，大破清河城，明朝参将邹储贤战死于疆场，大将陈大道弃城逃跑。明军损兵折将，连失辽东城寨，在北京的明朝皇帝坐卧不安。

这时，明朝在辽东能够作战的精壮部队加起来不过两万。带兵的官员腐败无能，他们常常克扣军饷，中饱私囊，士兵们吃不饱，被称为“饿军”，不少士兵乘机开了小差。

努尔哈赤在辽东的胜利大大震动了明廷，万历皇帝朱翊急忙起用曾经出兵朝鲜的大将杨镐，任命他为兵部右侍郎、辽东经略，并调兵选将，决定对努尔哈赤发起大规模的进攻。杨镐临行前，万历皇帝赐他尚方宝剑，降旨说：有畏缩不前、临阵脱逃者，凡总兵以下将官均可斩首。同时，在各地发榜悬赏：“能擒斩努尔哈赤者，赏银一万两，升都指挥世袭。”

明万历四十七年（公元1619年）一月，杨镐集明军八万八千人，号称大兵四十七万，誓师出征。杨镐到了辽东后分兵四路，分进合击直逼金国都城赫图阿拉，并调令叶赫部和朝鲜军出援。杨镐命总兵官杜松率兵三万，由浑河出抚顺关，攻打西路；命总兵官李如柏率兵两万五千出鸦鹘关，经清河攻打南路；命总兵官刘挺率兵一万与朝鲜援兵一万，共计两万人出晾马甸攻打东路；命总兵官马林率兵一万和叶赫军一万，出靖安攻打北路。杨镐坐镇沈阳，负责总指挥。

正当明军调兵遣将之时，努尔哈赤在赫图阿拉城早已派出侦察四处打探明军的行动，对于明军的出师日期、行动路线、兵力部署，努尔哈赤早已了如指掌。他对四位贝勒说："任他几路来，我只一路去。明军东、南、北三路，道路险远，进兵必然迟缓。我要趁三路明军未到之前，集中优势兵力，出击杜松所率领的西路军，歼其主力，然后逐路击破。"

四位贝勒听了父王的这番话，心中有底，充满信心。努尔哈赤胆大心细，将六万八旗军集约于赫图阿拉城附近，准备迎接杜松的到来。

果不出努尔哈赤所料，明军东、南、北三路军行动迟缓，尤其是马林率领的北路军从开原出发时，叶赫部的援军尚未行动。这时急功近利的杜松已率三万主力，孤军深入。杜松渡过浑河后，留两万明军在抚顺以东约八十里的萨尔浒山扎营，自已则率领一万人马攻打界凡城。

努尔哈赤得知这一消息后，立即派大贝勒代善率领两万兵力到界凡城附近阻击杜松，截断其退路。努尔哈赤则亲率六旗兵力，向萨尔浒山的明军发动突然袭击。明军没有主帅坐镇，士气不振。努尔哈赤与三位贝勒一举攻破明营。往来驰骋，斩杀明军无数。萨尔浒山失守，这时努尔哈赤率军向杜松袭来，两面夹击，杜松所率一万明军陷入重围，他企图杀出一条血路突围，可八旗军围得像铁桶一般，哪里冲得出去，最后力战而死，全军覆没。

三月初二，努尔哈赤率军向北至尚间崖攻打北路军马林。四贝勒皇太极一马当先，冲入敌阵。明军惨败，马林乘单骑逃回开原。接着努尔哈赤移兵南下，迎击刘挺的东路军。

这时刘挺对西、北二路明军惨遭失败的消息毫无所知，仍率领东路军在崎岖的山路上缓缓行进。努尔哈赤派代善、皇太极埋伏于距赫图阿拉城五十里的阿布达里岗。他们到阿布达里岗后，派汉族士兵装扮成明军的模样，拿着杜松的令箭，向刘挺报告说西路杜松已近赫图阿拉城，要刘挺快速进军与杜松会师。

刘挺不知是计，听说杜松已快到赫图阿拉城，唯恐让杜松抢了头功。他下令快速前进。到阿布达里岗后，只听一声炮响，皇太极率伏兵从四面包围过来，刘挺大惊，急忙下令后撤，但后路早已被代善截断。金兵四面合围，刘挺奋力抵抗，身受重伤，死于乱军之中。

坐镇于沈阳的明军总指挥杨镐得知三路军丧师，吓得脸色刷白。他急忙命南路军李如柏撤兵，返回沈阳。这时的李如柏犹如惊弓之鸟，在回师途中士兵惊恐奔逃，自相践踏，死伤不计其数。

在萨尔浒战役中，努尔哈赤指挥果断，以少胜多，仅用五天时间就歼灭明军四万六千多人，获马匹、军械无数。此一役从根本上改变了东北的形势，明朝由进攻转为防御，后金由防御转为进攻。

占领辽阳

萨尔浒之战，明军惨遭失败。明神宗皇帝下令将杨镐逮捕入狱。任命前辽东巡抚熊廷弼为兵部右侍郎，代杨镐为辽东经略。熊廷弼到沈阳后，整顿军队，安抚流民，修筑城池，打造兵器，调集十八万军队驻防于辽东各地。

努尔哈赤见熊廷弼布防严密，暂时停止了对辽东的进攻，休养兵马，养精蓄锐，以等待有利时机。

明泰昌元年（公元1620年）七月，明朝万历皇帝病死，朝内为争夺皇位出现了混乱局面。万历皇帝死时遗诏由太子常洛即帝位，是为光宗。三十九岁的常洛只当了二十九天的皇帝，便在病中不明不白地死去。光宗死后，由十六岁的皇子朱由校即帝位，这便是天启皇帝熹宗。

熹宗即位后，明朝宫廷内更是矛盾重重，御史台以“无谋”“欺君”之罪弹劾了熊廷弼，改由辽东巡抚袁应泰为兵部右侍郎，接替熊廷弼辽东经略的职务。

袁应泰到任后，改变了熊廷弼原来的军事部署，造成了前线的混乱。努尔哈赤认为这是进攻辽东的绝好机会。明天启元年（公元1621年）四月，努尔哈赤亲统大军，向沈阳发起猛攻。沈阳城墙高大坚固，一连攻打了两天，未能破城。

努尔哈赤派蒙古人乔装成灾民混进城作为内应。四月十三日，金军里应外合一举攻破沈阳城，明军守将贺世贤、尤世功被杀。努尔哈赤乘胜进军，围困辽阳城。

辽阳是明军指挥部所在地，是辽东的首府。袁应泰急调奉集、威远的明军前来增援，并引河水注入护城河，沿着护城河布置火器铁炮，派兵四面环守。努尔哈赤兵临城下后，夜间派兵将城西的护城河闸门挖开，护城河中的水全部被泄掉。金军从城东渡壕，攻入城中。袁应泰见大势已去，举火自焚而死（一说自缢而死），巡按张铨被俘。

袁应泰一死，辽东明军不战自溃，望风奔逃，努尔哈赤与四位贝勒率兵席卷辽东，得大小城寨七十多座。这时，四位贝勒都主张还师，回赫图阿拉城去。努尔哈赤斩钉截铁地说："国之所重，在于土地与人民。现在我得了沈阳，这里与明朝、蒙古、朝鲜接壤，是要害之区，既然天赐予我，我必居之。"他下令将金国首都从赫图阿拉迁往辽阳，并在城内大修宫室。随后，将八旗民户迁居沈阳、辽阳一带，以作为久居之地。

努尔哈赤占领辽河以东后，辽河以西的明朝军民纷纷逃窜，自塔山至闾阳二百多里的地面上烟火断绝。明廷为了稳定民心，任命广宁（今辽宁北镇）守将王化贞为巡抚，收集逃散的兵民。同时重新起用熊廷弼为兵部尚书，驻守山海关，经略辽东军务。但是，王化贞与熊廷弼一向不和，内部矛盾重重。王化贞主张将兵力分为六营，分守辽河沿岸；熊廷弼认为，目前金兵压境，不宜分兵，否则一营溃败，其余五营皆溃，西平堡也将不能固守。

王化贞拥兵十四万驻守广宁，不听熊廷弼的调动，熊廷弼在山海关干着急，也无可奈何。他虽然是辽东经略，但徒有虚名，并无实权。王化贞与熊廷弼战略上的分歧与政治上的矛盾，给努尔哈赤以可乘之机。

明天启二年（公元1622年）一月，努尔哈赤趁辽河冰封之机，率大军渡河西进，很快便攻占了西平堡。王化贞在广宁发兵出战，在平阳桥与金军相遇。

努尔哈赤士气旺盛，将王化贞手下的大将刘渠、祁秉忠杀死，部将祖大寿仓皇逃走，中军孙得力向努尔哈赤投降。王化贞兵败辽东，只能放弃广宁，向山海关逃去。熊廷弼见广宁失守，急忙从山海关出兵前去援救，行至半路在大凌河与王化贞相遇，王化贞说："金兵已经追来了，快逃命吧。"熊廷弼无奈，只得携溃兵难民入关固守。努尔哈赤率金军追到塔山后，回师辽阳。

四月，明廷以兵败丧师之罪，拘捕熊廷弼、王化贞入狱，并判处死刑。

兵败宁远抱病死

明天启二年（公元1622年），努尔哈赤占领广宁后，山海关以东、广宁以西成为后金与明朝进一步争夺的地区。明廷处死熊廷弼、王化贞后，任命兵部尚书王在晋为辽东经略，起用有军事才能的袁崇焕为宁远兵备佥事。

袁崇焕是一位士兵出身的军事将领，有丰富的作战经验。他熟读兵法，智勇双全，是明朝后期少有的一位忠臣良将。广宁失陷后，明朝官员个个心惊胆战，退进山海关内不敢出来，他却单枪匹马到山海关外察看地形，了解防务情况。经过详细调查后，他向明廷报告了山海关一带的形势。他认为宁远是金兵进攻山海关的要塞，进则可据锦州，退则可守宁远。在这里应构筑城寨，建立坚固的防线，以阻止金兵南下。然而，他的这一正确意见却遭到王在晋的反对，王在晋是个胆小怕事的人，认为关外必不可守，能将山海关保住就很不错了。

袁崇焕得不到王在晋的支持，只好写信将他的意见报告给当时任宰相的叶向高。叶向高奏请皇帝后，皇帝派大学士、兵部尚书孙承宗到山海关外去察看形势，再做决定。

孙承宗来到关外，经过一番考察，认为袁崇焕的意见是正确的。他指出，宁远依山傍海，右翼的觉华岛（今菊花岛）峙立海中，和宁远互为犄角之势。如果在这里修筑堡垒，便可扼守入关的通道。他当即决定由袁崇焕驻守宁远，修筑城堡，让闫鸣泰驻守觉华岛，加强防守。

袁崇焕奉命修筑宁远城。他亲自设计，亲自监督施工。城墙高三丈二尺，宽二丈四尺。城上设有射箭用的女墙，高六尺；设有炮台，配置了从西方引进的“西洋大炮”和各种火器。宁远城修好后，孙承宗特意来视察，他非常满意。为了加强宁远的防卫能力，他又派遣军队驻守锦州、松山、杏山、右屯、大凌河、小凌河等地，作为宁远的前卫。

努尔哈赤在辽阳探知孙承宗、袁崇焕在宁远筑城修堡，训练兵马，加强防御，认为无机可乘，便休整军队，以逸待劳，等待时机。

孙承宗、袁崇焕在前方苦心经营，可是明朝内部的奸臣宦党却在打他们的坏主意。以魏忠贤为首的宦官集团想拉拢孙承宗，但孙承宗不愿与宦党同流合污。魏忠贤非常恼怒，便在明熹宗面前说他的坏话，昏庸的明熹宗便罢了孙承宗的官，任命高第为辽东经略。高第是魏忠贤的党羽，此人平庸无能，胆小如鼠。他一到山海关，就下令要把锦州、右屯的守军撤进关内。袁崇焕坚决抵制，他说：“兵法有进无退，这里是通往关内的要冲，岂能轻易放弃！”

高第不听袁崇焕的忠告，尽驱屯兵、屯民入关，放弃关外四百里，丢弃粮谷十万余石，并传檄袁崇焕，放弃宁远和前屯两座城堡。袁崇焕愤怒地说：“我的职务是宁前道，宁远道当与宁前二城共存亡，我身卧宁远，要死也只能死在这里，决不离开宁远一步！”

高第无奈，只好听任袁崇焕独守孤城。

努尔哈赤得知明朝经略换人，高第向关内撤军，只有袁崇焕一意孤行，独守宁远，大喜过望。明天启六年（公元1626年）一月十四日，努尔哈赤亲率诸贝勒，统领六万大军，号称二十万，西渡辽河，一连攻占杏山、右屯等七座城堡。在一连串的胜利面前，努尔哈赤滋生了骄傲情绪，低估了袁崇焕的力量。

一月二十三日，努尔哈赤兵至宁远城外，离城五里安营扎寨。他派人去劝降袁崇焕说：“吾以二十万大军攻打宁远，唾手可得。你若率部众出降，将封以高官厚禄。”袁崇焕拒绝说：“义当死守，岂有投降之理！”

袁崇焕和大将满桂，副将左辅、朱梅，参将祖大寿集合全城一万将士，分头把守各门，决心誓死保卫宁远城。开战之前，袁崇焕将城外居民全部迁入城内，将城外的所有民房放火烧掉，沿城外四周设置鹿砦，以阻挡金兵的进攻。

为了表示抗敌的决心，袁崇焕刺破手指写下血书一张，贴在城头上，将士们见主帅不畏强敌，忠贞不渝，大受鼓舞。与此同时，他向山海关发出紧急文告，凡是逃跑到那里的官兵，一律治以临阵脱逃罪，格杀勿论。

一月二十四日，努尔哈赤亲率部众向宁远城发起猛烈的攻势。他先从西南角入手，企图从这里打开缺口。袁崇焕在城头看得真切，调集西洋火炮向城下猛轰。金军攻城受阻，多有伤亡。努尔哈赤一看形势不利，急忙下令改攻南门。他派出士兵顶炮火、冒严寒迂回到城下，用铁斧在城根下凿洞，经过一番苦战，凿出一丈多高二丈多宽的大洞四处。

袁崇焕亲自到南门指挥，他急令士兵用铁索将裹着火药的棉花团从城上吊入洞口，挖城的金兵被烧死无数。努尔哈赤在马上看见金军伤亡惨重，急忙鸣金收兵。

努尔哈赤回营后，感到浑身疲倦，他毕竟是年近七旬的老人了。他躺在金帐里，怎么也睡不着。他回忆起自己的一生，自十三副铠甲起兵以来，经历了多少险恶的战争，总是攻无不克，战无不胜，而今在宁远孤城之下却遭受挫折，不免有些伤感。他披衣而起，走出帐外。那匹跟随他多年的战马，听到主人的脚步声，在远处咴咴地叫了两声。他走到战马跟前，轻轻地抚摸着马背。他想起曹操的诗句，不禁轻轻地吟诵起来："老骥伏枥，志在千里，烈士暮年，壮心不已……"

此时正是初春天气，草原上的气候依然寒冷。他抬头望望天空，满天繁星在漆黑的夜里显得格外明亮。这时眼前突然有一颗明亮的流星陨落，他情不自禁地捋了捋胡须，自言自语地说："难道我真的老了吗？"

四位贝勒见金帐内灯火未熄，便走近前来，他们见父王正在帐外踱步，齐声叩拜，说："胜败乃兵家常事，明天，我等将全力攻城，请父王不必多虑。"

第二天，努尔哈赤组织优势兵力，以步兵为前锋，身披铠甲，手执盾牌，紧跟其后的是弓箭手，第三层是骑马部队。努尔哈赤亲自督军，三重兵力呈梯形向城下推进。

明军在城头上，见后金部众黑压压地向城下袭来，急不可待地要发炮轰击。袁崇焕下令说：“没有本帅命令，不准擅自发炮！”等后金军队进入射程之内，袁崇焕将令旗一摆，刹那间火光冲天，炮声齐鸣，炮弹雷石落在金军的队形中，立刻倒下一大片。努尔哈赤奋不顾身，带领部众迎着炮火而进。

经过一场浴血奋战，金军死伤不计其数，努尔哈赤也被弹片击伤，只好下令撤退。

二月初，努尔哈赤收兵回到沈阳。他对诸贝勒说：“我起兵以来，没有敢抵抗的。袁崇焕是什么人，竟能这样！”

努尔哈赤一向英勇善战，用兵谨慎，宁远之战使他遭到最严重的挫折。据《清太祖皇帝实录》记载：“帝自二十五岁征战以来，战无不胜，攻无不克，惟宁远一城不下，遂大怀忿恨而回。”努尔哈赤兵败宁远，从而推迟了向山海关进取的日程。

暮年的努尔哈赤最挂念的是汗位继承问题。因为他先前曾立长子褚英为汗位继承人，后来褚英凌驾于四大贝勒之上，发号施令，企图架空汗王，努尔哈赤不得不忍痛将他处死。此后，努尔哈赤又想立代善为汗位继承人，没想到代善与皇太极发生矛盾，弄得兄弟之间很不愉快。鉴于这两次教训，努尔哈赤决定不再指定汗位继承人，而实行八大贝勒共治国政的制度，将来新汗的产生由八大贝勒共同协商推举。

明天启六年（公元1626年）七月，努尔哈赤得病，去清河温泉疗养。因病重返回，八月十一日病逝于距沈阳四十里的叆鸡堡途中，终年六十八岁。后遗体火化，葬于沈阳福陵。

功大于过的摄政王

多尔衮

在清军入关前后的重要历史时期，努尔哈赤的第十四子多尔衮起了决定性作用。皇太极死后，他将年仅六岁的福临扶上皇帝的宝座，率清军入关，迁都北京。当时作为摄政王的多尔衮实际上是中国的最高统治者，他可以称为清军入关后定国开基、完成统一中国大业的奠基人。

英勇善战的九贝勒

多尔衮生于明万历十年十月二十五日（公元1612年11月17日），是清太祖努尔哈赤的第十四子。多尔衮从小能骑善射，聪明过人。十五岁时，努尔哈赤病逝，由皇太极即位，多尔衮被封为贝勒，按年龄排列第九，所以称为九贝勒。

十七岁时，多尔衮便随皇太极去攻打蒙古察哈尔多罗特部。多尔衮初生牛犊不怕虎，一马当先，冲入敌阵，杀得敌军丢盔卸甲。在敖穆楞地区，歼敌数万，大获全胜。多尔衮初露锋芒，赢得皇太极的赞赏，被赐予“墨尔根戴青”的美号，意为“聪明之王”。

皇太极在位时期，北方各部落还没有完全统一，因此经常出兵打仗。多尔衮喜欢打仗，每次征战他都请求出征，表现得非常英勇。有一次，他出征攻打辽西，和辽军会战于大凌河。他不顾个人安危，身先士卒，率领后金兵士直冲到大凌河城下。这时城上突然万箭齐发，箭矢如雨点般向城下射来，多尔衮在

马上镇定自若，手拿盾牌，继续冲锋。事后，皇太极非常后怕，怒责他的部下说："墨尔根戴青年轻气盛，好胜心切，你们为什么不加以劝阻呢？倘若他有个闪失，我将同你们算账！"

多尔衮打起仗来的拼命劲头，深得将士们的敬佩，因此他在军中有很高的威望。皇太极为有这样一位英勇善战的军事将领而高兴，命他掌管吏部事务，从此多尔衮便全面参与了军政大事。

多尔衮不但作战勇敢，而且很有政治远见。有一次，皇太极召集众贝勒和大臣们商讨兴国之大计，皇太极问："后金要成其大业，必统一全国，现在南有明朝，西有察哈尔，东有朝鲜，要征讨这些敌对力量，何者为先呢？"诸贝勒和大臣们听了，议论纷纷，莫衷一是。多尔衮果断地说："要征服全国，明朝是首要的敌人，当然是以讨明为先。现在我们必须整顿兵马，乘谷熟之时，入关围攻燕京，堵截明朝援军，销毁他们的屯堡，为我军长驻关内打下基础，消耗明朝的国力，然后坐待其毙。"

他的这一主张，深得皇太极的赞同。

清崇德三年（公元1638年），皇太极任命多尔衮为大将军，攻打明朝领地。多尔衮将军队分为两翼，他亲自率领左翼军队，由副将岳托率右翼军队，捣毁明朝边墙，直至涿州，然后率兵入关，打败明朝总督卢象升。这次掠夺性的战争，洗劫了明朝城池四十余座，俘获人口二十五万，夺取粮食、布帛、金银等财物不计其数。多尔衮的这次出击，给明朝以沉重打击，大大削弱了明朝国力。为了褒奖多尔衮的功劳，皇太极赏银两万两，赐良马五百匹。

清天聪八年（公元1634年），皇太极命多尔衮率一万精兵去招抚察哈尔部众。当时察哈尔汗王林丹刚刚去世，多尔衮对察哈尔部做了许多说服工作，晓之以理，动之以情。军队所到之处，纪律严明，秋毫无犯，终于感动了林丹之妻衷囊太后，率部众接受招降。四月，多尔衮率兵到达林丹的儿子额哲的驻地托里图。多尔衮先礼后兵，派额哲的舅舅南楮去见额哲，劝他投降。额哲见大势已去，便率托里图一带的部众投降了皇太极。当时，额哲手里有一块元朝的传国玉玺"制诰之宝"。多尔衮劝额哲将这块玉玺献给皇太极，以做进见之礼。

皇太极得了玉玺后分外高兴，因为这是元朝的传国之宝，象征“一统万年”。皇太极认为这是很好的兆头，于是于清崇德元年（公元1636年）改后金为清，清朝的国号从此开始。多尔衮兵不血刃地招抚了察哈尔部，又得了玉玺，更受到皇太极的信任和重用，被晋封为和硕睿亲王。这时多尔衮才二十四岁。

清崇德二年（公元1637年），多尔衮奉命攻打朝鲜，当时朝鲜是明朝的属国，一切听从明朝的指挥。多尔衮从长白山口，向朝鲜王妃和王子避难的江华岛发起突然袭击。朝鲜军队虽然奋力抵抗，但寡不敌众，最终失败了。多尔衮占领江华岛后，颁布军令，不准军队进入朝鲜王室的宫宅，对朝鲜王室成员加以保护，并以厚礼相待。

朝鲜国王见大势已去，妻子儿女也落入清军手里，便穿上朝服，带上明朝授予的王印向皇太极投降。由于多尔衮在危难时刻保护了他的妻子儿女，因此每年在给清朝献礼时，总要给多尔衮一份厚重的礼品。

拥立顺治皇帝即位

清崇德八年（公元1643年）八月初九日，皇太极去世，一场争夺皇位的斗争在清宫内展开。

当时，清宫内部分为两大势力，一派以多尔衮为首，另一派以皇太极的长子肃亲王豪格为首。豪格认为自己是皇太极的长子，理应继承皇位。但是，按照当时的惯例，继嗣问题必须由贵族诸王商议决定。

于是，豪格联络亲近于自己的正黄、镶黄旗的亲王，再加上自己统率的正蓝旗，共同表示要拥立豪格为君。亲于豪格的图尔格、索尼、图赖、巩阿岱、鳌拜、潭泰、塔瞻等大臣一起来到肃亲王府，共同策划拥立豪格为君的大计。为了争取朝内有实力的人物的支持，豪格派人到郑亲王府内探望济尔哈朗，征求他的意见。济尔哈朗是努尔哈赤的侄子，是皇太极当朝时的元老，在朝内很有影响力。济尔哈朗当即表示说："立豪格为君是顺理成章的事，但必须与睿亲王多尔衮商议，以免引起混乱。"

在豪格积极活动的同时，多尔衮和多铎所统率的正白、镶白旗，主张立多尔衮为君。多尔衮的两位弟弟武英王阿济格、豫郡王多铎和亲于他的贝勒大臣等人，劝他早即大位，以免夜长梦多。

在由谁来继承皇位的问题上，两派势力都在紧锣密鼓地积极活动着。索尼、鳌拜等人誓立豪格为君，并"共相盟誓，愿死生一处"。阿济格和多铎则"跪劝睿亲王，当即大位"。两派势力剑拔弩张，互不相让，清宫大内已经闻到火药味了。

当时，多尔衮的地位在诸王之上，重权在握，如果他强行自立为帝，应该说不是一件十分困难的事，但如果那样做，满洲贵族的公开分裂和内部混战局面将是不可避免的。因此他从大局出发，审时度势，考虑再三，未敢贸然行事。

多尔衮心想即使自己当不上皇帝，也绝不能让他的政敌豪格当皇帝。他分析了当时的形势，心中已形成一个新的方案。

为了顺利实现自己的愿望，多尔衮采取主动，于清崇德八年（公元1643年）八月十四日，即皇太极死后的第五天，召开诸王大臣会议，议立新君。这是决定清朝前途命运的一天。

这天早晨，天刚蒙蒙亮，索尼、图赖、鳌拜等人便带领大臣们聚集在清宫门外，对天盟誓，并将精锐亲兵列队于宫殿外，执刀佩剑，摆下一副兵戎相见的架势。

这种架势是多尔衮早已预料到的，所以他心中非常平静。为了试探索尼的态度，开会之前，多尔衮走到索尼跟前很有礼貌地说："议立新君，国之大计，不知你意下如何？"索尼看了多尔衮一眼，冷冷地说："这还用问吗？先帝有儿子，必须立其中一个，这是天经地义的事，我有什么可说的。"

诸王到齐后，多尔衮宣布会议开始，他的话音刚落，索尼、图赖便抢先发言，一致要求立先帝长子为君。这时，皇太极的兄长、年迈的礼亲王代善也表示，应当让皇太子豪格继承帝位。

坐在一旁的豪格，心中暗自高兴，他认为自己占了绝对优势，于是站起来，略表谦让之意。这时，阿济格、多铎再也忍不住了，他们站起来驳斥了索尼等人的意见，力主多尔衮继承帝位，并说，若立豪格，他们将把正白旗和镶白旗的兵力拉出去，与两黄旗决一胜负等等。

这时，老奸巨猾又十分胆小的代善，见形势如此紧张，便模棱两可地说："睿亲王雄才大略，若由他继承皇位，实在是大清之福。如果睿亲王不愿当皇帝，还是应该从诸皇子中选一位为妥。"

支持多尔衮的两白旗大臣们见情况有了转机，便进一步发起攻势。他们说豪格独断专行，一切只为蓝旗着想，他们不信任他，如果由他继承皇位，两白旗的人就别想活了，因此他们坚决不同意立豪格。

双方代表人物在会上吵得不可开交。

多铎见多尔衮不明确表态，于是向会议发难，提出由自己或代善为皇位继承人的动议。多铎的提议使会议变得更加混乱。年老的代善心里清楚，将他推到前台，是让他当挡箭牌的，于是声称自己年老体弱，退出了会议。

多铎的这一招，是多尔衮始料不及的，对于多铎半路杀出个程咬金的做法，他十分恼火，在会上愤怒地驳斥了多铎的意见。

这时，两黄旗的将领们佩剑立于台前，他们哭着说："我们随先帝东征西杀才有今天之大清天下，我们吃的穿的都是先帝所赐，先帝的养育之恩同天一样大，若不立皇子为君，我们宁愿追随先帝而去。"

会议陷入了僵局。

多尔衮清醒地认识到，与豪格相比，他并不占优势，八旗之中有三旗坚决支持豪格，这便是两黄旗和正蓝旗。镶蓝旗贝勒济尔哈朗和正红旗贝勒代善，实际上是倾向于豪格的。而支持多尔衮继承皇位的只有两白旗和镶红旗。双方对比是五比三。在这种形势下，如果他强自为帝，必将引起清朝内乱；如果让豪格继承皇位，也不是他愿意看到的。

经过再三考虑，多尔衮提出了预先准备好的折中方案，即立皇太极第九个儿子福临为皇位继承人。这一方案的提出，打破了两派对峙的局面，两黄旗和两白旗的人都能接受。

接着，多尔衮提出新皇帝年幼期间由他和济尔哈朗辅政，等福临成人之后，当即归政。

经过协商，双方达成协议。可是刚过了两天，代善之子贝子硕托、孙郡王阿达礼跳出来向宫廷发难，企图推翻协议，让多尔衮自立为帝。多尔衮认为，取得会议成功是一件极不容易的事，他们的做法表面上是为多尔衮着想，实际上是一种乱国阴谋。于是多尔衮以清廷大局为重，忍痛将硕托和阿达礼斩首。

清顺治元年（公元1644年）八月二十五日，六岁的福临在睿亲王多尔衮的支持和拥戴下登上清朝皇帝的宝座，这便是清朝的第三代君主顺治皇帝。顺治即位后，多尔衮称摄政王，大小国事均由他掌握，成了最高王权的拥有者。

多尔衮辅政掌握实权之后，便开始巩固和加强自己的地位。为了削弱诸王贝勒的权力，打击反对自己的人，加强中央集权，他废除了过去由诸贝勒共同管理六部事务的旧制度，将权力集中于摄政王手中，各部尚书、侍郎向摄政王负责。

接着，多尔衮向他的政敌豪格大兴问罪之师。在拥立皇帝的问题上，豪格与多尔衮吵得不可开交，多尔衮掌握了实权，必然要铲除这个心头之患。这时，原先支持豪格的何洛会也开始转向多尔衮。为了取得多尔衮的信任，他向多尔衮告发说："豪格经常在背地里散布您的坏话，同时他在两黄旗扩充兵力，图谋不轨。"

多尔衮以此为借口，列举了豪格的几大罪状，将他逮捕起来，定为死罪。顺治皇帝听后，大为吃惊，因为豪格毕竟是他的亲哥哥，怎能见死不救，他要求多尔衮放了豪格。多尔衮说："豪格言词悖妄，图谋不轨，罪过多端，怎能赦免！"年幼的顺治皇帝听了啼哭不止，也不吃饭。多尔衮见此情景只能赦免豪格的死罪，但削去王位，将他废为庶民，并且将忠于豪格的几个大臣处以死刑。

多尔衮的这些做法，从客观上讲，避免了分裂和内乱，使清朝前期的中央权力得到集中和加强，为清军入关、夺取全国政权奠定了基础。

入主北京

清顺治元年（公元1644年）初，李自成领导的农民起义军直逼北京城下，明朝政权摇摇欲坠。多尔衮得知这一消息后大喜，他想借助农民起义军的力量消灭明朝。这年一月二十六日，多尔衮以“大清皇帝”的名义致书农民起义军各路将领，信中写道：“我朝欲与各路将领齐心协力，共同伐取中原，如果能占领中原郡县，将共享富贵，不知诸位尊意如何？”多尔衮的目的是要拉拢农民起义军，共同对付明朝。

四月初，多尔衮在盛京沈阳调兵遣将，亲自率领阿济格、多铎和明朝降将尚可喜等向山海关进军。这时他还不知道李自成率领的大顺军已经占领了北京。

四月十三日，多尔衮率领的清军到达辽河。这时，山海关总兵明朝将领吴三桂派人来见多尔衮，报告李自成占领北京的消息，并乞求清军救援山海关。这便是历史上有名的吴三桂引清军入关事件。

这突如其来的消息，大大出乎多尔衮的意料。他这次率清军出击，本来是配合农民起义军消灭明朝的，现在明朝已被李自成的大顺军所消灭。具有政治远见的多尔衮立即意识到，现在摆在他面前的主要敌人不是明朝，而是李自成的大顺军。

于是，多尔衮毫不迟疑地来了个一百八十度的大转弯，将矛头直接指向李自成的农民起义军。

多尔衮立即率领清军从辽河出发，浩浩荡荡地向山海关挺进。四月十九日，多尔衮在行军途中接到吴三桂派副将杨坤送来的第二封求援信。多尔衮立即给吴三桂复信，信中对崇祯皇帝的惨死深表哀悼，对闯贼的倒行逆施不胜发指，并表示他将率领清军踏破关山，消灭贼寇，救民众于水火之中。信中他向吴三桂许诺说：“若西平伯（吴三桂的封号）率领部众投降清军，将封以故土，晋升为藩王。这样既可报国仇，又可保全身家性命，世世代代，长享富贵。”

四月二十一日，李自成和刘宗敏率二十万大军抵达山海关，将吴三桂包围在关城之内。起义军兵临城下，急得吴三桂像热锅上的蚂蚁一般。他站在城头上，翘首盼望清军快快到来。就在这天夜里，多尔衮率清军日夜兼程、昼夜行军二百多里，赶到山海关外，距城十五里安营扎寨。这天夜里，多尔衮在大帐内听到李自成攻城的隆隆炮声，整整响了一夜。

经过一夜的休息，第二天凌晨多尔衮率清军进逼山海关。看着离城关只有五里了，这时吴三桂在城头看见清军到来，旌旗飞扬，心中大喜。他立即命令守城明军用炮火猛轰大顺军，他亲自率领十员战将、数百名士兵从山海关东门突围，来到清军大营之内，见到多尔衮纳头便拜。多尔衮见吴三桂亲自出城迎接清军，十分高兴，立即在军前封吴三桂为平西王。吴三桂感激涕零，当即剃去头发，表示臣服。

在吴三桂的引导下，山海关守城将士开关迎接清军入内。清军与投降的明军会合一处，军威大震。在多尔衮的指挥下，两军向大顺军发起猛烈的反击。

李自成得知清军入关，吴三桂已投降清军，形势对起义军极为不利。虽在城外奋力死战，但大顺军难以抵抗清军的反击，伤亡惨重。这时，刘宗敏又身负重伤，李自成自知难以取胜，急忙收兵，退回北京。多尔衮占领山海关，稍作休整后，便率军向北京进发。进军途中，他颁布军令，约法三章：不准杀害无辜百姓，不准抢劫民间财物，不准焚烧殿堂房舍，并且一路张贴文告，深得民心，清军西进非常顺利。五月初一日，多尔衮便抵达北京东郊的通州。

清军到达通州时，李自成主动放弃北京，率大顺军向西撤去。

五月初二日，多尔衮从朝阳门进入北京。

入京后，多尔衮采纳了范文程等人的建议，为崇祯皇帝发丧三日，按照明朝皇室的风俗习惯，以帝礼葬之，对皇后、贵妃也都按照明朝旧制，举行了殡葬仪式。

他妥善安置明朝的旧官员，对当时有影响的人物加以重用。同时颁发军令，肃整军纪。这些措施起到了安定民心的作用，笼络了一大批明朝旧臣和贵族士大夫，这对清廷立足北京、巩固统治无疑有很多好处。

多尔衮占领北京不久，就明确表示要定都北京。他认为，燕京乃定鼎之地，在这里建立都城对以后进取中原、统一全国具有重要的战略意义。

但他的正确主张遭到当时满洲贵族阶层的反对。反对者认为北京连年战火，遭到严重破坏，漕运不通，粮食匮乏，公私储积，荡然无余；而关外盛京一带，经营多年，那里物产丰富，人心稳固。因此他们认为盛京比北京好，不愿离开故土。

多尔衮的亲哥哥阿济格甚至主张将诸王留下来镇守北京，其他人返还盛京，不然将会后患无穷。

对于满洲贵族中的这些保守思想，多尔衮毫不让步。他愤怒地批驳了反对建都北京的谬论。为了安定民心，他立即派辅国公屯齐喀、和托，因山额真何洛会到盛京，迎驾顺治皇帝进北京。

六月，多尔衮颁诏宣布正式建都北京，同时下令将盛京一百多万的金银财宝转运到北京来，以供京城内外兵民之用。

九月，小皇帝福临在鳌拜、济尔哈朗的护卫下来到北京，多尔衮亲自率领诸王和大臣们到通州迎接。为了表彰多尔衮建都北京，顺治命人为其“建碑纪绩”，并封他为“叔父摄政王”。

历史证明，多尔衮建都北京是一项彪炳千古的英明决策。

统一全国

多尔衮建都北京后，摆在清政府面前的有两股敌对力量。一是退守西安的李自成领导的大顺军和转战西南的张献忠领导的大西军。当时，农民军虽然受到重创，但加起来仍有四十万大军。

另一股敌对势力便是由明朝福王朱由嵩在南京建立的弘光政权，当时江淮各镇兵力集中起来也有五十多万。而清廷入关部队只有二十万，摆在清政府面前的局势不容乐观。

在严峻的形势面前，多尔衮采取了各个击破的战略方针。他一方面采取怀柔南明的政策，向南明放出和平气球，以麻痹在南京的弘光政权；另一方面集中力量打击农民军。

多尔衮派英王阿济格、豫王多铎和肃王豪格兵分三路征剿农民军。清顺治二年（公元1645年）正月，多铎在潼关大败大顺军，占领西安。胜利的消息传到北京，多尔衮大喜。他立刻命令多铎率清军南下，准备攻打南明弘光政权。

同时命令阿济格和吴三桂，乘胜追击农民军的残余部队。四月，豪格率领的清军在四川凤凰山与张献忠的大西军展开激战，大西军抵挡不住清军的凌厉攻势，遭到失败，张献忠英勇牺牲。

五月末，阿济格将大顺军包围于湖北通山，农民起义军领袖李自成不幸遇害。至此，轰轰烈烈的明末农民起义基本被镇压。

在清军追剿农民军的同时，多尔衮坐镇北京，不时向南明政权散布和平的烟幕。他在江淮一带的传檄中声称，大清国追剿贼寇（指农民军）是为南明复仇，代为雪耻。南明要永远记住这复仇灭寇之恩，应该与大清通好讲和发展睦邻友好关系，这样才不负我朝的一片好意。

在多尔衮的和平烟幕中，弘光小朝廷放松了警惕，派使臣到北京，赠予大量金银珠宝，幻想与清廷求和。

当多尔衮镇压了农民军之后，便迫不及待地向南明发起攻击。

尽管南明弘光政权当时有五十万部众，并且有长江天险作为屏障，但其时的南明小朝廷已腐败到了极点，无法实施对清军的有效抵抗。在清军压境、民族处于危难的关键时刻，南明皇帝居于南京皇宫里依然过着花天酒地的生活。明朝奸臣马士英、阮大铖之流极力排斥抗清名臣史可法，使史可法的处境十分艰难。

国难当头，马士英一伙却打着筹办军饷的招牌，横征暴敛，搜刮民财，中饱私囊。当时，江南一带有一首民谣唱道：“尚书遍地有，都督满街走，扫尽江南钱，填塞马（士英）家口。”如此腐败的政权，怎么能挡得住清军的进攻呢？

清顺治二年（公元1645年）四月，多铎率大军直逼江南重镇扬州城。

爱国名臣、大学士史可法急驰扬州，组织全城兵民，决心与扬州共存亡。四月十五日，多铎的前哨部队抵达扬州西郊的斑竹团。史可法写了血书派人到南京请求救援，然而马士英之流却无动于衷，不发一兵一卒。

四月十九日，清军包围了扬州城，多铎派人给史可法送去劝降书，史可法连拆都不拆便将劝降书投于火中。

经过十天的激战，扬州城内弹尽粮绝。四月二十五日，扬州失陷，史可法大义凛然，英勇就义。

扬州失守，南明弘光小朝廷惊恐万状。五月十四日，多铎攻破南京。福王仓皇逃走，半路上被清军俘虏，后来被押解于北京，斩首于宣武门。福王被俘后，退守于福建的唐王在那里建了隆武政权，在浙江的鲁王建立了鲁监国政权。这两个南明小朝廷，互争正宗，矛盾很深。多尔衮利用他们之间的矛盾，派降清的明朝大臣洪承畴到南方进行“招抚”。洪承畴收买了南明两个小朝廷中的实权人物，使清军没费吹灰之力便占领了浙江。鲁王政权被消灭后，清军乘胜前进，直驱福建，很快便消灭了隆武政权。

清顺治五年（公元1648年），多尔衮基本完成了统一天下的大业。

功高擅权　目中无人

多尔衮辅政期间，基本完成了统一天下的大业。清廷入主北京后，他进行了一系列改革措施，缓和了汉族和少数民族之间的矛盾，使清朝的统治日趋稳固。

在巨大的功劳和显赫的地位面前，他渐生了骄傲自满的情绪，变得专横擅权、目中无人，连顺治皇帝都怕他三分。他一手遮天，朝中大事基本不让小皇帝过问。

他的生活非常奢侈，进京后，大兴土木建造了豪华的睿王府，和皇帝的宫室比起来有过之而无不及。他的府宅翚飞鸟革，虎踞龙盘，金碧辉煌，雕镂奇异。

多尔衮的私生活极不检点。为了满足日益膨胀的权力欲，他的兄长皇太极死后，他便将嫂嫂、皇太后博尔济吉特氏娶了过来，据为己有。此事弄得顺治皇帝也感到脸上无光。他的侄子豪格被他幽禁致死后，他又将豪格的妻子娶了过来。诸王大臣们虽然对他的做法有意见，但敢怒而不敢言。顺治七年（公元1650年）五月，他派人从朝鲜征来美女，成其婚配。糜烂淫逸的生活，伤害了他的身体，使他未老先衰。

在政治上，多尔衮排除异己、任人唯亲。他先后排除了豪格、济尔哈朗等人，同时重用他的同母兄弟阿济格、多铎，并封多铎为“辅政叔德豫亲王”，代替了济尔哈朗的职位。从此他集大权于一身，为所欲为。

清廷入主北京后，多尔衮将一些落后的习俗带入中原，他在进京的第二天便发布命令：凡是投城的官吏兵民必须剃发，衣服帽子也要按满族的样子穿戴，否则就要治罪。命令发出后，遭到人民的强烈反对，多尔衮只好收回成命。清军占领南京后，多尔衮重申剃发令，限十天之内，“尽令剃发，遵依者为我国之民，迟疑者同逆命之寇，必置重罪”。当时很多违令不剃发的人遭到残酷杀害。多尔衮的剃发政策很不得人心，因此江南各地民众纷纷起来反抗。

多尔衮喜欢打猎，每次出行围猎，他都要带数千名随从士兵，仅猎鹰就有上千只。出猎时场面壮阔，前呼后拥。他经过的地方，官吏百姓必须跪在道路两旁，叩头迎接。这劳民伤财之举，弄得百姓苦不堪言，怨言载道。清顺治七年（公元1650年）。十一月，他率兵到古北口外去围猎，当他兴致勃勃地驰马登山时，不慎坠落马下，膝部受了重伤。因用药有误，十二月初九日，这位年仅三十九岁的摄政王死于喀喇城。

多尔衮死后，顺治帝追尊他为“诚敬义皇帝”，庙号“成宋”。

多尔衮晚年虽有不少过失，但他的功绩仍是主要的，是清朝前期有才干、有建树的政治家。

满族抗俄将领

萨布素

镇守宁古塔

清朝初期，有一位著名的爱国将领，他长期驻守于东北边境，抗击俄国入侵者，建立了不朽的功勋。他便是满族将领萨布素。

萨布素出身于低级官员家庭，他的父亲叫随给纳。在他小时候，他的父亲被派往东北的宁古塔（今黑龙江宁安市）驻防，负责宁古塔城南马场的事务，从此便在那里安家落户。宁古塔城在海兰河南岸，是一座不大的边城。这里依山傍水，风景秀丽，城外有一片水草肥美的牧场。

萨布素从小勤奋好学，特别喜欢射箭，平时除帮助父亲牧放马群外，他经常随同族人到野外去打猎。清朝时期盛行打猎，他们把围猎作为军事训练的一种方式，以锻炼士兵们的勇敢精神。有一次，萨布素随驻防部队到山林里去围猎，当他们进入山林深处时，突然一只棕熊窜出来，向一名士兵扑去，在这千钧一发之际，萨布素拉弓搭箭，只听“嗖”的一声，那只棕熊应声倒地。人们跑到跟前一看，那支利箭不偏不倚正射在棕熊的咽喉上。

带兵的长官对萨布素娴熟的箭法和临危不惧的勇敢行为大加称赞，当场嘉奖了他。不久，萨布素被挑补披甲，成了一名守卫宁古塔城的士兵。

当时，黑龙江流域常常受到沙俄军队的骚扰和侵略，住在那里的达斡尔等少数民族遭受入侵者的欺侮和蹂躏。清崇德八年（公元1643年），沙俄军队头目波雅科夫率领数百名沙俄士兵越过外兴安岭，进入精奇里江（今结雅河），烧杀抢掠，胡作非为。当地的达斡尔人奋起反抗，给入侵者以沉重打击。沙俄入侵者抢不到粮食，就将被杀死的达斡尔人的尸体代为食物充饥。清顺治六年（公元1649年），哈巴罗夫带领远东的沙俄军队侵入我国黑龙江流域，所到之处强索貂皮，捕捉人质，奸淫妇女。清顺治八年（公元1651年），入侵者占领桂古达尔屯寨，烧杀抢掠，一次就杀死达斡尔人六百多，掳去妇女儿童三百六十一人。萨布素从小就对沙俄的强盗行径恨之入骨，青少年时期便树立起严惩入侵者、保卫家园的雄心壮志。

萨布素当兵后，刻苦训练，忠于职守。当时他在沙尔虎达属下披甲。他小时候喜欢读书，写得一手好字，训练间隙他捧读《三国演义》《水浒传》等书，研究其中的用兵韬略和计策。沙尔虎达昂帮章京（昂帮章京是清朝时的官名）很赏识他这种勤奋好学的精神，不久便提拔他为笔帖式（即秘书一类的职务）。

沙尔虎达驻守期间，在宁古塔城修城造炮，训练精兵，准备反击侵略者。清顺治十一年（公元1654年），斯杰潘诺夫率兵入侵松花江，沙尔虎达率领宁古塔驻军奋起反击。萨布素在作战中非常勇敢，他驾船率先冲入敌阵，用火箭射中敌船的后舱，其他敌船见势不妙，便顺江逃走了。这次反击战给沙俄入侵者以沉重打击。

清顺治十四年（公元1657年），逃走的沙俄头目斯杰潘诺夫重整旗鼓，卷土重来。沙尔虎达在尚坚乌黑（今黑龙江佳木斯市一带）凭借有利地形，再次打败沙俄侵略军。侵略成性的斯杰潘诺夫并不甘心自己的失败，第二年他又集结了三十多艘战船，企图从松花江口溯江而上，以报前两次战败之仇。沙尔虎达闻讯后，立即率四十艘船舰前去抗敌。战前萨布素献计说："斯杰潘诺夫两次战败，并不甘心，这次必然是穷凶极恶而来，我军须诱敌深入，首尾夹击，将敌船消灭于江心之中。"经过反复斟酌，沙尔虎达采纳了萨布素的建议。开战那天，萨布素率十五艘船舰迎战斯杰潘诺夫。斯杰潘诺夫率领三十五艘战船

一字排开。这个沙俄头目趾高气扬地站在船头，一挥手下令向萨布素的船队冲击，两军在江中展开激战。几个回合后，萨布素佯装抵挡不住，下令撤退。斯杰潘诺夫不知是计，下令全速追击，追至江心时，只听后边一声炮响，从河汉里冲出二十多艘船舰，乘风破浪而来。站在船头的正是沙尔虎达。斯杰潘诺夫被团团包围在江心，首尾不能相顾。这时，萨布素命令战船掉过头来向敌船发起猛烈反攻。顿时炮声震天，箭矢如雨，在沙尔虎达和萨布素的两头夹击下，敌船全军覆没。在混战中斯杰潘诺夫落船身亡，葬身鱼腹。

萨布素在战斗中屡建战功，被晋升为武正职六品骁骑校，成为沙尔虎达的得力助手。清顺治十六年（公元1659年），沙尔虎达这位为清廷立下汗马功劳的将军因病逝世。清廷任命其子巴海为宁古塔城昂帮章京，萨布素继续在巴海麾下效力，竭尽全力。

清康熙元年（公元1662年），清廷任巴海为宁古塔将军，且命他兴建宁古塔新城，以加强边陲要地的军事力量。萨布素为兴建新城的总指挥。他精心设计，精心施工。城垣高大坚固，分为内外两重。内城有将军衙署，外城为木结构，周长八里，四面开门。宁古塔新城的兴建为保卫北方边疆起了重要作用。

清康熙三年（公元1664年），萨布素随巴海将军前往赫哲地区，再次击败沙俄侵略军。萨布素军功卓著，升任为署防御（骁骑校之上的官职）。七年之后，康熙大帝御驾东巡，亲自召见了宁古塔将军及萨布素等人，指示他们对沙俄侵略者要“加意防御，操练士马，整备器械，毋堕狡计”，对赫哲等少数民族应“广布教化”。后来巴海将军移驻吉林，宁古塔城由萨布素镇守。

巍峨壮丽的长白山是东北民众崇拜的圣山。清康熙十六年（公元1677年），康熙大帝派武默纳远涉千里去瞻视长白山。到吉林后由萨布素率二百士兵护送武默纳上山。那时的长白山是人迹罕至的原始森林，不但林木茂密，山势陡峭，而且常有猛虎野熊出没。萨布素率领士兵逢山开路，遇水搭桥，一路艰辛跋涉，克服了种种困难，终于登上了长白山。只见长白山五峰耸立挺拔，云雾缭绕，金霞四射，飞瀑从天而泻，喷珠溅玉，蔚为壮观。更令人惊奇的是，主峰白头山顶有天池一座，天池周围有奇峰十六座，其水质清冽透明。无风时，池中波平如镜，山岩峭壁倒映其中，千姿百态，仿佛仙境。萨布素测量出天池至峰顶的距离约二百五十丈，面积约一万四千亩。这次瞻视长白山，萨布素对这里的地形地貌做了一次实地勘察。第二年，康熙大帝加封长白山之神，举行了盛大的祭祀典礼，与五岳同尊。

长白山封禅之后，萨布素升任为宁古塔副都统。

建造瑷珲城

康熙年间，沙俄乘清朝政府忙于镇压“三藩之乱”、东北防务空虚之机，加紧侵略黑龙江流域。侵略者在此建立了尼布楚督军区，修建雅克萨城作为军事据点。

康熙大帝平定“三藩之乱”后，即将战略重点转向东北边疆。

清康熙二十一年（公元1682年），康熙再次东巡，祭扫祖陵。拜谒长白山后，他在宁古塔召见了萨布素。萨布素汇报了黑龙江一带的防务情况。康熙帝决定建造瑷珲城，命令萨布素选址建城，屯兵设立驿站，以便和沙俄侵略军对抗。

第二年夏天，萨布素率兵向黑龙江进发。在特尔德尼附近与俄军的船舰相遇，双方展开激战。萨布素亲自站在船头指挥，将俄军头目射杀于江中，其余俄军全部投降。

萨布素率兵到达精奇里江口的黑龙江东岸。这里地势开阔，遂将城址选择在这里。萨布素动员了三千兵民，他亲自设计、督工建造瑷珲城。三千兵民日夜奋战，八个月后便宣告竣工。城池平面呈四方形，城周筑草泥混合的土埝。城外围挖有深壕，深壕外侧设置木栅。

第二年，萨布素又在黑龙江西岸原托尔加城的旧址上修建了另一座瑷珲城。原先建造的称旧瑷珲，新建的称新瑷珲，两城隔江相望，遥相呼应，扼守黑龙江两岸，使水上交通更为便利。清康熙二十三年（公元1684年），新瑷珲建造完工，它“左挽龙江，右环兴安”，依山傍水，固若金汤。瑷珲城的建立为加强北方军事防务起了重要作用，成为边疆屏障，国门锁钥。

瑷珲城的建造受到康熙大帝的称赞，他认为萨布素“年力强壮，文武兼通，才堪委用”，遂任他为黑龙江将军，统辖东至宁古塔、西接额尔古纳河、南临漠南蒙古、北跨外兴安岭的广大领土。

萨布素受任黑龙江将军后，全身心地投入到黑龙江的军备建设上。他首先开辟河道，运贮粮草，开辟辽河、松花江和黑龙江的水陆粮草联运航道。将东北平原所产粮草经伊通河入松花江，再顺流而下进入黑龙江，接着溯江而上运抵瑷珲。瑷珲城这个昔日荒僻之地，在萨布素的治理下，水陆两运畅通，呈现出一派繁荣景象。

为了坚持长期斗争，萨布素在这里实行屯垦戍边制。他就近迁移五百名达斡尔官兵到额苏里去耕种，派宁古塔兵士三千人，分为三班，轮番驻防，并将达斡尔、满洲等官兵的家眷迁于瑷珲城，以解除他们的后顾之忧。

萨布素征集能工巧匠，就地取材修造船只，一年间共修造大小船只数百艘，大大加强了黑龙江一带的军事防务力量。清廷将新铸造的十二门神威将军炮运抵瑷珲城，萨布素抚摸着这一门门崭新的火炮，感慨地说：“圣上对我等如此信任，不驱逐沙俄誓不罢休！”

扫平雅克萨

雅克萨城在黑龙江的上游，沙俄侵略军长期盘踞在这里。他们利用这里优越的自然条件，牧马放牛，耕种土地，获取谷物，养育军队。雅克萨城成了沙俄侵华的重要据点。

清康熙二十三年（公元1684年）七月，清廷命令进兵雅克萨城，在城外割取沙俄军种植的谷物田禾，断其粮食来源，使其自困。萨布素接到命令后，认为现在已经到了七月中旬，瑷珲城的军粮尚未运到。分粮、装载需要二十天，粮船溯江而上需要一个月。若到那时雅克萨城外的庄稼已经收割完毕，我军来不及割取，便会徒劳士马，得不偿失。于是他将这一真实情况奏请了康熙皇帝，希望缓期进兵。康熙帝采纳了他的建议，决定第二年进兵雅克萨城，并派都统朋春等人率一千五百绿营兵丁及藤牌兵前往瑷珲城，会同萨布素一同收复雅克萨城。

向雅克萨城进兵之前，萨布素挑选了三十名熟悉地形的达斡尔士兵，装扮成渔民和猎人模样，溯江而上去侦察情况。侦察队分水陆两路前往雅克萨城。他们在黑龙江上抓获了几名俄军士兵，萨布素亲自审问被俘俄军，宽厚地对待他们。从俄军士兵口中得知驻守雅克萨及城郊的兵力不足千人。雅克萨城中只有四百五十人，火炮三门，鸟枪三百支。这时从陆路侦察的士兵返回报告情况，证实了上述事实，并探明了城郊火力安装位置。

侦察队为攻取雅克萨城提供了很重要的情报。

清康熙二十四年（公元1685年）四月二十八日，萨布素率前锋骑兵，朋春率清军主力，共计三千人马携神威将军炮及刀矛藤牌，分水陆两路浩浩荡荡向雅克萨城进发。

萨布素率骑兵轻装前进，先期抵达雅克萨城郊。当夜无月，乘着夜色，萨布素出其不意地向城郊的俄军发起猛烈攻击。俄军正在睡梦之中，顿时乱作一团。清军铁骑仿佛从天而降，左砍右杀，如入无人之境。天将拂晓时，清军“击其哨兵，尽擒之”，萨布素大获全胜，缴获了俄军的枪支弹药及辎重。这一仗扫清了雅克萨外围的敌军，为围攻雅克萨城创造了有利条件。

五月二十三日，清军主力集结于雅克萨城下。都统朋春急于攻城，萨布素建议说：“雅克萨城已在我军的包围之中，我们可先礼后兵，劝俄军投降，这样兵不血刃，以减少双方伤亡。倘若俄军执迷不悟，负隅顽抗，我军再聚而歼之。”朋春认为有理，便向俄军头目托尔布津喊话，并用俄、满、蒙三种文字书写成咨文。文中要求俄军撤出雅克萨城，遣返我方被掳人口，归还被掠去的牲畜。双方以雅库次克为界，互不侵犯，通商互市。若执迷不悟，仍然占据我方领土，我朝大军将扫平雅克萨城，歼灭尔等。

侵略成性的托尔布津看到咨文后，冷笑一声说：“俄军从没有投降的习惯，帝国铁骑所到之处都是大俄罗斯的版图！”

朋春、萨布素听闻此言后大怒，立即下令攻城。萨布素亲率陆军攻打城南，将神威将军炮列于阵前，集中兵力将城东和城北包围起来。朋春率水兵列阵于城西江面，以防俄军的增援部队，并严防城中俄军借水路逃窜。

二十五日黎明，萨布素一声令下，神威将军炮向雅克萨城发起猛烈轰击，弹无虚发，频频命中，傍晚时分雅克萨城南被炸出一条缺口。城中俄军死伤无数，纷纷向城西撤退，然而江面水路已被朋春的火力封锁，俄军退路已断。托尔布津无奈，只得举白旗投降。

二十六日，朋春、萨布素率清军入城。遵照康熙大帝“勿杀一人，俾还故土”谕旨，安置投降俄军，严明军纪，不许抢掠俄军私人财产，准其撤离雅克萨城。托尔布津率残兵败将撤回尼布楚。

赶走俄军后，萨布素下令平毁雅克萨城。康熙大帝敕令嘉奖萨布素及全军将士，以表彰他们在雅克萨大捷中的战功。

托尔布津回到尼布楚后，气急败坏地向俄国沙皇报告了远东的情况，要求速派援军，再侵雅克萨。这年八月，沙皇派拜顿率领六百名俄军到达尼布楚。托尔布津知清军已毁城撤军，于是率领俄军偷偷渡过黑龙江，再次占据了雅克萨。他们在旧址上重新筑起城墙。城墙为土木结构，先以木板筑城墙体，中间充填泥土夯实，外表覆以草泥，以防火攻。俄军兵力从原来的五百人增加到八百人，配置火炮十一门，榴弹炮一百五十七发。沙皇任命托尔布津为总督，妄图长期盘踞在这里。

萨布素侦知托尔布津卷土重来，立即向康熙帝请战，要求再赴雅克萨，剿灭俄军。康熙大帝闻奏后，敕令萨布素速行扑剿，攻取雅克萨城，并派出四百藤牌兵前往增援。

萨布素率两千清军从瑷珲城出发，以藤牌兵为先导，进逼雅克萨。托尔布津吸取上次失败的教训，早有防范。俄军退进要塞，挖洞穴居，并在城内挖了防空洞，在江面一侧竖立木栅，企图顽抗到底。萨布素命士兵准备柴草火器，等到天黑之后，悄悄接近木栅，以柴草火器摧毁了城外的木栅。

第二天，清军将雅克萨城包围起来。萨布素亲临城下，向俄军喊话，劝俄军撤离雅克萨，免受战争之苦。托尔布津站在城头上并不答话，下令鸣枪射击。萨布素立即命令藤牌军强行攻城，双方战到傍晚，萨布素鸣金收兵。

回到营帐后，萨布素难以入眠，秉烛案前，制订攻城策略。他想俄军接受了上次失败的教训，配置了强有力的火力，在城中挖有防弹洞穴。俄军有备而来，我军只能智取，不可强攻。第二天，萨布素派藤牌兵佯装攻城，届时金鼓齐鸣，杀声震天。俄军头目托尔布津听到清军又来攻城，急令俄军发炮还击。顿时炮弹、榴弹雨点般地向城下射来。一连三天都是如此，俄军炮弹已消耗大半。第四天，萨布素集中兵力，加强火攻器材、铁弹箭矢，向东门发起猛烈攻击。托尔布津急忙调集兵力，严守东门，在密集的炮火中中弹身亡，死于非命。拜顿见托尔布津已死，急忙调集留守于洞穴的俄军，加强四门的防御，继续顽抗。

为了减少伤亡，萨布素命令士兵在雅克萨城外挖掘堑壕，设立土垒，长期围困。待城中弹尽粮绝，俄军则不战自乱。他派船舰日夜巡逻于城西江面，以防尼布楚方向的沙俄援军。清军围困雅克萨城长达十一个月，城中俄军病死、饿死者不计其数，最后只剩下六十多人。

俄国沙皇自知雅克萨城难保，急忙派使者向清朝政府乞求清军撤雅克萨之围，要求谈判，议定边界。

沙皇侵略军在萨布素的严厉打击下，终于撤离了雅克萨。清康熙二十八年（公元1689年），沙皇俄国政府被迫与清政府签订了《中俄尼布楚条约》。条约规定以外兴安岭至海格尔必齐河与额尔古纳河为中俄两国边界。黑龙江以北、外兴安岭以南和乌苏里江以东为清朝领土。并规定俄国自毁雅克萨城，徙其人员撤回俄国。从此，东北中俄边界出现了暂时的稳定局面。

萨布素一生致力于保卫边疆的事业。他任黑龙江将军几十年，为保卫边疆、保卫祖国的神圣领土竭尽心力。在任黑龙江将军期间，他设置军政机构，修武戍边，造船置炮，加强边疆的军事力量。他尊重边疆少数民族习俗，加强军民联防，建立巡边制度，设立驿站。在瑷珲至吉林的六百多公里的长途沿线上，设立驿站十九处，每站设站丁三十人，马二十匹，牛三十头，每丁分配土地五垧，自养自足。他还十分重视教育，在黑龙江地区设立学校，从各地选幼童入学，教习书义，施行“建学立师之治”。

清康熙三十七年（公元1698年），康熙大帝第三次东巡时召见萨布素，当面嘉奖他的业绩。由于萨布素功劳卓著，被当时朝中誉为“将军第一”。这位著名的爱国将领于清康熙四十年（公元1701年）病逝。

康熙大帝

玄烨

康熙大帝是中国历史上有作为的封建皇帝。他在位六十一年，励精图治，勤奋治国，显示了卓越的政治才能和军事才干。在他的努力下，清王朝走向鼎盛时期。

智除鳌拜

清顺治十八年（公元1661年），清朝入关后的第一代皇帝顺治帝福临去世，他的第三个儿子玄烨继承皇位，这便是康熙皇帝。

玄烨生于清顺治十一年（公元1654年）三月十八日，其生母是孝康皇后佟佳氏。他继位时还不满八周岁。顺治临死前，遗诏索尼、苏克萨哈、遏必隆和鳌拜四个人为辅政大臣。他们曾信誓旦旦地在顺治帝灵前宣誓说："协忠诚，共生死，辅佐政务。"但他们辅政后不久，就将这些誓言忘得一干二净。

在这四个辅政大臣中，索尼虽然位居第一，但他已经老迈，耳聋眼花，管不了什么大事。遏必隆是个软弱无能的人，没有主见，一切都听鳌拜的。苏克萨哈还算有点棱角，和鳌拜有矛盾，可他不是鳌拜的对手。

鳌拜是个飞扬跋扈、独断专横的野心家，辅政不久，便大权独揽。他不但凌驾于三个辅政大臣之上，而且根本不把年少的康熙皇帝放在眼里。官员们呈给皇帝的奏章，他常常带回家去同他的私党商议，而不给皇帝看。他欺负皇帝年幼，为了显示他的威风，常常当着康熙的面大骂大臣。有时吼叫着同康熙争吵不休，直到小皇帝让步为止。

玄烨从小勤奋好学，善于独立思考。他在宫中受过良好的教育，并且他天资聪明，智力过人。当时，他虽然年纪尚小，但对鳌拜的所作所为，心中有数。最使康熙不能容忍的是，在许多军政大事上，君臣之间存在着不可调和的矛盾，这是革新与保守之间的矛盾。

康熙主张抑制“三藩”割据势力，免得恶性膨胀，发生分裂国家的危险，而鳌拜却对以吴三桂为首的“三藩”割据势力采取怂恿态度；康熙主张进取台湾，尽早实现国家统一，而鳌拜却以“海洋险远，风涛莫测，驰驱制胜，计难万全”为借口，把进取台湾的事搁置一边；对西北部噶尔丹的分裂势力，康熙十分关注，密切注视他们的活动，而鳌拜对这样重大的事情却不闻不问，听之任之。

康熙继位后，主张改革圈地的旧制度，使入关后的满族统治者进一步封建化。而鳌拜却出于维护自己集团的利益，继续推行圈地政策，不断扩大自己的势力。清康熙五年（公元1666年），鳌拜制造了一起严重的换地事件。他说，当初多尔衮摄政时，偏向正白旗，将正白旗安置在北京附近的永平府一带，而将他所属的镶黄旗移往保定、河间、涿州一带。鳌拜声称这样做不符合老祖宗规定的“八旗自有定秩”的惯例，要求镶黄旗与正白旗调换旗地，并别有用心地说：“如果正白旗土地不够用，可以从别的地方圈地补充。”他之所以要算这笔陈年旧账，是企图在“互换土地”中削弱正白旗的势力，加强他自己所属镶黄旗的势力，再次掀起圈地的新高潮，从中大捞一把。

鳌拜这一露骨的活动，立即遭到正白旗和其他人的反对。户部尚书苏纳海上奏说：“旗人安业已久，民地曾奉谕不许再圈。”然而，鳌拜为自身利益所驱动，强迫命令苏纳海与直隶总督朱昌祚、巡抚王登联前往镶黄、正白两旗所在地，督办圈换土地之事。

在实施过程中，苏纳海等人发现如果按照鳌拜的命令去办，将会引起民众的反对，造成“旗民交困”的恶果。于是苏纳海、王登联、朱昌祚联名上疏，要

求停止圈换两旗土地。康熙帝和辅政大臣苏克萨哈同意了他们的意见。

鳌拜得知此事后，火冒三丈，他瞒着康熙和苏克萨哈假传圣旨，将苏纳海、朱昌祚、王登联斩首。他亲自跑到镶黄、正白两旗所在地，强行调换土地。这次更换旗地，共迁移镶黄、正白两旗的壮丁六万余人，圈换土地三十一万余垧，导致民众怨声载道。在圈换旗地的过程中，大批农民失去赖以生存的土地，生产遭到严重破坏。镶黄旗、正白旗上层人物之间的矛盾进一步激化。

对于鳌拜的专权，少年康熙帝深感忧虑，如不尽早铲除鳌拜，必然给国家造成严重后果。清康熙六年（公元1667年），十四岁的康熙帝依照规定开始亲政。他亲政后的第一件大事，就是设法除掉鳌拜。

宫廷斗争一向是十分残酷的，野心勃勃的鳌拜绝不会轻易放弃手中的权力。康熙帝深知清除鳌拜并不是一件容易的事，弄不好就会出大乱子。

当时，辅政大臣中的苏克萨哈按照康熙的意思，主动提出辞去辅政大臣的职务，交出权力。这对鳌拜来说是个很大的刺激，他想，你苏克萨哈交出权力，这不是给我难堪吗？是不是想让我照你的样子去做，也交出手中的权力？没那么容易！鳌拜为了给康熙帝施加压力，便罗织了很多罪名，反咬一口，诬陷苏克萨哈的辞职是“背负先帝”“藐视冲主”“心怀异心”，要将苏克萨哈斩首并诛灭九族。康熙帝知道鳌拜醉翁之意不在酒，他玩的是杀臣震主的伎俩。但康熙帝刚刚亲政不久，鳌拜手中掌握着实权，并有一批党羽，所以康熙帝难以制止鳌拜的行动。在鳌拜的一手策划下，苏克萨哈被处死。通过这件事，康熙帝进一步认清了鳌拜是个心狠手辣的家伙，要想除掉鳌拜必须智取，绝不能打草惊蛇。为了稳住鳌拜，康熙帝采取麻痹战术，给他加官晋爵，开始封他为“一等公”，封他的儿子为“二等公”，不久又给鳌拜父子分别加了“太师”“少师”的封号。

鳌拜位极人臣，权力欲更加膨胀。他自恃位高权重，居功自傲，常常借口身体有病不去上朝。有一次康熙亲自到府中去看望他，御前侍卫和托发现他神色反常，便快步走到他床前，揭开褥子，发现藏有一把匕首。当时，鳌拜怕皇帝疑心，十分紧张。康熙帝却笑着说：“满族人有刀不离身的故俗，这是老祖宗传下来的习惯，不足为怪。”康熙帝的话消除了鳌拜的疑心，他感到小皇帝对他还是十分信任的。

康熙帝表面上不动声色，暗地里却在积极准备铲除鳌拜。他以练习摔跤为名，在宫中训练了一批身手不凡的少年摔跤手。这些少年摔跤手和康熙的年龄差不多，他每天抽时间和这些摔跤手一起练习武艺，别人见了还以为他们是在一起玩耍，所以并不在意。

清康熙八年（公元1669年），康熙决定付诸行动。这天，他将亲信大臣索额图召进宫来，以下棋为掩护，召鳌拜进宫。鳌拜根本没有想到这天便是他倒台的日子。他像往常一样，得意扬扬地走进宫来，刚到大院里，突然从廊下冲出一群少年摔跤手，他还没弄清是怎么回事，便被小摔跤手们掀翻在地。这时康熙放下手中的棋子，历数了鳌拜结党营私、目无君主、强占土地、图谋不轨等罪行，下令将他投入监狱。接着，康熙以迅雷不及掩耳之势，将鳌拜的心腹党羽一网打尽。

鳌拜被抓起后，朝廷公布了他所犯的三十条罪状，判处死刑。绝望中，鳌拜要求再见康熙一面，康熙答应了他的要求。鳌拜接受召见时，泪流满面，他脱下上衣，请年轻皇帝看他身上的伤疤，说这些伤疤是当年搭救清太宗而留下的。康熙念他以前的功劳，取消了对他的死刑，改为长期监禁。

康熙智擒鳌拜后，宣布永远禁止圈占土地，平反了苏克萨哈的冤案，削弱了诸王旗主的势力，恢复了被鳌拜取消的内和翰林院，从而加强了中央集权。

后来，鳌拜死于狱中。

历法风潮

玄烨是个勤奋好学的人。当了皇帝后他仍然孜孜不倦，学习各种知识。他对当时先进的科学技术很感兴趣，在一场关于天文历法的争论中，他深感科学知识的重要性。

清朝初期使用的历法是明朝钦天监传下来的大统历和回历（主要流行于伊

斯兰教国家的一种历法）。这些历法因为使用的年限太长了，其中某些数据出现了偏差，与天象的实际测算不符。顺治当政时，科学家汤若望（日耳曼人）修改了历法。汤若望是在德国出生的耶稣会士，对天文科学颇有研究。他当时撰写了一本新历书，被摄政王多尔衮命名为《时宪历》。汤若望因为修改历法有功被任命为钦天监监正，这是专门负责天文历法的最高官员。同时，汤若望被皇帝赐予“通玄法师”的称号，受到朝廷优厚的待遇。

玄烨即位后，鳌拜辅政专权，重用杨光先。杨光先是思想保守的封建学者，和鳌拜的守旧思想一拍即合。杨光先排斥《时宪历》，攻击《时宪历》的封面上印有“依西洋新法”的字样，认为这是图谋不轨的行为。鳌拜对汤若望这位在外国出生的学者早就看不顺眼，于是下令废止《时宪历》，罢免了汤若望钦天监监正的职务，并将汤若望逮捕入狱。

玄烨听到此事后，急忙告诉了他的祖母，请祖母出面保护汤若望的生命安全。祖母是位通情达理、爱惜人才的人。她亲自出面为汤若望说情，博学多才的汤若望才免于一死。

汤若望被撤职后，鳌拜任命杨光先为钦天监监正。他们废除了新历法，又重新使用大统历和回历。这时，从西方来的传教士南怀仁（比利时人）很不服气，为了证明《时宪历》是正确的，他暗中继续进行天文观测和推算，以便找到驳斥大统历和回历的理论根据。

在实践中，康熙帝觉察到大统历和回历有许多地方与天象不符。有一天，康熙帝把杨光先和南怀仁同时召进宫里，问他们谁的历法更准确。杨光先抢着说：“要说历法，当然还是老皇历为上。自古以来皇帝都是尧、舜的继承人，理当使用尧、舜以来的老皇历，这样才能顺应天理。若改用西洋历法，就违背了古人的遗训，诸书礼乐、文章制度岂不都乱了套？那便要出大乱子。”

听了杨光先的这番谬论，南怀仁感到很好笑，他不慌不忙地说：“谁的历法准确，不能停留在口头上，要靠科学证据。我愿当着皇上的面，做一个实验，以证明谁的历法更准确。”他提出，请皇上赐给他俩每人一个日晷（古代用来观测日影以定时刻的仪器），由他们各自分别测定日晷的投影到达什么位置是第二天的正午。

康熙觉得有道理，便命令宫人抬来两个高大的日晷，让他俩当场试验。南怀仁在丹墀平台上安放好日晷后，计算其投影，准确地算出第二天正午日晷投影的位置。第二天，正午到达时刻，果然丝毫不差，而杨光先所标的位置却出现了偏差。实验证明新历法是准确的，而旧历法有很大误差。

这时康熙已亲政，他断然废除了大统历和回历，重新宣布在全国推广使用汤若望制定的《时宪历》，并且撤销杨光先的职务，命南怀仁重返钦天监工作。

康熙智除鳌拜后，南怀仁等人控告杨光先依附鳌拜的势力迫害汤若望，要求处死杨光先。这时，康熙虽然只有十六岁，可他处理事务非常谨慎，而且能顾全大局。他认为不应把科学上的争论和公案与政治混淆在一起。他下诏说："杨光先坚持使用旧历，压制新历，造成很多错误，本应处死，但念其年老，姑从宽免，妻子认免流徙。"

在这场历法风潮中，康熙尊重科学，始终站在正确的立场上。同时，他感受到学习科学知识、引进外来技术的重要性。他后来回忆说："新旧历法两派互相控告，死了不少人。在双方辩论时，王公大臣中没有一个对历法有了解者，这是一件很痛心的事。"他号召王公大臣学习科学知识，不能稀里糊涂地过日子。

康熙以身作则，带头学习天文、算学等知识。他把南怀仁召进宫里，让他讲解天文知识。南怀仁向康熙讲述天文仪器的用法，外国最新研究成果，并编写了教材。康熙在百忙中到观象台亲自观察天象，通过学习和实践，他能准确地计算出某日某时日晷表上所显示的投影位置，并能指出钦天监在天文推算中出现的错误。

外国传教士白晋在他撰写的《康熙帝传》中写道："最近两三年来，特别频繁地看到皇上在北京皇城和那两三个离宫，或是巡幸鞑靼及其他地区时，利用刚会使用的天文仪器，在朝臣们面前愉快地进行各种测量学和天文学方面的观测。他有时用照准仪测定太阳子午线的高度，用大型子午环测定时分，并推算所测地的地极高度。他也时常测定塔和山的高度或者是感兴趣的两个地点的距离。皇上还常常通过计算，求出白天正午日晷投影的高度。”

这些评述，出自当时外国传教士之笔，是真实而客观的。少年康熙对天文的观察，不仅仅是出于好奇，而是在认真研究，学以致用。

研究天文离不开数学知识、地理知识。为了扩大知识领域，他聘请了当时有名的白晋、张诚、徐日升、安多、闵明我等外国传教士，定期进宫传授西方自然科学。在这些人的指导下，康熙学习了欧几里得的《几何原本》、巴蒂的《实用和理论几何学》的满文译本以及代数、三角、对数等多种数学科目。当时代数称作“阿尔热巴拉”。他不但自己认真学习研究数学知识，还把学到的知识教授给当时的青年学者。著名的青年数学家梅珏、明安图（蒙古族）、陈厚耀、何国宗都受过康熙的直接指导。

后来，康熙设立了“算学馆”，组织全国各方面人才，用了十年时间，编成一套集乐律、天文和数学之大成的大型丛书《律历渊源》。其中第二部《数理精蕴》是在康熙的直接指导下完成的，它不但收录了中国历代数学之精华，同时也囊括了明末以来传入的西方数学，是中国古代学术价值很高的数学丛书。

康熙对地理学也很感兴趣。他出征作战或外出巡游，每到一处，就要测量那里的地势，勘察地质、地貌，了解当地的风土人情。即便是很荒凉的地方，也要“详考图籍，广询方言，务得其正”，可见他的考察是极其认真的。在偏远地带，他测量那里距离京师的里程和纬度，并把这些情况详细地记载在日记中。他在亲征噶尔丹的行军途中，记录了在宁夏的测量情况。他用仪器测量北极，得出北极较京师低一度二十分，东西相距一千零七十五公里。

有一次，康熙西征出独石口，进入沙漠地带，发现有螺蚌甲壳。他对随军的将士说，别看这里现在如此干旱，在远古时期，这里曾是汪洋大海。他的这些推断，被近代科学所证明。

因为康熙勤奋好学，涉猎面广，所以他能精通天文、地理、历法、医学等学科。这些知识在作战和治国中起了很大的作用。

平定三藩

康熙即位后，国内政局并不稳定，中国还没有完全统一，随时都有发生分裂的危险。其中对清政府威胁最大的是“三藩”割据势力。

“三藩”是指明朝灭亡后，投靠清朝的三个汉族军阀。他们是镇守云南的平西王吴三桂，镇守广东的平南王尚可喜，留守福建的靖南王耿精忠。

这三个军阀在明末镇压农民起义和投降清朝后消灭南明抗清势力的过程中，逐渐扩大了自己的力量，形成了三个地方割据势力。在军事上他们各拥重兵，独霸一方；在政治上他们搞独立王国，结党营私。

三藩之中，耿精忠、尚可喜各有兵力十五佐领，绿旗兵各六七千。吴三桂势力最大，拥有五十三佐领及绿旗兵一万两千，比耿、尚兵力的总和还要多。他自从清康熙元年（公元1662年）在云南绞死南明永历帝朱由榔后，便割据云南，成了那里的土皇帝。他将南明桂王五华山的帝宫扩建为藩府，在大兴土木的过程中搜刮民财、强征民工，“千门万户，极土木之盛”。吴三桂为了培植自己的势力，在他控制的云南一带，凡他任命的官员将佐均不受朝廷吏部和兵部的控制。在经济上，他垄断地方财政，一切开支不受户部限制。他在云南“广征关市，榷税盐井、金矿、铜山之利”，所得利益全部装入他的私囊。吴三桂在当地还大肆圈占王公及老百姓的土地。他将云南明代黔国公沐氏的田园据为己有，将已归当地农民耕种的明代卫所军田收回，变成自己的私田。

割据于广东、福建的尚可喜、耿精忠和吴三桂一样，在各自的控制地区苛敛暴征，大发横财。当时人们说：“天下之财赋，半耗于三藩。”

康熙早已意识到三藩存在的危险性，但在鳌拜专权时期，他无法实施自己的主张。鳌拜被除掉后，消除三藩割据势力便提到康熙的议事日程上来了。撤藩是关系到国家命运前途的大事，在这个问题上，清朝政府内部意见并不统一。很多人认为三藩势力强大，他们在那里已盘踞多年，地方上的治安尚属平静，朝廷只能用安抚的办法稳住他们。如果随意撤藩，必然触动三藩的既得利益，弄不好会天下太乱。

对于这种姑息养奸的做法，康熙十分不满，但一时又找不到合适的办法，康熙为此日夜操劳，夜不能寐。

清康熙十二年（公元1673年）三月，老谋深算的尚可喜因年迈体弱，儿子又逼他让位，他受不了儿子尚之信的挟制，便主动上疏要求告老还乡，回辽东养老，并请求让他的儿子尚之信接替他的爵位。他的如意算盘是，这样既可以保留他的封爵，又可让儿子继承他的职务，收一箭双雕之利。

康熙认为这是一个千载难逢的好机会，他当机立断，立即批准尚可喜回辽东养老，但不准尚之信留镇广东，而是决定撤藩。这对一心想封爵的尚之信来说真是当头一棒。尚可喜的如意算盘打错了。

当时吴三桂的儿子吴应熊住在北京，他很快将这一消息传到云南和福建。吴三桂和耿精忠有些坐不住了。他们心想，朝廷已在广东撤藩，他们的地位能保得住吗？吴三桂、耿精忠心中没底，坐立不安。为了试探朝廷的态度，这年七月，他们便先后上疏，假意请求撤藩，以试探康熙的真正意图，而暗地里却调兵遣将，准备叛乱。

康熙接到吴三桂、耿精忠的上疏后，立即召开御前会议，征求群臣的意见。会上大多数官员反对撤藩，说撤藩必然引起大乱。只有户部尚书米思翰、兵部尚书明珠、刑部尚书莫洛等少数人主张撤藩。当时双方辩论得十分激烈。

年轻的康熙帝心里十分清楚，对于三藩必须动大手术方能切除。他不顾多数人的反对，果断地做出决策，下令批准吴、耿自请撤藩的上疏，并派特使分赴云南、福建宣读撤藩命令。

吴三桂接到撤藩的命令后，立即原形毕露，他杀死朝廷派往云南的使者和官员，于当年十一月率先发动叛乱，发布讨清檄文，声称要恢复明朝。他调动三军，自称“天下都招讨兵马大元帅”。

吴三桂叛乱之初，气焰十分嚣张，他指挥的五十三佐领兵马很快便打入贵州、湖南、广西、四川和陕西。清康熙十三年（公元1674年）三月，耿精忠在福建起兵反清，第二年二月尚之信在广东起兵响应叛乱。这时与三藩有联系的其他将领、提督、巡抚也纷纷叛乱，战火几乎燃遍了南方各地。

在严峻的形势面前，满朝文武大为震惊，很多大臣向康熙上疏，主张“以德服人”，恢复三藩的权力。有的大臣甚至要求杀掉当初主张撤藩的大臣，以换取吴三桂息兵。当时，西藏的五世达赖向康熙提出：“若吴三桂力穷求降，请免其一死，万一嚣张，不如裂土罢兵。”他的目的是要求康熙以长江为界，承认分裂割据的合法化。

对这些谬论，康熙一一驳斥，决心以武力平息叛乱。他认为，三藩叛乱虽然来势凶猛，但只要集中力量打败吴三桂，其他两藩便迎刃而解。为了表示平叛的决心，康熙下令处死吴三桂的儿子吴应熊。

康熙集中优势兵力打击吴三桂，他调遣八旗精兵劲旅驻守湖北荆州，阻止吴三桂的军队横渡长江。为了分化瓦解叛军，他下令停止对平南、靖南的撤藩行动，以便争取耿精忠、尚之信，从而孤立吴三桂。

在平叛战争中，康熙下令在山东兖州和山西太原建立后方军事基地，在这里集结兵员，以便补充前方兵力。当时，陕西提督王辅臣起兵响应叛乱，康熙派精兵出击，将他击败后，又恢复了他的官爵，并授予靖寇将军的荣衔。康熙这样做是为了争取叛军中的不坚定分子，以便彻底孤立吴三桂。王辅臣虽然是个反复无常、一再叛附不定的人，但最后还是被争取过来了。这样便消除了“三边动摇，势难猝定”的后顾之忧，稳定了西北局势，使清军能集中精力对付江南的吴三桂。

在平定三藩的战争中，康熙颁布军令，“严禁军士侵扰百姓”。对于那些畏敌不前、玩忽职守、贻误战机的将士从严处罚，即使是皇亲国戚、王公贵族也严惩不贷。当时顺承郡王勒尔锦等人自恃是皇帝的亲族，在战场上或畏敌不前，或坐失战机，或收受贿赂。康熙得知后，下令给予严厉的处罚和制裁。由于清军纪律严明，奖惩分明，将士们在平息叛乱中都表现出高昂的士气。

在激烈的战争中，康熙能沉着、冷静地分析敌情，所以能运筹帷幄，决胜千里。那时，他以充沛的精力夜以继日地召开会议，勤奋地处理政务，发布谕令，他是这场战争的直接指挥者。

清康熙十六年（公元1677年），耿精忠、尚之信先后向清廷投降，吴三桂完全陷入孤立的境地。到清康熙十七年（公元1678年），大势已去的吴三桂临死前为了圆他的皇帝梦，在湖南衡阳匆匆忙忙地登基称帝，国号“大周”，改元“昭武”。几个月后这位曾引清军入关，后又反叛清朝的罪魁祸首在内外交困中死去。当时，有一首诗总结了他可耻的一生：“复楚未能先覆楚，帝秦何必又亡秦？丹小已为红颜改，青史难容白发人。”

清康熙二十年（公元1681年）底，赵良辅率清军攻破昆明，吴三桂的孙子吴世霖自杀身亡。至此，一场席卷十省、长达八年之久的“三藩”之乱，终于被平定。

消息传到紫禁城，康熙按捺不住心头的激情，奋笔写道：洱海昆池道路难，捷书夜半到长安。未矜干羽三苗格，乍喜征输六诏宽。天末远收金马隘，军中新解铁衣寒。回思几载焦劳意，此日方同万国欢。

统一澎台

平定三藩后，年轻有为的康熙决定乘胜向福建沿海进军，“乘机规取澎湖、台湾”，完成中国的统一。

台湾自古以来就是中国的领土。早在公元230年的中国历史文献上，就有关于台湾的记载。三国时期，孙权曾派卫温、诸葛直带兵到台湾，那时台湾名叫夷州。隋大业元年（公元605年）和隋大业三年（公元607年），隋炀帝曾两次派人到台湾，慰谕当地居民，当时台湾的名字叫流求。从那时起，台湾和大陆便有了密切的联系。南宋时期，台湾及澎湖列岛归福建省管。元朝时期，曾在澎湖列岛设立衙门——巡检司，负责管理台湾和澎湖。明朝初年，明政府派郑和率领庞大的舰队远航西洋，船队曾在台湾停泊取水，受到台湾人民的热烈欢迎，台湾民间一直流传着三保太监的各种故事。

明朝后期，西方殖民者不断入侵台湾，这些西方海盗们疯狂地掠夺财产，屠杀台湾民众。为了争夺资源，他们彼此之间也互相排斥、争斗，给台湾人民带来深重的灾难。台湾人民与殖民者的斗争从来没有停止过。

清天聪二年（公元1628年），福建大旱，老百姓因饥饿而死者不计其数。当时身为福建海防的游击将军郑芝龙（郑成功的父亲）召集灾民数万人到台湾开垦荒地。凡去台湾的人给“三金一牛”（即每人给三两银子，每三人给一头牛）。于是，台湾的大片荒地被开垦，那里土地肥沃，气候温湿，收获颇丰。郑芝龙为开发、建设台湾做出了贡献。

于是，荷兰殖民者以东印度公司的名义在台湾建立了赤嵌城，以此作为侵略据点，对台湾人民实行残酷的压迫政策。清顺治九年（公元1652年），也就是康熙出生的前两年，郭怀一在台湾发动武装起义，给荷兰入侵者以沉重打击。康熙即位的当年，民族英雄郑成功率大军渡海，飞越天险鹿耳门，围困赤嵌城，迫使在台湾的荷兰军头子揆一（又译作科业特）投降，从此收复了台湾。

郑成功收复台湾后，不幸英年早逝，他在台湾的事业由他的儿子郑经继承。后来，郑氏集团内部互相倾轧，政治腐败，完全丧失了郑成功那种英雄气概。

康熙即位后，对台湾问题给予极大的关注。但由于鳌拜专权，压制进取台湾的意见，因此统一台湾的事便被束之高阁。康熙除掉鳌拜后，发生了三藩之乱。为了集中力量对付三藩，在平叛期间，康熙对台湾的郑氏集团采取招抚政策。他派大臣姚启圣私下与郑氏集团的要员频繁接触，并在漳州设立“修束馆”，宣传清朝政府的招抚政策。凡是从海峡那边过来的郑氏集团的军政人员，一律以厚礼款待，给予官职和丰厚的待遇。在清朝的招抚下，郑氏集团的五镇大将先后率领部下投奔了清廷。郑氏集团的要员如郑奇烈、陈士恺、林翰、许毅等也先后回到大陆，被清朝政府授予官职。

康熙本想以和平的方式解决台湾问题，派人多次与郑经接触。但郑经表示可以称臣入贡，但坚持不登岸、不剃发并认为台湾应像朝鲜、琉球那样与中国保持藩属关系。对这种分裂国家的做法，康熙当然不能答应。他断然拒绝了郑经的无理要求，指出：郑氏集团都是中国人，台湾“皆闽人，不得与琉球、高丽比”。既然归降称臣，就必须接受调遣，不能搞独立王国。

清康熙二十年（公元1681年），三藩平定后不久，郑经在台湾病死，由其子郑克爽继位。郑氏集团的内部矛盾越加严重。康熙认准这是统一台湾的绝好时机，于是做出了“宜乘机规取澎湖、台湾”的战略决策。他任命积极主张进取台湾的姚启圣为福建总督，在福建沿海集结重兵，打造船只，训练水师。

当时朝内有人反对重用施琅，认为他曾效忠于南明，在郑成功部下抗击过清军。康熙说：“自古道，用人不疑，疑人不用。施琅自降清后，积极主张进取台湾，提出过很好的作战方案。他多年驻防福建沿海一带，对那里的山川、地貌、天时、气候、风土、人情极为熟悉，善于海上征战，这样的人，为什么不能重用呢？”

康熙决定用武力解决台湾问题。盘踞在台湾的郑克爽坐不住了，他仿效其父郑经的做法，致书清政府“请照琉球、高丽等外国例，称臣进贡”。康熙不予理睬。

清康熙二十二年（公元1683年），康熙批准了施琅的作战计划，下令进军澎湖。这时，施琅已做好了充分准备。六月十六日，施琅率领三百艘战船，两万名水兵，从福州出发，乘风破浪，直逼台湾的门户澎湖。

郑氏集团虽然内部已十分腐朽，但毕竟在台湾和澎湖经营多年。他们在澎湖十几公里的海防线上构筑了坚固的堡垒。郑克爽派大将刘国轩率郑军抵抗清军的进攻。战斗打响后，海面上炮声隆隆，火光冲天，施琅将三百艘战船分为三路，在二十里长的战线上向郑军发起猛烈冲击。刘国轩凭借有利地形，据险扼守，清军一时无法登岸。

海上作战不比陆地，只能速决，不可拖延。施琅分派五十艘战船，在渔民的带领下绕到敌军防守薄弱的东侧登陆。施琅率军从正面进攻澎湖。刘国轩只顾和正面的清军拼杀，没想到清军已乘机从东侧登陆。这样郑军腹背受敌，顿时乱了阵脚。经过一番激战，清军消灭了郑军的主力，刘国轩在慌乱中乘一条小船逃回台湾。清军于六月二十二日占领澎湖。

七月，施琅率清军在台湾登陆，这时郑克爽犹如热锅上的蚂蚁，有人挑唆他放弃台湾逃往吕宋（今菲律宾），在那里建立流亡政府，以便重整旗鼓，进行反攻；也有的将士劝他向清朝投降。正当郑克爽举棋不定的时候，康熙帝向施琅发去指示，为使岛民免受战争之苦，应力求以和平的方式解决台湾问题，并让他转告郑克爽：只要投降清廷，“从前抗违之罪，尽行赦免”。

康熙帝的这一明确表态，打消了郑克爽的顾虑，他放弃了逃亡南洋的打算，决定向清军投降。清康熙二十二年（公元1683年）八月，清军进驻台湾。

八月十五日，胜利的消息传到北京，操劳数月的康熙帝在宫中无比兴奋。晚上他和后妃们在御花园设宴赏月。望着圆满的中秋明月，他吟出七律一首《中秋日闻海上捷音》：

万里扶桑早挂弓，水犀军指岛门空。
来庭岂为修文德，柔远初非黩武功。
牙帐受降秋色外，羽林奏捷月明中。
海隅久念苍生困，耕凿从今九壤同。

抗击沙俄

正值年富力强的康熙帝一刻也不肯休闲。平定三藩、统一台湾后，南方局势趋于稳定。这时，他便开始着手解决北部边疆问题。

众所周知，贝加尔湖以东、外兴安岭以南直至鄂霍茨克海的黑龙江流域，自古以来就是中国的领土。早在唐、辽、金和元代，都曾在这片广大的领土上建立行政管理机构。我国各族人民祖祖辈辈在这里休养生息，放牧耕垦，开发建设这片肥沃的土地。明朝政府为了加强对这一地区的管理，曾在距黑龙江入海口处不远的特林地区设立了奴尔干都指挥司使，委任官员负责这一地区的行政事务。明朝大臣亦失哈等先后十次来这里视察工作，在永宁寺竖立了永乐、宣德两座石碑，碑文中记载了明朝政府对这个地区行使管辖权的实际情况。

努尔哈赤称帝前为明朝的朝臣，曾受任负责黑龙江流域的行政管理事务。他称帝之后，接管了明朝的疆土，统一了黑龙江地区。

清顺治元年（公元1644年），明朝灭亡，清朝在北京建立了中央政权，将这些地区的统治权完全接替过来。但是，此时的沙俄政府利用明、清两朝交替无暇北顾之机，加紧对黑龙江流域进行侵略扩张。沙皇政府派遣了以波雅科夫为首的殖民军，乘战舰入侵黑龙江下游，对当地居民进行野蛮的烧杀抢掠，抢走无数牛羊马匹、粮食和貂皮等财物。清顺治七年（公元1650年），沙皇政府派遣以哈巴罗夫、斯杰潘诺夫为首的第二批殖民军入侵我国领土。他们野蛮地占领了东北达斡尔族头人阿尔巴西的驻地雅克萨，殖民军在这里杀人放火，抢掠财富，在光天化日之下奸淫妇女。当地各民族人民恨透了这些吃人恶魔，称他们是“罗刹”。

殖民军在雅克萨构筑城堡，挖掘工事，将这里当作进一步侵略中国的军事基地。与此同时，沙皇还派遣武装军队越过贝加尔湖向东侵犯，并在中国蒙古族茂明安部的驻地尼布楚修建城堡，准备向黑龙江中下游地区实行军事扩张。对于沙皇俄国的强盗行径，清朝政府和当地人民曾奋起反抗。当波雅科夫占领雅克萨地区时，英勇的达斡尔族、鄂温克族、鄂伦春族、赫哲族民众用猎刀、利箭抗击殖民军，打得波雅科夫躲在城堡里不敢露头。清顺治九年（公元1652年），清政府派遣军队反击入侵者。清军与哈巴罗夫率领的俄国军队在乌扎拉村展开激战，打得入侵者抱头鼠窜，狼狈而逃。清顺治十五年（公元1658年），清政府派遣驻宁古塔都统沙尔虎达，率领四十七艘战舰，前往松花江口驱逐侵略军。侵略军头子斯杰潘诺夫负隅顽抗，在松花江上沙尔虎达全歼入侵者的战舰，斯杰潘诺夫乘坐的战舰被击沉，这个杀人成性的魔王葬身鱼腹。

清政府和当地民众虽然多次反击沙俄侵略者，但入侵者总是贼心不死。每次赶跑了，过不了多久又卷土重来，使中国的东北边境不得安宁。

平定三藩、统一台湾后，康熙皇帝下决心要彻底解决边疆问题。清康熙二十一年（公元1682年），他亲自到吉林，在松花江上冒着风浪乘船勘测地形，了解沙俄的驻防情况。他下令增加兵力，增拨军费，修造战船，储备粮食，对黑龙江流域进行重点防御。与此同时，他亲自给俄国沙皇写信，信中表示愿意和平解决两国争端。但俄国沙皇对此迟迟不作答复，企图赖在中国的领土上。

康熙皇帝忍无可忍，于清康熙二十四年（公元1685年）果断下令对入侵者进行反击。这年六月，清军分水陆两路向俄军占领的雅克萨城进军。清军来势迅猛，将雅克萨城团团包围起来，经过激战，俄军死伤无数，俄军头目托尔布津被迫投降。

清政府采取宽大俘虏的政策，将被俘的俄军遣送出境，清军平毁了雅克萨城。战斗胜利后，康熙皇帝指示前方将士说："雅克萨城虽克取，防御决不可疏。"

果然不出康熙皇帝所料，不甘心失败的沙俄侵略者没过多久又卷土重来。侵略军在托尔布津的率领下，来到被平毁的雅克萨一带，抢收刚刚成熟的庄稼来作为他们的军粮，在雅克萨的旧址上又重新构筑了更加坚固的城堡，在城外设置栅栏，修筑工事，企图再次长期盘踞。

对于入侵者出尔反尔的做法，康熙皇帝十分恼怒，他下诏说："罗刹扰我黑龙江、松花江一带三十年，其所窃据，距我朝发祥之地甚近，不速加剪除，恐边徼之民不获宁息。"诏书中重申了反击沙俄的重要性，号召将士奋力抗敌。

清康熙二十五年（公元1686年），康熙皇帝任命抗俄名将萨布素为统帅，率领水陆大军和藤牌兵第二次向雅克萨进军。经过三个月的激烈战斗，萨布素击毙了俄军头目托尔布津，歼灭八百名俄军。在清军的严厉打击下，俄国沙皇政府不得不同意通过谈判方式解决两国边界问题。

清康熙二十八年（公元1689年）八月，双方代表集中到黑龙江流域的尼布楚城，开始了具有历史意义的边界谈判。

八月二十二日，谈判正式开始。康熙帝派索额图为首席代表。这天早晨，索额图骑着高头大马，带领四十名随员和二百六十名卫兵来到谈判地点。俄国首席代表戈洛文在军乐队的伴奏下，也按约定的时间到达。

对于这次谈判，康熙帝早有准备，索额图是带着康熙帝的指示来同俄国人进行谈判桌上的较量。

谈判一开始，戈洛文便提出领土要求，他说："俄国建议以黑龙江至海为界，江北岸归俄罗斯所有，江南岸属中国所有。"索额图据理反驳说："尼布楚历来是我国蒙古茂明安部落的驻地。雅克萨是我国达斡尔总管倍勒尔的故居。黑龙江两岸，一直都是我国鄂伦春、赫哲、费雅喀各部居住的地方。他们年年向大清纳贡，是大清王朝的臣民。四十年前，俄国强行占领了这些地方，现在俄国应该把尼布楚、雅克萨等地归还中国。俄国军队应该退回到色楞河（发源于蒙古国，流入贝加尔湖）以西的地方去。"

索额图的这番话说得戈洛文哑口无言，气得脸都白了。他恼羞成怒，嘴里喷着唾沫星子说："现在讨论的是边界问题，我不懂历史，没有时间和你争论历史问题。"索额图摆事实讲道理，义正词严。而戈洛文却胡搅蛮缠，企图把水搅浑。双方一直辩论到晚上，未能达成协议。

当时，国内发生了噶尔丹叛乱，康熙皇帝为了尽快与俄国达成协议，以便集中力量解决国内叛乱问题。他指示索额图：若俄国恳求尼布楚，我们可以考虑让步，即以额尔古纳河为界。

根据康熙皇帝的意图，在第二次谈判时，索额图表示可以让步，双方以尼布楚为界。戈洛文是个侵略成性的野心家，对于清政府所做的让步，他仍不满意。他自认为侵略有理，阴阳怪气地说："作为俄国谈判大使，我真应该感谢贵国使臣，把大俄罗斯帝国这一无可争辩的地方让给我们。我还将衷心地感谢您允许我今天晚上在尼布楚过夜。"他的目的是想得到除尼布楚以外的更多土地。对于戈洛文的无理要求，索额图严厉地指出："除了尼布楚以外，大清王朝决不接受别的边界。"这样，第二次谈判又在俄方的无理取闹中陷入僵局。

戈洛文的企图未能得逞，他便用武力进行恫吓，增派三百名火枪手进驻尼布楚哨卡。接着派翻译到中国代表驻地，要求交换所谓"散会证明书"，企图以停止谈判来要挟中国代表。索额图识破了戈洛文的鬼花招，他对俄国翻译说："贵国送来散会证明书，我一定收纳。但是，我们不打算写这种东西。你回去告诉戈洛文，如果他敢单方面停止谈判，其一切后果将由俄方负责。"

戈洛文见索额图不买他的账，急得坐卧不宁。因为他十分清楚，如果双方谈判破裂，他将无法向俄国沙皇交代。当时沙俄军队在西部战场与土耳其打仗，连连失利，大伤元气，俄国没有力量在黑龙江流域再同中国交战。这次与中国谈判实在是处于无奈。所以，沙皇早就拟定了三种谈判方案，密令戈洛文见机行事。第一种方案是以黑龙江为界；第二种方案是以尼布楚为界；第三种方案是如果前两种方案都行不通，就共同商定日后派代表团再行协商解决。

戈洛文的如意算盘是，坚持以黑龙江为界，以便更多地占领中国领土，回去好向沙皇请赏。现在他见中国代表态度强硬，所以十分着急。

索额图一边坚持与戈洛文谈判，一边加强戒备。住在尼布楚一带的中国居民布里亚特人和温科特人不愿忍受沙俄的残暴统治和压迫，纷纷起来反抗，他们派人与索额图联系，要求联合进攻尼布楚。在这种形势面前，戈洛文更加坐不住了。这时，索额图派翻译前往俄国使团驻地与戈洛文会晤。这两个翻译是在中国传教的耶稣会传教士张诚（法国人，原名革比勒）和徐日升（葡萄牙人，原名佩雷拉）。这两个人懂得西方的科学知识，所以得到康熙皇帝的重用。这次中俄谈判，因为他俩会说俄语，所以被派来当翻译。这些传教士一方面为中国皇帝效力，一方面进行文化渗透，甚至干一些窃取中国情报的事情。康熙皇帝是个聪明人，对外国传教士的这些活动，并非全然不知，他只是想借这些传教士的一技之长，为中国所用。

戈洛文听说前来会晤的是两个外国人，觉得有机可乘，想从他们身上捞点好处。而张诚、徐日升也想讨俄国人的欢心，以便从中获益。张诚、徐日升见到戈洛文，向他转达了索额图的原则和立场。接着徐日升便私下对戈洛文说："现在中国西部发生了噶尔丹叛乱，康熙皇上为此事日夜不安。据说，噶尔丹叛乱与俄国有关，俄国是这次叛乱的支持者，所以皇上对俄国没有好感。"张诚接着说："康熙皇帝为了集中全力对付噶尔丹叛乱，所以急于与你们缔结和约。这是一个好机会，你千万不能错过。对于边界问题，初议之时，康熙皇帝的意图是以尼布楚为界，如果俄国不答应，就以额尔古纳河为界。现在你们坚持以黑龙江为界，占领雅克萨，这是根本不可能的事。你们如果能采取折中的办法，在尼布楚和雅克萨之间找一个地方，这样也许更为现实。”

戈洛文一面听一面点头，他仿佛在黑暗中看到了一线光明，把两个传教士的话暗暗记在心里，以便在谈判桌上与中国代表讨价还价。张诚、徐日升告别时，戈洛文感谢他俩送来的“情报”，赠给他俩貂皮等贵重礼品。

不久，索额图提出以格尔必齐河和额尔古纳河为界，并派张诚、徐日升通知戈洛文。戈洛文还想坚持占领雅克萨，遭到中国使团的严厉拒绝。

这时，索额图已做好了进攻雅克萨的准备工作。戈洛文见中国人民不是好欺侮的，于是不再坚持以包括雅克萨在内的黑龙江北岸为界的方案，而是同意以额尔古纳河和格尔必齐河为中俄边界，再沿外兴安岭向东直到海边。

经过艰难的交涉，双方终于在清康熙二十八年（公元1689年）九月六日正式签订了著名的《尼布楚条约》。条约明确规定中俄两国东段边界以外兴安岭至海、格尔必齐河和额尔古纳河为界，俄方保证拆毁雅克萨城堡，将军队撤离中国领土。该条约以法律条文规定了黑龙江和乌苏里江流域的广大地区都是中国的领土。这样，在康熙皇帝执政期间，中国便收回了被沙俄侵占的一部分领土，遏制了沙俄对黑龙江地区的野蛮侵略，保障了中国东北边疆的安全。《尼布楚条约》中虽然把原来属于中国的一些土地让给了俄国，清政府做了一些必要的让步，但这是从当时的全局出发。条约的签订是中俄双方协商的结果。在此后的一百五十年间，东北边疆基本没有发生争端，为两国人民创造了安定和平的生活环境。

三征噶尔丹

《尼布楚条约》签订后的第二年，也就是清康熙二十九年（公元1690年），为了维护国家统一，平定西部准噶尔部叛乱，三十七岁的康熙皇帝御驾亲征。这年八月，正是秋高气爽、草肥马壮的时候，他率领清军北出长城，在离北京只有六百多里的乌兰布通，与叛乱头子噶尔丹展开激战。

噶尔丹是厄鲁特蒙古四部中的准噶尔部头目，其他三部是杜尔伯特部、土尔扈特部与和硕特部。在这四部中准噶尔部势力最强大。明末清初，我国蒙古族分裂为漠南蒙古、漠北喀尔喀蒙古和漠西厄鲁特蒙古三大部。其中漠南蒙古早在努尔哈赤时期就已成为后金可靠的盟友，后来隶属于清朝统治。漠北喀尔喀蒙古，继漠南蒙古之后，也跟清朝建立了朝贡关系，每年向清朝进献一峰白骆驼、八匹白马，称为“九白之贡”。

清朝入关后，居住在阿尔泰山以西的漠西厄鲁特蒙古各部也先后归顺清朝。其首领巴图尔浑与清朝的关系很好。17世纪上半叶，俄国正处于资本主义原始积累时期，贪得无厌的沙皇政府积极向外扩张，掠夺别国财富。位于我国西北边疆的厄鲁特蒙古，便成为它侵略扩张的对象。沙皇政府多次派遣特务潜入我国西北边疆，诱使挑唆巴图尔浑从中国分裂出去，归顺俄国。巴图尔浑是一位有正义感的蒙古首领，他严厉拒绝了沙俄的要求，戳穿了他们的策反阴谋。

巴图尔浑逝世后，由他的儿子僧格继位。僧格继承父亲的事业，与清朝保持良好关系。这时，贼心不死的沙俄政府仍不断派遣特务进行分裂活动，企图使僧格屈服。僧格不吃这一套，沙俄政府的阴谋未能得逞。

巴图尔浑的第六子噶尔丹是个野心家，他对哥哥僧格继位十分不满。趁沙皇政府策反的机会他从西藏赶了回来，于清康熙十年（公元1671年）突然发动政变，杀死其兄僧格，夺取了准噶尔部的统治大权。噶尔丹上台后，用武力吞并了杜尔伯特部与和硕特部，把土尔扈特部排挤到俄国的伏尔加河流域，又把和硕特部的人赶到了青海、西藏地区。噶尔丹为了扩大自己的势力，与清朝分庭抗礼，便与沙皇俄国勾结在一起。从清康熙十三年（公元1674年）到清康熙二十二年（公元1683年）近十年间，他几乎每年都派人到俄国去进行不可告人的政治活动。俄国早就想分裂中国，因此双方一拍即合。有了俄国沙皇的支持，噶尔丹更是气焰嚣张，有恃无恐。他控制了阿尔泰山周围的地区后，继续向东进兵，企图占领喀尔喀蒙古游牧的漠北地区。清康熙二十七年（公元1688年），他向喀尔喀蒙古发动突然袭击，叛军的铁蹄践踏着漠北草原，所到之处烧杀抢掠，无所不为。喀尔喀蒙古各部抵挡不住噶尔丹的进攻，纷纷向漠南转移，并请求康熙皇帝派兵援救。康熙皇帝一方面把科尔沁草原借给喀尔喀各部暂时驻牧，并运去大量牲畜、茶叶、布匹和粮食救济难民；另一方面派遣使者告诫噶尔丹，要他返回阿尔泰山地区，退还喀尔喀的故地。可是，野心膨胀的噶尔丹自认为兵强马壮，又有俄国沙皇的支持，他根本不把康熙皇帝的指示放在眼里。

清康熙二十九年（公元1690年），噶尔丹悍然举起反对清朝中央政府的叛旗。他率领十万叛军一直打到东部的呼伦湖，然后南下，攻入漠南蒙古乌珠穆沁草原。面对这一严重局势，康熙皇帝在北京召开御前会议，他否决了一些大臣主张妥协退让的意见，决定御驾亲征。他说："噶尔丹嚣张至极，唯有捣其巢穴，方为万年之计。"

这时，沙皇政府正密切注视着中国国内的形势，他们幸灾乐祸，唯恐天下不乱。康熙皇帝率兵离开北京前，严正地警告正在北京的沙俄使节：如果沙俄出兵援助噶尔丹的叛军，就是撕毁刚刚签订的《尼布楚条约》，就是"负信誓而开兵端也"，清政府是不会等闲视之的。

这年八月，康熙皇帝率大军驻扎于长城口外，任命裕亲王（康熙之兄）为大将军。裕亲王是位英勇善战的将领，他骑一匹栗色战马，手持大刀来到阵前。

噶尔丹在对喀尔喀的战斗中打过几次胜仗，因此十分骄傲。他调集了一万峰骆驼，依山列阵，号称"驼城"。他让士兵们将骆驼的腿脚捆住，让它们卧在地上。一万峰骆驼一字摆开，远远望去真像一条黄色的城墙。骆驼背上放置木箱，盖上湿毡，仿佛是城墙上的垛口，叛军驻守于驼城之中，利用箱垛间的空隙可以向外瞭望，并发射火弹和箭矢。噶尔丹站在驼城中央的高垛上进行指挥。

大将军裕亲王看见这种奇特的列阵方法时十分惊讶，可是很快便发现了驼城的弊端。驼城虽然能抵挡步兵的进攻，可是它经不起火炮的轰击。于是他将二十多门火炮推到阵前，命令士兵向驼城发起猛烈轰击。顿时，炮声隆隆，火光冲天，刺鼻的硝烟弥漫于空中。那些被捆住腿脚的骆驼，听见炮声哪里能卧得住，纷纷爬起来，背上的木箱、湿毡被掀翻在地。骆驼的脚被捆住了，即使勉强站立起来，也无法行走，当场被石炮弹击死击伤无数。驼城内的叛军也乱了阵脚。

大将军裕亲王拍马挥刀，率骑兵冲杀过来，清军步兵四面合围，将噶尔丹和他的叛军团团包围起来，经过一场激战，叛军死伤无数。噶尔丹骑一峰骆驼，左冲右突，好不容易才冲出重重包围圈。

噶尔丹收拾残兵败将，将营寨扎于高地上。他知道打不过清军，第二天一早便派随军的西藏喇嘛济隆到清营乞求投降，并给康熙皇帝写了一封乞降信。

济隆来到清营，见到裕亲王，便鼓动如簧之舌，乞求罢兵。裕亲王派人将这一情况报告康熙皇帝，又派使者到噶尔丹营内查看动静。使臣见到噶尔丹，让他向“威灵佛”起誓，保证退兵，不再向内地进犯。一向气焰嚣张的噶尔丹，这时装出一副可怜相，他“扑通”一声跪在“威灵佛”前，发誓不再东进，臣服于清朝。使臣见他如此虔诚，便回去报告裕亲王，裕亲王相信了噶尔丹的话，便不再发兵进击。

康熙皇帝接到噶尔丹的乞降信，担心大将军裕亲王上当受骗，急忙派人传他的口谕：“噶尔丹为人狡诈，不可不防。”果然不出康熙皇帝所料，他的口谕还未传到前线，噶尔丹便趁机拔营逃走了。

噶尔丹逃回阿尔泰山后，只剩下几千兵马。他为了麻痹康熙皇帝以便伺机反扑，于清康熙三十一年（公元1692年）派人到北京，向康熙皇帝“请安进贡”，表现出一副恭顺的样子。康熙一眼便看穿了噶尔丹的阴谋，指出：“噶尔丹言而无信，各方应多加戒备。”这时，西藏头目第巴桑结派人到北京为噶尔丹说情，要求康熙撤回各地戍兵。康熙皇帝一针见血地指出：“第巴桑结何以敢要求我朝撤兵，这明明是噶尔丹耍的花招。”

为了加强各地防御力量，彻底孤立噶尔丹，以显示清朝平息叛乱的决心，康熙皇帝亲自到多伦（今蒙古国首都乌兰巴托市），召集蒙古各部王公贵族举行动员大会，并举行了盛大的阅兵仪式。

在阅兵仪式上，八旗劲旅威武雄壮，队列森严。康熙皇帝身披铠甲，骑在高头大马上，接受诸王、大臣们的朝拜。阅兵式完毕，进行校场比武，他见上场的将士们个个武艺高强、箭无虚发，脸上露出满意的笑容。他一时高兴，便从身边一位士兵手中接过弓箭，连发十箭，箭箭命中靶心。王公、大臣和众将士见康熙皇帝的箭法如此精湛，连声称赞，阅兵场上欢声雷动。他鼓励在场的王公、大臣和众将士说："崇尚武功是我朝先祖的遗训，你们都要练习好武艺，保卫边疆，不可有丝毫懈怠。"

在多伦，康熙皇帝嘉奖了在追剿噶尔丹叛军中的有功人员，处罚了在战争中为噶尔丹通风报信及退缩不前的人。这些做法大大地鼓舞了士气。

在这次北巡中，康熙皇帝依照清太宗皇太极的做法，把漠北蒙古编为三十七旗，加强了北方的防御力量。蒙古各部信奉喇嘛教，康熙皇帝尊重民族风俗习惯，下令拨巨款在多伦建造了规模宏大的汇宗寺，并亲笔撰写了汇宗寺碑文，树立在寺内，成了这次盛大盟会的永久性纪念。这一举措深得人心，受到漠北各族民众的欢迎。

噶尔丹从乌兰布通逃跑后，并不甘心于失败，他在阿尔泰山一带招兵买马，聚集兵力。清康熙三十四年（公元1695年），他率三万骑兵沿克鲁伦河大举南犯，侵入巴颜乌兰地区，并扬言他背后有沙俄支持，已经从俄国借来了六万鸟枪兵。

清康熙三十五年（公元1696年）春天，四十三岁的康熙皇帝决定第二次亲征。他对众大臣说："上次亲征未能彻底消灭噶尔丹，深为遗憾，这次一定要斩草除根，以绝后患。"他命令黑龙江将军萨布素从东北出兵，作为东路军迎头截击噶尔丹；命令抚远大将军伯费扬古从宁夏出兵，作为西路军切断噶尔丹的退路。康熙皇帝亲率中路大军从独石口进入沙漠，迎击噶尔丹的主力部队。

康熙皇帝率兵进入沙漠后，行军十分困难，由于长途行军，粮食常常接济不上，有时找不到水源。康熙皇帝和官兵一起吃炒米、肉干，喝马奶，克服了种种困难。在沙漠里走了两个多月，还没找到叛军。这时，有的大臣怕把皇帝累坏了，劝阻说："现在已是盛夏，天气炎热，道路迂回，兵马困顿，粮秣不继，圣上不如暂时回驾。"康熙皇帝听后生气地说："朕出发前已告祭天地亲庙，不歼灭叛军誓不收兵。现在连叛军的影子还没见到就半途而废，还有什么脸面去见天下百姓？”他命令全军继续前进。

在大漠行军七十多天后，有探马来报，说噶尔丹叛军屯住在克鲁伦河畔。康熙皇帝得到消息后，立即率兵向克鲁伦河进发。到达目的地后，康熙皇帝顾不上休息，顶着烈日察看了敌军的阵势，并且立即召集从征皇子和诸位将领前来商量对敌之策。他在草地上席地而坐，摆开亲手绘制的地图，详细部署了作战方案。

康熙皇帝在克鲁伦河岸扎下营寨，命令士兵抓紧时间休息，准备战斗。他连夜派使臣渡河到噶尔丹大营，约定作战时间。

狂妄自大的噶尔丹根本不相信康熙皇帝会再次远征到此，他听了使臣的话，狂笑着说：“千里漠北，哪能来得这么容易，你别拿康熙皇帝来吓唬我。”他登上北孟纳兰山，向南瞭望，只见克鲁伦河南岸黄幄成片，龙幡飘扬，军营严整，漫无边际，这时他才相信康熙皇帝果真来了。上次他在乌兰布通尝到了苦头，若不是西藏喇嘛济隆使用缓兵之计，他这条老命早就完蛋了。现在面对康熙皇帝的大军，他不禁为之心惊胆战。他抓耳挠腮地自言自语道：“皇上果真来了，皇上果真来了。”他深知康熙皇帝的厉害，当天夜里便率领部众拔营逃走。

第二天，康熙皇帝率兵渡河前来决战，只见叛军的营盘里一片狼藉。由于叛军仓皇出逃，连做饭的铁锅都未能带走。康熙皇帝在马上笑着说：“这条凶恶的豺狼，还没有打就给吓跑了。”他命令士兵轻装前进，追击叛军。可噶尔丹像只受惊的兔子一般，跑得特别快，一连追了三天也没能追上。康熙皇帝下令停止追击，在拖诺山一带原地待命。诸将不解地问：“为什么要停止追击呢？”康熙皇帝笑着说：“噶尔丹跑得再快，也跑不出我的手心。你们在这里好好休息一番吧。”因为康熙已经料到，不出三天，噶尔丹就会同伯费扬古率领的西路军相遇。他已派人通知西路军火速阻击敌人。

果然不出所料，两天后，噶尔丹逃到昭莫多山（今蒙古国乌兰巴托市以东）下，正好遭遇到伯费扬古率领的西路军。伯费扬古是位足智多谋、英勇善战的军事将领，在激战中，伯费扬古派兵偷袭了叛军的营寨，杀死叛军一千多人，俘虏三千多人，缴获牛、羊、马、驼和幕帐器械无数。噶尔丹几乎全军覆没，最后在几十名亲信的护卫下逃离。康熙皇帝得到胜利的消息，十分高兴，他亲自来到昭莫多山上，刻碑立石，记录了这次战斗的情况。

噶尔丹不死，康熙皇帝的心便得不到安宁。为了铲除祸根，康熙皇帝派人到噶尔丹控制的回部、青海和哈萨克诸部做分化瓦解工作，并派人到西藏警告与噶尔丹狼狈为奸的第巴桑结，不许他再支持噶尔丹。这时，噶尔丹内部发生了分裂，他的侄子策旺阿拉布坦趁他东犯之时，乘机占领了阿尔泰山以西的地方，和噶尔丹作对。噶尔丹众叛亲离，有家难归，到了“居无庐，出无骑，食无粮”的困难境地。他没有办法，只好带领一千多残兵败将在阿尔泰山以东的地方游荡。这时，康熙皇帝派人来找噶尔丹，劝告说：“只要你肯投降，入朝谢罪，皇上会既往不咎，并按照优待喀尔喀蒙古的礼遇对待你。”但顽固不化、死心塌地与清朝作对的噶尔丹拒绝了劝降。他还想在沙俄的支持下，能有朝一日进行反扑。

清康熙三十六年（公元1697年），康熙皇帝第三次亲征。噶尔丹走投无路，只好派他的儿子到哈密王那里去借兵。哈密王平时深受噶尔丹叛军之苦，不但不借兵给他，反而把他的儿子捆起来，送到清营。噶尔丹已到山穷水尽的地步，他走到哪里，哪里的牧民便向清营报告消息。夜里他不敢安心睡觉，有时一夜之间要变换好几个地方。不久，他便服毒自杀了（一说病死）。噶尔丹死后，他手下的人将他的骸骨和女儿钟齐海献给了康熙皇帝。

噶尔丹死后，他的侄子策妄阿拉布坦在沙俄的扶植下起兵叛乱，于清康熙五十七年（公元1718年）驱兵攻入西藏拉萨。叛军到处破坏寺庙，抢掠财物，西藏的民众和僧人深受其害。六十五岁的康熙皇帝立即任命十四子胤禵为抚远大将军进驻青海西宁，指挥清军入藏平叛。当时有些人贪图安逸，上谕说：“西藏高山阻隔，路途险恶，且有瘴气，不能顺利进军，可否缓兵？”康熙皇帝反驳说：“策妄阿拉布坦率领叛军忍受饥饿，翻山越岭，步行一年有余，尚能到达西藏，我们的平叛大军为什么不能到达呢？难道高山能阻挡住平叛的决心吗？”康熙皇帝下令向西藏进军。清康熙五十九年（公元1720年），平叛大军进入西藏，驱逐了策妄阿拉布坦，受到了西藏大小头人、喇嘛僧人和各族民众的热烈欢迎。康熙皇帝建立起对西藏的统治，亲制平定西藏碑文，在拉萨立纪功碑。

治理河流

在康熙皇帝寝宫的金丝楠木柱子上写着这样几个字：“三藩”“河务”“漕运”。这六个字是康熙皇帝亲政后亲笔写上去的。他把这三件事看得特别重要，所以写在身边的柱子上，每天都能看到、想到，以求处理好这些重大问题。

明末清初，由于连年战争，导致统治者未能从根本上治理河流。黄河、淮河、运河、浑河（即永定河）年久失修，经常泛滥。尤其是黄河，一发大水，漫漫洪水像脱缰的野马，横冲直撞、铺天盖地而来，不仅淹没了农田，威胁人民的生命财产安全，而且威胁着国家的长治久安。黄河一泛滥，连运河也被堵塞、溃堤，这样南方的大米、茶叶、丝绸等物资无法运往北京，北方的煤炭、畜产品也运不到南方。有人曾做过统计，在康熙最初当政的十六年间（1662—1677），黄河决口六十七次，严重地威胁着清朝的交通命脉，国民经济受到严重影响。

康熙皇帝亲政后，对这件事非常关心。他从十四岁起，就“反复详考”，研究历代治河的得失。他说：“河道关系到漕运，是国家的紧要大事，务必治理好。古人治黄河，唯在去其灾害。现在我们治理黄河，不但要去其灾害，而且要把水害变为水利，利用黄河漕运粮食货物。”

清康熙十五年（公元1676年），黄河又发了大水，黄淮地区七个州县成了一片汪洋。这时，康熙皇帝正在集中精力对付“三藩”叛乱。但他在百忙之中，依然关心着黄河的大事。第二年，平定“三藩”之乱的战争刚刚出现转机，他便毅然决定治理黄河。治河是件大事，必须派一个有能力的人，在派谁去的问题上，康熙皇帝颇费了一番思索。因为，以前也曾派人去治理过黄河，这些人中，有的利用职权偷工减料、贪污河款、苛待民工、鱼肉百姓，以中饱私囊；有的则不懂水文知识，治理不善，任意蛮干，劳民伤财。如果再派个窝囊废去治理黄河，非但治不了水患，反而会给老百姓带来更大的灾难。

康熙皇帝考虑来考虑去，认为能担当此任者非靳辅莫属。靳辅是武英殿大学士，此人为官正直，精明强干，勤奋好学。他的祖籍是辽宁辽阳，曾在安徽当过巡抚，对河道水系比较熟悉，同时深知老百姓的生活疾苦，能体察民情。康熙皇帝主意已定，便任命靳辅为河道总督，全面负责治理黄河的大事。

六年前，靳辅被任命为安徽巡抚。他走马上任路过邯郸时，曾到著名的吕洞宾祠去参拜。吕洞宾被民间传为八仙之一，其实他是一个有才学的人，只因怀才不遇，便在江湖行义，为老百姓办过不少好事，靳辅很崇拜他。当靳辅拜过吕祖的塑像后，发现庙里的墙壁上写着一首诗，诗中写道："四十年中公与侯，虽然是梦也风流，我今落魄邯郸道，要替先生借枕头。"靳辅看罢，不禁连连称绝，他感到这首诗写得很有才气，表达了一个怀才不遇者的豪放心情。再仔细一看，发现墨迹未干，知道写诗的人还没有走远，便让随从四处寻找。

这时写诗的人正在一棵大树底下睡觉。随从找见他，请他来见靳辅。写诗的人睁开眼睛，却仍然躺在那里说："当官的人我不见。"这时靳辅走到他身边，彬彬有礼地说："敢问先生尊姓大名，下官特来向先生求教。"写诗的人见眼前这位官员如此谦虚有礼，便坐起来。双方互通姓名之后，靳辅才知他姓陈名潢，浙江钱塘人氏。靳辅邀请他到祠堂后边的茶馆里饮茶。席间，两人侃侃而谈，十分投机。靳辅感到陈潢很有才学，尤其对江淮一带的风土人情、天文地理很有研究。靳辅到安徽去当巡抚，这样的人才对他自然十分有用。按照清朝的惯例，凡是州县以上的地方官都可以聘请幕宾，协助处理官府中的各种事务。靳辅当即决定请陈潢出山，做自己的幕宾。他笑着对陈潢说："我这里有一个现成的枕头，想借给先生一用，不知先生肯不肯接纳。"陈潢感到靳辅是位正直的官员，便不再推辞，同靳辅一同到安徽去了。从此，陈潢便一直跟随靳辅，为他出了不少好主意。靳辅在安徽任职期间，政绩卓著，其中有陈潢的一份功劳。

现在，康熙皇帝任命靳辅为河道总督，靳辅深感责任重大。回到家中，他想起河务繁重，肩头担子沉重，万一出了差错，不仅对不起皇上，也有负黄河两岸百姓的期望。因此，晚上睡不好觉，白天吃饭也不香。这时，陈潢走进府中，高声说道："我特来向大人道喜。皇帝任命你为河道总督，正是大人施展才能的好机会。黄河年久失修，必然会出现治理黄河的人才。能胜此任者，非大人莫属。"靳辅苦笑着说："不要给我戴高帽子了，我正为此事发愁呢，不知先生有何高见？请不吝赐教。"陈潢说："天下无难事，只要尽力用心去办，就没有办不好的事情。我愿尽平生所学，竭力辅佐大人成功。"说着便献出他绘制好的几张治河草图。靳辅边看边点头，连声说："有你辅佐、支持，我心里就踏实了。"

靳辅上任后，带领陈潢和几十名水文技术人员及工匠，乘船从黄河河口逆流而上。他们冒着风险，沿河观察水情地势，察看河堤闸坝、湖泊围堰。为了掌握第一手材料，他们亲自找两岸的百姓和工匠了解黄河泛滥的情况。康熙皇帝派人为他们送来历史资料和水文典籍，供他们研究查阅。

靳辅遵照康熙皇帝的指示：治河者务必亲临现场。没有亲历过河工就无法了解河势之汹涌，堤岸之远近高下。他率领陈潢等人，往返数百里，经过三个多月的实地考察，测量水位，终于拟定出治理黄河的方案。方案中提出，必须把黄河、淮河、大运河视为一个整体，全面进行治理。在技术上除继承明朝潘季驯的"以堤束水，借水攻沙"外，他们又提出放淤固堤法，即把大量泥沙引进河岸的低洼地区造田；开引堵决法，使决口不堵自灭。同时还提出一系列辅助工程，如开中河、修堤坡、测水法、减水坝等新的治河办法。

治河方案提出后，陈潢为靳辅草拟了八篇奏章，连同绘制的平面图上呈给康熙皇帝。康熙皇帝看了奏章和治河方案后，觉得这些方略合理而又大胆，便批准开工。康熙下令调集民工、役夫，日夜施工。靳辅、陈潢每天吃住在工地上，进行现场指导。他们在黄河下游挖掘河床三百多里，把挖出来的河土泥沙堆积在两岸，筑成河坝，填堵堤坝上出现的大小决口。黄河下游被疏通了，暴烈不驯的黄河安然入海。

接着，靳辅带领民工，在黄河中游地段沿河岸修筑大堤，控制周围湖泊、河流进入黄河的水量，减轻黄河汛期的压力。在第三期工程中，靳辅率领民工在淮河和大运河开工。他们把大运河入黄河的河口由地势低的地方改修到地势较高的地方，这样长年淤积在黄淮地区七州县的洪水很快便退出去了。运河的漕运畅通无阻，大小船只开始航行，南方的大米、水产品源源不断地运往北京。与此同时，漕船行经黄河的航程缩短了十分之九。当时“水归故道，漕运无阻”，黄淮一带一片繁荣景象。

治理黄河的工程竣工后，康熙皇帝南巡视察。他乘龙船看了黄河下游九十公里河道，有时兴冲冲地登岸步行，由于随船携带了各种仪器，他便让随从人员将这些仪器摆开，亲自测量水势和地形，有时还提出自己的意见和看法。康熙每到一处，都要找一些老年人和当地的秀才、学者了解风土人情，征求他们的意见。老百姓对靳辅交口称赞，说他治河有方，并且廉洁奉公。康熙对靳辅非常满意，当场“赐诗褒美”。靳辅说：“治河非我一人之功。”他向皇帝汇报了陈潢的情况，说他十几年跟随治河，出了很多好主意。康熙皇帝得知他手下还有这样一位人才，非常高兴，任命陈潢为佥事道，并进行嘉奖。

靳辅治河有功，成了皇上跟前的大红人，这便引起朝内一些大臣的嫉妒。这些奸臣们把治河看成是一项有利可图的美差。因为治河使用的银两很多，一项工程少则几十万两，多则几百万两，他们想把治河任务揽到自己身上，以便中饱私囊。其中有个大臣叫于成龙，很会钻营。他听说康熙皇帝南巡时，曾提到过要开下河，疏浚黄河的入海口。于是，他迎合皇上的意思，在康熙跟前提出开下河的主张。

靳辅和陈潢得知这一消息后，知道于成龙是别有用心，为了对付于成龙的阴谋，他立即对黄河入海口进行了实地勘测。经过调查，他认为开下河的主张是极其错误的，因为入海口处河床不高，如果再挖会导致海水倒灌。行之有效的方法应该是修筑入海口河堤，防止河水泛流和海水倒灌。靳辅将自己的看法上奏康熙皇帝。

对于这两种不同的治河意见，康熙皇帝也吃不准，于是把靳辅召到北京，召开御前会议，讨论此事。于成龙联络了一些和他亲近的大臣，在会上大肆攻击靳辅的方案。靳辅虽然据理辩解，但康熙皇帝没有采纳他的意见，而是另派官员去入海口处负责开下河事宜，并拨二十万两白银作为开下河的经费。于成龙一时得逞，但他并不甘心到此为止，而是恨不得将靳辅和陈潢置之死地而后快。过了不久，他又在屯田这件事上找靳辅的茬。原来靳辅将黄河治理好后，两岸水患消除，岸边被水淹没的地方渐渐露出来，成了可以耕种的无主荒地，当地富豪劣绅便趁机抢占了这些土地。靳辅看到这种现象后，便上书朝廷，建议丈量河滩土地，将这些土地一部分作为官田，一部分分配给沿岸的百姓耕种，将征收的粮食充作治河费用。康熙皇帝批准了他的建议。这样一来，地方上的土豪劣绅因不能随意抢占河滩地而十分不满。他们散布谣言，攻击靳辅，说他在治河时滥用职权，虐待河工，偏听陈潢的意见等，并说他不同意开下河，是为了和皇上作对。于成龙暗中指使漕运总督，故意不放漕船进入中河，说那里河道不善，常常翻船。康熙皇帝听信了这些谣言，便罢了靳辅的官，陈潢被捕入狱。在狱中陈潢活活给气死了。

后来，康熙皇帝第二次南巡。沿途他听到老百姓念念不忘靳辅的功劳，这位勇于改正错误的皇帝回宫后，便下令为靳辅平反，恢复了他的职务。这时靳辅已经五十九岁了，他为失去陈潢这样一位得力助手而深感悲痛。上任不久，因积劳成疾，再加上心情沉郁，便去世了。康熙皇帝对靳辅的死深感惋惜，后来命人将靳辅撰写的《靳文襄公奏议》《治河方略》和陈潢撰写的《治河述言》整理出版，作为治理河流的典籍。

接着，康熙亲自抓了修治浑河的工作。浑河是流经北京的一条河流，从卢沟桥以下流势湍急，常常泛滥成灾，素有小黄河之称。为了把浑河治好，康熙皇帝多次巡阅河工。他乘小木舟，冒着风险进行实地勘测，亲自测量水位，提出具体治理意见。他说，薛家庄一带不宜筑减水坝，因为南岸已露出矶咀。若筑减水坝，北岸必遭冲刷。他下令在浑河下游构筑石堤，收到良好效果。清康熙四十年（公元1701年），浑河竣工，他亲自将浑河改名为“永定河”。

皇子争位

康熙皇帝能“治国”却不能“齐家”。在他晚年，诸皇子争位，使这位老皇帝大伤脑筋。

康熙皇帝一共有三十五个儿子，其中十五个儿子早殇，一子出继，实有十五子。清朝称皇子为“阿哥”。在这十五个阿哥中，他最宠爱的是二阿哥允礽。因为允礽是孝诚皇后（第一位皇后）所生，皇后生下允礽的当天就死了，所以康熙对他十分疼爱。允礽不到两岁时，便被正式封为皇太子。为了让他将来能很好地继承皇位，在他年幼时，康熙便手把手地教他读书写字。允礽六岁的时候，康熙皇帝请翰林院大学士张荣、熊赐履、李光地当他的老师，教他四书五经等儒家经典。康熙皇帝深知武功的重要性，等允礽稍大以后，又派专人辅佐皇太子，教他骑马射箭，熟读兵法之类的书籍。允礽从小受到良好的教育，他精通满汉文字，能写诗填词。大臣们见皇帝宠爱允礽，便常常当着康熙的面夸他聪明能干，将来必能继承大业。康熙听了自然十分高兴，对允礽更加娇纵了。

康熙皇帝第二次亲征噶尔丹时，便将留守北京的重任交给允礽，让他处理朝政大事。允礽在大臣们的辅佐下，把北京的事务处理得井井有条，得到康熙皇帝的好评。

这时候，其他皇子都渐渐长大成人，他们对父皇独宠允礽深感不满，虽然表面上谁也不敢得罪皇上，但背地里都各自联络亲信大臣，利用裙带关系培植私人势力。康熙皇帝成天忙于东征西讨，对于宫中诸皇子的背后活动并不十分了解。

康熙皇帝第三次亲征噶尔丹时，又任命允礽留守北京。

这时其他皇子的势力渐渐大起来，他们暗中唆使一些大臣在康熙皇帝面前吹风，讲了允礽许多坏话。平息噶尔丹叛乱后，康熙一回到北京，便把允礽周围的几个亲信杀了。为了缓和皇子之间的矛盾，搞平衡，康熙将另外几个儿子分别封为郡王、贝勒，让他们都来参政。

允礽从小受父皇的宠爱，娇养惯了，这次受到责难，哪里能忍受得了。他暗地里派人处处监视康熙皇帝的行动，连皇上的一些隐私都被这些耳目探听去了。家丑不胫而走，在京城里传得沸沸扬扬，康熙皇帝对此十分恼火，他不得不狠心废掉皇太子，把允礽软禁在深宫里。

允礽被废以后，诸皇子纷纷活动，都想争夺太子的位置。这些皇子各有招数，或依靠母系方面的力量，或拉拢有威信的大臣，在宫廷内部形成了皇太子党、皇八子党和皇四子党三大集团。各个集团都汇集了一些有势力有能力的人物，并有自己的施政纲领，就此而论，俨然构成了一场严峻的政治斗争。

大阿哥虽然是皇帝的长子，但他的母亲出身低微，他知道自己不会被立为太子，便加入到八阿哥的行列里，为八阿哥争当太子大肆活动。他蓄养“飞贼”刺客，暗害异己。有一次他在康熙皇帝面前说：“京城里有个叫张明德的大师，此人精通相面术，能预知五百年以后的事。他看了八阿哥的面相，断定八阿哥将来必成大贵。允礽虽然被废，但他仍在暗地里活动，处处与父皇作对，如果要杀允礽，不必父皇出面。”意思是说自己可以杀掉允礽。

听了大阿哥的这番议论，康熙皇帝差一点气昏过去，他虽然对允礽不满，但岂能允许兄弟之间互相残杀。大阿哥的话深深地刺痛了他的心，他大骂大阿哥“凶顽愚昧”，斥责他大逆不道，伤天害理，立即将他逐出宫去。康熙皇帝派人将张明德抓起来，说他妖言惑众，扰乱宫廷，立即凌迟处死。

三阿哥站在允礽一边，他暗中注视大阿哥的活动。他发现大阿哥收买蒙古喇嘛，用邪术诅咒废太子允礽，蒙古喇嘛用木头刻成允礽的形象，每天在寺庙里念咒语。三阿哥将这一情况报告了康熙皇帝。康熙皇帝派人到寺庙里去检查，蒙古喇嘛正在那里作法念咒，被当场抓获，并搜出了小木人。人证物证俱在，大阿哥无法抵赖，康熙皇帝下令把大阿哥抓起来，幽禁在深宫里。

康熙皇帝越来越老了，很多国家大事等待他去处理，再加上诸皇子争位，扰得他心烦意乱，不得安宁。为了把日后的事情处理好，免得他去世后闹得不可收拾，于是决定再立太子。这天，他把诸大臣召集到乾清宫，商量立太子的大事。这些大臣跪在地上，异口同声地推八阿哥。大学士马齐最卖力气，他说八阿哥德才兼备，讲仁义，得人心，是个大有作为的人。对于这种一边倒的意见，康熙皇帝感到很反常，平时为争当太子，众阿哥闹得不可开交，大臣们也议论纷纷，今天为什么众口一词，听不到别的意见呢？

后来一追查，原来是八阿哥在背地里拉拢朝臣，结党营私，马齐等人四处活动，串通一气，给康熙皇帝施加压力。康熙皇帝立即下令将马齐关押起来。他将在京的皇子们召到跟前说："当初废太子的时候，朕就说过今后凡背后搞鬼、钻营太子的就是国贼，罪不容赦。八阿哥结交朝臣，图谋太子之位，这样的人将来怎么能治理国家。"说着便下令将八阿哥关押起来。

九阿哥允禟一向和八阿哥站在一边，他见父皇动怒，忙向身边的十四阿哥递眼色，意思是让他为八阿哥求情。

十四阿哥对八阿哥也有好感，于是跪在地上，请父皇赦免八阿哥。康熙皇帝气得暴跳如雷，唰的一声抽出佩剑要杀八阿哥。五阿哥允祺见势不妙，急忙抢上前来，跪倒在地，紧紧抱住父皇的腿不放，在场的其他皇子也都吓得跪在地上。康熙皇帝怒气未消，把宝剑狠狠地扔在地上，气愤地说："朕百年之后，你们这些不肖子孙一定会将朕的尸体扔在宫中不管，忙着互相残杀，争夺皇位。"

康熙皇帝本是个办事果断的人，可是在家庭问题上却优柔寡断，难以决裁。他一连囚禁了三个儿子，心中很不是滋味，常言说十指连心，咬着哪一个都心疼。他心情忧郁，不久便生起病来。在病中他想起被幽禁的允礽、大阿哥，便派人将他们召到床前。两人小心翼翼地在床前伺候，康熙皇帝见他们毕恭毕敬的样子，心情好了许多，饭也吃得多了。他对他们说："兄弟之间应精诚团结，哪能互相结仇，如果你们之间互相争夺，引起外人笑话事小，误江山社稷事大。"

康熙皇帝病好后，对大臣们说："过去允礽留在京师，有过功劳。他是受坏人的诅咒才变得娇纵起来，现在他谨慎行事，朕对他还是信任的。"不久，他便免了允礽的罪，派人在太庙祭告天地祖先，重新宣布立允礽为皇太子。

但是，皇子间的斗争并未因此而结束，宫廷斗争愈演愈烈。三年后，允礽又因拉拢个人势力、图谋不轨而被人告发，再度被废，禁锢于咸宁宫中。

在立太子的问题上，康熙皇帝废了立，立了废，弄得大臣们纷纷猜测。在诸皇子中，十四阿哥较有作为，他被封为抚远大将军，曾率兵进军西北，平定新疆、西藏叛乱，战功显赫。很多人认为他是继承皇位的最佳人选。然而，在这场斗争中，最后的胜利者是四阿哥。大阿哥、二阿哥被排斥后，他的年龄较大，也最有心计。他曾跟随康熙皇帝秋狩热河，西巡五台山，南巡江浙，对父皇的性格非常了解。他在父皇面前谦虚谨慎，表现出一副从来不想当太子的样子。允礽倒台后，他还在父皇面前说一些好话，给康熙皇帝留下一个顾全大局、“性量过人，深知大义”的好印象。因此，康熙皇帝临终前留下了“传皇位于四子”的遗诏。

清康熙六十一年（公元1722年），康熙皇帝在畅春园病逝，享年六十九岁。

康熙皇帝是一位开明的君主，他在位六十一年，殚精竭虑，有如一日。除以上说到的那些政绩外，他在恢复经济、发展生产方面也卓有成效。他“废除圈地令”，在一定程度上限制了贵族旗主的经济扩张，有利于自耕农民；“实行更名田”，承认农民对藩庄土地占有的合法化，使原来耕种藩地的大批佃农转化成自耕农；“奖励垦荒”，使可耕种的土地面积大大增加；“蠲免钱粮”，对挽救小农经济的全面破产和复兴农业起了调节作用；“调整工商业政策”，提出“恤商”和“利商便民”的口号，使采矿业、商业、手工业等得到发展；“废止禁海令”，发展了海外贸易，促进了东南沿海地区的经济繁荣；“改革赋役制度”，实行“滋生人丁，永不加赋”“摊丁入亩”的政策，在一定程度上改变了赋税不均的现象，减轻了贫苦农民的负担。

康熙皇帝在“文治武功”方面取得辉煌业绩的同时，他像历史上的所有封建皇帝一样，也有过不少失误。比如，以禁止淫词小说为名，扼杀一些有背封建理教、有碍清朝统治的文化；实行文字狱，打击有反清思想的知识分子；在晚年重新颁布“禁海令”，封锁海疆，禁止或限制中外贸易，扼杀了本国资本主义萌芽。

超勇将军

策凌

清朝前期，驻守于漠北的蒙古族将领策凌，为保卫辽阔的西北边陲，驰骋沙场，平息叛乱，立下了赫赫战功，为多民族国家的统一和巩固做出重要贡献。因为他功勋卓著，康熙皇帝将自己的第十个女儿——和硕公主许嫁给他，被授为和硕额驸（即驸马）。雍正皇帝赐他为“超勇将军”。

初战漠北露锋芒

策凌出生于喀尔喀蒙古族家庭，其家族属博尔济吉特氏，是元太祖成吉思汗的直系子孙。清朝初期，漠南蒙古族归属于清朝，漠北地区的喀尔喀蒙古、漠西和青海地区的厄鲁特蒙古也先后向清朝派遣使者，表示友好，向清朝纳贡通商。当时清政府由于力量薄弱，对漠北和漠西地区的蒙古族控制并不严，这些地区基本上处于割据状态。清康熙三十五年（公元1696年），清兵打败了由俄国沙皇扶植的厄鲁特准噶尔部噶尔丹入侵外蒙古的叛乱，喀尔喀蒙古才真正统一于清朝，接受清政府的管辖。从清朝初期开始，漠南蒙古被称为内蒙古，漠北蒙古被称为外蒙古。

喀尔喀蒙古归属于清朝后，与清政府的关系一向很密切，清政府对策凌家族很信任。当时厄鲁特蒙古分为四部，四部中最强的是准噶尔部。准噶尔部不愿接受清政府的管辖，常常与清朝为敌，寻找种种借口向东进犯，掠夺喀尔喀

蒙古人的牛羊马匹，抢占他们的牧场领地。准噶尔部的所作所为严重威胁着清朝多民族国家的统一，成为清朝西北边陲的不安定因素。

清康熙五十五年（公元1716年），准噶尔贵族头领策妄阿拉布坦派兵侵扰哈密，进兵西藏，对地处外蒙古的喀尔喀蒙古地区也虎视眈眈。这个时期，清朝西北边陲狼烟四起，战云密布。为了驱逐准噶尔贵族势力，稳定边疆，巩固统一，清政府于清康熙五十九年（公元1720年）派振武将军傅尔丹出兵布拉罕，策凌随军前往。

在向格尔额格尔（今蒙古国西部）进军的路上，策凌率领一千精锐部队与准噶尔军队展开激烈的战斗。

这天，准噶尔首领部下的宰桑[1]贝坤率一千五百人马来战策凌。策凌横枪跃马来到阵前，大声说道："朝廷逆贼，还不快快下马受降！"贝坤在马上冷笑道："哪里来的无名之辈，竟敢口吐狂言，你难道不知我贝坤爷爷的厉害吗？"说着便拍马来战策凌。

两马交锋，一来一往。策凌手执一根夺命金钩枪，舞动起来犹如金蛇狂奔，令人眼花缭乱；贝坤手提一条丈八狼牙棒，上下飞舞，密不透风。两人在马上战了几十个回合，都不能取胜。这时，天色已晚，双方只好鸣金收兵。

一连三天，贝坤和策凌在草地上交锋，阵地上的牧草都被踏平了，双方却无人取胜。性格暴躁的贝坤，出征以来从没有遇到过这样强硬的对手，气得暴跳如雷。

有勇有谋的策凌并不急躁。晚上他披着星光察看地形，他发现敌军后方的西北角上有一座粮草仓库，策凌会心地笑了。

第二天，策凌率五百人马再战贝坤。贝坤一连三天未能取胜，心中焦躁不安，使出浑身解数来战策凌，策凌不慌不忙地挺枪相迎。双方战了三十个回合，策凌突然将枪一斜，卖个破绽，假装敌不过贝坤，拨马便走。贝坤哪里肯放过这个取胜的机会，拍马便追。策凌率五百人马且战且退，贝坤率兵穷追不舍，追了几里来到敖包山下。这时只听后方一声炮响，贝坤回头看时，只见粮

[1] 宰桑：准噶尔部的官名

草库火光冲天，浓烟滚滚。贝坤自知中计，连忙下令退兵，回师去营救粮草库。刚刚退了二里之遥，突然斜刺里冲出一队人马，挡住贝坤的退路。

原来策凌在这里设下伏兵。策凌回兵反击，将贝坤团团包围。贝坤首尾不能相顾，加上粮草库起火，军心大乱。策凌跃马向前，紧紧盯住贝坤不放，贝坤无心恋战，企图杀开一条血路突围。清军在策凌的率领下越战越勇，贝坤率领的准噶尔军死伤无数。这时策凌赶上来一枪刺中贝坤的坐骑，贝坤坐立不稳，一下子摔下马来，成了清军的俘虏。

策凌获胜后，继续率兵北上，又打了几个漂亮的大胜仗。在回师途中，遇到策妄阿拉布坦派来的援军，策凌出奇制胜，在乌兰呼格尔一带打败准噶尔部的增援部队，获辎重、马匹无数，并夺取被准噶尔部抢去的牲畜，取得了重大胜利。

清康熙六十年（公元1721年），策凌被封为札萨克（即一旗之长）。第二年，雍正皇帝即位，嘉奖他“从征效力，甚属奋勉”，晋封策凌为罗郡王，升任为副将军，正式颁予将军印，准予使用正黄旗旗纛。这在当时是一种很高的奖赏。从此，策凌的威名响彻漠北。

每以临阵冠三军

清雍正五年（公元1727年），准噶尔头领策妄阿拉布坦去世，临死时将大权交与其子噶尔丹策零继承。

噶尔丹策零年轻气盛，在漠北一带秣马厉兵，囤积粮草，训练兵士，继续与清政府为敌。清雍正九年（公元1731年），清政府任命傅尔丹为靖边大将军，率领五万清军出征讨伐噶尔丹策零。傅尔丹不把噶尔丹策零放在眼里，率领清军深入到敌军腹地。由于他麻痹轻敌，用兵失误，在和通泊一带中了敌军的埋伏，清军遭到极为惨重的失败。傅尔丹率残兵败将退到科布多城时，手下只剩下两千人马。雍正皇帝闻讯北线失利，极为恼怒，处决了傅尔丹，将防御战线后撤二百里。

此时，驻军于察汗河的策凌率本部兵马，日夜兼程向漠北进军，讨伐敌人。准噶尔首领噶尔丹策零立即派大将大敦多布率两万骑兵前去迎战。噶尔丹策零对大敦多布说：“策凌乃清朝骁将，此人虽然年轻，却足智多谋，善于用兵，切不可轻敌。”大敦多布哈哈大笑说：“我军于和通泊一战杀得清军片甲不留，清军早已闻风丧胆。今番又派策凌前来送死。”噶尔丹策零再三叮嘱他还是小心为上，大敦多布骄傲地说：“今番出兵，若不获全胜，甘当军法处置！”说完领令而去。

两军在额尔齐斯河岸边摆下阵势。是夜，策凌带领谋士和十几名士兵察看地形，窥视敌军的营寨。只见敌军营内灯火辉煌，旌旗飘动。策凌看罢对手下的谋士说：“敌人刚刚打了胜仗，士气正旺，我们只能智取不可强战。”

第二天，大敦多布派骁将喀喇巴图鲁到清军阵前叫阵。喀喇巴图鲁骑一匹卷毛黑鬃马，手执一对鎏金铜锤，在阵前大声叫道：“有种的快快出来！”话音未落，清军营内冲出一员小将，骑一匹玉眼梨花马。他便是策凌的部将巴海。巴海来到阵前也不答话，举枪便刺，喀喇巴图鲁举锤相迎。两军在草地上展开鏖战。

双方战了二十个回合，巴海佯装敌不过喀喇巴图鲁，拖枪回马向西逃走。喀喇巴图鲁岂肯放过巴海，挥舞双锤带领两千人马追杀上去。巴海将敌人引进一条山谷之中。这里山高林密，一转弯便不见巴海的去向，喀喇巴图鲁正在疑惑之中，只听得号角齐鸣，从密林中射出无数支利箭。喀喇巴图鲁急忙下令撤军，但谷口已被清军堵截，喀喇巴图鲁的军队在谷内乱作一团，互相践踏，死伤无数，喀喇巴图鲁也死在乱箭之中。

大敦多布首战失利，极为恼火。第二天亲自披挂上阵，要为喀喇巴图鲁报仇雪恨。策凌派巴海出战，巴海跃马挺枪来战大敦多布。两马交锋一来一往，草地上黄尘四起，双方战了五十个回合，巴海渐渐支持不住。策凌恐怕有失，便鸣金收兵。大敦多布生怕再中了策凌的埋伏，也不敢追赶，便收兵回营了。

大敦多布回到营里，命令各营好好休息，养精蓄锐，准备第二天再战。

时值无月之夜，士兵们睡得正酣，突然营帐外号角四起，原来是策凌率兵前来偷袭营寨。大敦多布从睡梦中惊醒，营内已乱作一团，他顾不得穿衣服，光着上身跑了出来。策凌率兵冲进敌人营寨内，左砍右杀，如入无人之境。清军手执火把，将敌人的帐篷点燃，顿时火光冲天，敌军哭爹喊娘，死伤不计其数。

大敦多布眼看大势已去，只得落荒而逃。此时一个随从牵来一匹白骆驼，他不顾一切地爬上驼峰，带领几个随从向西北方向逃命去了。

策凌在额尔齐斯河一战，狠狠地打击了准噶尔军队的嚣张气焰。胜利的消息传到京城，雍正皇帝大喜。为了表彰策凌的战功，他特赐白银一万两，封策凌为和硕亲王。

准噶尔首领噶尔丹策零，并不甘心自己的失败，对策凌恨之入骨。噶尔丹策零在西北地区收拾残部，补充兵员，抢掠附近喀尔喀蒙古人的马匹，壮大自己的势力，准备再战。

清雍正十年（公元1732年）八月，噶尔丹策零侦知策凌率兵到东部驻防，借此机会，他派大将小敦多布向策凌的驻地塔密尔河畔进军。小敦多布为了给兄长报仇，率兵突然袭击策凌的营帐，将策凌的两个小儿子抓去当人质，并抢走附近牧民的牲畜数只。

这天，策凌正在帐内与谋士议事，突然接到脱克浑的报告，说塔密尔遭到小敦多布的侵犯，并掳去了两位小公子。脱克浑是策凌派出去侦察敌情的一员部将，此人从小练就一个绝招，善于在山林间飞跃行走，能日行千里，夜走八百，人送外号“飞毛腿”。其实他是掌握了山间滑翔的技巧，穿一身特制的黑衣服。登上高山时，他张开双臂，就像一只蝙蝠一样乘着气浪滑翔而下，因此有如此快的速度。

策凌听了脱克浑的汇报后大怒，吩咐脱克浑继续侦察，密切关注敌军的动态。

策凌率清军向西北进军，到达鄂尔坤河附近时，接到脱克浑的报告，说小敦多布率三万准噶尔军驻扎于杭爱山麓。于是，策凌在杭爱山一带做了周密的布置，准备与小敦多布率领的准噶尔军决一死战。

策凌派手下老将达木林率五千人马、红牛两千头在鄂尔坤河南岸摆下红牛阵，派巴海率五千人马、白驼两千峰在鄂尔坤河北岸布下白驼阵，自己亲率五千人马、黑马两千匹摆下黑马阵，埋伏于杭爱山西侧。

小敦多布自恃兵多将广，直扑鄂尔坤河南岸而来。达木林得知敌军已到，摆开红牛阵迎敌。两千头牛列阵等待，每头牛头上捆着两把尖刀。小敦多布一看这个阵势，哈哈大笑，高声叫道："这样一群蠢牛也能作战，还不快快投降，等待何时！"达木林驱牛迎敌，不出几个回合，达木林便按照预定的布置，佯装败退，向杭爱山西侧退却。小敦多布率兵追赶。刚到杭爱山下，只听一声号角响，从山上冲出无数匹黑马，原来策凌已在这里埋伏多时。策凌驱动黑马阵，向敌阵冲去，势如破竹，不可阻挡，敌军阵内顿时乱了方寸。小敦多布损兵折将，死伤无数。他急忙率兵折回鄂尔坤河，企图渡河逃跑。残余士兵刚刚爬上鄂尔坤河北岸，巴海率领的白驼阵挡住去路，一峰峰高大的白骆驼冲进敌军，连踏带踩，如同猛兽。小敦多布回头一看身边只剩一百多名士兵，只得丢盔卸甲，逃命去了。

策凌在鄂尔坤河一仗，使准噶尔三万兵马几乎全军覆没，彻底扭转了清军在西北战场的不利局面，准噶尔军队从此一蹶不振。清政府为犒赏策凌部众，特赏赐骏马两千匹，牛一千头，羊五千只，白银五万两。清政府还拨款在策凌的故乡塔密尔河畔为他修建了一座富丽堂皇的府宅。

鞠躬尽瘁成边陲

准噶尔蒙古在清军的强大反击下，其贵族军事力量大大削弱。摄于清军的强大压力，清雍正十三年（公元1735年），准噶尔部首领噶尔丹策零向清政府乞求和谈，表示不再侵犯漠北，愿意和平解决边界争端问题。

由于策凌长期驻守于漠北，对那里的山川地形、风土人情非常熟悉，清朝与准噶尔之间的谈判，责无旁贷地落在他的身上。谈判一开始清政府就将这一重任委托给策凌。

在漫长的谈判过程中，策凌为了国家统一、民族团结，伸张正义，主持公道，不徇私情，为各民族的和睦相处做出了不可磨灭的贡献。

第一次谈判时，噶尔丹策零声称阿尔泰曾是原厄鲁特的游牧地，他们在此地拥有大量牲畜。杭爱山一带是喀尔喀的游牧地，边界的划定应以杭爱山为界线。噶尔丹策零将这个意见上表雍正皇帝，雍正皇帝派人去征求策凌的意见。策凌立即驳斥了噶尔丹策零的谬论，他说阿尔泰一带历来是喀尔喀的游牧地，后来厄鲁特准噶尔侵占了这片牧场，边界的划定应以阿尔泰为界。

对于策凌的建议，噶尔丹策零表示不能接受，双方谈判破裂。

清乾隆二年（公元1737年），噶尔丹策零再次提出谈判。这次他们没有上表清政府，而是派使者直接递书信给策凌，并给策凌送去很多金银和玉器，企图买通策凌，打通关节，私下了结边界问题，以便在领土问题上捞到好处。

策凌望着噶尔丹策零送来的黄金和玉器，冷笑道："我作为朝廷的命官，上为国家，下为庶民，岂能为私财所动！"他义正词严地驳斥了噶尔丹策零的企图，并将这一情况上谕乾隆皇帝，表示在原则问题上绝不能让步。乾隆皇帝很赞赏策凌的勇气，随即诏策凌入京，主持双方谈判事宜。噶尔丹策零的使者在策凌面前碰了一鼻子灰，未能达成协议，谈判再次陷入僵局。

清乾隆四年（公元1739年），噶尔丹策零派使臣哈柳到北京，准备进行第三次谈判。这次他们变换了手法，哈柳进京后到处散布谣言，声称策凌在漠北地区大兴土木，建造豪华宫殿，想自立为王云云，企图败坏策凌的名声，挑拨策凌与朝廷之间的关系。乾隆皇帝不为谣言所惑。哈柳的阴谋失败后，又生一计。他暗地里派说客到策凌的府宅，向策凌透露风声说："你别忘了，你的两个儿子如今还在噶尔丹策零王的手下当人质。若这次谈判在边界问题上还不做出让步，你的两个儿子的处境将十分危险。"策凌说："这是我早已料到的事，为了国家的安宁，部族的兴旺，我早把个人安危置之度外。"

哈柳的利诱威胁政策均告失败，他见无空子可钻，只好接受清政府的方案。第二年，策凌亲赴阿尔泰地区，进行实地勘定。这期间，他多次与准噶尔首领噶尔丹策零会晤，晓之以理，动之以情，劝告他审时度势，顺应历史潮流，为两族部落游牧民族的睦邻友好做出贡献。在策凌的奔波下，争战了几十年的喀尔喀和厄鲁特准噶尔部边界终于划定。从此，两部落化干戈为玉帛，出现了和平稳定的新局面。

策凌在漠北驻军十八年。战争时期他是一员冲锋陷阵的猛将，和平时期他是一位廉洁奉公的官员。他在边疆大力发展畜牧业，并把内地先进的生产技术和文化引进漠北。这位驻守西北边陲的蒙古族将领以自己的大智大勇及高风亮节深得当地游牧民的爱戴。清乾隆十五年（公元1750年），策凌病死在漠北的营帐里。他死后，四面八方的游牧民赶着勒勒车为他送葬。哀音传到北京，清政府在贤良祠为他举行了盛大的祭奠活动。

鄂温克族将领
海兰察

海兰察是清朝乾隆年间的一位爱国将领。他在平定准噶尔叛乱、维护国家统一的战争中，冲锋陷阵，出奇制胜。在进军西藏、剿办廓尔喀、打击外来侵略者的战斗中，英勇善战，屡建战功。

森林之子

在森林茂密的大兴安岭，生活着一个以狩猎、游牧为生的少数民族——鄂温克族。他们勤劳勇敢，纯朴善良。

有一年，一位清朝大臣到海拉尔去巡视，夜里他听到一阵婴儿的啼哭声。也许是因为夜深人静，也许是因为婴儿的哭声高亢，声音传出很远很远。这位大臣感到惊异便走出公馆，寻声找去，走出三里地外，他发现了一座用桦树皮围成的帐房，婴儿的哭声就是从这个帐房里传出来的。

鄂温克族是个好客的民族，主人忙将大臣迎进帐房。大臣看见刚刚诞生的婴儿浑身乌黑、头发茂密，连连称奇。孩子的父亲见有贵客临门，非常高兴，便请客人为孩子起个名字。大臣脱口而出“海兰察”，意思是“森林之子”。

海兰察渐渐长大，八岁时便跟随父亲到森林里去打猎。别看他年纪小，却非常勇敢，而且有智慧。有一次，他和父亲来到一个狩猎点，父亲骑马追逐鹿群去了，让他留在原地看守捕获的猎物。这时，突然有一只熊瞎子向他这里蹒跚地走来。这家伙一边走一边东嗅嗅西闻闻，看样子是肚子饿了，要寻找能吃的东西。小海兰察心里非常害怕，他本想喊父亲，可父亲已经走远了，根本听不见他的叫喊声。海兰察急中生智，急忙带着弓箭爬上一棵大树。

说是熊瞎子，其实一点也不瞎，而且鼻子特别灵，它似乎闻到了人味，便径直向他走来，眼看就要到大树底下了。海兰察在树上想，你想吃我，我也不能让你好受。说着他便拉弓搭箭，向熊射去。这一箭真准，一下子便射中熊瞎子的前胸，熊瞎子冷不防地中了一箭，疼得嗷嗷直叫。人们都知道，熊瞎子的皮肉很厚，一箭是难以致命的，只见它在地上打了几个滚，便爬起来，怒气冲冲地向大树扑来。它发现树上有个小孩，便拼命地用嘴啃树干，并且用前掌狠劲地拍打着，想把海兰察从树上摇下来。海兰察急了，用双腿夹住树枝，连放两箭，一箭射中熊瞎子的脑袋，一箭射中后背。熊瞎子连中三箭，大伤元气，滚下山坡。

海兰察从树上跳下来，拿起砍柴的大斧头，向正在地上打滚的熊瞎子扑去，一阵乱砍，那家伙有气无力地叫了几声，便不再动弹了。

这时父亲回来了，他见地上躺着一只黑熊，吓了一跳，问海兰察是谁打死的，海兰察骄傲地说："它想吃我，我先把它打死了。"父亲走到黑熊跟前一看，这家伙足有五六百斤重，父亲既高兴又后怕，因为这么大的黑熊就是成年人碰上也难以对付。

海兰察打死黑熊的消息传遍了整个部落，部落的人们在猎场燃起篝火，为这位小勇士祝贺。

海兰察的外祖母家住在草原上，他非常喜欢草原，每年都要在草原上住几个月。在那里他学会了骑马，骑术精湛，每年都在赛马比赛中得第一名。有一次，他得了个第二名，回到毡包便气得哭起来。外祖母说："哪里见过哭鼻子的勇士。"

海兰察不服输，在第二年的赛马会上，他把第一名的称号夺了回来。

十六岁那年，在全部落举行的搏克（即摔跤）比赛中，他摔倒了所有的选手，夺得全部落搏克第一，他成了部落真正的勇士。

活捉巴雅尔

海兰察十八岁时，清廷在鄂温克部落中组建骑兵队伍，他应征从戎，成为骑兵队伍中的一名马甲（即士兵）。

清乾隆二十年（公元1755年），清廷再一次出兵新疆，海兰察随军到伊犁，参加平定准噶尔叛乱的战争。

准噶尔原是厄鲁特蒙古四部之一，原游牧于阿尔泰山北麓塔尔巴哈台东和博克河、萨里山一带，后以伊犁为中心，用武力兼并其他三部，势力扩大到阿尔泰山南麓。清朝初期，准噶尔头领噶尔丹在沙俄的支持下，制造分裂，发动武装叛乱。康熙皇帝在位时，曾三次亲征，打败了噶尔丹。噶尔丹死后，他的侄子策妄阿拉布坦继续与清为敌。叛乱不平，国无宁日，海兰察就是在这种形势下，参加了具有爱国意义的战争行动。

海兰察虽然只是一位普通士兵，但他在战斗中非常勇敢，每次打仗都冲锋在先，不顾个人安危。有一次，清军将一股叛军包围起来，经过一天一夜的激战，叛军损失惨重。叛军头目巴雅尔带十几名随从，冲出重围，向一片茂密的森林逃去。海兰察发觉后，便单枪匹马紧追不放。

巴雅尔在十几名随从的护卫下逃进森林里，他们人困马乏，又饥又渴，正准备寻找些食物休息一会儿，突然发现有人追来。海兰察大吼一声，震得树叶纷纷落地。巴雅尔大吃一惊，定睛一看，见来者只有他一个人便放心了。十几名叛军一齐上前，将海兰察包围起来。面对叛军的围攻，海兰察毫无惧色，他抡起斧头左劈右砍，连杀五个敌人。其余的几个，有的被砍伤，有的抱头鼠窜。

巴雅尔这时已经缓过气来，他见十几名随从被砍死砍伤，再也忍不住了，便挺枪拍马来战海兰察。海兰察见他身披银甲，头戴银盔，知道他是准噶尔的一位将领。海兰察心想，我自从军以来，小功立过不少，但还没有立过大功，今天我不活捉你，你便不知我海兰察的厉害。

海兰察举起大斧头和巴雅尔战在一起。两人在马上一来一往，杀得难分难解。森林里尘土飞扬，鸟雀乱飞。海兰察越战越勇，巴雅尔渐渐力不能支，再加上腹中饥饿难忍，心想如果再这样打下去，必然成为他斧下之鬼。想到这里，他停住手中的钢枪，哀求说："你有神力，我战不过你，甘拜下风。我这里有金镶玉佩一对，是一件家传宝物，价值连城，我愿将它送给你，请放我一条生路。"

海兰察正色说道："我身为官军兵士，岂能为金财所惑！"说着便举起大斧向巴雅尔砍来。巴雅尔无奈，只得下马投降，并割下战袍一角给海兰察做凭证。海兰察押着巴雅尔回到清营。

这一仗，清军取得重大胜利。上司发下命令，论功行赏奖励全军将士。这时，清军的很多将领为了争头功，都说巴雅尔是自己俘获的，互相争执不下。

上司搞不清是怎么回事，便让巴雅尔出来辨认。巴雅尔在高级官员的行列里看了一遍，连连摇头。上司又带他到下级军官和马甲的行列里去辨认，巴雅尔一眼便认出了海兰察。他羞愧地说："这位马甲骁勇无比，我败在他的手下。"那几个争功的将领仍不服气，说一个小小的马甲，怎能俘获准噶尔大将？这时，海兰察从身上掏出一角战袍说："诸位若不信，这便是证据。"上司接过来，发现这角战袍和巴雅尔的战袍一模一样，一对竟不差丝毫。上司大喜，立即斥退那几个争功的将领，重赏海兰察，将他由马甲提升为头等侍卫。

在以后的几年里，海兰察又先后被派往四川大金川、小金川以及甘肃和台湾等地征剿叛匪。由于他作战勇敢，官至清军都统。

入藏作战

清乾隆五十六年（公元1791年），英国殖民势力指使廓尔喀（今尼泊尔）统治者，勾结西藏大奴隶主沙玛尔巴，武装侵略西藏地区。

沙玛尔巴是六世班禅的弟弟。六世班禅与清朝的关系很好，他曾到承德觐见乾隆皇帝，庆贺他七十寿辰。后来六世班禅因患天花病死于北京西黄寺。沙玛尔巴因争夺财产，对清朝不满而逃往尼泊尔。在那里他与英国人勾结在一起，对西藏发动侵略战争。

沙玛尔巴带领廓尔喀侵略军，一直侵入到日喀则，占领了扎什布伦寺，到处烧杀抢劫。七世班禅被迫退避拉萨，西藏人民面临深重的灾难。达赖、班禅急请清廷出兵，保卫西藏。清廷接到西藏告急，立即派海兰察率领鄂温克和达斡尔军队，分兵两路由青海和四川进军西藏。据史书记载，“现派海兰察带领巴图侍卫章京一百员，副都统乌仁哈达、岱森保带领索伦、达斡尔兵一千名，前去西藏”[1]，剿办廓尔喀。

海兰察率领军队，急驰西南。他们逢山开路，遇水搭桥，克服种种难以想象的困难。经过几个月的艰难行军，终于到达西藏。

沙玛尔巴得知清廷派兵前来征剿，早已做好准备。他带领廓尔喀侵略军在雅鲁藏布江畔布下牦牛阵，企图与清军顽抗。

海兰察率领两千人马在雅鲁藏布江畔扎下营寨，让士兵们好好休息了几天。他趁此机会察看了这一带的地形。这时探马来报，说沙玛尔巴在日喀则附近布下牦牛阵，等待与清军作战。海兰察立即率兵前去对阵。

这天，海兰察身披铠甲，手执大斧，一马当先冲到阵前。沙玛尔巴骑一头黑色牦牛，手里拿着两把鎏金铜锤，到阵前迎敌。海兰察在马上高声说：“沙玛尔巴，你勾结廓尔喀，引狼入室，迫害百姓。现在我奉命前来征剿，你还不快快下马投降！”沙玛尔巴回答说：“你说得太容易了，想让我投降，得先问问我手里的这一对铜锤答不答应！”说着便举起双锤向海兰察打来。海兰察用大斧将双锤一架，两人便厮杀在一起。

他们一人在马背上，一人在牦牛背上，一来一往战了三十个回合，沙玛尔巴渐渐支持不住。这时，廓尔喀军突然驱动牦牛阵向清军冲来。这些牦牛习惯于高原作战，而海兰察率领的清军第一次与藏军交战，难以适应当地气候。经牦牛阵一冲，有些抵挡不住。海兰察心想，如果硬拼下去，必然要遭受更大的伤亡，付出沉重的代价，不如暂时收兵，再做应敌之策。他急忙下命令鸣金收兵，率军撤离雅鲁藏布江畔。

---

[1] 见《清高宗实录》卷 1412

海兰察初战失利，心中闷闷不乐。这天晚上，他坐在营帐里，在酥油灯下研究对敌之策。这时耳边响起一阵隐隐约约的木鱼声。他走出营帐，在月光下他发现远处有一座寺院。

第二天，海兰察换了一身便装带领几名随从到寺庙里进香，并带来一份厚礼。寺庙的主持喇嘛见有施主到来，忙迎进。海兰察对主持喇嘛说："师傅，不瞒您说，我们是奉朝廷之命前来征剿廓尔喀侵略军的，现在被叛军的牦牛阵所阻，特来请教破阵之法。"说着便让随从献上礼品，接着说："这份薄礼，权且作为修缮佛寺之用，请收下。"本来佛家与兵家是不相干的，但是自从廓尔喀侵略者入侵西藏以来，他们到处烧杀抢掠，胡作非为，连寺庙也未能幸免，所以这里的僧人们恨透了这些侵略军，希望官兵早一天将他们赶出去。主持喇嘛见海兰察相貌堂堂，气宇不凡，于是对他说："牦牛不怕刀枪，只怕烟火，祝将军早日功成名就。"说完便到佛殿里诵经去了。

海兰察牢牢记下主持喇嘛的话。回到军营后，他立即让士兵们用兽皮做了三个巨大的类似四不像（麋鹿）的怪物，将怪物放置于木板上，木板下安装有可以滚动的木轮。怪物内部皆藏有酥油、松明等可燃之物，作战时由藏在怪物肚内的十名士兵施放烟火。

一切布置妥当后，海兰察命副都统乌仁哈达为左翼，岱森保为右翼，自己率兵居中路，推着三头巨大的怪物，骑兵紧跟其后，向沙玛尔巴发起进攻。

上次战斗，沙玛尔巴靠牦牛阵取得了小小的胜利，正沾沾自喜，听说海兰察又来进攻，他骄傲地说："我的牦牛阵，天下无敌，上次没有活捉你就算便宜你了。这次定让你有来无回，死于牦牛蹄下。"他手提一对鎏金铜锤，率五千牦牛军，前来迎战。

两军对垒，海兰察将军队一字摆开，分左、中、右三路推着怪物向敌人逼近。沙玛尔巴的五千头牦牛看见三头怪物在前，吓了一跳，停在原地不敢动弹。海兰察在马上立即发出号令，藏在怪物肚子里的士兵随即放起烟火。顿时，三头怪物的嘴里、鼻孔里、耳朵里冒出火光和浓烟，在士兵们的推动下，轰轰隆隆地向牦牛阵冲去。

那些牦牛从来没有见过这种阵势，吓得掉头就跑，拦也拦不住。骑在牦牛背上的叛军被抛翻在地，有的被踩死，有的被踩伤，叛军顿时乱了阵脚。海兰察将大斧一挥，后边的骑兵乘机冲进敌阵，将沙玛尔巴团团包围起来。沙玛尔巴左冲右突，在几十名叛军的护卫下，好不容易才冲出包围圈，骑着牦牛向日喀则方向逃去。这一仗，海兰察大获全胜，俘获牦牛三千头，杀死叛军两千名，缴获兵器、军械无数。

过了几个月，廓尔喀军在英国殖民者的支持下，又纠集西藏的反动势力向海兰察率领的清军扑来。海兰察号召将士们说："我们鄂温克、达斡尔军奉朝廷之命，不远万里进藏剿办廓尔喀侵略军，我们要和满、汉、藏、蒙各族军队协同作战，共同对付廓尔喀和西藏叛军。不获全胜，决不收兵。"他将一小部分军队驻扎于雅鲁藏布江北岸，而将主力部队隐藏在山谷中的密林里。他对副都统乌什哈达说："如果叛军前来进攻，只许败，不许胜，将叛军引进山谷，我自有办法收拾他们。"

果然，廓尔喀军见雅鲁藏布江北岸清军稀少，便渡河进攻，副都统乌什哈达率兵拒敌，战了几个回合，便佯装失败向山谷退去，廓尔喀军紧追不舍。当叛军进入山谷后，突然一声巨响，密林之中射出无数支箭矢，海兰察大喝一声，率兵从密林里冲出来。廓尔喀军被堵在山谷内，无法逃走，全军覆没。这一年，清军的另一位将领福康安率领的满、蒙、汉军队万人，在其他战场获得重大胜利。海兰察与他会师后，清军的势力更加强大，很快便攻进西藏重镇日喀则。海兰察所率领的鄂温克、达斡尔军军纪严明，所到之处秋毫无犯，他们尊重当地的风俗习惯，保护寺庙，受到西藏各族民众和僧人的欢迎。

在打击侵略军和叛军的战争中，海兰察出奇制胜，屡建战功，深受清廷的重视。乾隆皇帝为表彰他的功劳，特赏给他玉扳指一个，大荷包一对，小荷包一对，御赐奶饼一匣，由二等公爵晋升为一等公爵，赐以"行军坐轿"之权利。

清乾隆五十八年（公元1793年），海兰察因常年作战，积劳成疾，由西藏返回，不久病故。他是少数民族中值得歌颂的爱国将领，他的英雄业绩被载入史册，流芳百世。

回族抗倭名将
左宝贵

在我国近代史上，有一位和海军将领邓世昌齐名的陆军爱国将领。他在甲午战争中，援朝抗倭，壮烈牺牲在朝鲜战场上。他便是回族爱国将领左宝贵。

清道光十七年（公元1837年），左宝贵出生于山东费县地方集（今山东平邑县地方镇）一个回族家庭里。他从小家境贫寒，读不起书。清朝时期崇尚武功，山东一带更盛行武术。左宝贵幼年时期便跟随祖父舞枪弄棒，学习武术，练就一身好武功。稍大一些，利用劳动之余祖父又教他一些字。他勤奋好学又十分聪明，习文练武都很有长进。当时在村里能借到的兵书他都如饥似渴地认真阅读。在山坡上放牛时，他便组织小朋友分成两队，玩打仗的游戏，小朋友们都喜欢和他在一起。有一次外村的几个大孩子欺侮一个小朋友，他便组织小伙伴们把那几个大孩子狠狠地教训了一顿。

左宝贵从小便心怀大志，富有正义感，立志长大后做一个有用的人，报效国家，为民出力。十九岁那年他便告别家乡，应招从征，到清军南大营去当兵。

左宝贵青年时期的军旅生涯主要是同太平军作战。太平天国失败后，左宝贵奉命调往僧格林沁部下，转战于鲁南、苏北一带。因为他作战勇敢，从一名普通士兵先后升任为千总、参将、副将。

清光绪元年（公元1875年），他奉命进入八旗长矛队到盛京（今辽宁沈阳市）驻防，在盛京将军崇原手下任职。在此后的二十年间，他因勤明忠勇、骁勇耐劳、精通兵略而被授予高州镇总兵，清政府赐给他黄马褂，加赏头品顶戴，后来又被赏戴双眼花翎。

左宝贵任职期间，正值同治、光绪年间。那时慈禧太后垂帘听政，独揽大权，软弱无能的清政府腐败到了极点。各地民众不堪重负，纷纷起义。作为清军将领的左宝贵充当了清政府镇压农民起义的马前卒，这是应该批判的。但他为官期间，能体察民情，治军严整，清廉自洁，为百姓办了不少好事，这一点也是应该肯定的。

左宝贵驻军盛京时，军纪严明，带兵有方。他亲自训练士兵，教授拳术和武技，他所带的部队有较强的战斗力。他爱兵如子，关心士兵疾苦，在军中专门设立了回族灶。另外，在军中设立军医部，为士兵和当地民众医治疾病。他体恤部下，常常拿出自己的薪水对伤亡士兵的家属给予帮助。

左宝贵为官正直，奖罚分明。有一次他手下的一个军官自恃是皇族宗室，违法乱纪，霸占良家妇女，引起很大民愤。他得知后，立即派人彻查此事。经过周密的调查，终于水落石出。为了严明军纪，为民除害，他冒着丢官的危险，将那个皇族宗室的军官斩首示众。老百姓无不拍手称快，都说左宝贵为民办了一件好事。

在奉天任职期间，左宝贵为民众办了许多好事。他筹资在沈阳修军公所，在营口等地设立义学，建造学堂，聘请乡儒当教师，招收当地老百姓的子弟入学。有交不起学费的，他便慷慨解囊，给予资助。他在奉天设立过牛痘局，让军中的医生为当地儿童引种牛痘。他设立了不少慈善机构，如济良所、育婴堂、同善堂、栖留所、赈灾粥厂等。他帮助妓女和婢女逃离苦海，收养孤儿和弃婴。每年青黄不接的冬春季节向灾民施粥三个月。公元1888年（清光绪十四年），东北暴雨成灾，南浑河大堤决口，左宝贵率军抢险救灾，成立收容所，安置灾民。

左宝贵为官几十年，两袖清风，几乎没有什么积蓄。在腐败黑暗的满清末年能做到这一点是难能可贵的。而他最辉煌的事业，是在他的晚年。他用鲜血和生命谱写了爱国主义的悲壮战歌。

清光绪二十年（公元1894年），甲午战争爆发，日本向中国、朝鲜发动了侵

略战争。腐败无能的清政府迫于形势，急忙调兵遣将，增援朝鲜。左宝贵奉命率八营奉军共三千五百人赶赴朝鲜平壤作战。时值盛夏多雨季节，道路泥泞，步兵行军异常艰苦，左宝贵率军日进百里，于八月六日到达平壤。

此时日军在朝鲜汉城的驻兵并不多，因为大部分日军正在赴朝途中。八月五日，日军第五师团才由釜山登陆。登陆后由于天气炎热多雨，行军困难，再加上沿途有朝鲜兵民的阻击，日军行动迟缓。如果此时清兵向日军宣战，占有天时、地利的优势。但是，李鸿章畏敌如虎，又不了解前方的情况，采取消极避战的态度，致使清军坐失良机。

左宝贵率兵到达平壤后，立即与各路清军将领策划进兵之计。他建议清军应火速南下进剿日军，遭到李鸿章的反对。李鸿章命令清军只准坚守平壤，不可主动进剿日军。这样便给日军创造了进兵汉城的机会。八月二十二日，日军主力占领汉城。当时日军在武器装备和军事制度上已接近于近代化，而清军还保持着封建军阀制度的腐朽体制。清军带兵的将领不懂近代化的军事科学，士兵缺乏先进的军事训练。而武器装备更是五花八门，既有洋枪洋炮，又有大刀长矛。这些洋枪洋炮都是从西方列强那里购买的，有各种各样的型号，炮弹、子弹名目繁多，往往和所配备的枪炮不符。所以，援朝抗倭一开始，清军便处于不利的境地。

左宝贵的各路清军到达平壤不久，便传来清军在车山战败的消息。驻守牙山的清军将领叶志超率败兵退到平壤。叶志超是个惧怕日军的军事投机者。他到平壤后，便捏造事实，向清廷谎报战功。清廷李鸿章等人不辨事情真相，便委任叶志超为清军援朝统领，负责全线的总指挥。叶志超只顾保自己的老命，根本无心抵抗日军，他龟缩在平壤城里，整日饮酒作乐，过一天算一天。

对叶志超的这种做法，左宝贵极为不满。此时，日军已在汉城站稳脚跟，准备向平壤进军。左宝贵侦知这一情况后，命令士兵加紧构筑工事，准备反击日本侵略军。与此同时，左宝贵派出骑兵侦探日夜观察日军的动向。

九月四日，左宝贵得知日军分兵两路向距平壤八十里地的成川、黄州方向袭来。左宝贵立即率领骑兵前往黄州拒敌。九月六日，左宝贵率清军与日军第九混成旅十一联队在黄州附近开战。左宝贵派部将卫汝贵为先锋，冲击日军中路。两军在黄州附近展开激战。此时，清军阵中金鼓齐鸣，左宝贵从后面包抄日军，他一马当先，奋勇向前。清军见主将出击，士气大振，枪弹箭矢如雨点般向日军射击。日军被两头夹击，顿时乱了方寸。左宝贵指挥清军将十一联队包围起来，日军死伤无数，急忙组织火力进行突围。傍晚时分，日军十一联队头目率残兵败将冲出重围，向黄州方向逃去。

这一仗左宝贵大获全胜，士气高涨。他决定乘胜追击，占领黄州城。第二天，左宝贵集中马步十五营，共计七千余人，分三路出击黄州中和镇。左宝贵率清军浩浩荡荡向黄州进发，傍晚便抵达江东县，当时黄州中和镇已在清军的夹击之下。左宝贵命令清军在此安营扎寨，准备次日凌晨向日军发起总攻击。

就在这个节骨眼上，胆小如鼠的叶志超生怕平壤失守，急忙下令左宝贵率兵速回平壤。左宝贵无奈，只得放弃眼看就要到手的黄州中和镇，率七千马步军返回平壤城。叶志超命令左宝贵坚守北门，不准出击。自此清军一万多兵马困守平壤，成为日军攻击的总目标。

在军事上，平壤城占有重要的地理位置，被称为朝鲜八道之第一雄关。其城垣高大坚固，难攻易守。平壤城之西门称七星门，北门称宣武门，宣武门外有牡丹台，是平壤城外的制高点，还有大同江从这里流过，形成天然屏障。按理说清军占有一定的地理优势。但由于叶志超软弱无能，消极避战，致使日军有了喘息的机会。日军调集各路兵马向平壤集结，使平壤城处于孤立无援的境地。

九月十四日，日军混成第九旅团、第五师团、朔宁支队、元山支队从四个方向向平壤集结。朔宁支队到大同江后，左宝贵不顾叶志超的反对，派八百人奋力抵抗。日军在猛烈炮火的封锁下，伤亡惨重，无法渡江。双方正在激战中，叶志超却强令清军退回平壤，坚守城池。清军撤回平壤城后，日军从麦田店迅速渡过大同江，从北面包围了平壤城。与此同时，日军的元山支队占领顺安镇，切断了清军的退路。

龟缩在平壤城中的叶志超心惊胆战，早已无心抵抗。他命令部下收拾行装，准备弃城逃走。左宝贵得知情况后，赶到主帅府，极力反对放弃平壤。然而，叶志超已被日军吓破了胆，哪里听得进左宝贵的劝告。为了防止叶志超逃跑，左宝贵派部下将主帅府包围起来，监视叶志超的行动。

左宝贵号召将士们说："倭寇进犯朝鲜，就是进犯我朝，朝廷养兵千日，用兵一时，现在倭寇兵临城下，我全军将士应奋勇抗敌，与平壤共存亡！"在他的号召下，清军士气大振。

左宝贵率清军在宣武门外修筑堡垒五处，在牡丹台外沿丘陵地带修筑外垒四处。左宝贵亲自来到阵地，布置火力。平壤城里的老百姓也自发地组织起来，送来很多慰劳品，并要求参加平壤保卫战。一位白发苍苍的朝鲜老大爷，手执大片砍刀领着儿子来见左宝贵。他跪在地上说："将军率兵不远千里来平壤抗击倭寇，中国人的血流在朝鲜的土地上，作为朝鲜人我们岂能坐视不理。今天我爷儿俩特来参战，请将军收下我们。"左宝贵连忙将老人扶起来，感动地说："中国和朝鲜山水相连，休戚与共，我军入朝抗倭，理所应当。您老人家上年纪了，还是到后方去，那里有很多事情要做。"老人说什么也不肯下去，他指着雪亮的砍刀说："倭寇在朝鲜的土地上横行霸道，烧杀抢掠，多少朝鲜人死在东洋鬼子的屠刀之下，今天我也要让入侵者尝尝大刀的滋味。"

左宝贵从老人愤怒的目光中看到朝鲜人民誓死捍卫国土的决心和勇气。他大声对士兵们说："我们都看到倭寇在朝鲜犯下了滔天罪行。朝鲜的土地在流血，中国的土地在流血，我们入朝参战就是为了捍卫自己的家园。我们要用血肉之躯保卫平壤城，不然愧对朝鲜父老，愧对我大清民众！"在场的士兵们群情激奋，"誓与平壤共存亡"的呼声响彻牡丹台。

九月十五日凌晨，日军向平壤城发起了总攻击。

左宝贵站在宣武门的城头上指挥清军奋力抗击。三门克虏伯大炮同时发出怒吼，一发发炮弹落在日军的阵营中，攻城日军伤亡惨重，平壤城外硝烟弥漫，牡丹台上炮声震天。天将拂晓时，日军的第一次进攻被打退了。

左宝贵深知残酷的战斗还在后边，他急令清军严加防守，密切注视牡丹台外垒的动向。将格林速射炮调到宣武门城头，以封锁日军的火力。清晨六时五十分，日军又一次向平壤城发起攻击。左宝贵冒着战火硝烟，组织炮队向日军猛轰，铳弹箭矢雨点般地向攻城日军射去。在清军强有力的反击下，日军尸横遍野。日军攻城受阻，只得收兵，日军的第二次进攻被打退了。

上午八时许，穷凶极恶的日军头目急忙调集元山、朔宁支队，集中了三倍于清军的兵力从东、西、北三面向牡丹台发起第三次冲击。在日军猛烈炮火的轰击下，牡丹台外垒城墙坍塌，清军冲出堡垒与日军短兵相接，展开肉搏。顿时，牡丹台杀声四起，血流成河，清军将士死伤无数，由于寡不敌众，牡丹台被日军占领。

在宣武门指挥作战的左宝贵，看见牡丹台失守，急报主帅叶志超，让他组织城内清军援助宣武门。但此时叶志超却随几个心腹从后门逃走了。左宝贵自知情况万分危急，但他镇定自若，决心以身殉国。他换上御赐黄马褂，站在城头的速射炮前，号召将士们说："大丈夫应以死报效祖国，报效朝鲜民众，绝不可苟且偷生。大敌当前，我辈须奋勇杀敌，只准前进不准后退。"刚说到这里，一颗炮弹落在城头，身边的护卫官急忙扶他下城避险。他瞪着血红的眼睛，一掌将护卫官推开，亲自点燃速射炮。炮弹曳着烟火飞向日军阵内，落地开花，日军死伤无数。正在这时，速射炮被日军击中，弹片飞扬击中左宝贵右肋。他带伤继续指挥战斗。在双方激战中，一颗流弹击中他的左胸，士兵急忙将他抬到城下，在昏迷中他断断续续地对士兵们说："誓与平壤共存亡。"

由于伤势过重，左宝贵这位忠勇一世的爱国将领在平壤壮烈牺牲，时年五十七岁。

左宝贵以身殉国后，清政府赠予他太子太保衔，赏加世袭骑都尉兼云骑尉，谥其"忠壮"号。左宝贵牺牲两天后，邓世昌在甲午海战中殉国，他们二人并称"双忠"。

高山族爱国领袖

卓其笃

火烧红毛贼

在我国美丽的宝岛台湾，勤劳勇敢的高山族人民祖祖辈辈生活在这里。他们为开发宝岛、建设宝岛、保卫宝岛，抗击外国侵略者，英勇战斗。为捍卫祖国领土、维护祖国主权和民族尊严做出杰出的贡献。卓其笃就是其中的一位佼佼者。

卓其笃，又名卓杞笃。清朝末年，他是台湾龟仔十八社高山族头人。清朝后期，由于朝政腐败，国力衰微，外国侵略势力不断侵袭台湾。卓其笃小时候深受外国侵略者的欺侮，生活很艰苦。那时他常常随父亲出海打鱼，海上生活锻炼了他坚毅的性格。

有一次，他和父亲出海归来，刚登上岸，就见一群外国侵略者在岸边晾晒货物。卓其笃和父亲提着鱼篓往村里走，这时几个高鼻子、蓝眼睛的外国水兵围上来，问他们有没有打到鱼。父亲回答说："有是有，但这鱼不卖，是留着我们自己吃的。"

这群外国侵略者一听说有鱼，便叽里呱啦地喊着，要他们把鱼篓放下。父亲气愤地说："岂有此理，我们自己打的鱼，凭什么给你们？"这群外国入侵者白吃白拿惯了，根本无理可讲，过来便抢夺他们手中的鱼篓。父亲急了，抢起

船桨便和入侵者搏斗起来，但入侵者人多势众，父子俩哪是他们的对手，父亲的额头被敌人打破，鲜血直流，鱼篓也被这伙强盗抢去了。

回到家里，小小年纪的卓其笃怎么也忍不下这口恶气，他恨透了这伙外国强盗。

第二天夜里，风大浪高，海浪拍打着礁石，发出轰隆隆的响声。卓其笃怀里揣着一块打火石，手里拿着一包引火用的棉絮，在夜幕和海浪声的掩护下，悄悄地溜到海边。这时，外国入侵者已进入梦乡，在帐篷外边能听得见他们打鼾的声音。卓其笃用身体挡住海风，用火石打出火苗，然后引燃了棉絮，将强盗储存货物的帐篷点着了。顿时浓烟滚滚，火光冲天。大火被海风一吹，附近的几座帆布帐篷也被大火引着了，强盗们哭爹喊娘，乱作一团。

趁着混乱之际，卓其笃驾着一只小船，凭着水上功夫，逃到别的地方去了。

卓其笃从小就富有斗争精神，他和入侵者势不两立。

打败英国舰

台湾这块风水宝地，历来都是外国强盗入侵的目标。早在清道光二十七年（公元1847年），美国侵略者就曾多次派遣军舰到台湾测量港口，在岛上勘测煤矿，窥伺基隆等地。为了霸占台湾，掠夺岛上的财富，清咸丰三年（公元1853年），美国海军统领皮雷率领战舰来到台湾岛。他们在这里搜集各种情报，在岛上调查矿产、森林、耕地面积，测量港口，并绘制了详细的地图。他认为台湾岛有取之不尽的矿产和森林资源。第二年，美国侵略者中有个叫赫里斯的人，向美国政府建议“购买”台湾岛，这是彻头彻尾的强盗逻辑。随后，美国入侵者从台湾岛运走七十八船原料。

清咸丰六年（公元1856年），美国驻华使馆向美国政府建议，派军队占领台湾岛。他说，台湾岛物产丰富，四季皆能耕作，若能占领该岛，对美国来说将有特别重大的意义。美国的这种强盗行径，激起了台湾各族人民的强烈反对，他们随时准备给予入侵者以迎头痛击。

清同治六年（公元1867年）三月九日，美国一只名叫“罗佛号”的船舰从汕头驶向牛庄，中途遇到台风，漂流到台湾南端的七星岩时触礁沉没。船长亨特和几名水手急忙驾驶小艇向龟仔角登陆。他们手执来复枪，上岸后，强迫岛上渔民为他们准备食物和日用品。这时，卓其笃已经成为龟仔角十八社的首领。他听说美国人登岸，心中大怒，立即率领渔民向侵略者发起反击。美国人凭借手中的先进武器，有恃无恐。可卓其笃率领的渔民英勇无比，他用大刀长矛将敌人消灭在岛上。

这时，停泊在安平镇的英国军舰“科尔摩兰号”听到美国人被消灭的消息后，也慌了神。他们急忙驾驶军舰，前来镇压龟仔角的渔民。

卓其笃获得消息后，立即将渔民们召集到一起。他说：“入侵者都是一个鼻孔出气，美国人被我们处死了，英国入侵者自然有兔死狐悲的感觉。我们绝不能让他们占到便宜。英国入侵者的军舰高大，舰上配置有大炮，我们不能和他们硬拼，必须智取。”

卓其笃分析了敌情，将渔民分作三路，每路各分到二十只木船。左右两路船上携带竹筒、火药和可燃之物，从左右两翼包抄英国军舰。卓其笃亲率中路木船，正面迎击敌人。

这天，英国军舰“科尔摩兰号”在舰长威尔逊的指挥下，气势汹汹地向龟仔角袭来。卓其笃率渔船迎击敌人。当英舰发起火炮时，卓其笃佯装败退，掉转船头向北湾驶去。威尔逊在舰上见这些木船如此不堪一击，哈哈大笑，命令开足马力，紧追不舍。

这时，左右两翼的渔民大船升起白帆，箭也似的向“科尔摩兰号”驶去。靠近英舰后，木船上的竹筒火药一起向英舰投掷过去。威尔逊见后边受到攻击，急忙命令掉转舰头，但船大难掉头。这时“科尔摩兰号”尾部已经起火，英舰水兵在船上乱了阵脚。

卓其笃见英舰起火，便扭转船头，向英舰扑来。“科尔摩兰号”三面受敌，舰上浓烟滚滚，呛得英国入侵者喘不过气来。卓其笃下令向英舰射箭，英军自顾不暇，中箭身亡者不计其数。

威尔逊的胡须也被烧焦了，急忙命令战舰突围撤退。就这样，号称海上霸王的“科尔摩兰号”冒着滚滚浓烟，向南边逃走了。

恒春保卫战

美国船长亨特被杀，英国军舰又遭到高山族人民的沉重打击，这可气坏了美国侵略者。美国以此为借口，于清同治六年（公元1867年）四月，派出军舰“阿树罗号”，满载全副武装的侵略军，气势汹汹地向恒春进发，他们企图在台湾南端登陆，占领恒春。

卓其笃早已料到美国人绝不会善罢甘休，因此早已做好了准备。他派几只小船在海上以捕鱼为掩护，观察敌人的动静。当美国军舰“阿树罗号”出现在海面上时，渔民们收起渔网，向附近的海湾驶去。美国军舰从望远镜里发现前方有渔民小船，便开足马力，紧追不舍。当军舰驶到海湾附近时，渔民们在船上吹起螺号。

这时，埋伏在海湾两侧礁石后边的战船突然向“阿树罗号”发起攻势。左右两侧各有三十只战船，趁着风势，箭一般地向敌舰靠拢，看着离敌舰只有十五丈远了，卓其笃一声令下，战船上的火箭、竹筒火药似飞蝗一般向美国军舰射去。美国军舰“阿树罗号”上虽然配置着火炮，但这些火炮打远不打近，无法对付近在眼前的渔民小船，失去了威力。军舰上的美国水兵，被火箭射中，衣服着了火，有的在甲板上打滚，有的跳海逃命。

战斗进行了一个时辰，美国军舰上士兵伤亡惨重。他们只好掉转舰头，向附近的一个海湾驶去。卓其笃大获全胜，收兵回到龟仔角。他和渔民们修补船只，并派人密切注视敌人的动向，准备再战。

美国军舰“阿树罗号”退到海湾，补充了舰上所需要的淡水后，停泊在避风港里，准备和卓其笃再次决战。

卓其笃得知美国军舰在海湾里按兵不动，心中非常焦急。他对渔民们说：

“敌人虽然在海上受到创伤，但他们贼心不死，还想伺机反扑。我们必须将它们赶走，不然我们就无法过安稳日子。”

卓其笃白天和渔民们在海边修造船只，晚上在油灯下研究对付敌人的策略。渔民们见头人日夜为大伙操劳，身体都累瘦了，非常心疼。这天，几个渔民担着两筐新摘的柚子给他送来。他望着这些圆滚滚的柚子，突然眼睛一亮，想出一条妙计。

第二天是农历十五，是海水涨大潮的日子。他选择了一些年轻力壮的渔民乘二十条木船，船上装满了柚子。天黑以后，他便率领这二十条满载柚子的木船向敌舰停泊的海湾驶去。到海湾后，已经是午夜时分，他命令渔民们将柚子全部倒入海里。这时，正是海水涨大潮的时候，漂浮在海水里的柚子随着海潮向敌人的“阿树罗号”漂去。

这些柚子在海水里一起一伏，在月光下远远望去，就好像泅海夜渡的人头一般。卓其笃命令船上的渔民吹起螺号，擂响战鼓。

深更半夜，美国军舰上的水兵们睡得正香，突然听到远处的战鼓声，以为岛上的渔民向他们发起进攻，急忙爬起来仓皇应战。美国舰长在月光下看见海面上黑压压的人头向军舰游来，以为是渔民泅水渡海，吓得脸都黄了，他急忙命令士兵开枪射击。顿时子弹像雨点般向海里射去。

这些柚子们，不畏枪林弹雨，勇往直前，在潮水的推动下，不断地向军舰推进，一层接着一层，密密麻麻。美国舰长惊呼道：“给我顶住，千万别让他们爬上来！”

美国入侵者就这样放了一夜空枪，黎明时，他们才发现上当受骗，舰长跌坐在甲板上半天说不出话来。

卓其笃精心策划的柚子阵，使敌人军舰上的枪炮子弹消耗殆尽。美国人一看大势已去，舰上弹尽粮绝，如果再拖延下去，难免有覆灭的危险，只好驾着“阿树罗号”灰溜溜地逃走了。

岛上的渔民欢欣鼓舞，他们编了个顺口溜称赞卓其笃：“卓其笃，真能干，好像诸葛降人间。柚子阵，浪中翻，吓退强盗的大军舰。”

“阿树罗号”返回驻地，美国人气急败坏。同年六月，他们派上将贝尔作为统兵司令，率“哈特福”“嵩明”两艘军舰前来袭击恒春。贝尔是个杀人不眨眼的魔王。此人老奸巨猾，他吸取前面两次海上失败的教训。这次他采用声东击西的战术，率领侵略军在琅峤登陆，企图在陆地上消灭卓其笃。

卓其笃立即召集岛上兵民，在龟仔角通往恒春的路上挖设陷阱，陷阱里遍插锋利的竹标。并且坚壁清野，将老百姓疏散在山林里。

贝尔率领侵略军登陆后，发现村子里空荡荡的，见不到一个人影。他们找不到吃的，非常恼火，便顺着大路向恒春进发。上路不久几个美国士兵便掉到陷阱里去了，被竹标当场扎死。其他的士兵吓得举步不前，战战兢兢。贝尔不知从哪里找来一头毛驴，他骑在驴背上，命令士兵强行进军。士兵们害怕中了渔民的陷阱，望着松软的土地，一步一步地往前挪，行军非常迟缓，一天走不了几里地。贝尔骑在驴背上，心里虽然着急，但也无可奈何。

这时，山坡上有几个樵夫正在那里砍柴，贝尔命令士兵上前将他们抓来。贝尔问：“你们熟悉这里的路吗？”樵夫回答说：“我们祖祖辈辈生活在这里，对这里的大路小路就像手掌里的纹路一样熟悉。”贝尔大喜，命令他们带路，并答应到恒春后，赏给他们金条。

几个樵夫领着这伙侵略军走进山林里，这里山高路险，行军十分困难，不一会儿工夫，美国兵便气喘吁吁，满头大汗。贝尔骑在驴背上有好几次差一点摔下来。贝尔端起来复枪，对着樵夫的胸膛说：“放着大路不走，为什么偏偏走这羊肠小道？你们是不是卓其笃派来的奸细？”

樵夫们一听不干了，他们说：“大路上有陷阱，掉进去可就没命了。昨天我家的一口大肥猪掉在陷阱里，当场就被扎死了。”

贝尔一听有道理，只好硬着头皮跟着樵夫们往前走。这时，来到一条峡谷之中，两旁山高林密，乌鸦在头顶上发出瘆人的叫响。贝尔警惕地回头张望，一转身，那几个樵夫突然不见了。就在这时，突然一声炮声，呐喊声震撼山野，箭矢、石块雨点似的向侵略军袭来。贝尔自知中计，急忙组织士兵们奋力抵抗，卓其笃率领岛上兵民从山坡上冲了下来，侵略军被打得晕头转向。

美国侵略军虽然手中有枪，但抵挡不住卓其笃的猛烈进攻，转眼之间已死伤大半。贝尔骑在驴背上胡乱放枪，毫无目标，战乱之中，肩膀上中了一箭，疼得他哇哇直叫。在士兵的簇拥下，且战且退，狼狈逃窜。

谈判桌上的较量

在卓其笃的严厉打击下，美国侵略军在海上、陆地上连连失败，大大挫伤了锐气。卓其笃为了保卫家乡，保卫宝岛，在龟仔角组织了一支渔民军，准备迎接更大的战斗。

美国侵略军并不甘心自己的失败。这年九月，他们派驻厦门总领事李仙到恒春，扬言说美国要派精锐部队镇压高山族人民的反抗斗争。

卓其笃率领龟仔角十八社的兵民构筑堡垒，修建海防。他们在海边筑起高大的炮台，炮台上红旗猎猎，旌旗飘扬。卓其笃宣誓说："侵略者撼山易，撼高山族人民保卫家乡的决心难！侵略者胆敢逼近海防一步，便让他们葬身鱼腹！"在卓其笃强大的阵容面前，美国总领事李仙害怕了。他提出在恒春附近的保利阿克镇与卓其笃举行谈判。

卓其笃率领渔民军来到保利阿克。渔民军队列肃整，戒备森严。李仙见此架势，早已吓出了一身冷汗。为了拉拢卓其笃，李仙带来十箱金银财宝，献给卓其笃。卓其笃冷笑着说："总领事先生是来谈判还是来献礼呢？"李仙尴尬地说："将军请不要介意，这点薄礼是慰劳部下的。"卓其笃说："如此说来，我便收下了。"他命令士兵将金银抬入军营，充作军饷。

在谈判桌上，李仙代表美国一方，提出要购买或租用恒春附近的一片土地，以作为美国船只补充给养和淡水之用。卓其笃当场指出："台湾自古以来是中国神圣不可侵犯的领土，这里的一草一木都不许外国人占领。"

卓其笃义正词严地痛斥了美国侵略者的强盗行径。他说："几十年来，外国入侵者不断侵袭宝岛，入侵者登陆后，烧杀抢劫，无恶不作。五十年前，龟仔角的渔民被你们杀害，只有上山砍柴的人幸免于难。现在岛上有了自己的武装，决不允许侵略者任意践踏宝岛。如果你们无视岛民的警告，想继续打仗的话，我将奉陪到底。如果你们要求和平，我将以和平的方式，解决双方之间的贸易问题。”

卓其笃态度强硬，理直气壮，说得李仙哑口无言。由于卓其笃有强大的军事力量做后盾，美国侵略者不得不接受以下条件：今后凡美国船只到宝岛，必须事先在船上悬挂红色旗帜，得到岸上红色旗帜的回答 后方可登陆，否则不准上岸。

在卓其笃的努力下，宝岛得到安宁。他保卫了祖国的领土，维护了民族的尊严。从此，他的名字传遍了台湾，受到高山族及其他各族人民的拥护和爱戴。